磨剑少爷 著

凶马 未证之证

北京联合出版公司
Beijing United Publishing Co.,Ltd.

图书在版编目（CIP）数据

未证之证 / 磨剑少爷著. -- 北京：北京联合出版
公司，2022.1
　　（凶马）
　　ISBN 978-7-5596-5618-6

　Ⅰ．①未… Ⅱ．①磨… Ⅲ．①推理小说－中国－当代
Ⅳ．① I247.5

　　中国版本图书馆 CIP 数据核字（2021）第 205301 号

未证之证

作　　者：磨剑少爷
出 品 人：赵红仕
责任编辑：孙志文
封面设计：王　鑫

北京联合出版公司出版
（北京市西城区德外大街83号楼9层 100088）
北京新华先锋出版科技有限公司发行
北京雁林吉兆印刷有限公司印刷　新华书店经销
字数207千字　620毫米×889毫米　1/16　16印张
2022年1月第1版　2022年1月第1次印刷
ISBN 978-7-5596-5618-6

定价：99.00元（全三册）

目录

第1章
马杀人

八月的石笋镇，给人一种酷暑的感觉。烈日投下的灼热之气将整个镇子包围，让人如在蒸笼中。很多人一整天都待在空调屋里，靠冷气生活。

石笋镇往南，是一片别墅群。这些只有两三层且带有私家花园的独栋别墅，比起镇中心那些十层甚至二十层的电梯房，显然要高端得多。

很多时候，"别墅"这两个字，就是一种成功的标志。

而就在这个被全镇乃至全县人民都羡慕和瞩目的地方，却发生了一件令人瞠目结舌、毛骨悚然的凶案。

夜里十一点，在别墅天台纳凉的夏东海一家三口收拾好东西进屋，打算睡觉。

把五岁的儿子哄睡之后，夫妻俩对视一眼，夏东海说："洗澡吧。"

妻子"嗯"了声，两人各自拿着换洗的内衣裤进了浴室。

"哎呀，不要急嘛，先洗了再说。"浴室里传出妻子的娇嗔。

夏东海嬉笑着说："都老夫老妻了，怕什么？让我亲亲。"

外面隐隐约约响起狗吠声，似乎是家里养的那只格力犬在叫。两人停止了嬉闹，再仔细听，狗吠声却消失了。夏东海不以为意，继续去扯妻子的浴巾。

"嘭嘭嘭！"

客厅大门突然传来沉重的敲击声，声音在安静的夜里显得格外清晰。

夏东海将抱着妻子的手松开，颇有些不悦地抱怨："这么晚了，谁还来干什么？"

妻子说："管他干什么，别人来总是有事，去看看吧。"

敲门声再次响起。夏东海穿好衣服，脸拉得老长来到客厅门前，谨慎地从防盗门的猫眼里往外看了一眼，不由得当场愣住。门外站着的不是人，而是一匹骨架高大、浑身毛色如血的马！

这……难道就是传说中的汗血宝马？一匹马怎么会来敲我家的门？

夏东海心里正嘀咕着，那马又将前蹄扬起来，拍打着门。

夏东海很早就辍学了，之后一直混迹街头，期间进过监狱，出来后接老爸的班做起了房产。商场又是另一个江湖，他于强敌环伺中杀出血路，终成大鳄。他能混到身家数亿元，在石笋镇乃至整个白山县都赫赫有名，还是有些脑子的。

一匹马竟然会来敲我家的门，会不会有什么圈套？

夏东海觉得事有蹊跷，没有开门，而是先去卧室里查看了监控。

东西南北四架监控能分别看到别墅四周的所有旮旯，没有发现可疑人物，也没有看出任何异常。

也许，这是一匹迷了路的马。他这样想着，就去开了门。

李八斗接到出警命令时正在办公室里跷着二郎腿，神情慵懒地剪着手指甲。他并不在乎这是不是上班时间。自他调来白山刑警大队的一年以来，除了那些年深日久、证据缺失的旧案，但凡他来之后的所有刑事重案，都被他以快刀斩乱麻的方式悉数侦破。

所以，他在白山刑警大队拥有一些超出纪律之外的"特权"，譬如他上班时喜欢将脚放在办公桌上，仰靠着椅子打盹；或者在电脑上斗两把地主；甚至于安静之时突然梦中惊醒般一巴掌拍在桌子上，莫名其妙地手舞足蹈，搞得其他人跟见了鬼一般。

不按套路出牌，是他的人生格言。

领导骂过他，也警告过他，可他说了，李白要喝醉了才有天马行空的想象力，鲁迅要抽烟才有才华横溢的灵感，如果让他们改掉毛病，中国历史上就缺少一位伟大的诗人和一位伟大的文豪了。所以，哪个天才还没有点毛病呢？

对李八斗的强词夺理，领导只好接受，毕竟他在破案方面确实很有一套。作为一名刑警，仪表固然应该注意，但更重要的是办案能力。大伙儿也就由着他的一些小毛病了。

"石笋镇弯月湖半山别墅16号发生灭门命案，一家三口悉数被杀，凶手连几岁的孩子都不放过！你赶紧带人去看看，我随后就到。"李八斗接到大案中队队长厉长河的电话时，一下子从座位上弹身而起。

别墅区，灭门案，死者中还有孩子。这是石笋镇乃至白山县几十年来都没发生过的恶性重案！李八斗惊怒之下，内心中竟然还有一丝小小的兴奋。案情越重大，难度越高，他越觉得有挑战性。他收起懒散的态度，大声应道"是"，十万火急地带人赶往案发现场。

现场不复杂，但令人触目惊心。一对中年夫妇倒在客厅的地板上，脑袋像摔碎的西瓜一般惨不忍睹，旁边溢开了大片鲜血。男的身上穿了衣服，女的身上本来系了条浴巾，但已经散开了，下体没有穿衣物，沾满了血。

李八斗的目光落到女人身上时，心里猛然抽搐了一下，就像有一把锋利的刀子猝不及防地狠狠刺了进去。他不想看，甚至不敢看。

这一幕太过印象深刻，让他记忆深处的那个恶魔又凶猛地蹿出来狠狠地撕咬着他，而他无法逃避，也无从获得救赎。

但他还是强忍着恐惧和痛苦，将目光移了过去，仔细地查看起来，这才发现那些血并非从女人的下体流出，而是由于头部的血流得满地都是而沾上的。

杀人手法和当年完全不一样。

"听说还有个孩子？"李八斗突然想起了什么，问道。

"嗯，在楼上。"辖区派出所民警用手指着楼梯的方向。

李八斗大步往楼上走去，转个弯就看见了一间儿童卧室。他走到门口，只往现场看了一眼就止不住地热血翻涌。他当即转开头，不忍看第二眼。

还保持着睡姿的小孩，死状和楼下的夫妇一模一样，致命伤都在头部。鲜血从凉席流到地上，在地上又流了很长。

"这个凶手是个畜生吗？连小孩子都不放过！"旁边的魏大勇攥紧拳头，愤慨地骂道。

"你什么时候见过这么凶残的畜生？"李八斗看着他问了一句。

"也是。"魏大勇反应过来，"仔细想来，畜生其实都是可怜的角色，是被宰杀的对象，不会这么凶残。"

"所以，这个世界上真正凶残而可怕的只有人！"

李八斗说着，步出儿童卧室，又在别墅里转了一圈，双眼敏锐如鹰掠过一切。家具摆放得井然有序，擦拭得光洁明亮，并无异常。

通往别墅顶层的门是关着的。李八斗打开门出去看了看，楼面很干净，撑开的遮阳伞下，摆放着几把椅子，周边摆了许多花盆，五颜六色的花正盛开，可见这家人的日子过得特别惬意。

"看出什么来了吗，斗哥？"魏大勇跟过来问。

回想着一些细节，李八斗一脸凝重："整栋别墅，除了三具摆放着的尸体，目前没发现什么明显的证据，甚至连凶器都没有，这是个高手！”

“斗哥，你这不废话吗？”一旁的刑警队员包古接话，“要不是高手，能背三条人命？”

“我倒是觉得这个凶手有点不同寻常。”魏大勇说，“一般凶手都是用刀子或者某些利器杀人，可这几个受害人的脑袋好像是被人用什么砸的。难道凶手是个用锤子的人？”

“你懂个锤子？”包古取笑他，“眼睛一瞄就知道凶手用的什么凶器了？”

“我知道你不服。”魏大勇说，“不过我也不在乎你的看法。”

“呵呵。”包古说，“有本事你告诉我，你从哪儿看出凶手用的是锤子？”

“凶手用的是什么，看监控就知道了。”李八斗淡定地说。

“监控？”包古转着脑袋四处张望，“怎么，这屋里装了监控吗？没看见啊！”

“屋里没有，但屋外有，别墅外面装了枪机监控，门口上方也有一个比较隐蔽的摄像头，希望凶手没有留意到监控，没有删除监控记录吧。”

李八斗说着，来到了夏东海夫妇的主卧室里。监控的主机就在这间豪华的主卧里。幸运的是，监控仍处于开机状态，并保持着正常录像，这令李八斗振奋。因为在现代刑事侦查中，监控是最好的线索和证据。

然而，当把监控记录拉回昨晚后，李八斗惊呆了，简直跟见鬼了一样，一双眼珠差点掉在地上。

夏东海一家三口在外散步到九点回来，当时夏东海在接电话，夏妻牵着孩子，他们进屋之后关上了门。此后两个多小时，整个别墅四周处于安静状态，不见任何可疑人物，只有一只格力犬卧在别墅的花园里打盹。

十一点过十分，模糊的监控里，一匹马从远方缓缓行来，至16号别墅时，径直一个纵跳，越过一米左右的围栏，跳进了花园里面。

格力犬被惊醒，吠着往马身上扑去。马一转身一扬后蹄，就把格力犬踢了出去。格力犬的身子如一发出膛的炮弹，摔向侧边的花丛里，再也没了动静。马接着往别墅的防盗门走来，走到门口停下，扬起蹄子来，拍了几下门。

门口的声控灯亮起，监控里的马一下子变得清楚了，是一匹全身毛色如血的马，浑身上下散发出一种逼人的威武之气。说得更准确些，是一股煞气。因为那双马眼充血般的红，如同烈烈燃烧的火焰。

过了两三分钟，门打开了，抬脚进屋。外面陷入了静寂，没有任何异动。直到十一点三十分，马从屋里出来，如同一个凯旋者，昂首阔步地远去。

此后，监控里再无动静，没有任何可疑的人或物出现。直到第二天早上八点十分，一辆儿童校车停在别墅外，一位女幼师走进别墅……

女幼师是自夏东海一家三口回家后，直到报案的这段时间里，唯一进过别墅的人。但她只是报案人，不可能是凶手。因为从凶杀现场血迹的凝固情形，以及死者的死亡状态来看，命案是昨晚发生的。

而昨晚夏东海一家三口散完步回家之后，除了那匹血红色的马，没有任何人进过别墅，也没有任何人从别墅出来！

"什么情况？！为什么只有一匹马，没见到人？"魏大勇一脸蒙圈，"总不可能是马杀的人吧？"

"说不定，还真是呢？"李八斗若有所思。

"还真是？"魏大勇说，"斗哥，你是在说梦话吧，马能杀人？还三更半夜闯进别人屋里杀人？进屋十几分钟，三条人命？"

"不可能的事！"包古也说，"我包古破案无数，还读完了《福尔摩斯探案全集》，熟知世界各国著名离奇案例，了解各种变态杀人狂。恕我直言，马杀人我还是第一次听说。所以我敢肯定，斗哥，你说的绝不可能对！"

"既然你是第一次听说，那我就让你见识见识好了。"李八斗说着，大步走出了屋子。

"见识什么？"包古跟在后面问。

"让你见识马怎么杀人啊！"

"让我见识马怎么杀人？"包古顿时一脸夸张的嘲笑，"我看，斗哥你是被现场吓傻了吧，马会杀人？你要能让我见识到马杀人，我这刑警不干了，回家种田去！"

"我觉得包古你可能会被打脸。"魏大勇揶揄，"虽然我也不信马杀人，可单就才华来讲，斗哥你还是高出一个珠穆朗玛峰。斗哥破案是真有一套的。"

"什么叫有一套？"李八斗当场训斥，"我李八斗破案，还用怀疑吗？从来都是我即真相、真相即我，不会有错的！"

"我不管。"包古说，"你说破大天，我也只相信证据。你拿出证据证明是马杀了人，我就服你。"

"很好，那我就让你服！"

说完，李八斗到外面的花园看了一圈，然后走向靠左侧的一处花丛。花丛里面躺着一只死掉的花斑格力犬，格力犬鼻子的位置流了一摊血。

"应该不用我告诉你这只狗是怎么死的吧？"李八斗问。

"好像是被那匹马踢了一下？"包古似有印象。

"是的，你没记错。"李八斗说，"这只格力犬当时扑咬向那匹马。那匹马转身扬起后蹄，将它踢飞，落在这里。格力犬没有再继续扑咬，而且它的尸体正处于当时落下的位置，这说明那一踢之后，格力犬就没有活路了。你号称破案无数，见过一只猎犬被马一下给踢死的吗？"

包古摇头："没有，从来没有。"

李八斗说："马不属于攻击型动物。正常情况下，狗扑咬马，马会本能地后退闪躲。而这匹马瞬间对狗进行了反击，踢到了狗的鼻子。狗或狼这类动物号称'铜头铁背麻秆腰'，鼻子是它们头部最大的弱点。不过，这只狗并非被马踢鼻而死。这花丛里应该有锐利之物，狗摔下来的时候，被刺中颈部，最终死亡。"

"狗被刺中颈部了吗？"包古把目光落过去，"没看见啊！"

李八斗说："没见狗的死亡姿态是偏着头的吗？表面看血是从它鼻子里流出来的，但鼻子里的血量没有这么多，而且就算把狗鼻子打断，也不足以让其毙命。所以肯定有另外的致命伤，从血液的流淌状态看，在狗颈下有一个分叉，所以狗颈下应该有一个血流源头，那才是真正致命的地方。"

"不会吧，这都被你看出来了？"包古一脸夸张的表情。

李八斗说："不服就自己看，注意别破坏了现场。"

包古一脸不信，但还是戴上了手套，小心翼翼地抬起狗头，果然在狗侧颈的地方发现了一根刺入的锈铁钉！

"果然，还是斗哥你的道行深！"包古由衷地说。

"那么问题来了，这到底是一匹什么样的马？里面的三条人命真是马杀的吗？它是怎么做到的？又为什么要杀这一家三口呢？"憨态可掬的魏大勇在旁边发出一连串追问。

李八斗说："水落时自然石出，所以不要急，先等刑侦技术人员勘查完现场、法医做过尸检后再说吧。"

说话间，一辆警车开进了别墅的院子。车上下来两位女警。

其中一位已是徐娘半老之态，但风韵犹存、身段婀娜，把警服穿出了旗袍的感觉；另一位则是青春靓丽、皮肤白皙，一头乌黑的秀发飘逸顺滑，一双大眼睛明亮澄澈，剪裁合身的警服穿在身上，显得她整个人身材矫健、英姿飒爽，还透着几分说不出的性感。只是她那张脸不苟言笑，未免让人觉得过于清冷、威严，让人望而生畏。

这两个人李八斗都认得。年长的女警叫梅花红，大家都叫她红姐，是拥有十年从业资历的老法医；年轻的女警叫姜初雪，今年刚从警校分配来，但她的表现非常惊艳，对尸检鉴证过程一些细节的观察让梅花红都刮目相看，是天才级的法医新秀。

"喂，八斗，看过现场了吗？什么情况？"梅花红远远地看见李八斗就喊。

"情况有点复杂，但应该难不倒我。"李八斗轻描淡写地说。

"喀！喀！"立马传来几声杂音。

李八斗看过去，故意咳嗽的人正是姜初雪。姜初雪对上他的视线，本来明媚动人的目光立马变成了极为厌恶的斜视。

李八斗知道那件事她还是无法释怀，不想和她计较，大度一笑。

回到案发现场，刑侦技术人员已经做完了基本的现场勘查，屋里除了受害人、办案人员和报案人的脚印外，再没有其他可疑脚印。现场没有凶器，也没有可疑的指纹留下。

"太奇怪了。"刑警队队员张一光说，"楼下客厅到楼上的儿童卧室这两处现场，除了死者的脚印，再无其他人的脚印。地面色调一致，可见没有擦拭处理的痕迹，凶手不可能长翅膀飞过去吧？"

"没见其他人的脚印，那见到其他东西的脚印了吗？"李八斗问。

"说到这里，确实有更奇怪的事。"张一光说，"现场虽然没有陌生人的脚印，却有许多印记，疑似马的蹄印。不但客厅的死亡现场有，楼上儿童卧室里也有。这是什么情况？"

张一光也算是老刑警了，可这次的案子，他八辈子都没见过。

"还什么个情况？"李八斗说，"那说明凶手可能就是一匹马呗！"

"凶手是一匹马？"张一光的眼睛瞬间瞪大，"你说真的？"

李八斗说："当然。"

"不可能！"张一光立马否定，"你光哥我好歹也虚度有四十个春秋了，还没在哪儿见过马杀人的，听都没听说过。水牛角顶死人，我倒是见过。"

"没见过，那只能说明你孤陋寡闻了。"李八斗说，"好好勘查现场，相信眼睛所见。你们仔细提取证物就行了，马蹄大小、形状等，包括能提取到的马匹的 DNA 信息。"

"你不会当真的吧，斗哥？"另一位队员杨麟一脸大惊小怪，"你真认为是马杀的人？"

"三条人命的事，我会开玩笑吗？你们要相信一个天才的判断，我从来不会信口雌黄！"

说完，李八斗径自走出屋子，从身上摸出了一块口香糖丢到嘴里。他有个习惯，凡是心情不好或是案情复杂的时候，他都喜欢嚼口香糖。仿佛嚼着口香糖，思维就会随着嘴巴的嚼动而转动一样。

吹牛归吹牛，头疼归头疼。毕竟他还从没有接触和听说过任何一桩马杀人的案子，而且是一匹马，三条人命！

"包古，你去交警队查看一下路口监控，看那匹马从哪里来，又到哪里去了。来的时间为十一点十分往前，走的时间为十一点半往后。"

"为什么要去交警队查，到辖区派出所不就行了吗？"包古说。

"你傻啊？"李八斗说，"派出所监控，只能看见辖区范围，这匹马可能不是辖区里的，也许是从更远的地方来的，必须在交警队的道路监控上寻找它的来路和去向！"

包古应声而去。

魏大勇问："我呢，斗哥有什么指示？"

李八斗说："我看了一下，以这栋别墅为核心的周边别墅都装有监控，你去就近的几栋别墅拷贝一下监控记录，要监控到这栋别墅一个星期的监控记录。"

"一个星期的监控记录？"魏大勇问，"你想找什么？"

李八斗说："案犯作案之前不都是要踩点的吗？当然是看能不能有什么发现。"

"你不是说是马杀人吗？难道马杀人还踩点？"

"就算是马杀人，我相信也是受人支配。马毕竟只是低等动物，不可能如此目的明确、条理清晰地闯进别墅杀人，肯定有某些人为的因素在主导。至于怎样可以主导一匹马杀人，那就是我们后面的侦查方向了。"

"嗯，我懂了，果然还是斗哥你思路清晰。"魏大勇说完便离开了。

李八斗嚼着口香糖回到了屋里，进行更细致的勘查。

别墅内除了有客厅、卧室、厨房、浴室、卫生间之外，还有一间书房，以及一间极为宽敞的健身室。

李八斗仔细查看了夏东海的书房和健身室，发现了一些细节。夏东海书房的书架上摆放的书籍，多是一些体能训练、案件侦破，乃至FBI课程之类的，放在书桌上的一本书是散打一招制敌的搏杀术。

李八斗在书桌的抽屉里翻出了一本相册。相册里有很多记录了夏东海生平的照片，这些照片主要有搏击训练和搏击比赛照、健身时的肌肉照、和妻子早些时候的恋爱照，以及后来和孩子合影的全家福，还有极少量的与朋友的合照、出席一些政府及商务会议的正装照。

从这本相册里，李八斗得出了一些结论：夏东海练过拳脚功夫，喜欢男人的游戏，应该有很强大的搏斗技击能力。

李八斗又到了旁边的健身室。里面的健身器械相当齐全，有跑步机、哑铃、杠铃、沙袋等。健身室四周的墙壁上贴了好多他的训练照，照片中的他个子魁梧、肌肉结实，很有力量感。

一个具有如此实战能力的人，而且正当壮年之时，怎么会被一匹马杀死？李八斗觉得他如自来水管般的思路完全被堵住了。

无论是在警校，还是在参加工作之后，他都觉得自己有着如神助般的破案天赋，思路就跟自来水一样，只要打开开关，灵感哗啦啦地就来了。过往案件的侦破，但凡有蛛丝马迹的线索，都逃不过他的眼睛，跳不出他的思路。

他刚从警校出来实习那一年，就从一根掉落在现场的头发着手，破解了谜团，找出了真凶，深得领导赏识、同事钦佩，一战成名，自此势如破竹，一跃成为警界"黑马"。在破案方面，他也因此跟写诗的李白一样，有着"仰天大笑出门去，我辈岂是蓬蒿人"的狂放和自恋。

而这一次，他确实迷茫了。

马杀人？还杀了一家三口？其中一个还是久经训练的搏杀高手？这是什么神操作？

突然，他随意转动的目光落在了健身室角落放着的一支气枪上。他走过去拿起气枪看了看，发现手柄和枪膛出口处都比较光亮，说明气枪经常被使用，且近期使用过。旁边的一个墩子上还放着一个盒子。

李八斗拿起那个盒子打开，里面装了好些比黄豆粒大一点的铅弹。除了铅弹，还有几粒钢珠。李八斗不由得皱了皱眉。他知道气枪通常都是装铅弹射击，不用钢珠的，钢珠和铁砂通常都是猎枪所用。

难道夏东海家里有猎枪？

李八斗在别墅里找了一圈，果然在夏东海主卧床下的一个皮箱里找到了一支单管猎枪和一支双管猎枪。猎枪旁边的盒子里，分别装了一些钢珠和一些子弹。

李八斗将两支枪都拿出来仔细看了看，发现两支枪都磨得光亮，那支单管猎枪的枪口还有暗红的血迹。初看之下，那血迹沾上枪口的时间并不久。李八斗将两支枪放回皮箱里，提到了外面。

梅花红和姜初雪还在尸体周边进行证物提取。李八斗走过去，拿起夏东海的两只手观察，发现他左手掌与手指的骨节点有很厚的茧子，这说明夏东海经常摸枪，并且进行过射击。

姜初雪又极厌恶地剜了他一眼。李八斗不以为意，只是将手中的皮箱放下，吩咐道："这里面有两支枪，单管猎枪上有风干的血迹，你们拿去化验一下，看是人血还是动物血，到时候把结果一起报过来。"

姜初雪根本不搭理他。梅花红过来接了句："行，先放一边吧。"

大案中队队长厉长河也赶来了。李八斗把情况向他作了简单汇报。

"什么，没有嫌疑人，只有一匹马？有可能是马杀人？"厉长河听后一张脸都差点青了，又问了一遍，"你确定自己没有发烧？"

李八斗点头："确定。"

厉长河没说话，用右手食指点着李八斗的头："你看见的未必是你看见的那样。我不信马能杀人，而且还是三条人命。这个案子可千万不能出纰漏。刚才已经有省电视台的新闻记者打电话给我了！"

"什么？"李八斗一愣，"新闻记者打电话给您，他们怎么知道的？"

厉长河转了下脑袋看了看："不知旁边哪栋别墅里，有户人家的女儿正好在省电视台《法制新闻》栏目，从家里知道了这个灭门凶案。她马上就从省城赶回来，要跟踪报道这个案子。"

"直接推掉不就行了，您比我清楚办案的规矩吧？"

厉长河叹口气说："没法推了。"

李八斗不解："为什么？"

"省厅领导亲自给局里领导打了电话，领导的意思是这个案子有人报案，也有保安、邻居等知情者，不可能封锁消息，而且故意封锁消息反而会引发不必要的谣言，所以要我们在不违反纪律原则的情况下，给那个女孩以适度的便利。我已经把你的电话号码给她了，她到白山县后会和你联系，你配合好就是。"

"这……"

"这什么，有问题吗？"厉长河目中一道锋芒射来。

"当然有问题，"李八斗说，"不但有问题，而且问题还很大。您知道的，我破案喜欢自由、专注，而且我也不擅长侍候什么记者。"

"既然你这么为难，我回去就打报告，申请将你外调，换人侦办。现在还有问题吗？"厉长河问。

"好吧，姜还是老的辣，队长您狠，我认了。"李八斗马上妥协。

"这不很好嘛，非要我出招！好好干吧，年轻人，你虽然有时候架子很大，但至少懂得放下，我还是很看好你的。"厉长河哈哈一笑，转身去了。

李八斗站在那里，仰天长叹。说实话，以他放荡不羁、我行我素的性格，可以说是天不怕地不怕了，可他有唯一的软肋，那就是外调。

二十年前，石笋镇其实还只是个村子，叫石笋村。那是一个如世外桃源般美丽的村子，四面群山环绕，村前溪流潺潺，尤其是村后山有一奇观。一座从地里长出来的天然巨峰，与左右山峰皆不相连，独立而生，形同竹笋，自下往上光秃秃的一大段，到顶上的时候，又生得奇花异草，风景绮丽。山脚之下，还有一个形如弯月的小湖，水波碧绿、青山倒影，湖光山色美不胜收。

李八斗的家就在湖边。六岁那年的暑假，邻居的王婆婆家来了一个女孩，叫吴诗佳，长得白净漂亮，而且是城里来的，穿得洋气，就像小仙女一样。但她一点也不傲气，和村里的小孩都能玩到一起，尤其和李八斗玩得形影不离。她跟李八斗讲了很多城里的新奇东西，说哪天他也去城里了，就请他吃肯德基，请他坐海盗船，请他看电影……

从那以后，李八斗就对城里无比向往。暑假过后，诗佳就回城了。李八斗就盼着下一个假期，盼着她的到来。可一个又一个寒来暑往，他再也没有见过诗佳，他所有踮起脚的盼望都变成了失望。

直到第七个年头，西部大开发拉开了宏大的序幕。一个开发商不知从哪里听说了石笋村的奇景，来村里考察了一遍，还带来了县领导。没多久，政府就决定开发石笋村，将其打造成全县集休闲、旅游为一体的重点城镇。

石笋村变成了石笋镇。石笋镇上有了比县城更高的高楼、电梯房及别墅。省里还斥资数十亿元，打通了群山隧道，修建了一条石笋镇通往县城和连接省城的高速公路。

石笋镇到县城原本需要两个小时，打通隧道、修建高速公路之后，就只需要二十几分钟了。县城到省城需要四个小时，而石笋镇到省城只需要三个半小时。更由于石笋镇的土地规划足够，县城的很多机关单位都迁往石笋镇，包括当时白山县最好的中学。

李八斗本来是个调皮捣蛋的主儿，所以成绩很一般，完全不够分数上那所中学，但他是搬迁户，中学占了他们的地，也就给了他们名额。

没承想，李八斗在那所学校又见到了诗佳。诗佳看见他也很开心。但喜出望外的李八斗总觉得，他和诗佳之间比起以前少了点什么。

诗佳长得越发漂亮了，穿着光鲜亮丽的衣服，长发飘飘的很有气质，学习成绩也很好，引得学校男生纷纷追求。

相比之下，李八斗有些自惭形秽。他喜欢诗佳，莫名地想和她在一起，哪怕一天没有见到，都特别想念。但他不敢把这份想念说出来，他怕在诗佳心里，只当他是一个很好的朋友。

有一次，一个男生对诗佳死缠烂打，他站出来维护她。那男生颇带嘲笑地问他是不是癞蛤蟆想吃天鹅肉时，他气不过就把那个男生打了，然后很淡定地说："她是我妹妹，怎么啦，有问题吗？"

事后，诗佳半开玩笑半认真地问："你是不是喜欢我。"

他心里很慌，不敢承认，故意很洒脱地笑道："怎么会呢？我一直都当你是好朋友的。"

诗佳说:"嗯,我也是。"

他暗自庆幸,幸好没承认喜欢她,不然多难堪啊!但他心里还是想着,以后一定要娶她,一辈子都陪在她身边。看见别的男生围在她身边时,他就想揍他们,让他们都滚远点。

为了能和诗佳在一起,他再也不像在村校读书时那样吊儿郎当、游手好闲了,他开始发愤图强,他想考最好的学校,想有出息,想以后能配得上她。他想到那时候,再认真地对她说,其实,他已经喜欢她很久了。

然而,那句话他永远都没有机会对她说了。就在第二年的春天,那个阳光回暖、百花盛开的季节,诗佳这朵他心中的梦幻之花却凋谢了。命运残忍地带走了她。

在那个没有月亮也没有星星的夜晚,诗佳上完自习后回家,在离家不足两百米的巷子里,被一个变态残忍地杀害了。

李八斗去过现场,现场的景象惨不忍睹。

那时已经有人报案了,警察还没到,消息迅速传开,周围的人都跑来看热闹。

他站在看热闹的人群里,把那一切都看得清清楚楚,那景象像刀子一般刻在了他痛苦得抽搐的心里。

地上的人已经看不出是诗佳了,她的脸被刀子划得稀烂,血流了满地。白色裙子和长袜上也满是血,但不是脸上的血,而是下体的血。

他跑过去,抱着她满是血的身子哭,哭得撕心裂肺、旁若无人。

好长时间之后,才有警察赶到,将他拉开了,然后用一块布将诗佳盖上。

从那天开始,他吃不下饭,也睡不着觉,身上总带着一把刀子,想找到那个杀害诗佳的变态,将他捅死。警察挨家挨户地调查,也没有结果。他总是在漆黑的夜里，用刀子疯狂地刺着地面，发泄心中的痛苦和仇恨，而那样只是让他更痛苦。

有一天，他在学校里遇到了诗佳的闺密。两人说起诗佳的时候，他才知道诗佳其实也喜欢他，觉得他是个有担当的男孩子，跟他在一起很踏实、有安全感。但她觉得"喜欢"这两个字应该男孩子先说。她一直在等他一往情深地向她告白。然而，他还没来得及说，她先走了，去了另一个漆黑而冰冷的世界。

一年又一年过去了。案子仍未破，无人知道那个变态是谁，那些街头巷尾七嘴八舌的人也渐渐忘记了这件事。

有一天，李八斗站在湖边，看着水中自己的倒影，想起那年夏天的事，他和诗佳并肩坐在星空下，数着根本数不清的星星，萤火虫从眼前调皮地飞过，两人起身去追，欢声笑语地追了一路……

往事如风，错过后就再也回不来了。

他抹了抹眼角的泪，然后就想，他必须给诗佳报仇。但他不知道那个黑夜里的变态是谁，警察也不知道，他觉得那些警察没用，所以他要自己当警察，自己去找！

他报考了警校，想有天能回来侦破诗佳的案子。在他即将毕业分配之时，他唯一想去的地方就是白山县公安局，最好是刑警大队。可因为成绩出众，他被当初的一个老师，也是省内一位著名的刑侦专家，带到了另一个市的市局，去协助一起案子的侦破。

他在案子侦破中立下了大功。那个市公安局的领导爱才心切，跟学校一商量，直接就把他的档案调过来接收了。然后，他就一直被留在那里无法回来。

他给领导说了很多好话，领导就是不让走，后来定了三年之期，有案必破才会帮他调到白山县。若是三年未到或有一桩悬案，都不会让他走。他答应了，也做到了。领导没有食言，放他走人。

如今他才回白山县不到一年，因案件任务太重，诗佳的案子一直没机会重启，这个时候他自然怕外调了。

厉长河知道这是他的软肋，是唯一可以让他妥协的地方。

他本是省警校优等生，之前在市局刑警支队，也深得领导赏识，前途无量，但他仍义无反顾地选择回到这穷乡僻壤之地，更能说明那个死去的女孩和那件案子在他心里的分量。

无论过去多少年，哪怕人海茫茫、了无头绪，就算穷其一生，他也一定要把那个变态找出来，绳之以法！

第 2 章
不速之客

下午三点，刑警大队队长王三强亲自主持了 16 号别墅命案案情会议，并组建了专案组，案件代号为"凶马"。他亲自挑选了六位各具特长的干警作为专案组核心成员，全力侦破此案。

毫无疑问，专案组组长由大案中队队长厉长河担任，副组长由无案不破的李八斗担任，另外的成员还包括姜初雪、包古、魏大勇和冷笑。其中李八斗、包古和魏大勇本就是大案中队成员；姜初雪则是法医，在刑侦学的痕迹分析上有其独到之处；冷笑本是网安大队的网警，对网络防火墙及其破解有一定的造诣，用他自己的话说，他只需要一台电脑就可以打开全世界。

李八斗在会议现场播放了从 16 号别墅拷贝回来的监控，让在场的公安干警观看。

从夏东海一家人散步回家到幼师报警，整个别墅都只有一匹毛色血红的马进出过！除此之外，并无任何新的发现。

李八斗问："大家都有什么看法？"

"完全没道理的，马怎么可能杀人？根本不可能！"

"就是，闻所未闻啊，如果是一条人命或者是其他死因，还能找点牵强的理由，譬如被马撞到了意外致死之类。但这个现场显然不是意外死亡的范畴，而是蓄意谋杀。然而，一匹马不可能有蓄意谋杀的动机，也不具有蓄意谋杀的能力。"

"难道这是人假扮的一匹马？"一位干警质疑。

厉长河吩咐："把相关镜头放大给大家看仔细点，马的鼻子、眼睛、嘴，还有身子和脚，有哪点能看出是人假扮的吗？"

李八斗当即对监控视频做了局部放大处理。

除了眼睛血红得看起来有点邪门，不像一匹正常的马外，无论是外形，还是它的一举一动，都显示着那是一匹真真正正的马。

"大家看清楚了，这是真的马，还是人伪装的？"厉长河问。

全场都点头说，这绝对是真的马。

"而且，"厉长河说，"用你们的脑子想一想，如果你们是罪犯，你们有必要把自己伪装成一匹马去犯罪吗？你要想隐藏自己的相貌，掩饰自己的身份，会有很多办法，包括改变表象的性别、戴上头罩等，至于去假扮一匹马吗？何况马和人的区别太大，伪装起来难如登天吧。还要像马一般地行走，这是完全不可能的事情。所以这是一匹马，一匹真的马，应该不是人伪装的！"

"但这匹马的行为超出了马的正常范畴，这也是无法解释的地方。"厉长河把目光看向李八斗，"你有什么看法吗？"

"我的看法——"李八斗说，"我也认为这是一匹真的马。可是，一匹马要怎样才能做出蓄谋杀人这种匪夷所思之举呢？"

"你问我？不是我问你吗？"厉长河眼睛一瞪。

"会不会是被人控制了？"

"被人控制？"厉长河皱眉，"怎么控制？"

"这个我就不太清楚了，估计得找动物学家了解一下。譬如类似驯狗咬人之类的，当动物接受过人的训练之后，能领会指挥者的意思，就有可能做出不可思议的行为来。这样理解似乎更合逻辑一些。"

"嗯，有点道理。"

"而且我仔细观察了，这匹马是戴了马蹄铁的。这至少说明了两个问题。"

"什么问题？"

"第一个问题，既然戴有马蹄铁，就说明这马是被人饲养的，因为马不可能自己戴上马蹄铁；第二个问题有点可怕，一般来说，马蹄铁的作用是为了保护马蹄，是很早以前，因为马要驮运东西，长途跋涉，主人才会给它们戴马蹄铁以防蹄子磨损。而现在的马，没有那么劳苦了，咱们整个白山县的养马人家，几乎没有给马戴马蹄铁的。这匹马为什么戴着马蹄铁呢？懂现代刑侦学的人都知道，我们能从任何一个物种的毛发或者表皮之类的东西上提取到 DNA，作为其独有的身份证明。如果马蹄直接与地面摩擦，我们就有可能提取到它的 DNA 数据，再到全县的马中筛查。可如果是戴着马蹄铁的话……"

"你的意思是这匹马不但是被人操控的，而且操控它的人还是一个精通刑侦学的高手？"厉长河打断他的话问。

李八斗点头："不确定，但不排除这种可能。"

厉长河说："只要能确定这事是人为操控的，就算他是再高的高手都好说。"

"你们对现场及尸体的分析结果呢？"李八斗把目光看向姜初雪。

姜初雪说："根据现场痕迹鉴定，确定只有马蹄为可疑脚印，没有发现凶手的指纹和其他痕迹。而对尸体的检测，男人的左小腿上有大块瘀肿；另外，在右腋窝和肋骨之间也有一处瘀伤，肋骨断了一根，伤型和左小腿相似，疑似马蹄踢伤。还有就是头部的致命伤，三个死者的头部都被砸得稀烂，说明被攻击了许多下。根据伤口边缘及脑骨断裂的情况，初步判定为马蹄所踩。至于具体情况，红姐还在用更精密的仪器鉴定，得等结果出来了才知道。"

"我是不是可以把你说的这些话总结为，你们也认为是马杀的他们？"李八斗问。

姜初雪点了点头："从现有的证据判断，确实如此。"

"那这就有点问题了。"李八斗沉思着自言自语。

"有什么问题？"厉长河问。

李八斗说："从死者伤情判断，马杀死妇女和孩子都是轻而易举的。因为他们除了头部致命伤，没有别的伤。而夏东海的身上除了致命伤外，还有两处伤，一处在左小腿，一处在右肋骨。"

"这有什么问题吗？"厉长河问。

李八斗说："我对夏东海做了个基本了解，他年轻时练过拳脚功夫，现在也经常锻炼，家里有私人健身房，体格训练得十分强壮，而且喜欢射击，家里气枪、猎枪都有，这说明他是有很强的实战能力的。一匹马就算受过训练，又是如何做到将一个技击高手三招致命的呢？"

"嗯，好像确实很难。除非他不作任何抵抗，任马踢踩。"厉长河说。

姜初雪建议说："这样下去也讨论不出什么结果。所见即所得，既然是马到的现场，在现场留下了证据，那就从马身上查呗！看马从哪里来，又去了哪里，这样一步步调查下去，应该会有所发现吧。"

"事情没有这么简单！"李八斗喊了声，"包古，你把剪辑好的城区监控记录拿出来给大家播放一下吧！"

包古应声，当即为大家播放剪辑出来的城区监控记录。

马从石笋镇北边靠近野鸡山的一处监控出现，很有可能是从野鸡山上下来的，前进时步履平缓，信步而走，进镇后基本上走的都是小巷之类的没有监控的地方。不过它经过镇中心的时候，还是被天网般的监控系统拍到了。离去时一样，只经过了少数几处监控，最终消失之处还是石笋镇北边的野鸡山。

"大家都看完了吧，有什么感想？"李八斗问。

"这么看的话，就是匹野马啊！"冷笑说。

"不可能是野马。"姜初雪说，"你看那马的行走状态，不疾不徐，从容不迫，一眼就看得出它是训练有素的；而且它一路上甚至都没有在路口徘徊张望，而是轻车熟路地到了 16 号别墅。这至少能说明一点，它不是第一次走这条路，也不是第一次到 16 号别墅。"

李八斗说："嗯，我认同这个观点。我已经调取了 16 号别墅周边一个星期的监控记录，一下子没法看完，不知道全部看完能否有所发现。不过目前，我觉得我们需要做三件事。第一，拿着这匹马的照片，往野鸡山方向的各个乡村养马人家或养马场，去查找特征相似的马匹。第二，找相关动物学家了解到底是什么原因促使一匹马做出如此匪夷所思的行为来。第三，调查被害人一家三口的近况，看有没有与人发生口角结仇，尤其是男主人夏东海的社会背景及人生经历。既然是谋杀，必有源头，找到源头，谜底自然就揭开了，大家觉得呢？"

"嗯，我觉得你的思路很清晰。"厉长河说，"就按照你说的方向调查吧，你对大家也都了解，这个案子就由你来打先锋，我在后面给你掌舵。"

"那我就恭敬不如从命了。可是——"李八斗故意看了眼姜初雪，"万一有人不听我的怎么办？"

厉长河问："谁敢不听，还有组织纪律观念吗？"

"行，那我就开始安排了。"李八斗说着看向几位专案组成员，"冷笑你是搞网络的，就负责看我拷贝回来的那些监控吧，主要是看这一个星期之内，有没有什么可疑人物在 16 号别墅周边出现。大勇和包古，你们两个分一下工，一个去找目击证人，另一个负责查夏东海一家的资料，重点留意最近发生的一些可能导致报复的事件。可以等技术部门把夏东海的手机锁解开后，看一下他这几天的通话记录、聊天记录，看有没有什么线索。当然，也可能是很久以前的恩怨、蓄谋已久的报复。

总之，无论是哪种情况，都不能忽视。"

李八斗的目光落在姜初雪脸上，咳嗽了一声才说："姜初雪。"

"说，听着呢！"姜初雪冷着一张脸，语气颇为不善。

李八斗不以为意地说："听说你是省城来的，我想你应该比较熟悉那里，所以我打算安排你去省城找动物学家了解情况。"

"没问题，我去就是。"姜初雪说完，径自出去了，都不愿多看李八斗一眼。

李八斗并不在意，安排完这些，他又将涉案马匹的资料传给了马匹行经的各乡镇的派出所，让他们去调查特征相似的马，重点特征在于马的身高、毛色、体格。若有特征相似的马，则调查好马主人的背景资料，一起上报。

无论真相怎样，李八斗都大胆地首先假设，这是一匹被人饲养的马，马所做的这一切，都是受主人操控的。这种瞎猫碰上死耗子的调查，他根本就不抱什么希望，但在没有更好的办法之前，也只能如此。

下午五点，李八斗正仰靠在座椅上 N 次回想案发现场，手机蓦地响了起来。

他拿出手机一看，是一个陌生号码，地址显示是省城，他马上想到了队长让他好好接待的那个省电视台记者。略一迟疑，他还是接了电话。

"喂，请问是李警官吗？"电话那端传来一个非常轻快而甜美的声音。

"嗯，是的。"

"哦，我叫夏天，是省电视台《法制新闻》的记者，到这边来采访一个案子，领导给了我你的号码，让我找你。"

"刑警大队大案中队，自己来吧。"没等对方说话，李八斗就挂

流年明媚·相思谋

千万读者念念不忘的古言经典，
再现一场旷世绝恋！

作者：桩桩
书号：978-7-5511-4649-4
定价：49.00元

- 既有惊心动魄的权谋之争，又有百转千回的爱情，读起来让人欲罢不能。
- 完美演绎爱情三十六计，计计精彩，计计出人意料。斗智斗勇，高智商、高情商的碰撞。

锦城烟云（全二册）

惊艳五代乱世，搅扰十国尘烟
才貌双绝世，倾倒两帝王！

作者：龚莹莹
书号：978-7-5695-1172-7
定价：78.00元

- 红尘烟花，掩不住她的冰肌玉骨；朱门深幕，遮不了她的绝献之才。
- 小说以细腻的女性情怀和感性的女性视角，描写爱情在山河破碎之际告终，人物在命运面前和权力角逐中呈现出的人性光辉。

风尘王妃（全三册）

从烟花舞姬到倾世王妃，她经历了什么
难言之恨？

作者：童颜
书号：978-7-5596-0908-3
978-7-5596-0075-2
978-7-5596-1993-8
定价：119.40元

- 她的故事，比“甄嬛”更曲折惊心！
- 既有江湖上的争名夺利，又有朝堂上的刀光剑影；既有家国情怀与权力博弈，更有王府的相互倾轧和尔虞我诈。

无尽之夏

人气作家清扬婉兮继《你是我藏不住的秘密》《十年锦辉》后暖甜力作！

作者：清扬婉兮
书号：978-7-2011-5937-9
定价：49.00元

- 理科学霸少女 VS 超能力男神，上演一出跨越时空的青春酸甜之恋。
- 她说：因为喜欢你，就算下雨，也是好天气。
他，一个神秘精灵，只为守护她而来。

大唐阴阳书

“古建筑悬疑派”作家糖衣古典
奠基之作！

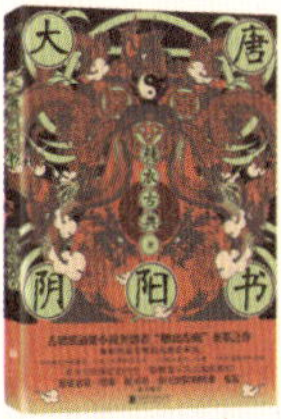

作者：糖衣古典
书号：978-7-5596-4947-8
定价：59.00元

- 联合推荐 | 蔡骏、蛇从革
南无袈裟理科佛
鬼叔（蔡必贵）
- 一环一环的迷局，随时爆发的杀机，毛骨悚然的反转，意想不到的结局！
- 反派心机深沉，正派心机更深！
- 棋逢对手，究竟鹿死谁手？
真相可能会让你无法接受！

先锋旗舰店
天天折上折

新华先锋天猫店

热门小说，随心畅读

了电话。

大约过了十分钟，一个齐耳短发的女孩背着包走进了大案中队办公室。那双四下张望的眼睛让李八斗一下子就猜到了她就是那个省电视台的记者。

"喂，您好，请问哪位是李警官？"夏天笑着问道。

"我就是。"李八斗不冷不热地应了声。

夏天立马像只燕子般欢快地跑到李八斗身边，喊了声"李警官"，然后双手递过一张名片。

李八斗接过名片顺手丢到了办公桌上，跷起二郎腿说："想知道什么就问吧！"

"就是今天早上弯月湖半山别墅的那个案子，现在是什么情况啊？"夏天睁着一双乌黑的大眼睛问。

李八斗看着她，觉得这女孩长得其实挺好看的，淡墨般的眉毛，乌黑的大眼睛，齐耳短发，身材高挑，皮肤白皙，胸大腿长，美得无可挑剔，尤其是那一脸春风拂柳般的笑，很难让人讨厌起来。

"电视台就来了你一个人吗？"李八斗问。

"不是，还有同事。"夏天说，"他们去找住处了，我先过来找李警官接个头，简单了解下情况。给李警官您添麻烦了。"

李八斗说："不麻烦，案子的情况很简单。夏东海一家三口惨死于自家别墅。"

"这我知道，能麻烦李警官透露一些细节吗？"夏天问。

李八斗用事务性的口吻说："对不起，案子尚未告破，恕我无可奉告。"

"可是，我们电视台的领导跟省厅的领导协商好了啊，允许我们进行适当的报道。我大老远跑来，您总不能让我白跑一趟吧。我还想去现场看看呢。"

"去案发现场拍摄，你就别想了。"李八斗毫不犹豫地斩断了夏天的念想，然后话锋一转，"不过……倒是可以让你在案发别墅外进行拍摄。"

夏天急忙催促道："也行，那我们赶快去吧。"

李八斗看了看时间："快下班了，明天吧。"

"明天？"夏天急忙摇头，"不行的，对新闻来说，没什么比时效更重要了，所以我们要抢在其他媒体之前报道出来。辛苦李警官了。拜托，拜托。"

对方的态度一直很好，李八斗又想起了厉长河的叮嘱，站起身来，让步道："我也许是上辈子欠你的吧，走吧！"

夏天高兴地连声道谢，然后给同事打了电话，让他们带着设备直接赶往案发别墅。

半个小时后，李八斗开车赶到了弯月湖半山别墅区。很快，夏天的同事也根据夏天给的地址来到了这里。双方略一寒暄，便由李八斗带着他们前往 16 号别墅。有李八斗这位刑警带着，别墅区保安亭的安保人员也没多作阻挠。

来到案发别墅外，夏天和她的同事便着手忙活起来。有人拿着摄像机在别墅附近取景，有人拿着收音设备耐心等待。等夏天准备好新闻快报要说的内容后，终于开始了正式的录制。

李八斗站在一旁，狠狠地嚼着口香糖，看着他们忙碌的身影。不知道为什么，有那么个瞬间，李八斗将夏天看成了诗佳。她们都那么爱笑、活泼、阳光、青春且美丽。

当那张脸穿过遥远的岁月又出现在他的记忆里时，就像有一根针狠狠地刺在了他的心上。比那张美丽的脸更让他难忘的，是那个醒来的早上他看见的、躺在那里已经再也不会醒来的、满脸是血的诗佳。

夏天他们忙活的期间，天色渐渐暗了下来。黑夜来临前的 16 号别墅，透着几分莫名的悲凉。

一个幸福的三口之家，一夜之间都命归黄泉，这是人间惨剧。可到底是谁，又为什么要制造这出荒唐的惨剧呢？

李八斗暗自思忖的同时，目光在 16 号别墅四周流转着。当这场惨剧发生的时候，这里的房子，房子周围的树，包括立在路边的街灯，它们肯定都曾看见过什么。那是昨夜的真相，是普通人很难发现的细节。

李八斗的目光突然落在从别墅左侧转角过来的一辆面包车上。面包车司机发现李八斗注意到了他，点了下油门，车速也随之加快了。这一细微的变化当然没能逃过心细如发的李八斗的法眼。他将面包车拦了下来，打算盘问一番。

面包车司机戴着一顶草帽，帽檐压得很低。李八斗出示了一下证件，问道："干什么的？"

面包车司机回复道："给老板们送猪肉的。还剩最后一点，警官你要吗？要就便宜卖你。"

面包车司机一边说一边有意无意地向别墅那边张望。他的这个小动作也被李八斗看在眼里。李八斗让他下了车，说要检查一下车厢。

"警官，我是正经生意人。我杀的猪中有些是我从十里八乡搜罗来的，较之养猪场的那些饲料猪，这种猪肉更优质、安全，吃起来也放心，所以别墅区的老板都会定期跟我买肉，我一般都是送货上门。当然我也收饲料猪，只是这样的猪肉一般是卖给普通百姓的。虽然同是饲料猪，但我给出的价钱也要比其他肉贩公道得多。我说的都是实话，不信你可以去问这里的保安。"

"清者自清，既然你没做亏心事，就麻烦你配合我一下吧。至于你说的这些，我后续会找别墅的保安人员去核实的。"

面包车司机没再说什么，按李八斗的要求打开了车子的后备厢和后车门。一阵肉类的腥味立马扑鼻而来，另外，也许是为了方便送货、运货，车子的后座全被拆除了。车厢里的景象初看有些骇人，一块木板上放了几根剔光的骨头，以及一些从猪肉上剥下来的猪皮，旁边还放着剔骨刀、割肉的尖刀，还有挂肉的铁钩。这些工具上无一例外都沾有一点血渍。

检查完，李八斗保持着弯腰的姿势往后看，后面是面包车司机嬉笑相迎的脸。也正是因为角度的问题，李八斗才得以完整地看到藏在帽檐下的面包车司机的脸。他的右脸上有一道很长的刀疤，从右耳根一直延伸到下巴的位置，再加上车里带血渍的刀和肉，身处暮色之下的李八斗竟然莫名觉得面包车司机的笑有几分诡异。

"要买猪肉吗，警官？我给你便宜点。"面包车司机又问了一遍。

"你叫什么名字？"李八斗直起身，目露锋芒地盯着他问。

"哦，我叫阎老三。"

这家伙是在社会上混的吗？还是说在家里排行老三？李八斗按捺住心中的疑问，转而说道："我是问你的真名。"

"我的真名是阎铁山。"

"除了给老板们送肉外，你有固定的卖肉摊位吗？"李八斗又问。

"有，就在镇上的菜市场。"

"说一下你的住址。"

"我住五谷村，怎么了警官，这里发生什么案子了吗？"

"有人被杀了。"李八斗的目光始终死死地盯着他。

"有人被杀了？"面包车司机又把目光看向别墅那边，"不像吧，他们好像在摄像，那个女孩子还拿着话筒在说什么，像在录节目。"

"哪儿那么多废话，卖你的肉去吧！"李八斗瞪着他。

"嗯嗯，好的，好的。"面包车司机赶紧坐上驾驶座，驱车离开了。

李八斗目送面包车离开，不知道为什么，他有种说不出的感觉——

这个面包车司机有些不太正常。

车速一开始很平稳，当自己注意到时，车子突然加速了。而且，对方和自己说话时，不但有意无意地向别墅那边张望，还旁敲侧击地打听案情。要正常情况，李八斗不会告诉他有人被杀了，之所以告诉他，就是觉得他有些可疑，故意说出来试探一下他的反应。

对方没有吃惊，而是用很平静的语气向李八斗询问。这不是一个普通人或者正常肉贩的反应，李八斗觉得有必要暗中查一查。

待夏天他们忙活完，离开别墅群时，李八斗找保安亭的值班人员核实到阎铁山所言非虚。李八斗一行离开 16 号别墅几分钟后，一个人从斜对面大约三十米的别墅楼顶上，如猴子般敏捷地跳了下来。那人戴着一顶草黄色太阳帽，配有墨镜，穿黑色衬衫，背一个双肩包，低着头向 16 号别墅走来。细看他的双手都戴着手套。

他没有走正门，而是从侧边找了个位置翻墙上去。他的动作十分敏捷，就跟猴子爬树一样，三两下就到了别墅二楼。在进屋之前，他先从背包里拿出一双鞋套套在脚上，又拿出一只微型手电，这才进了屋。

他逐个搜索二楼的房间，来到儿童房间时，他看见了床上和地上残留的血迹。手电的光在血迹上停留了许久，他才转身出屋，去了楼下。楼下客厅的地板上除了血迹，还有警方画出的死者躺姿的白线。

他取下墨镜，弯腰蹲下，仔细地查看地面。他那张古铜色的脸抽动了一下，然后又站起来，目光环视屋子，看到了一边的主卧。他进去站在电脑前，重启电脑，可什么记录都没有了。

很显然，监控硬盘已经被警方取走了。

他站在原地呆立了一会儿，然后跑到了楼顶。他站在模糊的阴影区里，看着那片夜幕笼罩下的别墅群，脸上的表情一片木然，看不出悲喜。

这里是镇子的边缘，是整个白山县的高档住宅区，十分宜居，所以没有市中心的那种灯火通明和喧嚣。周边的绿化林里传出声声虫鸣，此起彼伏遥相呼应，一点也不让人觉得吵。

背包人如一尊雕塑似的在黑暗里站了许久，也不知道他在想些什么。他从兜里掏出烟盒，抽出一支烟点燃。打火机的光映亮了那张黑暗中的脸庞。那张古铜色的脸上有许多坑坑洼洼的印记，就像是下过雨后被人踩过的一地泥泞。

抽完烟，他弹指将烟头扔掉，转身下了楼。几分钟后，他到了16号别墅对面，选了个位置爬上楼，进到屋里，直接找到了装有监控的电脑。他麻利地从里面取出硬盘装置后，便转身离开了。

16号别墅往左约一百米的林荫道上停着一辆三菱越野车，背包男打开车门上了车，接着从背包里取出一台小尺寸的平板电脑，将硬盘插了上去，观看起里面储存的监控记录。

当看到一匹高头大马出现在监控中时，他那古井无波的表情终于有了些许松动。再看到李八斗盘问面包车司机时，他的眼睛突然睁大了一些。他也发现了面包车司机有意无意瞟向别墅那边的小动作。面包车司机的具体面容看不太真切，但隐约可以看到他的右脸上有一道刀疤。

这个面包车司机偷偷摸摸地观察别墅那边，到底是纯属好奇，还是另有目的？

背包人沉思片刻后，收起平板电脑，驾车离去。

第 3 章
有病的人

临近夜里十二点，白山县城大湾片区的巷子里，一个骑着共享单车、戴着棒球帽的年轻人，穿过一条又一条巷子，最后停在了一个街口的路灯下。他抬头仰望夜空，目光如利剑一般，牙齿咬得腮帮鼓起。那张原本俊朗的脸变得稍显扭曲。

这个年轻人不是别人，正是白山县刑警大队大案中队的李八斗。调回白山县以来，为了寻找当年那个杀害诗佳的变态凶手，很多个晚上，他都独自一人骑着单车游走在石笋镇及白山县城的大街小巷。他也知道这种寻找方式无异于大海捞针，就跟瞎猫碰死耗子一样，希望渺茫，可这也是没有办法的办法。

他调看了当年诗佳被杀的案卷，本想得到一些有用的信息，结果令他大失所望。那上面只记录着诗佳遇害的现场情况，没有关于凶手的线索或资料。没有凶器，没有指纹，连疑似凶手的脚印都没有。因为警察赶到时，现场已经围了很多闲人，现场即便有凶手的脚印，也被破坏掉了。诗佳的下体流了很多血，但不是性侵造成的，而是刀子捅的。所以她的体内没有凶手的精液，也就没有关于凶手的DNA痕迹。

虽然没有关于凶手的线索，但李八斗还是从凶杀现场得出了一些推论。

其一，这个凶手可能是性无能，或者性取向不正常，对女人并没有欲望，所以没有侵犯诗佳；其二，凶手可能是个变态，他虽然对女人没有欲望，但有某种深仇大恨，所以才那么凶残地伤害女人的下体；其三，他曾经可能被看起来单纯且漂亮的女人伤害过，因为诗佳就是这样的女孩。

如果凶手有这种变态的报复心理，那他就不会只杀一个人，因为变态是一种病，只要犯病，他就有可能杀人。然而，十年了，在白山县的刑事档案中，并没有其他类似的凶杀案记录。

李八斗觉得不正常。那应该不是一桩偶然的凶杀案，变态凶手既然踏出了覆水难收的一步，就不会轻易收手。能干出那种事，说明他的心理状态和一般人是不一样的，他为了满足自己的变态心理，应该会铤而走险。那为什么十年来，白山县没有类似的案子发生？难道凶手死了？

李八斗不死心，直觉告诉他，凶手还活着，就藏在白山县城的某个角落里。但凶手是个高手，犯案的手段更加高明而隐蔽。白山县的刑事档案中之所以没有类似的案情记录，是因为他后来犯下的案子都没有被发现。如果真是如此，那就太可怕了。

李八斗将单车骑到前面的垃圾桶旁，将嚼得没味儿的口香糖吐了进去。刚把共享单车掉转过来准备回家，一抬眼便看见了一个同样骑着共享单车往这边过来的人。那人很年轻，看起来二十岁左右，戴副眼镜，白白净净、斯斯文文的。

那人看见李八斗的时候也愣了下，并捏住刹车停了下来，颇为腼腆地喊了声："八斗哥！"

"唐白？"李八斗惊讶地说，"你怎么在这里？"

"我来这边找个朋友。"

"找朋友？这么晚了，你怎么回去？"

"没事。我等会儿打个车回去。"

"这里打的回镇上可不便宜。你跟我一起吧，一会儿我送你。"

"算了吧，八斗哥，这么晚了，麻烦你不好。"

"我说送你就送你，跟我客气什么。"

"那好吧，我找个地方把车还了。"

"先骑着吧，我先回一下刑警队，那里也可以还。"

两个人一起骑着车到了刑警队，在附近共享单车专用停车处扫码还了车。李八斗进去队里开了自己的车出来，唐白坐进了副驾驶座。车子穿过已经安静下来的城市，街灯昏黄而柔和地亮着。李八斗边开车边和唐白聊天。

唐白本和李八斗同村，都住开发前的石笋村，但唐白比李八斗小六岁，和李八斗的妹妹李小玥同年，还是同班同学。小时候，唐白总喜欢跟在李八斗的屁股后面，一口一个"八斗哥"。那时候，无论是春天网蝴蝶，还是夏天抓知了，只要有李八斗的地方就有唐白。自李八斗去省里的警校念书后，两人的接触就少了。

石笋村得到了开发，开发商找村民买地，补了村民很多钱。几乎整个村子的人都致富了，改变了面朝黄土背朝天的命运。石笋村的村民都笑得合不拢嘴，认为是祖上积了八辈子的德，才换来了如今的富贵。

唐白也曾这么认为。然而他的生活一步步走向了悲剧。男人有钱就变坏，说的就是他爸唐世德。他爸不仅过上了花天酒地的奢靡生活，还爱上了赌博。最终因为一个年轻妖艳的女人而抛妻弃子。

爸妈离婚那年，唐白才十岁。离婚时，唐白他妈没有分到一分钱。唐世德嘴上说钱都输了，或许他把钱给另一个女人用了，谁知道呢？反正在离婚协议上，唐白他妈就只分到了居住着的那套房子。

刚离婚那会儿，唐白他妈还有工作，但遭受了离婚的打击，性格变得多疑起来。有一次，她与别的同事在一起聊天，疑心同事是在讽刺她，就跟同事撕扯了起来。在撕扯的过程中，不小心伤到了肚子，疼得她倒地不起。她本来肠胃就不好，以为是肠炎复发了，可到医院一检查，才发现是流产了，她都不知道自己已经怀孕一两个月了。

自此之后，她整个人就垮掉了，整天以泪洗面，变得疑神疑鬼、神神道道的，连班都没法上了。单位见她这个样子，就把她辞退了。整天窝在家里，没有排解积郁之处，她的精神状况变得越来越差，有时候还毫无征兆地打唐白。等她清醒过来，看到儿子身上的伤，又会抱着他伤心地哭。

后来，唐白生了一场病，没钱医治，她就把镇上的房子卖了，带着儿子去了乡下的娘家住。没过几年，唐白的外公外婆相继过世，唐白只能和妈妈相依为命，而他妈妈在经历了一连串打击之后，精神出现了问题，变得时而疯癫、时而清醒。

那年唐白才刚读高一，就辍学了。那时李八斗还在省城读警校，妹妹特地打电话跟他说了这件事。李八斗第一时间联系了唐白，让他继续读书，说他帮他解决学费的问题。

李八斗的家境很好，他在家里也能做一些主。很多事父母都支持他，他觉得自己可以帮助唐白。但唐白拒绝了他的帮助，说他不想读书了，想出去找点事做，照顾好妈妈。

后来，李八斗又从妹妹口中得知，唐白在镇上的一家书店上班，而他忙着研究和侦破各种案子，对唐白的情况就不甚了解了。

此刻，戴着眼镜、斯斯文文的唐白，腼腆地微笑着。李八斗问起他的近况，他微笑说："挺好的，一个月有一千多元的工资，刨除吃的用的等一些必要的开销，每个月还能剩好几百元呢，工作也轻松。其实现在买书的人少，只不过那么大个地方，需要一家书店，而书店又需要一个人看着。老板也无所谓有没有人买书，反正国家有补助，书店就是为地方撑门面用的。不过可以免费看很多书，我觉得很充实。"

"嗯，其实生活平平淡淡也没什么不好，最重要的是要知足。"李八斗挺欣慰的，一个经历了那么多变故的孩子还能有这种心态，已经很不错了。

凌晨两点左右，李八斗把唐白送到了唐白现在居住的五谷村。

"谢谢八斗哥。"唐白下车后，很礼貌地说了声。

"别跟我客气，以后有什么事给我打电话，别拿我当外人。"李八斗对他说话，还是哥哥对弟弟说话的那种口吻。

"嗯，我知道。"唐白也如当年一般很听话地应着。他站在那里，目送李八斗的车子消失在视野内，才转身回屋。

苍穹一片漆黑，黑暗中的群山如狰狞的鬼怪，车灯扫过，才看得清那是山石树木。李八斗没有把车顺着原路开回镇上，而是转了个弯往一条石子路上开去。开了十来分钟，他停下车，打开手机电筒，沿着一条小路走上去。

小路两旁都是玉米地，玉米早被掰走了，干枯的叶子在夜风中不时发出窸窸窣窣的声音，山林里某些不知名虫子唧唧地叫着，让夜晚平添了几分诡异。

沿着小路往前走了百余米，李八斗停了下来。那里有一座坟，一座用条石砌筑的坟。周围草木疯长，坟头上荆棘丛生，一片荒凉。

李八斗默默地盯着坟看了一会儿，然后在坟前坐下，双手捂着脸，仿佛心中有着无法排遣的痛苦，脸都被手指抓得变了形；过了一会儿，他松开手，抬头直勾勾地盯着黑暗的苍穹发呆。

他又想到了那个令他心碎而绝望的早晨，诗佳满身是血地躺在地上，再也不能和他说话，不会跟他玩耍了。他突然觉得身子一阵虚弱无力，他靠着坟堆，想放声大哭，却哭不出来。他抚摸着那生出了青苔的坟堆，一遍又一遍地对她说着抱歉，因为这么多年过去了，他都没能给她一个交代。

痛苦就像毒瘤一样长在他心里，令他久久无法释怀。那个恶魔到底在哪里？在哪里？！回答他的只有无声的黑夜。

李八斗是被某种动静惊醒的。他听到了一种很奇怪的声音，极有节奏。他定下神来，仔细分辨了一下，听着像是奔跑的马蹄声，还有山石滚落的声音。他想听得更清楚仔细些，但那声音渐渐远去了、消失了。他想确定一下声音是从哪个方向传来的，不过无从辨别。他转着眼珠看了一圈，四周除了重重叠叠的山之外，就只有枯黄一片的玉米地。

这样的环境不可能有人骑马奔跑吧？难道是自己伤心过度产生了某种错觉？又或者是那匹杀人的凶马搞得自己神经过于敏感了？

他打了个哈欠，发现身上已被晨露打湿，又看了看时间，已是早上六点，昨晚居然在这里睡着了。其实时间也还早，可这里终究不是睡觉的地方，而且凶马案疑点重重，他应该早点回去，查找案件的线索。他当即站起来，又看了眼那座荒坟，转身离开了。

而当他将车开到山下，转过一个山道的时候，突然发现在前面不远的公路上，有人牵着一匹马踽踽而行。他不由得皱了皱眉。这么早，谁出来放马了？刚才听到的骑马奔跑的声音，难道不是错觉，而是真有人骑马奔跑？

李八斗将车子开过去，渐觉那背影有些熟悉。牵马的人听见身后车辆行驶的声音也回过头来。看见那张面孔时，李八斗不由得大感意外。

"唐白？"李八斗将车在旁边停下，从车窗探出头。

"八斗哥，这么早你去哪儿了？"唐白也很意外。

"哦，有私事去了个地方。你这么早牵着马去哪儿？"

"不去哪儿啊，我就牵马出来遛遛。"

李八斗看着那匹马，马不是太高，一米三四吧，看起来还像匹幼马，似乎又比幼马更老练、稳健一些。看起来更像骡子，乌黑色的皮毛整齐而闪着光亮。

"这么早就出来遛马吗？"

"没办法，我七点左右就要出门往镇上上班了，只能早点才有时间。"

"我刚才听见有骑马奔跑的声音，是你吗？"

"骑马奔跑？"唐白摇头，"没有啊，这里到处都是山林和庄稼地，骑马跑不开吧，而且我这马的身子不好，我很少骑的。"

"你什么时候养马了？"李八斗又看了眼马，问道。

"很久了。"

"养了多少？"

"就这一匹。"

"就这一匹？这还是匹小马，没有成年吧？"

"不，这是匹成年马，六七岁了呢。"

"六七岁了？"李八斗忍不住又看了马一眼，"不像吧，个子这么小，骨架都还没长开一样。"

"这是一匹早产马。"唐白解释道，"它出生前几天，母马不小心掉下河沟摔死了，是我外公从母马腹中取出来慢慢喂养活的。当然，也可能有些别的什么原因，使得它的身体一直长得很缓慢。它长到这么大之后，就再也没长过了，好几年了，一直都是这体格。"

李八斗叹息一声："看来，马也与人一样，命运里充满了跌宕与不公。"

唐白一笑："从古至今，就算原本并不偏私的雨露阳光，对天地万物来说，也无法做到绝对公平吧。每一棵树，每一根草，所受的阳光雨露都不一样。有生于石头夹缝中，缺少生长土壤的；有虽生于土壤中，土壤却是贫瘠的。但它们一样能活下去，只要知足就好。"

李八斗认真地看了唐白一眼："你的心态很好啊，看来在书店上班对你来说非常适合。很多时候，比起拥有，更重要的是心态。有些人拥有很多却始终贪婪，最后落入无底深渊。有些人则平平淡淡，简简单单，人生圆满。好了，我还有好多事要忙，就先走了，有什么事打电话给我。"

"嗯，谢谢八斗哥。"唐白应了声，看着李八斗开车去远。

他牵着乌黑色的小马，踩着落在公路上的阳光，来到了几间破落潦倒的土墙瓦房前。

土墙裂开了可以塞进手掌大的口子，屋檐下布满了蛛网。一扇原木的门上用红墨水或是粉笔画了许多×，密密麻麻地写着很难分辨的字。这就是唐白的家，严格地说，是他外公外婆的家。外公外婆相继离世后，他就和母亲在这破落的房子里相依为命。

唐白把小马留在了屋前的院坝上，往门口走去。

虚掩的木门嘎吱一声打开了。一个穿着花格子衬衣、头发蓬乱的妇人出现在门口，蓬乱的头发黑白相间，尽显苍老；花格子衬衫大概是扣错了扣子，下面的衣摆一长一短，显得特别怪异。脚上也是，一只脚穿了鞋子，另一只脚光着。

妇人拉开木门，往左右看了看，骂骂咧咧道："又是哪个砍脑壳儿死的，来偷我屋里的东西，要杀千刀、遭雷劈啊！"

她抬起眼来，看见走来的唐白，那双呆滞的眼睛仿佛有了神，关心地问："唐白，你又去看医生了啊？医生怎么说，你的病还能治吗？"

唐白过去扶着她："妈，我没病，你别担心。"

"你别瞒着妈，妈知道你有病，我们有钱治，就算卖房子，妈也给你治，好不好？你别哭，妈就怕你哭，一哭就停不下来……"妇人边说边伸出瘦骨嶙峋的手，颤颤巍巍地轻抚着唐白的头。

唐白站在那里没动，任由那只干瘦而粗糙的手在他头上和脸上摩挲着。那手掌上干裂而起的茧皮几乎将他的脸划破，他感到丝丝刺痛，可他安静地站在那里，一动没动。他闭着眼，心里痛苦得有如被千万只虫子啃噬。

　　妇人突然停下手上的动作，直勾勾地看着唐白："你还没告诉我你那天晚上去哪儿了，为什么我一整晚都找不着你？是不是又有人欺负你了？"

　　"没人欺负我，妈。我不是跟你说了吗？我当时太累，在林子里睡着了。"

　　"我不信，肯定是又有人欺负你了，他们把你关起来不让你回来是不是？"妇人神情激动而凶狠地说，"是谁欺负的你，你跟妈说，妈去把他们都杀了，让他们欺负你！"

　　"妈，没人欺负我，你看我不是好好的吗，身上也没有伤。"

　　"没有伤吗？我看看。"妇人盯着他的脸看了会儿，又掀起他的衣服，在他身上找，然后拉过他的手，发现他手背处有些红肿，当即指着说，"你看，这里受伤了，我就知道有人欺负你了，是谁，你跟妈说，妈马上就去杀了他。"

　　"妈，真没人欺负我，谁欺负我会打我这里呢？是我干活不小心被树枝戳了下，没事的。"

　　"真没人欺负你吗？为什么我总觉得有人欺负你了，是你不跟我说呢？"

　　"不会的，谁欺负我，我都会跟你说的，因为这个世界只有你会保护我，我肯定会跟你说的。"

　　"嗯，只有妈妈会保护你，不要去相信别人。可是，妈妈最近总感觉自己病了，还病得不轻，我会不会死啊，如果我死了，你怎么办？你怎么办呢？"

妇人口中喃喃着，眼里泛起露珠般晶莹的泪花。她抹了把眼泪，转过身，脚步踉踉跄跄地往屋里走去。

唐白静静地站在那里，脸上无悲无喜，如一尊雕塑一般。许久之后，他的脸上才露出一丝说不清是悲哀还是嘲讽的笑容，迈步进屋。

李八斗赶到刑警队时才七点半，离上班还有半个小时。他把车停好后，就到外面去吃早餐了。

刑警队往左有一条比较古老的巷子，巷子里有好几家老字号的早餐店。其中一家叫李记豆浆，是李八斗的最爱。那家店的豆浆用精选的黄豆打磨而成，醇香扑鼻，口感正宗，再配上炸得金黄酥脆的油条，堪称人间美味。

李八斗一只脚踏进李记豆浆的大门，目光不经意地看向里面，店里和往常一样，食客满座，只有门边还有一个空位，而那处空位的对面，竟然坐了一个他不想见到的人。那个美艳动人却脾气暴臭、整天对他黑着一张脸的女法医——姜初雪。

李八斗又往四处看了看，确实没有位置了，心想：老子做人连生死都能置之度外，凭什么要躲一个女人？互相看不顺眼就互相硌硬呗！

他径直走过去，在姜初雪的对面坐下。正喝豆浆的姜初雪抬起头来，看见是他，那张本来清风明月般的脸一下子就乌云密布了，眼中也迸射出两道锋芒来，恨不得吃了他。

"我都跟你说了，那天晚上只是一个意外，我没有……"李八斗实在是无语。

"打住，不要再提了，否则我会让你付出代价的。"姜初雪粉脸如霜。

"你要这么说的话，那我就等着你所说的代价了，别让我失望。虽然我一般不招惹女人，但如果有泼妇非要招惹我，那我也会陪着。"

"你会为你不当的言行后悔的！"姜初雪恶狠狠地说。

"这些我一点都不关心。我现在关心的是，我好像派你去省城找专家了解马的脾性，以及它杀人的可能性了，你为什么还在县城？"

"我已经联系了省城的朋友去农林科技大学找了动物学专家，得到了我想要的答案，有什么问题吗？"

"是吗？什么答案？"

"我为什么要告诉你？"姜初雪一脸强横。

"你别忘了，我是专案组副组长，我直接对组长汇报，所有成员都有向我汇报案情的义务！"

"还不到上班时间，我吃早餐的时候，也有这种义务？"

李八斗点头："行，那我就等你上班时的汇报吧。"

"不要拿着鸡毛当令箭，这改变不了你肩上的警衔只是一枚四角星花的事实，嘚瑟什么啊！"说完，姜初雪喊了店员埋单就走了。

"四角星花怎么了？老子还年轻，以后要加很多杠上去给你看，别狗眼看人低！"李八斗愤愤不平。但他说的话，姜初雪已经听不到了。

心情坏了，豆浆都没以前喝着香了。他又想起了那天晚上。和往常一样，他在县城的大街小巷转悠着，想为当年的诗佳案找到一点线索。碰巧在盛景小区外，他看见了一个鬼鬼祟祟的背包男子，便悄然跟了上去。结果发现那个背包男子从暗处翻进小区，然后敏捷如猴地爬上最靠近围墙的那栋楼三楼的一户人家，用工具打开窗子，钻进了里面。

不管是偷东西还是别有目的，对方肯定是在犯罪了。李八斗也没多想，当即也使出本事，徒手爬楼追踪上去。当他进入那间房子寻找小偷时，恰好遇到洗浴完从浴室出来的姜初雪。

当时，姜初雪身上连浴巾都没有围，就那么自然而然地从浴室里出来了。毕竟是自己的家，门窗本来都关着的，谁想得到会突然多出一个男人来呢？

彼此狭路相逢，姜初雪惊叫一声，迅速遮挡住胸前，退回浴室，迅速穿好之前脱下的衣服，杀气腾腾地跑了出来。

李八斗还呆若木鸡地站在那里。当时他想继续寻找小偷，可白看了人家的身子，就这样走了不好，万一人家报警了呢？虽然他问心无愧，但终究影响不好，甚至会成为队里的笑柄。所以，他就站在那里等着姜初雪出来，想跟她解释一下。

然而姜初雪根本不给他解释的机会，打开浴室门便怒骂道："你想死啊！"随即抬腿就往李八斗裆部踢来。

李八斗敏捷地闪开。姜初雪却步步紧逼，招招凶狠，一副不把李八斗废掉誓不为人的架势。虽然她的战斗力令李八斗大感意外，但她肯定不是李八斗的对手。李八斗可是拿过警校格斗赛冠军的人，而且是在第一个回合就打败了第二名的选手。

李八斗连喊了几声"别忙动手，先听我说"，姜初雪都置之不理，他只好"辣手摧花"，使出一招过肩摔，将她摔倒在地，并将她压制住，使之不能动弹。

姜初雪恼怒至极，一边拼命挣扎一边喊着："你个浑蛋，别碰我，给我滚开！"就差用嘴咬李八斗了。

李八斗却把她压得死死地说："你答应冷静下来听我说，我就放开你。"

姜初雪迫不得已答应了。李八斗说了自己是警察，是跟踪一个小偷进来的，并不是偷窥狂，也不是在犯罪，刚才只是一个误会。

"你是警察？证件呢？"姜初雪不信。

李八斗拿出证件让她看，可她还是无法接受："警察怎么了，警察就没有败类吗？一个刑警孤身一人三更半夜抓小偷，谁信呢？我看你就是小偷吧！"

"我懒得跟你扯，你们这小区应该装有监控吧，我们去调监控看吧。"

姜初雪同意了。两个人去保安室调了监控。遗憾的是，小偷翻墙上去的那个地方是监控死角。

李八斗把手一摊："那就没办法了，我就是从那里跟着他爬墙进去的，你看监控也没有拍到我，是吧？"

"一个下三烂的小偷能徒手爬墙，还能没有任何声响地把我的窗子打开，你的鬼话谁信，那个小偷分明就是你！"姜初雪怒不可遏。

"三楼而已，开窗而已。有些人家用防盗门、指纹锁，住十楼，照样失窃。要我拿公安系统里的案例给你看吗？"

"好，就当你是追小偷。你既然跟进屋来追小偷，为什么不去追小偷，而是站那里盯着我看！"

"我……"李八斗尴尬地说，"我正进屋，突然就看见你……那样，换谁也会愣住的，是不是？"

"你……"姜初雪气急败坏，指着李八斗，"我不管，你没法证明你是为抓小偷进的屋，你就是那个小偷，我要举报你！"

说完，姜初雪就准备打电话。

"你举报我什么，进了你的屋，还是看了你的身体？你很乐意让全世界都知道你洗澡出来被我看到了吗？"

姜初雪愣住了，停下了打电话的动作。显然，她也不想这件事声张出去。

李八斗说："而且，我知道你也是警察，我在刑警队的食堂见过你。真要把这事闹开了，整个白山县公安局都会有咱俩的传说。"

"滚！别让我再看见你。"姜初雪咬牙切齿地说。说罢，转身就走了，因为她不想再多看李八斗一眼。

李八斗颇为无奈，摇头叹息一声离开了。他不知道的是，姜初雪回屋以后，把自己关在浴室里，洗了一遍又一遍。她觉得自己的身子被李八斗看到且碰到了，就是对她的玷污。她对异性有严重的洁癖，对男性从心底抵触和排斥，甚至包括她父亲。所以后面每次相见，她对李八斗都表现出极强的厌恶。李八斗觉得她太小题大做、不可理喻，却不知道那件事于她来说，是一辈子都洗不去的污点。

李八斗吃完早餐回到刑警队的时候，看见自己办公室门口等着一男一女两个六十来岁的老人。

"你们找谁？"李八斗问。

男的说："我们是夏东海的父母，昨晚接到了你们刑警队的电话，说我儿子一家出事了，今天一早就赶紧过来了。"

"进来坐着说吧。"李八斗打开门，把俩人都让进屋。

两个老人长得身宽体胖，但神情格外憔悴。尤其是夏母，两只眼睛明显地红肿着。夏父则板着一张脸，像谁欠他钱一样。

"谁杀的人，抓住了吗？"一进屋，屁股都还没来得及坐下，夏父就追问。

"没有，还在调查。"李八斗说。

"还在调查？"夏父一脸不满地质问，"东海家里有监控，谁杀的人一目了然，还调查什么？"

"他家是有监控，但监控记录有点过于邪门。"

"怎么邪门了？"

"案发的那天晚上，我们只从监控里看见了一匹马进出他家，没有发现人。"

"什么，只看见一匹马进出他家，没有人？"夏父的情绪更加激动起来，脸上的肥肉都抖了起来，"简直胡扯八道，你的意思是马杀了他们一家三口吗？"

"我知道这很不可思议，不如你们自己看看监控吧。"这时包古正好进来，李八斗便让包古带他们去看监控记录，顺便看看被害人的遗体。

"我告诉你们，别想忽悠我，我人老但不糊涂，你们要是敢包庇谁，就算告到中央去，我也要讨回公道！"

夏父怀着对警察的不满骂骂咧咧地出去了。李八斗没怪他，他能理解一个老人的丧子之痛，同样也能理解他听说一匹马杀了三个人后的惊诧与愤慨。没人能相信一匹马能杀三个人这种事。

魏大勇、冷笑和姜初雪先后赶到。本来，冷笑和姜初雪都不在大案中队的，但成立专案组后，为了办案方便，就把他们的办公点临时放到了大案中队。

"怎么样，安排给你们的调查任务都完成了吗？"李八斗问。

"我昨天晚上加班到两点，才看完两处监控，还有好几处都没看，至少还得一整天，并且得加班才能看完。"冷笑说。

"我也是。"魏大勇说，"夏东海的社会背景似乎很复杂，我目前也只是了解到一小部分，还有好些人需要走访，到时候做个整理一并报告给你吧。"

李八斗把目光落在姜初雪脸上，姜初雪说："昨天我已经跟省农科大的三位动物学专家交流过了，他们的说法基本相同，认为任何动物都可以经过一定的人为训练后，具备一定的执行能力，但还是会受到物种限制。马能被人训练的方面有很多，譬如奔跑、跳跃以及某些意识性的服从，但马天生不具备攻击性，不可能杀人，更不可能有条理地杀人。若单论杀人，很多具有凶性的肉食性动物都可以，如豺、狼、虎、豹，但它们也不会有条理地杀人，除非受过一定训练的灵长类动物，譬如猴子、猩猩，但马绝不可能。"

"马绝不可能？"李八斗说，"问题是，16号别墅案除了一匹马，没有别的可疑对象了。就算是自杀，也得给我们留下凶器才是。"

在场的人都不说话了。此事过于蹊跷，谁也想不出其他可能，也没有其他线索或证据。

李八斗对姜初雪说："这样吧，你把监控中马进入别墅前院将狗踢飞，一直到门口用前蹄敲门那段视频截取下来，发给动物学家研究一下，马为什么会有这样的反应。"

姜初雪点点头，毕竟是案子的事，她还是选择了服从。

"行了，都忙自己的去吧，抓紧点儿，这个时候哪怕丁点儿线索都可能成为我们打开缺口的关键，辛苦大家了。"李八斗说。

"斗哥放心吧，我不睡觉不吃饭，也必破此案。"魏大勇掷地有声。

"寻找目击证人的事呢？"李八斗问，"有什么发现吗？"

魏大勇说："这是包古负责的。"

"哦，他带夏东海父母看监控去了，你去把他换回来，我问下情况。"李八斗说。

魏大勇应声而去，很快包古回来了。

包古说："我问了半山别墅的保安，他们倒是看见了马进别墅，当时还议论了是谁家养了马，还知道自己回家。但因为马走得从容不迫的，没有危险性，他们也就没管。另外，我也找了沿途居民询问，好几个人都看见了马，但也仅限于看见，没有别的发现。"

"这么看来，和我们分析的一样，那确实是一匹真正的马？真的是马杀人？真是怪事年年有，今年特别怪。"

李八斗回到位置上，脑子里一片雾蒙蒙的。案发之后，他一直在期望着得到一种答案，那看似一匹马制造的凶案，其实是人为操控的。然而现在动物学家给出的答案，说马不属于攻击性动物，不可能杀人，更不可能有条理地杀人，而目击者又能证实，那确实是一匹马！那么，三条人命的惨案到底是怎么发生的？那又到底是一匹什么样的马？

李八斗连着嚼了两块口香糖，始终想不出一种马杀人的逻辑。他使劲摇了摇头，觉得自己似乎陷入了一个误区，就是执着于去论证马有意识杀人的可能性。既然动物学家都说了，马无法主动做下目的性如此明确的灭门案，那它就只能像是被用来行凶的刀棍一样，是一把"凶器"，而不是"凶手"。凶手一定是人！因此，破案的重点应该放在人身上，而不是马。

思路清楚以后，李八斗又把案发现场及案发后这些天的一些事情仔细回想了一遍。突然，昨天经过别墅前的那个卖猪肉的男人浮现在他脑海中。当时自己还问了他的名字，叫阎铁山，住五谷村。他在户籍系统里输入了阎铁山的名字，查看其个人信息：年龄四十，未婚，户口地址为石笋镇五谷村二组 10 号。

这个时间，阎铁山可能在出摊。石笋镇经过整顿后，街面上的地摊游商已经很少了，像阎铁山这样的卖肉商户，应该在石笋镇菜市场有固定的摊位。

石笋镇菜市场人流如织。全镇就只有这一个菜市场，不管是餐馆还是市民都在这里买菜，所以特别混乱且拥挤，菜市场门口的街道都被堵得没法通行。

这里面的摊位费可不便宜，而且还很难抢到位置，所以一些小商贩就在外面打游击，看见有城管人员来，骑着三轮车就跑，等城管人员一走，立马又回来抢地盘。在这种长期猫捉老鼠的游戏里，他们已经完全地摸索出了对付城管的办法，总结出了生存之道。

李八斗把车停在离菜市场很远的地方，步行过去。进入菜市场前，他用眼睛扫了一圈，外面的小商贩堆里并没有阎铁山的影子。虽然他只和阎铁山见过一面，但对他脸上那道极醒目的蜈蚣似的刀疤印象深刻。

菜市场的肉类区里，一排十多个卖猪肉的摊位上挂满了肉，老板们或在砍骨切肉，或在跟顾客讨价还价，一副忙碌嘈杂的景象。但有一个摊位是空的。

李八斗走过去，找了个卖肉的，问阎铁山是哪个摊位。

"你说阎老三吧？"卖肉的果然指着那个空着的摊位，"那里呢，今天好像没来。"

"他经常不来吗？"李八斗问。

"没有吧。他是我们这里出勤率最高的了，刮风下雨，逢年过节，他也不休息，反正我来这里三年了，就没见他缺席过。你说人总有个生病的时候吧，生病了还能干活吗？可大伙儿都说，就没见他生过病，真是一神人。奇怪，他今天居然没来？"

"好的，谢谢了。"李八斗愈加觉得阎铁山有问题了，转身就走，决定去他的家里找他。

可走了几步，又突然想起什么，倒回来问："他的真名明明是阎铁山，你为什么叫他阎老三呢？难道他在家里排行老三吗？"

卖肉的说："大家都这么叫他，我也就这么叫了。具体原因，我也不是太清楚。不过据我所知，他家里就他一个人，所以应该不是在家里排行老三的原因。"

难道是在社会上混的人物？不过李八斗没有把心中的疑惑问出来，而是转而问道："请问，你有他的电话号码吗？"

卖肉的摇摇头："他这个人很闷，不喜欢跟人说话，我来这里三年都没和他说过两句话，其他人也一样，我们所有人得空了吹牛，唯独他不合群。他连卖肉都是一口价，不和人讨价还价，你爱买不买。"

"这样还能把生意做下去？"

"能啊，为什么不能？他心不大，不想赚多的，一口价喊得很低，是刚好有点赚，能卖得出去的价格，所以，他的肉比我们都先卖完呢。"

"他的肉比你们都先卖完？"李八斗皱了皱眉，想起了昨天晚上发生的事，"他除了在这里卖肉，是不是还有一些大老板专门找他订肉？"

"你干吗，问这些干什么？"卖肉的开始有些警惕。

李八斗从身上拿出证件："警察，做些基本了解。"

"啊？警察！你别问我，我什么都不知道。你买不买肉？不买不要妨碍我做生意。"卖肉的跟见了瘟神一样，说完就去摆弄摊上的肉。

"现在是案情需要，你有配合我的义务，懂吗？"

"怎么，我又没犯法，你还能抓我啊！你就是抓我，我也没什么可说的。"卖肉的理直气壮。

李八斗笑了笑，更加确信阎老三是在社会上混的人物了："看来，你是怕那个阎老三。难怪他在这里卖肉，一口价很低，不但自己少赚了钱，也让你们卖不了高价，你们应该恨他、排挤他，可这么多年了，他都能在这里待得好好的。既然如此，你们应该更希望他出事才对。来吧，知道什么都跟我说。"

"我什么都不知道，你别问我，你想知道什么，自己去找他，跟我没关系，我一个卖肉的养家糊口不容易，你别给我挖坑。"卖肉的始终讳莫如深。

其他卖肉的也都看向这边，李八斗的目光扫过去，他们一个个又都把头低下了。李八斗知道他们都害怕阎老三，是没人会说什么了，只好作罢。

就在李八斗从菜市场出来的时候，迎面进来一个戴墨镜、着黑色衬衫的男子。他的目光本向肉摊那边看，却无意间瞥见了李八斗。两人目光交会的瞬间，男子神情微微一愣，立即就把目光移开了，然后装作什么事也没有，弯下腰在菜摊上看菜。

这一瞬间的细节并未逃过李八斗的眼睛。墨镜男显然认识他，可李八斗并不认识对方。对视的时间连半秒都不到，墨镜男的基本特征已被李八斗像照相机一样记录了下来。他个子中等，体格很结实，肌肉紧绷绷的，一看就是个有身手的人。他的皮肤黝黑，脸皮坑坑洼洼，应该在野外待的时间比较多，应该参加过很多户外活动和训练。再看他整个人的状态，就不像是来买菜的。

李八斗装作什么都没发现，走出了菜市场，然后又偷偷折了回来，想藏在暗处观察墨镜男到底想干什么。不想对方什么也没做，径直从另一道门出去了。等李八斗从那道门跟过去的时候，对方的影子已经消失在拥挤的人群中了。

李八斗只好先赶往阎铁山家。那是位于山脚下的一处独立小院，四周没有其他人家。一条自己开出来的、没有用水泥修缮的土路通到院前。李八斗开着车子，跟坐海盗船一般起伏颠簸着，到院前停下。

房子是水泥板房，有些年月了。房子的墙根下荒草丛生，墙砖上长满了青苔。院门是关着的，上了一把大铁锁。

李八斗下车，从两扇大铁门的门缝往院子里张望。院子的面积挺大的，有三四百平方米。

"汪！汪！"突然，一条体形硕大的黑色狼狗往门口扑来，两只爪子扑在铁门上，发出一种尖锐的声音，把李八斗吓得倒退了两步。

本来李八斗是不怕狼狗的，在警校的时候，他和各类警犬打过交道。以他的格斗能力，一般的犬类他也有能力制伏。刚才他被吓到是因为他没有想到，一个杀猪匠的院子里会养着这么大一条狼狗。

而且当他的车子开来时，院里没有任何动静，直到他凑近门口了，狼狗才冷不丁地扑过来。说明这不是一条普通的狼狗，而是一条受过严格训练的狼狗。

普通的狗只要听见陌生的动静，就会立马狂吠；而受过严格训练的狗，听见动静之初并不会轻易发声，只会保持警惕，静观其变，直到它们能感受到那种近距离的威胁了，才会突然发起凶猛的攻击。

一个普普通通的杀猪匠，却养了一条狼狗，而且还是一条训练有素的狼狗，李八斗觉得这个阎老三越来越有意思了。16 号别墅案会跟他有关吗？

案发后，他鬼祟地出现；风雨无阻勤于出摊的他，今天却缺席了；现在家里也不见他。他去哪儿了？去干什么了？一个能将狼狗训练得如此有素的人，可以训练一匹马，让它用某种方式杀人吗？

李八斗也不知道能不能，但他至少能在其中找到某种关联。他也知道，在这个世界，超出人类想象的事情是存在的，就好比那些吉尼斯世界纪录的保持者，他们做出的每件事都是正常人无法企及的。人类，或者说是任何生命，都有可能创造奇迹。

李八斗又凑过去透过门缝打量院子里。狼狗仍然隔着门在狂吠，并把铁门扒拉得哗哗响。屋子里却一点动静都没有。看来是真的没有人，要不应该出来查看究竟了。

李八斗本来还想找人问下阎老三去了哪里，可一看，周围除了阎老三的房子，再也没有第二户人家，根本没法问。

一直等在这里也没有意义，不知道阎老三会什么时候回来，自己还得回去梳理案情，李八斗想不如等晚上再来。

就在他驾车离开时，一个人从院里的屋子里慢吞吞地走了出来。他走到铁门的门缝那里，看着扬尘而去的警车，脸上露出了一丝阴鸷的笑。他脸上那道蜈蚣似的刀疤随之越发扭曲，显得丑陋不堪。

随即，阎老三从身上摸出手机，拨了一个号码出去。打通之后，那边不紧不慢地"喂"了声，静待下文。

阎老三说："这件事恐怕得暂时放一放才行。"

"为什么？"那边一个颇为老成的声音问。

阎老三说："我昨天傍晚借送肉之机去 16 号别墅看情况时遇见

了警察，今天那个警察就找到我家里来了。我觉得这个警察不简单，他应该盯上我了。"

"他盯上你了？"那声音问，"你做了什么吗？"

"没做什么，可能是我的某些细微反应被他察觉到了，所以我才说他不简单。他的目光很犀利，而且他故意对我说别墅里死了人，眼睛就盯着我看，想看我的反应。"

"行了，你先杀你的猪吧，我再另做安排。"说完，那边就挂断了电话。

阎老三转身进屋，搬出一条血迹斑斑的板凳来。那板凳显然不是寻常坐的板凳，足有两米长、两尺宽。他将板凳放在院子中间，又进屋拿出一个竹筐和一个盆子。竹筐里装满了各种长的短的、砍的切的刀以及铁钩，上面长年沾染的鲜血都沉积成了令人触目惊心的暗红。

准备好这些后，他走向关猪的地方。一打开门，里面马上传来一阵哼哼哄哄的猪叫声。这里面关着好几头重有几百公斤的肥猪。

阎老三的目光在几头肥猪身上快速扫过，然后走到其中一头个子最大、看起来最肥的猪面前，伸手揪着猪耳朵就往外拖。

猪似乎预感到了什么，尖声嚎叫起来，拼命用四只蹄子蹬着地面，想往后退。

那只猪耳朵都要被扯掉了，阎老三也没法将猪拉走。他轻蔑地一笑，将腰一弯，一伸手抓住了一只猪脚，用力往上一提，猪便站立不稳摔倒在地。

阎老三就这样将猪拖出了屋子，一直拖到那根长板凳边上。他再抓住了猪的另一只后脚，气沉丹田，双手用力，从喉咙里吼出一声，竟生生地将猪给提了起来，放到了板凳上。他将盆子放到距离板凳两尺左右，再伸手从旁边的竹筐里抽出一把扁长的尖刀，直接往猪的颈部捅了进去。

猪用力挣扎着，却被阎老三单手按住完全动弹不得。那把刀被缓缓抽出，猪血如泉水外涌，落在盆里。猪的嚎叫声减弱，有气无力地挣扎了几下后，两只后脚蹬了蹬，终于不动了。

　　半个小时后，阎老三丢了几块骨头给狗，开着一辆虽然破旧但看起来十分干净的面包车，拉着猪肉出了门。

第 4 章
扑朔迷离

李八斗回到大案中队时，梅花红刚好来找他，说三名死者的最终尸检结果出来了，头部是唯一的致命伤，而伤为钝器所致。从头骨断裂形状判断，钝器看起来像马蹄形，但不能完全确定，只能确定钝器呈半圆形。另外，那支单管猎枪上的血迹也已经化验出来了，是狗血，染上去的时间并不长，才十来天左右。

狗血？李八斗皱了皱眉，猎枪上怎么会沾上狗血？如果说沾上了什么野猪、野鸡，甚至沾上人血，可能性都还比较大，沾上狗血，还是令李八斗感到有些意外的。难道是猎狗在追猎物的时候受伤了？可血又是怎么沾到猎枪上的呢？

李八斗说："红姐，我想麻烦你再跑一趟石笋镇的 16 号别墅，去找那条埋掉的格力犬，采样对比一下，看和猎枪上的血样是否吻合。"

"对比狗血？"梅花红一脸蒙圈，"有什么意义吗？吻合怎样，不吻合又如何？"

"我看过监控，那条死去的格力犬扑向凶马时，动作非常迅速敏捷，一点也没有受伤的迹象。后来我再检查它的尸体，发现除了侧颈被刺穿的致命伤，没有被枪击的伤口。而猎枪上的狗血已有十天左右，格力犬在十天之内应该没有受伤出过血，所以……"

"所以怎样？"

"猎枪上的血有可能是别的狗留下的。"

"别的狗留下的又怎么样呢？"梅花红还是一脸茫然。

"不怎么啊，我就是好奇，夏东海的猎枪上为什么会沾上别的狗的血，这其中发生了什么故事，而且时间又是十天左右，这跟之后他被杀，有没有什么关联呢？"

"好吧，你的脑洞真大，想得真远。"

"当然，这是我的猜测。我还是要证实一下，猎枪上的狗血跟夏东海的格力犬没有关系。"李八斗笑说，"破案嘛，任何一点不起眼的细节，都可能是打开缺口的关键。宁可麻烦一千次，也不能疏忽大意一丁点儿。"

"行啦，你的破案水平是公认的了，姐服，姐就再跑一趟帮你证实一下。"

"嗯，多谢红姐，回头请你吃大餐。"

梅花红出门而去，李八斗拿着报告单，才往上瞄一眼，门口就进来一个人。李八斗抬头一看，是魏大勇。魏大勇远远地就喊着："喂，斗哥，有点不对劲哦！"

"有什么不对劲？"李八斗问。

魏大勇把一部华为手机和一部苹果手机往桌上一放："技术人员已经解了屏幕锁。我看了两部手机的通话记录，并且对通话记录进行了部分重拨，确定了两部手机的主人都是杜美娟，也就是夏东海的老婆。"

"两部手机都是夏东海老婆的？"李八斗心中一动，"那夏东海的手机呢？"

"这就是问题所在了，当时我们在主卧找到两部手机，以为有一部是夏东海的，我们就可以从他的手机通话记录里找到某些线索，没承想两部手机都是他老婆的。"

"那你们是疏忽了。赶紧去别墅的其他地方找找吧，夏东海的手机是破案的重要线索，不能马虎了。"

"应该不是疏忽。当时不管是卧室还是客厅，整栋别墅我们都仔细地搜查了一遍，包括小孩的手表，我们都带回来了。"

"你的意思是，被凶手拿走了？"

"我们可以再回别墅去找一次，如果找不出来的话，那就肯定跟他被杀有关了。按道理来说，他人在家里，手机肯定在的。"

"对，这很可能是一个破案方向，你赶紧回去看一下，是遗漏了，还是真没有。"

魏大勇答应一声，转身出去了。办公室安静下来，李八斗又从兜里掏出一块口香糖丢到嘴里，若有所思地嚼了起来。他觉得魏大勇重回别墅找到手机的可能性很小，因为按照常理来讲，手机不外乎放在两个主要的地方，一是客厅，二是卧室，有书房和健身房的另当别论，但夏东海的书房和健身房李八斗也都看过。手机放在家里，一般都会放在比较显眼的位置，他当时看过整幢别墅，看得很仔细，连床底下都看过，没有看见其他手机。所以，真有可能是夏东海的手机不见了。如果是这样的话，他的手机又会去哪儿了呢？难道还能被那匹马拿走了？

李八斗又打开了电脑上储存的监控视频，仔细地观察了那匹进出别墅的凶马，来的时候孑然一身，走的时候也不带走一片云彩。它的四只蹄子和它的嘴都很正常，没有任何带走东西的迹象。显然，马没有拿走手机。那是谁拿走的呢？李八斗觉得自己就像一只困在蛛网上的苍蝇，再怎么拼命挣扎，都冲不出这些谜团。还是等大勇到16号别墅找完一圈再说吧。

两个小时之后，魏大勇打了电话过来。结果不出所料，他说他把别墅找遍了，也没有找到夏东海的手机，卧室没有，客厅没有，书房没有，健身房没有，夏东海的包里没有，还去车库他的车里看了，还是没有。他还在夏东海老婆的手机上找出夏东海的号码拨打了，但提示说无法接通。

"难道夏东海的手机真是被人拿走了，凶马案是人为的？"李八斗自言自语了几句。

"可我们在监控里并没有看见人啊！"魏大勇在电话那头说，"而且并不是一处监控，而是别墅的四架监控加上正门摄像头，都没看见有人进出。"

"行了，你先查清楚夏东海一家的背景以及他们一家与人有没有什么口角恩怨吧。"

李八斗说完挂掉了电话，夏东海的手机不见了，拨号提示无法接通，显然是被人拿走了。然而监控里并没有见到有人出入，那么手机是怎么不翼而飞的呢？

如果不是他在监控里所见，九点左右夏东海一家散步回来，夏东海是接听着手机进的屋，那还可以假设他在外面时就把手机丢了，或者手机坏了在维修，可他明明是通着电话回家的，整栋别墅却找不着他的手机，这完全无法解释。真是活见鬼了！

李八斗拍了拍自己的脑袋，努力地想让自己清醒一点。他很清楚这世界是不会有鬼的，所有无解的东西都是人的思维没有触及真相而已。

可到底遗漏了什么，才使得他被困在蜘蛛网般的迷阵里，找不到出口呢？

李八斗开车前往五谷村的时候，天已经黑了。

山道上没有路灯，四周漆黑一片，车灯的光芒照向远处，群山和庄稼地在黑暗的包围中，有一种格外空旷的孤寂。

　　也许是习惯了城市的喧嚣吧，周围的世界突然安静下来，李八斗竟然会感到无所适从。

　　其实李八斗对山村是有感情的，因为在他人生记忆中最早的十年都是关于山村的。只是现在的山村已经不是那时的山村了。山村的人发现了外面的世界更广阔，一拨又一拨的农民都跑去城市了。因此，山村的很多房子都空着了，或者只留下走不了的老人和小孩。曾经夜幕降临，万家灯火亮起，一个院子的人坐在坝前乘凉、摆龙门阵，如同过年过节的日子一去不复返了。每次回乡下，看着那些荒芜的田地、破旧废弃的房子，李八斗心里都会莫名地感到悲凉，有一种物是人非的感觉。

　　车子进入了五谷村二组的地界，李八斗看见了前面很大的一片房子，那里是五谷村二组村民屋舍的聚集地，但阎老三的房子不在那里。阎老三的房子在山的那边。

　　为什么阎老三不把房子建在那里呢？毕竟山村的人口本来就比较稀疏，建在一起至少热闹，有左邻右舍也多个照应。

　　车子绕到山后，李八斗远远地就看见了山脚下有一点星星般的光亮。他记得山脚下只有阎老三一户人家，那里有光亮，说明阎老三在家，不至于让他再扑一个空了。

　　很快，李八斗就到了山脚下的独院门前。铁门没锁，虚掩着，从缝隙里射出来一道光亮。

　　李八斗把车靠边停下，走到铁门前透过缝隙往里望了望，没看见那条凶猛的狼狗。他缓缓地把铁门往旁边拉开，"嘎吱"的摩擦声在寂静的夜里显得有些刺耳。

　　"汪！"

　　就在李八斗抬脚要进去的时候，突然响起一声吼叫，一条黑影疾风般往李八斗身上猛扑，一股浓重的骚味随之扑鼻而来。来不及多想，李八斗迅速抽身后退。

狼狗一扑落空，又"汪汪"叫了两声，继续猛扑。

李八斗已经缓过神，不再慌乱，眼看要被狼狗扑到，他一只手抓住狼狗的一只前脚，另一只手捏住狼狗的嘴巴，两手同时用力，将狼狗往后面摔出去。

狼狗重重地落在了地上，痛得"呜呜"直叫唤，翻身爬起来后，也没有之前那么凶猛了。虽然口中还在"汪汪"地叫唤着示威，却没有再往前冲，而是保持着一种戒备的姿势与李八斗对峙着。

"黑虎，退下！"阎老三从屋里走了出来。

狼狗听见喊声，正好找着了台阶下，摇着尾巴退到了一边。

"警官是来找我的吧，何必对一条狗下狠手呢？"

"你心疼你的狗，就应该拴住它。今天多亏是我，要换一般人，岂不是让它咬了？乱咬人的狗可不是什么好狗！"

"你们当差的不应该觉得只要听话就是好狗吗？"阎老三阴阳怪气地说。

李八斗听出了他话中的讽刺，也不和他争论，直言道："我找你有事，不和你逗口舌之能，咱们还是说事吧！"

"找我有事？我一个杀猪的，你找我有什么事？想买肉？"

"能搬把椅子出来，咱们坐着聊吗？"

"椅子屋里有，想坐自己搬。"阎老三说话毫不客气。

李八斗站在院子里，目光四处游移，突然发现地面上有好些血迹。有些已经干成了暗黑色，有些还是鲜红的。在这样的晚上，四周寂静，灯光昏暗，还有一只狼狗在一旁虎视眈眈，再加上阎老三那张丑陋的脸，莫名让人感到不安。

李八斗开口问道："听说你卖肉这么多年，不管是刮风下雨还是逢年过节，一般都不会歇摊？"

"是的。"

"那今天为什么没去？"

"谁说我今天没去？"

"你是说今天也去菜市场卖肉了？"

"当然。"

"什么时候？"

"十一点多吧，差不多接近中午的时候。"

李八斗想了想，自己去那里时还不到十点，如果说阎老三是十一点多去的，那还真有这个可能。

"为什么去那么晚？"

"有事耽误了，这也犯法吗？"

"不犯法，我想知道你是因为什么事耽误了？"

"早上我去了一趟山里，想抓两只野鸡回来下酒，所以回来得晚了。"

"抓到野鸡了吗？"

"没有。"

"那地上这些血是什么血？"

"还能是什么血？我杀猪的，当然是猪血了，难不成还是人血吗？"

"你卖肉，是自己杀猪？"

"是啊。"

"这院子里，好像没见你杀猪的工具。"

"工具自然得放屋里，放院子里干什么，铁钩啊刀什么的，卖废铁也还能值几个钱，被人偷了怎么办？"

"走吧，那就带我到你屋里转转吧！"

阎老三微微迟疑了一下，没再说什么，转身进了屋。李八斗跟着进去，在里面看了一圈。

这是一处上下两层的水泥板房，房间加起来有二十间。让李八斗意外的是，这二十间房子都打扫得干干净净。事实上，阎老三只住了一间卧室，除了客厅和厨房外，其余房间大多是空着的，没有摆任何东西。

除了这板房，李八斗还看了阎老三关猪的地方，里面臭烘烘的，地面糊满了猪粪，让人难以下脚。

"怎么，你还自己养猪？"李八斗问。

"都是买来的。"阎老三说，"总不能明天要肉了，今天才去外面买猪吧？我都是先买几头备着，随便喂点东西就行。"

"你一个人住这里吗？"

"是的。"

"没有老婆吗？"

"没有。"

"为什么会没有呢？"

"长得丑。"

"那总有父母吧，怎么没住一起？"

"死了，能住一起吗？"

"兄弟姐妹呢？"

"没有。"

"我想知道，你一个人为什么住这么宽的房子，谁给你批了这么宽的地？"

"花钱买的，你管得着吗？"

"你最好摆正态度和我说话！"李八斗看着他，眼中寒芒毕露。

"否则你要怎样呢？"阎老三脸上的横肉颤了下，目光里陡地射出一股狠气，与李八斗针锋相对。

"你不会想知道的，因为那是你噩梦的开始！"李八斗逼视着他，"如果你不信，可以试试，我让你见识一下！"

"你是说真的？"阎老三脸上的横肉又颤了一下，眼睛眯了眯，眼中的光芒变得更加凌厉。两人之间剑拔弩张，有如弦上之箭，一触即发。

"当然！"李八斗说。

"呵呵呵。"阎老三突然笑了起来，"有点意思，有机会我一定陪你好好玩。"

"那就等你有机会吧！现在手机给我！"李八斗命令道。

"干什么？"阎老三显得很抗拒。

"我现在在查案，你最好配合一下。"

"可以的，我配合。"

阎老三虽然有抵触情绪，却也没再多说，从身上摸出手机递了过去。是一部看起来很不起眼、脏兮兮的老牌诺基亚。

李八斗接过，让阎老三解了锁。通话记录一片空白。电话簿里存的号码备注是卖猪的1、卖猪的2、卖猪的3、买肉的1、买肉的2、买肉的3之类，没有别的称呼或正常名字。李八斗先用阎老三的电话拨了下自己的号码，打通之后挂了。

"你为什么把通话记录都删了？"李八斗突然问。

"删通话记录犯法吗？"阎老三问。

"把你的手伸出来！"李八斗命令道。

阎老三阴鸷地盯着李八斗看了半晌，知道无法抗拒，便把手伸了出来。

李八斗抓着他的手一看，就发现了问题。阎老三的两只手都特别粗大，尤其是骨节更是粗大，手背的五指拳骨已经平了下去。这说明他经常练拳，而且常用拳头做俯卧撑或击打硬物。正常人的中指拳骨皆如山峰一般棱角分明，并高于另外四指。但经常用拳头做俯卧撑或击打硬物，就会把那一处骨节压低，和另外几根手指的骨节高低持平或接近。另外，在其手指关节背面，骨节也几近变形且有厚茧，可见是经过了长期的用力击打。

李八斗知道一种很有杀伤力的攻击技法，就是将手指并拢半曲，用手指骨节的锥形部分攻击对手。他又将阎老三的两只手翻过来看，这一看更是吃惊。只见那两只手的虎口处有茧，食指指腹处有茧，只是茧已不太明显，好像掉了一层又一层，因而只能看出那里的皮质比其他地方的要厚。但李八斗看得出来，那里原本是有厚茧的。而在虎口和食指指腹这样的地方有茧，极有可能是长年累月地用枪造成的。

李八斗也用过枪、练过枪，这两个部位也有区别于其他地方的特征，但还没有到结厚茧的地步。

"你这茧是怎么来的？"李八斗问。

"你既然都注意到了，自然也知道，只有摸枪才有。"阎老三很坦诚。

"在哪里摸的枪，竟然都摸得起茧了？而且，这还是很早以前的厚茧留下来的印记。"

"这个我没义务告诉你。最近又没发生什么枪杀案，很明显我不是嫌疑人。"

"如果我必须知道呢？"李八斗逼视着他。

"我说了，我没义务告诉你，你自己去想好了。你要觉得我犯法了，就拿证据来抓我，没有证据，就别在我身上浪费时间了。"

"很好，我对你越来越有兴趣了！"李八斗死死地盯着阎老三足有半分钟，才转身离开。

阎老三看着李八斗的车子去远，嘴角浮起一丝不易觉察的冷笑。

他回转身关上铁门，将锁从里面锁上回到屋里，从一个废弃的纸箱里拿出一部电话座机来，将墙角处的一截电话线插上，然后拨了一个号码出去。

良久，电话才接通，还是那个老成的声音："又怎么啦？"

阎老三说："那个警察刚才又来了。"

"来了又怎样？"那声音问。

"他检查了我的手机，看见我把通话记录都删了，有些怀疑。"

"怀疑？怀疑有什么用？"

"我看见他拿着我手机的时候，拨了他自己的号码。他应该会拿着我的号码去通信公司查我的通话记录，上午的时候我和您通过话，他很可能会查到您那里。"

"哈哈哈，他来查吧，查不到我，算他命大，查到了，那是他该死。先杀好你的猪吧，其他的别管了。"

"我想现在就把他做了！"阎老三突然说。

"现在？"那声音略迟疑了一下，"怎么，他惹你不高兴了？"

"他很嚣张，让我不爽。"

"你一不爽就要杀人，那就有杀不完的人了。对方是警察，还是不要随便动的好。先看看情况再说吧。"

电话里传来忙音。阎老三放下电话，一脸古怪的表情。他看了看自己那双同样丑陋的手，自言自语道："我好像很久没杀人了吧？"

整个晚上，阎老三那张爬着蜈蚣疤痕的脸都在李八斗脑子里挥之不去。李八斗见过各种穷凶极恶甚至变态的罪犯，那种杀人不眨眼的、活得不耐烦的、只求惊天动地一死的，都不如阎老三给李八斗的感觉——沉稳、犀利、深不可测。

阎老三到底是什么人？

数据系统里除了他最基本的资料，没有更多的信息。但他那双手正反面的茧以及变形的骨节，说明他不但受过训练，而且经常使用枪械。阎老三承认自己虎口和指腹上的茧是经常摸枪所致的，却坚决不透露更多关于自己的信息。难道他曾经是金三角的雇佣兵或是国外某个神秘犯罪组织的成员？现在在石笋镇菜市场卖肉，是为了躲避仇家或组织的追杀？

李八斗自嘲地笑了笑，不，这太戏剧化了。也许他曾经有过那么一段特殊经历，但就像他说的，没有真凭实据，仅凭自己的猜测证明不了什么。那么夏东海一家为什么被杀？事后阎老三又为什么会鬼鬼祟祟地出现在那里？他到底跟凶马案有什么关系？

李八斗起码知道一点，像阎老三这种深藏不漏的危险人物，往往具有某些让常人想象不到的手段和能力。他看了看手机上的那个未接来电，那是阎老三的手机号码。他手机上的通话记录虽然删了，但通信公司能查到他的通话记录。或许找出他的通话记录，调查一下那些通话对象，就能发现他的庐山真面目了！

第二天一大早，李八斗就往通信公司去了，亮出证件和相关手续，找了通信公司的负责人来，调看了阎铁山号码一个月内的通话记录。阎老三最近一个月内的通话记录不是太多，李八斗把那些号码都记录下来，然后回了刑警队，用警方办公电话拨打调查。他先拨打了重复次数最多的号码。

电话接通后，李八斗先报了自己的身份，说有个案子希望对方配合调查，然后就问对方在什么地方，从事什么工作。对方的回答是开养猪场的，在麻柳村九组。

李八斗做了记录，接着又拨打另外的联系号码，打通之后了解到，号主有些是农民，阎老三找他们买过猪，有些是找阎老三订猪肉的。李八斗想起了之前在半山别墅区遇见阎老三的事，时间大概也对得上。

李八斗看着剩下的最后一个号码。阎老三与这个号主有过两次交流，而且通话时间与凶马案很接近。第一次是呼入，时间是前天下午四点左右，通话时长三分钟；第二次是呼出，时间为昨天上午十点多，通话时长一分多钟。

李八斗拨了这个号码。然而语音提示对方正在通话中。又等了几分钟，再拨打过去，结果还是一样。等了半个小时再拨打，还是提示对方正在通话中。

又过了一个小时，李八斗再次拨打，结果依旧如故。他马上明白了，并非对方在通话中，而是对方做了设置，陌生电话根本打不进去。要么是号码被单独地设置在黑名单中，要么是没有存在本机上的陌生号码都打不进去。

对方并不知道李八斗的号码，所以不存在说单独将李八斗的拨打号码设置在黑名单中，而是设置成了所有的陌生号码都打不进去。

看来，这也是个神秘人物啊！无论是卖猪的还是买肉的，都不至于阻止所有陌生号码的来电。

李八斗把这个神秘人的号码交给通信公司，让他们查一下机主是谁。很快，那边就查到了，机主是黎东南。

竟然是黎东南！

李八斗虽然来白山县时间不算太长，但对黎东南是很熟悉的，因为他在白山县的名气实在是太大了。第一个头衔是白山县首富。第二个头衔是南华酒店集团董事长。而南华酒店集团是国内酒店行业前十的企业。第三个头衔是白山县商会会长、省商会副会长。第四个头衔是白山县政协委员。

只要在网页上一搜，关于黎东南的这些资料基本上都出来了。他还有一个民间头衔，叫"夜王"。之所以叫他"夜王"，匿名网友也说了，白山县略微高端一点的娱乐场所，要么是黎东南独家经营，要么他占了股，否则没人玩得下去。在白山县的夜总会行业，他就是言出法随的王，是制定规则和掌控规则的那个人。

阎老三和黎东南怎么会扯到了一起？一个是小镇上杀猪的，另一个是全县乃至全省的风云人物。两个社会阶层截然不同的人，他们能有什么交集？而且，阎老三前天下午四点接到黎东南的电话，七点多就鬼鬼祟祟地出现在夏东海的别墅，这其中有关联吗？又能有什么关联呢？

仅靠这一个通话记录，很难推断出凶马案是阎老三或黎东南所为。李八斗决定去见见这个黎东南，了解一下他和阎老三的关系。

南华酒店集团总部本来是在白山县城五桥区县府路，但后来搬迁到石笋镇野鸡山路2号了。

李八斗站在南华酒店集团总部门口，看着气派的集团大楼和熠熠生辉的五星标志，觉得黎东南也算是个传奇人物了。而现在，他要去会一会这个传奇人物。

李八斗向大门保安出示了证件，说找黎东南。保安说黎总还没来，因为没看到他的车子。李八斗问保安黎东南什么时候来。

保安摇头："这个不确定，黎总不经常在这里，时来时不来。"

"怎么联系他？"李八斗问。

"薛总好像来了，可以找她问问。"

"薛总是谁？"

"集团的副总。"

"行，请你带我去找一下薛总。"

保安跟另一个保安说了声，当即带着李八斗来到了薛总的办公室。

令李八斗颇为意外的是，这个薛总竟然是个看起来不过三十来岁、留着一头飘逸长发，姿色颇为靓丽的美女。

保安带着李八斗进去的时候，她正一手拿着小镜子，一手拿着口红，像对待一件艺术品似的描摹着她的嘴唇。那两片涂了口红的嘴唇鲜红如烈焰，颇为诱人。

保安上前恭敬地说："薛总，有个警察找您。"

女人用傲慢的目光看向李八斗，将他从头到脚打量了一番，神情间有几分戒备："找我干什么？"

李八斗说："我找黎东南，但他的电话设置了陌生号码无法打入，所以只能请你帮忙代劳了。"

"你找黎总有什么事吗？"

"案子的事。"

"什么，黎总涉案了？"说不清女人的表情是惊讶还是惶惑，但显得十分夸张，"什么案子啊？"

"这个没法细说。而且，我现在只是找他了解下情况，还没到进入司法程序的阶段，所以并不能说他涉案，只是找他协助调查。"

"哦，你说清楚嘛，我以为是涉案了呢，吓我一跳！行，我帮你跟黎总说说吧。"说着，女人从旁边很精致的包里拿出手机打电话。

很快，女人挂掉电话，对李八斗说："你先坐会儿吧，黎总说了，他马上赶过来。"

李八斗说了声"谢谢"，拉过一把椅子坐下，随意地聊着："听说你们这位黎总不常来这里？"

"嗯，是的。相比坐办公室，黎总更喜欢骑马。"

"是吗，他在哪儿骑马？"李八斗心中一动。

"当然是在马场。"

"马场？哪个马场？"

"当然是黎总自己的马场，还能是哪个马场？"

"他自己有马场？在哪儿？"

"朱家坪啊，白山县第一跑马场，这你都不知道？"

"我不骑马，所以……"

"不骑马也应该听说过吧。你是不是来白山县时间不长？"

李八斗点头："嗯，是的。"

"那就难怪了。你找黎总了解什么案子啊？"

"不好意思，这个不方便透露。"

李八斗不再理会这个薛总，踱到窗前，装作打量窗外的风景，心里思忖着，黎东南有个马场，这个信息可太重要了。也许，从这里能够打开整个凶马案的缺口。

等了将近一个小时，黎东南来了。他走进办公室，看见李八斗，快走两步，热情地伸出手："您好，是您找我吗？真是不好意思，让您久等了。我在外面办点小事，听小薛说有警察同志找我，我就赶紧回来了。"

李八斗与黎东南握了握手。他想象中的黎东南应该是一个霸道枭雄式的人物，没想到看起来像个随和可亲的邻家大叔。他五十岁上下年纪，两鬓有点花白了，人很瘦小，身高大概也就一米六出头，体重一百来斤。可能是经常运动的缘故，人看上去还挺精神。他穿得也极其普通，短裤配 T 恤，脚下穿一双沾了少许泥巴的便鞋，完全不像一个上市公司董事长的样子。这样一个人如果走到人堆里，很快就会被淹没了。

李八斗心中感叹人不可貌相，对黎东南介绍了自己的来意。

"好的，好的，我一定配合。"黎东南瞟了一眼薛总，对李八斗说，"请到我办公室去聊吧。"

到了董事长办公室，早有一个面相斯文、戴着金边眼镜的男子在那里泡上了茶，恭恭敬敬地先给李八斗端了一杯，又给黎东南递了一杯。

这是一个很小的细节，但让李八斗对黎东南刮目相看。他也见识过一些场面，领导秘书或下属给在场的人倒茶时，几乎都是先给领导倒，再给像他这样的小角色倒。显然不是眼镜男自己要这么做，而是黎东南早就这么教过他的。可见黎东南确实会做人，能做出今天的事业来，绝对有他的本事。

"你先出去吧。"黎东南对眼镜男说了声。

"是，黎总。"眼镜男恭恭敬敬地退下，同时还对李八斗略躬身打了个招呼，表示礼貌。

办公室的门被轻轻关上。屋里就剩下了两个人。李八斗与黎东南隔着茶几相对而坐。

"李警官找我有什么事吗？"黎东南轻轻地呷了一口茶，问。

"我想问下，黎总认识一个叫阎铁山的人吗？"李八斗开门见山道。

"你是说阎老三，一个杀猪的？"黎东南说。

"嗯，是的，在石笋镇菜市场卖猪肉。这么看来，黎总是认识他了？"

"认识啊！怎么了？"

"我想问一下，黎总和他最近有什么联系吗？"

"联系？"黎东南略微思索了一下，点了点头，"嗯，这两天还真有。"

"因为什么事？"

黎东南一笑："什么事？他一个杀猪的，我们联系，肯定是买肉呗。"

"买肉？黎总的意思是和他联系是找他买肉？"

"不然你以为是什么？"

"我以为，以黎总的身份，像买菜买肉这种事，不是应该有家人、保姆，甚至秘书帮忙吗？怎么会亲自联络肉贩呢？"

"身份？"黎东南摆手，"不不不，很多人在乎什么身份，觉得什么身份做什么事，但在我这里没这回事，什么身份不照样吃五谷杂粮，有七情六欲呢？摆那些谱有什么意义？你看，就像我穿的，很多人都说我没有老总的样子，那又怎么样呢？我没有老总的样子，能影响我是不是老总吗？不影响吧。"

"黎总率性，现在这个虚荣的社会，能像黎总活得这么通透的真是难得。这么说来，黎总是经常找阎老三买猪肉了？"

李八斗明知道至少半年里两人没有联系，联系只是这两天的事情，但他故意这么说，就是想套黎东南的话。

哪知黎东南回答得毫无破绽，当即否定："没有，有好长时间都没联系了，就前天吧，我才打了个电话给他。"

"黎总说的很长时间没联系，是多长时间？"

"这就不大记得了，好像去年腊月联系过，后面一直没有联系。"

"为什么去年腊月联系了，后面一直没联系呢？"

"没为什么啊，我们在生活里不都这样吗？各自有事，疏于联系，某个时候突然又想起来，就又联系。怎么了，发生什么事了吗？"

"八月十四号晚上石笋镇发生了一起命案，我在调查之时，发现阎老三形迹可疑地出现在附近，所以想了解一下他的人际关系。"

"发生了命案，你的意思是阎老三杀人了？"黎东南一脸惊讶。

"那倒不是。在没有足够的证据前，只能说是嫌疑人。所有人都可以是嫌疑人，但都可能被排除。"

"哦，明白。"

"那黎总前天打电话给阎老三找他买了多少肉？是去菜市场拿的，还是送家里来的？"

"还没买呢。是我想买一头土猪，托他帮我寻访一下。"

"就通过这一个电话吗？"李八斗又故意说道。

"不止吧。"黎东南想了想，"第二天上午的时候他也打了个电话给我，问我现在要不要，要的话他就去乡里转一圈看一看。如果是过年吃，他就晚些时间去。我说如果现在有合适的也可以，但一定得弄清楚，是喂粮食还是饲料，我不吃喂饲料长大的猪。鸡、鸭、牛、羊都是，凡是喂饲料长大的，我一概不吃，吃起来感觉就跟自己在吃饲料一样，我不喜欢这种感觉。"

"黎总对吃的很讲究啊！"

"是的，我是个很注重实际的人。你说穿什么衣服，讲什么派头吧，我觉得这都是虚的。真正实在的东西是自己的身体。人有身体才有一切，没有身体，就算有亿万身家也没用。财富只是身外之物，身体和健康才是自己的。你在乎身体，它就能让你健康；你不在乎，它就会让你痛苦。所以，我很注重锻炼和饮食。所以，我也有自己的菜园，很少在外面吃饭，必要的应酬，也是让司机把菜送去厨房，盯着厨师做，多给点钱无所谓，一定要吃得放心。你看现在的医疗那么发达，可病却越来越难治，疑难病症越来越多。为什么？空气污染了，水污染了，吃那些打激素长大的牲畜和蔬菜，能好吗？"

"嗯，黎总说得有理，不愧是有大智慧的人。我想知道，黎总和阎老三是什么时候认识的，多久了？"

"这个……我还真记不清了，好多年了吧，没有十年，也有八年，或许更久。"

"那你们是怎么认识的呢？"

"怎么认识的？"黎东南一脸思考的样子，"很早以前我就对市场上那些肉不放心，想吃点放心肉，当时应该是在菜市场知道了阎老三这个人。他比较特别，卖肉时一口价，不与人讨价还价，但他这一口价，喊得绝对不高，人们都喜欢找他买肉。而且，他卖肉凭良心，很多卖肉的往肉里注水，他从不。他卖的肉从来货真价实，是饲料猪就是饲料猪，是土猪就是土猪，绝不骗人。所以，这些年我只要买猪肉，基本上都是找他，有时候亲自打电话给他，有时候让司机小董找他。我想，注重身体健康的老板都会订他的猪肉。"

解释得合情合理，没有破绽。难道黎东南和阎老三真的只是单纯的买肉关系？李八斗总觉得哪里有点不对，可他又无法具体说出哪里不对。

"对了，听说黎总喜欢骑马？"李八斗突然想起。

"嗯，是的。几乎每天都要骑骑吧。"

"很特别的爱好啊。听说黎总还有自己的马场，是吗？"

"是，有一个。难得有这么点爱好，又有益身心，肯定要为自己创造最好的条件。"

"黎总介意带我去马场骑一骑吗？"

"你喜欢骑马？"

"嗯，很喜欢。"李八斗回答得很肯定。

"那可以。我喜欢同道中人，说不定还能为我的马场发展一个会员呢，这必须得带你去了。"

"谢谢。择日不如撞日，黎总要是不忙的话，那现在就带我过去看看行吗？"

事实上，李八斗并不喜欢骑马，但他得找个理由去黎东南的马场看看，所以就顺口承认了。黎东南慨然应允，带着李八斗出了办公室。

那个倒茶的年轻人一直等在门外的走廊上，李八斗出来的时候，他正抽着一支烟，看见黎东南出来，赶紧将还剩大半截的烟掐灭，大步往这边迎了过来。

"我司机，小董。"黎东南介绍道。

"你好。"小董微微点头，礼貌一笑，算是打招呼。

黎东南的座驾是一辆悍马新款，看起来很霸气威猛。小董的车技很娴熟，行驶速度保持均匀，车感平稳，李八斗坐在上面感觉很舒适。

一路上，黎东南都在和李八斗聊马的知识以及骑马的学问。他认为马是所有动物中最忠诚的，看门的狗可能会被一块骨头引开，可马从来不会抛弃自己的主人。很多战场上的马驮着主人冲锋陷阵，直至精疲力竭、活活累死，但从不生背弃之心。所以，他很喜欢马，马忠诚且知足，只要有草吃，就可以奉献自己的一生。

李八斗嘴里应和道："黎总真是懂马，您是把马当知己了。"

李八斗留意到，小董开车驶出城的方向竟是北面的野鸡山。而16号别墅案的那匹凶马，也正是从北面的野鸡山而来，行凶完毕后又往北面的野鸡山而去。

李八斗隐隐感觉到，凶马案与阎老三及黎东南是有关系的。虽然现在没有任何实证，但他的直觉一直很准。

第5章
铁将军

大约四十分钟后，车子到达目的地——跟野鸡山顺路的朱家坪马场。

四面环山之下的一大片草场如同绿色海洋，周边建了一些房子，建得很漂亮。近些了可见草场上有些散养着的马在悠闲地低头吃草，一派田园牧歌的景象。

小董将车停好，黎东南下车，马上有个五十岁左右的男人小跑着迎上来，问："黎总，要牵马来吗？"

"给你牵过来骑骑？"黎东南看着李八斗，问。

"先转转吧，我觉得有必要先熟悉一下地势，才好驾驭。"李八斗说。

"哈哈哈！"黎东南笑起来，"一看李老弟就是熟手啊，知道骑马先观地势。一般人就知道乱骑，完全不管这些的。"

"我真骑得少，不大懂。不过许多事是相通的，这开车都得看着路来，骑马肯定得看地势，路平路陡，难度大不一样。哪里有坑，哪里有沟，也得事先了解。要不然容易出事。"

黎东南赞许地点点头："嗯，你们做刑警的考虑事情果然面面俱到，李老弟这么年轻就独立办案，那更是其中的佼佼者了，前途不可限量。"

"哪里哪里，一个小警察，跟黎总的宏图大业没法比。"说着话，李八斗已经跟黎东南进了马场。他四下望了望，问道："黎总，怎么没看见马圈？"

黎东南指着草场边缘一些漂亮的房子："那些不就是嘛！"

"那些是马圈？"李八斗满眼疑惑，"用来关马的？"

"是啊。"

"我怎么感觉更像是人住的房子，不像马圈。"

"我这里，马和人住的是同规格的房子，所以，你的感觉也没错。"

"马和人住的是同规格的房子？"李八斗更觉得不可思议了，"这，黎总是从哪里得来的灵感？"

"没什么灵感，我不是跟你说了嘛，我丝毫不觉得马是低等动物，相反，我觉得它们比人类更值得尊重，所以让它们住跟人同规格的房子，也是理所当然的事情。"

"黎总果然有大胸怀，看来今天能骑到黎总的马，是我的福分了。"李八斗说，"黎总能允许我自己挑一匹马试试身手吗？"

"当然可以。"黎东南当即对养马人说，"老杨，你带李警官去挑挑吧，然后叫老王把我的'铁将军'牵来。"

老杨应声，当即带李八斗去挑马。路过一间屋子时，他冲着屋里喊了声："老王，黎总让你给他把马牵过去。"

"晓得了。"屋里的人粗犷地应了声。

老杨便继续带着李八斗去挑马。这里的房子基本上都是两层，楼下一层，楼上一层。楼下养马，楼上也养马，修的是坡道，马也能爬上去。一间屋子两匹马，老杨说，一匹马会无聊，马多了又显挤，两匹马有个伴，正好。

李八斗跟着老杨走了几栋房子，看了二十几匹马，也没有看见那匹血红色的凶马。他想起草场和山坡上还有不少放养的马，就问老杨：
"对了，你们这里有皮毛红色的马吗？我比较喜欢红色。"

"有啊，黎总的'铁将军'不就是红色的吗？"

"是吗？黎总的马是红色的？"李八斗心里一跳。

"嗯，是的，红色的，既威武又雄壮。"老杨说，"我们马场里当之无愧的马中之王，爬坡上坎，如履平地，是一匹可以在战场上冲锋陷阵的好马。"

"除了黎总的马，还有毛色偏红的马吗？"

"没有，多是黑、白、棕三种颜色的，红色的就黎总这一匹。"

看来，只需要判断一下黎东南的马就行了。李八斗这么想着，随便挑了匹马，然后在马场上骑了几圈。他骑过马，但很少骑，所以谈不上技术，不过他有很好的体能和平衡性，所以也还能驾驭。而且他挑的是一匹看起来相对温驯的马，也更好掌控一些。

李八斗边骑马，边搜寻着黎东南。他发现远处的山坡上有一道影子在飞驰，应该就是黎东南了。他随便骑了几圈，把马交给老杨牵回去，然后就在草场上等着黎东南骑马回来。

黎东南的骑术确实不错，在崎岖的山坡上纵马如飞，毫不吃力，还能做出一些惊险的动作。那马也奔驰如电，纵跳自如。不一会儿，人马已在山坡上跑完一圈，如怒龙一般向草场直冲下来，一眨眼的工夫，就奔到了李八斗的面前。

"怎么，李老弟，你没去骑吗？"黎东南问道。他轻捷灵活地翻身下马，完全看不出是一个五十来岁的中年人。

李八斗笑道："骑了几圈。最近没怎么骑过，体力有些跟不上了，骑两圈就累得不行，我感觉两条腿都抖得像筛糠一样。"

"哈哈哈，是这样。很多人都觉得骑马好玩，想着只是马在跑，人在上面又没动，跟坐车一样，却不知道骑马时全身抖动，不但很消耗体力，而且驾驭时注意力必须集中，要保持身体平衡，尤其耗神，是一件真正的体力活。"

"所以说黎总技术好，体力也好啊！我在平地上跑两圈都累了，而且是放慢了速度的。黎总竟然敢骑着马去山坡上狂奔，还若无其事。"

他一边和黎东南聊着，一边观察黎东南的马。这匹"铁将军"从表面看跟那匹凶马极为相似，体格高大威猛，颇有某种气势，而且毛色都是血红色。

更重要的是，凶马的双眼猩红，而"铁将军"的两只眼睛也跟得了红眼病一样，虽然没有监控里那匹凶马的双眼红得那么诡异，但毕竟那是晚上，有灯光映衬。而且监控所见和亲眼所见，有些视觉上的差异很正常。

在李八斗看来，"铁将军"和那匹凶马的相似程度已经高达百分之九十五了。还有更重要的一点，就是那匹凶马自野鸡山而来，说明其擅走山路。而黎东南也骑着"铁将军"在崎岖的山坡上奔跑同样如履平地。

"李老弟，你怎么了，有什么问题吗？"黎东南见李八斗一直盯着"铁将军"，不仅走神，还一脸凝重。

李八斗回过神来，问黎东南："黎总，这匹马大前天，也就是本月十四号的晚上，在哪儿？"

"当然是在马场啊，怎么了？"

"现在，我想好好了解一下这匹马，希望黎总能配合。"李八斗一脸严肃。

"到底发生什么事了？你这搞得我云里雾里啊！"黎东南一副丈二和尚摸不着头脑的样子。前一分钟李八斗还和他有说有笑，为何看见这匹马之后，整个人都不对劲了。

"行，我也不跟黎总绕弯子了。本月十四号晚上十一点多，弯月湖半山别墅区 16 号别墅发生了一起命案，一家三口死于非命，我们大案中队介入调查，查看了别墅监控，勘查了现场，显示凶手竟然是一匹马，而那匹马的特征和黎总你的这匹'铁将军'如出一辙。"

"什么？你是说杀害东海一家三口的是一匹马？而且那匹马跟我的'铁将军'长得一样？"一直谈笑风生颇有大将风度的黎东南在听了李八斗的话后，有些大惊小怪起来。

"等等。"李八斗注意到他话中的一个细节，"黎总你刚才说什么，东海一家三口？你知道 16 号别墅命案，你跟夏东海很熟吗？"

显然，通常称呼对方全名的那是一般关系，能称呼对方名字后两个字而不带姓氏的，都是熟到相当程度的熟人。

"当然熟了。白山也就这么大，都算是社会名流了，还能不熟吗？东海是白山房产业的巨头，开发石笋镇的元勋，我想不认识他都难吧？"

"刚才从黎总的话里，我听出黎总不但跟夏东海很熟，而且还知道夏东海一家三口被杀之事。我想问黎总，你是怎么知道的？"

"天下没有不透风的墙，这么严重的刑事案件，我不知道才更奇怪吧。一开始我是不相信的，于是我就给东海打电话，可打了很多次都无法接通。然后我让小董去他家核实一下，小董在那里看见了办案的刑警，问周边看热闹的人就确认了。"

"黎总能把小董喊过来，让我问问他吗？"

"当然可以。我会配合警方办案，你有什么需要，只管说就是。"

小董接到黎东南的电话，赶紧小跑着赶了过来。

李八斗注意到，外表斯斯文文的小董跑步过来的时候，步子又正又稳，那个架势很像是受过训练的军人。

"黎总，什么事？"

小董脸不红气不喘，气息很平稳，这令李八斗颇为惊讶。他粗略估计了一下小董跑到这里的距离，至少有一千米。平常人一口气从那边跑过来，肯定会累得上气不接下气。小董却轻松自在、面不改色，体能大大超过平常人。这至少说明他经常做有氧运动。

"哦，李警官有话问你，你要据实回答。"黎东南说。

"嗯，好的。"小董依旧恭恭敬敬。

"那我先回避下吧。"说着，黎东南走到了一边。

小董说："李警官有什么请问吧。"

李八斗问："黎总让你去夏东海家干什么？"

"黎总听说海哥一家三口被杀的事后不太相信，派我去他家核实一下消息的真假。"

"你跟夏东海熟吗？"

"嗯，还行吧。"

"还行是个什么程度？只是偶尔见面了打个招呼，还是随时保持电话联系、约饭，或有事能帮忙呢？"

"只是偶尔见面了打个招呼吧。"

"你在撒谎。"

"有吗？我哪儿撒谎了？"

"按照你的说法，如果你和夏东海只是偶尔见面了打个招呼，基本上没有其他联系，那么你对他的称呼应该是更客气一点的夏总。然而你喊他海哥，喊得很顺口。以哥相称，说明你们很熟，而且到一定程度了，你觉得呢？"

"这个也不一定吧？只是个称呼而已。他比我大，我顺口叫声哥也没什么。你看我跟黎总好几年了，基本上三百六十五天都在一起，按理说够熟了吧？我却一直叫他黎总，不是南哥。"

"这不一样，你跟黎总是纯上下级的关系，在很多场合都得讲礼貌和规矩，需要分清上下尊卑。你跟夏东海就不一样了，如果夏东海和黎总的关系很一般，跟你也不太熟，你没必要也不方便跟人家称兄道弟，是吧？反过来，如果称得上是黎总哥们儿的，你跟他关系又很好，那么互相之间称兄道弟也就很自然了。虽然你只是黎总的司机，但司机因为常常跟领导在一起，对领导的情况更了解，也经常要帮领导办一些私事，所以更容易被领导视为心腹之人。据我今天观察，黎总就很信赖你。背靠这棵大树，你叫夏东海一声'海哥'，他也不会认为对自己有什么冒犯。我说得对吗？"

"好吧，就算是这样，又有什么问题吗？"小董淡淡地说。

"别急，我的问题来了。"李八斗说，"夏东海和黎总的关系好到什么程度呢？他们有什么生意上的合作吗？"

"这个真不好意思，我没法回答你。"小董仍然彬彬有礼，"我是黎总的司机，黎总认可我的工作和为人，对我确实很好。实际上黎总对他的员工都很好，他真的是一个好老板、好人。我是经常贴身跟着他，但我不是他肚子里的蛔虫，别人在他心里是什么位置，或者他跟别人的生意往来，我不可能知道，也不想知道。从我给黎总开车的第一天他就对我说了，做好自己的本职工作，不要对别人的私事有好奇心。其实他不说，我也会这么做。做人做事要知道分寸，这一直是我对自己的要求。所以我从来不会关心除了我自己和工作之外的事。你如果想知道什么，可以去问黎总。"

李八斗看着小董，小董表现得神情自若，不卑不亢。

李八斗笑了笑，说："谢谢，你可以走了。"

"怎么样，两相对质，我的话不假吧？"黎东南笑盈盈地问。

"不假不假！"李八斗说，"其实我不过例行公事地问问。出了这么大的案子，相关的人和线索我们都要去找的，并不是针对您。黎总，您不知道我们这些刑警，办案不容易啊，我们要在茫茫人海里找出凶手，还原事实真相，必须得一个人一个人地排除，一条线索一条线索地验证，缩小范围。这是我们的本职，也是我们的本能。有些流程即便我们自己也不以为然，但该走的还是要走。望您千万理解。"

"嗯，理解，理解。"黎东南问，"那现在李警官还有什么需要我配合的吗？"

"最后一个问题——"李八斗说，"我想知道黎总这匹马，本月十四号晚上十一点过后在什么地方？如何能证明它在那个地方？"

"这个……"黎东南一笑，"你得去问老杨他们了，我差不多每天上午或下午会来这里骑马玩玩，但晚上从不来。黑灯瞎火的也没法骑不是？所以，我认为那时候马应该是关在马圈里。但老杨他们有没有把马牵出去，我也不知道。"

"好吧，黎总这里有几个养马人，能都帮我喊来吗？"李八斗问。

"能，当然能。这种事我理当全力配合。"说着，他已拿出手机打了电话过去。

"都喊来了。"黎东南说，"我一共聘请了四个人，白天两个，晚上两个。现在当班的两个马上就能过来，另外两个也住在附近的村子里，顶多半个小时就能到。"

"麻烦黎总了。我刚才看了一下，这里好像没有装监控？"李八斗说。

"没有。乡下地方，又是这么大的马场，装监控也没什么用。马到山坡上吃草，你也监控不到；回马圈了，门就关起来了。养了几条狼狗巡逻，也用不着监控了。而且我请来养马的都是没读过书的农民，他们搞不懂监控这高科技的东西，装个监控对他们来说，就跟摆设一样。"

"这些养马的，他们知道如何驯马吗？"

"驯马？什么意思，让马听话吗？"

"相当于驯犬员或者耍猴之类的，通过一些训练让马能够按人的指示做一些其他的事情。"

"这个应该没有吧。他们就只负责放马，下雨天把马草送到圈里，仅此而已。"

"那黎总您呢？应该擅长驯马吧？"

"我？也谈不上驯马，只是时间久了，骑得多了，和马之间就有种自然的默契，就像书里说的人马合一。"

说话间，老杨和老王两位养马人来了。李八斗问他们本月十四号是白班还是夜班，两人一算，上个星期的事，就是夜班。

"很好，老王，你先跟我过来一下，麻烦黎总、老杨、小董你们三个暂时站开一下，不要交流。"李八斗说着，走到了一边，老王跟了过来。

"你和老杨之间，谁更擅长驯马，让马更听话？"李八斗问。

"这个都差不多吧。"老王说，"挥着鞭子吆喝两声，马就听话了。"

"你们能让马自己去完成一些事吗？譬如自己去某个熟悉的地方把东西驮回来？"

"什么？让马自己去熟悉的地方把东西驮回来？"老王忍不住笑起来，"警官你在开玩笑吧？马又没有手，它怎么把东西放背上去呢？"

"也是，我就问问。对了，你觉得你们黎总这个人怎么样？"

"很好啊，很关心我们，工资准时，奖金也不少，还没有架子，经常跟我们开玩笑，很平易近人，这样的好老板真是打着灯笼都找不到。"

"黎总会驯马吗？"

"嗯，会，在这方面黎总绝对值得佩服，很有两把刷子。"

"是吗？"李八斗心中一动，"怎么有两把刷子了，举个例子。"

"譬如'铁将军'在山坡上吃草，黎总只要把手指放进嘴里，吹个口哨，'铁将军'马上就跑过来了。"

"如果黎总让'铁将军'踢你，'铁将军'会踢吗？"

"这个我就不知道了。黎总没让'铁将军'踢过人。"

李八斗又问："本月十四号晚上，你确定'铁将军'被关在圈里吗？"

"确定。"

"为什么你能确定？"李八斗问。

"每天睡觉前，我们都会巡视一遍马圈，看马有没有少，尤其会留意'铁将军'，因为黎总叮嘱过我们一定要看好'铁将军'。"

"那晚上你们听到什么动静没有？"

"没有。"老王摇头，"我的睡眠质量很好，通常一觉睡到天亮。"

"哦，对了，你们有时候会给'铁将军'戴马蹄铁吗？"李八斗突然想起问。

"马蹄铁？"老王摇头，"没有，我们的马又不驮货物，也不长途跋涉，装马蹄铁干什么？"

李八斗点点头，让老王回去，换老杨过来。李八斗问了老杨和老王差不多的问题，两人的回答也都差不多。李八斗得出的结论是，老王和老杨都只是普普通通的养马人，并没有特别的驯马方式。而黎东南应该懂一些，但懂多少不得而知，反正"铁将军"很听他的话。后面两个养马人赶来，口供与老王和老杨说的也对得上。

"怎么样，发现什么问题了吗？"黎东南问。

"不好意思，还有最后一个问题。"李八斗说。

黎东南笑笑说："又是'最后一个'？好吧，请问吧。"

"我想知道本月十四号晚上黎总在哪儿，尤其是晚上十点过后。"

"这个月十四号晚上十点过后是吧？"黎东南想也没想就说，"嗯，不用说，我肯定睡觉了。你知道我注重养生，习惯早睡早起。"

"在哪儿睡的，谁能证明？"

"唔——"黎东南沉吟了一下。

"怎么了？"李八斗毫不放松。

"哦，我记错了。那天我还真有事。晚上十点后我应该还没睡，还在谈事。"

"在哪儿谈，跟谁，谈什么？"

"就在半山别墅 66 号……薛总的家，和她谈点公司的业务。"

李八斗紧追着问："你不是很注重养生，习惯早睡早起吗？那么晚了，为什么会在那样的地方谈公司业务？有事不能第二天去公司谈吗？"

"你只要知道我有没有作案时间就行了，关心那些细节干什么呢？"黎东南颇有些不悦了。

李八斗说："我还是要知道这些细节的，毕竟我还要跟薛总核实一下。不过黎总放心，我不关心个人私事，我也不会对人说，你跟我说了，我会保密的。"

"不用套我的话。我在江湖混了几十年，什么套路能套得了我？你只需要求证我当天晚上十点过后在那里没有就行了，至于在那里干什么，我不记得了，你也不要多问，问多了我不高兴。做人呢，还是要点情商的，你说呢？"

"你的'铁将军'和凶马如出一辙，而你是它的主人，从几位养马人口中所知，'铁将军'也极听你话。换种说法，你现在是此案的最大嫌疑人，所以……"李八斗的目光陡地锋芒毕露，语气也加重了，"你得无条件地配合我，如果不配合，我就带走你这匹有嫌疑的马，走正式的司法程序，那样对我们来说都会比较麻烦，明白吗？"

"好吧。我和薛总有点私人感情，那天晚上我在她那里休息。"黎东南想了想，不情愿地说道。

"请把薛总的手机号码给我。"李八斗说。

他按照黎东南给的号码拨过去，问薛总八月十四号晚上十点过后，她人在哪儿？和谁在一起？做了什么？谁能证明？

薛总支支吾吾的，显然对那晚的事难以启齿。这个时候李八斗大概知道了，黎东南没有说谎。一个年轻漂亮的女人，居然坐到了南华酒店集团副总的位置，而一向注重养生、早睡早起的黎东南晚上十点后还在她的别墅里，别墅里又没有别人，稍微有点社会阅历的人都知道是怎么回事了。

"案件需要，还请薛总配合。否则警方会采取措施，传唤你到公安局来协助调查！"李八斗加重语气。

薛总只好说，那晚她在半山别墅的家跟黎总谈事。这说法倒跟黎东南说的一样，看来两人都知道这不是什么光彩的事儿。即便如此，也不能完全排除他们事先对过口供的可能。为了更可靠，李八斗拍了几张"铁将军"的照片后，让黎东南带他去半山别墅查看了监控，证明了黎东南和薛总说的确实不假。

看来，黎东南是没有作案时间了，但这并不能证明"铁将军"就不是那匹凶马。

李八斗回到刑警队已是中午一点多。为了交流案情方便，专案组这几天都集中在一个大办公室办公。这个时间是大伙儿出去吃饭和午休的时间，没什么人在。

李八斗的肚子"咕咕"地叫起来，决定还是先去吃点东西。他觉得下午有必要再召集大家开个会，汇总一下各方面的线索，找找切入点。

干刑警的，方便面是常备食品，李八斗撕开一包，泡了开水，狼吞虎咽吃起来。

李八斗正吃着，姜初雪进来了，对方见他这个点还在吃饭，脸上闪过一丝意外，但什么也没说，走到自己的位置上坐了下来。

专案组的其他成员陆续回来，李八斗一抹嘴巴，冲着全体成员喊了声："带好资料，到会议室。"

然后，他给厉长河打了个电话，说下午要开一个案情分析会，问他参不参加。

"参加啊，必须参加。"厉长河说，"你们去会议室吧，我马上过去。"

大家在会议室就座后，厉长河紧跟着也到了。

见人到齐了，李八斗说："我掌握了一些线索，但先听听其他同志的摸查再说吧。大勇，夏东海的社会关系和历史恩怨，你查得怎么样了？"

魏大勇说："夏东海很早就辍学了，之后一直在街头瞎混，因为与人斗殴，致人重伤，虽然主要责任在对方，但他还是赔了钱，还被判了三年，出来后在他爸的建筑公司做事。他爸的建筑公司很早就参加石笋镇的建设开发了，但一直是小打小闹，夏东海进去后没两年，他爸得了一场重病，就把盘子都交给他负责了。他的魄力和手腕比他爹强多了，公司滚雪球般越做越大。当时已经有好些建筑公司在石笋镇的开发大潮中争抢项目，夏东海养了一帮人，用了一些非法手段打压对手，获取竞标，到后来几乎垄断了石笋镇所有的建设开发项目。据说想在石笋镇进行工程开发的建筑商都要先拜他的码头，他干不完的活才给他们。到现在，他名义上是白山县的房产巨鳄，其实是暗中操控建筑市场的黑恶势力头目。所以谁也不知道他到底有多少仇家，有多少人想他死，这其中既包括被他打压或驱逐的建筑商同行，也包括给他干活的工人。"

李八斗问："干活的工人跟他有什么仇？"

魏大勇说："据说夏东海为人非常刻薄心狠。譬如他要赶工程进度，不管工人多忙多累，就一定得帮他熬夜加班赶。而且他经常拖欠工人工资。他的惯用手段就是混社会那一套，把工人工资扣着，捏着工人的软肋，让工人死心塌地地听话，不敢跳槽，不敢唱反调。也有工人觉得过分，集体罢工要钱，但都被他用手段摆平了。"

李八斗冷笑道："恐怕还是黑社会那一套吧！"

魏大勇点点头说："是的。他一面用养的打手殴打罢工要钱的工人；一面派人到那些工人的家里，威胁他们的老婆孩子，诸如此类吧。反正恨他的人很多，听说他被杀了，都说他死得好。"

"这么说的话，这夏东海真是死有余辜了！"包古接话。

"怎么说话呢！"厉长河一下子拉长脸，把眼一瞪，"任何时候都不要忘记，你是警察，无论是什么原因，法律之外的手段都不值得提倡，有罪的人自然得由法律来制裁。"

"关键是这么多年他干了那么多坏事，也没见法律制裁他啊！"包古嘀咕着。

"好了，别扯没用的，我们还是继续说案子吧。"李八斗白了包古一眼，又转头问魏大勇，"你了解到跟夏东海明确结仇的对象了吗？"

"有好几个。"魏大勇说。

李八斗问："都是些什么人？"

魏大勇说："一个叫刘大福，是个只有一条腿的瘸子，原来也是搞工程的，因为竞标的事被人用车撞了，致使其股骨碎裂，做了截肢。肇事者是个小混混，说喝多了酒乱开车，把罪认了，但大家都议论这事儿其实是夏东海指使做的。还有一个叫王全民，是个包工头，本来帮夏东海干活，因为觉得夏东海扣着工人工资不给是犯法的，怂恿工人去劳动局告状，被人割了舌头，成了哑巴，现在靠扫大街过日子，至今不知道对他下手的人是谁。"

"这家伙可真是又凶又狡诈！"李八斗气愤地说。

魏大勇说："你没有听到那些老百姓的声音，他们对夏东海是既怕又恨。我去他孩子读书的学校调查，老师向我反映了前不久发生的一件事。和夏东海儿子同班的一个一年级小孩儿，因为玩游戏的时候不小心把夏东海儿子弄倒了，结果夏东海带了几个人跑到学校，给了那孩子几个耳光，并让那孩子当众跪下道歉。当时有老师想上去阻拦，结果那帮人说谁敢拦就打谁，没人敢再上前。那孩子哭着跪下道了歉，被送到医院后，发现耳朵被打聋了。"

"还有这样的事？"李八斗问，"学校老师或者孩子父母没有报警吗？"

"谁敢呀！"魏大勇说，"夏东海说了，他黑白两道通吃，学校老师把孩子父母喊去了学校，夏东海叫嚣着让孩子父母去报警，看能不能拿他怎么样，看是他进牢房，还是孩子进火葬场。他说他喜欢赌，让孩子父母报个警试试，跟他赌一把。老实人都想过点安稳日子，谁敢拿人命去赌啊。孩子父母当时与夏东海理论，也被打了。夏东海指着他们说，和他斗，他让他们全家都人间蒸发。"

"妈的，这么可恶？"李八斗都忍不住骂人了，"那个孩子的父母叫什么？是干什么的？"

魏大勇说："孩子的父亲叫张宝龙，本来开了一家规模还挺大的烧烤大排档，发生那件事之后，总有混混去烧烤店闹事，烧烤店开不下去了，孩子也退学了，一家人不知所终。我去他家住的地方找了，本来住的房子卖了，邻居也不知道他们搬去了哪里。估计是怕夏东海报复，走得悄无声息。"

"孩子耳朵被打聋了，生意也做不下去了，这是死仇啊！"李八斗说，"你得好好查一查这个张宝龙，看他后来去了哪里，最近有些什么动作。"

魏大勇点头："嗯，从动机上看，张宝龙有行凶报复的嫌疑。"

"刘大福和王全民呢，你做过了解吗？"李八斗问。

魏大勇说："我跟他俩周边的人核实了，他俩都有当晚不在场的证明，而且家里没有养马。刘大福开了家工艺品店，自己做十字绣。王全民在做环卫工。我去找他俩了解情况时，这俩人似乎都怕极了夏东海，对受到过的伤害也不愿提起，一副认命的样子。我觉得这俩人没有杀人的胆儿，也没那个本事。"

"这么说来，你觉得只有那个下落不明的张宝龙最有可能了？"李八斗问。

魏大勇说："从理论上来说是，因为我们对这个张宝龙不了解，不了解也就没法确定，也就意味着可能。"

"冷笑，你呢？"李八斗问，"之前的监控记录都看完了吧，发现什么可疑人物或疑点吗？"

"嗯，看完了。"冷笑说，"就发现了一个可疑人物，我是觉得很可疑，你们大家可以再判断一下。"

"好，把可疑的监控片段投影播放一下。"李八斗说。

冷笑当即将准备好的监控片段投影到屏幕上。

天色将近黄昏，别墅前街道上的灯光刚亮起来。一辆悍马车驶进16号别墅，那是夏东海的车子。

夏东海的车子驶进别墅大约十秒后，一辆电动车出现在监控里。随即，电动车在与16号别墅相邻的一幢别墅的侧边停了下来，骑车人目光定定地看着16号别墅。

当李八斗看清那个骑电动车的人时，不禁大感意外。那个人竟然是唐白！

至少看了有一分钟，直到夏东海停好车进屋，唐白才掉转电动车，消失在监控里。

"大家都看到了吧，这个男的像是在跟踪夏东海。"冷笑说，"而且从某种角度说，这个人心思缜密，甚至不排除具备某些刑侦知识。"

"是吗？"厉长河说，"他都跟踪得这么明显了，你从哪里看出他心思缜密，还具备某些刑侦知识的？"

冷笑说："在我们看来，他跟踪得的确明显，但厉队你忽略了一件事，那就是我们现在所看监控的角度。这个男的为什么没有跟到16号别墅前面去，而是藏在另外一栋别墅的墙底下，恐怕就是怕万一案发，警方能从16号别墅监控找到他的身影。相对来说，侧墙角往往是监控的死角，因为监控通常安装在大门处。但他没有想到我们调取了多栋别墅的监控，拍到这一幕的监控是他所在处斜对面的别墅。这处监控没有装在大门位置，也不是枪机监控，而是微型摄像头，隐藏得极好，所以他才大意了些，被我们找到了这个画面。"

"至于吗？"包古说，"一个骑电动车的人，看起来还在上学一样，被你说得比007特工还厉害了？"

冷笑说："你不信？那我们可以看另外一个细节。你们看啊，这个人在看见男性受害人进屋之后，完成了他的跟踪，不是骑电动车往前走，而是原地掉头转身。我们都知道不管是别墅群还是小区，通常都有四个门，至少也有两个门，里面的每条路都相通，怎么都可以出去。他为什么不直接往前走，而是要掉头？显然是不想出现在16号别墅的监控里。有刑侦意识的人都知道，监控是最容易发现线索或证据的。"

"嗯，你这么说也有些道理。"厉长河听了冷笑的分析，把目光扫了一圈，"其他人有什么看法吗？李八斗，你怎么不说话？"

李八斗说："冷笑的分析有理有据，不过这个人跟我了解的他不大符合。"

"跟你了解的他不大符合，什么意思？"厉长河问，"你认识他吗？"

李八斗点头说："是的，我认识监控里的这个人。应该说，我对他比较熟悉。"

"然后呢？"厉长河问，"你觉得他并不像冷笑说的那样心思缜密，会犯下案子？"

李八斗说："是的，他是个很本分的孩子。我们本来住一个村子，我算看着他长大的，后来他家遭了些变故，他又从城里搬回农村去了。前天我还遇见了他，听说他在镇上的一家书店上班，工资一千多元一个月，他觉得很满足，感觉得出他是一个连口角都不容易与人发生的孩子，更别说杀人了。何况，凶马案至少应该是一个懂得驯马术之类的人干的。"

"那你对他跟踪夏东海这事儿如何解释呢？"厉长河问。

"这个——"李八斗说，"我只是从我了解的角度说他不大可能，但我还是会去做个了解调查的，但凡有丁点疑点，我都会去求证、排除。而且我也发现了一些线索，比起前面几位同志所了解的情况，可能性应该更大。"

"是吗？你发现什么线索和可能性了？"厉长河问。

李八斗说："我发现了一匹马，一匹和凶马简直如出一辙的马，现在可以放给大家看看。"

当下，他把手机连上了设备，将手机里从多个角度拍摄的"铁将军"的相片在屏幕上播放了出来。大家都惊叹很像。

厉长河问："这是一匹什么马，你在哪里发现的？"

李八斗问："厉队应该知道黎东南这个人吧？"

"南华酒店集团的老板？"厉长河问。

李八斗说："就是他，马是他的。"

"马是黎东南的？"厉长河眉头一皱，"你的意思是说，凶马案的凶手有可能是黎东南？"

李八斗说："只能说有这种可能，但得有一个复杂而艰难的求证过程。首先，我们得求证这匹马是不是凶马；其次，我们得找到黎东南操控马的证据。"

"怎么求证这匹马是不是凶马呢？"厉长河问。

"这个问题很难。"李八斗说，"本来呢，现在的生物识别技术可以试一试，但从视频里采集数据难度大，存在一定差异。更要命的是，我们获取的是夜间的监控视频，那个地方的路灯也不太明亮，在视频里就更加模糊。所以无论是面部识别，还是虹膜及视网膜识别技术，都很难做对比。现在我们只能凭自己的主观意识来判断。

"然而，这种主观判断又会有一个很大的问题，譬如本来是同一个人，如果化了妆，进行了某种人为的面部特征处理，就会变得大不一样。同理，凶手如果利用马作案，就很可能对马的面部特征进行一些处理，譬如我们在这里看到的马的眼睛像得了红眼病，红的程度比较轻，而在监控里见到的那匹凶马，眼睛就红得比较厉害。包括马蹄印的大小，我们在现场提取了马蹄痕迹，然而那是戴着马蹄铁的马蹄印。可是当马没有戴蹄铁的时候，我们怎么判断呢？凶手只要弄一个厚度和一般马蹄铁不一样的，我们就无法得知真实的马蹄大小，无法进行有效的对比和判断。加上多数马在相貌上区别不大，往往都是通过身体部位上的一些特征或标记之类的东西区分，万一有相似的特征和标记，那就很难用肉眼判断了，除非和马朝夕相处，熟悉更多的细节。

"还有就是，即便我们证明了这匹马是凶马，但要证明它是被人操控的更难，因为全程都没有发现人，我们只从监控里看见马从野鸡山下来，再到16号别墅。我们要如何来证明有人对马进行操控，甚至让马杀人呢？"

"千难万难，还得撸起袖子干。"厉长河说，"一步一步地来吧，先证明这匹马是不是凶马再说。"

李八斗却把目光看向姜初雪："对了，你那里跟动物学家沟通得怎么样，找到什么人为操控马杀人的可能性了吗？"

姜初雪说："我又把马将狗踢飞出去的视频发给了省城的动物学家，他们还为此开了一个专门的会议研究，一致认为这不可能存在。其一，马可能会踢人，但只会在发狂的时候乱踢，而视频中的马很冷静，看不出什么神经上的异常；其二，马即便踢人，力量也不会很大，很难将一只那么大的狗踢飞很远。"

"那视频中马的行为如何解释？"李八斗问。

姜初雪摇头："无法解释。"

"好吧。"李八斗说，"既然动物学家也无法解释马的行为，而事实又摆在我们眼前，我们就按照我们的方式来办，先查一下我们找到的这匹马再说吧。厉队，你觉得呢？"

"按你的想法办吧。"厉长河说，"我这里只有一条，尽快破案，有什么需要协助的跟我说，我会尽全力配合。"

"行，那我现在重新分配一下任务。"李八斗说，"大勇，你想办法去找一下那个孩子耳朵被打聋的张宝龙，一定要弄清楚他去了哪里，最近在干什么。"

"包古和冷笑，你们去朱家坪马场蹲点，换着班来，不分白昼黑夜地给我盯着那匹马，看看它到底能搞出什么样的幺蛾子来。记住，带着望远镜，要在远处盯、暗中盯，不要被发现。尤其要留意黎东南和那匹马的互动，任何一个细节都不要错过。先就这样吧，大家分头行动。"

"我呢？"姜初雪生硬地问了句。

"你？"李八斗想了想，"把死者尸体和现场更细致深入地分析下，我希望就算没有什么问题，你也能给我找出点问题来。从某种意义上讲，证据随时都是在变化的，因为在不同的时候，人的观察角度会不一样。"

姜初雪微微点头，默不作声地收起记事本，转身离去。

李八斗回到办公室。这几天没睡过一个好觉，脑子里装的事情又多，他感觉有些头昏脑涨，就仰靠着椅子想休息下。可才闭上眼睛，他脑子里又浮现出监控里唐白跟踪夏东海的图像。以他对唐白的了解，他不相信唐白会是杀害夏东海一家的凶手，性格、动机、能力都不够条件。可是，身为一名优秀的刑警，他又很清楚监控中的那一幕确实可疑。尤其，那一幕发生在夏东海一家三口遇害的一星期内。既然可疑，就必须求证。

李八斗睁开眼睛，起来喝了口水，顾不上休息，当即开车奔石笋镇而去。

第 6 章
黑暗的故事

　　三人行书店位于石笋镇白山一中对面，与白山一中仅有一街之隔。书店并不大，也就一百平方米左右。

　　李八斗将车在路边的画线区里停好，往书店走去。他站在门口看了看书店的名字，心里还在想不知道谁给书店取的名字，还真有点水平。三人行，必有我师。而书本才是真正的人师。

　　唐白正在收银台的计算机前拿着一本书看，感觉到门口的光线一暗，抬起头就看见了进来的李八斗，他不由得愣了一下，赶紧把书放下，站起身来，腼腆地招呼道："八斗哥，你怎么来了？"

　　李八斗说："来这边办点事，想起你说过你在这里上班，就过来看看。"

　　"哦哦，坐吧，我给你倒杯水。"唐白说着起身从旁边抽了个纸杯，往饮水机那边走去。

　　天气挺热，李八斗还真有些渴，也没推辞。他站在那里，目光不经意地打量了一圈唐白工作的这个地方，视线最后落在唐白看的那本书上，竟然是一本《顶级悬案：犯罪史上八宗惊世疑案新探》！作者之一约翰·道格拉斯，美国联邦调查局行为调查支援部前主管，国际著名犯罪学专家，有着"现代福尔摩斯"的美誉。

唐白居然看这种书！李八斗不由得皱了皱眉。

如果是刑侦类小说的话，李八斗不会觉得奇怪，看小说消磨时间而已。可这种书不一样，多是国安人员或警察这种国家执法机构人员看的，也是公安大学或警校老师推荐给学生的刑侦专业参考书。至少也是律师这种从事法律工作的，他们有时候为了取证或某些案子的需要，需要懂一些刑侦方面的知识。

而唐白跟刑侦八竿子打不着，他为什么看这种书？而且这种书一般人还真看不懂，李八斗在警校的时候看过这本书，里面列举的都是世界经典离奇案例，讲了很多专业且高级的刑侦知识。

唐白倒了杯水过来。李八斗接过喝了一口，目光又落在那本书上："怎么，喜欢看刑侦类的书吗？"

"哦，也谈不上喜欢，就没事了翻着看看。"

没事翻着看看？李八斗看那书都已经起卷了，大半纸张显得特别松动，后面小部分则显得平整，说明这本书被经常翻阅，而且看了一大半，后面有一小半没有看。这已经不是随便翻翻的事了，而是很认真地在看，一页不漏地在看。这是在学习！

"能看懂吗？"李八斗故意问。

"嗯，有好些都看不懂。不过，反正是无聊，打发时间。"

"打发时间，不是有电脑嘛，可以上网啊？"

"我……视力不太好，对着电脑多了伤眼睛，看书的话会好些。"

"也是。看书比看电脑好。哦，对了，你认识一个叫夏东海的人吗？"

"夏东海？"唐白一脸茫然，"不认识啊，做什么的？"

"一个房地产商。"

"怎么了？"

"没怎么。你再仔细想想认不认识他，他爸叫夏昌文，也就是当初那个到咱们村考察的大老板，后来开发咱们村子的，但后来他病了，就把公司的事交给了夏东海。据说夏东海这个人欺行霸市、为富不仁，满大街都是他的恶名。"

"当初那个来咱们村的大老板我倒是知道，不过我也不知道他叫什么。这个夏东海我是真没有听说过，我比较宅，也没什么朋友，在店里上班，没事就看书，下班了就回去照顾我妈。外面的好多事闹得沸沸扬扬了，我都不知道。"

"也就是说，你跟他没有仇没有怨，也没有交集？"

唐白一脸错愕："八斗哥，你这话什么意思？是不是发生什么事了？"

"你先别管发生什么事，你好好回答我的问题就是。记住，要有什么说什么，不要说谎。我不知道你看这本刑侦学参考书学到点什么没有，但我全看过，而且都学得通透了。这个是我的专业，所以你如果在我面前撒谎肯定行不通，不要到时候搞得难以自圆其说，就麻烦了。"

唐白连连点头："嗯嗯，肯定的，八斗哥你问什么，我只要知道的都实话实说。"

"那行，我再问你一遍，你认不认识夏东海？"

"真的不认识，这个我没必要跟八斗哥你撒谎。"唐白回答得很干脆，很肯定，没有半点犹疑。

"也许，你不知道他的名字，那我给你他的相片，你看了再想想认不认识。"李八斗说着拿出手机，从里面翻出夏东海的资料相片，递到唐白面前。

唐白看着手机上夏东海的相片，还是摇了摇头。

李八斗想在唐白的眼神里发现一些什么，可唐白的眼里确实只有茫然，神情没有任何掩饰和慌乱。

"好吧，那你告诉我，你都不认识他，为什么要跟踪他？"

"跟踪他？"唐白的嘴巴瞬间张大，一脸惊诧，"八斗哥，你这话怎么说，我什么时候跟踪他了？"

"你自己看看吧。"李八斗拿过手机，打开了储存在里面的那一段视频。

"这个？"唐白一脸诧异，"八斗哥，你怎么有这个？"

李八斗说："所以我让你不要说谎。没有证据我也不会来问你。说吧，你明明认识夏东海，为什么要否认？又为什么要跟踪他？"

"我没有说谎啊，八斗哥。我是真不认识什么夏东海，也没有跟踪他。"

"那这个监控拍下的视频是怎么回事？"

"这个……我想起来了，前些天我爸打电话给我，说他过生日，让我去一起吃个饭。我走到那里纠结了下，决定还是不去了，就回头走了，根本没有跟踪谁。那人在车里，下车了也是背对着我，我都没看见他长什么样。"

"你爸住在这个别墅区？"李八斗颇感意外。

"嗯，是的，住好几年了。"

"那你为什么走到那里，又不去了？"

"我本来就不想去的，但他跟我说，他也老了，过一个生日就少一个了，所以我就想还是去吧。但一路上我又想起了以前的那些事，想起我妈成了现在这个样子，我就觉得我原谅不了他，所以我又掉头走了。"

"能让我看看你的手机通话记录吗？"

唐白把手机的屏幕锁解开，递给了李八斗。

李八斗翻看了一下他的通话记录，上面每天都有两到三次唐白和他妈的通话，通话时长都只有两三分钟左右。除此之外，还有零星几个和老板、同事、朋友的通话记录。李八斗分别打过去核实了下，跟唐白说的并无出入。然后几天前，还有两个和唐世德的通话，更多的是唐世德打给他的未接来电。李八斗知道，唐白老爸的名字就叫唐世德。

李八斗看了下后面未接来电的时间，是八月八号的六点以后，一共有四个未接来电。而视频里唐白跟在夏东海车子后面的时间，也是八月八号傍晚六点多的样子。同样是八月八号的下午两点多，唐白和唐世德有一个通话，时长大约两分钟。难道真的是因为唐世德喊唐白去过生日，唐白开始答应了，走到半路不想去了，所以掉头回来了？

至少有一点李八斗是知道的，唐世德对不起唐白母子，唐白心里对唐世德有怨恨。按照唐白所说，唐世德跟他说自己老了，过一个生日就少一个了，唐白有可能会心软，答应了去。然而他还是纠结，最终觉得无法原谅父亲，又最终反悔了，这种说法是成立的。

只是，李八斗在其中发现了一个很关键的问题，就是八月八号那天下午两点多，唐白和唐世德通话之后，没有和他妈通电话，一直到晚上七点的时候才有一个通话，而且这个电话还是他妈打给他的。而据他手机里的通话记录显示，每天接近中午和下午下班时间，他和他妈都有通话，这些通话都是他打给他妈的。

按道理说，唐白收到唐世德的生日邀约，既然勉为其难地答应了去参加唐世德的生日，也就意味着他不会回家吃饭，那他应该和他妈通个电话说声才是。然而八月八号那天下午，他一直没和他妈通话。直到七点多了，他妈大概是没有等到他电话，也没见他回家，才打了个电话给他。

"我看你的通话记录，你是每天至少和你妈通两次电话吗？"李八斗问。

"嗯，是的。我妈一个人在家很孤单，而且神志时好时坏，我不放心她，会打电话问她在干什么，注意安全之类的。"

"可我看你的通话记录，八月八号这天下午，你爸打电话喊你去吃生日饭之后，你一直没有给你妈打电话。直到七点多，她大概是没有等到你的电话，突然想起你，才给你打了个电话。能说说为什么你那天下午没有给她打电话吗？按照道理说，你答应去吃你爸的生日饭，你会告诉她，今天不回家吃晚饭，让她不要等的。"

"这个……"唐白愣了下，"我不大记得了，也许当时我接了我爸的电话之后，心里很乱，没有想到这一点吧。也许我心里其实一直在考虑、挣扎到底要不要去，我一直不确定自己会不会去。"

"但是，你往半山别墅那个方向去的时候，应该已经做了决定吧？那你为何不打电话跟你妈说一声？"

"我当时应该是忘了吧。我人虽然往我爸的别墅去，脑子里却仍然在纠结到底去不去。"唐白解释道。

"不，你不会忘。至少你不会因为纠结要不要去给你爸过生日忘了这事，你爸在你心里其实没什么分量了。而你和你妈相依为命，这种相依为命会在你心里变成一种习惯，你会在每天差不多的时候想起她，打电话给她。除非那个时候突然有更重要的事情占据了你的脑子，你才会把给你妈打电话这么重要的事都忘了，能说说那天到底是什么事让你忘了给你妈打电话吗？"

"我说的是真话，八斗哥你也不信！你说的或许有你的道理，可什么道理都没法对任何人在任何时候都适用。我们对别人的判断常常只是站在自己的角度看的，可我们终究不是别人，又怎么知道别人到底是怎样的想法呢？"

"你这话跟庄子的'子非鱼，安知鱼之乐'一样很有哲理深度啊！"李八斗笑笑说。

"我说的是事实，不知道八斗哥有没有这样的经历，你往前赶路的时候，因为满脑子都装着事情，以至于迎面走来的一个朋友你都没有看见，直到朋友大声喊你，你才如梦初醒。"

"嗯，这种时候很多，我经常这样。有次在外地，一个很久没见的朋友见了我，跟我打招呼，但没有得到回应。他不确定碰到的真是我，还是只是个长得像的人，就给我打了个电话，看见我接电话了，才说他刚才跟我擦肩而过，就在我身后。"

"可不就是嘛！如果这种情况，在旁人看来，你是必须看见的。如果不是很好的朋友，只是一般关系，你比对方混得好，别人肯定认为你是故意摆架子。你说你是真走神了，有人信吗？除非有过这种亲身经历的人才会信。"

"你的逻辑很清晰啊。"李八斗又把目光落在那本书上，"从上面学的吗？"

"这个？只是看着玩玩，没什么用的。"

"没什么用？这可是著名的刑侦学参考书，你居然说没什么用？"

"你看，八斗哥你又在混淆角色。我说的没用，只是从我的角度来说，因为我又不破案，对我又能有什么用呢？"

"如果你真的觉得对你没用，你又为什么要看？打发时间的话，有很多方式可以打发，譬如看其他一些书。而且从这本书的书页状况，可以看出你经常翻阅，而且看得很认真，前面看过的，应该一页没漏。"

"是的。我很认真地看了，我也想学点什么，就像那些行走江湖的人，想有一件可以保护自己的武器。我不想被人欺负，我想保护好我妈。可现实是另外一回事，它能把人的幻想击得粉碎。你懂道理，人家不跟你讲道理，跟你讲拳头。你懂法律，人家不跟你讲法律，跟你讲权势。这是我后来才发现的，道理和法律跟弱者无关，弱者的世界没有公平，也没有公正。"

"怎么，谁欺负你妈了吗？"

唐白恬静地一笑："我爸妈离婚后不久，我生了一场重病。当时我妈没有钱，她和我爸离婚就没有分到钱，只有一套房子。她几乎找遍了所有的亲戚帮忙。他们都知道我家的事，生怕我们母子俩还不起，唯一还愿意帮我们的外公外婆也没什么钱，我妈最终只能把房子卖了，搬去和外公外婆一起住。那后来，我在学校里受到的嘲笑和欺负就没有停止过。我妈心疼我，也找那些欺负我的学生家长理论过。有一次，有个同学的家长竟然当着她的面打我，说打我怎么了，我妈护着我，也被打了……"

说到这里，唐白终于说不下去了。即便他很努力地控制着自己的情绪，不想表现出自己的难过，尽量把那些故事当成往事，可那太过刻骨的往事还是刺痛了他。他脸上的肌肉微微颤抖着，眼眶变得湿润。他不想被李八斗看见，于是把头转向一边，努力平复着。他很快地控制住了那股悲伤的情绪，转过头来，朝李八斗微微地笑了一下。

"所以，我那时候就特别想让自己强大点，能保护好自己，保护好我妈。我跟你一样，也是想当警察的，可是后来我妈……她病了，经常神志不清，有时候连我都不认识，后来我……就没读书了，曾经在我心里的所有美好幻想都破碎了。不过也好，我发现一个人没有了梦想，无所求了，反而活得更轻松、平静，然后就会发现活着是一件很简单的事，看什么也都淡然了，挺好的。其实生活就是一种习惯，再不堪，再卑微，习惯了也就好了。"

"哎，记得那时我还给你打了电话，让你继续读，钱我帮你想办法，可你坚持要辍学。"李八斗说，"如果你听我的，也许也考上警校了。"

"那又能怎样呢？八斗哥你是警察，你觉得你的人生圆满吗？或者你真的觉得做警察就可以除暴安良、伸张正义吗？可以让社会一片光明吗？可以在任何时候保护好家人和自己吗？"

"不能，但我们也得努力不是？如果我们没法让有些事情变得更好，至少我们不要让有些事情变得更坏。如果因为有些事情很糟糕，我们就自甘堕落、随波逐流，那事情只会更糟糕，最后会没法收拾。"

"也许吧，希望八斗哥你是个好警察。"

"肯定的。我知道凭我个人的力量改变不了一切，但我能帮一个好人就算一个，能抓一个坏人也算一个。所以以后有谁欺负你，给我打电话就是，八斗哥就算拼命也会帮你。"

"嗯，谢谢八斗哥。"唐白答应。

有顾客进来买书，向唐白咨询。唐白便结束了跟李八斗的谈话。

李八斗独自站了一会儿，突然想起了什么，走出了书店。很快，他提着大包小包的东西回来了。

唐白已经送走了顾客，看着提着东西的李八斗不解道："八斗哥，你这是干什么？"

李八斗说："反正也快下班了，等下我跟你一起去看看你妈。"

"不用了吧。我妈她……有时候神志不清，甚至连我都不认不出来。"

"没事，我就是去看看，记得小时候你妈刚生下你，正坐月子呢，我常上你家玩儿，她有什么好东西都给我吃。后来你长大了，跟我一起玩了，有你一份，就有我一份。这些年我在外面读书、工作，回来也一年了，都没有去看你妈，实在是不该，今天正好跟你去看看，也算表个心意。"

"嗯，那好吧，谢谢八斗哥了。"唐白没有再拒绝。

"你总跟我这么客气。在我心里，你跟小玥一样，一个是弟弟，一个是妹妹。可能因为我的人生也发生了一些事情，我也迷茫过一段时间，有时候呢，我不善于关心人，忽略了你，但在我心里，真没把你当外人。我不管你以前过得怎么样，但我希望你以后都过得好，所以以后有什么事不要自己扛，记得找我。"

"嗯，好的。"唐白莫名觉得心里有一股温暖的东西流过。那种感觉让他有那么瞬间的错觉，在这个世界上，他不是一座孤岛，还有人关心他。

然而，别人的关心始终都只是一件外衣，可以在很短的时间里帮着御寒、遮风挡雨，渐渐地，这件外衣会陈旧、破烂，会成为失去。

李八斗跟着唐白一起去他家，唐白骑着电动车在前面，李八斗开着车在后面。

前面骑行的唐白突然将电动车停了下来，然后下了车。李八斗看到了一个女人，面向远方，背对他们坐着。她的身子骨很瘦小，头发不长，却十分零乱，一看就不常收拾。看着唐白急忙走过去，李八斗已经猜到了她就是唐白妈妈袁秀英，当即也下了车。

那个头发蓬乱而干枯的女人，就如一尊雕塑似的坐在那里一动不动。李八斗走近些了才看见，她坐的地方是一个高坎，坎外边是荒地，地里有两座并排的坟。坟上杂草很少，坟前也很干净，跟周围长得正茂盛的植物形成极大反差。

"妈，你怎么又到这里来了，坎这么高，摔下去怎么办？"

唐白加快脚步跑过去，从后面扶着女人的肩膀。女人转过头来，脸上竟戴着一副狰狞的鬼面具。

"唐白，你回来了吗？以后就把我埋这儿吧，千万不要忘了，就把我埋这里，这里好，这里干净……"女人拉着唐白的手，神神道道地说。

"妈，八斗哥来看你了。"唐白边说边替她取下脸上的面具，对李八斗解释，"这是我外公外婆的坟，我妈没事就跑这里来坐着，拔坟上的草。你看，坟上的草都被她拔光了。她看见一根草都得拔掉。"

"秀英阿姨，我是八斗，还认得我吗？"李八斗说。

女人这才抬起目光看着李八斗，突然就嘿嘿笑起来，指着他："你是不是有病，要赶紧去治啊，再不治就晚了，赶紧的，等到两腿一蹬，就没了……"

"妈！"唐白加重了些声音，把她也拉近了些，"这是八斗哥，以前在石笋村住我们隔壁，李伯伯家的，经常带我玩的。"

唐白的声音似乎钻入了女人的脑子，带她回到了从前的某个世界，让她的意识清醒了过来。她瞪大眼睛，盯着李八斗，喃喃道："八斗？你是八斗吗？"

"嗯，是的，秀英阿姨，我是八斗，小时候你带过我玩，还抱过我，老是给我瓜子和糖吃。好久没见你们了，我今天特地过来看看你。"

"八斗？你是八斗？"女人的神情突然从迷惘变得惊喜，"我想起来了，你家住在很高很高的房子里，你们好有钱啊，有好多好多钱啊，你们都是有钱人，你能不能帮帮唐白，唐白他生病了，要好多钱……"

"怎么，你生病了？"李八斗问唐白，"什么病啊？"

"没有。我妈神志有些不清晰，她说的是以前，我还在读书的时候，生了一场病，病得很重，她一直很害怕，害怕没钱治，害怕治不好，然后变得六神无主的，这些年一直在念叨这事……"

"你会帮唐白吗？会帮吗？"女人紧紧地抓着李八斗的手乞求着，那双看起来混浊的眼睛里竟有种特别的光芒。

"会帮的，秀英阿姨你放心，唐白有什么事我都会帮他的。"李八斗说。

"嗯，会帮就好，会帮就好，你真是个好人，好人有好报啊。唐白，快点谢谢人家，愿意帮你的才是朋友，不帮你的都是小人，不要跟他们玩。说是亲戚，一个妈生的，帮忙的时候就不见了，钻老鼠洞了，他们都是老鼠，只能躲躲藏藏地活在漆黑的洞里，虚伪、自私、丑陋、丢人……没良心。"

"妈，走了，先回去吧。"唐白搀着她。

李八斗说："让她坐我车上吧，安全些。"

"谢谢八斗哥。不过还是让我妈坐我的电动车吧。"

"你干吗这么客气啊！"李八斗不高兴地说。

唐白尴尬地说："我妈身上不干净，弄脏你车子不好。还有她喜欢乱动，突然开你车门怎么办？"

"这有什么！"李八斗一笑，"我只要把车门锁锁上，她想开车门也打不开。倒是你这电动车，她坐后面，要突然有个什么动静才不安全。就让她坐我的车吧，我能看着她。"

"不用，我妈坐过我的电动车，她很听话的。"唐白坚持道。

袁秀英却抗拒说："我要坐大车，我要坐大车……"

"妈，别坐大车了，大车上有狐狸精！"唐白说。

"啊？有狐狸精？我怕，我怕怕……"她一脸惊恐，双手使劲抓着唐白，唐白就把她扶到了电动车的后座上，他坐在前面，让袁秀英用双手抱紧他。

李八斗上了车，看着骑在前面的唐白，突然觉得有点不对劲，可是，他又无法具体说出这种不对在哪里。一会儿，他们就到了几间破落潦倒的土墙瓦房前。

唐白把电动车停好，将袁秀英扶了下来，然后去开了门，搬出一把椅子来，放在门前的坝子上。李八斗从车上把给唐白妈妈买的水果等礼物提下来，唐白赶紧上前接了。

袁秀英的目光瞥见了唐白提着的袋子，两眼突然放光，用手指着喊："果果，有果果，我要吃果果……"

"别急，妈，我先帮你洗洗。"说罢，唐白就进屋去了。

李八斗看着眼前的这一切，残阳远去，暮色笼罩之下，沉默的群山、破旧的屋子，穿着破烂、头发花白、佝偻着身子站在那里的女人，心里忽然有种说不出的悲凉。是时间还是生活，把一个人变得如此不堪？他对这个秀英阿姨的记忆是很深刻的，因为他小时候一直觉得她是村子里最漂亮的女人。

那时石笋村的女人都长得很粗糙，包括李八斗自己的母亲，因为本来生在穷人家，又从小日晒雨淋地干农活，所以都长得五大三粗的，看起来孔武有力。倒是袁秀英，她本来是城里人，老爸经营两辆大巴车，一辆请人开，一辆自己开，赚了不少钱，对她也娇生惯养。而她长得花容月貌，喜欢音乐、舞蹈，后来还学了川剧，满满的文艺气息，惹得多少青年才俊倾慕。

据说，那时到她家提亲的人每天都有好几拨，可她很反感。那些上门来提亲的人，动辄就说家里有多少钱，或当了什么样的官，却没人知道她心里怎么想的，她只想找一个自己喜欢的人。即便父母应了别人的约，她也绝不给面子，不去就是不去。

她忠于爱情，相信缘分。在她最美丽而骄傲的年华里，她遇到了唐世德。唐世德也是走了狗屎运，那天从乡下进城，穿得人模狗样的，而且读过三年高中的他，也还能摆出一副见过世面的样子。当时他去看一场电影，是当时很火的《泰坦尼克号》。

袁秀英当时也去看那场电影，但走在唐世德前面的她，不知道是因为要看一场喜欢的电影很兴奋还是怎么，竟然把电影票掉了。跟在身后一直留意着这个漂亮姑娘的唐世德看见后，捡起电影票还给了她。落座后，他们才发现彼此的座位是挨着的。

两个人自此就算相识了，以后的日子里，两人从电影聊到了人生，从人生聊到了爱情。两人之间的感情也随之生根发芽，扎出了一片浓荫。

袁秀英不在乎唐世德的出身、家境，她觉得两个人相处的愉悦高于一切。然而她的父母不这么觉得，他们认为所有的爱情都应该门当户对，都必须以经济基础为前提，能给人幸福的不是爱情，而是家世背景。经济基础决定上层建筑。

父母强烈阻止，甚至把袁秀英关起来。可袁秀英很倔，她认定了就死心塌地，越是阻止，她越叛逆。她趁着父母不留神，跑了出去，找到唐世德，两个人私奔去了一个谁也找不到的城市。

那些日子，袁秀英的父母疯了一样地找她，但找不到，以致她老爸精神恍惚，开车失误，发生了一场事故。不但他自己差点挂了，车上几十人也有死有伤。他赔了很多钱，被吊销了驾照，连城里的房子都卖了，一家人又住回了乡下。

袁秀英回来的时候，肚子已经大了，一切不可挽回。父母也接受了这一切，想着只要她能和唐世德一起好好过日子，也就别无所求。在起初的日子里，唐世德对她确实不错，李八斗是亲眼所见，什么重活都是唐世德干，端茶递水到袁秀英手上。村里的媳妇都让自己男人学学唐世德，都觉得袁秀英虽然嫁了个没钱的，但嫁了个对她好的，也值了。

然而，石笋村被开发，当房子和土地的几百万元补偿款到手后，当唐世德住到镇上的楼房里以富人自居，面对别人的吹捧，面对镇上和城里那些花枝招展的女人时，他突然发现曾经那个如花似玉的老婆人老珠黄了，便找起了小三。

唐白洗了两个苹果拿出来，一个给了李八斗，一个给了袁秀英。

袁秀英拿着苹果咬了一大口，不停地笑着说："好吃，好吃。"

"妈，你慢点吃，别噎着了，我进去给八斗哥做饭。"唐白叮嘱道。

"不用麻烦了，唐白，我坐一会儿就走，主要是过来看看你妈。"李八斗说。

唐白说："没事的，反正我们自己也要吃，也得做的。八斗哥，你难得来，家里热闹，也有了点人气。"

"咦，大黄呢？唐白，天都黑了，大黄怎么还没回来？"袁秀英突然问。

"可能在外面玩吧，一会儿就回来了。"唐白说。

"可是，天都黑了，它是不是不会回来了？好像，它已经很久没回来了？我还是去找找吧。"说着就要走。

"妈，别去了，天黑了，路都看不见，大黄知道路会回来的。"唐白一把拉住了她。

"大黄不会回来了，不会回来了，它这么久都没回来了。"袁秀英喃喃说着，抬起眼看着唐白，"大黄是不是也去别人家里，不回来了？"

"不会的，妈，大黄会回来的，先别说了，我去给你和八斗哥做饭了啊！"唐白说着，又客客气气地让李八斗先坐会儿，他去做饭。

李八斗说："要不，你帮忙下碗面条吧，别搞复杂了。"

"那怎么好意思呢，"唐白说，"八斗哥，你难得来。"

"没什么不好意思的，我又不是外人。就吃面条了，你要做别的，我就不吃了。"

"嗯，好的。"唐白应声进了屋。

李八斗回过目光来，突然发现袁秀英停下了吃苹果，眼睛瞪得跟铜铃似的盯着他，眼神里似乎充满了仇恨，弄得他有些愕然。

袁秀英突然用手指着他，咬牙切齿、面孔扭曲地说："你是谁，你怎么到我家里来了，你想干什么？！"

"我是八斗啊，秀英阿姨，以前我们住一个村子的，李八斗。"

"李八斗？"袁秀英仍保持着仇视与戒备，"你来干什么？你是不是来打唐白的？我跟你说，你敢打他，我就杀了你。你别不信，我真会杀了你的。"说着，她把手里咬了半边的苹果当刀一样对准李八斗，做出要攻击的架势。

"秀英阿姨，你别误会，我是八斗，我小时候总带着唐白玩的。我们是邻居，我妈叫谢本香，你忘记啦？"

"谢本香？谢本香？"袁秀英陷入迷惘，反复念叨着这个名字，突然抬眼看向李八斗，"怎么啦，谢本香死了吗？"

"没有，她很好，身体很好。"李八斗说。

"喂，我跟你说一件事啊，但你不要跟别人说。"袁秀英突然一脸神秘兮兮的样子，还警惕地看了看左右，"我觉得我们家大黄已经死了，它不会回来了。"

"妈，你在干什么？"唐白突然出现在门口，喊了声。

袁秀英吓了一跳，像个做错事的孩子一样，赶紧退到了一边，啃着手里的苹果。

唐白走过去，拉着她的手臂："妈，走吧，跟我进去煮面条吃。今天晚上吃鸡蛋面，很香很香的。"

"嗯，我要吃鸡蛋面。"袁秀英应声，就跟着唐白进去了。

四周突然变得无比静寂，李八斗坐在那里，之前那种不对劲的感觉又席卷而来了。他终于明白了有什么不对。唐白好像在刻意阻止袁秀英和他单独在一起，之前明明坐他的车更安全，唐白偏要袁秀英坐电动车。刚才也是，他明明在厨房里做饭，袁秀英突然神秘地说起大黄的事，唐白就突然出现在门口阻止了后续，并把袁秀英带走了。

按照道理说，唐白在厨房里做饭，是不知道外面动静的，他为什么会突然出现阻止？是一直在留意着外面的动静？还是刚好出来？

不管怎样，他的行为都有些可疑。有一点是显然的，袁秀英有时候会神志不清。她的言行有时候看起来虽然不可理喻，其实对她来说自有某种逻辑。一些看起来胡言乱语的东西，往往是在她的生命中发生过，而且在她心里留下了很深印记的东西。她很难像常人一样理智地把这些东西放在心里隐藏、掩饰，会在不经意的时候把心里的话没有任何准备地吐露出来。她说的话有一半是事实，而另一半是因为这些事实而产生的臆想。

唐白应该是在害怕袁秀英一不小心说了某些不能说的话，然而他到底在害怕袁秀英说什么呢？

唐白端了一大碗面条出来，面条上有一个煎鸡蛋，上面撒了些葱花。

"唐白。"李八斗接过面条，喊住了要进屋的唐白。

"怎么了，八斗哥？"唐白转过身来。

李八斗问："我听你妈老是在说大黄，大黄是条狗吧？"

"嗯，是的。"

"大黄怎么了？"

"也不知道怎么了，有几天没回来了。所以，我妈想起了就念叨。"

"几天没回来了？"

"也没几天。就两三天吧。"

"养多久了？"

"好多年了。怎么也有十年八年了吧。"

"十年八年，那是一条老狗了。这种狗应该很熟悉周围的环境，不至于走丢吧。"

"走丢应该不会，但狗太老了，眼神有些不好，还经常喜欢往山里跑，说不定在外面突然发病了，或者跟野猪什么的咬上了呢？"

"去找过吗？"

"嗯，找了。但没法好好找啊，这到处都是荒山野地的，我白天要上班，一般都是趁着早起或傍晚去找会儿，不过没什么用，因为很多狗能去的地方，我去不了。"

"唉，看来牲畜和人一样，也是有宿命的，也许是它命数尽了吧。"

李八斗吃完面条，就向唐白告辞了。

此时已近晚上九点，弯月藏进了云层，山村的四处一片漆黑，偶尔有几声蛙鸣或蛐蛐的叫声，这让李八斗有几分陌生而又亲切的感觉。

那些年的每一个夏天，他几乎都是听着这样的声音入眠的，然而那些年终究还是远去了，只能在记忆里触摸。

车子的反光镜里，唐白目送李八斗的车子远去。

袁秀英端着一个吃光了的碗从屋里出来，看了眼坝子，问："刚才好像有人来了？"

唐白说："是的，走了。"

"他是谁啊，来干什么？"她的神志似乎清晰了些。

"八斗哥啊，以前和我们是邻居的八斗哥。"

"李八斗？谢本香家的那个吗？"

"对啊。"

"他来干什么？"

"他来看你的。"

"哦，他现在在哪里做什么啊？"

"在县城做警察。所以不要在他面前乱说话。"

"我在他面前乱说什么了吗？"

"没有，我就是提醒你。有时候你乱说的话，他当真了，就会把你抓走。所以以后你要看见他，他问你什么，你就摇头，说不知道，记住了吗？"

袁秀英突然看着唐白，她想问些什么，最终还是没问，只是叹了口气："唐白，妈发病的时候是不是很可怕？"

唐白用手拨了下她额头的乱发，微笑了一下："怎么会呢？妈，你永远是这个世界上我最亲的人，你再怎么样在我心里都是最好的。"

"唉，妈这病，没法好的。要不你到时候从街上带包老鼠药回来，我吞下去也就解脱了，就不会再拖累你了。"

"妈，你在乱说什么呢！这些年我们一直相依为命，你要有个什么三长两短的，我活着还有什么意思？"

"可是，妈这病，又没法去工作，没法挣钱养家，都靠你。你都这么大了，应该找个媳妇成家了。"

"那些都不重要。只要妈你好好的就行。"

"可是，妈在你脸上看到了不开心，就算你有时候笑，那笑都是苦的，别人看不出来，妈还看不出来吗，妈看着心疼啊！"她说着话，眼里有泪花在涌动。

"没事，这么多年，什么都习惯了，除了生死离别，其他的都不重要。妈，你别担心，我会好好的，我们都会好好的。"

袁秀英没再说话。她抬起眼来，看着远方那一望无边的黑暗，又想起了那些跟黑暗有关的故事。

第 7 章
夜里小巷

　　李八斗开车回到石笋镇，把车停在路边，看着镇上的万家灯火，想着接下来要做什么事。回到白山县以来，如果没有特别任务，他晚上基本只会做一件事——穿梭在白山县城和石笋镇的大街小巷，寻找当年的那个变态恶魔。

　　白山县城和石笋镇的大街小巷，李八斗已经找过许多遍了。在一个又一个晚上，他抓过爬墙行窃的小偷，抓过飞车抢夺的抢劫犯，抓过伤害路人的醉鬼，抓过寻衅滋事的混混儿，也抓过尾随女孩欲图不轨的流氓，但从未找到那个变态恶魔的任何线索。

　　当年的事发地点就是石笋镇。反正今天也在这边，就在这边找吧。打定主意，李八斗下了警车，用手机去扫码共享单车。

　　就在李八斗扫码的时候，一辆沃尔沃轿车正往这边驶来。偶然的一瞥，车里的女司机看见了将共享单车推出来的李八斗。她不由得愣了一下，将车速放慢了。

　　李八斗没有留意到背后这辆车，骑上共享单车就往前走。沃尔沃轿车保持着距离，悄无声息地跟在后面。

　　走了两百米左右，拐进了一条支路。支路再往前，生出了一个三岔路口。直行的是主路，左右两边是小道，路边立着单向通行的标志。

李八斗将共享单车停下，左右看了看，然后往右边去了。

女司机看见单向箭头是来的方向，车子不能逆行，便将车停在路边，下车步行跟着李八斗。

就在女司机下车时，从右方向支路上开出来一辆面包车。面包车里的男人戴着草帽，帽檐压得很低，将他大半张脸都藏了阴影中。他抬眼看见了女司机，一脚将面包车刹住，定定地盯着她，眼神贪婪得活像饿狼盯着肥美的羔羊。

女人靓丽的打扮以及姣好的曲线，让他体内的肾上腺素飙升，呼吸不知不觉也变得急促起来。他不自觉地戴上手套，拿出早已准备好的工具放进口袋。欲望填满了他的心，他再也克制不住，鬼使神差地下了车，偷偷摸摸地跟在猎物后面，伺机动手。

女司机一门心思只顾跟踪优哉游哉骑着共享单车的李八斗，当然没有意识到危险的迫近。其实这个女司机不是别人，正是姜初雪。她开车来石笋镇办了点与案件相关的事，没想到在回县城的路上偶遇了李八斗。

这家伙大晚上不回家，在这里干什么呢？而且有警车不开，偏偏要骑共享单车。

抱着这个疑问，姜初雪小心翼翼地跟在李八斗后面。跟了一段距离，她就明白了有警车不开的原因，因为她发现李八斗专挑偏僻的小巷走。此类路径，较之警车，显然共享单车更方便。

太可疑了，这家伙鬼鬼祟祟的，到底要干什么？难道……

姜初雪回忆起了不愉快的事情，先入为主地认定李八斗肯定不是在干好事。她压下心头的愤怒，冷静地想了想，决定继续尾随李八斗，拍下他猥琐的行径作为证据，看他到时候还怎么狡辩。

李八斗共享单车骑得很慢，所以姜初雪跟起来毫不费力。而跟在姜初雪后面的草帽男，虽然隐约看到她在跟踪什么人，但由于距离太远, 灯光也比较昏暗, 并不知道她在跟踪谁。草帽男似乎也无所谓是谁, 只是不动声色地跟在姜初雪后面。

尾随这种痴汉行径让他觉得好不刺激, 他非常享受尾随漂亮女人的过程。不过, 最能让他体会到快感的还是毁掉漂亮女人的那一瞬。女人手脚的挣扎、惊恐的面容, 还有无声的呐喊, 都能带给他无以言表的悸动。只有在这样的时刻, 他才能感觉到自己真切地活着。

就像不知道危险如影随形地跟随着自己一样, 姜初雪也不知道李八斗其实已察觉到有人在跟踪他了, 只不过不清楚具体是谁。为了不被跟踪者察觉, 他装作什么都不知道的样子继续游荡着, 就这样来到了一条昏暗的小巷。

巷子里没有路灯, 只有从附近楼房里透出来的微光, 勉强照亮了路。按照他的经验, 变态恶魔若要作案, 这种灯光昏暗、人流量少的巷子是最佳地点。另外, 他想在跟踪自己的人进了巷子之后打他个措手不及, 看看那人到底是谁。

但姜初雪有自己的考量, 她没有着急进巷子, 因为巷子里不易隐藏, 跟在后面容易被发现。她暂时藏在巷子外边向里张望, 只见李八斗下了共享单车, 推着车缓缓步行, 还不时驻足往两边的楼房或更小的巷道里张望。

姜初雪以为他在勘探地形, 准备行龌龊之事, 便拿出手机, 准备拍照留证。她太专注于眼前的事, 殊不知危险已经距离她几步之遥了。点开相机功能的一瞬间, 屏幕里倒映出了自己那张美丽的脸。毕竟是女生, 比较臭美, 经常自拍什么的, 这也不足为奇。

姜初雪看到自己的盛世美颜, 甚至还觉得有点骄傲。但这种自我满足的状态只持续了几秒, 她就陷入了巨大的惊恐之中。因为镜头里除了她的脸之外, 还有一个模糊的人影。她还没来得及转过头, 就被人用东西捂住了口鼻。这时候, 无论是姜初雪还是草帽男, 都没有意识到在被控制住之前，姜初雪无意间点了下自拍，拍下了一张照片。

姜初雪闻到了一股刺鼻的气味，趁自己尚且清醒，她一边竭力大喊，但只能发出微乎其微的"嗯嗯"声，一边用拿着手机的那只手胡乱挣扎。因为动作过于激烈，手机脱手而出，只听啪的一声，手机应声落地，似乎还掺杂着玻璃碎裂的声音。

危险突如其来，姜初雪又没有任何防备，所以任她再怎么挣扎也无济于事，只十几秒的工夫，人便晕倒过去，不省人事了。

李八斗用余光留意着身后的动静，但一直没有见到有人影进巷子。他感到有些纳闷，既然你不过来找我，那我就过去找你。这样想着，他又原路步行返回。就在他走到距离巷口没多远的时候，忽然听见了一声脆响。出于刑警的职业习惯，他赶紧大步往前赶，想要一探究竟。

来到巷口往前一看，远远地就看到一个人影闪进了其他巷子。李八斗正想拔腿去追，再低头一看，地上还躺着一个女的。这个女的李八斗再熟悉不过了，那标致的脸蛋，不是姜初雪，还能是谁。权衡了一下，他还是放弃了追踪，转而查看姜初雪的情况。

男女授受不亲，像李八斗这样的正人君子才不会乘人之危，同时怕再发生上次那样的误会，因此他连碰都没有碰姜初雪一下。

见姜初雪一时半会儿也醒不过来，李八斗脑子里快速想着对策。虽然现在是下班时间，会给别人添麻烦，但他最终还是拨打了梅花红的电话，跟她说了目前的状况。

梅花红说了句"人没事就好，我马上过去"，就挂断了电话。

半个多小时后，梅花红来到了附近，然后又按照李八斗的电话指示，终于找到了准确的位置。

梅花红来到近前，对李八斗说："我的车停在那边，你把她背过去。"

"我——"李八斗欲言又止，一脸为难的表情，一动不动地站在原地。

梅花红当然不知道个中缘由，没等李八斗把话说完，就戗他道："你什么你？扭扭捏捏的，难不成你想让我一个女人家干这种体力活啊？作为一个大男人，你害不害臊啊！"

李八斗略一沉吟，开口说道："让我背她也未尝不可，不过到时候如果造成什么误会，你可要证明我的清白啊。"

"会有什么误会啊？"梅花红不明所以，但她也不打算刨根问底，见一部手机屏幕朝下地盖在地上，便捡了起来，手机的半边屏幕上布满了蜘蛛网般的裂纹，"这个我帮初雪拿着，初雪就交给你了。"

李八斗心不甘情不愿地背起姜初雪，把她送到了梅花红的车上。想着好人做到底、送佛送到西，李八斗又寻到自己之前开的那辆警车，跟着梅花红的车子，来到了梅花红家楼下。直到帮忙把姜初雪送到梅花红家安顿好，他才驱车回了家。

姜初雪醒来的时候，发现自己置身于一个陌生的环境。头还有点痛，回想起之前发生的事，姜初雪仍感到心有余悸。

"你醒了？"

一句话打断了姜初雪的思绪，她转头一看，竟然是红姐。她脑子里一头雾水，脸上写满了问号。不待她开口询问，梅花红就把事情的来龙去脉告诉了她。

"你是说，要不是李八斗及时出现，我就惨遭毒手了？而且他还背了我？"此时，姜初雪内心交织着感激和厌恶之情。

梅花红点点头，问道："我听八斗说你跟踪他，你没事跟踪他干什么啊？"

"我看他鬼鬼祟祟的，专挑偏僻的小巷走，还以为他……"为了使自己的话更具说服力，姜初雪心一横，红着脸说了自己沐浴出来被李八斗一睹春光的事情。

梅花红听完，感到哭笑不得："你应该是误会八斗了。这事我也是听厉队说的。八斗之所以晚上老是鬼鬼祟祟一个人在街上游荡，是为了十年前的一个案子能够沉冤得雪，是为了一个叫吴诗佳的女孩能够在地下瞑目安息。吴诗佳这桩多年未破的悬案，是李八斗这个省警校高才生放弃更好的地方，自愿调来白山县的原因。只要有时间，他都会在街上瞎转悠，以期找到线索或者撞上那个变态恶魔。这是他心中的伤痛和软肋，同事们知道的并不多，八斗也没有跟人详细说。"

姜初雪这才对李八斗有了全新的认识，同时她也没有想到李八斗竟然如此重情重义，对一个案子竟然执着了十年之久。她在心里暗自决定从此以后不会再与李八斗针锋相对了，或许可以尝试着主动去接近他、了解他。

"时间不早了，再睡会儿吧，明天早起还要上班呢。"梅花红说完正打算离开，突然想到什么，"差点忘了，给，你的手机。可惜了，才买没多久就挂彩了。"

姜初雪接过来，发现手机屏幕碎了，再按右侧的按键，发现屏幕没有亮，又长按了几秒，屏幕依旧没亮。

"应该没电了吧。但是我手机的充电线，你用不了。"

"没事，红姐。我那部旧手机还在办公室呢，到时候直接用那部就行了，至于这部我也没用太久，里面也没啥重要的东西。明天我直接联系售后，返厂维修就好了，花点钱也无所谓的。"

两人互道了晚安，各自睡下了。

第二天早上，李八斗赶到刑警队的时候，办公室的门是开着的。他颇感意外，因为他比往常提前了至少半个小时，现在还不到七点半，没想已经有人在办公室了。他进屋一看，那个早到的人竟是自己昨晚救的那个人——姜初雪！

两个人只是寻常地对视了一眼，李八斗就坐到了座位上。要换作常人，彼此怎么都得打个招呼，道声早的。鉴于之前姜初雪多次摆脸色给他看，他才不想用热脸去贴冷屁股呢。没承想，姜初雪在一番犹豫之后，起身走到了李八斗的桌前。李八斗抬起眼看着她，淡然地问了句："有什么事吗？"

李八斗以为姜初雪是来跟他道谢的，没想到姜初雪问了一句："你抽烟吗？"

"你想干什么？"李八斗反问道。

"我昨天下午又去了案发别墅，有了新的发现，其中之一是别墅楼顶上多了一截烟头。"

"多了一截烟头？"李八斗眉头一皱。

"对，案发那天我到楼顶上看过，是没有烟头的。"

"你是法医，是做尸体解剖和尸体周边勘查的，跑楼顶去干什么？"

"我有这个习惯，喜欢全面勘查，不行吗？"

"好吧，我不抽烟，那不是我丢的。而且那天我也去楼顶看了，确实没有发现烟头，有的话，我会交给技术部门检验的。"

"除了你，应该没有警员上过楼顶吧？"

"大勇和包古都跟我上去了，但我确定他们都没有抽烟。我办案的时候，不允许别人在我旁边抽烟。"

"这么说来，就是后来进别墅的嫌疑人留下的了。"

"什么意思？"

"我在别墅侧墙脚及墙上都发现了陌生人的脚印，而那些脚印之前是没有的。如果是警方人员，不会从侧边爬墙。如果是一般人，也爬不上墙。所以我觉得脚印的主人可能跟凶马案有关系。"

"还有这样的事？"李八斗一下子振奋起来。

姜初雪拿出几张现场的照片，站到李八斗旁边，一张张为李八斗介绍："你看这张，虽然看不出明显的脚印，但有一撮草被踩坏了，是嫌疑人在爬墙时脚尖使力所致。再就是墙上的脚印，只有鞋尖部分，而一般爬墙时都是鞋尖着力。不过没有发现指纹，嫌疑人应该事先戴了手套。然后，二楼的走廊边缘有比较完整的脚印，屋里却没有了，可见嫌疑人应该是在走廊上戴上了鞋套，说明他有很强的反侦查能力。但他还是大意了，没想到警方还会回来查第二次，而且查得很仔细。"

"是的，警方通常只会对现场进行一次细致而完整的取证作为定论，然后就不会再管现场了，尤其是不会在乎距离现场很远的地方。很少有人会在乎楼顶上的一个烟头，没想到，这点蛛丝马迹都被你注意到了，不错，有点天分。"

"跟天分没关系，用心就行了。"

"你看周边别墅的监控了吗？"

"还没。我查看完别墅，天已经快黑了，我打算今天去调监控看的。"

"监控我去看吧，你把烟头化验了，DNA 找出来，脚印也复原出来。"

"嗯，可以。"姜初雪应声。

李八斗关了电脑，站起身，发现姜初雪还站在那里，问："还有什么事吗？"

"哦，没……没有了。"姜初雪欲言又止，转身回到自己的座位上。

李八斗再次来到了 16 号别墅，去现场查看了姜初雪所说的嫌疑人爬墙而入的地方，然后从那个角度看了下周围，去调看了视角正对面的别墅监控。

然而那户人家说，警察来破案的那天晚上，他们家的监控硬盘莫名其妙就被人偷走了，至今还没有弄好。

监控硬盘被人偷走了？极有可能是那个爬墙进别墅的嫌疑人干的，对方果然够专业，竟然偷走监控硬盘，毁灭证据。可李八斗接着一想，不对啊，对方若只是为了毁灭证据，完全可以在电脑上把监控记录删掉或制造点故障，这样做更不露痕迹，为什么要偷走呢？

而且他连爬墙时都没戴鞋套，走廊上的脚印和楼顶上的烟头也都没有处理。从某种意义上讲，他不认为警察会再次回来调查，否则他肯定会处理掉那些痕迹，就不只是偷走监控硬盘了。他既然懂刑侦，就应该知道即便没有监控，警方也能通过他留下的脚印或 DNA 找到他的信息，并作为证据。那对方偷监控硬盘究竟是为了什么呢？

李八斗问户主是什么时候发现监控出问题的。户主说是十点多准备睡觉时发现的。李八斗心中大致有数，接着又去了另外一幢别墅调看监控。监控倒是好好的，能看见有一个人从 16 号别墅的侧边，爬墙进入了别墅，但只能看见那个人的背影，看不见他的面目。而且因为 16 号别墅没有灯光，那个背影更显模糊，只能看出身高大概一米七六，头戴一顶圆形的太阳帽，背着一个双肩包，步履轻快平稳。爬墙时的动作也很敏捷，手抓住某个凸出的部分，略一借力，身子就翻到了别墅二楼。

李八斗继续查看后面的监控，一直到十一点，都没有见那个人出来。第一户人家说是十点多准备睡觉时发现监控出了问题，那个嫌疑人出来时应该是面向那一处监控的，只有那一处监控能看见他的庐山真面目，然而那一处监控的硬盘已经被拿走了。

李八斗又去找侧边相邻的两幢别墅调监控，然而那两幢别墅的门都锁着，还结了蜘蛛网，上面落满了灰尘。别墅的院子里也荒草丛生，一看就是空着的没人住，李八斗也没见有监控设备。

有钱就是任性，别墅买来空着。李八斗嘀咕了一句，只好去调路口的监控，看嫌疑人会不会开车离开，然而并没有什么发现。

李八斗觉得最大的可能是，嫌疑人将车停在了那两幢荒废的别墅附近，所以监控无法看见，然后改头换面开车离开。而那条路上经过的车子还挺多的，所以完全无法确定哪辆车子跟嫌疑人有关。

那个背影到底是谁呢？他为什么要在案发之后到别墅来？还在楼顶抽一根烟？他和那匹凶马有关吗？

李八斗想了一会儿，想不出个所以然，却想起了另一件事。他打了个电话给唐世德，但没有说自己的名字，只说自己是警察，要找他了解点情况，问他在哪里。唐世德说在家。李八斗问了他家的地址，在97号别墅。于是李八斗查看了一下别墅路线图，步行往那边走去。

唐世德站在别墅的门口等候，看见李八斗的时候大大地意外了下："八斗？刚才是你打电话给我吗？"

李八斗点头："嗯，是的。"

"你做警察了？什么时候做的，我怎么不知道？"

原来在农村的时候，十里八村的人经常走动，谁家有点事也能很快传开。住到城镇里了，就算同处一栋楼，屋对面住的是谁都不知道。大家都早出晚归，偶尔会在楼道里碰见，顶多点个头打个招呼，忙了一天，都急着回家做饭见家人，没那个心情闲聊。除非是关系特别亲密的朋友或亲戚会多一些联系，其他的关系都比较冷淡。所以，唐世德并不知道李八斗竟然做了警察。

"做好几年了，先不说这个，我们说正事吧。"

唐白母子俩的现状都是拜唐世德所赐。他们曾经是邻居，李八斗也曾一口一个唐叔叔喊得亲切，但现在他对唐世德毫无好感，一点也不想和他拉家常。

"什么正事啊？"唐世德一脸茫然，"先进来坐吧。"

说着把李八斗带进别墅花园里，那里正好有桌椅，桌子上面还摆着瓜子和茶水。

看着这场景，李八斗不由得在心里暗骂了声，真是个人间垃圾，自己日子过得这么优哉游哉，老婆儿子却住着破屋，穷困潦倒，无依无靠。

"这个月八号是不是你的生日？"李八斗拉过一把椅子坐下问。

唐世德想也没想就点头道："是的，怎么了？"

"你打电话给唐白让他来和你过生日了吗？"

"打了，但他没来。"

"是你打电话给他的时候，他就没答应，还是他本来答应了，最后却没来？"

"下午我打给他的时候，他答应了的。但到吃饭的时候，他没来。"

"下午你打给他的时候，他是很肯定地回答说来，还是他不想来，你费了口舌劝说他来，他才答应的？"

"他开始是不想来的，我劝了会儿，说这生日过一个就少一个了，我也老了，他就答应了。怎么了八斗，唐白出什么事了吗？"唐世德的神情一下子紧张起来。

"你还关心他出不出事吗？"李八斗话里话外颇有些讽刺。

"我当然关心啊。他是我儿子，我怎么会不关心！"

"你关心？"李八斗嘲讽一笑，"你大概是不知道他们母子俩现在过着什么样的日子吧，跟你这里比起来，只怕是一个天堂、一个地狱，你还真是够关心的。"

"这也怪不得我啊。我找唐白好多次了，跟他说让他别在书店那里上班了，跟我做生意，我帮他在镇上买套房子，他自己不愿意，我怎么劝他，他都死活不愿意，我有什么办法呢？"

"你知道唐白跟你最大的不同是什么吗？他虽然穷，但穷得有良心、有骨气。他宁可过着苦日子，也绝不会抛下他妈，来跟着你享福。可你呢？我记得唐白他妈当初还是一个娇生惯养的城里人时，她不惜和家人翻脸跟了你，然而当你有钱后，不但吃喝嫖赌，还抛弃妻子。实话说，做人如此忘恩负义，我这个旁人都看不下去了，你还能振振有词，你这脸皮也是够厚的。"

"八斗啊，你这么说就不对了。"唐世德一脸委屈，"我知道这些年外面有很多关于我的流言，说我没良心，说我烂，说我该被天打雷劈。其实他们根本就不知道真相，只是道听途说、信口雌黄而已。"

"是吗？你的意思是你被冤枉了？"李八斗从鼻孔里哼了声，"什么真相，说来听听？"

"我承认，拿到那么大一笔钱，又住进了楼房，我有点飘了。别人喊我去打牌，还请我去洗脚、按摩。很多女的接近我，给我端茶递水，一口一个老板地喊我。我沉迷于这种骄奢淫逸的生活，渐渐迷失了自我。当时有个女的怀了我的孩子，逼着我离婚，说我不离婚，她就自杀，弄一个一尸两命，然后再留下一封细数我的罪恶的遗书，把全部责任都推到我身上，搞臭我的名声……我被逼得只好离婚了，我也不想离的……"

"呵呵，被逼的？那你为何在离婚的时候，把所有的钱都转移了，一分也没有留给唐白母子？"

"我没办法啊。那女的让我把钱都转她卡上，不然她就继续跟我闹。"

"你知道唐白后来生病没钱治，差点就没救了，还是他妈卖房子救的吗？"

"知道，他妈打电话跟我说了，我也想去看看的，给他找点钱去。可是……"唐世德一脸无奈，"那女的就是不准，说我跟以前已经一刀两断，只能跟她在一起。她提着菜刀跟我说，我要再多管闲事，她就砍死我……"

"所以，你们现在就住着别墅，过着幸福的日子了？"

"不是不是。"唐世德忙说，"早没跟她在一起了，现在是另外一个。"

"现在是另外一个？"李八斗颇感意外，"那个呢？为什么又换了？"

唐世德忍不住骂道："那是个贱人，根本就不是想跟我在一起，只是骗我的钱。我后来赌钱输了，让她把我给她的钱拿点出来还账，她都不愿意，她觉得跟我也没什么前途，就把孩子打掉，跟别的男人跑了。然后我就跑去沿海地区了，靠着自己一点点地爬起来，前两年才回来重新买房子，落地生根，也觉得亏欠了唐白，想做点弥补，但他不领情。"

"你觉得只是亏欠了唐白？他妈呢？"

"当然也亏欠了。所以我想带着唐白做点生意，也让他们的生活都能有些保障。"

"有些事情不是钱的问题。假如你回来，把他们母子接到你的房子里，说照顾他们，弥补曾经的过错，也许就不一样了。"

"那肯定没办法的。他妈都那样了，我们怎么能在一起。"

"他妈变成那样不是你一手造成的吗？难道不应该由你来收拾这个烂摊子吗？"

唐世德低下头，一言不发。

"好了，不跟你说这些题外话了，说正事吧。你是两点左右打电话给唐白说一起吃生日饭的，是吧？"

"对。"唐世德又急问，"八斗，唐白到底怎么了，发生什么事了？"

"你先别管那么多，我问什么你答什么，听清楚了吗？"李八斗沉下脸，声音里也有了几分威严。

"嗯，好的，好的。"

"当时，你跟唐白说生日饭在什么地方吃了吗？"

"当时没说，我说找好地方了发信息给他，后面我选了白山大酒店，就告诉他了。没承想，他后面还是没来。"

"你为什么不在家里过生日呢？这么好的别墅，要是在家里的话，也许他就来了。"李八斗故意试探着问。因为唐白说他是来别墅这里吃生日饭，走到半路突然不想来了。

"我也想喊他来家里吃，但不行啊。他发誓说，这辈子只要有一口气在，就不会进我的房子。所以我才选了个酒店，但他还是没来。"

"所以，那天你不是喊他来家里吃？"

"不是，是白山大酒店。"

"后面他没来，你给他打电话了吗？"

"打了好几个，他都没有接。"

"好吧，我了解了。"李八斗站起身。

"八斗，究竟发生什么事了？唐白怎么了？"

"没什么事，只是例行调查。好了，我走了。"

"等下。"唐世德赶紧喊道。

李八斗站住，一脸漠然地看着他："还有什么事吗？"

唐世德讪讪地笑着："八斗你看啊，怎么说我们原来也是邻居，开个门都能喊得应的。你跟唐白感情也好，那时他总跟你一起玩，你看能不能帮我劝劝他。过去呢，我确实对他们母子有亏欠，但现在我有钱了，我能让他们过更好的生活，他就不要那么固执了，在书店那里拿个千把块的工资没前途，出来跟我一起做生意，多赚点钱，对他好，对他妈也好。"

"你虽然是他爸，但你从来没有了解过他。他是个有骨气的孩子，看起来文静，但内心很坚强，我恐怕帮不了你这个忙。"

"可是，这社会光有个性是不行的，得学会变通啊。生下来都是好人，可长着长着都变了。你看这满世界的人，谁不爱钱啊，要办事不给点好处，人家都不理你，这个社会就这样，死脑筋不行啊。"

"这些话你自己对他说吧，我不掺和你们的家事了。"李八斗说完，转身就走。

"喂，老公，你在干吗啊，说给人家削水果呢，怎么不见人了？"突然传来一个娇滴滴的喊声。

李八斗回头一看，一个穿着睡裙、身材高挑的女孩走了出来，她边用毛巾搓着湿漉漉的头发，边往这边走来。女孩很漂亮，顶多二十岁出头。

唐世德都快五十了吧。李八斗在心里叹息一声，转身走了。

第 8 章
再访唐白

三人行书店，唐白坐在那里，看着门外如织的行人。突然一道影子挡在了门口，占据了他全部的视线。

"又有什么事吗，八斗哥？"唐白从某种思绪中回过神来，起身问道。

李八斗开门见山道："我去找你爸求证了，他说他约你一起吃生日饭是不假，但不是喊你去他家里，而是去白山大酒店。所以那天你出现在半山别墅区，并不是为了吃生日饭，也不是突然不想去而掉头了，就是跟踪了夏东海，你为什么跟踪他？"

"我真不是跟踪那个什么夏东海啊，八斗哥。我跟他都没有交集，跟踪他干什么呢？你上次跟我提了夏东海之后，我在网上查了一下他的资料，发现他最近死于非命了。你不会怀疑我是凶手吧？你了解我的，像我这样的人怎么可能会杀人呢？而且还是三条人命，其中包括小孩子。那天我爸确实发信息跟我说在白山大酒店吃饭，但我收到信息的时候还早，就没放心上。下班后我就忘记是去酒店，直接往他家里去了。"

"唐白，你要清楚，我不想带你去局里，我希望你下班了能按时回家，不让你妈担心你，所以不要跟我撒谎！你可能也懂点刑侦，但跟我懂的比起来，差得不是一点点！"

"我没撒谎啊，八斗哥。"唐白一脸委屈，"我跟你说的都是实话，有一说一，你为什么就不信呢？"

"有一说一？那我问你，你有没有跟你爸说过，只要你有一口气，就不会进他的房子？"

唐白点头："有。"

"既然你这么说过，那天就算你忘记是去酒店吃饭，也不会往他的房子那里去吧？那你为什么往那里去了？"

"我说了，一整个下午我都在纠结这件事。别说去他的房子，就算跟他一起吃饭我都是很排斥的。正是因为他说了那句话，他已经老了，过一个生日就少一个了，我突然觉得他是个可怜人，就有些心软了。在生活里，我们说过很多斩钉截铁的话，那些以为老死不相往来的人，后来都有可能心软、释怀，不是吗？"

李八斗摇头："不，你不是那种会随便心软的人。"

"是吗？八斗哥为什么会这么觉得？"

"现在这个社会有太多势利、圆滑的人，只要有好处，他们随时可以出卖别人，甚至出卖自己。你亲爸曾经对不起你，哪怕现在有钱了，能给你安逸的生活了，但你还是宁愿过清贫的日子，也不想和他扯上关系。这说明你有原则，而且内心固执，这样的你是不会轻易改变自己的念头的。唐白，有什么事都跟我说吧。我说了会帮你的，我不希望你犯错。"

"八斗哥，你为什么还是觉得夏东海一家三口的死跟我那天出现在监控里有关呢？"

"你不是看过刑侦学吗？在没有证实真凶之前，所有人都可以是嫌疑人，所以这只是我的工作，不是针对你。"

"我理解。"唐白点头，"说真的，小时候呢，我是很多人眼里的乖孩子，听话、不惹事。后来在学校里，这样的乖孩子就特别容易被人欺负，因为都知道欺负老实人没有代价。尤其，在我爸妈离婚后，我家又搬回农村了，我更像是别人眼里的笑柄、可怜虫。不管是对我的欺负还是同情，我都觉得是对我的侮辱。我也曾想过，让自己强大一点，譬如在别人欺负我的时候，能反抗一下。可我发现我在这个世界上就像一座孤岛，别人有事了，可以喊一大群朋友帮忙，我不知道谁能帮我，所以我害怕抗争后会迎来更可怕的报复。我想着，不管什么事，忍忍就好了。要是我有杀人的胆和杀人的本事，我今天也不会是这个样子。我手上也许不止三条人命，应该很多条人命了，因为这个世界确实有很多人都是该死的。"

"好吧，你再仔细想想，这个月十四号晚上你在哪儿？"

"十四号晚上？不用想的，我住乡下，不是城里，没有夜生活，晚上我都在家睡觉。"

"不见得吧。你忘记十五号晚上十二点过了你还在县城，是我送你回家的？"

"是的，那是一个很少的例外。我对县城不熟，找朋友住的地方很久没有找到，不然我十点是可以坐公交车回去的。"

"嗯，好吧，我暂且相信你说的，如果有什么遗漏，随时打电话给我。"

李八斗说完，离开书店，直接开车奔唐白家而去。直觉告诉他唐白心里似乎藏着某些秘密，可他依旧认为唐白不是命案凶手。但出于职责和必要的程序，他需要做一些求证。他把车子停在离唐白家还很远的一处路边，步行前往唐白家。

唐白家的院门开着，李八斗进去喊了两声，没人答应，只好作罢。他环视了一圈院内的房子，有几间是供人居住，有几间用于养家禽和牲畜。

李八斗先走到养家禽和牲畜的房子那边。房门是关着的，他听到了咕咕的鸡叫声和猪的哄哄声。他轻轻地打开门，里面的鸡和猪以为主人来投食了，动静一下子大了起来，纷纷往栅栏这边围了过来，叫声中透露着讨好与饥饿。

鸡屎猪屎的混合味儿非常难闻，但李八斗觉得还好，因为他小时候没少闻这种味道。从某种意义上来说，他觉得这种味道很亲切。

最外面的圈养着十来只鸡，公鸡、母鸡都有。李八斗觉得有些奇怪，农村的鸡一般都是散养的，白天的时候让它们去田地里或者林子里找虫子吃，暮色时分，鸡能找到回家的路，会自己回到圈里来。

这大白天的，唐白家的鸡为什么关在圈里呢？

他很快就想明白了，大概是唐白他妈精神有时候不正常，万一有些鸡不按时回来，她可能也不知道去找，而唐白一天要忙的事多，也顾不过来，所以干脆关着养，这样比较省心。

里面的圈里养了两头猪，再往里就是那匹乌黑色的早产马，还有两个圈空着，石板上的粪已经干成壳了，可见里面已经很久没养牲畜了。

目前看来，唐白家只有一匹马，而且是匹早产马，身形比驴子大不了多少，与凶马的外形相去甚远。接下来只要再向唐白母亲求证八月十四号晚上唐白确实在家，没有作案时间，就可以洗脱唐白的嫌疑了。

李八斗边想边往屋外走。人到门口还没冒头，突然一道影子劈头落下。

"你个砍脑壳死的，又来偷我家的鸡，我要杀了你。"袁秀英手持一把锄头怒骂着。

李八斗毕竟练过，反应很快，身子急退，避开了那一锄头。锄头磕在地面的石头上，铿锵作响，溅起一片火星来。

"今天不杀了你，我就不是人，我杀，杀，杀——"边骂着，袁秀英再次扬起锄头，往李八斗砸去。

李八斗不退反进，闪身到袁秀英的身后，将她的双手控制住解释道："秀英阿姨，是我，我是八斗。"

"我管你是八斗九斗，我是玉皇大帝，阎王都怕我，你敢偷我鸡，我要咒死你，老君显灵，急急如律令……"

李八斗把她手里的锄头夺下，然后松开了她，一只手从身上摸出警官证，说："别动，我是警察！"

没想到，这一说还真震住了袁秀英。袁秀英愣了一下，立刻瑟缩着身子往后退，一脸害怕的模样，口中连声道："别抓我，我没有杀人，我没有杀人……"

"站着别动，不然我就抓你了。"李八斗吓唬道。

"不动，我不动，我没杀人，你别抓我。"袁秀英果然站那里不动了。

"我问你问题，你回答我，我就不抓你，怎么样？"

"嗯，回答，别抓我，回答……"

"你想一下，唐白八月十四号晚上去哪儿了？"

"唐白？"袁秀英似乎突然被刺激了下，转着眼睛四处看，"唐白在哪儿？唐白怎么了？谁欺负他了？我跟他拼了！"

"警察在这里，没人欺负他。"李八斗又问，"你好好想想，八月十四号晚上，唐白去哪儿了？"

"晚上？晚上睡觉，天天晚上都睡觉。"袁秀英还是有些语无伦次。

"有没有哪天出去了，没在家睡觉的？老实回答我，不然我会抓你的。"

"我老实回答，老实回答，别抓我。"袁秀英一副十分害怕的样子，"唐白不会出去的，他是个听话的乖孩子，晚上从来都不出去的，只在家里睡觉。"

李八斗摇了摇头，觉得问不出什么来。对方当下的神志完全不清醒，问题回答得驴唇不对马嘴。

李八斗叹息一声，说道："没事了，秀英阿姨，你做自己的事去吧。"

"你真的不抓我了吗？"

"嗯，不抓你，你是好人。"

"你也别抓唐白好不好，唐白也是好孩子，全天下最好的孩子。"

"嗯，不抓，都不抓，我先走了，秀英阿姨。"李八斗说完转过身去。

李八斗到镇上的时候，肚子已经饿得不行了，一看时间已是下午一点多，就随便在街头找了家饭馆吃饭。

那是一家川菜馆，李八斗刚走进门，一个男子从里面走了出来。两人在门口狭路相逢。男子见到他，有瞬间的停顿，似乎有些意外，不过马上移开目光，错身出了门。

李八斗觉得那张脸似曾相识，但一时想不起来在哪儿见过。他进到里面找了张桌子坐下，脑子里还在很较真地想刚才那人是谁，怎么感觉有点面熟。

突然，一道灵光闪过，李八斗想起来了。刚才那个人是他在菜市场找阎老三的时候遇见的那个可疑的墨镜男。对方刚才没有戴墨镜，所以李八斗一下子没认出来。他赶紧起身到门口，想看一看对方的身份证，查一下那人到底是干什么的。可不过几十秒时间，那人已经消失了。

门口的街道上人来人往，李八斗不知道那人的具体去向，也就无从追起。他回到座位上，点了两个菜吃了起来。

吃完饭已是两点多，李八斗想了想，觉得回县城去好像也没什么事做，不如去 16 号别墅再看看案发现场吧，或许会有意外收获呢？

李八斗开车来到 16 号别墅，远远地看到有人在别墅的大门上写着什么。

那人看见警车，赶紧慌慌张张地离开了。李八斗急忙下了车，几个箭步就追上了对方，伸手将其抓住了。

"跑什么跑？"李八斗厉声喝问。

这个人四十岁左右，衣服上沾满了油渍和灰尘，脚上穿着一双破了洞的解放胶鞋，头发乱糟糟的，一副饱经风霜的邋遢模样。

"啊啊，啊啊啊——"那人冲李八斗直摇头，一双手还在比画着什么。

李八斗这才发现，对方是一个哑巴，口中没有舌头。

"走吧，去看看你都干了些什么。"李八斗揪着他的衣领，带他回到别墅大门前。

对方干了什么一目了然。本来干净整洁的门上歪歪斜斜地写了好些红色的字。那些字虽然看着一点也不工整，但李八斗还是能认得出来。

上面写着——老天开眼了，你总算遭报应了，死得好啊，你父母也该死，不该生了你这个祸害，你们全家都该死！该死！该死！！该死！！！

很多个该死，很多个触目惊心的红色感叹号。

"你们有什么仇？"

李八斗问完才想起他不会说话，当即带着他回到警车边，从里面拿出了纸笔写道："我问什么，你就在纸上写下来，老实回答，否则就把你抓走关起来，听明白了吗？"

那人"啊啊"地点着头。

"叫什么名字，做什么的？"

那人在纸上写道："王全民，环卫工。"

"你和刚才那家人有什么仇吗？"

王全民指着自己的嘴，然后在纸上写道："夏东海找人割的。我没法说话了，我媳妇就跑了，原来的工作也没了，现在靠扫大街过日子。夏东海是个畜生，我一直希望他早点死，现在好了，他终于死了！"

"你原来是夏东海手下的包工头吧？"

王全民写道："是的，我在夏东海手里包人工，他压着工人的工资，我让工人去劳动局，他知道了就找人把我的舌头割了，让我一辈子不能说话……"

"你应该知道他做的很多过分的事吧，你知道谁最恨他，谁最想杀他吗？"

王全民写道："我知道很多人都想他死，但我不会说的，你也别套我的话。他这样的人死了好，杀他的人是好人，你们如果抓好人，你们就是坏人。"

"杀人永远都是犯罪，法律是不会纵容犯罪的。"

王全民摇头，又写道："没有法律的纵容，就不会有那些黑恶势力的坐大和猖獗，我就不会变成这样，就不会有人被逼到拿刀杀人。每一个恶人被杀死，都是好人无路可走。我是老百姓，我懂这个道理，没人愿意走上绝路，只有法律给不了人公道了，人才会想办法自己讨要公道，我自己要不了公道，我怕死，所以就这样人不人鬼不鬼地活着。你看我，以前家庭美满，就因为那个畜生把我舌头割了，我成什么样了？他割了我的舌头，每天大鱼大肉，又快活了好多年，而我却一直像狗一样活着……"

那些痛苦的过往一下子被撕开了缺口，男人的眼眶慢慢湿润了。

"行了，你走吧。"

李八斗知道，夏东海之死绝非王全民所为。凶手不可能幼稚到跑回死者的家门口来写这些泄愤的话。

王全民走前还冲着 16 号别墅狠狠地吐了口口水，"啊啊啊"大骂了一通。听不懂他骂了什么，但其中必定饱含了无法言说的愤怒和心酸。

李八斗看着这一幕，心里很不是滋味。

而此时，在百米外的一幢别墅楼顶，一个男子正拿着一只望远镜将 16 号别墅前发生的一切尽收眼底。

之后，李八斗一直在外忙活到晚上八点多，才回到刑警队。上二楼的时候，他看见走廊上透出了一缕灯光。他颇感奇怪，因为现在这个时间，各部门的人早下班了，谁还在加班吗？

李八斗再仔细看了下，那边是技术科的检验室。技术科也就四个人，他都认识。这时候谁还在？好奇心起，他便往那边走去。

门虚掩着，人大概在屋子的另一边，透过门缝看不见。李八斗便把门推开了些，没想到里面的人竟然是姜初雪。

姜初雪听见开门声回过头，见是李八斗，语气生硬地问了句："有什么事吗？"

"哦，没事，我看灯亮着，过来看看。你在分析什么？"

"分析夏东海一家人肠道中的消化物。"

"不是已经分析出来消化物没毒吗，还有什么可分析的？"

"我想了想，会不会是有些食物虽然没毒，却也能对人的精神状态造成不好的影响呢？譬如吃了巴豆拉肚子，整个人就会虚脱。"

"嗯，你这个思路很对。忙到这么晚，辛苦你了。"

遗憾的是，最后的化验结果显示，夏东海一家三口腹内的消化物都正常，没有出现姜初雪说的那种情况。

第 9 章
哑巴之死

早上六点，天已微亮，还有些许薄雾笼罩着周边的山，鸟儿的叫声从林子里此起彼伏地传来。

阎老三通常都是这个时候起床，从圈里揪出一头猪来杀，将其大卸八块后拉去菜市场售卖。他打开房门，看着亮开的天光，伸了个懒腰。

早在院子里转着圈子的狼狗见状，摇着尾巴往这边跑来。

"别急，马上就有新鲜骨头了。"

阎老三说着，往院子的大铁门走去，他将门打开，视野一下子变得开阔了。他的眼睛瞬间睁得老大，因为不远处的路上有一样黑乎乎的东西，像是一个人躺在那里。

"汪汪！"狼狗箭一般往那边跑去。

"黑虎！"阎老三吆喝了一声，狼狗立马中途停住，转过身来看着他。

阎老三看清楚了，那里确实躺着一个人。那个人躺在大路上，一动也不动，不知是死是活。走到近前，阎老三确定了，地上躺着的确实是个死人。当他看到那个死人的时候，心里就像被什么东西刺到了一般，脸上的横肉都不禁颤了下。他眉头紧皱，一脸凝重的样子。

死者四十岁左右，衣着破烂，尸体正面朝上，头歪向一边，双眼仍睁着，嘴巴也是张开着的，但是嘴里没有舌头。

阎老三再凑近看，发现死者喉管处有一道乌紫印，喉结处有凹陷的迹象。看到这里，阎老三的脸色再次变了变。这是高手的杀人手法，于伸手之间将人喉管捏断，干净利落，毫不拖泥带水。

这是什么人干的？凶手为什么把尸体丢到他家门口的路上？这附近只有他一户人家，这条路就通向他家，他家就是路的尽头。

阎老三回到屋子里，拿出手机，从通讯簿里翻着名字，翻到了标注着"买肉的1"上面，准备拨打却又犹豫了。

最终，他继续往下翻，停在了标注着"警察"两个字的号码上，拨了出去。号码是李八斗之前调查他时留在他的手机上的。

此时李八斗还在梦乡之中。手机铃声持续响着，他不情愿地伸手拿过手机，"喂"了声。

电话那头说："我是阎老三，我这里死了个人，你赶紧过来看一下吧。"

"阎老三？你说什么，你那里死了个人？你没跟我开玩笑吧？"

"死人的事也能开玩笑吗？"

"死的什么人？"

"不认识，看起来像个叫花子。而且，好像是个哑巴，嘴里没舌头。"

"嘴里没舌头？"李八斗一愣，瞬间想起了王全民。难道真是他？

"行，我马上过去。"

说罢，李八斗挂了电话，赶紧翻身起床，随便洗漱了下就匆匆出门了。在路上，他边开车边给梅花红打了电话，跟她说了阎老三家的位置，让她安排法医赶快去那里。

一个小时后，李八斗赶到了案发现场。他一眼就认出来了，躺在地上的死者正是昨日他在夏东海别墅前遇见的哑巴王全民。尸体身上不见任何伤口，喉结处有一道乌紫印，喉结也凹陷了下去，眼睛仍睁着，正是所谓死不瞑目。

李八斗抬眼看着阎老三。阎老三问："怎么了，你这眼神，是在怀疑我吗？"

"你杀人通常都用什么方式？"

"杀人？不好意思，我不知道怎么杀人，杀猪的话，我倒是很有经验，将猪按到板凳上，刀往猪脖子上一捅，再抽出来就行了。"

"你那院子的地上有血，所以你都是在院子里杀猪吗？"

"是的。"

"整个杀猪过程都是你一个人完成的，没有帮手？"

阎老三愣了下，点了点头。

"一般得三四个人才能按住一头猪杀，你一个人就行，嗯，有点意思。"

"你不用这么阴阳怪气的，我知道你怀疑我，有证据抓我就是，没证据我得干活了。"

"今天上午就好好待在这里吧，你是报案人，还有很多东西需要你配合。我先来问你几个问题吧，你是怎么发现死者的？"

"推开门就发现了，还能怎么发现？"

"在此之前，你听到什么动静了吗？譬如某些陌生的声音，或者说你的狗叫声？"

"并没有，除非动静到门口了，我的狗才会叫。否则外面就算塌了天，它也很安静。"

"你最近和人结仇了吗？"李八斗补充说，"我指的是那种特别厉害的仇家？"

"我每天卖肉，能跟人结什么仇？顶多也就是那些卖肉的对我有些不满，因为我的肉价比他们低，不过这么多年都是如此，他们似乎也都习惯了。至于特别厉害的仇家，我这种人能有机会得罪特别厉害的人吗？"

"这周围并没有其他人家，只有你家独门独户，这条路也是你自己修的，只通向你家，人却死在你门口。很显然，人若不是你杀的，就是有人在陷害你。"

"难道就不会是别人随便抛尸？"

"随便抛尸的话，抛在哪里不好，非要抛到你这里来？深山老林里更隐蔽、更安全，不是吗？"

"那如果是陷害我，他为什么不直接把尸体丢我院子里，而要放在离门口这么远的路上？"阎老三反问。

"你都说了，任何动静到你门口，你的狗就会叫，那岂不是就会把你惊醒了。那样的话，不管是你还是警方，都能迅速行动起来，他想全身而退就难了吧。"

"这么说来，这个人还挺聪明，想事情还挺周到的。难不成还真是为了陷害我？可又能陷害我什么呢？摆个死人在我家门口，就能证明人是我杀的吗？他是把我当傻子了，还是把警察当傻子了？我杀了人还把尸体摆在门口，然后自己报警？"

李八斗看着阎老三，阎老三似乎不像在演戏。不过谁知道呢，在他碰到过的疑难案件中，案件发现者是凶手的、案件记述者是凶手的、儿童和老人是凶手的、伤残者和病人是凶手的、尸体是凶手的，哪样都有。

阎老三是个来历不明且深不可测的高手，他杀了人把尸体摆在自己门口，再报个警也不是不可能的。作为一名优秀的刑警，至少应该知道一点，有些非正常人的行为，不能以常理思维去推断。

"不要急，我先看看再说，这里不是第一现场，只是抛尸地点，我先找找第一现场再说吧。"李八斗说着，仔细地在地面上寻找痕迹。

阎老三修的这条路是一条土石混合路。因为天气晴朗，泥土没有被打湿，路面碎石也不平整，所以很难发现脚印。至少想用肉眼发现脚印是很困难的。

李八斗让阎老三不要四处走动，自己则沿着道路向前查找线索。路上能看见一些残缺的车轮印，他仔细分辨了下，发现有三轮车印，还有长安车的车轮印，而阎老三的院子里恰好有三轮车，也有长安车。李八斗又往前找了一百米左右，目光落在了路边的玉米林里。里面倒着一辆破旧的电动车，压断了好几根玉米秆。而路边的地面上，有一片泛白的泥灰。

李八斗的脑子里马上就出现了一个场景，凶手掐着受害人的咽喉，受害人因为没法呼吸，脚拼命地在地上乱蹬。电动车应该就是受害人的了。这里可能是谋杀的第一现场。

一辆警车从远方扬尘而来，在李八斗旁边停了下来。

姜初雪和一个技术人员从警车上下来，瞄了一眼倒在地里的电动车，问："现场在这里吗？死者呢？"

"尸体在前面，这里应该是第一现场，先勘查一下吧。"

姜初雪从车上拿了设备，和另一名技术人员开始勘查现场，很快就得出了结论。

现场有两种脚印，一种为胶鞋印，鞋码是四十码，因为鞋底磨损较大，所以鞋印不完整；另一种没法确定，大概是穿了鞋套之类的东西，但可以大致判断出鞋码是四十二码。

"胶鞋印是死者的。看来，凶手很老练，懂刑侦知识，知道处理现场。"

"谁报的警，这看起来也不是什么大案啊，怎么落到大案中队来了？"

"之前凶马案的一个嫌疑人直接给我打了个电话，所以我就过来看了，这案子很可能跟凶马案有关联。"

"跟凶马案有关联？"姜初雪颇感意外，"是死亡特征跟凶马案相似，还是有别的相同之处？"

"死者的身份就是大勇调查过的、曾经被夏东海割了舌头的王全民，昨天我还见过他，问了他一些问题，没想到今天他就出事了。而且他出事的地方也很怪。"

"怎么怪了？"

"这条路只通向一户人家，而那户人家的主人就是凶马案的嫌疑犯之一，那个杀猪匠阎老三。所以，王哑巴死在这个地方，就更有文章了，我认为他的死与凶马案是有一定关联的。"

"走吧，我们去看看死者再说吧。"

李八斗点点头，上了警车往尸体现场赶去。

阎老三已经回到了院子里，他知道今天是没法杀猪了，而且他也没心情去杀猪了。此刻，他和警察一样想知道，尸体为什么会出现在这里。

要说跟他一点关系也没有，这一切纯属偶然，他自己都不信。因为他认识死者，而且有一些不能说的秘密。可那都是好多年前的事了，怎么突然又和自己扯上关系了？

阎老三干脆从屋里搬了把椅子，坐在大门口，跷起二郎腿，拿出一块槟榔嚼了起来。

槟榔原产于马来西亚，多分布在云南或海南等热带地区，主要是作为药材使用，但在湖南被广泛作为一种咀嚼的休闲品。

阎老三嚼槟榔是受一个云南弟兄的影响，那时候他还在金三角当雇佣兵，行走在刀尖为雇主卖命。阎老三刚开始嚼槟榔的时候，感觉怪怪的，还发热、胸闷，很不适应。但那位弟兄说，多嚼几天就会有不一样的感受。

多嚼了几次后，阎老三就迷上了槟榔，即便回到白山县，他也托人从外地帮他买了槟榔回来，当成日常的消遣品。

阎老三边嚼着槟榔，边看着不远处的那具尸体。狼狗匍匐在他脚边，就像一位待命的战士。很显然，久经训练的狼狗跟他有着某种默契，意识到发生了不寻常的事情。

远方数百米之外一座山上的丛林里，一个人正举着望远镜目不转睛地盯着这里。他已经盯了很久。这个人的神情特别严峻，眼神中有一种肃杀之气。他又把视线移向另一边的警车。

警车很快开到了尸体的位置。阎老三的眼睛突然睁大，他看见车上下来了一个女警。女警的脸白得和月光一样，眼睛明亮亦如星辰，简直就是从月宫下凡而来的、不食人间烟火的仙子。

他脸上的横肉不由得颤动了下，露出了一丝不易觉察的怪笑，一闪即逝。他把手伸向旁边的狗头，轻轻地抚摩着。狼狗温驯地将头低下了些，配合着他。

姜初雪带着设备上前，检查了死者周围的脚印以及死者喉咙上的印记，还有被捏断的喉结。她的眉头皱起，神情变得严肃，离开死者时还颇为失望地摇了摇头。

"什么情况？"李八斗见状问道。

"在死者的致命伤处没有发现指纹，凶手戴了手套。"

"看来，又是一桩棘手的案子。"李八斗说着，看向坐在那里的阎老三。

姜初雪也跟着看过去，问："那个人就是你说的那个杀猪匠？"

李八斗点头。

"他认识死者吗？"

"他说不认识，但是否真的不认识，很难说。即便他和死者不认识，但和凶手应该认识，并且有纠葛。显然，尸体丢在这里是故意为之。

当然，也不排除是他自导自演的一出戏。"

"怎么说？"

"你想啊，按照正常逻辑，一个人杀了人会把尸体丢自己门前，然后报警吗？"

"当然不会。"

"所以……他这么做了，而且利用他所知道的刑侦知识，处理了现场的指纹和脚印，让我们拿不到关于他的证据，就可以理直气壮地说这一切跟他毫无关系。越是聪明的人，越可能做一些反其道而行之的事情，而他恰恰就是一个这样的聪明人。"

"这样的话，我们首先得证明他和死者认识，其次还得找到他的杀人动机。"

"这会是一个艰难的过程，但我一定会找到真相的。"李八斗咬牙。

说话间，又一辆警车卷起一片灰尘飞驰而来。警车停好，魏大勇和一名训导员带着一条从市禁毒支队借来的、还没有归还的警犬下了车。

这是李八斗特别打电话吩咐的，因为这种偏僻之地，有了警犬更利于追踪。而县里没有警犬，有特殊案子了都是找市禁毒支队借调。

李八斗大致说了下，训导员就带着警犬前往阎老三的院子。阎老三的狼狗气势汹汹地站起来冲着警犬吠，阎老三只喊了一声，狼狗就退开了，也安静了。

姜初雪看了阎老三一眼，阎老三也看着她。为了打破这种僵持和尴尬，阎老三刻意地笑了笑，他脸上那条蜈蚣般的伤疤，令姜初雪不由得感到一阵恶心，她赶紧进院子里找疑点去了。

忙活了一个多小时，没有任何收获。没有在阎老三的院子里发现死者留下的指纹或脚印，警犬也没有搜寻出与死者身上相关的气味。

李八斗一行又回到第一现场，想让警犬追踪出凶手的气息，或者死者留下的一些痕迹，结果还是一无所获。

"现在怎么做？"姜初雪问。

李八斗说："去查监控，找源头吧。"

"需要我做什么？"

"你去查从镇上出来往这个方向的路口监控吧，看死者什么时候骑车经过，是一个人，还是跟谁在一起，看了跟我汇报。"

"嗯，那我先去了。"姜初雪说完离开了。

"我呢？"魏大勇问。

"你留下来处理现场吧，喊人来把死者和电动车弄回去。"

吩咐完，李八斗也离开了。他直接去了镇环卫所，找了负责人老袁打听王全民的情况。老袁说，昨天晚上，王全民和一个叫孙永明的老头儿负责半山北路的路面打扫，昨天晚上的事得问老孙。

"他们一般什么时间干活？"李八斗问。

"凌晨三四点吧，一般都得等到路面上没有车子的时候再打扫。镇上安静得早些，大约凌晨两点后，路面上就没什么车子了。要是县城的话，热天吃消夜的人多，三四点都还有不少车子，但一般也是五点以前。因为往后天亮起来车子就多了，车子越少打扫起来越方便，也更安全。"

"能帮我打电话喊那个老孙来一趟吗？"

"行，我给他打个电话。"警察查案，而且是刑警，老袁自然不可能拒绝。

很快，老袁就挂了电话说："打了，他还在睡觉，但我说有点急事，让他马上过来。怎么，王哑巴犯事了吗？"

"他被人杀了。"

"被人杀了？"老袁瞪大眼睛，"怎么回事？他一个可怜人，谁会杀他？"

"我们也想知道是谁杀的他，所以才来向你们了解。他为人如何，与谁结过仇吗？"

"他为人没得说，老实巴交的，老好人一个。所以他基本上不可能跟人结仇，至少我没听说过。就算有什么事，不管是别人占理还是他占理，他都赔着笑脸，点头哈腰的，他又是个可怜的哑巴，也没人跟他计较。社会上恶人是不少，可也没人愿意欺负一个扫大街的哑巴不是？"

"是这个道理。所以你是说他很老实，有事也会退让，没有跟人发生冲突之类的，是吗？"

"是的。"

"你跟他关系怎么样，对他很了解吗？"

"关系很好，就是我把他招进环卫所的，都快十年了吧，我肯定了解他了。他的日子本来很好过的，就是为人太直了点，是个好人。这世道讲的是趋利避害，好人也不好做，所以他被人割了舌头，他原来并不是哑巴。"

"你是说夏东海那事吧？"

"是的，要是换别人，老板给下来的钱，不管多少，包工头都还得扣点在自己手里，只要自己不吃亏，管别人死活。可他不一样，他觉得底层人不容易，别人干了活，就没理由扣别人钱，老是去找老板讲道理，惹老板不高兴。他也不想想，老板是给活干的人，是衣食父母，得罪老板能有好果子吃吗？这社会，哪个能拿到大工程、做成大老板的，背后没点势力或猫腻。他完全没看透社会的险恶，觉得这社会是讲理的，结果人家不给他讲理，把他舌头割了。然后他老婆跑了，他也没法包工了。那些工人看他出事，都吓到了，离他远远的，人心哪，他总算看透了。所以，我把他招到环卫所后，他一不管闲事了，二不与人争执了，就算是他占理的，也给人点头哈腰一下，先赔不是，不信理也不信法，虽然窝窝囊囊的，但也还能太太平平地过下去。十年来，我也没见他与人红过脸，怎么突然就被人杀了呢？"

"他还有什么亲人吗？"

"有个儿子，但跟没有没什么区别。"

"为什么？"李八斗不解。

"因为当初儿子跟他老婆走了啊，这些年，他也不知道儿子在哪里，他儿子也从来没找过他，你说有跟没有有什么区别？"

"没有其他亲人了吗？"

"没有了。本来是有父母的，他出事之后，先是老爸心脏病突发而死，没多久他老妈又脑溢血而死。对了，他好像有个兄弟，但在坐牢。"

"在坐牢，犯的什么事？"

"杀人。据说也是个狠角色，书不好好读，在城里跟人混社会。为了一个妞，把人大哥给捅死了，判了很多年。"

"嗯。"李八斗听后，若有所思。

很快，跟王全民一起当班的老孙来了环卫所。老袁向他介绍了李八斗，说老王昨天晚上被人杀了，让他配合调查。

"什么，老王被人杀了？"老孙说，"那就难怪了。"

"那就难怪了，什么意思？"李八斗似乎从这话里嗅到了某种气息。

"我们以前当班都是各负责一段路打扫，打扫完了再聚到一起，抽一支烟回家睡觉。今天早上我把我的区域打扫完了，发现他的区域只扫了一段路，却不见人。我给他打电话打不通，就以为他是临时上厕所或者干什么去了，就帮他打扫。我都帮他打扫完了，也没看见他人回来，就又给他打电话，还是打不通。我想着他肯定是有什么急事走了，手机没电也没法跟我说，我也就回家睡觉了。原来他是出事了，那个时间，他能跟谁发生什么事呢？对方竟然这么狠心要他的命。"

"还在调查呢。你能带我去他打扫的那个区域吗？"

老孙点头："可以。"

当下，李八斗留了个号码给老袁，让他想起什么随时打电话给他，然后带着老孙上了警车，往王全民负责打扫的区域而来。

王全民和老孙负责打扫的区域，其实就是绕着半山别墅区的两条街道，两条街道呈直角，一条靠近镇中心，一条靠近后山。

老孙说："王全民当时打扫的就是靠近后山那一条。"

李八斗让老孙带他到了那条街道上，并让他回忆一下，今天早上王全民打扫到了什么位置。老孙为李八斗指了位置。李八斗发现，王全民打扫的只是很小的一部分，顶多只有整条街道的五分之一。

"你们扫这一段街道，大概需要多长时间？"李八斗问。

"大概二十分钟吧。"

"你们什么时候到这里开始打扫的，记得具体时间吗？"

"记得，三点半到的这里。"

"对了，王全民是不是有辆电动车？"

"嗯，是的。"老孙点头。

"你知道他昨天来时，电动车停哪里吗？"

"就停在别墅群大门边上，因为那里有保安看门，没人敢偷。"

"你听他说过最近和谁发生口角之类的事了吗？"

"没有。别说最近了，从我认识他以来，好几年了，大概有五年了吧，我都没有见他和谁红过脸，再说了他都不能说话，也没法跟人吵架不是？"

"好吧，你留个我的电话，如果想起或者知道了什么跟他有关的事，就打电话给我。"

"嗯，好的。警察同志，你们一定要抓到凶手啊，连老王这样的人都能下狠手，这狗东西太不是人了。"

"放心吧，不管他是谁，不管他藏得多深，我都会把他找出来的。"

老孙走了，李八斗当即去了别墅区保安室，调看了大门监控。三点五十八分的时候，王全民一个人骑着电动车离开。

而此时姜初雪也打了电话来，说在出镇子的路口监控看见了骑着电动车的王全民，时间为四点十二分，只有他一个人。

"你找一辆电动车，试一下从出口监控那里到半山别墅区北门需要多少时间。"李八斗说。

"嗯，好。"姜初雪答应。

李八斗接着又去镇派出所调了监控，想看一下王全民打扫的那一段路，看他到底是出于什么原因突然停止打扫，骑着电动车离开，去了阎老三家。

可惜的是，镇上的监控系统并没有城里那么完善，除了红绿灯路口能监控到极小部分的路面，多数地方都是监控盲区。能在派出所监控里看见的，也只是王全民骑着电动车离开。而且，离开的样子并不是很匆忙，不像是有什么急事。

李八斗又给魏大勇打了个电话，让他先把王全民的手机拿去解锁，或者直接拿他的号码去通信公司，看一下他今天凌晨的信息记录。

李八斗觉得，王全民那个时候突然停止打扫离开，应该是收到了谁的信息。

接着，姜初雪打了电话来，说她找了一辆电动车，从出镇子的路口到半山别墅区北门，花了十六分钟。

李八斗问："等红绿灯，或者堵车了吗？"

"等了两个红绿灯。"

"大概等了多久？"

姜初雪想了想："一分钟左右吧。"

"王全民三点五十八分从别墅监控离开，四点十二分出了镇子，花了十四分钟。而你花了十六分钟，考虑到白天车辆多些，而且你还等了一分钟左右的红绿灯。这样一算，你和王全民所用的时间还算吻合，这说明他在中途并没有停留，也没被什么事耽搁。"

"那我现在做什么？"姜初雪问。

"你先回去给尸体验伤吧，看还能不能有所发现。"

吩咐完，李八斗继续查看监控，从王全民到打扫区域的三点三十二分开始，一直看到他离开的三点五十八分，都不见有人或车辆进入那个路段。

凌晨三点，半山别墅区又是位于边缘地带了，四处死一般的寂静，连路灯都亮得特别寂寞。别说是一个人，就算是一只老鼠出现都能有所察觉。

为了更稳妥一些，李八斗又把时间往后看了两个小时，一直到早上六点，都不曾见人进入或离开。不出意外，就是王全民收到信息才离开了。只有等魏大勇那边的调查结果了。

李八斗先回了刑警队，魏大勇很快就打来电话跟他汇报了调查结果。通话记录肯定是没有，因为王全民是哑巴。信息有一条，凌晨三点的时候，老孙发给他的，就三个字——开工了。

"再没有其他信息了吗？"李八斗问。

"没有了。"

李八斗挖空心思、绞尽脑汁也想不出个所以然，王全民的死和凶马案一样，都让他这个刑侦天才百思不得其解。在他看来根本不可能的事情，偏偏就那样真真切切地发生了。他突然想起来，一大早就在忙案子，还没来得及向领导请示，当下打了个电话给厉长河，说了下情况。

"你的意思是可能跟凶马案有关？"厉长河问。

李八斗说："至少目前看来，有一定联系。"

"你的意思是都拿过来并案侦破，是吧？"

"对。"

"但是凶马案你都还没有打开缺口，再并一个案子过来，你忙得过来吗？"

"既然是有关联的案子，我自然希望这两个案子可以擦出火花、撞出突破口，而不是增加负担。"

"行，我马上跟王队汇报下，你准备下会议，我要听一下这个案子的具体情况。"

李八斗答应，当即召集成员开会。

半个小时后，除了还在马场那边负责监视"铁将军"动静的冷笑之外，凶马案专案组成员都赶到了会议室。首先由李八斗大概介绍了王全民案的情况。

"这么说来，又是一个很邪乎的案子了？"厉长河说，"一个老老实实的哑巴，扫了十年大街，不与人争长短，没与人红脸，却在凌晨四点左右大街扫到一半，没有任何信息，也没有任何人来找的情况下突然离开，去往乡下的僻静之处，被一个受过某些特殊训练的人，一招捏喉杀死。大家有什么看法吗？"

"死者和那个杀猪的阎老三认识吗？"包古问。

李八斗说："阎老三说，他不认识死者。"

"你好像跟我说过昨天你遇见过王全民，还问了他一些问题。"姜初雪看着李八斗问。

李八斗说："对，我是在夏东海别墅的大门前遇见他的，当时他在大门上写了一些泄愤的话。"

"有没有可能是因此才招致了杀身之祸？"姜初雪问。

"谁杀的他呢？"

姜初雪说："那肯定是夏家的人啊。"

李八斗说："昨天我遇见王全民的时候是下午了，太阳还有点大，夏东海家别墅的门是关着的，周围也没见着人。再说了，不可能就因为王全民在门上写了一些泄愤的话就杀人吧。"

"那到底是谁因为什么杀他呢？"包古说，"这真邪门啊。"

李八斗说："我不知道是谁杀的他，也不知道对方为什么杀他，但有一点我差不多可以肯定，这件事肯定跟阎老三有关。"

姜初雪也说："是的，死者不但自己骑着电动车往阎老三家赶去，而且尸体就丢在阎老三家门前二三十米的地方。他的死肯定跟阎老三有关系，毋庸置疑。"

李八斗说："而且，大家不要忘了，这个哑巴就是曾经因为得罪夏东海而被割了舌头的包工头，阎老三也是夏东海被杀案的嫌疑人，他们都与夏东海有直接或间接的关系。所以我在想，这是否仍是凶马案恩怨的一个延续？"

厉长河说："如果找不出哑巴被杀的其他理由，这种情况是比较有可能的。对了，凶马案呢，有什么进展吗？"

"包古，你们对马场的监视情况怎么样？"李八斗问。

包古说："据我们的观察，首先呢，'铁将军'的很多外形特征确实与监控中的凶马相像，而且'铁将军'也确实是一匹经过训练并且深通人性的马。黎东南骑着它，能在坎坷崎岖的山坡上驰骋，如履平地。但是，除了马的坐骑功能外，我们并没有发现它的某些思维能力和攻击能力。"

"可问题是思维能力和攻击能力才是凶马的两个主要特征。"厉长河说。

"这么说来，'铁将军'不是凶马了？"魏大勇说。

"不一定。"李八斗说，"包古他们没有发现'铁将军'的思维能力和攻击能力，也许并非它不具有，而是没有一个条件让它展现。一个退役的士兵过着普通人的生活，你从没有见他拿过枪，你能说他不懂射击吗？只是寻常骑玩，怎么会看出它的思维能力和攻击能力呢？"

"你的意思是，我们要制造个机会试探它一下吗？"厉长河问。

李八斗说："只能这样了。"

厉长河问："怎么试探？"

李八斗说："我们可以重演凶杀案当晚的情景，找一只警犬，出其不意攻击'铁将军'。如果'铁将军'能迅速反应甚至反击，那十有八九它就是涉案凶马了；如果它惊慌失措地闪躲，那它应该就不是了。"

"这是个不错的办法，可有一个很难办的问题。"厉长河说。

李八斗问："什么问题？"

厉长河说："即便试探出'铁将军'具备凶马的所有特征，我们又用什么来确定它就是凶马，确定它去了16号别墅杀人？若是人的话，还可以利用相貌、指纹和脚印这些作为证据。而16号别墅案的凶马是戴了蹄铁的，眼睛也比'铁将军'的红，它们只是相像，我们即便求证了'铁将军'的思维能力和攻击能力，也没有一个固定的标准来证明它们是同一匹马，我们甚至没有凶马的 DNA 数据，无法得到铁证。"

李八斗说："求证总得一步步来，只要求证出'铁将军'的思维能力和攻击能力，我们心中有数了，就可以锁定它，从而寻找新的证据。在此之前，我们必须求证它是不是具有强大的思维能力和攻击能力，这是凶马和一般马的一个根本区别。"

"好吧，还有个更难办的问题……"厉长河说，"如果我们求证了'铁将军'不是凶马，它不具备那种人类的思维和攻击能力，导致它被警犬咬伤，我们怎么对黎东南交代？他在白山县乃至省内都有一定的影响力，我们却为了做一种试探，让警犬咬伤他的爱马，他肯定会很气愤，事情闹大了，我们怎么收场？"

"没什么不好收场的。"李八斗说，"它的马和凶马相似度极高，警犬把他当成凶马进行扑咬，那是警犬的事，我们第一时间进行制止了就行。如果警犬不幸将他的马咬伤，那就合理赔偿呗。不是什么大事，顶多也就是把马脚咬伤，警犬也会有一定分寸的，提前做几次模拟训练就更好了。"

"行，你去安排这事吧。"厉长河说，"一定要注意分寸，不要把事情弄得不可收拾。"

李八斗说："队长放心吧，不会捅娄子的。"

"行，先就这样吧，哑巴案和凶马案并案侦查，有什么情况第一时间向我汇报。抓紧点，王队每天都会找我过问一次，不能老是说在查在查，得有实际进展才行。"说完，厉长河就走了。

李八斗看了眼剩下的组员，问："大勇，让你找的那个张宝龙，有什么消息吗？"

魏大勇摇头："没有，我问了跟他关系比较近的一些朋友和亲戚，没有一个人知道他和他的老婆孩子去了哪里。我甚至查了他一些亲戚的通话记录，他们都和他没有联系，那一家人就跟人间蒸发了一样。"

"越是这样，越有问题。"李八斗说，"继续查，想尽一切办法去查，一定要查出他的下落来。"

魏大勇领命而去。

"我呢？"包古问，"还回马场去吗？"

李八斗说："是的，继续监视马场动静。"

"你不是说要用警犬去试探吗？"包古问。

"过两天吧，得先找训导员说一声，提前演练一下，让警犬把握好分寸，别真把黎东南的马给咬狠了。"李八斗说。

"行，那我等会儿去马场接冷笑的班。"包古说罢便走了。

李八斗拿出电话，打给了那位还留在县里的市禁毒支队训导员，说了下用警犬事宜。

"需要我干什么吗？"姜初雪问。

"你？"李八斗想了想，"你帮我搞一张阎老三的照片吧，"

"嗯，行。"姜初雪也没问具体用处，应声去了。

李八斗看了看时间，又快十二点了。突然电话响了起来。他拿出手机一看，是一个熟悉的号码，记不起是谁了，但他还是接了电话。

"李警官吗，我是夏天，又来麻烦你了。"传来一个很甜的女孩子声音。

"有什么事吗？"

"就是，就是……我能请你吃个午饭吗？"

"我中午还有案子忙，没时间。有什么事直说。"

"哦，好吧。前几天我们不是报道了夏东海一家三口被杀的案子嘛，数据不错，主任打电话让我跟进一下报道，我就想找你了解一下案件的侦破情况。"

"不好意思，案件侦查过程是保密的，没法对外透露，所以这个忙我帮不了你。"

"不说侦破细节，说个大概呢，现在是个什么情况，总可以吧？"夏天仍不死心。

"情况就是还在侦破之中。行了，我还有案子要忙，先这样吧。"没等对方说话，李八斗已经挂了电话。

第 10 章
节外生枝

夏天听着电话里的忙音，一脸无可奈何地嘟着嘴。

旁边一个女同事见状，问道："怎么了，夏天？"

夏天说："他不肯接受采访，说案件侦破的过程需要保密。"

"那怎么办？"女同事说，"主任让我们趁热打铁呢，现在关注度正高，再报道一轮，收视率肯定噌噌地往上涨。"

"这也没什么吧。"旁边摆弄摄像机的中年男人说，"就说我们对案件负责人进行了采访，案件已经取得很大的进展，但细节不便披露，然后到街头去做一些采访，报道一下当地民众的舆论，不就可以了吗？只要案件还没有结果，观众就会始终期待。"

"嗯，这个办法可以。"夏天一下子笑逐颜开，"还是东叔有办法。走吧，我们先去吃饭，然后到街上找几个人做做采访。"

当下，三个人商量着中午吃点什么。夏天提议说："要不去吃鱼头火锅吧，白山县的鱼头火锅很好吃，我很久没吃过了。"

"我都忘记夏天你是这里的人了。"女同事说。

夏天说："是的，凶马案就发生在我家别墅对面。岚姐，你忘记了？"

"哈哈哈，年纪大了，记性不好。"岚姐是个爽快的大嗓门，"走吧，吃鱼头火锅去。我也喜欢吃鱼，多吃鱼能变聪明。"

"行，我带你们去，我知道哪家店的鱼头火锅做得地道。"夏天说。

当下，就由东叔开着采访车，夏天指路，去找鱼头火锅店。三个人在车里有说有笑，突然"轰"的一声响，车子一个急刹，把正在眉飞色舞发表看法的夏天吓了一跳。

她抬眼一看，就在车子前面，一辆轿车和一辆电动车发生了碰撞。更准确地说，应该是轿车撞到了电动车，因为电动车摔在一边，骑电动车的人倒在地上，而轿车压过了车道线，整个车身歪斜着。

"怎么回事？"夏天刚才忙着和岚姐说话，没看到撞车过程。

东叔说："那个法拉利司机开车的时候怕是在打瞌睡吧，在自己道上跑得好好的，突然就窜道过来，把电动车撞了。"

说话间，从法拉利上下来了三个染着黄头发、看起来特别非主流的小青年，还有一个穿着吊带牛仔短裤的女孩，几个人年龄都不大，二十岁左右的样子。

几个小青年都气势汹汹、骂骂咧咧的。其中一个看了眼车头，便往倒在地上的电动车车主奔过去。电动车车主扶了扶眼镜，艰难地从地上爬起来，拍了拍身上的灰尘。

一个黄头发小青年走到跟前，气势汹汹地质问道："你怎么骑的车，瞎了你的狗眼了，没看见老子开的什么车吗？撞坏了你赔得起吗？"

骑电动车的说："是你撞的我。"

"老子撞的你？"黄头发问，"老子为什么撞你？你要是不挡在前面，老子会撞你吗？"

"别和他废话了，吴敢，盘他！"另一个黄头发青年过来，抬腿就给了骑电动车的一脚。

吴敢和另一个小青年跟着就是一顿拳打脚踢。

"都住手！"突然传来一声娇喝。

几个打人的小青年回过头来看，竟然是一个漂亮女孩。那叫吴敢的并不懂得怜香惜玉，而是恶狠狠地瞪着她："你想干吗，活得不耐烦了，来找死吗？"

夏天义正词严地说："是你们开车撞的人，还打人，还有没有王法了？"

"王法？哈哈哈。"吴敢放声狂笑起来，"在这块土地上，你跟老子讲王法？趁老子没生气赶紧滚，否则别怪老子打女人！"

"这种婊子出来不照镜子，欠收拾。吴敢，别和她废话了。"旁边一个黄头发说着，抬腿就给了夏天一脚。

夏天惊叫一声，一个趔趄险些摔倒。

倒是旁边默默站着的电动车车主——一个看起来十八九岁的年轻人——反应挺快，伸手扶住了夏天。他看着几个嚣张的小青年，冷冷地说："你们不要太过分了！"

"过分？哈哈哈，你说老子过分？"吴敢狂笑起来，"你他妈是不知道老子是谁，不知道老子做过什么过分的事吧。在白山这块地，老子让你今天死，你就活不到明天，你信吗？"

"来，说说你是怎么过分，怎么今天让人死，别人就活不到明天的，我给你做个节目。"东叔扛着设备过来，岚姐跟在后面。

"你他妈又是谁，想干什么？"吴敢恶狠狠地问。

东叔说："我们是省电视台法制频道的，你不是说你就是王法吗，正好我们给你做个节目，让你在全国都出个名。"

"你威胁老子是不是？信不信老子连人和机器一起给你砸了？"吴敢恶狠狠地威胁道。

"来，砸吧。我先帮你报个警。"说着，拿出了手机。

"老子今天要不收拾你，你就不知道老子的来头！"说完，吴敢就准备动手。

"吴敢，别乱来！"突然传来一声喊叫。

场中人循声而看，只见从堵着的车队后面又过来了几个男子。为首的人看起来有四五十岁了，身材肥硕，滚圆如球，戴着茶红色眼镜，如肥鸭一般小跑着往这边过来。身后几个中年人快步跟上。

"吴敢，什么事？"胖男人赶过来问。

吴敢就说了个事情的大概，胖男人听完看了眼东叔和岚姐，赔着笑脸说："他小孩子，两位不要和他一般见识。这一点小摩擦，随便调解一下就好啦。"

"什么小摩擦！爸，你没看见我的车头被撞成什么样了吗？才买来一个月不到的新车呢！"

"不要说了，我给你处理行不行！"胖男人加重语气说道，然后走到电动车车主面前，和蔼地笑着说，"我看了下现场，是吴敢的车压线过来撞了你，他该负全责。小兄弟，你看要什么赔偿，开个价就是。"

电动车车主说："我看了下，我的车子也没什么问题，不用赔了。不过他们刚才打了我和这位姑娘，就让他打自己两下，再道个歉吧。"

"什么，你要我自己打自己，还给你道歉，你是想死……"

吴敢冲动地又想动手，但被胖男人拉住，喝了一声："别乱来！"

"爸，你干吗跟他们客气，是你老了拿不动刀了，还是他们太飘了？这种人给他什么面子，还真把自己当人了！"

"大江，把他弄走，这里我来处理。"胖男人对身后的一个中年人吩咐。中年人当即拉着吴敢就走。

"喂，他不能走，他是当事人，这事都还没处理呢。"夏天急忙说道。

"爸，你看见了吧，他们多嚣张啊！你不出来拦我，我都已经送他们去医院了，还轮得到他们这么嚣张？这种人只服干，我今天要不废了他们，就是我的失败！"

"小姑娘，那你说怎么解决？"胖男人问。

夏天说："先撞车，再打人，这已经触犯了法律，我要报警解决了。"

"这位兄弟，你再想想。"胖男人把目光看向电动车车主，"我给你两万元，今天这事就当没发生过，怎么样？够你买十辆新车了。"

电动车车主说："我说了，我不要赔偿，怎么打的人，自己打回去，再道个歉，很简单。"

"兄弟，有些事差不多得了，都在这里生活，何苦非要结个仇呢？再说你也不像是道上的，没必要这么硬吧，给个面子，大家都好，怎么样？"

胖男人的话里显然暗藏某种威胁的意味。电动车车主没说话，似乎在权衡。

此时夏天已经拨打了报警电话，挂掉电话后，她说："不用多说了，警察很快就到。"

"行，那就等警察调解吧，交通事故，口角之争而已，还能让你讹笔大的？"胖男人一脸轻蔑的样子。

"谢谢你。"电动车车主对夏天投以真诚而感激的目光。

"没事，举手之劳。"夏天说，"我就看不惯这种仗势欺人的行为，以为有点钱就可以为所欲为。"她边说边对吴敢投去鄙视的目光。

"真的，看你这不知天高地厚的眼神，老子受不了你了，今天要不当街干了你，老子就不叫吴大胆！"吴敢骂着就要往夏天这边扑来。

"你想死了！"胖男人突然冲着他咆哮起来。

"你干什么？"吴敢对于胖男人突然的发飙既愕然又不服。

胖男人说："你是永远都不长脑子吗？能不能动，我心里没数吗？你以为这天下真的就你最牛了，你不知道多少比你牛得多的人，骨头都成灰了，坟头上都长草了？你真以为你爸是玉皇大帝，哪路神仙都能惹啊！"

吴敢不吱声了，只是用那一双满是怨恨的眼神瞟了一下电动车车主，又斜了一眼夏天，恨得牙痒，却不敢动，大有走着瞧的意思。

很快，石笋镇派出所民警赶了过来，见到胖男人，竟恭恭敬敬地打了个招呼，问："吴总，是你的事吗，怎么个情况？"

胖男人说："也不是什么大事，就我家孩子开车撞上了电动车，跟人发生了点肢体冲突。这个什么省电视台的，要报警处理。"

"这个属于交通事故，应该报交警部门处理吧？"民警看了眼夏天，说。

夏天说："交通事故属于交警部门处理，可打人就不是交通事故了，属于治安事件，是吧？"

"行，麻烦你们都跟我回所里调解，现场就留给交警来做责任认定吧，打交警报警电话了吗？"民警问。

夏天说："还没有。"

民警说："行，我帮你们打，你们跟我去下所里吧。"

警察如此说，在场的人也都无异议了。电动车车主上了夏天他们的车，跟在后面。

"你叫什么，做什么工作的？"夏天看着身边的电动车车主，问。

"哦，我叫唐白，在一家书店上班。"电动车主说。

"唐白？名字不错，挺有诗意，有点唐朝的李白的意思。刚才那人说赔你两万元，你怎么不答应？"

"如果有钱就可以不讲理、可以践踏法律，甚至买人的尊严，这个世界只会越来越糟糕。何况，你因为帮我的忙挨了打，得给你个说法吧。"

"哟，年轻人，有思想、有见地啊。"开车的东叔接话，"没想到一个小小的镇上，竟然有这么有风骨的人，难得啊。"

"东叔，你这话说的，小镇上就不会出人才了？"夏天说，"大城市那些精英不都小地方出去的吗？我还是小镇上出去的呢。"

"呵呵，你的意思是你也是人才了？"东叔开玩笑。

"那必须的啊。我未来肯定是大有作为的。"说着话，夏天随意地看了眼唐白，发现唐白也在看她。她礼貌地笑了下，颇带关心地问："怎么，你没有受伤吧？"

"嗯，没有。"唐白摇了摇头，没再说更多的话。

夏天兀自忍不住骂道："那黄毛真可恶，一点教养都没有，简直就是人间垃圾。"

东叔说："要他那老头子晚点来阻止就好了，让他把咱们设备砸了，再动几下手，戏就好看了。"

岚姐说："他老头子在当地应该混得不错吧，民警来了都恭恭敬敬地喊吴总呢。"

"这不稀奇。"夏天说，"别说石笋镇，整个白山县也就巴掌大的地方，有钱人的圈子小得很，基本上跟各个部门的人都熟。小地方的人办事最喜欢走后门、讲情面，这里讲关系、那里讲关系，讲来讲去就讲成了一张网。"

东叔笑道："我只听说林子大了什么鸟都有，没想到小地方也鱼龙混杂。"

"麻雀虽小，五脏俱全嘛。"岚姐接话。

"你怎么不爱说话？"夏天看着唐白。

唐白腼腆一笑："我听你们说呢。"

东叔开玩笑："真正的高人往往都是含笑不语的，什么都不说却已知天下。听别人说什么都是笑话，但看破不说破。"

"是这样吗？"夏天故意看着唐白问。

"不，不是。我只是没什么话说。"

“是吧，他就是听我们说的，觉得无话可说。”东叔说。

“人家才不是这个意思，东叔，你就是故意抬杠。”夏天说。

东叔说：“抬杠归抬杠，说实话，我觉得这位小兄弟还真不像是常人。”

“是吗？”夏天开玩笑，“东叔，你是不是看出他根骨奇佳，是个练武的奇才？”

“没跟你开玩笑，我说真的呢。”

“真的吗？那东叔，你说从哪里看出他不是常人了？”

“你看啊，撞车之后，那几个小混混儿气势汹汹地冲下来，他一点也没被吓到，就算挨打都站得很稳、很淡定，没有一点害怕或惊慌。要换一般人，跟那么贵的车子撞到了，对方又那么凶，肯定吓得腿软告饶了。可他真的一点事都没有，跟对方说话的时候，语气平稳、宠辱不惊，颇有泰山崩于眼前而面不改色的气势。甚至对方说给他两万元，他也淡定地拒绝，只要对方自己打自己，并道歉。虽然骑的是电动车，虽然只是上着一般的班，却把道理和尊严看得比钱更重要，你见过这样的普通人吗？”

“咦，听东叔你这么一说，还真是哦。”夏天开始用一种好奇的眼光看着唐白，“你当时怎么就那么淡定，一点都不怕呢？”

唐白淡淡一笑：“当你经历得多了，自然就看得淡了。”

夏天说：“你才多大啊，二十左右吧，能经历什么？”

唐白说：“一个人经历得多少，跟年龄没必然的关系吧。有的人活了五六十年，不过是年复一年、日复一日；而有的人也许未成年，早已看过沧桑，经过生死。”

夏天还想问什么，车子已到了。当下，一行人都进了派出所做调解。民警先问了唐白，唐白把事情大概说了一遍。“不要乱说啊，那地方是有监控的，一调监控，什么都能看见，编故事是没用的。”民警提醒。

165

唐白没说话，他的话永远很少。

民警又看着夏天："你呢，叫什么名字，干什么的？"

夏天报了名字，说自己是省电视台法制频道的记者。

民警盯着她看了好几秒，突然说："我想起来了，前几天的别墅命案就是你报道的吧？"

夏天说："是的，今天我们就是来做跟踪报道的，没想到在路上遇到了这件事。"

"你把情况说说吧。"民警的语气温和了许多。

夏天当即把大致情况说了，和唐白说的差不多。

民警又问吴敢，他们两个说得对不对。吴敢斜了眼夏天和唐白，一脸傲慢地回答："对。"

"为什么撞了别人还要打别人？"民警问。

吴敢说："没为什么，我可能是在做梦。"

"认真点，老实回答。"民警的声音略重了些，他已经感觉出吴敢对他的不尊重。

"你要我怎么老实回答？"吴敢问，"难道非要我说我是故意的吗？那我就是故意的吧。撞车的第一时间，他没有向我道歉，让我很不爽，所以我就想揍他。"

"是你压过线，从后面撞的别人，为什么还要别人给你道歉？"民警问。

"我车子比他贵，我损失大啊。他那破车子，就算撞成渣了，也就一千多元。我的呢，碰米粒大一点的漆都得几千几万元。何况我做人一向如此，只要我生气了，都是别人没道理，我就得教他做人。"

"你是真嚣张啊。"民警说。

吴敢说："我也不想，只是生来就狂。我爸妈都没觉得不好，你有什么意见？"

"这社会要讲法律！"民警说。

"讲法律？哈哈哈。"吴敢忍不住笑起来，"你是在跟我讲笑话吗？这社会讲不讲法律，你心里没点什么数吗？大家都是明白人，说那些场面话骗不了我。"

"张警官，怎么讲的？"胖男人从门外进来，递过一支烟，"刚才去刘所长办公室了，他都觉得不可理喻，一点小小的交通事故，竟然闹到派出所来了。"

"唉，不是我说啊，吴总，令公子啊还是得多管管才行，不然真容易出事的。"民警叹了口气。

"怎么了，张警官？"胖男人问。

"我给他做笔录，他说他就是目无王法，就是要打人，你让我怎么说？"民警无奈地摊着手。

"唉！"胖男人一声叹息，"都是我忙于生意，疏于管教，把他惯成这德行了。脑子里经常短路，分不清事情轻重，还是人年轻，没吃过亏，不知道天高地厚。哎，不说这个了，撞车打人都是不对的，该怎么处理就怎么处理吧，要赔钱的，都没关系。"

"说说你们的诉求吧。"民警看着唐白和夏天问。

唐白说："我还是那句话，怎么打的我们，自己打回去，再道个歉就行了。"

夏天说："打了人还嚣张跋扈，就应该被严惩，我不要他打回去，也不要道歉，必须依法处理。"

"这怎么依法处理呢？"民警问，"交通肇事起的冲突，又没伤人，没造成什么严重后果，够不上刑法起诉，只能是双方调解了。"

"我好歹也懂点法律。"夏天说，"虽然没伤到人，不构成刑法起诉，但治安事件，难道还不能治安拘留吗？"

民警说："我不是说不能治安拘留，只是说能调解的尽量调解好，皆大欢喜。"

"你看他刚才的态度就知道了，你觉得能调解吗？不用说那么多了，撞人还打人，情节已属恶劣，不反省还嚣张，需要法律给他上一课了。"夏天说。

"小姑娘，何必呢？"胖男人说话了，"俗话说，与人方便，与己方便，退一步海阔天空，没必要抓着点理就不让嘛，凡事还是留点余地的好，你说呢？"

夏天说："你儿子含着金汤匙出生，到处张牙舞爪，给老实人留点余地了吗？"

"妈的，我受不了你了，今天就算在派出所，老子也得揍你了。"吴敢突然一冲动，往夏天这边扑来，要对她动手。

"吴敢！"胖男人吼得一声，拦腰将他抱住，"长点脑子行不行！"

"你别拦着我，今天要不揍她，我这口气咽不下去，就算遭枪毙，我也得揍她，老子没这么窝囊过，让一个女的撑了半天！"吴敢在胖男人的双臂间挣扎着，想要挣脱。

胖男人突然发现了在一边摄像的东叔，忙说："喂，你不要拍啊，张警官，你赶紧阻止他。"

张警官也起身说这是在办案，未经允许，不能拍摄，还让东叔把拍的东西删除了。

东叔说："我拍的又不是什么警方机密，只是我同事的案件处理现场，这是可以公开的。要不你们把我的机器没收了，或者砸了？"

张警官看了眼混乱的现场，喊了另一名民警帮忙看着下，他去请示一下所长再来。胖男人又赔着笑脸对唐白和夏天说了些以和为贵之类的话，但唐白和夏天都不搭理他。吴敢在一边想打人却打不着，十分狂躁。他的同伙都用那种仇恨的眼光看着唐白和夏天，但谁也不敢轻举妄动。

张警官请示完回来，说了所长的意思，既然对方不接受调解，那就走案件的正常处理流程了。胖男人也没有异议，他知道这件事的利害关系在哪儿。

　　当下，张警官让几个当事人各自做了笔录，留了联系电话，并将吴敢先行扣留，报局里申请拘留。

　　出了派出所，夏天对唐白说："你留个我的电话号码吧，如果他们报复你，就打电话给我，我会一直帮你的。"

　　唐白略有些犹豫，还是点了点头，拿出手机，记了夏天的号码，拨打了过去，说："我的。"

　　"走，上车吧，送你去骑电动车。"

　　"没事，我走过去就行了。"

　　"这么远，走过去得多久，别客气了，上车吧。"夏天说着伸手拉他上车。

　　唐白没有再拒绝。他心里在想，已经有多久没人如此关心过他了？

　　镇环卫所，李八斗找到负责人老袁，亮出了阎老三的相片，问他认不认识。

　　"这不是菜市场卖肉的吗？"老袁一眼就认了出来。

　　"你跟他熟吗？"李八斗问。

　　老袁摇了摇头："没法跟他熟，我跟那里所有卖肉的都熟，唯独跟他熟不起来。"

　　"为什么？"

　　"因为他话少，脾气也怪。"

　　"脾气怎么怪了？"

　　"卖肉不讲价，爱买不买，而且从不会跟人开玩笑。我们一般去买肉，多见几次面，就熟悉了，总会开几句玩笑。但跟他不行，你跟他开玩笑，他当没听见，不给任何反应，搞得很尴尬。久而久之，都只找他买肉，并不会跟他多说话。"

"你找他买过肉，是吧？"

"对。他的肉比别人卖得便宜，都还是喜欢找他买肉的。但他一天只卖一头猪，所以肉卖得快，去得早才买得到，晚了就没了。"

"王哑巴找他买过肉吗？"

"找过，肯定找过。镇上只要去过菜市场买肉的人，应该都找他买过肉。"

"我不要应该，我要确定。你仔细想想，以前你和王哑巴聊起过阎老三，或者找他买肉的事没有？"

"有的。"老袁很肯定地说，"老王跟我比画过好几次，说阎老三以前肯定是道上混的，脸上那条刀疤应该是被人砍的。虽然他沦落为卖肉的了，但还是有混混儿的脾气，所以菜市场那些卖肉的都不敢惹他。就算他肉价卖得低，也没人敢把他怎么样，要换其他人，肯定早被挤对走了。"

"嗯，好的，谢谢了。"

李八斗离开环卫所，又去了菜市场，但阎老三没在菜市场。当下，李八斗又开着车直奔阎老三家而去。

但阎老三没在家。此刻他正在黎东南的办公室里。

司机小董在门外的走廊上抽烟，两只眼睛机警地扫过四周，似乎任何风吹草动都能触动他的神经。

"你认为对方是出于什么目的呢？"在沉默了许久之后，黎东南慢悠悠地呷了一口茶，抬起眼来问了一句。

阎老三摇了摇头："想不出来。"

"嫁祸吗？"

"不可能。如果是嫁祸，他至少可以做得更逼真一些，譬如在菜市场我的摊位上，提取我的指纹，留在死者身上。"

"提取指纹这种事，需要专业的人用专业的手段才行吧。"

"我知道。但我相信对方其实是有这个能力的，只是没把事情弄得更复杂而已。徒手捏喉杀人，已经说明他的本事不低。现场没有他的足迹和指纹，也足以说明他有反侦破经验。所以只要他想做，应该能做到。"

"你这么一说，事情好像更复杂了。一个有如此本事的人，为什么费尽心机地去杀一个人往你门前丢呢？"

"重要的是，这个被杀的人是一个很特殊的人。"

"很特殊的人？什么意思？"

"不知道老板还记不记得这件事，当年夏东海拖欠工人工资，一个包工头找他要钱无果，就怂恿工人去劳动局，惹怒了夏东海。夏东海想让他永远没法说话，然后老板就让我出手割了那人的舌头。"

"嗯，这事我记得。东海那事闹得挺大，怕找一般人报复，给警方留下证据不好收场，所以我才让你出面做得干净些。怎么了，跟这次的事有什么关系吗？"

"被杀了丢到我门口的人，就是当初被我割舌的人。"

"是他？"黎东南大感惊奇，"你不会认错吧？"

"绝对不会。我对他熟得不能再熟，他经常到我的摊前买肉，虽然他不认识我，但我是认识他的。他被割舌以后，就在环卫所做事，以扫大街度日，人称王哑巴。"

"那是谁要杀他，又为什么要丢到你门前呢？不可能跟当年的事有什么关系吧？"

"很难说。毕竟夏东海和王哑巴、我都是有关联的。这么多年风平浪静就像什么都没发生一样，为什么突然夏东海被杀、王哑巴被杀，然后王哑巴的尸体又被丢到我的门前？"

"关键是这说不通。王哑巴和夏东海是有仇的，如果有人找夏东海复仇，就没理由杀王哑巴。而你割王哑巴舌头的事，除了咱俩，没有第三个人知道。夏东海只是找我帮忙，他并不知道我找谁干的。整个白山县，应该只有小董能猜测出我们关系不寻常。所以那个人杀了王哑巴丢到你门前，应该跟当年的事没什么关系。"

"那就不知道为什么了。实话说，以我的本事，是能透过现象看本质的，但这事着实让我糊涂。"

"你最近得罪什么厉害的人了吗？"

"没有。这石笋镇上的人，谁有几斤几两，我都一清二楚。就算来了外地人，是龙是蛇也逃不过我的眼睛。整个石笋镇上，我都没有发现过一个有如此身手的人。"

"先走着看吧。这应该只是个开始，后面肯定还有故事发生，看看对方在玩什么把戏。"

阎老三点头："是的，这应该只是个开始，我等对方亮出底牌。"

"你自己小心点，别大意了。不管这人是谁、本事如何，他都是有备而来的，不容小觑。"

阎老三的电话突然响了起来。他拿出电话一看，上面显示了两个字：警察。

"那个姓李的刑警打来的。"阎老三说。

"接吧，打开扩音器。"黎东南吩咐说。

阎老三当即接听电话，并开了扩音器。

"在哪儿呢？"李八斗问。

"在外面闲逛呢，有事吗？"

"既然是闲逛，就先回来吧。我在你家等你，有些话要当面问你。"

"电话里说不一样吗？"

"让你回来就回来，哪儿那么多废话，赶紧的！"说着，李八斗就挂了电话。

阎老三脸上的肉颤了下，看着黎东南说："看来，他又发现了什么跟我有关的东西。"

"你能应付得了吧？"黎东南问。

阎老三一笑："我要应付不了，那就是他的死期到了。"

"行，你去吧。"黎东南说。接着他的电话也响了起来，他看了眼来电显示，便接了电话，"国晋。"

那边的人咬牙切齿地说："大哥，你得帮我废两个人。"

"废两个人？谁啊？"

刚走到办公室门口的阎老三听得这话停住脚步，回头看了眼，黎东南向他招了招手，意思是回来。阎老三就又回来了。

那边的声音说："一个是小瘪三，叫唐白，在一中对面的书店上班；另一个是省电视台的记者。"

"他们又哪里惹你了，要废人？"黎东南问。

对方把事情的大概跟黎东南说了一遍。黎东南说："这么点小事，算了吧。镇上最近出了不少事，严打着呢，不要没事找事了，何况还是记者，媒体人少碰啊，他们最擅长把芝麻绿豆大的事闹得天下皆知。"

"那有什么！大哥的手段不是可以把事情做得干净利落，警察都找不出痕迹吗？再怎么严，没证据也枉然。"

"有些事没你想得这么简单。行了，君子报仇十年不晚，过一阵再说吧。"

"大哥，你这么做不厚道啊。"

"我怎么不厚道了？"

"我们赚的钱都有你一份，我们有事了你却不帮忙摆平，这说不过去吧？"

"你们有事了我不帮忙摆平？过去那些事谁给你摆平的？你煤矿

的生意怎么做大的？你买别人的矿，别人觉得你不配，你说是别人瞎了狗眼，是谁帮你去弄瞎了那双狗眼的？"

"那又怎样？是你自己说的，我们赚的钱给你一份儿，只要有事就找你，不管什么事，你包摆平。我好像已经很久都没找你帮忙了吧，这好不容易有点事，你还让我咽下这口窝囊气，这能咽吗？"

"我说了，现在时机不对，不能生事，别说你，就是我也一样，有事都得忍。如果不知道忍的话，死得就会很快，懂吗？"

"行，那就这样吧。"电话那端立马响起忙音。

"需要我做什么吗？"阎老三问。

"没事，你先忙去吧。"黎东南说。

阎老三点头，也没再多问，转身出了办公室。

黎东南坐下身子，慢慢呷了一口茶，眼睛眯成一条线，脸色显得格外凝重，心里慢慢有了某些想法。

李八斗等了将近一个小时，中途还打电话催了一次，才终于看见前面的路上出现了一辆银色面包车。

阎老三把面包车停好，下车问道："又有什么事？"

"你好像说你不认识今天早上被杀的王哑巴？"李八斗冷眼盯着他。

"是不认识，有什么问题吗？"

"我去做过调查，有人说王哑巴没少找你买肉，你明明认识他的！"

"你这什么逻辑？找我买肉我就得认识吗？要按你这么说，我得认识多少人？"

"这是人的本能，见得多了，自然认识！"

"错了，我卖肉只认钱不认人。如果你不信，可以去菜市场问问，我从不和顾客攀谈、套近乎。我卖肉，爱买不买，卖不完我就自己吃或者喂狗。"

"我知道你不和顾客攀谈。但这并不影响你认识顾客，人走到你面前，你总得看人几眼吧，就算不攀谈，多看几次，脑子里自然就会有印象。而且，王哑巴是个残疾人，这种人比正常人更容易引人注意。他买肉的时候，不能说话，只能比画，你说你对他没印象，谁会信？"

"不管你信不信，我说的就是事实，你要是觉得有什么问题或者我犯法了，你拿证据抓我，没有证据，不要做无谓的猜测，那没有意义。我虽是个杀猪的，但我知道法律要证据。"

"法律是要证据，传唤人协助调查可不讲，只要有嫌疑就行！"

阎老三说："那又何必呢，再多的嫌疑，没有证据，最后还得放出来。"

"有嫌疑而不配合，你觉得会放吗？"

"就因为我说我不认识那个死掉的哑巴，你觉得我认识，我就有嫌疑了？哦，这什么逻辑，我认识谁，我说了不算，还得你说了算，你说我认识谁，我就认识谁了？"

"你比我想象的狡猾。"

"没有，我只是个老实人，一辈子都杀猪过活而已。"

"不要自以为手段高明，就可以为所欲为。要知道，天网恢恢，疏而不漏，落网只是时间问题。"

"得了吧。"阎老三冷笑一声，"你们公安局档案里，有多少陈年悬案未破，你自己心里没数吗？那悬案卷宗都堆积如山了吧？"

李八斗的心里像是被什么刺了下，他咬着牙，手指几乎指到了阎老三脸上："你不要太嚣张，我会抓住你的！"

"可以。"阎老三怪笑了下，"但我还是坚持我的观点，我说认识谁，就认识谁；我说不认识谁，就不认识谁。认不认识谁，法律说了不算，我说了算。"

"可以，那就走着瞧吧。"说罢，李八斗上车而去。

阎老三站在那里，看着警车后面的一串扬尘，丑陋的脸上不由得露出了轻蔑的笑容，说："你还嫩了点。"

李八斗开车回了刑警队。

姜初雪在办公室里，看见他回来，就问："怎么样，查出什么来了吗？"

"没有。"李八斗犹自愤然，"那家伙是老手，狡猾得很。他说他不认识王哑巴，我去问了环卫所的人，说王哑巴找他买过肉，而且不止一次。"

"他既然认识王哑巴，却要撒谎。难道真是他杀的王哑巴，然后自导自演了一出戏给咱们看？"

"不管王哑巴是不是被他杀的，至少说明他和王哑巴之间是有秘密的，所以他才否认。只不过他没有想到的是，王哑巴虽然死了，我却能从侧面的一些调查，确定他认识王哑巴。"

"那他怎么说？"

"还是不认。他很聪明，知道那些道听途说的东西没法成为证据，所以他死不承认，我们也没办法。"

"那现在怎么办？"

"要不——"李八斗看着她，"你去监视他，怎么样？"

"监视他？"姜初雪一愣，"要怎么监视？"

"看他一天都干些什么。"

"这有点难吧。他回家那条路上根本就没有车子，很难跟踪。他住的地方也只有路上能停车，很容易就能看见。要是一般人还好，他大概率受过专业训练，有反侦查经验，恐怕监视不了什么。"

"他在家里干什么就不管了，主要是看他卖肉时是个什么状况，会不会有可疑人物借买肉的机会和他接触。还有，他卖完肉后是回家还是去什么地方，如果他是回家，你就在出镇子的那个路口等着，记着他的车牌号。万一他回家了又出来，就再跟着他，不出来就算了。"

"二十四小时盯着吗？"

"你盯到下午六点吧，晚上我亲自盯。"

"嗯，可以。什么时候开始？"

"明天早上吧，今天他休息。"

姜初雪满口答应了。

李八斗突然觉得，姜初雪好像变了，不再是看见他就斜着一双眼、黑着一张脸了。他说什么，她也都言听计从，绝无半点顶撞了。

第 11 章
谁是真凶

一大早，李八斗就让训导员带着警犬到了朱家坪马场，伪装成普通人，潜伏于暗处，等着黎东南来骑马。

李八斗也藏在暗处，拿着望远镜等待。他要看到每个细节，来进行分析判断，"铁将军"是否是凶马。

一直等到将近十点，黎东南的车才来到马场。养马人帮他牵出了"铁将军"，他亲自喂"铁将军"吃了点东西，然后骑起马来。

李八斗给训导员发信息，让他装成遛狗的，要于不经意间拉近与马的距离，并且等马放慢速度的时候，对警犬发出袭击指令。

黎东南把马骑上马场后坡的时候，立马就发现了后坡上多出来的一人一狗。他甚至一眼就看出那是一条不一般的狗，至少不是农民家的狗。

那条狗看起来毛发干净利落，同时散发出一种威武的气息。站在坡上看某样东西的时候，吐着长长的舌头，透露出一股与众不同的凶狠。

黎东南又注意了一下牵狗的人，看不清对方的相貌，但能看出对方的身材比较匀称，即便在斜坡上走路也步伐平稳，不同于一般人爬坡。

黎东南还是骑着马往坡上去了，双腿一夹，马便狂奔起来。他知道今日定有状况，但有些事该来的早晚会来，躲不了的。而且，他想看看到底会出点什么幺蛾子，他也自信自己能应付得了。

　　黎东南骑着"铁将军"奔驰了一圈，速度就慢了下来，握缰缓缓而行。

　　训导员带着警犬向马靠近过去。为了做得逼真，他并没有看向黎东南，而是和犬在互动。

　　黎东南的目光一直盯着从没在这里出现过的一人一犬。他仔细查看了一圈四周，并没有发现其他异常，就略微放心了些，觉得可能是警犬，在搜寻什么线索。

　　此时，警犬和马相距只有二十米左右。

　　"喂，大叔，这里骑马怎么收费的？"按照剧情安排，彼此接近到一定距离，就不能再视而不见，训导员把黎东南当成在这里玩乐的顾客打招呼说。

　　"很便宜，一百元一个小时。"黎东南答。

　　"嗯，那还可以，你这匹马很高大威猛啊。"训导员边说边迎着走过去。

　　在此期间，他装作嗓子不舒服地咳嗽了一声，这是在向警犬下达袭击指令。

　　"汪！"警犬叫唤一声，如离弦之箭般往马扑去。

　　"嘶——""铁将军"被吓到了，惊叫一声，仓促后退，一只蹄子踩到了一块松动的石头上，差点摔倒。好在它有四只蹄子，很快就稳住了，但黎东南在马背上没坐稳，摔落马背。不过他平衡力极强，反应也挺快，或者说是有些技巧，并没有摔得很狼狈。

　　而这边的警犬已经一口咬到了马蹄上，"铁将军"再次受惊，一个站立不稳，竟摔倒在地。训导员则马上发出住手指令，警犬便停止了攻击。

"怎么回事,干什么?"黎东南保持着戒备对着一人一狗怒问道。

"哦,不好意思。"训导员赶紧说,"我这狗有时候喜欢跟别的动物开点玩笑。大叔,你看看马有没有受伤,如果受伤了,该怎么赔怎么赔。"

"该怎么赔怎么赔?"黎东南的眼里陡然露出一股锋芒,"不要以为钱能解决任何事情,有些东西是你赔不起的!"

黎东南边说边往"铁将军"这边走来。"铁将军"已经从地上爬了起来,黎东南仔细看了下,除了马蹄上有犬齿的咬印,没见其他地方有血迹或伤口。他让"铁将军"走动了一下,也不见有负痛的迹象。看来,只是虚惊一场。

"大叔,马受伤了吗?"训导员又主动问,但只是装装样子。

其实他知道,马没有受伤。在带警犬来之前,他已经和警犬进行过演练了,因为主要是试探,所以就让警犬去咬马的马蹄部位,而且他会第一时间发出停止指令。

"马上从这里给我滚。"黎东南余怒未平。

"嗯,我这就把狗带走,实在不好意思啊,大叔。"训导员再次致歉,带着警犬离开。

训导员跟李八斗通过信息后,将警犬带上一辆民用轿车,驱车离去。藏在远处用望远镜监看这一切的李八斗陷入了沉思。

"怎么样,斗哥,那马是凶马吗?"旁边的包古赶紧问,他没有望远镜,看不太清那个场景,但他知道试探已经有了结果。

李八斗摇了摇头:"应该不是。"

"应该不是?怎么会呢?这马跟凶马简直是一个模子刻出来的啊,你看见了什么?"

"这匹马只是普通的马,面对警犬的攻击,它没有作任何反击,就连闪躲都显得很惊慌。那是一种发自内心的惊慌，而非伪装。和我们在监控里看见的凶马比起来，不太一样。"

"这么说，这马不是凶马了？我们的线索又断了？"

"也不一定。"

"也不一定是什么意思？"

"姜初雪找了省动物学家，说正常的马都不会在那种冷静的状态下表现出攻击性。我们现在试探的是'铁将军'的正常反应，谁知道它在某种能力的控制之下，又是怎样的表现呢？"

"你要这么说的话，我们的试探岂不是多此一举了。反正试探了也没法确定。"

"不，还是有用的，至少我看到了黎东南的另一面。"

"黎东南的另一面？"包古不解，"什么意思？"

"我之前跟黎东南接触时，觉得他特别朴实、随和、亲切。身家数亿的一代富豪，却穿得普普通通，走在人群里也看不出任何特别，就是一个街头市井的普通小老头；对人也毫无架子，非常谦卑，哪怕我是一个小警察，手下人倒茶的时候也是先给我倒，再给他倒；世事也看得通透，觉得除了身体健康之外的一切，名和利都是虚浮的，没有实际意义。每天骑骑马锻炼身体，闲情逸致地生活。可就在刚才，当警犬袭击他的爱马，他以为爱马受伤，四下又无人围观时，他露出了狰狞的一面。我在他的眼神里看见了那种属于恶人的狠气。那种狠气才是他内心真正的东西，他平常给人看见的谦和只是一副面具。"

"可是，如果'铁将军'并非凶马，黎东南是个什么样的人，于我们来说又有什么关系呢？"

"你也不想想，黎东南和夏东海不但认识，而且关系匪浅，出现在夏东海别墅的凶马又和'铁将军'那么相似，难道这只是巧合吗？还有一个横亘在黎东南和夏东海之间、形迹可疑的阎老三，其中必有文章。"

"说得也是。那接下来我们怎么办，还需要在马场这里看着吗？"

"算了吧。这样监视没有意义，即便'铁将军'真的是凶马，那也是在受到某种人为控制之后才是。显然，黎东南不会在马场这里，在光天化日之下用这种本事。这样盯着不会有什么结果，还是从其他方向找缺口吧。"

"不如我们把注意力集中在人身上，先查查黎东南的底细，查查他和夏东海到底有什么恩怨没有。"

李八斗点头："行，这事就交给你吧。你有一身好演技，去黎东南的圈子内，去白山的地下世界，好好摸一摸黎东南的底。而且，我突然想到了一种可能。"

"什么可能？"

"我看过黎东南的一些资料，据说他最早是做 KTV 的，曾经一度垄断了白山县的夜总会行业，人称'夜王'。后来一步步地上岸，开酒店，并把酒店做成了连锁，摇身一变成了一个看似正经的生意人。夏东海也是，他从他老爸手里接手房地产，用了很多非正常手段竞争，打击对手，也是一个明做生意、暗通黑恶的家伙。这两个人有共性，而且关系不一般，他们之间可能是有秘密的，也许这个秘密就是导致夏东海一家三口之死的导火索。"

"嗯，很有可能。利益能让人称兄道弟，也能让人拔刀相向。"

李八斗点点头，没再说话。他跳跃性地想到了另一个人——唐白。

唐白正在发呆。不知道为什么，他总是在不经意中就想起那个叫夏天的女孩。她那明媚的笑容就像阳春三月的阳光，让人觉得温暖惬意。

从小到大，除了和他相依为命的母亲之外，他从没有在心里一天几次地想起一个女人。他很早就听说过那种叫作爱情的东西，但他觉得自己不配拥有。在很多人狂奔着去拥抱爱情的时候，他一直站在原地充当着幸福的旁观者。他有时候就在想，人与人之间的距离不是山村和山村的距离，也不是城市和城市的距离，而是贫与富、贵与贱的距离。

小的时候，他曾有过一段快乐的时光。他和邻居家那个叫作李小玥的女孩，除了睡觉以外的时间，可谓形影不离。他们在同一个学校，同一个班上，上学一起去，放学一起回，放假一起玩，甚至吃饭的时候，都端着碗在门外的坝子里坐一起。他们在春暖花开时追蝴蝶，在仲夏的夜里数星星。在很多大人们的眼里，两人是青梅竹马、两小无猜。

李小玥的哥哥李八斗经常带着他俩一起玩，还问过唐白，长大以后愿不愿娶小玥，会不会保护她。他都回答得很肯定。

那时他们不懂什么是爱情，只是心里知道一个人长大了需要一个性别不同的人陪着去走完这一生，他们希望对方是那个人。

后来，石笋村得到了开发，那些面朝黄土背朝天以种地为生的农民一跃成了城里人。他们开始装扮自己，让自己更像城里人，也有了一些像模像样的架子。

尤其是那些家里钱补得多的、房子买得好的、工作安排得体面或便利的人，他们脸上无时无刻不写着某种优越感。他们开始习惯在与别人的对比中展现这种优越感，眼里开始有了市侩和势利的色彩。当然，也可能他们本性就是如此，只是此时这种本性被瞬间放大了。

那时候，村里的人对他家很恭维。因为他家补了很多钱，老爸头脑聪明，手里又有本钱，就做起了城市绿化园林的生意，一本万利。

只是好景不长。突然暴富的家庭及周围人的吹捧，让老爸有些飘了，他开始赌钱，开始勾搭女人，终致家庭破败。

唐白眼睁睁地看着那些曾经远远过来和他亲昵相称的人，见着他生怕沾上麻烦似的，索性绕道而走，或者装作没看见，偏头而过。那时他的心里就在想，他们真是好演员。

李小玥和他也不再是当年的青梅竹马，她喜欢和一群打扮得光鲜靓丽的城市男孩一起玩，见着他倒也会打招呼、问候几句，却早非当时掏心挖肺、推心置腹般亲密。他可以清楚地看见横亘在两人之间的无法逾越的鸿沟，有些故事终究回不去了。她有时对他表现出来的同情，更像是一把刀子，割裂了他的自尊。

初中二年级时，李小玥才十三岁，就已经和一个男生在一起了。唐白在某个周末的早上，路过一家小旅馆门口，看见一个男生攀着她的肩出来。她略感尴尬，被迫和他打了个招呼，说那男生是她男朋友，并让他千万不要跟她家人说。然后她向那男生介绍他，说是她同学，以前住一个村子。介绍很简单，也让唐白觉得那份令他时常怀念的感情终究已变得寡淡。后来，他就眼睁睁地看着那扇爱情之门上积满了灰尘。

就像夏天被蝉鸣吵醒一样，他有时候也会突然想起那种叫作爱情的东西，想象爱情的模样。他觉得很多男女在一起，只能叫欲望，不能叫爱情。

唐白也不知道自己为什么会莫名地想起那个叫夏天的、只有一面之缘的女孩。也许他知道，只是没勇气承认。他很清楚，如果终究是奢望、是泡影，那么越陷入就越伤人。

奇迹发生了，唐白不经意地抬起眼，看到自己朝思暮想的女孩正站在门口。他还以为是幻觉，直到女孩开口说道："怎么，书店里就你一个人啊？"

唐白苦笑："现在的人更喜欢追求那些短暂刺激的东西，很少有人能静下心来看书了。"

"也是。好多大城市的书店都门可罗雀，更别说咱们这个小镇了。

很多人都在为生活奔波，回家也只想躺在沙发上放空自己。看书只是无忧生活的一种消遣，对于小镇的人来说，简直就是一件奢侈品。"

"我倒觉得其实很多人是有条件看书的，只是他们不愿意看了。这世界光怪陆离、浮华万丈，他们热衷于让自己迷失的东西，不愿意活得太清醒。清醒的人看着这个千疮百孔的世界，只会让自己更加郁郁寡欢。"

"倒也是。书里是理想的世界，是和现实有矛盾的。有时候书看多了，让人产生错觉，以为自己身处理想的世界。一旦无法达到，就会出现心理上的落差，于是就会觉得生活得不快乐了。"

"我觉得你生活得应该挺开心、挺快乐的吧？"

"是吗？你怎么看出来的？"

"从你脸上啊，你看起来很阳光，笑起来也……很甜美。"

"你也说了，只是看起来，能看到的只是表面，而表面的东西未必真实。"

"难道你内心不快乐吗？"

"有时候吧。任何人都不可能会一直快乐，总会遇见不快乐的事，就像昨天中午，那就是一件让人不快乐的事，是吧？"

"也是。怎么，你要买书吗？买什么书？我帮你找。"

"不买书，我只是路过，突然想起你说你在书店上班，所以进来看看。这家书店我很熟悉，因为我在对面的学校读过书，以前在这里看书店的是个戴眼镜的阿姨，她怎么不干了？"

"唉！"唐白叹息一声，"那阿姨人很好，只可惜命运……不公。"

"怎么，发生什么事了吗？"

"她有个儿子做生意时把全部身家拿去投资，结果行情不好，负债累累，就跳楼了。那阿姨受不了独生儿子的离世，心脏病发作，抢救不及，就……"

"唉，这世道……"夏天叹息一声。

"你坐下，我去帮你倒杯水。"

夏天"嗯"了声，说"谢谢"。唐白把水端来，突然不知道该说什么。

"昨天的事，谢谢你。"

"举手之劳，那么点小事，不要放在心上。"

"这社会人心麻木、人情淡薄，就算是举手之劳的小事也难得了，更何况你还是个女孩子。"

"你这么说我都有点骄傲了。"夏天笑问，"那你要怎么报答我呢？"

"报答？"唐白一愣，"你想要我怎么报答你？"

"想听听你的故事。"

"我一个书店杂工能有什么故事？"

"你肯定有故事，而且是很不一般的故事。"

"是吗？你怎么会这么认为？"

"因为……昨天的事啊，经过东叔的一番分析，我觉得很有道理。后面你自己也说了，有的人活了五六十，不过是年复一年、日复一日；而有的人也许未成年，早已看过沧桑，经过生死。你的潜台词不就是你虽然年轻，却经历了很多嘛。"

"没有，我只是在说一个道理，不是说我自己。我每天的生活就是上班下班两点一线，就是那种五六十了，也只是年复一年、日复一日混日子的人。我的人生平淡得就像一杯白开水，没有任何波澜。"

"看来你是不想说，亏我还专门找过来。"夏天的神情里有几许失望。

"专门找过来？"唐白不解，"为什么？"

"没什么，就是好奇，我知道昨天那个吴总是谁了。"

"是谁？"

"真名是吴国晋，白山矿业集团董事长，据说在白山是个黑白通吃的人物，很多人提起他，都只有三个字——惹不起。"

"这么厉害吗？"唐白的脸色并无变化，平静得就像那些摆在书架上的书。就算这世界再怎么风起云涌，它们都永远沉默。然而永远沉默的它们，又隐藏了这世间最强大的力量。

"是的，很厉害。厉害得超过我们的想象，并不是我们一开始以为的只是一个暴发户、一个街头恶霸。据说整个白山的煤矿都是他的，他不仅有钱、有关系，还有手段。"

"理所当然。钱、关系、手段这三样东西在很多时候都是捆绑在一起的。"

"你居然没被吓到？"夏天表示惊讶。

唐白淡然一笑："为什么要被吓到？"

"你不怕被报复吗？"

"为什么要怕？"

"为什么？因为……他们很强大，会使很多凶残的手段，可能会毁了你的一辈子。"

"呵呵。"唐白还是淡然一笑，"这世间还有谁比命运更强大，比上苍更凶残。它们让人今天死，就没人能活到明天，我连它们都不怕，怕这区区凡人干什么？"

"你这回答……我只能说无言以对。"

"如果你被吓得多了，害怕得多了，你就不会害怕了，因为你麻木了。无论什么样的命运，惊涛骇浪也好，天昏地暗也罢，只要习惯了都是寻常。千万人有千万条路，但终点只有一处，早晚都会死的，怕什么呢？"

"我的天，你到底经历了什么？我就说，你肯定是个有故事的人，赶紧的，跟我说说，我以后把你写到小说里面。"

"你写小说？"

"是的。我有两个梦想：一个是当记者，要报道这世间所有罪恶和黑暗的真相；一个是当作家，我要用我的作品去唤醒以及温暖人心。"

"很了不起的梦想啊。"

"我只是想为这个社会做点什么。改革开放以来，我们看得见人的生活变好了，可是人心变坏了。当功利被过度推崇，成为衡量成功的标准，成为变相的尊严时，人们就开始为了得到想要的东西而不择手段，致使道德沦丧、人性迷失。那些曾令我们感动的东西，人心里本有的真挚、善良以及诚信，都陷到了泥潭里，开始变脏。人心脏了，社会也就脏了。我希望这世界能干净一点，人心里能有是非黑白，这样才会让我们生活得更安全。"

"看来，你也是个理想主义者。"

"你也是吗？"

唐白摇头："我不知道，也许吧。躺在床上睡觉的时候，我就会活得很理想，梦里没有欺骗、没有伤害，也没有罪恶。可第二天醒来，想起自己还要上班，并且知道上班也没什么前途，有时候还会被老板骂，但还得去，我又觉得自己活得很现实了。所以我差不多就这样，在理想和现实之间摇摆，以至于我也不知道自己到底是理想主义还是现实主义。"

"嗯，这么说的话，我也是了。"夏天笑道，"也许每个人都是，一边过着粗糙的生活，一边做着精致的梦，幻想着诗和远方。"

"人类总有共通之处。"

"所以，现在你要跟我讲讲你的故事吗？"

"我真没什么故事可讲。都是些普通人的寻常事而已，不值一提的。"

"看来，你没把我当朋友。"

"肯定当的。"

"那你为什么不愿跟我说你的故事？就算是普通人的寻常事我也听。"

"其实那是一些不堪的过去，但我觉得再不堪也都过去了，说出来也没什么意义，只会徒增伤感。我更希望把我的快乐分享给朋友，而不是难堪和难过。"

"那行，就说你快乐的事吧。"

"快乐的事？"唐白看着夏天，似乎遇见她是这么多年以来唯一让他觉得快乐的事了。可他没有勇气对她说。

唐白说："譬如，发工资的时候啊。"

"噗！"夏天忍不住笑起来，"那还真是快乐的事，可这快乐也太普通了吧，每个人都有这样的快乐。"

"所以我才说不值一提嘛。"

正说着，门口光线一暗。两人抬眼看去，从门外进来一个人，是一个穿着寻常但脸有刀疤的男子。夏天看见那人时，身子不禁瑟缩了下。

"阎叔。"唐白打了个招呼。

"嗯，有新书来了吗？"阎老三应着，目光落在夏天身上，从头到脚把她看了一遍，看得夏天全身都起鸡皮疙瘩了。

"来了几个种类，你看看吧。"唐白带着他往书架那边过去。

阎老三挑了两本新来的书，一本《现代科技侦查技术》，一本《雇佣兵世界揭秘》。过吧台埋单的时候，他的目光又看了眼夏天，问唐白："怎么，女朋友吗？"

"不，不是，只是朋友。"唐白忙说。

"你怎么脸都红了？"

"有吗？"唐白摸了摸自己的脸，感觉有些发烫，但还是说，"真的，只是朋友。"

"你也有朋友了？看来，这世界每天都有不可思议的事情在发生啊。"阎老三也没再多说，拿着书就走了。走到门口时，突然又停住脚步，回过头来，冲着夏天笑了下，说，"唐白是个好孩子，很孝顺，也很勤奋，是个靠得住的男人，跟他没错。"

"我们只是朋友。"夏天说。

"哦，只是朋友，好吧。"阎老三转身出了门，开着那辆面包车走了。一辆沃尔沃轿车悄然跟在后面。

"刚才那人谁啊？"夏天问。

"前面不远的菜市场卖猪肉的。"唐白说。

"卖猪肉的？"夏天颇为奇怪，"他竟然有看书的爱好，很难得啊。"

"他基本上每个月都会来我这里看有没有新书到。"

"那真是人不可貌相。他长得其貌不扬、满脸横肉的，看起来完全是个粗人呢。"

"他应该当过兵吧，国外的那种雇佣兵。"

"雇佣兵？你怎么知道？"

"我猜的，不过，可不是毫无根据地乱猜。他到我这里来买的差不多都是军事训练或者一些探险、刑侦之类的书，而且他打架很厉害。"

"打架很厉害？你见过他打架吗？"

"没有，听说的。他刚到菜市场卖肉的时候，价格卖得比别人低，几个卖肉的联合起来教训他，结果都被他打得住院了，后来那些卖肉的对他都客客气气了。"

"那是真的厉害了。他脸上那么长一道刀疤是怎么回事？"

唐白摇头："不知道，应该是跟比他更厉害的人打架伤的吧。"

"我看他的样子很严肃，沉默寡言的，但挺关心你，你跟他很熟吗？"

"还行吧。他确实不爱与人说话，听说在菜市场卖了十年肉，也没一个朋友。倒是来书店买书，会让我帮他买他喜欢的类型，偶尔也会和我聊聊天。相比之下，我跟他比一般人要熟点。至少在路上遇见了会打招呼。他在路上遇见其他卖肉的，都不会打招呼的。别人和他打招呼，他也是爱搭不理的。"

"看来，他也是个有故事的人。"

"世界上的每个人都是有故事的吧，只不过有些人的故事是喜剧；有些人的故事是悲剧；有些人的故事光芒万丈，被人颂扬；而有些人的故事不值一提，只能装在自己心里。"

"你多大了？"

"十九。"

"十九？"夏天意外了下，"这么小啊？"

"我看起来很老吗？"

"不是老，但是有点成熟。这么小，怎么没读书了？"

"还有什么，成绩不好呗。"

"不像。我看你不像那种读书不认真的人，你选择在书店工作，也说明了你是爱学习的，不可能成绩不好。"

"我在书店工作，只是为了生活。"

"很多工作都可以生活，可你选择了书店。"

"那你有没有想过，人生很多时候的选择，其实是无法选择呢？"

"好了，你是哲学大师，字字句句都透着人生和生活的哲学，我说不过你。但是直觉告诉我，你是因为热爱才选择书店的，你没读书也肯定不是因为成绩不好。你身上有很多故事，但你不当我是朋友，所以不愿对我说。算了，我也不勉强你了，我还是去想办法发掘点其他新闻吧，我先走了。"

唐白没说话，默默地目送她离开。他很想说什么，却发现喉咙像被什么堵住了一样。

夏天走到门口又回过头来，说："对了，你得注意点，那个吴国晋说不定会找人报复你的，有事给我打电话，或许我能帮得上忙。"

"嗯，谢谢。"

唐白走到门口，看着夏天的背影消失在人来人往之中。他在想，她会不会觉得我不近人情呢？她生气了吗？

如果他的故事是喜剧，可以让人开心的话，他会很乐意和她分享，只可惜他的故事是悲剧，是灰暗和痛苦的。他不想让她知道，更不想被她同情。

这些年来，他已经习惯了，命运的伤口自己舔舐。

就在阎老三走出书店的时候，他那安静的小院门口远远地驶来了一辆路虎车。车上下来了一个男子，男子戴着一副墨镜和一双白手套。

男子走到小院紧锁的铁门前站定，目光往左右看了看，突然脚下一蹬，人如离弦之箭一般蹿起，抓到了铁门上方。手臂一借力，人就翻了上去。

"汪，汪汪！"里面的猛犬狂吠，并对着蹲在铁门上的人做出攻击之势。

男子的脸上露出一丝冷笑，他将右脚的裤腿卷起来些，那里赫然绑着一把带鞘的刀。

猛犬似乎感受到了某种挑衅，叫得更加凶猛，并试图跳跃起来咬对方，那爪子落在铁门上划出铿锵的声响。

在猛犬又一次跳起来，爪子落在铁门上时，男子当机立断，从铁门上跃落院中。猛犬迅速转身，往男子扑咬而去。

男子不慌不忙，左手至侧边伸向猛犬之口，竟以四指按到猛犬的嘴部上方，拇指固定在猛犬下颚，五指一用力，竟生生地将猛犬张开的嘴捏闭上。同一时间，男子将右脚微抬，右手握向小腿刀柄，顺手一抽，便将明晃晃的刀子拔出，然后斜插进猛犬的脖颈。

猛犬的叫声顿时哽在喉间，"呜呜"两声，脚下挣扎的力道瞬间减弱，整个身躯也如绳子般软了下去。

男子将按住猛犬嘴部的手用力一推，猛犬笨重的身躯就往一边摔出，脖颈里的刀子也被顺势抽出。伴随着一股喷涌而出的鲜血，猛犬的身子重重砸落在地。

这一幕在很多人看来，应该都充满悲悯，而男子却没多看一眼，转身就往屋子里走去。他搜遍了楼上楼下的每一间屋子，然后将每一件动过的东西又复原。然后，他又去搜查了猪舍，也并无任何发现。

狗蜷缩于血泊之中，男子只是冷漠地看了一眼，然后翻过围墙，驱车离开。

阎老三今天心情不错，嘴里还在哼着某首奇怪的歌。他不时将目光斜向反光镜，因为他发现在他离开书店的时候，有一辆车一直跟在后面，但是那辆车子在他开到镇子的出口时就靠边停下了。

这是李八斗吩咐姜初雪这么做的，如果跟出镇子去，乡村公路车少，很容易被发现。所以她只需要等在路口的旁边，如果阎老三再开车回镇子来，她再跟上。

看着阎老三的车子消失在乡村公路上，姜初雪拿出电话，打给了李八斗。

"什么情况？"李八斗问。

"我发现了一件奇怪的事。"姜初雪说。

"什么奇怪的事？"李八斗的声音急切了几分。

"这个杀猪的居然到书店买了几本书。"

"到书店买了几本书？"李八斗想了想，"不对啊，他没有孩子，也没有家人，他买书看？买的什么书？"

"没看清楚，而且还有另外一件奇怪的事。"

"还有什么事？"

"之前冷笑在监控里发现的那个骑电动车跟踪夏东海的人，你说你认识的，还记得吗？"

"唐白？"李八斗问，"他怎么了？"

"阎老三就是在他所在的书店买的书，而且看样子跟他还挺熟。还有，那个省电视台法制频道的女记者也在，和唐白好像也很熟。"

"你说唐白跟阎老三挺熟，和夏天也挺熟？不应该吧，我感觉唐白的性格是比较内向和腼腆的。而且，阎老三也是沉默寡言之辈，在菜市场卖了十年肉，都没一个朋友，他和唐白怎么熟？还有夏天，据说来这边采访是省领导关照，她和唐白不是一个世界的人，八竿子都打不到一起啊。"

"事实就是这样，我亲眼所见。而且阎老三在离开时还说了一句颇有所指的话。"

"什么话？"

"他说唐白是个好孩子，很孝顺，也很勤奋，是个靠得住的男人，跟他没错，我猜这话是对那个女记者说的。"

"他真这么说？你确定没有听错，或没有记错？"

"当然没有。我当时在书店门口待着，阎老三的声音很嘹亮，而且距离门口不远，所以我听得很清楚。之后我见阎老三要出来了，就赶紧回车上了。我感觉很纳闷，所以印象很深。"

"看来，还有好多东西都是我不知道的。"

"对了，你对他跟踪夏东海一事调查得怎么样了？"

"似是而非。他没有作案条件，但有些解释又略显牵强。我感觉他隐瞒了些东西，我会继续深入调查，到时候再看吧。"

挂掉电话，李八斗又拨打了夏天的电话。

"李警官。"夏天的声音永远充满了活力，"你居然给我打电话了，是不是案子有什么进展了？"

李八斗问："有时间吗？有时间的话，我们找个地方聊聊。"

"有有有。"夏天连忙说，"李警官约我，肯定有时间的，没时间也会抽时间。"

"半山路有一家尚品咖啡不错，我在那里等你吧。"

"半山路？石笋镇这边吗？"

"对。"

"正好我也在这边呢，我接着就过来。"

过了大约十五分钟，李八斗看见夏天出现在咖啡店门口，便向她招了招手。

"怎么，李警官，是不是案子有重大进展了，"

屁股还没坐下，夏天已经迫不及待了。

"今天我约你，是想和你聊一些别的事，跟案子无关。"

"聊一些别的事？"夏天一脸错愕，"什么事？"

"你认识唐白吗？"李八斗开门见山。

"唐白？认识啊，怎么，李警官你也认识？"

"当然认识。我们以前住在一个村子，是邻居。"

"哦哦哦，有什么事吗？"

"你和他怎么认识的，你们两个是什么关系？"

"没什么关系，就是认识吧。"夏天接着说了昨天那件事。

"还有这样的事？"李八斗听后，皱了皱眉。

"昨天中午，我们找地方吃饭时，偶然遇见的。"

"你今天又去找他做什么？"

"今天？"夏天一愣，"李警官怎么知道我今天又去找他了？"

"我是警察，我想知道很多事情都可以知道。"

"好吧。其实也没什么，就是昨天发生的事嘛，唐白表现得很淡定，一点也不害怕，东叔就说唐白不是一般人，我也觉得他身上有不一般的故事，所以就想去找他聊聊，积累点写作素材。"

"他当时一点都不害怕？"

"是的。而且，我觉得他是一个很有原则的人。"

"很有原则？怎么讲？"

"当时不是我们出面了嘛，那个富二代的老爸大概觉得我们是电视台的不好惹，就说愿意赔钱，而且是两万元。但唐白不要钱，只要那个富二代把打我们的自己打回去，再道歉。结果没谈好，我就报了警。"

"那个人愿意赔两万元，唐白不要？"李八斗大感意外。

"是的。所以我觉得他是个很有原则、很有骨气的人。他看起来那么年轻、那么斯文，做起事来怎么就能那么大气。我今天专门找他，就是想听听他的故事。"

"他跟你说他的故事了吗？"

"没有。"夏天摇头，"他不愿说。对了，李警官，你问这个干什么，不会跟案子有关吧？"

"当然不会。我从小看着他长大，挺关心他。一个朋友说一个很漂亮的女孩子在他店里，和他聊得挺开心，我以为他谈恋爱了呢。那朋友拍了张照片给我，我一看是你，挺意外的，就给你打了电话。"

"哈哈哈，谈恋爱，这个误会就真大了。我们昨天才认识。"

"你对他印象怎么样？"

"很好啊。现在这个浮躁的社会，已经很难看见他这么有人格魅力的人了。"

"这么说，你是对他有好感了？"李八斗问。

"有好感？"夏天想了想，"是吧，但也仅限于好感，跟别的没关系。李警官，你可别误会了。"

"没误会，我只是随便问问。"

"对了，李警官，你不是说你和他是一个村子的，互相很熟吗？能和我讲讲他的故事吗？"夏天突然问。

"他的故事？"李八斗叹息一声，"都是不幸，不说也罢。"

"都是不幸？难怪虽然他看起来一脸的风平浪静，可我总感觉他是经历过大起大落、将人生看透了的高人。尤其是我问他多大，他说十九岁的时候，我就更这么觉得了。他遇事时那种沉着和大气，跟他的年龄完全不符。不行，李警官，你今天一定得给我讲讲他的故事，一个十九岁的男生身上，到底发生了什么样的事让他变得如此坚忍而有力量。"

李八斗摇头："既然他自己都不愿说，我就更不能说了，你要想知道，还是找他自己吧。"

"李警官，你怎么能这样呢？你问我的我都说了，轮到我问你了，你就不说了。"

"因为别人的事我没有权利说，说了是对别人的不尊重。"

"那你就跟我说夏东海的案子。"

"也不行。"李八斗果断拒绝。

"那如果案子告破，要第一时间告诉我，这总可以了吧？"

"嗯，这可以。"李八斗答应。

"那就这么说定了。"

"我说话都算数的。对了，再问你件事。"

"什么事？"

"你在唐白书店的时候，是不是有个脸上有疤的人进去买书了？"

"是啊，怎么了？"

"知道他买的什么书吗？"

"买的……"夏天想了想，"一本《现代科技侦查技术》，一本《雇佣兵世界揭秘》，好像是这两本。"

"他和唐白是不是很熟？"

"嗯，算吧。唐白说，那个卖猪肉的是个沉默寡言的人，路上见熟人都不会打招呼的那种，但每个月都会去他那里看有没有新书来，有时还托他买什么类型的书回来。所以在路上见了他会主动打招呼，算是挺熟的了。"

"他们还说了些什么吗？"

"没有。"夏天摇头，"就说了买书的事。"

"那个刀疤男走出门的时候，不是对你说了句什么吗？"

"这你都知道？"夏天一脸惊奇的表情，"李警官，你是特工出身吗？既然你都知道了，干吗还问我？"

"我只是知道个大概，不知道细节，而细节往往是更有用的东西。"

"也没说什么，他开始以为我是唐白的女朋友呢，就说唐白很好，值得信任和依靠之类的，我说了我和他只是朋友。"

"只是朋友，那是现阶段吧。以后呢？仍然只能是朋友，或者有别的可能？"

"别的可能？"夏天一笑，"我觉得没有可能吧。"

"为什么？"

"因为……我们应该不是一个世界的人，但我觉得他会是一个很好的朋友，可以信任的那种。"

"嗯，明白。"

李八斗和夏天又东拉西扯地聊了会儿就结束了谈话，然后他在手机上查了一下那个煤老板吴国晋的资料，来到了白山矿业集团。

吴国晋正在办公室里狠狠地抽着一支烟。他的心里憋着一团怨气没法发泄，就把那支烟当成了假想敌，大口吸着，烟很快就烧掉了一大截。

"妈的，分钱的时候是兄弟，有事了就是孙子，你们要过河拆桥，就别怪老子把事情做绝！"吴国晋将还剩一小截的烟头丢到地上，狠狠地踩灭，噌地站起身来。

"嘭嘭嘭！"突然传来敲门声。

"进来！"吴国晋余怒未消地喊了声。

办公室的门打开，他看见一个穿着警服的男子站在门口，不由得愣住。

"吴总，是吧？"李八斗往办公室进来，"怎么，脸色不大好，是有什么事吗？"

"哦，没有，一点工作上的事。你是？"

"我是白山刑警队的，叫李八斗。"

"李八斗？"吴国晋的心狂跳了下，但很快故作镇定，"有什么事吗？"

"听说你儿子昨天中午撞了车还打人，被拘留了？"

"是的，怎么了？这屁大点事，还惊动刑警了？不至于吧。"

"目前来说，这只是一桩治安事件，但我希望一切都到此为止，不要再升级为刑事案件了！"

"不要再升级为刑事案件，什么意思？"吴国晋有点蒙。

"我了解过你，知道你在白山的一些江湖传说，但凡得罪了你的人，轻的住几天医院，重的得住一辈子医院，甚至有直接送火葬场的。你有钱，有人为你卖命，也有人为你顶罪，再加上背后有保护伞，让你在这个地方为所欲为。所以我特地来告诉你，昨天那件事，过了就过了，你不要再有任何想法了。如果你有什么想法，唐白出了什么事，我敢担保不论是谁出的手，会不会把你供出来，我都有办法抓你，而且将你连根拔起！"

"你谁啊，这么狂？"吴国晋一下子愤怒起来，"你当我是没见过世面好吓唬还是咋的。就算是公安局局长，跟我说话也是客客气气的，你一个小警察，谁给你的底气，这么嚣张？"

"当然是法律给我的底气。你老老实实的不犯法，我连你一根头发都动不了。你要是犯法了，就是罪犯，而我的职责就是将罪犯绳之以法。我不管白山以前如何混乱，从我来了之后，只要我所见犯法之事，都会一锅端，明白吗？"

"你还真把自己当个人物了？看看自己肩上的警衔，想想自己的级别，你说话管事吗？"吴国晋脸露轻蔑。

"我不跟你废话了。如果你真有某些关系，不妨找你的关系打听一下现在白山刑警队的李八斗是谁就行了。当然，我可以先给你做一个很简单的自我介绍，当刑警这几年来，我接手的案件，除了夏东海的案子，所有案件均告破。如果你觉得自己更牛，想玩火，可以试着挑衅我！"

"怎么，那件案子是你负责的？"吴国晋问出这句话的时候，突然想起了什么来。

"是的。你有什么高见吗？"

"我又不是警察，能有什么高见。案子查得怎么样了，找到凶手了吗？"

"这是警方机密，恕我没法跟你说，记住我的话就行了，昨天的事到此为止。人生如爬山，上去如龟行，一步步走得难，摔下来也许就是脚下一滑的事，你好自为之吧。"

说完，李八斗转身就走了。

第 12 章
重大发现

李八斗出来看了看时间，已经是下午六点了，他给姜初雪打了电话。姜初雪说她守在镇子的出口，一直没见到阎老三的踪迹。

"等我过来吧。"李八斗说完，挂掉电话，去镇子出口接姜初雪的班。

两人见了面，姜初雪问道："吃饭了吗？"

"还没有。"

"饭都没吃来接替我干什么，等下你怎么吃饭？"

"没事。我看一会儿，随便找时间溜去买点东西吃就行。"

"好吧。"姜初雪说了声，开着李八斗的警车走了。

因为警车停在路边太显眼，所以李八斗跟姜初雪换了车开。

大约过了二十分钟，姜初雪又回来了。下车后，她将一个袋子递向李八斗。

"什么？"李八斗接过袋子，看见里面摆着几个快餐盒，还有筷子，大感意外。

姜初雪说："我去看了下，没找着什么好的餐馆，看见有家做煲仔饭的，感觉还不错，反正你凑合着吃吧。"

"你没在里面放毒吧？"

"什么意思？"姜初雪一愣。

"你不是很讨厌我吗，怎么突然对我这么好了？"

"哦，原来你是怕我报复你。行，怕被毒死就别吃了，我拿去丢掉。"

她边说边伸手夺袋子。李八斗没让她夺到，笑了笑："开玩笑的，莫当真。我猜，你还不至于笨到如此明目张胆地毒死一名刑警。这样很好，无论有什么私怨，都不要影响工作。在工作上，我们是战友，得配合。"

"放心吧，我会公私分明的。所以私下里，你可要小心了。你应该知道法医杀人是专业的，刑警都未必能找到线索。"说完，便转身上车走了。

李八斗就在路边的车里等着，看着暮色一点点笼罩远山，看着近处的街灯盏盏亮起。夜就要来了，阎老三今夜会出来做点什么吗？

事实上，李八斗惦记着阎老三的时候，阎老三正坐在他的小院门口，眼神空洞，面无表情。如果不是那双还在转动的眼珠，几乎难以发现这是一个活人。他的旁边躺着一条狗，狗的嘴巴紧闭着，而身体下有一大片血迹。阎老三下午回来的时候就看见了这个场景，但他一直表现得很平静，平静得就跟死了一只蚂蚁一样。他就那样看着躺在血泊中的狗，看了很久很久。他克制着心里如海啸席卷般的愤怒。

他一下子就复原出那个杀戮的场景来。当有人进入他的院子时，狗突然扑上去，而那人早有提防，一伸手就捏住了狗嘴，同一时间，另一只手中的刀往狗脖子刺入。

这是一个受过专业训练的高手，甚至了解狗的习性。所以他才能不慌不忙地将一条久经训练的猛犬一击必杀。

什么样的高手要来杀一条狗呢？阎老三很快就明白了，对方不是为了杀一条狗，而是为了对付他。

阎老三果然在屋门口发现了脚印。他在门口的地上撒了一层很薄的石灰。他自己一般会跨过石灰进去，不知道的人会顺着踩下，就会在上面留下脚印。

石灰层上的脚印类似于大头皮鞋、军靴之类的。但屋里的东西都很整齐，看不出翻动的痕迹。当然，对方极有可能翻过，为了不被他察觉，都复原归位了。这是受过专业训练的人所具备的基本经验。

阎老三屋里并没有什么见不得人的东西，所以他不担心这些。可这个人到底是谁，又想干什么呢？

他想起了王哑巴的死。这两件事应该是一个人所为，都是冲着他来的。不一样的是，杀死王哑巴时，凶手什么线索也没留下，因为死的是一个人，警察会介入、会追案。而杀死他的狗，对方并没有做这些处理，大概知道自己不可能报案，即便报案了，也不会出动刑警，不会立案侦查。

阎老三从直觉上判断，两件事就是同一个人干的！狗日的！阎老三在心里骂了声，又看了看躺在血泊中的狗。

阎老三看向那片庄稼之外的山峰。他明白了那个人一定在暗中观察他，知道他院子有狗，知道他的狗很厉害，也知道他什么时候出去。

阎老三都来不及处理狗的尸体，起身回到屋子里，拿出一副望远镜，上了二楼。他在二楼找了一处隐蔽的地方，暗中观察附近的山林。

终于，阎老三在院子斜对面的半山上，发现了一个匍匐在石头上同样拿着望远镜观察这边的人。对方拿的还是一个单筒望远镜。只不过他看不见那人的脸。那人用双手拿着单筒望远镜，脸被遮挡住了，只能看见他穿着一件迷彩服，与侧边的树木浑然一体。若非眼尖，很容易就会忽略。

阎老三发现他之后，就赶紧退开了。那个人在不断地移动视角，如果自己很久不露面的话，很容易遭到对方的怀疑；如果被对方发现自己拿着望远镜看那边，就会打草惊蛇。

阎老三在想，要怎样杀死这个狗日的。自然，他不能从院子大门出去。那样的话，对方会看得见。对方看见他穿过庄稼地接近那座山，就会悄无声息地撤离。所以，阎老三得另外寻找路线。他大概确定了那人所在的位置，又回想了一下周围的地形，便想出了一条路线。接着他从枕头下拿出一把刀子，插入鞘中，绑在右小腿外侧，再背上一个竹背篓，戴上一顶草帽，扮成农民，从院子的后墙翻出，往目的地出发。

山林里的那双眼睛在小院里来回地观察了许久，男子一直在等阎老三出来收拾狗的尸体，而院门大开，却并不见阎老三的人影。他几乎把小院的每个角落都看了，始终不见任何动静。终于，他意识到了什么，将望远镜的视角移向周遭，然后他就看到了在左侧的一处庄稼地里，有一个模糊的人影正往这边靠近。

虽然有玉米叶遮挡，加上那人背着背篓，戴着草帽，草帽的帽檐还压得很低，根本看不清其长相，但男子觉得那不是一个普通干农活的人。首先，他之前并没在这里发现有其他干农活的人；其次，那个人往这边移动的速度很快。他立刻就知道了，阎老三发现了他，来找他了。他想了想，转身从另一侧走了。

阎老三杀气腾腾地赶到时，什么都没有了。远方残阳如血，林子里不时传来鸟儿抖动翅膀的声音，还伴着不知名的虫子的叫声。

阎老三骂了声，看了眼林子里的路，辨别了一下草被踩倒的方向，然后跟着追下去。当他追到山脚下时，看见庄稼地的远处有一辆启动的车子。因为隔着玉米林，他都没看清那是一辆什么车，车子便消失在了视线之外。

阎老三回到了自己的院子，天已经慢慢黑了下来，狗仍然躺在血泊之中。他进屋拿了把锄头，到院子侧边的竹林里，挖了很大一个坑，将狗埋了进去。他在坟堆前站了很久才离去。回到院子里，他用水将门口的血都冲洗干净，就像什么都没有发生过。他看了看远山，又回过头来看院子，心里突然觉得空落落的。

阎老三蓦地咬了咬牙，牙齿摩擦发出"咯咯"的响声，脸上那道刀疤像蜈蚣似的动了起来。然后他回到屋子里，拿出一捆绳子、一条麻袋，放到了面包车上，开着面包车往镇子而来。

到达镇子的时候，天已经完全黑了，镇子的万家灯火亮如白昼。阎老三偶然发现路左侧停着一辆沃尔沃轿车，车牌尾号为4269。他对这辆车有印象。下午出镇子的时候，他从反光镜里看见了这辆跟在他后面的车。如今他回镇子来，只是随意看了一眼，没想到车还停在这里。他试图看清车里有没有人，但看不清。

他的面包车要往另一个方向走，不能逆行，但他还是通过反光镜看了下后面，没想到那辆停着的车子竟然又跟上来了！为了测试对方到底是不是在跟踪，他故意将车子提速。果然，后面的车子也跟着提速了，他再减速，后面的车子也跟着减速。两辆车子始终保持着一个不远不近的距离。

阎老三这下完全确定了，对方就是在跟踪他。

是那个杀王哑巴和狗的人吗？或者是其同伙？阎老三想弄个明白。当下，他故意把车子开到了庙街路。

庙街路本身是一条很偏僻的路，路的尽头是一座有年代感的神庙。建镇子后，就从镇上修了一条路过去。因为总有些求神信佛的人要买香还愿，开发商看到了商机，就在路两边建了些门面，专卖香、纸、炮、烛之类的。后来慢慢地发展到卖死人用品，乃至棺材铺都开到了这里，形成了一个专门的祭品市场。

白天的时候，这里还是很热闹的，有照看门面的店主，有购买东西的顾客。而一到晚上，店家都关了门回家去，这条街上除了路灯，很难见到一个人影。加上街面上还有花圈上掉下来的纸花或冥币之类的，越发显得阴森。

阎老三的面包车往左侧的一条巷子转了进去。李八斗开车跟进去时，才发现阎老三的车子已经停下，人也下了车，就站在昏暗的路中间等着他。李八斗赶紧踩下刹车。

车灯打在阎老三身上，在无人的巷子里，他那张好似爬着蜈蚣的脸，那双带着杀气的眼神，看起来特别诡异。

阎老三一步步地往这边走来。李八斗打开了车门下了车。本来满脸肃杀之气的阎老三见到下车来的李八斗，大大地意外了一下，一下子停住了脚步。他怎么也没想到跟着他的人是李八斗！

"真是人生何处不相逢啊，阎老三。"李八斗说。

"你跟着我想干什么？"阎老三冷冷地问。

"我跟着你干什么？这话该我问你吧，这大半夜的，你跑这旮旯来干什么？"

说着，李八斗拿出手机，打开了手电筒功能，往阎老三的面包车走去。他拉开面包车的门，一股血腥味扑鼻而来，但他并没有感到意外，因为阎老三经常用这辆车装猪肉。

他打开了车子的工具箱，里面放了一圈透明胶带，没有别的。他再到车后面看，发现后面有一捆绳子和一条麻袋。他仔细地检查了下，麻袋是空的，并且没有沾上别的东西，是一条全新的麻袋。

"这是干什么用的？"李八斗把麻袋和绳子举到阎老三面前。

"我是杀猪的，你说这是干什么的呢？"阎老三反问。

"你别当我是城里人，我小时候在农村生活了十多年，见过杀猪。谁杀猪要用绳子和麻袋了？"

"那我问你，你见过的杀猪，是几个人？"

"三四个吧。"

"三四个，是怎么杀的？"

"一个人抓住猪耳朵，一个人抓住猪尾巴，一个或两个人去抓猪脚，然后一起用力推到杀猪板上。"

"没错，通常杀猪的都是这样，但我不一样。"

"你怎么杀？"

"我一个人杀。"

"好像是的，我记得你杀猪从没有叫过帮手，我很好奇你一个人是怎么杀猪的？"

"很简单，用绳子把猪的四只蹄子都捆住，再将猪抱到杀猪板上就行了。"

"那麻袋呢？用麻袋干什么？"

"麻袋的用处就多了。譬如将猪大卸八块之后，用来装猪肉。譬如我怕把车里面弄脏，做垫子用，有什么问题吗？法律规定麻袋的用途了吗？"

"我也观察过你一些时间了，无论是你的面包车，还是你在菜市场的摊位，可从来都没见你用麻袋装肉或是做垫子！"

"生活和世界从来都不是一成不变的，你没有见过的东西就意味着不存在吗？大晚上的，我没时间和你闲扯，如果我犯法了，你拿出证据抓我就是，拿不出证据，我就走了。"说罢，就要转身上车。

"等等。"李八斗喊了声。

"还有什么事？"

"我要搜你的身！"

阎老三的脸部颤动了下，然后露出了一个古怪的笑容："看来，你是非要找我的碴儿了？"

"大晚上的，你形迹可疑，于我来说，是职责所在，跟找碴儿没关系，你配合就行了。"

"行，你搜吧。"阎老三说着，平举起双手。

李八斗上前搜身，从上身搜到腿上，结果在他的右小腿处搜到了一把带鞘尺长的刀子。

"这怎么回事？"李八斗问。

"大晚上的出来，带个东西防身有问题吗？"

"这是管制刀具！"

"我家里很多管制刀具啊。杀猪刀一尺多长，要管制吗？你以为我杀猪还能用铅笔刀？"

"你带着麻袋、绳子、刀子，形迹可疑，我当然要管，你要不说呢，就跟我回去，咱们慢慢说。"

"好吧，上午我家门口死了人，我想来这里买点鞭炮之类的，驱一下邪，迷信不犯法吧？"

"不，你本来不是想来这里的，你是发现了我在跟踪你，才把我带到这里来的。我猜，你不知道跟踪你的人是警察，以为是你的对头什么的，对吧？毕竟这里晚上没人，也没监控，很好做事。"

"自以为聪明可未必是什么好事。"

"我现在只问你，大晚上的，你带着刀子、麻袋，还有绳子出来，到底想去什么地方，干什么用？"

"该说的我都说了，我不想说第二遍。你要有什么证据就抓我，没证据我要回去睡觉了。"阎老三把手伸出来，"刀子还我！"

"你还想把刀子拿回去？说了这是管制刀具，没收！"

"可以，你看得上就送你吧。"说罢，阎老三回到了自己车上。

李八斗只能眼看着阎老三离开。正如阎老三所说，任何怀疑都没用，得要证据。没有证据，就算把他带回去还得放出来。

李八斗带着刀子回到车里。一路上，他都在想着阎老三车上的绳子、麻袋、刀子，突然他想到了另外一样东西——透明胶带！

单是这其中的任何一样东西，都算是一件挺正常的物件。然而，当这些东西都凑到一起时，身为一名刑警，出于职业习惯，联想到的是一场完整的犯罪准备！

阎老三到底准备出来干什么呢？绑架？杀人？那么又是绑谁、杀谁呢？

第二天早上，姜初雪打电话给李八斗，问是否需要继续去盯着阎老三。

李八斗说："算了吧，别盯了。"

"别盯了，为什么？"姜初雪不解。

李八斗说了昨晚的事，既然被他发现了，后面要想再盯着他就更难了，反而会使他更警惕，做事更小心。

"那我还来警队吗？"姜初雪问。

"回来吧。我这里有把从阎老三那里拿来的刀子，你化验一下，看有没有什么痕迹。"

半小时后，姜初雪赶到警队，李八斗将那把刀子给了她。很快，姜初雪送来了对阎老三刀子的化验结果。刀子上太干净了，没有任何血迹或者 DNA 之类的东西留下。倒是刀身被硫酸或者硝酸之类的东西强腐蚀过，这也是在上面没法找出其他痕迹的原因。

"这么说来，这把刀子上可能本来是有某些疑点的，只是被硫酸或者硝酸之类的东西强腐蚀清除了？"李八斗问。

姜初雪点头："应该是这样的，如果没有疑点的话，一般人为了防止刀子生锈，找铁砂纸擦擦，或者找石头磨磨都行，用不着找强腐蚀的东西。强腐蚀的东西才能把原本的痕迹清除干净。"

"然而，法律要讲证据才行。他把证据都清除了，这就难办了。"

姜初雪建议："可以对他的住处或者他的所有物件进行搜查，寻找疑点和证据。"

李八斗摇头："没用的。"

"为什么没用？"姜初雪不解。

李八斗说："之前凶马案我怀疑到阎老三，已经去他家看过一遍了，没发现可疑迹象。而且，你想一个很简单的问题，一个知道用硫酸清洁刀子的人，他做事是多么严谨、小心翼翼啊，还能在他的屋子里留下杀人的破绽给我们？"

"不过，私人无法拥有硫酸，也不能随便购买。我们可以找他问硫酸是从哪里弄来的，又为什么要这么做。"

李八斗摇头："这没什么用，硫酸市面上就有，虽然有规定要在警方这里备案才能买卖，可商人嘛，为了赚钱，只要你找个比较可靠的理由，多给点钱就能买到。至于为什么用硫酸腐蚀刀子，阎老三这人很狡猾，他说因为刀子生锈了，或者有油污脏了，他就喜欢用硫酸来清洗，我们也没法。"

"那怎么办？我们明知他可能犯了法，却拿他没办法？"

李八斗想了想，拿出电话，拨打了冷笑的号码。

"斗哥，什么吩咐？"冷笑问。

"你现在放下所有的工作，给我做一件事。"

"什么事？"

"你从全网监控上查看一下阎老三的面包车，给我看最近一个月内，他在什么时间，到过哪些地方，停留的时间多长。包括什么时候离开监控范围，离开的时间多长！"

"嗯，收到。只是，这个时间恐怕有点长。"

"大概要多久？"

"快则四五天，慢的话也许一个星期，十天也难说。主要看他有没有到过一些监控线路复杂的区域，或者脱离监控区，之后的一些走向，还要经过判断和反复查看。"

"没事，看仔细就行，不在乎时间长短。"

挂断电话，李八斗长长地出了一口气。监控如天网的时代，他不信阎老三真能做到滴水不漏。不管他受过怎样专业的训练，怎样熟悉高科技侦查手段，也做不到巨细无遗。只要拿到他的实质性犯罪证据，他就死定了。

"夏天和唐白、唐白和阎老三，他们之间的关系，调查过了吗？"姜初雪问。

"调查了。"李八斗说，"目前还看不出什么来，阎老三只是经常去书店买书，而夏天和唐白只是因为昨天一件偶然的事有了交集。"

"哦，好吧。"姜初雪没再说什么。

李八斗又想起了夏天说的唐白的不同寻常的表现，对姜初雪说："走，我们去趟石笋镇派出所。"

"去石笋镇派出所？"姜初雪不解，"干吗？"

"去了你就知道了。"

当下，姜初雪也不再问，跟着李八斗出了门。在车上，李八斗才对姜初雪说，是去调看唐白被吴国晋之子撞车时的监控，让姜初雪认真观察里面的细节。

"观看那个撞车监控？"姜初雪不解，"派出所不是已经处理了吗？"

李八斗说："他们处理了跟我们要看没冲突。他们处理的只是事件，我们是去看这个事件的细节，主要是看唐白的反应。"

"怎么，你又怀疑唐白了？"

"唐白的解释确实无法完全令人信服，他也确实懂一些刑侦方面的知识。"

"他懂刑侦方面的知识？从哪里懂的？"

李八斗跟她说了在书店里发现他阅读关于刑侦方面的书籍的事。

姜初雪说："如果唐白真是在跟踪夏东海，他在凶马案中又充当了一个什么样的角色呢？"

李八斗摇头："不知道，反正我总觉得'铁将军'与凶马的高度相似并非偶然，而唐白对夏东海的跟踪也必有原因。总之，你等下要看仔细。"

"你好像说过你跟这个唐白关系很熟？"

"不只是熟。准确地说，在我心里，他曾经一度就像我的亲弟弟一样。"

"曾经一度？什么意思？意思是曾经是，现在不是，这其中发生了什么变化吗？"

"主要是因为我小妹吧。"

"你小妹？怎么啦？"

李八斗就说了本来他小妹李小玥和唐白是青梅竹马，后来两人何以渐行渐远的事。

"是你妹觉得唐白配不上她了吧？"姜初雪说。

"也可以这么理解吧。十几岁的孩子有些虚荣也难免。而且，出事之后，唐白也有了自卑心理，没以前那么活泼了，彼此自然就玩不到一起了。"

姜初雪说："我觉得主要还是因为曾经那些熟悉的人对他的态度发生了改变才让他变得自卑的吧，若都还是像从前那样对他，他感受不到现实的残酷，就不会自卑。"

李八斗不再言语，点头表示赞同。

很快，李八斗和姜初雪赶到了石笋镇派出所。两人表明身份、说明来意后，当即有民警帮他们找出了事发时的监控。

唐白的表现跟夏天描述得大差不差，但李八斗发现了一个细节，就是在暴打停止后，吴敢和夏天说话时，唐白看吴敢的眼神，有一种说不出的锋芒。那种凌厉的眼神一闪即逝，再回过来看夏天时，就变得很平常了。李八斗特别倒回去仔细看了看唐白的那个眼神，那是一种很可怕的眼神，让人不寒而栗。

姜初雪也在旁边皱了皱眉："他这眼神，看着很仇恨啊。"

"仇恨没问题。"李八斗说，"问题是这种仇恨一瞬即逝，很快就变得平常了。"

"这有什么说法吗？"

"在暴打停下来，唐白看向对方的时候，眼里突然有这种冷冽的仇恨，说明这种仇恨发自他的内心。之前他被打的时候，心里应该一直在克制，所以显得很平静。把情绪压在心底是很可怕的，因为谁也察觉不出来，而这种情绪很可能在不动声色中变成更可怕的行为。"

"你是心理学家啊，分析得这么细致入微。"姜初雪看了李八斗一眼，眼里有几许发自内心的佩服。

"懂一点吧。"李八斗谦虚地说。

然后，他接着往下翻看，又看见了一些不可思议的东西。在夏天和吴敢争执时，旁边的一个黄头发踹了夏天一脚。一来没有防备，加上那一脚踹得用力，夏天一个趔趄摔出去，此时旁边的唐白以极为迅速的反应伸手将夏天扶住了。

黄头发那突如其来的一脚，谁也没有防备，唐白的反应居然那么快，整套动作干净利落、一气呵成。如果是一般人，首先反应没这么快，即便反应过来，也不一定来得及出手，就算出手来得及，也不一定扶得稳。

要知道夏天有一百斤左右的重量，加上黄头发踹这一脚，一般人去扶的话，很难扶得住，就算扶得住，自己的身子应该也会跟着趔趄。但唐白不但扶稳了夏天，而且他的身子仍然保持着平衡，脚下没动半步。这种力量和稳定性肯定是训练过的。更重要的是，唐白是单手扶住夏天的！而在唐白扶住夏天时，他看了那个黄头发一眼。李八斗又看见了那一闪即逝的可怕眼神。

李八斗的心在慢慢下沉。细节已经出卖了唐白。他绝不是表面所见的、斯文腼腆的大男孩。他其实藏得很深，无论是本事还是内心，都藏得很深。

李八斗将自己发现的细节为姜初雪分析了一通。"这么说来，这个唐白还真是人不可貌相，是个有身手的人。"姜初雪问，"他受过什么训练吗？"

李八斗说："据我所知，公开的训练肯定是没有的，有的话，他也就没必要伪装自己了。"

"会不会是阎老三？"姜初雪突然想起来，"不是说那个阎老三可能是深藏不露的高手吗？唐白跟他关系不一般，有没有可能是阎老三教他的？"

李八斗点头："有可能吧，虽然夏天说唐白和阎老三的关系，只是阎老三经常找他买书，因而熟悉一些，但这只是唐白自己说的，未必是真相。总之，唐白有着不为人知的一面，已是事实。"

"那我们现在怎么办？"

"我们去找他聊聊吧。"说着，李八斗将派出所的监控视频拷贝了一份下来，和姜初雪一起往唐白的书店而去。

李八斗让姜初雪开车，他好在车上想想等下的天该怎么聊。

唐白正站在书店门口，看着门前的街道上人来人往，有些失神。不经意间一抬眼，他看到了那辆靠边停下的警车和警车上下来的一男一女。他脸上的肌肉微微颤了下，但很快复归平静。

如果只是李八斗一个人来的话，可能只是顺道来唠唠家常，可带着一个警察来的话，肯定又跟案子有关。唐白微微地笑了笑，喊了声：

"八斗哥。"

"你这工作真是闲啊。"李八斗说，"我就没有哪次来，看见你店里有顾客的。"

"再闲的工作也总得有人做嘛。"

"那倒是。这世界总有很多东西并不重要，但又不可缺少。"

"是的。人也是如此。"

"人肯定不一样。所有人都是重要且不可或缺的。因为每个人都是既在乎着别人，也被别人在乎着。于其他人来说，或许可有可无，而于彼此来说，是不可或缺的。"

"嗯，倒也是。就算是穷人，也有亲人和在乎的人。"

"我怎么觉得你们这是来讨论哲学的？"姜初雪问。

"姜警官这么性急吗？"李八斗说，"行，那我们就说正事吧。"

"什么正事？"唐白问。

李八斗说："我就不跟你绕弯子了，关于你对跟踪夏东海的解释，并不能完全让人信服。警方仍旧认为你当时的形迹是可疑的，所以在随后的夏东海被杀案中，需要你提供不在场证明。八月十四日晚，你到底在哪里干什么？"

"我不是说了，我在家睡觉吗？我每天的生活就是两点一线，晚上都在家睡觉。"说完，又补充了一句，"当然，你遇见我那天除外，那天我是去找朋友，没找到，耽误到很晚。"

"你还在撒谎。"李八斗说。

唐白愕然："我哪里撒谎了？"

"我去问过你妈了，她都说了，那天晚上你出去了，没在家。"说话的时候，李八斗死死地盯着唐白，看他的反应。

果然，唐白的表情瞬间一颤，很快又复归平常："是吗？我妈这么说的？你明知她有病，神志不清，胡言乱语，还当真？"

李八斗说："精神疾病不是常态，通常都是间歇性发作，就算严重的精神病人，也会有相对清醒和正常的时候，这个时候说的话是可信的。"

"你的意思是我妈清醒的时候这么说的？"

"对。"

唐白只沉默了瞬间，就摇了摇头："不对，她肯定是搞错了，她说我出去了，肯定是你遇见我的那个晚上，她虽然有时清醒，但并不会记得具体的日子。我们正常人尚且会记不清某个并不是印象特别深刻的日子，更何况她呢？"

李八斗说："如果你妈没法证明你那天晚上在家睡觉，你就没法提供案发时你的不在场证明，你的嫌疑就无法洗脱！"

"那你们有案发时与我相关的在场证明吗？正常逻辑不应该是你们拿出案发时与我有关的在场证明，然后找我要不在场证明吗？"

李八斗说："这个案子略有特殊，不能按照正常逻辑走，即便是案发时不在场的人，仍有作案的可能，明白吗？"

"那也总得要些证据吧？"

"证据肯定得要，但如果是你或跟你有关，我希望你能主动交代，有什么我也会帮你，不要到最后什么都晚了。"

"我真不知道说什么好。"唐白自嘲一笑，"不知道从什么时候起，我在八斗哥你心里竟然是一个会杀人的凶狠之徒了。"

"是的，我也没想到。一生中，我们会看走眼很多人，有很多事我们都想不到。也许我们曾熟悉的会变得陌生，曾热爱的会变得淡然，曾相信的会变得怀疑，曾无话不说的也会变得无话可说。生活无时无刻不在改变。"

"不，无论这个世界怎样变，我都始终是我。纵然失去了，我也始终守着初心。"

"行，那我再问你另一件事吧。"李八斗问，"你和阎老三什么关系？就是那个脸上有刀疤的杀猪匠。"

"阎叔？没什么关系啊，就是熟人，我找他买过肉，他找我买过书，久了就熟悉了，怎么了？"

"据我所知，就算跟他一起卖了十年肉的人，关系也是不冷不热的；就算是跟他一个村子的人，也跟他没什么来往，为什么他独独跟你挺熟呢？"

"这个恐怕你得问他了。大概再孤僻的人也会有自己觉得投缘的人，有愿意多看两眼或多说两句话的人吧。"

"你的本事是哪里学的，他教的吗？"

"什么本事？"唐白一愣。

"区别于常人的本事，反应、速度、力量、气场！"

"反应、速度、力量、气场？"唐白一脸茫然，"这是些什么东西？"

"你果然喜欢伪装自己，不到最后一刻，你都不会摊牌。我给你看样东西，用事实来戳穿你吧。"

说着，他拿出了拷贝好的那段监控视频，安装在书店的电脑上，着重将唐白扶着夏天的那个片段给他看了。

"看出这个场景有什么问题了吗？"李八斗问。

"有什么问题？不该碰人家女孩子吗？"

"那个黄头发突然猛踹的这一脚，周围没一个人反应过来，包括夏天。但你反应过来了，并且迅速出手，单手将她扶稳。在那么大的惯性下，你单手扶她，自己却纹丝不动，你觉得这是一个常人能做到的吗？"

"这个吗？"唐白一笑，"我以为是什么事呢？是的，我练过一些吧。我好像跟你说过，曾经有一段时间，我经常被人欺负，所以就希望自己能变强，还想过去考警校呢，但命运阻断了那条路，后来我就自己买些书来学习，做做俯卧撑、扎扎马步、打打拳之类的。加上我家里的农活多半都是我干的，我比一般人更强一些，没什么问题吧？"

"你既然知道自己比一般人强，当时吴敢及他的同伙打你的时候，你为什么没有还手？"

"很简单啊，因为我明白这世道权势比拳头厉害，我知道自己惹不起他们，我也知道自己可能打得过他们，但我不敢，我怕被报复。我知道这些有钱有势的人，他们人多势众，有刀甚至还有枪，他们伤了人，甚至能逃脱法律的制裁。我只是一个小老百姓，对于这个社会来说，我这样的人如同蝼蚁一般，就算死去，也不会有人在意。但我是我妈的全世界，所以我得为她好好活着，哪怕辛苦，哪怕屈辱。他们打就打吧，打够了也就走了，我又能平平静静地过我的日子了。"

"你还是习惯了说谎。"

"是吗？我怎么又说谎了？"

"若你真是如此心态，吴国晋说赔偿你两万元了结此事的时候，你就会答应。然而你拒绝赔偿，要让对方自己打自己，还向你道歉。你这就是在逼对方、激怒对方，内心根本无所畏惧！"

"这个……"唐白抬起眼，"我能不能问八斗哥你一个问题？"

"什么问题？"

"就是有时候在漂亮女生面前，还是比较让你心动的那类女生，你会不会更在乎面子和尊严一些？"

"会，肯定会。"

"那就对了。我本来也在奇怪自己为什么不接受对方的赔偿而非要那样，后来才想明白，大概是因为那个帮我的漂亮女孩。她为了帮我，也被对方打了，如果我接受了对方的赔偿，就相当于接受了对方的羞辱。我们再怎么胆小怕事，再怎么懦弱无能，也该有个底线吧？"

218

"嗯，说得不错。我一直以为你还是以前的你，胆小、忍让、沉默，没想到你成长了，成为一个再也不怕事、有担当的人了。"

"人总得成长，不是吗？"

"成长当然可以，但变坏就不可以了。"

"我知道这世界已经很坏了，而且还在变得更坏，但我不会变坏，永远都不会的。至于杀人更不可能。"

"嗯，那就好。好好照顾你妈吧。她年纪大了，而且精神不稳定，实在是经不起风浪了，有什么需要打电话给我，只要八斗哥能帮得到都会尽力而为的。"说完，李八斗就带着姜初雪走了。

"怎么？我们就这么走了吗？"坐在副驾驶座的姜初雪似有不甘地问道。

"不走还能怎样？"

"他说他八月十四号晚上在家，他妈说他出去了，明显是他心虚说谎，加上他跟踪夏东海的事实，完全可以把他带回去审的。"

"他妈根本就没说他那天晚上出去了，是我乱说的。"

"你乱说的？"姜初雪一愣，"为什么？"

"我想诈他，看看他的反应。结果真被我诈到了，我看到了那一瞬间他内心的震动，但他很快就掩饰过去了。他的反应很快，立马就想到了辩解之词。"

"没错，他看起来沉着老练，面对你的逼问，总是不慌不忙、见招拆招，就像一个受过反间谍训练的老手一样，这与他的年龄一点都不符。"

"没错。他的心理素质很强，这点我也很意外。天知道，一个不过十九岁的孩子，到底经历了什么，竟变得如此深不可测？"

"我们是不是可以把侦查重心放他身上来了？"

"可以是可以，问题是从哪里着手？我们手里并没有一样可以让他无从辩解的证据，现场也没有与他相关的东西。跟踪夏东海的事，他已经做了解释，尽管我们不信，但他的说法也没有明显的漏洞。我们能看见的瑕疵，没法成为我们的突破口。"

"倒也是。看起来疑点很多，但没有一点能落到实处也是枉然。"

"不用急，慢慢来吧，总会有办法的。"

姜初雪也没再说什么，她看着认真开车的李八斗，愈加觉得这个男人身上有一种说不出的魅力。

第 13 章
匿名电话

夕阳像一条钻进草丛的蛇，连最后的那点尾巴也都缩得不见了。

坟堆边的坎上，坐着一个衣衫不整、头发蓬乱的女人。也不知道她在喃喃地说着什么，说着说着，就从坎上跳了下去。所幸坎不高，地里的泥土也比较松软，不至于摔伤，只是跌了一下。

女人若无其事地爬了起来，还掸了掸身上的土，然后嘿嘿笑着，爬到一座坟上，躺在了上面。她双眼空洞地看着越来越暗的天空，嘴里轻轻哼起一首不知名的歌。歌声听起来如泣如诉，充满哀伤。

旁边的碎石子公路上，唐白骑着电动车回来了。他并没有留意到躺在坎下坟堆上的女人。他将电动车停在了大门前的坝子上，出声喊道："妈，我回来了。"

他走到近前，发现门是锁着的。他又往四处看了看，也没看见人，就有些慌了，赶紧扯开喉咙大喊："妈——妈——妈——"

回应他的只有空洞的回音。他突然想到了什么，赶紧骑上电动车往两座坟堆而去。果然袁秀英就躺在其中的一座坟堆上。

"妈，这么晚了，你怎么还在这里？"

唐白将电动车停好，从坎上跳了下去，来到坟堆前，将母亲扶了起来，看见她泪流满面，连胸前的衣服都被打湿了。

"妈，你怎么了？"唐白担心地问。

虽然老妈以前总是有事没事就到坟堆这里来，但基本上都是白天来。每一个天将黑的日子，她都会在家里等着儿子回来。无论她脑子是清醒还是不清醒，她都会记得一件事，就是天快黑了，儿子要回来了，她就会在门口等着、盼着、念着。今天她却在这里哭成这样。

母亲目光呆滞地看着唐白，心中的伤心事似乎又被触动了，眼角的泪又猛地大颗滚落。

"妈，到底怎么了，发生什么事了？有什么事你跟我说。"

唐白有些急，他觉得老妈今天有些反常。而且，她不像往常那样神神道道的，表现得如此安静，说明她此刻的神志是清醒的，可这正常的状态里又有着区别于以前的不正常。以前正常状态下，母亲会对他各种关心，总想在她正常的时候对儿子好点，比如问他工作累不累，帮他多做几个菜之类。但今天母亲的目光里似乎藏着什么。

终于，母亲说话了："我做了一个噩梦，梦见你和我吵架，离家出走了，然后就再也没有回来。"

这话说完，眼角的泪又大颗地滚落下来。这世上没有任何一件事比一个母亲失去相依为命的儿子更令人伤心。虽然只是一个梦，却仍让她害怕，害怕噩梦变成事实。

"只是梦而已，又不是真的。"唐白看了眼暮色中隐隐可见的房子，"外公、外婆走了，这里就是我们的家了。在那些人笑话我们、对我们冷眼以待的时候，我们在这里和外公外婆一起度过了一生中最艰难的时光。日子虽然苦，但有亲情在就是一种幸福。所以不管这个世界怎样，我都会留在这里陪着妈妈，永远都不可能离开。就算死，我也会死在这里！"

"那你能答应妈妈，不要去做坏事，好吗？"母亲伸出那既粗糙又瘦骨嶙峋的手，轻抚着他的头问。

"妈你怎么会这么说，我怎么可能做坏事呢？"

"妈妈就是在想啊，自从发生了那些事以后，你跟着妈妈就没有过一天好日子。现在的人就算是老得要进棺材的都在往城里挤，去看花花世界。你这么年轻，却陪着妈妈住这穷乡僻壤的地方，该谈恋爱了，也没哪个姑娘看得上。妈妈真怕你心里不平衡，干出什么坏事来，然后就回不了头了。其实，妈妈这个病啊，也苦这么多年了，活着有时候比死了还痛苦，早晚都是要走那一步的人，没什么大不了的。如果有机会留在城里，你就住城里好了，不要管我，生死有命，让老天安排我就行。你别为我操心，你要去找自己喜欢的女孩，过自己幸福的生活。那样妈妈就算有天进了这坟堆啊，也会开心的。不管怎样，你都不能去做坏事啊，做坏事没有回头路的。"

"妈，你怎么了，你怎么总觉得我会做坏事呢？"

"以前住我们隔壁那个，你喊八斗哥的，他做了警察，是吧？"

"嗯。怎么了？"其实，唐白已经知道怎么了。

"他之前到我们家来了，问了好些你的事，好像也是在担心你做了什么坏事。"

"问了什么？"

"问……你八月十四号晚上在家没有。"

"你怎么说的？"

"我说……说……说你晚上在家睡觉，天天晚上都在家睡觉。"

"你真是这么说的？你还记得？"

"嗯，记得。"

唐白没说话了。看来李八斗只是在诈他。这也从侧面说明了李八斗在怀疑他，严重地怀疑。

母亲又看着他，目光里充满了担心："唐白，你答应妈妈，不要做坏事好不好。咱们穷点苦点无所谓，只要人平安就好，你说呢？"

"妈,我没有做坏事,你放心吧。这个世界有很多做坏事的人,他们为了自己一己私欲,去做许多伤天害理的事。他们的心变黑了,人坏到了骨子里,他们该死。但我不是那样的人,我永远都不会做坏事,我希望这个世界没有伤害,没有杀戮,我会守着这一个角落的安宁。"

"嗯,不做坏事就行。老人们常说,不义之财莫取,不义之事莫行,是有道理的。做坏事的人都会遭报应的。要是你出点什么事,妈可怎么办哪!"

"没事的,妈。我已经长大了,知道自己该做什么不该做什么。"

"知道就好。也不要惹事,惹出事来,咱担不起。本分点没什么,平平安安的就好,平安是福。"

"我知道了,妈。先别说了,天黑了,咱们回家吧。"

唐白其实很想对母亲说,他已经长大了,不再是曾经那个胆小懦弱让她担心的唐白了,不再怕人欺负了。他能保护好自己,也能保护好她。

又一个黑夜来临,李八斗还没有下班,他面前放着一个笔记本,笔记本的页面上写着一些人的名字:夏东海、黎东南、阎老三、王哑巴、唐白。

这些人之间到底有什么关系?他们都串联在同一个案件里吗?又各自充当了怎样的角色呢?马杀人到底有什么蹊跷?疑团重重,却没有一个出口。

办公室的门被推开,姜初雪出现在门口,手里提着一包东西往这边走来:"先吃东西吧。"

李八斗看了她一眼,有些意外。

"你这么废寝忘食的,有什么发现吗?"姜初雪问。

"案子最大的难点还是在于怎样让一匹马杀人,而且连杀几人不留痕迹。只要解不开这个谜团，这个案子就不好办。就算能找出一些与案件相关的可疑人物，却找不出能与之对应的现场证据，我们也会始终处于被动状态。"

"哦，对了，我突然想起一件事。我们不是在夏东海别墅的楼顶捡到过一个烟头，并做了 DNA 提取吗？既然阎老三和唐白都很可疑，是不是可以把他们带回来，做一个 DNA 对比？"

"他们两个都不抽烟。"

"都不抽烟？"

"是的，我观察过，阎老三喜欢嚼槟榔，唐白的牙齿很白，也没见他兜里有鼓起来的迹象，显然是不抽烟的。"

"会不会只是表象？毕竟他们两个都是擅长伪装的高手。"

李八斗摇头："这种日常生活习惯是很难伪装的，如果要费那么大劲伪装，还不如把烟戒了呢。话说回来，抽个烟而已，要伪装什么啊，大不了作案的时候不抽烟，或者不带烟，也好过常年伪装自己不抽烟吧。"

"好吧，你说得也有理。那么这个案发后再次进入别墅、留下烟头的人又是谁呢？"

李八斗正准备说话，手机突然响了起来。"喂，李警官吗？"是一个很低沉的男人声音，可以听得出来，对方故意在压低声音或改变声音。

李八斗当即开启了录音功能和扩音器，让姜初雪也能听见，然后回答："是的，有什么事吗？"

"我想给你们提供一点凶马案的线索。"对方说。

"线索？"李八斗的心中一动，赶紧问，"什么线索？"

"我知道是谁杀了夏东海。"

"是吗？谁杀的？"李八斗的精神一下子振奋起来。

"白山的地下皇帝，黎东南。"对方又补充道，"不，准确地说，不是他杀的，而是他派人杀的。他从不亲手杀人，都是派人去干。他背后有擅长杀人的高手，作案不留痕迹，做的很多案子连警察都找不出线索。"

"据我所知，夏东海和黎东南关系很好，黎东南为什么要杀他？"

"关系很好？"对方冷笑一声，"很多关系都只是表面而已，背后的事谁知道什么样。你也不想想，以夏东海的本事，他自己当过兵、练过散打，而且也有一帮人，白山这地方谁敢惹他，更别说杀他了，除了黎东南。"

"重点是黎东南为什么要杀夏东海，而且是灭他的门？他们之间有什么不为人知的深仇大恨吗？"

"这个我没法告诉你，我只能告诉你夏东海是黎东南派人杀的就行了，你们想知道为什么，就自己去调查吧。"

说完，对方便挂掉了电话，传来声声忙音。李八斗赶紧回拨过去，提示音却说对方已关机。

"可恶！"李八斗气恼地骂了声。

姜初雪说："确实是可恶，举报又不说清楚。"

"他是怕说得太过明白，暴露了他的身份。"

"你相信他的话吗？"

"当然信了。"

"为什么？"

"因为他说的和我们调查的很多东西都吻合，譬如黎东南和夏东海的关系以及黎东南的实力，一般人不会知道得这么清楚。而且他说黎东南背后有擅长杀人的高手，作案不留痕迹，跟我推断的一样，我认为阎老三就是黎东南手里那把杀人的刀。以阎老三的本事，杀人完全可以不留痕迹。"

"即便真像那人说的那样，就凭这么一个来历不明、有头无尾的录音，我们也没法去抓黎东南，问他的罪。我们连他和夏东海之间到底有什么恩怨都不得而知，他肯定也不会承认。"

"我们当然不会就这样去找黎东南，我们得先找这个打电话的人，知道更多的信息，再决定怎么拿下黎东南。"

"可是，我猜这个打电话的人打完电话之后，很可能将这张电话卡丢了。"

"那也没关系，他能把电话卡丢了，但清除不了电话卡的使用记录。"

"万一是张新卡，之前都没有使用过呢？"

"现在的新卡都是实名登记购买，如果是新卡，我们就有办法找到卡的主人。"李八斗看了下时间说，"时间不早了，先回去休息吧，明天一早我们去通信公司查这个号码。"

第二天一早，李八斗带着姜初雪去了通信公司，调查昨晚打来的电话号码。

号码是很早以前的，没有实名登记，所幸的是上面有一些通话记录。李八斗找了一些拨出电话和呼入电话了解详情，查出了电话号码的主人叫郎四喜，人称郎老四，平山镇响马村三组人，是一个老篾匠，常年在家，年龄有五十好几了。

显然，这个叫郎老四的老篾匠不可能知道黎东南的背景以及黎东南和夏东海之间的恩怨，那么就是那个打电话的人怕暴露自己的身份，因而拿了这个郎老四的手机打的电话。但对方是怎么拿到郎老四的手机的，还得去调查才行。李八斗决定去一趟平山镇响马村。

行程有些远，而且多是崎岖山路和乡村公路，车速只能保持在四十到六十迈之间。一共开了两个小时，车才到平山镇，而平山镇到响马村还得一个小时，路也更难走。

"那个举报人怎么想的？竟然到这么远的地方来弄个手机打举报电话。"姜初雪忍不住发牢骚。

李八斗说："地方越远越偏僻，我们就越难找到他。"

"他这么怕我们找到他，又何必来费尽心思打这个举报电话呢？"

"我猜他跟黎东南之间也有什么矛盾吧，但他斗不过黎东南，所以只能采取这种方式。而且，他不敢把有些事说得太明白，因为有些事知情人不多，他说明白了，我们去调查黎东南的时候，黎东南就会清楚是他出卖的自己了。他可能知道黎东南有一张关系网，不确定我们警方内部有没有黎东南的关系。这样一来，他做事自然会更小心谨慎。"

"这个黎东南有这么可怕吗？"

"我在网上看到一种说法，说黎东南就是白山地下世界的皇帝，白山所有的大哥在他面前都得低着头说话，尊称一声南爷。我开始是觉得有些夸大其词的，后来经过调查发现，他确实有这么强大。"

"是吗？你从哪里看出来的？"

"首先，有阎老三这种受过特殊训练的人为他卖命，杀人而不留痕迹，还有谁敢挡他的路。另外，你看那些稍微有点身家的老板、有点分量的大哥，出行时都会跟两辆车、带几个人，显得有排场，也更有安全感。可黎东南不一样，他出门一般只带他那个司机。我起初以为那就是一个司机而已，后来在马场，我看他从一千米外跑过来，气不喘心不跳，而且姿态很有军人气质。我猜他也是个难得的高手，一个人足以保护黎东南的安全。试想，一般人为了让别人知道自己厉害，恨不得把自己那些家当都亮出来。可黎东南不一样，他养着的保镖以及杀手看起来普普通通，其实无比强大。这说明他这个人的手段都在暗处，一般不轻易出手，一出手就是毁尸灭迹的那种。这样的人，一

228

般人哪里会是他的对手？谁要惹了他，没点动静就消失了。"

"法律是干什么的？怎么会让这样的人坐大成事了？！"姜初雪不满道。

李八斗笑了笑："凡事没你想得那么简单，法律有时候也会打瞌睡，或睁只眼闭只眼。而罪犯也可能会伪装自己，把自己混进法律的队伍里。人的世界有很多东西没法清白，因为人心本来就充满了欲望和罪恶。道德也好、法律也罢，它们在不一样的人心里，就会有不一样的价值和标准。"

"至少你是个好警察吧。"

"算不上好警察，但至少称职吧。"

"称职？说起来很应该的事，可我怎么觉得已经是很高的标准了。我在想，要是每个身在其位的人都能像你一样做到称职，这个世界的罪犯肯定会少很多吧。"

"也许吧。"

其实李八斗心里很清楚社会生态的恶劣性，当人们习惯了打着小算盘、耍着小聪明谋求私利，并以此为追求时，他们在任何岗位上都没法称职。而这样的人不在少数。

又颠簸了将近一个小时，李八斗和姜初雪才赶到了响马村三组，然后找了个在地里干活的老婆婆问了郎老四其人，老婆婆热心地为两人指了路。

李八斗开着车来到郎老四家，根本无须再问，就在门前的坝子上，坐着一个嘴里叼着烟、手里拿着竹条的老头儿。

车子开近的时候，老头儿抬起头来，拿下嘴上叼着的烟，抖了抖烟灰。腾起的烟熏得他睁不开眼，他就眯着眼睛看着从警车上下来的两个不速之客，眼神颇有些茫然。

"你就是郎老四吧？"李八斗问。

"是，有什么事吗？"

李八斗出示了证件："白山刑警队的，找你了解点情况。"

"什么情况？"

李八斗当即说出那个电话号码来，问："是你的号码吗？"

"是的，怎么了？"

"这两天手机一直是你在用吗？"

"没有。昨天被人拿走了。"

"昨天被人拿走了？谁拿走的？"

"不，不认识。"郎老四摇头。

"不认识怎么拿走了你的手机？"

"他当时开着车从这里过路，说有急事要打电话。他自己的手机没电了，就找我借，我就借给他了。"

"可是你都不认识他，你会把手机让他拿走？还是他留下什么地址或联系方式了？"

"没留地址和联系方式。但留了钱。"

"留了钱？多少钱？"

"五千。"

"五千？"李八斗皱了皱眉，"这么多？"

"是的，一开始我没答应，就像你说的，我又不认识他，肯定不放心咯。然后他就说放五千块在我这里，还说等他回来取钱还手机的时候，给我五百块作为感谢费，我就答应了。这都一天过去了，他也没回来还手机取钱。怎么，是出什么事了吗，警察同志？"

"出了一桩很大的案件，跟这个手机号码有关，所以你不想摊上事的话，我问什么，你就老老实实回答，不能有半点假话，否则就得抓你了，明白吗？"

"嗯，我老实回答，肯定老实回答。"郎老四边答应着边骂，"我就知道，天上不会掉馅饼，没人会傻到骗我个几百块的破手机不要五千块钱。原来他是拿去犯法让我背锅。狗日的！现在这些骗子真是花样百出、防不胜防。"

"行了。你跟我说一下那个找你借手机的人的性别、年龄、身高、胖瘦、发型、衣服，以及有没有什么明显特征？"

"让我想想啊。男的，年纪三十来岁，不胖不瘦，一米七几的样子，跟你差不多高，胖瘦也差不多。头发是平头，戴了个眼镜，看起来挺斯文的，像读书人。衣服穿的是一件红蓝白条纹的衬衣，戴了手表，差不多就这样了。"

"你们还聊了点什么没有，譬如他问你电话方面的事情，花多少钱买的啊，用多久了之类的？"

"嗯，有。"郎老四想起来，"他问过我号码用多久了，我说都十来年了。他说那时候买的号码好像都没要身份证登记吧，我说是。后来通信公司让我用身份证实名，我也没有实名，反正里面有话费，他还敢停我的机？"

听到这里，李八斗大概心中有数了，又问："还记得他开的什么车吗？"

"车啊？"郎老四摇头，"我不认识车，只知道那是轿车，四个轮子的，什么牌子我不认识。"

"如果你看见车子了，还能认得出车的样子吧？"

"嗯，认得，肯定认得。我当时就觉得那车子看起来很有档次、有气势，转着圈看了一遍。"

有档次，有气势？李八斗当即从手机上找了辆路虎的照片给他辨认，他说比这个看起来还要霸气一些，车子前面有些图案也不一样。当下，李八斗又找出了悍马的图来。

"对了，就是这个，就是这个派头。"郎老四喊起来。

"记得车牌吗？"李八斗指着悍马车前面保险杠中间的位置，"就是横在这里有数字的那个东西。"

"那里？"郎老四摇头，"看不清楚，好像是做婚车，贴了个百年好合。"

"那个人昨天什么时候在这里把手机借走的？"

"中午。刚吃完饭一会儿，一两点的样子吧。"

"当时你看见这辆车是从哪个方向来的，然后又是向哪个方向走的？"

"他先是从你们这个方向来的，路过我门口，过了十来分钟，又回来路过我门口，找我借了手机，就顺着你们来的方向走了。"

"嗯。"李八斗听后若有所思，沿着公路找过去。

乡村的公路跟城里的路不一样，没有全部用水泥填平，是一部分泥巴、一部分碎石子混合而成的。有时候下雨行车，泥巴的部分会使车轮打滑，留下一些坑坑洼洼的印记。那些坑坑洼洼的地方泥土多的部分，车轮驶过时就会留下车轮印。

李八斗在前面路上泥巴多的地方找到了一些残缺的车轮印，大致能分辨出来，的确是悍马常用轮胎的轮印。

"对了，把你那五千块钱拿出来，我跟你换五百。"李八斗回来后，从钱包里拿出五百块现金，对郎老四说。

郎老四虽然不知道李八斗要干什么，但警察这么说，他赶紧这么做，回屋把那五千块拿出来递给了李八斗。一沓钱全是百元面额。

李八斗从最上面抽了三张，最下面抽了两张，然后留了一个郎老四家人的联系方式，就和姜初雪驱车离开了。

一个小时后，两人赶到平山镇，去了镇派出所，调看两点到四点之间的路口监控。

大约两点五十分，监控里出现了一辆悍马，但悍马的车牌处没有贴"百年好合"的字样。李八斗还是将画面暂停下来，仔细地看了车里的人。那人穿的不是红蓝白条纹衬衫，也不是一个留着平头的年轻人，而是一个年老的司机。

李八斗只好继续往后看。小镇上的车辆来来往往的倒也不少，但多是一些普通车，譬如面包车、小货车，还有低档轿车，像悍马这样的车少得可怜。两点看到四点之间，李八斗只看到了那一辆悍马。

"难道那辆车没从这里经过？"姜初雪提出疑问。

"如果那个人真的熟知黎东南和夏东海的恩怨，并因为某些原因举报黎东南，那他一定是白山县圈子的人，他一定会回白山县城。而他要回白山县城，就只能从这里回，如果是走路，还可以翻山越岭，哪里都可以走，但是开车，从响马村回县城，这里是必经之路！"

"可是我们并没有看见那辆车？一个小时的车程，我们已经看了两个小时的道路监控，难道还在后面？"

"往后面看看再说吧。"李八斗说着，继续往后看监控，但再也没有看到经过的悍马车。

"这什么情况？"姜初雪问，"难道这辆车压根没有回县城停在乡下了，那个人就在乡下打的举报电话？"

"不可能！"李八斗很肯定地说，"能和黎东南这种人物有利益纠葛，并有恩怨的，都不是一般人。所以，打匿名电话的人不可能亲自跑这么远来乡下，再用这样的办法骗一个电话。他肯定是派了自己的心腹来做这件事，但他也只能让心腹来帮他找一部足够安全的手机，不会让心腹来打这个举报电话。所以，心腹拿到这部足够安全的手机之后一定会回县城，把电话给他的老板，由老板亲自打这个举报电话。我猜那个心腹根本不知道老板要用那个手机做什么，更不知道是用来举报黎东南的。"

"可是，你所说的那个心腹以及那辆悍马车就是没经过回县城的必经之路啊，举报电话是昨天晚上将近十点打的，我们把监控都看到十二点了。照你的说法，对方肯定会在十点之前回县城的，而从镇上回县城还得花两个多小时，对方如果要回县城的话，就必须在八点之前经过这个监控。"

"我明白怎么回事了。"李八斗如梦初醒。

"怎么回事？"

"金蝉脱壳，人车分离！"

姜初雪一头雾水："什么意思？"

"意思就是对方算到警察会根据郎老四说的某些特征来找人和车，因此他会故意把这些特征打乱。我觉得他们其实有两辆车，一辆由老头儿开着，一辆由年轻人开着。年轻人开着悍马拿到那部手机之后，在没进镇子的半路上与老头换了车开，并且把贴在车牌上的'百年好合'撕掉了。"

"你的意思是，那个穿红蓝白条纹衬衫的年轻人其实开着另一辆车回县城了，而我们之前看见的老头儿开着的悍马，其实就是那个年轻人开的悍马？"

"不出意外，应该是这样。所以，我们现在一是锁定这个老头儿和悍马。二是继续翻看监控视频，不看车子，只看司机。时间范围可以缩小点，悍马车是两点五十经过的，我们假设那辆车提前或者往后一点经过，看两点四十到三点之间的车子就可以。"

"以红蓝白条纹衬衫和眼镜为特征来找吗？"

"不一定。此人如此工于心计，很可能会换衣服、取下眼镜。重点是年纪，而且相貌比较正，至少看起来不是那种农村人。我还有个猜想，他们换的那辆车子，恐怕也不会很差，跟小镇上这些低档车应该有一定区别。"

"嗯，有道理。"

两人又继续查找，果然发现了一个可疑的年轻人，就是那种看起来相貌很正，不像是乡下做苦力的年轻人。虽然没有穿着红蓝白条纹衬衫，换了件白色的，但看起来很干净，开着一辆丰田霸道，没戴眼镜，发型是平头。

李八斗觉得很像，但不能确认。他当即拍了照，还多拍了几个可疑的年轻人，然后开车返回了响马村。

李八斗找到郎老四，拿出几张照片让他辨认。郎老四指着那个丰田霸道里的年轻人，语气毋庸置疑地说了句"就是他"。

李八斗和姜初雪相视一笑，当即开车返城。

第 14 章
地下规则

　　回到城里，李八斗当即去查了悍马和丰田霸道的车主信息，悍马的车主叫龙大江，丰田霸道的车主叫朱鹏程。不过从证件照及资料判断，那个老头儿叫朱鹏程，年轻人叫龙大江。

　　李八斗在驾驶证登记处记下了两人的身份证住址和居住地址，对姜初雪说："我们兵分两路吧，你去找谁？"

　　"都可以。"

　　"你去找这个老的吧。"

　　"你的意思是抓回去吗？似乎还不构成抓捕条件吧？"

　　"不是抓，是请，请回去协助调查。当然，如果请不动，那就是抓了。"

　　"行，交给我吧。"

　　"记住，叮嘱其家人，不要走漏任何风声。不然被幕后老板知道了消息，我们又得大费周章。"

　　"知道了。"姜初雪说完，转身欲走。

　　"等等。"李八斗突然想起什么，喊住她，"算了，你开我这辆警车去，我回去另外开一辆吧。"

　　说完，他把钥匙递给了姜初雪。姜初雪看着钥匙，莫名感到暖心。

姜初雪开车离去后，李八斗拦了辆出租车回刑警队，然后开了辆警车直奔龙大江的居住地址而来。

此时天色已暗，城市的霓虹已经亮起，有些人还在晚归的路上，有些人已经吃过晚饭，来闲庭散步了。

当敲开龙大江家的门时，李八斗一眼就认出开门人正是他要找的那个年轻人。

"你叫龙大江，是吧？"李八斗问。

"是的，有什么事吗？"

李八斗出示了证件："白山刑警队的，找你了解点事。"

"什么事？"龙大江神色镇定。

"这里说恐怕不行，跟我回刑警队再说吧。"

"我犯什么法了吗？"

"没说你犯法，只是有点事找你了解一下，让你家里人放心，而且不要声张。"

龙大江跟一个女的交代了下，李八斗也叮嘱那个女的不要乱说话，然后带着龙大江回了刑警队办公室，还让他先交出了自己的手机。

"坐着说吧。"李八斗客气地说。龙大江应声坐下。

"昨天下午，你是不是去响马村的一户篾匠家里拿走了一部手机？"李八斗开门见山，直入正题。

"手机？"龙大江一愣，"什么手机？"

"不要给我装糊涂，否则我就直接带你去审讯室了。也不用脑子想想，如果没有证据，我会找到你吗？"

龙大江不说话了，只是看着李八斗。李八斗见他还想抵赖，当即拿出手机，翻出照片："这是你吧？"

龙大江探头看了眼，脸皮颤动了下，点头说："嗯，是我。"

"我问那个篾匠了，他说那个留下五千块钱拿走手机的人就是你。

需要我喊他来跟你对质吗？需要的话，我就先把你关起来，再去找他来辨认！"

"不需要，不需要。"龙大江忙说，"确实是我拿的手机，但是我留了五千块钱作为押金，不算偷、不算抢，也不算骗吧？"

"既然如此，你为什么不敢承认？"

"这……"龙大江反应挺快，"你当时说我拿了别人一部手机，我的第一反应就是偷抢，原来说的是留钱这事，我这算借嘛。"

"你现在承认是你留的钱拿的手机了？"

"嗯，认。"

"那好，手机呢？"

"手机？"龙大江一愣，旋即说，"我也不知道，丢了。"

"丢了？怎么丢的？"

"不知道啊。我要知道怎么丢的，不就捡起来了嘛。"

"不要跟我玩这套。"李八斗厉声说，"我知道是有人让你去拿的这部手机。这部手机在另一个人手上，告诉我这个人是谁，否则……"

"有人让我去拿的手机？"龙大江装糊涂说，"谁啊？为什么要让我去拿别人的手机，那手机里有什么秘密吗？"

"那好吧。你现在告诉我，昨天你开车去响马村那么远的地方干什么，又为什么非要留五千块钱借走那部手机。为什么你去借手机的时候开着悍马，回县城路过镇子监控时又开着丰田霸道？"

"没有那么多为什么啊。城里待得闷了，就想去个远点的乡下散散心。以前我去过响马村，觉得那地方山清水秀，所以就去了啊。至于借手机的事，我自己手机没电了，就找别人借，借手机留了钱，没毛病吧？还有换车的事，我刚好遇见了一个朋友，就跟他换车开怎么了，犯法吗？难道不是只要有驾驶证谁的车都可以开吗？"

"你是做什么工作的？"

"开车。"

"在哪儿开车？"

"煤炭公司。"

"拉煤吗？"

"不是。在公司里面接送一下人。"

"知道昨天周几吗？"

"周几？"龙大江摇了摇头，"不记得，除了周末，其他时间我都不记得。"

"也就是说昨天不是周末，不该你放假了，那你如何有时间自由地跑那么远去散心呢？我大概算了下，去响马村的时间要三到四个小时，来回的话得七八个小时，早上走傍晚才能回来。你这一整天的时间都得耗在路上，也叫散心？"

"我觉得开车就是散心啊。"

"我不管你散不散心，你告诉我，你为何在上班时间不上班，开着自己的车去那么远，你跟公司请假了吗，又跟谁请的假？"

"难道我工作的事你们警察也要管了？"龙大江语气颇带讽刺。

"如果我告诉你，你拿走的手机跟人命案有关，你会不会老实一点？你再胡说八道，就是干扰执法，后果自负哦。"

龙大江不说话了。显然，李八斗的话震住了他。

此时，姜初雪也将另一个司机朱鹏程带了回来。朱鹏程看见龙大江的时候，颇为意外地愣了下。

"你，你过来。"李八斗向朱鹏程招了招手。

朱鹏程走过去，小心翼翼地问："警官，什么事？"

"初雪，先把这家伙带去审讯室关起来。"李八斗指着龙大江说。

姜初雪应声，将龙大江带走了。

"我问你，进了这里，还想回去吗？"李八斗问朱鹏程。

239

"啊?"朱鹏程一愣,赶紧说,"我没犯法啊警官,我是老实人。"

"老实就好。老实就有出去的机会。现在我问你问题,你老老实实回答,不老实回答的话,就跟刚才那个人一样去审讯室。"

"嗯,肯定老实回答,肯定老实回答。"朱鹏程连忙说。

"那行,说说刚才那个人是谁,做什么工作,昨天你们去哪里干什么了?"

"他叫龙大江,是个司机,昨天我们去了平山镇,至于干什么,我不知道,就是去了一趟。"

"细节,我想知道细节。去的时候,他跟你说了为什么去吗?去之后,又发生了什么事?譬如,换车开之类的。"

"去的时候,他也没说什么,就说让我跟他去办点事,只不过他让我开他的车,他开我的车。然后我们去了平山镇的一个山村,他让我把车子停下,又和我换了车开,说去办点事。我在路上等他,等了差不多半个小时,他开车回来,又把车子换给我。我们就回来了,真的什么都没做。"

"为什么他让你跟着去你就跟着去,他让你换车你就换车?你们什么关系?"

"没什么关系。他是老板面前的红人,很多时候能够代替老板发号施令。反正他有权力喊下面的人做事,他喊人做事,不管旷工还是怎么都不会记过。"

"是吗?你们老板谁啊?"

此时,姜初雪回来了,正好听到了"吴国晋"三个字。

姜初雪心想,吴国晋?不是跟唐白发生过冲突的那个煤老板吗?

李八斗对朱鹏程说:"你可以先下去待一下,一会儿就放你走。"

姜初雪将朱鹏程带下去,又把龙大江带了过来。

"是你的老板吴国晋让你去找一部没有实名登记的手机,然后你

240

找到之后就拿给他了吧？"李八斗单刀直入。

"我不知道你在说什么，我听不懂。"

"知道夏东海一家三口的命案吗？"

"知道啊，怎么了？"龙大江一脸傲慢，"你怀疑是我干的？"

"是不是你干的，我不知道，但我知道你拿走的这部手机关系到夏东海一家三口命案的真相，所以你要是不把这件事的来龙去脉说清楚，耽误了破案进度，后果自负。"

"你是说，这部手机跟海哥一家三口的命案有关？"龙大江意外了下。

"海哥？你跟夏东海很熟吗？"

"那当然。他跟我老板是拜过把子的兄弟。"

"夏东海和吴国晋是拜过把子的兄弟？"李八斗大感意外。

"对，所以我和我老板不可能是杀害海哥一家三口的凶手。"

"我现在不跟你扯其他的，就说手机的事，那部手机你是不是给了吴国晋！"李八斗的声音几乎吼起来，并用手指着他，"你想好了，我马上就会去吴国晋家或者他的办公室搜查那部手机，并且说你已经老实交代了一切，我想他应该会相信是你出卖的他。至于你，不配合办案、干扰执法，就等着坐牢吧。我现在最后问你一句，手机是不是给吴国晋的！"

"嗯——是。"经过一番艰难的抉择后，龙大江的心理防线终于被攻破了。

见龙大江承认，李八斗拿出了录音设备，让他讲了吴国晋吩咐他去做这些事的细节。待他讲完，李八斗仍将他暂时关了起来，然后和姜初雪开车直奔吴国晋的住处。

吴国晋的家在白山西郊，背靠凤凰山，前临天鹅湖，也是一处比较老牌的独栋别墅区。比起夏东海所住的弯月湖半山别墅区，显然旧了许多。因此，白山很多有钱人后来都搬去了夏东海建的弯月湖半山别墅区，导致这里一副败落的景象。

吴国晋是个比较迷信的人，从住到这里后，做生意一帆风顺，家人也都平平安安，日子过得很好，而且前有水、后靠山，他就觉得这是块儿宝地。所以，即便他和夏东海是拜把子兄弟，夏东海建新别墅时愿意让他优先选一栋好的，他依旧拒绝了，仍住在这旧的别墅区。他也不怕别人笑话，因为大家都知道他有钱。

白山人有句口头禅，说天下珍宝有三色，或黄或白或黑。这里的黄白黑分别指黄金、白粉和煤炭。作为白山县煤炭行业的龙头，他的公司赚钱的速度就像印钞一样。

此时，吴国晋正和老婆坐在沙发上看一档娱乐节目。

往常这个时候，他肯定是在某家养生馆或夜总会，最少也是和几个大佬约着打牌。可因为儿子吴敢被拘留的事，见面就有人问他怎么回事。以他在白山的实力和地位，他儿子打个人怎么就被拘留了，怎么摆不平，他实在懒得跟人解释。加上儿子出事后老婆心情不好，他就正好在家陪着。

别墅外，一辆警车缓缓停下。李八斗和姜初雪下车，到别墅门前给里面打了个可视电话。吴国晋看见了站在门口的李八斗和姜初雪。见两人穿着警服，他不由得愣了下，但还是开了门。

就在李八斗和姜初雪进入吴国晋的别墅时，别墅东侧二十米绿化带树下停着的一辆车里，一个面相斯文、戴着金边眼镜的年轻人不由得皱了皱眉，随即拿起手机，翻到一个号码拨了出去。手机屏幕上立刻显示出两个字来：黎总。

正一个人在茶室里悠哉游哉地泡着茶的黎东南听见桌上的手机铃声响起，拿起来一看，是司机小董打来的，就接了电话。

"有情况吗？"黎东南问。

"嗯。我看见上次来找您的那个警察了，那个李八斗。"

"他去了吴国晋家？"

"没错，开着警车，穿着制服，还有一个女警察跟着。"

"这么说来，是公事不是私事了？"

"我要继续盯着吗？"

"你先盯着吧，我打个电话再说。"黎东南说罢，就挂了电话，然后从桌子上拿起另一部手机，拨了一个号码出去。

很快，传来一个比较恭敬的声音："老板。"

"现在做事方便吗？"黎东南问。

"不大方便。警方一直盯着我，前天那个李八斗还跟踪了我，虽然被我发现了，但他把我身上的刀子搜走了。为了清除刀上的血迹，我用硫酸腐蚀过。他们应该也做了检验，知道那是一把杀人的刀子，但碍于没有证据，也没法抓我，不过他们肯定在找机会。"

"你现在做事都这么不小心了吗？居然被对方逮着这么重要的破绽？"黎东南语气颇有些责备。

"我已经做得很小心了，但这个李八斗是个非常难缠的角色。而且，俗话说得好，不怕贼偷，就怕贼惦记。他老是怀疑我，就会让我很被动。我在想，要不干脆找个机会弄死他得了。"

"还没到这个份儿上，别冲动！凶马案省里督办，李八斗是这个案子的主要负责人，他若出事，那是要起大地震的。他现在只是对你有所怀疑，况且凶马案也不是你干的，你不要心虚，暂时别犯案子就行了。他盯一段时间，找不出你的问题，自然就没事了。"

"老板，你是又要做了谁吗？那怎么办？"

"没事，我还有人。先这样吧，你好好杀你的猪、卖你的肉，不要出纰漏。有事和我联系，不要用原来的号码，就用我给你的这个新号码。还有这个新号码不要被别人知道，尤其是那个李八斗。他要是知道了，再一查通话记录，看见咱俩这个时候还有通话，又会加深怀疑。虽然他也拿不出什么证据，但总是不胜其烦。"

"嗯，老板放心吧，这些常识我都知道。"

"行，再联系吧。"黎东南说完挂掉了电话，又重新拨了小董的号码。

小董很快就接了电话，黎东南只简短地说了一句："找个机会把他做了。"

"我做吗？"

"对，其他人现在不方便。"

"好的。"

"注意事项不用我说，你都知道吧？"

"嗯，黎总放心，我会做得干干净净的。"

"行，你忙吧，我先休息了。"

黎东南挂掉电话，起身走到窗前拉开窗户，看着窗外沉思了很久。

吴国晋把李八斗和姜初雪让进了家里，甚至都没有寒暄让座，只是表情淡然地问了句："这大晚上的，有什么事吗？"

李八斗见吴国晋穿着睡衣，说："不好意思，有点非常重要的事，想找你了解一下。"

"有什么事直说吧。"吴国晋的态度仍不友好。

前天李八斗为唐白的事去警告他，让他很不爽。而且他也知道，若非他邀请，警察自己登门，肯定不是什么好事。

"因为你是匿名打的电话，所以是不是应该让旁人回避一下好些呢？"李八斗看了眼吴国晋的老婆。

"什么匿名电话，你什么意思？"吴国晋虽然心虚了，可还是装着糊涂。

"别装了，我来肯定是有证据的。多一个人，多一分泄露的危险，反正我是不介意的。"

"你先出去散个步吧。"吴国晋终于还是对老婆说了句。

他老婆也没有异议，"嗯"了声就出门去了。

李八斗到门口看了看，吴国晋老婆确实走开了，这才问道："昨天晚上是你打的匿名电话吧，说夏东海一家三口之死是黎东南干的？"

"我不知道你在说什么，什么匿名电话？"吴国晋还是装糊涂。

"别装了。你的司机，那个龙大江现在还在刑警队扣着呢，他什么都说了，你可能还心存侥幸，那也无妨，让我放一段审讯录音给你听吧。"

当下，他拿出录音笔，播放了龙大江的口供。

"你挺厉害的啊，我做得这么隐蔽都能被你找出来。"吴国晋说。

李八斗说："你再怎样都是个普通人，而我是刑警，我精于此道，要是我连你玩的这点小把戏都看不穿，还怎么破案？"

"我想问，你看穿了又怎样？我匿名举报犯法了吗？"

"有事实根据的举报不犯法，还值得嘉奖。但是……若是没有根据恶意举报，那还真是犯法。所以，说吧，你怎么就认为夏东海一家三口之死是黎东南干的？"

"我不是说了吗？东海在白山也是个人物了，除了黎东南，没人敢动他，也没人动得了他。"

"我觉得你还是不要跟我说得这么笼统。你要知道，你打的匿名电话，我也有录音，假如你真不配合，我拿着录音去找黎东南。你猜猜，他听到你没有任何根据地中伤他，会是什么心情？我和他谁才是你更想面对的？"

吴国晋抬起眼来："你觉得你有本事扳倒黎东南吗？"

李八斗看出了他的顾虑，只说了一句："凶马案轰动全国，省领导都盯着，你觉得黎东南的手能伸多远、遮多宽？"

"好吧，我信你，但我跟你说的，你还是得保密，不能对任何人说，包括你们警方的人。我知道你们警方有人跟他在一条船上，要是被他知道我出卖了他，我就死定了。"

"你放心好了，我经常得罪领导，就是因为我办案不接受任何人说情，只求事实和公正。"

"现在还有这样的人？"吴国晋语气颇带怀疑和嘲讽。

"每个人的经历不一样，价值观就不一样。我相信你打匿名电话给我，肯定是听说过我，对我有一些了解。如果我也是占着位置浑水摸鱼、徇私舞弊的那种人，你会给我打电话吗？"

"好吧，我确实听说你有能力，也还算正直。我就相信你一次吧，但是我有个条件。"

"什么条件？"

"我可以跟你讲这些事，不过需要你自己去查，而且你得把录音笔、手机放在一边，否则打死我都不会说的，我不会给自己留下一颗定时炸弹。万一哪天被黎东南知道了口实，就不是你我能掌控的了。"

"看来你做事很谨慎啊。"

"没办法，我知道黎东南有多可怕。"

李八斗按照他说的，把录音笔和手机都拿出来，放到了一边。

"还有她的。"吴国晋指着姜初雪。

等姜初雪把手机拿出来放一边之后，李八斗看着吴国晋，说："现在可以了吧，你为什么认为夏东海一家三口之死是黎东南干的？事实根据在哪里？"

"因为我知道不久之前，他们之间发生过一件不愉快的事情。"

"什么不愉快的事？"

"黎东南有一个兄弟叫赵飞虎，表面上开保安公司，实际上开赌场、放高利贷、卖白粉。因为今年的严打，他的毒品被扣，赌场被查，放出去的高利贷也跑了不少，生意一下子陷入了泥潭。黎东南就把东海喊去，让他把房地产利润再拿一成出来给赵飞虎，东海没同意，结果不欢而散。"

"黎东南凭什么让夏东海把他的房地产利润拿一成给赵飞虎呢？"

"因为……"吴国晋说，"一直以来，东海在白山的所有麻烦事，都是黎东南帮忙摆平的。"

"夏东海在白山的所有麻烦事都是黎东南帮忙摆平的？"李八斗颇感意外。

"当然了，也不能说所有麻烦事。如果是一些鸡毛蒜皮的事，东海就自己解决了。如果是比较麻烦一点、难缠一点的，就由黎东南帮忙。"

"你昨天打电话说黎东南背后有杀人的高手，作案不留痕迹。你怎么知道？"

"因为他帮东海摆平的一些事，连警方都没找到线索啊。前几天不是死了个哑巴吗？那个哑巴原来不是哑巴……"

"你是想说，是黎东南找人帮夏东海割的那个人的舌头吗？"李八斗知道一些内情，确认似的抢先问道。

"是的。黎东南帮人平事有两种手法：一种是需要做场面的，要有足够的震慑力，就会让赵飞虎出面，动辄喊上百八十人，拖刀带棍。这种情况顶多把人打伤，让对方知难而退，点到为止。一种呢，就是对方不知好歹，就跟茅坑里的石头一样死不让步，谈不好也吓不退，非要杠到底。明的闹出人命不好收场，黎东南就会找杀人的高手，暗地里把对方或弄死或弄残。"

"所以，我是不是可以这么理解。夏东海能把房地产生意做到这

247

么大，尤其是在石笋镇的开发上，几近做到垄断，那些竞争对手莫名其妙地出事，都是黎东南在背后帮他的结果？"

"那是当然。无论是背后疏通关系，还是铲除竞争对手，黎东南都有他的一套办法。"

"这么说的话，黎东南让夏东海让一成利润出来，也不算过分吧？夏东海为什么不答应？"

"你以为前些年的忙黎东南都是白帮的吗？他们早有协议，东海不管是生意还是生活上的所有麻烦，都由黎东南帮忙摆平，代价就是东海每年房地产生意的纯收益拿三成出来，黎东南拿两成，赵飞虎拿一成。这是彼此已经达成多年的协议。而赵飞虎生意亏损，黎东南让东海再拿一成出来，是在破坏协议。这一成也不一定完全是为了帮赵飞虎，黎东南可能想以此为由多要一部分。黎东南这就是在抢钱，东海当然不会同意。"

"夏东海不同意，黎东南说什么了吗？"

"黎东南说都是兄弟，理应互相帮助，不要为了一点钱伤了和气。"

"他这话没问题吧？"

"呵呵。"吴国晋冷笑一声，"你是不了解黎东南其人，有什么事他都不会跟人拍着桌子、指着别人的鼻子大吼大骂的，他会微笑着跟你说你这样不好。如果你能马上认错并按照他说的做，就没什么事，否则他肯定会废了你的。他曾跟我们说过，你越是恨别人，想弄死别人，越是不能跟人红脸、争执或冲突，万一对方怎么样了，你就会成为警方的怀疑对象。相反，你越恨别人、越想弄死别人，就越要在别人面前表现得包容大度，这样背后做起事来就越是神不知鬼不觉。万一警方调查，你也能有说辞，所有人都能给你做证，证明你没有杀人动机，因为你是个老实和气的人。"

"这黎东南还真是有心机。"

"但也没什么用。那些得罪过他的人都莫名其妙地出事，一件两件的时候还能装成巧合，但这样的事多了，傻子也知道不会这么巧，他就是个笑面虎。不过知道也没什么用，他的手段就是高明，既能把事情做得干净，又能跟上面的人搞好关系。所以，全白山的人都知道他是地下世界的皇帝，他仍然能高枕无忧，该怎么露脸怎么露脸，该怎么杀人怎么杀人。"

"黎东南也让你多拿一成给赵飞虎了吧？"李八斗突然问。

吴国晋一脸愕然："让我拿一成干什么？关我什么事？"

"显然嘛，你对黎东南的了解很深，心中对他又有不平。再一想，夏东海靠黎东南平事成了房地产龙头，你几乎垄断了白山的煤炭行业，又岂会跟黎东南无关呢？"

"乱说。"吴国晋一脸愤然，"我说的只是东海的事，我跟黎东南仅限于认识，别无关系，你别污蔑我。饭可以乱吃，话可不能乱说！"

"只是夏东海的事，你为何知道得这么清楚？"

"当然是东海跟我说的，要不然呢？"

"夏东海会跟你说这么私密的事？包括黎东南帮他平事，连怎么分钱都跟你说？"

"有什么不能说的。我和东海是喝过血酒、拜过把子的兄弟，我们之间没有秘密。"

"少给我扯这些喝血酒拜把子的事，你武侠小说看多了吧，真当自己多讲义气呢？你们这种人有利益就扎堆，称兄道弟；有麻烦了呢，天王老子都不认，还认兄弟？要不是你自己的利益受到威胁了，你会举报黎东南？"

"为什么不能？"吴国晋振振有词，"我拜把子的兄弟死了，一家三口死那么惨，我为他讨个公道，不应该吗？"

"嗯,你的意思是,你是为了给夏东海讨公道,才举报黎东南的？"

"当然！"吴国晋回答得掷地有声。

"好啊，那你告诉我，为什么夏东海死了这么久你才站出来举报黎东南，而不是知道他的死讯时就站出来呢？"

"我……我心里害怕，有个挣扎和纠结的过程，不行吗？"

"你应该知道，在白山的民间传言里，有很多你与别人争煤矿、夺股权之类的恶劣行径吧？你就是煤矿行业的一霸，你这一霸怎么做上的，也是黎东南帮的你吧？"

"真有意思，你污蔑我，还要我赞成你吗？"

"说吧，你感受到来自黎东南的什么威胁了，让你抱着侥幸心理决定用举报的方式与他抗争一下？"

"鉴于你已经偏离了问话的初衷，而是在恶意针对我，我已经不想和你聊下去了。你走吧，黎东南的事我也不知道。"

"做了就是做了，逃不过的，自己说出来，帮我们破案，可以将功赎罪。否则以你现在的财富地位，做过的那些事一件件算起来，怕是没得救了。"

"呵呵，别吓我。我又不是被吓大的，有证据你就抓我，没证据别跟我玩心理战术，我不吃这套。"

"那你有没有想过，如果你不及时提供黎东南的犯罪证据，让我们控制住他，而让我们自己去查，白白浪费时间，这期间他万一对你做点什么呢？凶马案，一时半会儿很难找到证据抓捕黎东南，但我们可以从侧面找他的犯罪证据控制他。譬如他帮夏东海和你平的那些事，夏东海已经死了，没法指证他了，但你还可以。明白吗？只要他被抓，你就安全了。"

"我说了我跟他仅限于认识，别无关系，你还要我说多少遍？你要不要把我抓回去，用点刑讯逼供，让我屈打成招？"

"你这么说的话，我就要提醒你一句了。在之前我们的问话中，你有过一段对黎东南的评价，你说黎东南曾跟你们说过，你越是恨别人，想弄死别人，越是不能跟人红脸、争执或冲突……这里你说的是黎东南跟你们说过，自然也包括了你，而不只是夏东海。黎东南都跟你如此掏心窝子地说话了，你还说你们仅限于认识，别无关系？"

"这只是有次东海的局，恰好我也在，黎东南也知道我跟东海是结拜兄弟，就没把我当外人。"吴国晋反应倒也快，马上就想到了说辞。

"看来你是不见棺材不掉泪的那种人。"

"你别管我是什么人，我现在累了，想睡觉了，你可以走了吗？"

"事情还没弄清楚呢，走什么走。行了，现在我们不聊你跟黎东南有没有关系了，就聊黎东南和夏东海吧。你说过黎东南背后有杀人的高手，有什么线索吗？"

"这个东海可没有跟我说。而且，他也不可能知道，黎东南非常善于伪装，怎么可能让人知道他的秘密武器。我说你是怎么做警察的，想知道什么不能自己去查，全指望问别人吗？"

"看来你是不打算配合了？"

"该说的我都已经说了，我也只知道这么多了，还要我怎么配合？总不至于要我捏造故事出来坑别人吧？"

"那行，先这样吧，保持电话畅通。"

言毕，李八斗就和姜初雪离开了。

出得吴家，姜初雪颇为不甘："我们就这么走了吗？"

"不然呢？他只是举报人，又没犯法，我们还能抓他吗？"

姜初雪说："他跟那个黎东南显然也是有勾结的。"

"这我知道，关键是要有证据。也正是因为如此，吴国晋知道他和黎东南之间的那些事足以置自己于死地，所以他打死都不敢说了，我们再问下去也没有意义。"

"那我们接下来怎么办，调查黎东南吗？"

"不，调查吴国晋。"

"调查吴国晋？"姜初雪一愣，"为什么？"

"我们虽然知道了一些黎东南的事，可只是从吴国晋口中听说的，没有实质性的证据。我们需要证人，这个证人就是吴国晋。但吴国晋不可能无缘无故指证黎东南，因此我们可以去找那些跟吴国晋有矛盾、遭过报复的人，让他们指认吴国晋。等我们抓了吴国晋，他就没有选择了，只能指认黎东南。"

"嗯，这倒是个办法。"姜初雪也赞同。

"先找地方吃饭吧。明天集中警力搜查吴国晋的罪证，他垄断煤炭行业，恶行不会比夏东海少！"

"可是……他不是说了，很多报复行为都是黎东南解决的吗？而黎东南指使的人做事又很干净，连警方都没有线索。"

"但他也说了，黎东南背后的高手只做那些让人非死即残的事。有些动辄喊百八十人恐吓别人的一般伤害案件是一个叫赵飞虎的人干的，还有些更小的事是吴国晋他们自己摆平的，这些事都是有痕迹的。"

"嗯，也是，看来凶马案的侦破指日可待了。"姜初雪兴奋地说。

李八斗没说话，不知道为什么，他突然想起了唐白。

若凶马案是黎东南和夏东海之间的恩怨所致，那唐白在其中充当了一个什么样的角色呢？他和黎东南有关系吗？

磨剑少爷 著

凶马

谋后之谋

北京联合出版公司
Beijing United Publishing Co.,Ltd.

图书在版编目（CIP）数据

谋后之谋 / 磨剑少爷著. -- 北京：北京联合出版
公司，2022.1
（凶马）
ISBN 978-7-5596-5618-6

Ⅰ. ①谋… Ⅱ. ①磨… Ⅲ. ①推理小说－中国－当代
Ⅳ. ① I247.5

中国版本图书馆 CIP 数据核字（2021）第 205302 号

谋后之谋

作　　者：磨剑少爷
出 品 人：赵红仕
责任编辑：牛炜征
封面设计：王　鑫

北京联合出版公司出版
（北京市西城区德外大街83号楼9层 100088）
北京新华先锋出版科技有限公司发行
北京雁林吉兆印刷有限公司印刷　新华书店经销
字数170千字　620毫米×889毫米　1/16　15印张
2022年1月第1版　2022年1月第1次印刷
ISBN 978-7-5596-5618-6

定价：99.00元（全三册）

目 录

第 1 章
凶马疑踪

别墅里，吴国晋老婆进屋就问："警察来干什么，发生什么事了？"

"没什么，吴敢的事，他们来了解下情况而已。"吴国晋说。

"吴敢的事？"吴妻不信，"他不是已经被拘留了吗，还要了解什么情况？"

"被拘留了只是这次的事，他的事多着呢。"吴国晋颇不耐烦地说，"行了，别问那么多了，我心里有数。"

吴妻不敢多话，自到一边去了。吴国晋点燃一根烟，猛抽起来。缭绕的烟雾里，他一时坐下、一时站起，就像母鸡下蛋找不到窝一样焦灼。

突然，手机响了起来。正全神贯注想着事情的他，被突如其来的声音吓了一跳。他上前拿起手机，看了眼来电显示，又看了眼卧室，当即挂掉电话，走出屋子。一直来到别墅花园的边上，没人听得见了，他才给对方拨了回去。

"小乖乖，怎么了？"吴国晋的声音格外温柔。

"怎么了，还能怎么？"那边传来一个嗲嗲的女人声音，"这大晚上的，当然是想你了呗。"

"真的吗？"吴国晋半开玩笑地怀疑。

"不信算了，我自己睡了。"女人说着就要挂电话的样子。

"信信信。"吴国晋赶紧说，"你说什么我都信，就算母猪上树了，全世界都靠不住了，我也信你。要不信你，我也就不会认你做干女儿了不是？"

"那就快点来，不然一会儿我困了，又没兴趣了。"

"行行行，我马上过来。"吴国晋说着挂掉电话，看着电话冷笑一声。

"妈的，骚货，什么想我，我看是想我的钱了吧！不过，那又能怎么样呢？像我这样的老男人，还能指望哪个女的真心喜欢我呢？我有钱，你跟我玩，各取所需就行了。"

吴国晋自言自语地回了屋，对卧室里的吴妻说了声"我有点事要出去一下"，就开始换衣服。

"这么晚了还出去干什么？"吴妻颇有怀疑。

"应酬啊，还干什么？"吴国晋没好气地说。

吴妻又不吭声了，吴国晋很快换好衣服，开着他那辆大奔出了门。但他没有发现，当他的车子驶离别墅几十米后，一辆黑色本田轿车悄然跟在了后面。

李八斗和姜初雪正在一家沙县小吃边吃东西边聊些有的没的。即便如此，也没影响李八斗吃饭的速度。同样的套餐，他都吃光了，姜初雪才吃了一小半。然后，他丢下一句"我出去透透气"，就来到了店外的马路边。

马路上有好几辆车子在等红绿灯，李八斗的目光在一辆大奔的车身上流转。注意到车牌尾号是三个"8"的瞬间，他不由得瞪大了眼睛。大奔纵然有很多，但车尾号是三个"8"的大奔，他记得自己刚才在吴国晋的别墅见过。

李八斗转身回到店里对姜初雪说："你慢慢吃，吃完结下账，我先走了。"

姜初雪有些不明所以："怎么了，发生什么事了？"

"没法解释，到时候再跟你说。"李八斗边说边向外走。

"我跟你一起吧。"

姜初雪从身上摸出五十块钱，往桌子上一丢，跟着李八斗出去了。两人坐到警车上时，吴国晋的车已经离开了，但李八斗还是加快大车速往前面追，默默祈祷着能够追上。

"到底怎么了，发生什么事了？"姜初雪一头雾水。

"我看见吴国晋的车了。"

"看见吴国晋的车怎么了？"姜初雪不解，"你不是说没有证据就没法抓他吗？"

"你傻啊，你也不想想，我们去他家的时候，他都穿着睡衣准备睡觉了，我们前脚才走，他后脚就开车出门。这么突然，会没点什么问题吗？"

"这么一说，他的行为确实有点可疑。"

李八斗不断加快车速，一辆辆车从眼前掠过，却没有见到吴国晋的座驾。很快，车子到了一个路口，可以选择前行，也可以选择左转。李八斗一下子不知道该怎么走了，只好左转靠边停车。他拿出手机，打电话给冷笑，让他帮忙联系路面监控中心调一下监控，查一下尾号是三个"8"的大奔的走向。

吴国晋这边已经到达了目的地。他将车停在一处看起来挺偏僻的街边，然后走进了一条灯光昏黄的小巷。

那辆跟在后面的本田车也找好地方停下了。一个戴着金边眼镜的年轻人，从副驾驶座上拿起一顶帽子戴上，压低帽檐，又从车子的工具箱里拿出一双白色手套，以及一把指甲刀大小的刀子，放进了裤兜里。然后，他慢悠悠地下了车，装作若无其事地向四处张望了下，跟着往小巷那边走去。

吴国晋走到一幢五层的楼房前，折身进了楼道。这一带属于旧城区，都是些老房子，最高的也就七八层，没有电梯。

吴国晋爬楼梯来到三楼，在左侧的房门前站住。他将头靠近门，听了下里边的动静。没听到什么声音，他笑了下，想象着那个尤物已经洗好澡躺在床上等他，便迫不及待地从裤兜里摸出钥匙，打开了门。

屋里一片漆黑，吴国晋却不以为意，因为他觉得那个女的肯定在卧室里。他反手将门关上，往卧室走去。

客厅的灯光突然亮起，吴国晋吓了一跳，再随意地往屋里一看，魂都差点吓没了。

客厅里竟然立着一匹马！一匹骨架高大、全身毛色如血的马！

马正一动不动地看着他，眼睛充血般地红，如同烈烈燃烧的火焰，在这样的晚上、这样的地方，显得尤为诡异。

吴国晋的目光落到了马旁边的地面上，那个让他魂不守舍的美人儿，披头散发地倒在触目惊心的血泊里。他想看一下她的脸，可已经辨认不出来了。那张脸像是烂掉的柿子一样，全都是血，整个头成了一摊烂泥。

"鬼啊！"吴国晋吓得大叫一声，转身就往门外跑。

然而，伸出的手还没来得及抓到门把手，他就感觉被什么东西击中了膝弯。他的腿一软，整个人就栽倒了下去。

另一边，在冷笑的指挥下，李八斗终于追了上来，看见了停在路边的那辆大奔。

"这里是很旧的城区了，吴国晋这么晚到这里来，肯定有问题。我们分头在附近找一找。你自己小心点，有什么情况及时和我联系。"

李八斗边叮嘱姜初雪，边往侧边的一处巷子里走去。突然，他不由得全身一震。他竟然看见了一匹马！他以为自己看错了，又赶紧定了定神。

确实没错，那巷子里确实有一匹马。虽然光线太暗，看不清马的毛色，但那双如同火焰般燃烧的眼睛格外醒目。他对那双眼睛再熟悉不过，那是他在监控画面中反复看过的、在吃饭走路时经常想起的，甚至睡觉都会梦到的一双眼睛！

那马原本往巷子这边缓缓行来，不过见到往巷子里走来的李八斗，突然就停住了脚步，与李八斗两目相望地对峙着。

"凶马！"

陡然间，李八斗的心一阵狂跳，激动得大喊出声，当即拔腿冲了过去。

凶马见李八斗往这边奔来，似乎略微迟疑了下，随即迅速转身，扬蹄夺路狂奔！

踏破铁鞋无觅处，今天既然狭路相逢，就绝不能让它跑掉。李八斗拿出了百米冲刺的速度追往小巷深处。

然而，马蹄声渐远。人的奔跑速度跟马比起来，完全没法相提并论。凶马跑到巷子转角，一折身便消失不见了。

李八斗追到巷子转角，却不见凶马的影子，但他还是追了上去。追踪的过程中，隐约能听到马蹄声响。

　　这条巷子的尽头有三条分岔路，李八斗无法确定凶马的逃跑路线。他站在原地，侧起耳朵，想听一听马蹄声的源头，可马蹄声完全消失了。他看了看地面，想找些痕迹，结果亦是徒劳。

　　巷子里只有从远处照过来的灯光，恰能视物，没法看清细节。而且，地面是石板，很难留下肉眼可辨的马蹄印。

　　脑子急转之间，李八斗拿出电话，直接打给了刑警大队队长王三强，说在大湾区发现了凶马的疑踪，请他立马部署警力搜寻凶马。随后他又打给冷笑，让他和路面监控中心联系，通过附近的监控追查凶马的逃向！

　　路面监控中心迅速查看大湾城区多条要道的监控。十五分钟后，他们发现一匹血红色的马在十分钟前经过了杨槐路。

　　李八斗接到消息后，当即从巷子折回，半途遇见了气喘吁吁的姜初雪。姜初雪说她也看见凶马了，但是没追上。

　　"我知道，凶马从杨槐路出城了，赶紧的。"李八斗说着，急跑回警车，开着车往杨槐路追去。

　　李八斗左手扶着方向盘，右手从衣兜里掏出手机，递给姜初雪："你用我的手机打给王队，让武警着重搜捕杨槐路出口那边，我们沿着主路追下去；另外让武警人员多注意沿途的小路和山路，再派人在石笋镇入口及野鸡山附近蹲守，凶马有可能会回石笋镇。"

　　姜初雪当即接过手机，拨通了王三强的电话，跟他复述了一遍李八斗的话。李八斗将车速提到最快，一直沿着杨槐路追下去。

　　曾经，杨槐路是石笋镇通往白山县城的唯一交通要道，有将近两个小时的车程。后来石笋镇开发，为了出行方便，打通了石笋镇与白山县城之间的群山隧道，修建了高速。自此之后，从石笋镇到白山县城就只要二十几分钟了。也正因为如此，如今的杨槐路上鲜有车辆行驶了。

李八斗一口气追下几十里地，明亮的车灯照过一弯又一弯的山道，黑暗中的群山一片静寂，听不到半点马蹄声响。

"看来，它的确是从山道上走了。"李八斗终于决定放弃追踪。

"凶马为什么出现在那里，难道又作案了？"姜初雪说。

"很有可能。"李八斗说，"如果真是那样，我们可就头疼了。夏东海的案子还没破，它又犯案，我们怎么向社会交代。"

"希望它是刚出来打算作案就被我们遇到了，什么都还没发生吧。"

"但愿吧。"李八斗说着，将车掉头。

他在路上给王三强打了个电话，询问追捕情况。王三强说武警人员已往杨槐路出来的各条分岔小路、山路追击，目前还没有任何消息反馈回来。石笋镇的入口也安排了民警蹲守，不过也没有消息。

李八斗边开车边思索着，突然脑子一亮，想起什么来，当即加大油门，开上了县城往石笋镇的高速。

"我们这是去哪儿？"姜初雪问。

"朱家坪。"

"朱家坪？"姜初雪一脸茫然，"什么地方？"

"黎东南的马场。"

"你觉得——是黎东南的'铁将军'？"

"是或不是，验证一下就知道了。"

"也是。如果我们这时候赶过去，'铁将军'不在，那它极有可能就是凶马了。因为这一两百里的路程，车肯定比马要先到。"

"我们追了几十里路再折回来走高速，浪费了些时间，它也有可能比我们先到。没关系，如果'铁将军'是凶马，它就算在我也能认出来。长途跋涉后，它的状态是一眼可辨的。"

"所以，凶马案到底是不是黎东南主谋的，我们很快就可以知道结果了？"

李八斗没有说话，他在想，是这样吗？

一个小时后，李八斗终于风尘仆仆地赶到了黎东南的马场。除了车灯亮处，四周一片漆黑。

李八斗将车子开到马场门口。车灯惊动了熟睡的狗，它冲着车子"汪汪"一阵狂叫。叫声在万籁俱寂的黑夜里，听起来格外惊心动魄。

李八斗按了按喇叭，想惊动值班的养马人起来开门。然而，他连着按了许多下，狗也叫得愈加凶猛，还数次扑在铁门上，却并没有人过来查看动静。

过了四五分钟，李八斗等得有些不大耐烦了，就下车去敲打铁门，并扯着嗓子喊："人呢？起来啦！"

除了狗叫外，别无动静。李八斗与姜初雪对视了一眼，打开手机的电筒递给她，说："你到围墙上来，帮我照着里面。"

"你要干什么？"

"我先进去把狗控制起来，再看看里面是什么情况。我感觉有些不大对劲。正常情况下，早有人来开门了，就算睡得再沉，也该被这动静惊醒了。"

"是啊，要么里面没人，要么里面的人已经死了。"姜初雪说着，接过了手机。

李八斗先回车里拿了一卷透明胶布，衔在嘴里，翻上了围墙。狗又扑过来，却够不着。李八斗伸手把姜初雪也拉上了围墙，让她照着里面。准备好之后，他纵身从围墙跳下。

狗早红了眼，见状立马猛地扑来。李八斗早有准备，跳下去时，借着身体的后坐力就往地上仰倒，同时双脚迎着扑的狗蹬出。狗的嘴巴够着李八斗的鞋底，反被李八斗蹬了个趔趄，差点摔倒。李八斗借势一个"鲤鱼打挺"站起。

见狗再次扑来，李八斗看准机会，双手齐出，左右夹击，将狗嘴生生地捏住，又腾出一只手来，从嘴里取出胶布，封住了狗嘴。他又抓住了狗的一只脚，将狗掀翻在地，用胶布将狗的两只脚并拢缠住。狗想爬起来跑，可爬到一半又栽了下去。

李八斗从姜初雪那里拿回手机，用电筒光照着路，向养马人的屋子走去。

养马人的门是关着的，李八斗就敲门。敲了好多下，也问了里面有没有人，但没有反应。他也管不了那么多了，抬腿一脚就将门踹开了。

屋里漆黑一片，李八斗将手机的光亮照过去，看见了一张床，床上没人。他把灯的开关打开，看见屋里的东西都摆得整整齐齐的，没有一丝乱象。看来，里面的确没人。他又走到隔壁的几间屋子，先敲门，没动静后再把门踢开。情况都一样，里面没人。

难道"铁将军"真是凶马？养马人带着"铁将军"出去作案了还没回来？一共四个养马人，两个白班，两个夜班。黎东南请的人白天晚上换班看管马场，而且还是两人一班，这里怎么都得有人才是啊。

　　李八斗干脆把马场里的灯都打开了，然后去看那些关马的屋子，当然主要是去看"铁将军"在不在。结果看完了所有关马的屋子，都没有看见"铁将军"！

　　"看来，'铁将军'真是凶马了。"姜初雪颇为兴奋，"真是踏破铁鞋无觅处，得来全不费工夫。"

　　"我也希望如此。"李八斗说。

　　"什么希望如此？这不是明摆着吗？凶马出现在白山县，而'铁将军'不在马场，它还没有来得及赶回来。"

　　"可是……"

　　"可是什么？"姜初雪见李八斗欲言又止。

　　"为什么养马人也不在呢？"

　　"你傻啊。肯定是养马人带着'铁将军'去作案了啊。"

　　"不。"李八斗摇头，"上次我来马场，分别和几个养马人都聊了，他们都是附近村子的农民，老实巴交的，也不懂驭马之术，只是照看马匹，添加马料。他们不大可能驭马杀人，没那个胆量，也没那个本事。"

　　"没听说过人不可貌相吗？要是你一眼都能看出谁是好人、谁是坏人，谁杀了人、谁没杀人，那些复杂的侦破程序岂不是都成了摆设？还是得看证据，讲事实啊！"

　　"是的，还是得看证据才行。"李八斗说，"那我们就在这里等着吧，看看到底是个什么结果。"

　　"等着？"姜初雪不解，"为什么要在这里等着？"

　　"要不然呢？

　　"打电话给黎东南，让他和他的养马人都来，解释解释'铁将军'的去向，还有这都是怎么回事啊。"

李八斗摇头："任何事只要给人准备，就能找出一千万种说辞，甚至会消灭证据。所以，我们不能打电话给黎东南，我们就在这里等，像什么都没有发生过一样。我把车子开去比较隐蔽的地方藏着，你把狗关到马圈里，再把灯都关了，然后我们藏在一间屋子里等人和马回来，这样才能打得对方措手不及。"

"好吧。"姜初雪说，"你说得也有道理，还是小心为妙，就按你说的做吧。"

当下，两人迅速行动起来，复原了现场。

四周仍然一片漆黑，也没有任何声音。两人藏在一间养马人的屋子里屏息以待。时间一分一秒地过去，四周静寂得可以听见彼此的心跳。两人始终一言不发地坐在里面默默等待。

其间，李八斗接到了王三强打来的电话，说武警搜山没有发现凶马，埋伏在石笋镇路口的警员也没有看见凶马，问他发现什么线索没有。李八斗没有说细节，只说还在搜寻，有情况会第一时间汇报。

不知道又等了多久，姜初雪似乎有些不耐烦，她拿出手机看了看，说："夜里一点了，怎么还没回来？"

"没回来就继续等吧。"李八斗说。

"好像也没有更好的办法了。不过，我总有种感觉，它也许不会回来了。"

"是吗？怎么说？"

"如果'铁将军'就是凶马，这都三个小时过去了，它要回来，早就该回来了。"

"反正也没有更好的办法，干脆等到天亮得了。"

"如果天亮了，还不见它回来呢？"

"那就只能给黎东南打电话，让他给个交代了。"

黑暗而寂静的屋子里，两个人耐心地等着，他们都在希望某种动静的出现，可那种动静一直没有出现。

不知不觉天亮了，李八斗一宿没睡，姜初雪在一旁酣睡着，表情恬静。

突然传来一声清脆的咳嗽声，紧接着是脚步声。李八斗将姜初雪喊醒，先行过去打开了屋门。

来者猛一抬头，看见站在门口的李八斗，不禁吓得倒退两步，喊叫出声。但他很快定了定神，不过还是疑惑不已："李警官，你怎么在这里？"

李八斗说："我待在这里一晚上了。"

"待在这里一晚上？"养马人更觉奇怪，"有什么事吗？"

紧接着，姜初雪揉着惺忪的睡眼，走到近前。

养马人更吃惊了："你们昨晚在这里睡？"

"睡什么睡？不要乱想，我们在这里等你们呢！"

"等我们干什么？"

"昨晚这里该谁值班，为什么没人？"

"哦，本来该老张他们值班的，但他们帮我找马去了。"

"帮你找马？找什么马？"

"老板喜欢的那匹马，'铁将军'。"

"'铁将军'怎么了，不见了吗？"

"嗯，是的。昨天傍晚的时候，我在山坡上放它，就找地方撒泡尿的工夫，它就不见了。"

"不见了？"

"是的。我们把附近的山上，甚至远一点的村子都找了，也问了，都没人见过。它就像凭空消失了一样。"

"黎东南知道吗？"

"还不知道。黎总很喜欢'铁将军'，如果被他知道，他肯定会发火。所以，我没有跟他说，想着自己先到处找找，能找回来就当什么都没发生过了。可我们找了大半个晚上，也没找到。我想今天起早再看看周围，如果还是找不到的话，就得跟黎总说了。"

"还记得马是昨天什么时间不见的吗？"

"六点半左右。当时我打算再过十来分钟就牵马回圈了，当时尿憋得急，就想着撒完尿再说。"

"你撒尿时离马有多远，大概多长时间没有看马？"

"平常要没人，我就在草地上撒了，可昨天下边的地里有妇女干活，我肯定得避着点，就到草坪边的小树林里去了，得有百十米吧。"

"你带我去看看你撒尿时马本来所在的位置，再指一下你撒尿的地方吧。"

养马人也没说什么，当即带李八斗去了。李八斗让他重述了一下昨天那个过程，粗略地判断了下，马当时所在的地方靠近左侧的一条小路，而养马人撒尿的地方在另一端的草场边缘，相距一百多米。正常人走一百多米的距离，大约要三分钟，但养马人尿憋得急，步子略快，两分钟应该可以。这两分钟的时间，养马人是背对着马的，加上他在林子里撒尿，差不多一分钟，一共是三分钟左右的时间。他走出林子的第一眼就是看向"铁将军"，却发现它不见了。也就是说，三分钟内，"铁将军"消失了。

"你走出林子发现马不见之后，往哪些地方找了？"李八斗问。

"很多地方都找了。"

李八斗走到当时马所在的位置，指着旁边的小路问："这边找过吗？"

"找了。"养马人说，"我当时第一反应就是跑这边看，因为只有这边有路和庄稼地，但什么都没看到。"

"然后呢？你怎么做的？"

"然后，我就赶紧喊了和我一起看马的老杨，他当时已经准备下班了，听说'铁将军'不见了，他也慌了，就赶紧跟我一起找，在旁边的林子里找。"

李八斗说："全程只有三分钟左右，'铁将军'朝这条小路和庄稼这边跑的话，肯定消失不了。所以，马当时应该是往林子里去的，你们虽然在林子里找了，但只是在盲目寻找，并没有找对方向。"

"警官，你有办法帮忙找到马吗？"养马人满眼乞求，"如果黎总知道我们把他的'铁将军'丢了，肯定会很生气，而且，还会开除我们的。"

"你现在给你们黎总打个电话，先说一下丢马的事吧。"

"啊？现在打吗？"养马人颇有些害怕，"我还想趁早再找找呢。"

"现在打吧。"李八斗说，"你昨天找了那么久都没有找到，再找也是徒劳，先跟黎总说说吧，但不要说我在这里的事。还有，把扩音器开着。"

养马人迟疑了下，还是拿出了电话，按照李八斗的吩咐拨打了黎东南的号码。

十几秒后，黎东南接了电话，说了声："怎么了，老王？"

"黎总，有件事我……我想跟你说一下。"老王的声音怯怯的。

"什么事？"

"铁……'铁将军'不见了。"

"什么？'铁将军'不见了？"黎东南的声音陡然加重，"怎么不见的？！"

老王当即说了事情发生的大致经过。

"你是说，昨天下午马就不见了？"黎东南猛然咆哮起来，"那你为什么现在才给我打电话！"

"我……我想自己找一下的。"老王解释道，"我以为它只是在附近走丢了，就喊了些人帮忙找，以为能找回来，所以就没跟黎总你说。可是，我们找了一晚上，都没找到……"

"你是个智障吗？"黎东南张口就骂起来，"乡下那么宽，你能喊多少人去找？早跟我说，我把方圆几十里都围起来，早找到了，你尽坏我的事。我跟你说，'铁将军'要是找不回来，你就死定了！"

老王一下子不知道怎么说话了，拿着电话手足无措，无助地看着李八斗。

李八斗拿过手机，说："黎总吗？不要发火了，昨天晚上我好像看见'铁将军'了，过来咱们聊聊吧。"

"你谁啊？你在哪儿见到'铁将军'了？"

"李八斗，刑警队凶马专案组的，黎总你应该还有印象吧？"

"你怎么在马场那里？"

"你就别管我怎么在这里了，还是赶紧过来咱们聊聊'铁将军'

的事吧。"

"是你把'铁将军'牵走了?"

"当然不是。"李八斗说,"但我可能知道它的一些消息。"

"行,你在马场等我,我马上过来,看你能玩出什么花样!"说罢,黎东南就挂了电话。

"怎么,警官你知道'铁将军'的消息吗?"老王一听好像抓住了救命稻草。

李八斗说:"马的丢失另有原因,跟你没关系,你忙自己的去吧。"

"可是,就是我看丢的,怎么会跟我没关系呢?如果找不回'铁将军',黎总肯定会炒了我,还会要我赔钱。那马好贵的,我倾家荡产都不够赔的。"老王哭丧着脸。

"我说没事就没事,你先去吧。"

老王悬着一颗心虽然放不下,但还是一步一回头地去了,他甚至都想跪着求李八斗一番,但看出李八斗已经有些不耐烦,又不敢再烦他。

"黎东南似乎很意外,而且大发雷霆,难道'铁将军'不是他骑走的?"姜初雪问。

李八斗笑了笑:"你看事情还是只看表面。"

"什么意思?"

"试问一匹像'铁将军'那样的烈马,陌生人谁能在三分钟内没有任何动静地把它骑得不见呢?"

"这么说来,就是黎东南了?"

"我上次来调查的时候,养马人说了,'铁将军'是黎东南的专马,只给黎东南骑。所以,结果是显而易见的。"

"那接下来的调查方向是，'铁将军'失踪的时间里黎东南在哪儿，对吧？"

李八斗点点头。

约一个小时后，一辆汽车卷起大片灰尘往马场驶来。李八斗就站在马场门口等着。

黎东南下车，一改之前的平易近人，黑着一张脸，目光如利刃一般，语气颇为不善："说吧，你想怎样？"

李八斗问："昨天傍晚六点半的时候，你在哪儿？"

"昨天傍晚六点半？"黎东南想了想，"应该是在天木村的村路上。"

"天木村的村路上？在那儿干什么？"

"我下午在马场这里骑了马，六点的样子就准备回城，结果途经天木村的时候，一下子爆了两个车胎。我的备用胎只有一个，于是就打了个电话，找人从城里送了车胎过来，耽误了两个多小时才把车胎换好回城。"

"嗯，也就是说，你是八点多回的城了？"

"差不多吧。"

"咦，你的司机呢，今天怎么没跟着？"李八斗突然注意到这个细节。

"哦，他请假了。"黎东南说，"说是家里有事，请了几天假。"

"什么时候请的假？"

"前天吧。"

"前天？"李八斗问，"那昨天是你自己开的车，还是有别的司机？"

"我自己开的车。"

"能给我看看你什么时候打的电话让人从城里送车胎来的吗？"

"当然可以。"黎东南说着，拿出手机，把通话记录指给了李八斗，呼出时间是六点四十分。

"七点半的时候，这个电话又打给你，就是车胎送到了，是吧？"

"是的。"

"从你六点离开马场，到七点半有人送车胎来，这期间有人能证明你车子坏在天木村的村路上吗？"

"你什么意思？我车子坏了，有人给我送了车胎来，替我换上，还需要怎么证明？你是故意找碴儿吗？"

"不不不，你别激动。"李八斗说，"我这不是针对你，把案子查清是我的职责所在。其实之前见你的时候，你的朴素、你的谦虚和谈笑风生，让我觉得你是一个平易近人的人。而你现在这种带着情绪的表现，有点心浮气躁了。"

黎东南说："跟了我那么多年的马不见了，我已经很着急了，你还在这里跟我鬼扯，问一些鸡毛蒜皮的事，甚至恶意怀疑我。你觉得我还能心平气和地和你谈笑风生吗？你在跟我开玩笑吧！"

"昨天晚上十一点左右，我在白山县城遇见凶马，没有逮住它。然后我就来到了你的马场，结果'铁将军'不在。两匹马的特征本来就极像，又出现这种巧合，我当然得弄清楚'铁将军'的去向。这不是你认为的鸡毛蒜皮的事，这关系到夏东海一家三口之死的命案。不用我多说，你应该也明白其中的利害关系了吧。"

"你要是怀疑我的'铁将军'杀了人，就把它找出来，证明是它杀了人，别跟我磨叽那么多。"黎东南仍有些暴躁。

李八斗说："'铁将军'是你的专马，我在找不到'铁将军'的情况下，当然只能找你。而且，昨天车胎坏掉这个事，很明显有问题。"

"车胎坏了，又有什么问题？坏个车胎，还犯法了吗？我现在没时间跟你玩了，你有证据就抓我，没证据，不好意思失陪了，我得去找我的马了！"说完，黎东南就往马场里去了。

姜初雪问："我们现在怎么办？"

"先回去吧，看看情况汇总再说。"

"黎东南这里就不管了？"

"我们没有证据，拿他没办法。黎东南的身份特殊，是不能随便抓的。先回去开会，再商量对策吧。"

姜初雪也没再说什么，跟着李八斗上了车。李八斗说要在车上眯一会儿，让她开车。她这才想起李八斗好像一整夜没睡，看着他发红的眼睛，不禁肃然起敬。

第2章
致命情人

　　车才回城，李八斗就接到了厉长河的电话，说大湾区朱家巷发生了命案。据到场警员说，两人的死状和16号别墅的死者一样。而且，刑侦人员在案发现场发现了马蹄印。

　　"大湾区朱家巷？"李八斗一愣，"那不是昨晚我遇见凶马的地方吗？难道那时候它已经作完案出来了？"

　　"别管那么多了，既然跟凶马有关，你赶紧过去看看。"厉长河说。

　　"是。"李八斗应了声，当即让姜初雪开往朱家巷。

　　"你都没怎么休息，还撑得住吗？"姜初雪将车停下，看了眼他那布满血丝的双眼以及疲倦的脸色，关心道，"要不，你先回去睡会儿，我去就好了。"

　　"睡会儿？"李八斗说，"凶马案未破，又出了两条人命，我能睡得着吗？没事，赶紧去吧，我要去看看到底是怎么回事，一匹马还制造出连环命案了？"

　　姜初雪知道阻止不了他，也没再说什么，将车开往朱家巷。

　　朱家巷已被警方扯起了警戒线，李八斗向外围的值勤民警出示了证件，然后直接前往案发现场。案发现场在三楼左侧。门口一位刑侦人员见到李八斗，打了个招呼。

"什么情况？"李八斗问。

"你进去看看吧，疑似凶马再作案。"刑侦人员说。

李八斗和姜初雪戴上脚套，步入屋里。现场一男一女两个死者的头部都被砸了个稀巴烂。鲜血从头部和脸部流出，身体其他部位衣衫完整，未见明显的伤口。

李八斗突然觉得男性死者的衣着和体形看起来有些面熟。他略微一想，问道："男性死者不会是吴国晋吧？"

听到这话，正在做着现场勘查的梅花红，回过头来看了李八斗一眼："怎么，你认识？"

"真的是他吗？"李八斗吃了一惊。

"是的。"梅花红说，"我们查看了他身上的身份证件，就是叫吴国晋，他的名片上还印刷着'白山矿业集团董事长'的字样。八斗，你是真牛啊，脸都砸没了，还能认出是谁。"

"我昨天和他打过交道，记得他的体形。而且，昨晚我跟踪他到这边，没想到意外发现了凶马，就去追凶马了，把他给忘了。"

"我倒有些奇怪。"梅花红说，"这吴国晋我听说过，有钱得很，怎么会住这么旧的房子呢？而且，他老婆有这么年轻吗？虽然脸被砸烂了，可从皮肤、胸部等身体特征判断，女性死者也就二十来岁。"

"红姐，你生活阅历那么丰富，这都看不出来吗？这女的显然是吴国晋的情人，他大晚上在这里，自然是来偷情的。"

"如果是情人关系，又是大半夜的，你不觉得他们应该是穿着睡衣，或发生点什么吗？实际上，他们都穿着正装，据两人身上的汗渍推测，他们甚至没有洗过澡，下体也没有发生过什么的迹象。"

"他们死亡多长时间了？"

"大约十个半小时。女的死亡时间略早一点，但也就几分钟的样子。"

"那就是了。"李八斗看了下手机时间，"现在是九点半，也就是说两人的死亡时间大约是昨晚十一点，正是吴国晋赶到这里的时间，我们也在这个时间遇见了凶马。所以应该是吴国晋赶到这里，根本来不及做什么就被杀了。细算下来，我们跟踪吴国晋，比他晚了大约八分钟，而在这八分钟的时间里，凶马已经将其杀死。我们赶到时，正好看见凶马离开。凶马很可能是早就等在这里，吴国晋一到，便被它杀死了。"

"好吧，吴国晋又不住这里，凶马怎么会知道他要来这里，还专门在这里等着杀他呢？"

"这个……里面肯定有些细节，得慢慢侦查才行，我先四处看看吧。"

这是一套三室两厅的屋子，房子虽旧，但里面的很多东西都很昂贵，譬如床上用品以及女人的衣物，都是质地很好的品牌。口红、粉底之类的化妆品也都是名牌产品。除此之外，屋子里整洁有序，不见有打斗及挣扎的迹象。客厅是唯一的现场，女人死于客厅靠窗的位置，吴国晋死于客厅近门处。吴国晋的旁边有一张倒在血泊中的凳子。

"你们来的时候，这张凳子就这样倒着吗？"李八斗问。

"是的。"刑侦人员答。

李八斗说："吴国晋的尸体头朝门、脚朝里，说明他当时是准备往门外跑的，可没来得及跑出去，就被控制或击倒了。我猜他很有可能就是被这个从背后飞来的凳子击倒的，他身上应该有被击打过的伤痕。"

"你说对了，他左膝弯的位置有一块瘀青。"梅花红说。

"如果说马能将狗踢飞，能将人的头部踩烂，这两点都不足为奇，但它能让凳子飞起来准确地击中目标吗？很显然，凳子并非误打误撞砸到吴国晋的左膝弯，而是直接命中。"

"你的意思是，这不是马干的？"

李八斗很肯定地说："显然不是。"

"然而，现场除了两个死者的脚印，就只有马蹄印了。和16号别墅的马蹄印如出一辙，都戴了马蹄铁。"

"吴国晋的脚印具体在哪些位置，能帮我标记出来吗？"

"客厅靠近卧室的位置，离卧室还有两三步的距离。"梅花红为李八斗指了出来。

"其他地方有吴国晋的脚印吗？"

"没有。卧室里只有女性死者的脚印，没有第二个人的。你有什么想法吗？"

"我的推测是凶手应该是早些时候就潜入了这里，并且胁迫女受害人给吴国晋打了个电话。我不知道这个电话的具体内容，但很可能是说想他了，让他过来。吴国晋才大半夜往这里跑，他身上应该有这套房子的钥匙，自己开了门，然后迫不及待地往卧室走。当时客厅里应该关着灯，可在吴国晋往卧室去的时候，灯突然亮了。接着他发现了早就存在于客厅中的凶手和女受害人，吓得赶紧往屋外跑，但被凶手用凳子砸中左膝弯栽倒在地，进而被杀害！"

"分析得挺有道理的，凭据呢？"梅花红又问。

"凭据？"李八斗说，"女人和吴国晋的关系显然是情人无疑了。正常情况下，作为情人，按照吴国晋的财力，怎么也得让她住一套更好的房子，可这房子实在是很一般，所以我认为两个人才建立关系不久，这房子是女人自己的，吴国晋应该送了女人新房子，不过可能还没交房，或者交房了还没装修好，仍然暂住在这里。这也能更好地解释吴国晋为什么会大半夜往这里跑。"

"为什么？"

"男人在得到女人之初，才有这份激情。我猜吴国晋是好不容易才得到这个女人的，而且得到不久，女人对他还未曾完全百依百顺，至少不会让他为所欲为。在这种情况下，女人大晚上的打电话给他，他才会兴致盎然，匆匆而来。"

"哟，不错哦，八斗。"梅花红说，"你连恋爱都没谈过，竟然懂得男女之事。"

"这跟谈没谈过恋爱没关系。"李八斗说，"不信的话，我猜女受害人的手机上有十点多打给吴国晋的通话记录，而吴国晋身上有这里的房门钥匙。如果有任何一样缺失，就说明我的判断错了。如果对了的话，那情况差不多就是我说的这样。"

一旁的刑侦人员说："吴国晋身上确实有这里的房门钥匙，至于手机通话记录，两个人的手机都有锁屏，暂时还不知道。"

李八斗说："不用解锁我都知道，应该就是这样的。这个电话很有可能不是女性受害人主动打给他的，因为不管他们的关系怎么样，一个年轻貌美的女人实在不太可能大半夜地想跟一个老男人发生什么，何况吴国晋还是个肥胖的油腻老男人。所以，她可能遭到了胁迫！"

"可你忽略了，屋里只有马的脚印，没有凶手的脚印。"梅花红问，"你觉得马会胁迫人？"

"那个凳子做过痕迹检测了吗？有指纹之类的东西没有？"李八斗问。

一名技术人员答："做过检测了，只有女受害人的指纹。"

李八斗说："看来，凶手是有反侦查经验的，作案时戴了手套。"

梅花红问："怎么，你认为是人干的？"

"是的。"李八斗说，"之前的凶马案，我不敢确定到底是马干的还是人干的。但这一次，我敢肯定是人干的。因为就像你质疑的那样，马不会说话，更不可能胁迫女受害人给吴国晋打电话。"

"这还只是你的推测，没有得到证明。"梅花红说。

"那就证明之后再来下结论吧。"李八斗对身边的刑侦人员说，"既然跟凶马案有关，就并案过来给我们侦查吧，你们先把证物保管好，我找成员过来接手。"

随即，李八斗给冷笑打了电话，让他喊魏大勇和包古到现场来，接手现场证据，进入侦查阶段。然后他在楼下的巷道里以及外边的街道上走了一圈，大致看了下有监控的地方，并做了记录。

冷笑几人风风火火地赶到，李八斗当即对他们做了任务安排：魏大勇去解锁吴国晋和女受害人的手机，查看两人昨天晚上的通话记录；包古去调查女受害人的职业、家庭背景、生活状况，以及她与吴国晋的关系；冷笑负责调查大湾区昨天的道路监控，重点查看凶马昨晚是什么时间从什么方向来的。李八斗给冷笑指明了一个方向，既然后来凶马是从杨槐路逃掉的，就说明它有可能也是从杨槐路方向来的，并且对这一带的环境比较熟悉。

分派好任务之后，李八斗和姜初雪来到了大湾区派出所，调看朱家巷附近的道路监控。

在昨晚十点过五分的时候，朱家巷北边的一处监控镜头里，一匹高头大马出现了，双眼充血般地红，缓步进入朱家巷。后面的巷子和旧楼都没有监控，不用说，它肯定是进了死者家里。

李八斗一直想再找到一个可疑人物，也就是他认为可能存在的凶手。可让他很失望的是，他把时间往前和往后各看了半个小时，都没有发现一个可疑人物出现在周边的监控里。他看到的都是一些平平无奇的人。

按照吴国晋的遇害时间推算，凶手胁迫女受害人打电话的时间至少也是在被害前的半个小时，甚至更早。因为吴国晋从他的别墅赶过来，至少要半小时。

可疑人物呢？难道他完美地避开了所有监控进入了死者屋内？

这是一个疑点，李八斗只好先放着，又调看了吴国晋到来时的监控情况。这个比较好找，因为他本来就在跟踪吴国晋，对方只比他早几分钟到朱家巷而已。

李八斗很快就从朱家巷南面的路面监控里看见吴国晋停车进入巷子。进入巷子之前，吴国晋还颇为警惕地往四下里望了望。

李八斗继续看下去，他看见了一个人，一个戴帽子的年轻人，帽檐压得有些低。但还是能看见他戴着一副金边眼镜，他从一辆本田车上下来后，若无其事地向四处张望了一下，也进入了吴国晋进去的小巷。

本来这也没什么，年轻人只是和吴国晋一样寻常地进了巷子。而引起李八斗注意的是，这个戴帽子和金边眼镜的年轻人不是别人，正是他曾见过几面的黎东南的司机小董！

一个在李八斗看来本就身手不凡的人，在这样的晚上跟吴国晋隔着一两分钟的时间进入同一条巷子。而且，平常的小董戴眼镜，并不戴帽子，今天他不仅特地戴了帽子，还将帽檐压低。诸多迹象不能不引起李八斗的怀疑了。

"这个人是谁啊？"姜初雪问。

"黎东南的司机。"

姜初雪皱了皱眉："黎东南不是说他请了好几天假吗？他怎么会在这里？他是在跟踪吴国晋吗？"

"也许吧。"李八斗说着，又继续往后翻看监控。

几分钟后，他和姜初雪出现在画面里。姜初雪去了街道的另一边，他则进了巷子。又过了两三分钟，小董从巷子里出来，和进去时的悠闲截然不同，出来时他的脚步很快，形色匆匆地上了车，然后驾车离去。

李八斗二话没说拨打了黎东南的电话号码。

"什么事？"隔了很久，黎东南才接电话，而且语气特别不友好。

李八斗开门见山地说："麻烦黎总把你的司机小董的联系方式和住址告诉我一下。"

"你要小董的联系方式和住址干什么？"

"当然是案情需要，而且，我得给你提个醒，告诉我之后，不要给他通风报信，否则就可能涉嫌包庇嫌疑人，我们就可以启动某些法律程序了，明白吗？"

"呵呵。"黎东南冷笑一声，"你觉得我黎东南是被吓大的吗？"

"我才不管这些。现在是警察办案，请你配合！"

"他的电话号码我可以给你，住址你自己去找吧，我没过问他住哪里，他倒是在公司做过身份证登记，但我不过问这些事。"

"那就说他的号码吧。"

黎东南当即说了个电话号码。

"他全名叫什么？"

“董十八。”

董十八是真名，还是跟“阎老三”一样只是个外号呢？

李八斗按捺住内心的疑问，挂掉电话，接着打电话给冷笑，让他在路面监控中心查一下从白山西郊别墅到朱家巷的路上，昨天晚上十点之后，有没有一辆本田车一直跟着吴国晋的车子，并说了本田车的车牌号码。

很快，冷笑就回了电话，他说那辆本田车一直停在吴国晋的别墅外面，吴国晋一出门，它就一直保持距离尾随其后，直至来到朱家巷的路边停下。

心中有数，李八斗当即拨打了董十八的电话。大约十秒之后，那边才接了电话，声音温和地“喂”了一声。

“你是董十八吗？”李八斗问。

“是的，你谁啊？”

“白山刑警队的，有点情况想找你做个了解，你现在哪儿？”

“在家。”

“家在哪儿？说具体地址。”

“石笋镇水田村一组78号。”

“行，麻烦在家等一下，我马上过去找你。”

挂掉电话，李八斗不禁自言自语了句：“居然是水田村一组的。”

“怎么，你很熟悉吗？”姜初雪问。

李八斗点了点头。

在石笋村还没有开发成石笋镇的时候，水田村与石笋村相邻，尤其是水田村一组，跟石笋村只隔了一座山。

那时的水田村比石笋村出名，因为石笋村山多地少，被其他村子笑话说是穷山恶水之地。而隔壁的水田村，顾名思义，有一望无际的平整的稻田。那时候的农村，多数人都靠土豆、红薯、玉米过日子，不缺大米吃是一件多么令人羡慕的事情啊。

后来，因为石笋村那一座独立而生、形似竹笋的山，还有山下如弯月一般的湖被夏东海老爸看中，带着旅游局领导来做了考察，然后又给县里提了些建议，最终决定大力开发石笋村，扩村为镇，以打造白山县的旅游经济。

一夜之间，落后的石笋村村民拥有了很多农村人梦寐以求的城镇生活，而水田村的人仍过着面朝黄土背朝天的日子。

本来原定的计划是打算将水田村一起开发的，后来有几方面的原因打断了水田村的开发计划。一是石笋村被开发的地方已经很宽；二是过度开发下的消费水平不够，银行减少了对开发项目的贷款；三是当时有个县领导觉得水田村的那些农田很宝贵，毁之可惜。

水田村的人至今仍把他们种出来的大米、土豆、红薯及各种蔬菜担到镇上去卖，卖给那些曾经住他们隔壁村，而今成为城镇居民的人。

董十八就坐在水田村一组 78 号门前的坝子上。坝子前是一片堆满草垛的稻田。

农民在收割完稻谷之后，就将那些稻草堆成垛，看起来像一座座小山一样。以前的时候，董十八觉得那些稻草垛就是丰收的象征，因为他清楚地记得小时候每次收割稻子的时候，村民们都欢天喜地的，记得将稻子打出新米，用新米蒸出来的米饭香喷喷的，馋得人直流口水。

可是后来，他看着渐渐变老的父母，那些佝偻着背插秧割稻干活的村民，他们沿着这条崎岖的山道去镇上，把种出来的东西变卖成钱。那捏在手里少得可怜的、皱巴巴的钞票，每一张都浸透了汗水和辛苦。他这才意识到，那看似丰收的背后是贫穷。

靠着土地过日子的农村人，在很多人的眼里就是下等人，是被人瞧不起的穷人！在农村和城市之间，一直隔着一座翻不过去的山。就像某个国度的富人区和贫民区一样。如果不是这种无形的等级观念作祟，他今天的命运应该是另一个样子。

他从小就勤奋好学，并且成绩很好，家境也很殷实，和村里邻居及各方亲戚也相处得很好。他那时还有三个最好的玩伴。

两个男孩子分别是贾小东和贾艺，都是他的老表。贾小东比他大一岁，是他大舅家的儿子；贾艺是他表弟，比他小半个月，是他二舅家的儿子。还有个女孩子叫王美月，跟贾小东和贾艺是一个院子的。他们都是石笋村的人，石笋村八组。

董十八那时候常去石笋村八组的贾家院子玩，因为他外婆家在那里。外婆很疼他，经常把糖、瓜子之类的东西留给他。两个舅舅对他也很好。两个舅舅的房子跟外婆家是一个院子。所以，只要他去外婆家，两个舅舅及舅妈也会给他好吃的东西，让他觉得去那里就像过年一样开心。

表哥表弟肯定是随时陪玩的，还有院子里那个叫王美月的女孩。他们四个人经常一起玩，四个人当中他是主角。就算有时候院子里的其他孩子加入进来，他也是主角，是孩子王。贾小东和贾艺都说他是大哥。

他后来想了想，他能成为主角的最大原因是，那时候的水田村比石笋村富有。水田村的水田多，盛产水稻，那香喷喷的大米是十里八乡都很羡慕的。每年，他家收割稻子之后都会给外婆及大舅、二舅家送一袋子去，他们都会笑得合不拢嘴。还有那时候他的读书成绩也很好，在学校里被当成苗子培养。老师说他肯定能考上大学，前途不可限量。

可这一切都随着石笋村的开发改变了。石笋村被开发，大舅和二舅家补了很大一笔钱，外婆家也补了一些钱。按照外婆的意思，她会把补给她的钱分成四份，她自己留一份，董十八的妈妈一份，两个舅舅各一份。可两个舅舅认为董十八的妈妈已经嫁人，不是董家的人了，不该分这个钱。如果外婆硬要分钱给她，他们就不管外婆了。

董妈为了不让自己的老母亲为难，放弃了自己应得的那一份，平息了这场家庭纠纷。可三个家庭之间的关系还是走向了冷淡。

得到了巨额补偿的贾家再也不缺大米吃了，想吃大米，有大把的钱可以买，甚至可以开着车子买一车新米回家囤着吃。住的也是看起来很洋气的楼房，大舅、二舅还做了点小本生意，日子过得红红火火。

董十八的父母还是过着面朝黄土背朝天的生活，他再去外婆家的时候，大舅、二舅已经都不待见他了。贾小东和贾艺也不跟他玩了，不但不跟他玩，后来还当着很多人的面揍他。

几年之后，董十八凭着自己的实力考上了白山一中，而贾小东和贾艺靠着搬迁户的资格也就读于白山一中。

当初院子里的那个女孩王美月倒还是念着些旧情跟董十八一起玩，两人关系还挺亲密。没承想，贾小东喜欢王美月，见王美月跟董十八一起玩，就和贾艺一起警告了董十八，让他离王美月远点，很多事今非昔比，他已经不配和王美月玩了，因为王美月是鲜花，他是牛粪。贾小东直说了王美月是他的女孩，谁敢跟他抢他要谁死。

从小就勤奋上进有志气的董十八，没有惧怕贾小东的威胁，继续和王美月一起玩。某天放学后，他和王美月走出大门不远，贾小东和贾艺带着十几个小混混儿一起当着王美月的面暴打他，按着他的头让他跪着，甚至对着他的头撒尿，还说了很多极具侮辱性的话。他们叫他为乡巴佬，说他也不拿镜子照照自己，爸妈都是农民，家里穷得叮当响，还想泡城里妹子，简直就是癞蛤蟆想吃天鹅肉。

学校喊了两方的家长，当着老师和校长的面，大舅、二舅都说会好好管教自己的孩子。可一出学校，他们就一副怒不可遏的样子，觉得他们的儿子金贵，指责董十八妈妈没有管教好董十八，说什么"人穷就该好好读书，不要学城里孩子早恋。人家有钱，你有什么？凭什么？就凭不要脸吗？你不要脸，作为亲戚还得要脸呢"。

董十八一辈子都会记得二舅指着他的鼻子说："家庭条件不好呢，就老实本分点，不要在外面惹事，否则随便出点什么事都够你倾家荡产的。也别想跟城里孩子攀比，人家打死你，赔点钱就行了；你要打死了别人，就只有拿命赔。这一次，是念着亲戚的情面，要是换作别人，敢这么在学校里闹，随便在城里找几个人都得弄死他。"

二舅点着他的额头，咬牙切齿地警告他："记住了，下不为例，再敢跟贾艺他们作对，就别怪我姓贾的认不得了。不管你愿不愿意面对，有些事都今非昔比了，不要还活在以前的认知里，觉得家里有大米吃就很厉害！"

然后他又把董十八的妈妈骂了一通。回家之后，董十八又被父母狠狠地说教了一通。他们跟他讲社会的现实。人穷就得低着头活，古往今来都是如此。

从此之后，他再也没有找过王美月，王美月也没再找过他，因为王美月跟贾小东在一起了。他和王美月单独遇到过好几次，目光匆匆对视之后，王美月就避开了，装作不认识他，甚至招呼都不打一个。遇见她和贾小东一起的时候，贾小东还会故意搂着她，做出亲密的样子向他炫耀。

　　就因为这些事，他在学校里像个可怜虫，没人跟他玩。他就像自带瘟疫一般，男女同学都离他远远的。谁也不愿意跟一个受人践踏而不敢反抗的孬种玩。物以类聚，人以群分，谁跟他一起玩了，也会被人看成孬种。

　　有很多人看他时都投以同情的目光，这目光让他觉得自己另类得像怪物。很长一段时间，他跟自闭了一样。他不喜欢跟人说话，老师喊他回答问题，他也懒得开口。回到家里，父母跟他说话，他也爱搭不理。那时候，他脑子里想得最多的事就是活着没意思，不如死了，但似乎又总有些留恋，父母对他挺好，他不想让他们伤心。就这样没有意义地活着吧。他心想。

　　直到某一天，报了跆拳道班的贾艺在路上炫耀他的腿法。那一脚踢得有些猛，鞋子有些松，脱脚飞出。

　　董十八刚好从那里经过，贾艺当即指着他使唤，让他把鞋捡过来，还叮嘱身边的混混儿看着他，别让他跑了，如果他不捡就揍他。他没有捡。他从内心里厌恶贾艺和贾小东这种货色，怎么会在众目睽睽之下去给他捡鞋呢。

　　结果，贾艺吆喝一声，一群混混儿就围过来打他，打得他的鼻子和嘴都流血了。只有跪地求饶，贾艺才会放过他，但他死不求饶，贾艺和贾小东左边一个，右边一个轮番对他拳打脚踢。

　　路边的车子里出来了一个人，喝止了贾家兄弟，把董十八带去了车里。车里还坐了一个人，那个人就是黎东南。黎东南带他去了一个灯红酒绿的地方，那地方有很多文着身的凶恶男人和很多露着白花花身子的女人。后来他才知道，那个地方叫夜总会。

到那里后，那些凶恶的男人和漂亮的女人对黎东南都毕恭毕敬的。黎东南问他，想不想从此以后在这花花世界里受人尊敬，想欺负谁就欺负谁，而不是任人欺负。

他几乎没有犹豫就答应了。他内心一直如此渴望着，不管什么样的代价都无所谓了。他连死都不怕，还怕什么呢？这世界既然要以强弱来决定尊严，那他就成为强者。

那天之后，他退学了，只给他家里寄去了一封信，说自己不想读书了，要去走自己的路，不要担心他，他会好好的。

黎东南把他送去了国内一家隐秘的保镖特训中心，额外地多给了费用，让保镖特训中心的负责人找最厉害的人，用最残忍的方式，把他训练成最强大的人。

随着稻田延展的路上，一辆白色的车子正往院子这边驶来。董十八看清楚了，那是一辆警车。他知道对方是来找他的，依然一脸平静。

李八斗把车停在坝子外边，院子里跑出来几条土狗，冲着下车的他和姜初雪一阵狂吠，但都只是在虚张声势，不敢扑上来。李八斗随便挥了一下手，跺了一下脚，就吓得它们倒退连连。

"李警官，是你给我打的电话吗？"董十八站起身来。

"是我打的。"

"有什么事吗？"

"恐怕得麻烦你跟我们走一趟。"

"为什么？我犯法了？"

"犯没犯法暂时还没有定论，但有重大嫌疑是肯定的。走吧，别耽误时间了。"

"我可以进去跟父母打个招呼吗？"

"当然可以。"

董十八礼貌地说了声"谢谢"，然后往家里走去。

李八斗示意姜初雪跟上，但姜初雪才跟了两步，董十八就回过头来说："不用跟着了，我不会跑的，要跑的话，我就不会等你们来了。"

姜初雪看着李八斗，李八斗点了点头，让董十八独自走进了家门。

李八斗站在那里，看了看四周的房子，许多都是青砖水泥板房，有些甚至还是黄土青瓦房。唯独董十八家的房子，占地面积挺大，院子里种了些花花草草；建得也特别漂亮，三层小洋楼，外形设计得时尚，还贴了精美的瓷砖，看起来丝毫不逊色于某些豪华别墅。

姜初雪忍不住赞美道："有没有觉得这房子挺漂亮，在这里有点鹤立鸡群的感觉呢。"

李八斗说："是的，看起来很有档次。"

"建这样的房子应该得花不少钱吧？他只是个替人开车的司机，怎么建得起这么豪华的房子？"

"呵呵。"李八斗笑了笑，"司机和司机也是不一样的。你也不想想他是谁的司机。"

"哦，我明白了。"姜初雪顿时恍然大悟。

正说着，董十八出来了，还跟出来一个头发花白、衣服上沾了泥巴的老妇人。

"妈，我走了。"董十八回头对那妇人恭敬地说了声。

妇人挺不放心地看着李八斗问："警察同志，我儿子没犯什么事吧？"

李八斗说："没有，只是做一些正常了解。"

妇人说："他就是一个帮人开车的司机，不可能做什么坏事的，你们千万不要冤枉了他。"

李八斗说："没事的，您忙自己的去吧。"接着将董十八带上了警车。

一路上董十八也没问为何抓他，一直看着车窗外，还是李八斗先打破了沉默："你们家房子建得不错啊。"

"还行吧。"董十八淡淡地说了声。

"给黎东南开车多久了？"

"五六年吧。"

"工资怎么样？"

"月薪两万元。"

"两万元？"李八斗问，"这么高？白山县的平均工资才月薪两千元吧，就算是司机也很少有过五千元的，你的是别人的好多倍了，为什么？"

"为什么，你得去问黎总了。"董十八说，"他愿意给我这么多，那是他的事。"

"我觉得应该是除了给他开车，你还帮他做其他的事吧。"说完，李八斗死死地盯住他的脸，看他的反应。

"那是当然。"董十八一脸的云淡风轻，"端茶倒水跑腿，什么都做。"

"什么都做？杀人呢？"李八斗问。

沉默良久，董十八才认真严肃，甚至颇似警告地说了一句："我并不喜欢这种过火的玩笑！"

此后，两人再无对话。来到刑警队，李八斗直接将董十八带去了审讯室，并给他戴上了手铐，姜初雪在一旁做记录。

目前的证据显示，吴国晋的死，董十八有重大嫌疑，警方可以对他进行刑拘。

董十八也没有任何情绪上的反抗，甚至没有问为什么。李八斗说要暂时刑拘他，拿着手铐让他把手伸出来时，他很听话地把手伸了出来，规规矩矩的。他大概知道这种时候做任何反抗和挣扎都是徒劳的，多说一句话都是废话。

李八斗很佩服他这一点。换作其他人肯定要辩解一下，喊几句冤枉，说自己没犯法之类的。

董十八自己很清楚，有证据他跑不了，没证据警方也不能把他怎么样。安安静静地走完这个程序，是最好的体面。

目光简短地对视之后，李八斗开始了正式的审讯："知道为什么抓你吗？"

"不知道。"董十八回答得很直接。

"昨天晚上你在哪儿，在干什么？"

"昨天晚上？"董十八略微想了想，"一直在跟着一个朋友。"

"跟着一个朋友？谁啊？"

"吴国晋。"董十八回答得很干脆。

"你跟着他干吗？"

"保护他。"

"保护他？"这倒是个新鲜的说法，李八斗颇为意外了一下，"为什么保护他？"

"没为什么。黎总让我保护的，我就保护了。"

"可早上我跟黎总问起你，他说你请假休息了，并没有说让你去保护吴国晋。"

"那得看你是随便问，还是审讯了。"董十八说，"要是有人随便问我昨天晚上在干什么，我就会说在玩。无关紧要的人问的无关紧要的话，没必要说得那么仔细。"

"好吧，你说得有道理，我会找黎东南核实。"李八斗又问，"你只是个司机，黎东南为什么让你保护别人？"

"你也说了，一个单纯的司机月薪拿不到两万元。"

"所以，你明着是黎东南的司机，实际上也是他的保镖，对吧？"

"是的。"

"你在哪儿学的保护人的本事？"

"自己练的。"

"你昨晚是一整晚都在保护吴国晋吗？"

"没有。十一点多我就回家了。"

"为什么不保护了？"

"因为我发现他去了情人家里，觉得应该不会出什么问题了。"

"那你怎么解释一直等在吴国晋别墅外面这件事？"

"我等在他别墅外面怎么了？"

"那时候吴国晋回了自己家，洗了澡，换上睡衣，也是准备睡觉了。你为什么不走，还一直等在外面？"

"这有什么。"董十八说，"吴国晋这种人过惯了夜生活，如果时间还早，他就算回了家，也很可能会再出去。当时时间还早，我在外面再等等，有什么问题吗？"

"那我再问你，你看见吴国晋进他情人的屋里了吗？"

"没有。"董十八说，"我停好车后进巷子就没看见他了，我知道他肯定是来找他情人的，不然他不会大晚上到那样僻静的地方去。"

"你怎么会知道他有情人在那里？"

"当然是他自己说过。"

"他会跟你说他有情人，而且还会跟你说他情人住什么地方？"

"他不是跟我说，是他跟黎总聊天时说起过，我听到的。他和黎总关系很好，这些事都算不得秘密。"

"你既然知道他是去找情人，为什么还要下车跟进巷子呢？"

"我当然想确定一下。"

"你进巷子并没有看见吴国晋，然后你去哪儿了？"

"没去哪儿。找了一圈不见人，我就走了。"

"找了一圈？怎么找的？"

"就往那里的楼梯间上去，听听动静。"

"你还记得自己进过哪些楼梯间，到过哪些楼层吗？"

董十八摇了摇头："记不清了，我当时进巷子，随便找了一个楼梯间看了看。"

"随便找了个楼梯间？"李八斗问，"你觉得这种说法可信吗？"

董十八说："也不是完全随便吧，我当时不知道往哪儿找，刚好听见侧边的楼上有脚步声，还隐约听到开关门的声音，就跟着找上去了。"

"后来呢，你有发现什么情况吗？"

"没有。"董十八摇头。

"你撒谎！"李八斗说，"我看了监控时间，吴国晋是十一点过三分进的巷子，你是十一点过五分进的，然后你是十一点十四分离开的。也就是说你在巷子里待了近十分钟时间，而在这近十分钟的时间里，吴国晋被杀了，你会没听到一点动静？"

"什么？！吴国晋被杀了？"

"是的，他和他的情人一起被杀了。"李八斗说，"两个人的死亡时间都是十一点过后，不然你以为我为什么抓你。他去的是一个很少有人知道的私会之地，你一直在跟踪他，他又刚好被杀，两个人被杀期间，你仍滞留在巷子里，很难不让人怀疑。"

"你要这么说的话。"董十八问，"你是在现场发现了我的脚印、指纹，还是发现与我相关的什么证据了？"

"那些东西不是必要的。"李八斗说，"因为高明的凶手知道怎么处理证据。黎东南那么重要的人，任何保镖都不带，只带你一个，足见你的本事。只要戴着手套脚套，就可以避免留下痕迹，所以你给我老实交代。如果你的说法符合逻辑，也许可以洗脱嫌疑，否则的话，你懂的。"

"该说的我都说了，我确实没有听到人被杀的动静，更没有杀人。"董十八问，"再说了，有谁杀人会把动静弄得尽人皆知？"

"我并没有说一定是杀人的动静，哪怕是有人吵架，有人叫床，什么动静都算。"

"你要这么说的话，我确实听到了一些动静。"

"什么动静？"

"我好像听到谁喊了一声什么，然后听到了有人在跑，还有马蹄声。我就从楼上下来看，但什么都没看到，然后我就走了。"

"我是十一点十一分到的那里，那是我的喊声。你是十一点十四分离开的，所以我进巷子的时候，你还在那里。"

"那不就对了吗。我听到你在喊什么，于是下楼来看，没见到你，我就走了。"

"你昨天穿的是脚上这双鞋吗？"

"对。"

李八斗对姜初雪说："把他的鞋印复制下来，核实一下他有没有去吴国晋死亡的那栋楼。注意案发现场及周围都看看。"

姜初雪领命而去。

李八斗出门个打了个电话给黎东南，问他在哪儿。黎东南说在公司。李八斗让他在公司等着，说有很重要的事过去找他。

打完电话，李八斗将董十八关好，当即前往黎东南的办公室。

这次黎东南冷着一张脸，对他爱搭不理的。李八斗并不介意，他知道这就是黎东南的本来面目。

"你这没完没了的，又有什么事了？"黎东南甚至没有请李八斗就座，他坐在办公桌后面的椅子上，把脚伸到在桌子上，态度傲慢地问。

李八斗自己拉过一把椅子与他相对而坐："我想问一下，你的司机是请假了，还是你给他安排别的事情了？"又特别补充说，"我现在是在认真发问，涉及相关案件，你的回答有可能成为证据，所以请你实话实说。"

"怎么，发生什么事了？"黎东南问。

"发生什么事，你先别管了，快回答我的问题吧。"

"好吧，我让小董去保护吴国晋了。"

"为什么要让他去保护吴国晋？"

"东海和国晋都是我很好的朋友。我们在许多事情上都互相帮助。东海出事之后，国晋的儿子又出事，他跟我说，他怀疑有人想搞他。他知道跟着我的小董很厉害，就说能不能借给他，暗中保护他几天。有什么问题吗？"

"胡说八道！"李八斗说，"吴国晋的儿子是开车撞了人还打人，才被拘留了。吴国晋确实怀疑有人要搞他，但你知道他怀疑会搞他的那个人是谁吗？"

"我又不是神仙，我怎么会知道。"

"那个人就是你，黎东南。"

"我？"黎东南忍不住笑起来，"你在跟我开玩笑吗？我们是相交多年、互相扶持的朋友，情同手足，亲如兄弟，我为什么要搞他？你把他喊来问问，他是否觉得我会搞他。"

"你明知道我已经没法问他了，什么都由着你说了，所以才如此理直气壮吗？"

"我明知道没法问他，什么意思？"

"昨天晚上十一点多，他和他的情人被杀了，地点是他情人的屋子里。"

"什么？国晋被杀了？"黎东南一脸吃惊的样子，"你确定不是在跟我开玩笑？"

"别演戏了。你比任何人都先知道他会死，还装得这么意外干什么！"

"你这人怎么了？"黎东南恼怒起来，"你之前来找我，我还客客气气地待你，没想到你不知好歹，处处为难我，你是对我有什么成见吗？至于这么处处针对我吗？"

"我并不是针对你。我是针对每一个犯罪嫌疑人，这是我的职责！"

"我犯什么罪了？"

"昨天晚上我去过吴国晋家，他说了一些关于你的事，你想听听吗？"

"你来不就是想让我听吗，何必问我想不想听呢？"

"他说你是白山县的地下皇帝，用很多手段帮人平事，然后找人要利润分成，相当于保护费吧，这其中就包括夏东海、吴国晋。本来你们合作得很好，开开心心地称兄道弟。但前些日子，你以赵飞虎的业务不顺为由，让他们再各拿一成的利润出来，遭到了拒绝。你们撕破了脸，然后夏东海就被杀了，你明白我什么意思了吗？"

"我压根儿就不知道你在说什么，我能明白什么？"

"其实你什么都明白，但你不敢承认！"

"没有的事，我为什么要承认，难道别人说我怎样我就怎样了？你不知道这世上有污蔑、陷害和中伤吗？而且，吴国晋到底有没有这么说谁知道，他人都死了，我又没法让你喊他来对质，你说怎样就怎样吗？"

"看来，你是不想配合了。"

"我怎么不配合了？"黎东南问，"你叫我做什么我就做什么，才叫配合吗？那不好意思，我好歹也是个有身份的人，还做不来你这种小角色的傀儡。"

"好吧，我倒要看看你这个大人物能横到几时，我会亲自给你戴上手铐的。"李八斗说罢，转身离开。

"记住，一定要好好地活着，亲自给我戴上手铐，别让我失望啊。"黎东南在背后嚣张地说，其貌不扬的脸上尽是冷笑，小眼睛里也露出了凶狠之色。

第 3 章
U 盘里的秘密

李八斗回到刑警队，姜初雪也刚好回来，说在案发现场的门外和楼梯上都发现了董十八的鞋印。

"他们果然在说谎。"李八斗说。

"怎么了？"姜初雪问。

"董十八说，当时他进巷子时，吴国晋已经不见了，这我信。因为两人进巷子的时间差不多是两分钟，而吴国晋是从第三个楼梯间上去的，从巷子口走到那里不到三十秒。"

"有什么问题吗？"姜初雪一脸茫然。

"问题在于，董十八进巷子后没有看见吴国晋，他却能准确地找到吴国晋所进的屋子，也就是案发现场，这说明了什么？"

"难道他本来就知道这个地方？"

李八斗点头："没错，所以他跟踪吴国晋到朱家巷时，看着吴国晋进了巷子也不急，因为他知道吴国晋会去哪一栋楼、哪一间屋子。关键是他为什么知道得这么清楚？"

"他不是说吴国晋和黎东南聊天时说起过吗？"李八斗摇头，"他是说了，但并没有提到吴国晋说过具体的住址。"

"那他为什么会知道具体住址？"

"还为什么，当然是黎东南早就想着掌控吴国晋，所以调查了他的一切行踪，以备不时之需。吴国晋和他情人的事，我想也不可能是吴国晋跟黎东南说的。吴国晋这种人做事本来就谨慎，他会把这种事随便跟人说吗？肯定是黎东南找人调查出来的。"

"所以说吴国晋的死是黎东南一手策划的？"

"还不能确定，但他肯定有重大嫌疑。"

正说着，手机响了起来。李八斗拿起手机一看，是厉长河打来的，赶紧接了电话。

厉长河问："早上的案子什么情况，弄清楚了吗？"

李八斗说："还在走访调查呢？"

厉长河说："准备一下，周局下午要听取情况汇报。"

"嗯，好。"李八斗应声。

挂断电话，李八斗看了看时间，已经下午一点了，就跟姜初雪一起吃了点东西，然后回办公室在脑子里梳理案情，为下午的会议做着准备。

下午两点半，凶马案情会议准时举行。会议由公安局局长周国栋亲自主持，刑警大队队长王三强及整个凶马案专案组成员，还有白山县公安局的一些骨干人员都参与其中。

周国栋首先讲了凶马案造成的恶劣的社会影响以及省领导对此案的重点关注，强调说这个案子必须得破，而且提出了案件必须得尽快侦破的要求。

时间已经过去十来天了，旧案未破，又发生了新的案件，而且不出意外，应该是连环杀人案。周国栋最后看向刑警大队队长王三强，让他给个解释。

王三强解释说："凶马案着实离奇，专案组也在竭尽全力，并且已经找到了一些线索……"

"我要的是破案，不是线索！"周国栋说，"而且，一案未破，一案又发，这是罪犯的挑衅！"

王三强点头："周局放心，我们一定会竭尽全力尽快破案的。"

"行了，客套话少说，说说案子到底什么情况吧！"

王三强就看向专案组成员："你们谁来说说！"

李八斗将他和姜初雪调查走访获得的线索一五一十地做了阐述。

听完后，周国栋问："你说吴国晋举报黎东南制造了夏东海一家三口的血案？"

"是的。"

"举报证据呢？"周国栋说，"拿出来让大家看看，分析一下。"

"没有证据。"李八斗说，"昨晚我们去吴国晋家找他了解情况，他很谨慎和老练，我们不把录音设备和手机交出来，他就不说。"

"他为什么知道黎东南和夏东海之间有利益矛盾？"周国栋问。

李八斗说："他说他和夏东海是拜过把子的兄弟，夏东海有烦心事就跟他说。夏东海被害，他想为兄弟讨个公道，所以选择了匿名举报。但我觉得吴国晋是个自私谨慎的人，他不可能仗义地为夏东海讨公道。如果说他是为夏东海讨公道，夏东海一遇害，他就该行动起来，而不是在十几天之后。应该是他自己感受到了来自黎东南的威胁才匿名举报的。夏东海死后，应该又发生了某些事情，才迫使他走出了这一步。"

"所以，你的意思是吴国晋和黎东南也有利益纠葛？换种说法，吴国晋的死和黎东南也有关？"周国栋问。

李八斗点头："是的，诸多迹象显示，吴国晋的死，黎东南有重大嫌疑。"

"你们都有什么看法吗？"周国栋扫视了一圈周围的人，问。

刑警大队队长王三强接话："有什么靠谱的证据能证明黎东南与吴国晋的死有关吗？"

李八斗说："目前只能说黎东南有重大嫌疑，但没有实质性的证据。唯一可以为我们提供证据的吴国晋昨晚被杀了。"

"那就等于零了。"王三强说，"黎东南在白山有着举足轻重的影响力，并有政协委员的名头，没有实质性的证据，动不了他。"

"不是说他的司机跟踪吴国晋，并且在案发现场的门口留下了脚印，你已经抓到他了吗？"周国栋说，"撬开他的嘴不就行了？"

"很难。"李八斗说，"他说了是接受黎东南的指派暗中保护吴国晋，而我也找黎东南求证了，两人应该是早就对过口供。另外，他的脚印只是在案发现场门口，没有进入案发现场，不能作为更有力的证据。"

"我还有个问题。"王三强说，"据说在吴国晋被杀的现场，除了受害人的脚印，没有凶手的脚印，却有马蹄印？"

李八斗说："是的，和夏东海家如出一辙的马蹄印，也戴了马蹄铁。"

"那这是怎么回事呢？"王三强问，"为何那个司机跟踪吴国晋到朱家巷，却是凶马进屋杀人？"

"冷笑，你的监控调查结果怎么样？"李八斗问，"有看到凶马是什么时间从什么地方而来的吗？"

冷笑站起身道："查了，监控显示，十点过六分，凶马从杨槐路方向来，进入米花巷，之后巷子里就没有监控了。但米花巷和朱家巷相邻，它肯定是从米花巷进入了朱家巷。"

"大勇，你去解锁吴国晋及其情人的手机，通话记录查得怎么样了？"李八斗问。

魏大勇说："我查了，吴国晋的情人在十点十五分打过一个电话给他，通话时长为两分钟。这也是两人电话记录的最后一个通话。"

"这样说来，跟我的推断就完全吻合了。"李八斗说。

"什么推断？"周国栋问。

李八斗说："因为吴国晋本来是在家要睡，突然出门的，而他去的地方又是情人之处，我推断是他接到了情人的电话而去，但那个时候，他的情人不会无缘无故打电话给他。因为没有一个年轻女孩会在夜深时想一个又胖又油腻的老男人，肯定是有别的什么原因。现在可以肯定这个原因就是，她受到了死亡威胁，被逼着打电话给吴国晋。"

"你的意思是，凶马威胁了吴国晋的情人，让她打电话给吴国晋？"周国栋问。

"不。"李八斗摇头，"虽然凶马做过很多不可思议的事，但我坚信马不可能说话，如果有说话，那肯定是人。只有人才能说话，才能威胁别人干什么。"

"所以，你是说，马是人扮的？"周国栋问。

"也不是。"李八斗说，"即便在夏东海别墅的监控视频里，能真真切切地看清那是一匹马，我内心依然怀疑马可能是人扮的。但昨天晚上与凶马有过正面遭遇后，我就敢肯定那是一匹真真正正的马了！"

"为什么？"周国栋问。

"因为马撒开蹄子奔跑时，它的速度和奔跑方式，不是人能用任何道具模仿得了的。你可以用很多方式把自己假扮成一匹马，甚至走路的时候做到像一匹马，但要像马一样用四只蹄子快速奔跑，落地有力，完全不可能做到。"

"所以呢？"周国栋问，"你的意思是，那就是一匹真的马，可你又说了，马不会说话，没法威胁人，那到底是马干的还是人干的？"

李八斗说："我认为人和马都有。"

"人和马都有，又是种什么情况？"周国栋问。

李八斗说："我也不敢说到底怎样，但我做个大胆的假设吧。假设黎东南和吴国晋发生了某些矛盾，两个人决裂了。这个时候，黎东南就有了想干掉吴国晋的想法，所以就派司机董十八监视吴国晋，想找机会将吴国晋灭口。而吴国晋感受到来自黎东南的威胁后，就选择了匿名举报，却被我们查了出来。我们去他家的时候，董十八就在外面监视，他肯定看见我们了，然后报告给了黎东南。黎东南担心吴国晋向警方说出更多的秘密，威胁到自己的安全，就决定先下手为强。一方面让凶手之一潜入吴国晋情人家中威胁，将吴国晋骗去，一方面又以凶马装神弄鬼地打掩护，再安排董十八跟踪吴国晋，确定他的行踪。就这样，通过各方的配合促成了这个案子。"

"你是说有一个凶手和凶马一起在昨晚的案发现场吗？"厉长河问。

李八斗说："肯定是的。"

厉长河说："可是现场除了被害人，没有第三个人的脚印，连戴着鞋套的脚印都没有，只有马蹄印，这怎么解释？"

李八斗说："这个，我想了，有两种可能。"

"哪两种可能？"厉长河问。

李八斗说："第一，如果凶手穿了一双和吴国晋一模一样的鞋子呢？我们会不会认为那就是吴国晋的脚印？"

"嗯，很有可能。"厉长河说，"第二种可能呢？"

李八斗说："凶手既然可以伪装吴国晋的脚印，自然也能伪装马蹄印了！"

"伪装马蹄印？"厉长河问，"怎么伪装？"

李八斗说："厉队见过踩高跷的人吗？人不一定只有穿着鞋才能走路，有些人踩着滑轮、踩着木棍，也能走路。而凶马是戴有马蹄铁的，假如凶手给自己的鞋子装上一双马蹄铁，让他的鞋不用落地呢？那我们看到的不就只有马蹄印了吗？"

众人听后纷纷点头。

李八斗说："所以，夏东海家只有马蹄铁印，而没有凶手的脚印，也可能是用了这种瞒天过海的伪装方法。"

厉长河问："可是，夏东海案不是有监控显示只见马，没见人吗？人还能隐身进去不成？"

李八斗说："隐身是不可能，但凶手诡诈，有很多不可思议的手段，就像密室杀人案一样，里面肯定藏着某些不易觉察的细节。至少，我从吴国晋案确定了一点，凶马绝非独立作案，而是有人在主控。"

"那你现在有什么对策吗？"周国栋问。

李八斗说："我认为得从四个方向入手。其一，秘密监视黎东南，包括他的通话和行踪；其二，再审董十八；其三，面向社会寻找凶马；其四，调查赵飞虎！"

"调查赵飞虎？"周国栋问，"案子跟赵飞虎有什么关系？"

李八斗说："吴国晋说过，黎东南帮人平事的手段之一，就是让赵飞虎带好几十人拖刀带棍恐吓威胁对方，甚至将人打伤。由此可见，赵飞虎和黎东南的关系非同寻常。因此，如果黎东南某些犯罪行为做得隐秘，我们发现不了证据，不妨从侧面下手，从赵飞虎身上寻找突破口。据说，这个赵飞虎的营生就是开赌场、放高利、养小弟，他肯定有很多犯罪事实的，我们很容易就能拿下他。"

"你们还有什么要补充的吗？"周国栋扫视了一圈众人，问道。

没人说话。李八斗是最了解案子的人，对案子的分析也很全面，一时间还没人想出比他更多的破案方向。

"行，那就这样办吧。"周国栋看着李八斗说，"这件事的影响已经很恶劣了，我只要一个结果，就是早点破案。"

李八斗点头："放心吧周局，我会尽力的。再难的案子，只要是人做的，就会有破绽。何况，我们已经看出端倪，破案之期不会太远。"

"有你这话就行。"周国栋说，"不过，也要注意身体才行，身体才是革命的本钱，没了身体还怎么破案。"

"嗯，知道，谢谢周局关心。"李八斗说。

周国栋对王三强说了声"随时向他报告案件情况"，就先走一步了。王三强又对厉长河和李八斗训示了几句，也走了。

李八斗接着进行人员安排：包古和魏大勇负责监视黎东南的行踪，二十四小时轮流监视。冷笑负责对黎东南的电话进行监听。他和姜初雪则负责余下事宜，包括审讯董十八、攻破赵飞虎，以及对吴国晋和黎东南之间的利益关系进行深度调查。

分配完毕，众人各司其职。李八斗略微想了想，觉得有必要找吴国晋老婆了解下，看能不能找出一些与吴国晋之死相关的蛛丝马迹。于是，他让姜初雪去审讯董十八，他则去往吴国晋家。

吴国晋的家里，除了他老婆，还有些亲戚。他老婆的眼睛肿得像两个熟了的桃子，那些亲戚都在劝她节哀。李八斗的到来并没有让他们感到意外。

李八斗说想和吴妻好好聊聊，让其余人都先回避一下。

"就是你，就是你害死的老吴，你给我滚出去！"吴妻定睛将李八斗看清楚，顿时神经质地咆哮起来，还试图推他。

"你说什么呢？"李八斗问，"他去见情人被杀，为什么是我害的他？"

"昨天他都准备睡觉了，是你们来之后他才出去的，接着就出事了。不是你害的是谁？我要去公安局告你！"

"不要胡说八道了。"李八斗喝止她，"吴国晋的死另有内情，我现在是这个案子的负责人，来找你了解情况。你得配合我，才能找出凶手。"

"你就是凶手，你害死了老吴，又想来害我，我不怕你，我要和你拼了！"吴妻瞥见了茶几上的一把水果刀，抓起来就准备扑向李八斗。

旁边的两个女人赶紧把她抱住，劝她冷静。

李八斗说："你别忘了夏东海家是被灭门的，你要是不想有什么事就好好配合，明白吗？不然吴国晋前脚走，你后脚可能就得去！"

两个妇女把她手里的刀子抢下了。李八斗让屋里的其他人都出去回避一下。吴妻也不再歇斯底里了，屋里就只剩下了她和李八斗两个人。

"吴国晋和夏东海的死亡原因是一样的，所以很有可能是同一个人杀了他们。换种说法，他们很可能是因为同一件事得罪了同一个人，引来的杀身之祸。在此之前，吴国晋曾向我们匿名举报了黎东南，说了黎东南跟夏东海之间的恩怨。我们昨晚来调查时，他否认了自己与黎东南有矛盾。可某些证据显示，黎东南早就掌握了他的一些底细，包括他包养情人以及他情人的住址。昨晚，黎东南的司机还在你们的别墅外面暗中监视。所以，我现在需要你仔细想想，近段时间以来，吴国晋有没有跟你提到过他和黎东南的一些事，或者其他让他感到不安的人与事？"

"有，你这么说我想起来了。"吴妻如梦初醒，"老吴前两天给了我一个东西，说如果有一天他出了什么事，就让我把东西交给警察。"

"什么东西？"李八斗精神一振。

"一个 U 盘。"吴妻说。

"U 盘？"李八斗眼睛一亮，急忙说，"U 盘里面的东西很可能与吴国晋的死有关，赶紧拿给我！"

吴妻突然摇了摇头："我不能拿给你。"

"为什么？"李八斗不解。

吴妻说："老吴说了，得交给省里的警察，不能给县里的。"

"那就对了。"李八斗说，"他肯定是觉得杀他的人有很厉害的关系网，所以才让你交给省里的警察。放心地交给我吧，我是凶马案的负责人，凶马案又是省厅督办的，所以没有任何人敢徇私枉法。"

"不行。"吴妻说，"你们不可靠，我必须交给省里的警察！"

李八斗说："这是很重要的证据，你若交给省里的警察，会耽误破案时间。而且，谁也不知道路上会不会发生什么意外。这样吧，我不把证据拿走，你让我拷贝一份就行。等我拷贝回去研究了，你仍然可以把证据拿去省厅。"

"嗯，这样可以。"吴妻想了想，同意了李八斗的提议。

说着，她就进了卧室去拿吴国晋留下的U盘。

"啊？我的东西呢！"吴妻突然在里面惊叫起来。

李八斗一听，快步往卧室跑去。

吴妻跪在一个拉出来的抽屉前，表情十分茫然。

李八斗看了眼拉开的抽屉，有九个格子。格子里分别装着一些金银珠宝，以及黑白照片之类的东西，其中有两个格子空着。

"怎么了，东西不见了吗？"李八斗问。

吴妻指着抽屉里一个空着的格子说："我明明把U盘放这里了，怎么没了？"

"难道被你老公拿走了？"李八斗问。

"不可能。"吴妻说，"这是我的私人抽屉，只有我有钥匙。而且，我昨天晚上看的时候还在，他昨天晚上走了就没有回来。"

"你昨天晚上看了？"李八斗问，"什么时候？"

吴妻说："十点多吧，就是他走了没多久。我感觉他走得匆匆忙忙的，心里有些不安，就想起了他给我的U盘。我有点好奇里面到底藏着什么秘密，特别想看一下，可我不懂电脑，而且他也警告过我，不要私自看，否则会害死我，我也就作罢了。"

"这么说来，U盘应该是昨天晚上十点后丢的。"李八斗问，"你们家监控的电脑主机在哪儿？"

"在他的会客室。"

"带我去看看。"

当下，吴妻把李八斗带去看了监控。可惜的是，吴国晋没有像夏东海那样在别墅的四面都安装监控，只是在别墅的正前方安装了两台监控。而在两台监控里，都没有见到有可疑的人物在晚上十点后从正门进入别墅。

李八斗当即去查看了别墅后面，那里果然没有安装防盗网，不过门紧闭着。

对方既然能打开抽屉的锁，自然也能打开屋门的锁，所以贼有可能是从别墅后面翻墙上来，用开锁手段打开房门而入。

李八斗打了电话给姜初雪，问她对董十八的审讯如何。姜初雪说，董十八还是坚持之前的说辞。

李八斗说："看来没有铁证他是不会承认的。行了，先别审了，你带着提取指纹、脚印的工具过来吴国晋家，勘查一下现场吧。"

"怎么，那里又发生什么事了吗？"

"是的，你赶紧过来吧。"

姜初雪应声，挂断电话半个小时后，她急匆匆地赶到了吴国晋家。

李八斗跟她说了大致情况，两人随即开始了对别墅的勘查。

勘查结果显示，对方是自别墅后方爬墙而入的，墙脚和墙上都有脚印，但没有发现指纹。

"四十二码的鞋印，难道是他？"姜初雪若有所思。

"谁？"

"那个案发后进入 16 号别墅，在楼顶留下烟头的人。"

"他是穿四十二码鞋吗？"

"是的，我把他上次留下的鞋印复原了出来，就是四十二码鞋。可能因为这次只是入室盗窃，他在上楼后就没有戴脚套，所以屋里也有他完整的鞋印。"

"指纹呢？"

"没有指纹。"姜初雪说，"他应该有戴手套的习惯。"

"这到底是个什么人呢？"李八斗皱着眉说，"他到底想干什么？"

姜初雪问："有没有可能是黎东南的人？"

"黎东南的人？"李八斗问，"理由呢？"

"理由就是黎东南派了司机监视吴国晋家，吴国晋前脚离开，U 盘就失窃了。而且，一般人不会知道这个 U 盘，拿这个 U 盘也没什么用。"

"可是，U 盘是吴国晋悄悄录存，并交给他老婆保管的，黎东南怎么会知道？"

"倒也是。"姜初雪说，"毕竟黎东南的人只是在外面监视，没法知道屋里的事情。"

"是的。"李八斗说，"如果知道的话，吴国晋的 U 盘已经录存好几天了，黎东南不会等到昨天晚上才找人盗窃走的。毕竟吴国晋的老婆说，昨天晚上十点的时候 U 盘都还在。"

"如果不是被黎东南的人拿走了，又会是谁呢？"姜初雪问。

李八斗摇头，心想这个角色太复杂，凭空冒出，又跟各方人物纠缠。凶马案发后，他翻墙进入夏东海的别墅，还在楼顶抽了根烟。吴国晋被杀当晚，他又从吴国晋家盗走疑似关键证据的 U 盘。但他又是怎么知道吴国晋有这个 U 盘的，而且还知道 U 盘藏在什么地方？

想不出个所以然，李八斗看了看时间，已经六点多了，便对姜初雪说道："走吧，时间不早了，先下班吧。"

"嗯。"姜初雪应了声。

第4章
夜袭别墅

夜深了，街头的人群如潮退去，高楼里的灯光也渐次稀落，街边的路灯因此透出几分莫名地清冷。

酒店的房间里，一个面如古铜的男子正叼着一支烟立于窗前，看着楼下街道上偶尔路过的行人或车辆。

回过神来，他看了看左腕上的手表，已经夜里十点了。他将还剩好长一截的香烟硬生生地用手指掐灭，转身从房间的一个包里拿出一个单筒望远镜来。

他走到窗边，先将窗子关上，不过没有关严，留了点空隙。他拉上窗帘，再将望远镜伸向窗帘的缝隙中，看向远处的一幢别墅。

那是一幢欧式建筑，有花园，有假山，有喷泉，有泳池，有保安，有狗。别墅大门上有三个字：南山墅。

男子将镜头聚焦在别墅的第三层，那里的灯光还亮着。他不由得皱了皱眉头，又把望远镜垂下，回转身来，坐到一台打开的笔记本前。

笔记本的侧边插着一个U盘。U盘里的文件已经被打开了，主要分为两个部分。一个部分是文字，一个部分是录音。文字部分的文档名为"黎东南罪证1"，录音部分的文件名为"黎东南罪证2"。

男子点开了"黎东南罪证1"的文档，开始第一句就是"东海被杀了，我知道是黎东南干的"。

男子的目光一直停留在里面的一段话上——

> 从冲突的开始，我就知道东海可能会出事，但我觉得黎东南顶多要他一只手或一只脚，给他点教训。没承想，黎东南会直接要他的命，更没想到的是，会灭他的门。黎东南真是一点不讲兄弟情义，不讲江湖规矩，连女人、孩子都一起杀了。

失神良久，男子将文档关上，笔记本关上，拔下U盘，再次拿起望远镜来到窗边，窥探别墅那边。别墅三楼的灯终于灭了，男子一下子振奋起来，当即转身出了屋子。

楼下停着一辆路虎车，男子上车之后启动车子，转过了两条街道，将车停在一处河边的大树下，然后从车里拿出一把有绑带的匕首，绑在了右小腿上，再从车里拿起一个背包背上，下了车。

他沿着河边一直走，走了大约三百米，来到了一片绿化地，远远地可以看见一栋独立别墅。他没有急着走向那处别墅，而是来到一棵树下，从身上取下背包，从背包里拿出一件雨衣穿上，再戴上雨衣的帽子和一个大号的黑色口罩，还有手套和鞋套。

准备好一切，他沿着绿化地往别墅后方而来，其间能看见别墅大门的岗亭里有保安在值班。

男子到了别墅后方，侧耳听了下里边的动静。里面似乎很安静。他后退数步，然后猛然冲刺，脚踩在围墙上一借力，弹身而起，抓到了围墙上方。他借力翻上围墙，接着下到了里面。

"嗷，嗷嗷！"突然传来几声凶恶的吼叫，一条黑影带起疾风往男子扑来。

光线太暗，男子看不清具体情况，但他知道是一条狗，而且不是一般的狗。那狗的叫声有如狮吼，而且扑过来的速度也奇快，眨眼间就来到了他跟前。

来不及多想，他一记低鞭腿重击而出。踢是踢中了，可并没有达到预期的效果，仅仅将狗踢了个趔趄。他这才反应过来，这是一种特别可怕的东西——藏獒！

眨眼间，受到阻击的藏獒再度向他扑来。他赶紧翻身滚开，顺手从右小腿拔出了匕首。藏獒对他仍旧气势汹汹、锲而不舍。他想拿着匕首上前击杀藏獒，却听见别墅前方有人在喊："后面有情况！"

没有多想，他脚下一蹬，身子蹿起，直接翻上了别墅围墙。藏獒往围墙上的他扑来，爪子抓在围墙上，刮擦出一阵尖刺的声音。

别墅里的灯瞬间亮起，前面的保安大呼小叫地往后面跑来。此时，三楼的一间卧室里也迅速亮起了灯，但黎东南并没有即刻循着动静下楼来，而是迅速奔向了侧边的一间屋子。

那间屋子里有两台台式电脑，电脑上显示着数处监控画面。他在别墅后方的监控画面里，看到一个黑影正穿过绿化地往远处飞奔。

黎东南当即抓起电脑旁边的一部对讲机，喊道："在后面的绿化地上，往河边逃了，赶紧追！"

然后，他就看见好几个保安骑着摩托车往绿化地那边追去。

而那个黑影已经消失在了监控范围外。

黎东南来到别墅的阳台上，脸上不由得浮起一丝狞笑，自言自语道："老子可不是那么好杀的！"

夏东海死后，吴国晋又被杀，黎东南总有某种预感，这种血光之灾很快就会落到他头上。这种关键的时刻，他的保镖董十八又被抓，阎老三又不方便露面，于是他增加了别墅的安保力量，但没有完全显露出来。白天的时候，只有两个保安在岗亭值班。到了晚上，除了在岗亭值班的两个保安，还有两个保安在别墅里来回巡逻。而且，他还在屋里藏着至少六个人的保安团队。

除此之外，他还将两条由他驯养的藏獒放在别墅后方，故意关了别墅后方的灯。他知道如果有人要来杀他，看见前面有保安，必走后方，人在黑夜里看不见东西，狗却可以，因此，只要有人从后面来，必定会惊动藏獒。不过，这次对方虽然中了圈套，却能从藏獒口中逃掉，显然不是省油的灯。

这家伙到底是谁呢？应该很快就会有答案了吧，黎东南心想。

李八斗正骑着共享单车穿梭在大湾片区的朱家巷附近，也许是为了寻找当年那个变态，也许是想找到一些跟凶马案有关的蛛丝马迹。

手机突然响了起来。他拿出来一看，是魏大勇打来的，当即就接了，问："什么情况？"

魏大勇上气不接下气地说："有人潜入黎东南的别墅被发现了，他的保安已经追出去了。"

"你也在追吗？"

"是的。"

"此人可能跟凶马案有重大关联，一定要抓住他。你先看着那边，我马上过去！"

李八斗说完，当即挂掉电话。他想了想，又打了个电话给冷笑，让他马上从路面监控中心查看黎东南别墅周边的动静，看能否找到可疑的人物和车辆。

打完电话，他甚至来不及回警队开车，随即将单车停在路边，拦了辆出租车，往黎东南的南山墅而去。

"跳河里去了，跳河里去了。"

一个保安骑着摩托车紧追不舍，忽听得河水"轰"地响了一声。他将摩托车车灯照过去，只见河中荡漾着圈圈涟漪。他谨慎地将摩托车车灯照向四周，没有见到男子的身影。

"跳河里了？没见人啊？"紧随而来的一个保安说。

"你傻啊，他肯定是憋气潜游的。他想从河对岸跑，赶紧追！"先前那个保安下了摩托车，跳进了河里。另一个保安也当即下了摩托车，跳进了河里。

附近一株巨大的黄桷树上，男子见追在最前面的两个保安果然上当了，当即迅速下树，从另一个方向离开了。

后续到来的保安全都聚集在河岸，他们都认为逃跑的男子跳河逃跑了，有的说下河去追，有的说开车去河对岸堵。

魏大勇比他们来得都慢。他本来开了一辆轿车在黎东南别墅外监视动静，但他没法把轿车开进绿化地，只能徒步追来。

"跳河里去了？"魏大勇将手电筒光照向河面，看见几条黑影在拼命地往前面游，总共有两拨儿人。前面一拨儿有两个人影，两人几乎是并排的，没有追逐之相，其中显然没有疑犯，跟在后面的三个人影，显然更不是。

魏大勇站在那里看了十来秒，这种情形都并未改变。疑犯不在河里！他立马得出这个结论。因为没有人在潜游了这么远之后还不冒头。

魏大勇看出来了，那几个保安只是在盲目地往前游，根本没有目标。他转身在附近寻找起线索来，手电筒光落在了黄桷树下一株被踩坏的观赏菊上，他再走近些仔细瞧了瞧，确实是刚才被踩坏的。他再将手电筒光照向黄桷树上，马上就明白是怎么回事了。

被踩坏的这株观赏菊被黄桷树正面挡住，从那边追过来的保安由于骑着摩托车，都得绕开黄桷树，所以他们不可能踩到，更没有发现这个线索。

魏大勇猜测可能是有人借黄桷树的树干遮挡身子，或者藏到了枝繁叶茂的黄桷树上，再从上面跳下来。他再往观赏菊地里搜寻，果然发现有好几处被踩坏的菊株，而且两两之间的距离将近一米。这说明对方是在跑，步子迈得较大，而且落脚也重。

魏大勇没有多想，打着手电筒就往脚印的方向追去，然而一直追到大马路上，也不见有可疑的人影。

李八斗打电话来，说马上到黎东南的别墅，问他在哪里，情况怎么样。魏大勇便把大致情况说了下。

李八斗说："还是回黎东南的别墅找黎东南吧。我让冷笑从路面监控找了，既没有发现有人逃跑，也没有发现可疑人员和车辆。黎东南的别墅有监控，看能不能在那里找到些线索。"

魏大勇说："行，我马上过去。"

挂掉电话，魏大勇就往回赶，赶到黎东南别墅的时候，李八斗刚好也从出租车上下来。

黎东南别墅的岗亭仍留有保安看门，李八斗上前亮了证件，说要见黎东南。保安说要打个电话问一下。

李八斗说："刑警办案，难道还要经过允许才能进入吗？带路！"

保安愣了愣，视线对上李八斗威严的目光，也没说什么，随即带着两人进了别墅。

黎东南站在楼上看见这一幕，不由得皱了皱眉，自言自语道："还真是阴魂不散！"

手机响了起来，黎东南接起电话，慢吞吞地说："谁啊？这大半夜的，什么事啊？"

"黎东南，别装了。"李八斗说，"我是从你别墅大门进来的，你应该看见我了。是你下楼来，还是我上楼去啊？"

"我下楼来吧。"黎东南说，"不是朋友，我不欢迎上楼的。"说着，就挂了电话。

很快，李八斗就看见黎东南一脸傲慢地从别墅里出来了。第一次去黎东南公司的时候，见到的那张看起来平易近人的脸，果然只是一副面具。

"什么事，说吧？"黎东南板着脸，语气很生硬。

"刚才的事，说说吧。"

"刚才有什么事了？"黎东南明知故问。

"少给我装糊涂。"李八斗说，"不是有人潜入你的别墅被发现了，然后逃跑了吗？"

"你既然知道，还问我干什么，是吃饱了撑的吗？"

"我想知道那个人是谁，来找你干什么？"

"废话！"黎东南说，"一个大半夜跑来的不速之客，我能知道他是谁？我怎么会知道他要干什么？"

"看来我们聊不出什么有用的东西来，走吧，带我去看监控吧！"

黎东南也没说什么，带着两人来到了监控主机所在的房间。他知道李八斗在办什么样的案子，也知道不管自己有什么样的身份，都无从拒绝。

"你看下时间段吧，动静什么时候起来的？"李八斗盯着监控屏幕对魏大勇说。

魏大勇想了想，把监控时间倒回半个小时前。

黎东南别墅的监控比夏东海家还要齐全，共有两台电脑八处监控设备，除了正门之外，楼顶以及别墅的东西南北都有监控。

在别墅后方的监控里，能看到一个黑影。那人穿着长衣，戴着长衣的帽子，还戴了口罩，根本看不清脸。而且，别墅后面没有开灯，监控画面有些模糊不清。只能大致判断出那人的身高应该在一米七五以上一米八以下，动作非常麻利，不算低的围墙，他随便一个冲刺就翻了进来。

别墅后方监控的范围还包括墙内的一部分，所以可以看到藏獒扑过去时，那人的表现并不慌乱，而是迅速做出了反击，一伸手就从右小腿上拔出了匕首，不过准备迎击藏獒时，那人大概是听见了别墅前面的喊声，迅速爬出围墙逃跑了。

"如果我没看错的话，那扑咬的家伙是藏獒吧？"李八斗看着黎东南，问。

"是。"黎东南应了声，一脸凝重的样子。

他之前并没有往前翻看这段视频，以为对方潜入时惊动了藏獒，就立马逃跑了。清清楚楚地看完这个视频，他才发现对方竟然和藏獒过招了，并且打算击杀藏獒。看到对方的反应和动作，他就知道对方是老手、高手，比他想象的要可怕。

"藏獒？"魏大勇顿时惊讶不已，"不会吧，那人好像迎着扑来的藏獒踢了一脚，差点把藏獒给踢倒了？"

李八斗说："你没有看错，千真万确，如果不是有其他动静，估计藏獒会死在他手里。"

"不至于吧。"魏大勇说。

"你没看见他从小腿上拔匕首的那个动作吗？"李八斗说，"常人喜欢把匕首插在腰间，藏在裤兜，只有受过特殊训练的人，才会把匕首藏在衣袖里或者小腿上。而且，他的动作非常麻利，一看就是久经训练。"

"看来，这不只是一个想来偷东西的贼。"李八斗把目光看向黎东南。

"你想说什么？"黎东南问。

"我发现了一些奇怪的现象，希望你能给我一个合理的说法。"

"有什么奇怪了？"

"其一，为何你的别墅前面到处开着灯，而别墅后面没开灯？其二，藏獒这种凶猛之物你为何不锁着，而要放置在别墅后面的漆黑之处？其三，为何你的别墅原本看起来平平常常的，可动静一起来，屋里立马跑出来那么多保安？那些保安不在屋外巡逻，藏在屋里干什么？"

"看来，你还是有几把刷子的，能看到这么多细节。"

"不需要恭维我，直接回答问题吧。"

"如果我说我预感到有人要杀我，所以做了这些安排自保，你信吗？"

"什么人会杀你？"

"你觉得我要是知道的话，会这么被动吗？"

"要杀你的人当然是和你有深仇大恨的人。你跟谁有深仇大恨，你会不清楚吗？"

"有些人即便你跟他有深仇大恨，可他知道自己实力不行，也会选择忍气吞声。可有的人也许只因为一些小口角，就选择杀人，这谁说得准呢。"

"那你为什么预感到会有人杀你？"

"这还用说吗？"黎东南说，"东海被杀了，才不过十来天，国晋又出事了。我们可是手足般的交情，我总感觉这个人是在针对我们，所以就做了防范。幸好做了防范，不然我可能也成一具尸体了。"

"你是说，有人针对你们这一伙人？"

"老夏和老吴相继身亡，今晚又发生了这样的事，不是已经很显然了吗？"

"什么很显然。"李八斗说，"夏东海的死是凶马作案。吴国晋的死也是凶马作案。你这里来的是一个人，马影子都没有，显然各是一码事。你想洗脱凶马案的嫌疑，可没那么容易！"

"你这是认定凶马案是我做的了？"

"还说不上认定，只能说嫌疑最大。"

"我知道你是出于职责想找出凶手，破了凶马案，我的想法其实跟你一样，因为死的是我兄弟，丢的是我的面子。最近有很多对我不利的流言蜚语，说什么我的报应来了，说我要日薄西山了之类的。所以，我也想知道到底是个什么样的人物，让平静了这么多年的白山县城突然就掀起了惊涛骇浪。"

"夏东海和吴国晋就像两条恶犬，随便哪个在白山县都让人谈之色变。而这两条恶犬在你面前不过是傀儡而已。你告诉我，除了你，还有谁能神不知鬼不觉地置他们于死地？"

"这我怎么知道。"黎东南说，"天外有天，人外有人，你把我说得都神乎其神了，刚才不照样有人带着匕首来杀我吗？"

"那人不是才进你别墅就跑了？"李八斗说，"他纵有杀你之心，还是敌不过你的老谋深算啊。"

"我希望你能相信我一次，凶马案绝非我所为，而是另有其人。这个人受过特殊训练，有着深不可测的本事。"

"让我相信你？"李八斗冷笑道，"我都跟你说了，吴国晋明说了你和夏东海有矛盾，并且他还意识到自己的处境也有些堪忧，才匿名举报了你。你却告诉我，你跟他们情同手足，甚至说派董十八是为了暗中保护吴国晋。你这谎言太拙劣了，董十八是保你命的人，你要是知道有人要杀你，还会把他派去保护别人吗？这世上可能真有人如此重情重义，但绝不会是你。所以，董十八跟踪监视吴国晋的目的极有可能就是要杀他！"

黎东南显得很无奈："好吧，我跟你说不明白。你若认定这一切是我干的，就拿证据出来抓我，我等你。"

三个人离开了监控主机所在的房间，来到外面。没过多久，那些保安都回来了，好几个人身上都湿透了，像落汤鸡一样。

"怎么，没抓到人？"黎东南黑着一张脸。

其中一个保安说："我觉得他可能已经淹死了。"

"可能已经淹死了？"黎东南问，"为什么？"

保安说："我当时追得最近，不仅听到了跳河入水的声音，还看到河水在荡漾。然后我就跳下水去追，可一直游到河对岸，也没有看见人。河对岸是一片地，他如果跑上去我们就看得见，但就是不见人影。所以我觉得他肯定是不识水性，淹死在河里了。"

"胡说八道！"黎东南怒从心起，"你觉得他是白痴吗，不识水性还往河里跳？"

"这……也……也许是被追急了吧。"保安说，"他是徒步，我骑着摩托，总归会追上的。"

"别想好事了，他根本就没跳河，而是从另一边跑了。"魏大勇忍不住接话。

"不可能！"保安言之凿凿地说，"我明明听到了跳水声，还看见河水荡开了。"

魏大勇说："你骑着摩托车追他，他在绿化地里绕，你的灯光没法一直照着他。当车灯离开他时，他将身子随便藏在一棵大树后面，丢一块石头在河里。你听到水响，车灯和注意力都被吸引过去，本能地以为他跳了河。而他借此机会藏到树上，你们一群人只知道往河里找，他就算大摇大摆地走掉，也不会有人知道。"

"都是些废物！"黎东南忍不住骂道。

"看来，这个想杀你的人还是有几把刷子的。"李八斗看着黎东南，"怎么样，要说出实情，让我帮你一把吗？"

黎东南说："别想套我话了。最近这些事发生得太突然了，我一点头绪也没有。你不要把时间浪费在我身上。"

"行，你就慢慢装吧。"李八斗说罢，让魏大勇去拷贝了一份监控视频回来，然后就离开了。

回到刑警队，李八斗和魏大勇一起反复观看了那段视频，他总觉得那个身影有些似曾相识。可到底是谁呢？他想了很久，把认识的人都想了个遍，也没想起来是谁。

时间不知不觉已是凌晨两点，李八斗让魏大勇先回去休息。

魏大勇问："还需不需要继续监视黎东南？"

李八斗想了想，说："继续监视吧，黎东南身上有太多不为人知的秘密，必须得盯着他。不过，发生了今晚这样的事，他会更小心谨慎的，你要盯得更隐蔽点，不要被他察觉，也不要被他的对手察觉。"

魏大勇说了声"收到"就离开了，办公室里只剩下李八斗一个人。夜特别安静，安静得让他有种错觉，这世界恍若不存在了，他一个人漂浮在大海中间，感到孤寂又茫然。

第二天早上，姜初雪走进办公室，目光第一眼就看向李八斗的位置。李八斗也正把目光看过来。

姜初雪走过去问道："案子有什么进展吗？"

李八斗反问道："你有什么想法吗？"

"我在来的路上想了，吴国晋的死很可能不是黎东南派人干的。"

"是吗？理由呢？"

姜初雪说："有一个细节啊，就是董十八一直奉命跟着吴国晋，我们认为这是为了杀吴国晋。但是以董十八的身手，要杀吴国晋，根本用不着凶马或其他人出手。而且，假如是黎东南安排了凶马去杀吴国晋，既然凶马已经事先潜入吴国晋的情人家里，董十八也确认吴国晋进到了朱家巷去找他的情人，那他实在没必要跟进巷子，也没必要找到楼上去，你觉得呢？"

"有点意思。"李八斗看着她，"你这么一说，我还真觉得有些道理。若凶马为黎东南所有，它对付夏东海那样的高手都能做得干净利落，对付吴国晋是手到擒来。既然如此，黎东南就没必要白白地让董十八参与进来。毕竟董十八是他身边隐藏的高手，除非万不得已，他不会亮出这张底牌来。可是，如果凶马不是黎东南所有，'铁将军'为何会在这个时间点上离奇失踪，又是什么人先杀夏东海，再杀吴国晋的呢？从作案动机和查到的证据来看，黎东南都是不二人选。"

"只能说这个案子比我们想象的复杂，对手也比我们想象的高明。"

"走吧，我们再去现场看看吧，看还能不能看出点什么。"

"要我去吗？"

"去吧。你是法医，有时候可以看出我看不见的细节。反正现在缺少证据，只能靠我们去找。"

于是两人又重回了朱家巷吴国晋的情人家里。地上的血迹已经干了，看起来仍然触目惊心。李八斗站在那里，一遍又一遍地回想着当时的现场。

当时因为天气热，屋子里开了空调，门窗都是关着的，而且装了防盗网，凶手和马都不可能从窗子进来。那么是马扬起蹄子敲门进来，还是另有人开门进来的？冷笑已经通过监控找到了马来的时间和路线，可一路上都只看到了马，却不见人。如果真的另有其人，那个人是先到了，藏在某个地方吗？又是藏在哪里呢？马又是如何准确地穿过那么多巷子，到了一幢楼上的房间的？

包古调查到的吴国晋情人的资料显示，吴国晋的情人是他公司新来的一个会计，叫于秀丽。入职才三个月，十天前就买了辆新车，半个月前吴国晋跟部门经理打过招呼，说于秀丽不用打卡。所以吴国晋和于秀丽建立情人关系大概才半个月，不会超过二十天。

房子本来就是于秀丽住的，所以吴国晋到这里来的时间也是半个月，不超过二十天。也就是说，凶马是在这二十天内知道这里的。

从某种意义上讲，马或者说很多动物的认路本领都比人强，但马毕竟受人驾驭，第一次的时候，不可能自己找来这里，肯定有人带它来过这里，而且可能不止一次，因而它才熟悉这些错综复杂的街道。也就是说，只要找到马第一次出现在这里的时间，就可能找到利用马做掩护的真凶！

想到这里，李八斗当即给冷笑打电话，让他查看二十天之内朱家巷附近几条道路的监控，尤其是从杨槐路方向来朱家巷的监控。一旦找到那匹凶马第一次出现的时间，马上告诉他。

打完电话，李八斗回头看了看，见姜初雪站在双开门的冰箱前，正在用一把水果刀撬着什么，就走了过去，问道："什么情况？"

"里面有一些肉和一条动物的腿，如果我没猜错的话，是麂子腿。"

"麂子腿怎么了？"

"本来也没什么，只是我突然想到了夏东海的死。"姜初雪说，"当时我不是怀疑有可能是食物的原因导致他丧失抵抗能力而被杀的吗？我还特别对他的消化物成分进行了细致的分析。"

"是，我记得，不过，当时的分析结果不是正常的吗？"

"当时的正常只是说那些东西不会对他身体的功能造成影响。不过，夏东海肚子里已经消化的肉不是寻常的猪牛羊肉或鸡鸭鱼肉。"

"那是什么肉？"

"一种野生动物，麂子的肉。"

"麂子肉？"李八斗愣了愣。

"是的。"姜初雪指着冰箱里被层层寒冰包裹着的那条腿，"如果我没判断错的话，这条腿就是麂子的腿。我没有见过真正的麂子，但在修生物学的时候，麂子的外形，以及它的肉质成分这些，我还是很熟悉的。"

"不过，夏东海吃了麂子肉，于秀丽的冰箱里也有麂子肉，这也没什么问题吧。于秀丽的麂子肉肯定是吴国晋送的，而吴国晋和夏东海是要好的兄弟，麂子肉是好东西，无论是夏东海有，还是吴国晋有，他们送给对方也都正常。"

"你这么说好像也有道理。"姜初雪还是觉得有点不对，却又说不出哪里不对，"你发现什么了吗？"

"得等冷笑查了监控才知道，先走吧。"

"嗯。"姜初雪应了声，走了两步，又回头看了看冰箱，最后还是走了。

走到巷子里的时候，李八斗停住了脚步。他的脑子里又本能地重现那天晚上的情节。凶马看见他，停了下来，彼此之间有短暂的对峙。他反应过来，喊了声"凶马"。凶马迟疑了下，然后转身飞逃。

是的，凶马应该是认识我的，不然看见我，不会停下来。而且，不但认识我，还不想伤害我，所以才会转身飞逃。若不然，以凶马的本事，应该直接冲过来杀我才是。

可是，凶马为何会认识我？

"怎么了，有什么发现吗？"姜初雪见李八斗停下来，脸上的表情也很古怪，忍不住问道。

李八斗当即把自己的想法说了，让她也来分析下，其中到底有什么蹊跷。

"这么说的话，里面确实有疑点啊。"姜初雪说，"不管是马还是其他动物，都认人，但认人的前提是许多次的见面或长时间的相处。而且，凶马不但认识你，还没有杀你灭口，说明你们之间应该有某些感情的，否则说不通了。"

"一匹马认识我，还跟我有感情？"李八斗忍不住自嘲，"要不是从小到大的点点滴滴我都记得一清二楚，我还真会怀疑是不是我健忘了。我这一生跟马打的交道都屈指可数，不可能有哪匹马对我很熟悉，而且还熟悉到有感情。"

"可事实如此啊。一匹杀人如麻的马，见到你停了下来，而且避免与你冲突，转身跑掉了。"

"呵呵，有意思。绕来绕去，凶马还和我有关联了？"

"你真的看清楚了，那是匹马吗？"

"什么意思？"

"我跟动物学家了解过，马是被动型的动物，受人驾驭，往往与主人有比较高的默契，不至于有如此强大的思维能力。不管是杀人，还是见了你，因为某些原因而转身逃跑，都不应该是一匹马能做到的。"

"吴国晋的死，我基本上可以肯定是人为的，马只是一种用来故弄玄虚的假象。可在巷子里遇到的，我也可以肯定那是一匹真真正正的马。这案子真是奇了怪了。"

"如果解不开这个谜的话，凶马案会成为悬案吗？"

"不可能！"李八斗喉咙里发出坚定的声音，"破不了这个案子，我绝不接手其他案子！"

"好！"姜初雪仿佛被鼓舞了，也坚定地说，"无论如何，我跟你共同进退！"

李八斗看着她，心里有种莫名的东西在涌动："你好像变了个人似的。"

"有吗？"姜初雪问，"哪里变了？"

"你一直觉得我无耻下流，很厌恶我的，最近好像……变温和了？"

"那天晚上多亏了你，我才幸免于难。"姜初雪感激地说，接着又补充道，"而且有红姐帮你说话，所以我相信那次只是一个误会。"

说后半句话的时候，姜初雪害羞地低下了头，脸上飞起一抹红晕。

"我苦口婆心地解释，你都不相信我，我很好奇红姐都跟你说了什么呀？"

"你为什么做警察，为什么每天晚上在白山县城和石笋镇的大街小巷游荡。所以，我觉得你值得信赖。"

一种无形而锋利的东西狠狠地刺进胸口，李八斗瞬间沉默了。

"如果你愿意，我可以帮你一起查这个案子，把那个凶手找出来！"姜初雪目光炙热地看着他。

对着她的目光，李八斗心里莫名地动摇了下。

"红姐怎么会突然说起这件事的？"

"因为……因为……"姜初雪纠结再三，还是打算坦诚相对，"你那天晚上鬼鬼祟祟的，我以为你又要做猥琐的事，就跟踪了你，想抓住你的把柄……然后把柄没抓到，自己却身陷险境，还好你及时出现。我为之前的事向你道歉，对不起。"

"事情都已经过去了，你人没事就好，只可惜让那家伙跑掉了，而且也没有什么线索。"李八斗见姜初雪态度诚恳，也就顺坡下驴，给了她一个台阶下。

"对了，我有线索。我当时觉得你在巷子里四处张望有问题，就打算用手机偷拍你留证，结果一打开相机，却是自拍的状态，然后我就在屏幕上看到了一个人影，再然后我还没反应过来，就被对方控制住了。"说着，姜初雪拿出手机，在相册里翻到一张照片，"这张照片应该是我被迷晕之前无意间拍下来的。我在红姐家醒来时，才知道手机屏幕碎了，而且手机当时没电了，开不了机。第二天，我也没充电，就直接送去维修了，直到今天给修好的手机充上电，开机一看，在相册里发现了这张照片。"

照片有些模糊，除了姜初雪的脸外，能隐约看到一个不完整的人影。那人戴着一顶草帽，帽檐压得很低，看不见脸，像一个幽灵一样。

看着照片里的人影，李八斗的神情突然有些激动起来："这个人有可能就是我一直在找的变态杀手！"

说这句话的时候，李八斗的眼神里透露着一股杀气。

"杀害诗佳的那个变态杀手？还真有可能！"姜初雪也一下子如梦初醒。

"晚上，巷子，幽灵一样的男子，尾随漂亮女孩。"李八斗的神情格外激动，"已经很多特征相似了，走，我们去石笋镇！"

一路上，李八斗简直把警车开出了飞机的感觉。姜初雪发现，任何时候都神情淡然、稳重如山的李八斗，此时整个人的状态都亢奋起来，亢奋中又带着一种少见的锋芒。

第 5 章
"凶马"之死

李八斗赶到石笋镇，直接到了派出所，调看片区监控。地点和时间，他都记得很清楚，可惜那个地方没有监控。

镇上除了主干道的路口有监控，其他路面鲜少有监控。一些别墅或者规模大的小区也有监控，可事发巷子附近的那种移民房没有。

李八斗只好在路面监控里看，希望可以看见那个草帽男的影子。可有监控的地方他都反复看了，并未见到草帽男的身影。可见草帽男没有经过那些路口，也可能是他走在大路上的时候，并没有戴草帽。

李八斗还不死心，在派出所的监控没有发现，他又再次回事发地点附近走了一圈。四周都是一些四五层的移民房，特别破落，确实没有见到监控。期望再次落空，李八斗不免有些失落。

见李八斗无精打采的，姜初雪安慰道："没关系，以后我帮你一起找。"

"算了吧。"李八斗叹气一声，"这是很多年前的旧案，没有申请重查，我自己抽时间查就行了，你有时间还是好好想想凶马案吧。凶马案连环发生，社会影响恶劣，而且我们不知道凶手的目的何在，搞不好还会有人死。我们不但要破案，更要阻止悲剧重演，这才是当务之急。"

"嗯，我会尽全力的，就算不吃不喝不睡，也一定要尽早破案。"姜初雪掷地有声地说。

李八斗正想说什么，手机突然响了起来。他拿出手机一看，是夏天打来的，不由得皱了皱眉，但还是接了。

"李警官，赶紧地，我可能发现了凶马！"电话一接通，夏天就用既兴奋又急切的声音喊着。

"你发现了凶马？地点在哪儿？"李八斗的精神又一下子抖擞起来，看来向社会征集凶马消息的手段还是有用的，这么快就收到反馈了。夏天说："在——我看看啊，这里应该是皂角村，我在皂角村的一条河边。"

"皂角村？"李八斗第一次听说这个地方，感觉很陌生，就又确认了一下，"你说下你见到的凶马是个什么情况，我判断一下。"

夏天说："跟通告上说的差不多嘛，骨架高大，毛色血红。跟你们公布的照片里的马很像。"

"马在那里干什么，跟什么人在一起吗，还是只有马？"

"只有马。不过，马已经死了。"

"马已经死了？"李八斗心一沉，"怎么死的？死状如何？"

"头被砸坏了，然后泡在河水里。"

"行，你在那里等我，记住，不要让人动它，我马上过去。"

李八斗挂掉电话，随即给梅花红打了个电话，让她带着工具到皂角村的河边去。他则在手机上搜索了下位置，和姜初雪即刻动身前往案发地。

"怎么，凶马死了？"姜初雪问。

李八斗说："暂时还不能确定是不是凶马。"

"如果真是凶马的话，线索不就断了？"

李八斗没有说话，这正是他所担心的。

在凶马案发生之初，警方没有向社会公开凶马的相片征集线索，就是担心幕后凶手杀马毁迹。而凶马案又和他以前见过的所有案子都不一样，整个现场只有马蹄印，没有其他线索，一旦马死了，就很难找到凶手了。就算找到凶手，可是缺乏证据，也没法逮捕凶手，使之认罪并接受法律的制裁。

如果死的马真的是凶马，那这个案子要如何调查下去？李八斗的脑子里一片混沌。

半个小时后，李八斗和姜初雪赶到了皂角村，然后找村民打听到了河的位置。李八斗又打了电话给夏天，用微信定位找到了夏天所在的位置，然后看见了那匹马。

马倒在不过两尺深的小河中间，从毛色和骨架看，的确和"铁将军"或者说凶马很像，只是头被砸得稀烂，看不出眼睛是否是红色的。因为被水浸泡的原因，马的身子有些浮肿，身上的马毛像被洗涮过一遍，很多苍蝇在上面飞来飞去。

李八斗戴上手套，下到水里，找到马眼的位置，将眼睑扒开了些。他将这匹马与印象中的"铁将军"做了比对，两者的特征几乎能够吻合。他基本上能够确定这匹马就是那晚失踪的"铁将军"。

"李警官，这是凶马吗？"见李八斗没说话，夏天忍不住问道。

"不管是不是，你都不能报道。"

"不能报道？为什么？"夏天一脸愕然的样子。

"别管为什么，让你别报道就别报道了。"李八斗看着夏天和在场的另一个女孩，"你怎么在这里？"

夏天说："小美家在皂角村，我来她这里玩，我们沿着河边摸鱼呢，结果就看见了这个，差点没被吓死，远看的时候还以为死了个人在水里呢。凶马那么厉害，怎么会被人杀死呢？"

李八斗说："我根本就不相信什么马杀人，一切只不过是有人借马故弄玄虚而已，如今警方找到了马的头上，真凶就杀马毁迹了。"

"看出什么来了吗？"李八斗看了眼姜初雪。

姜初雪说："有一条马腿从中段漂浮而起，那地方好像有一块伤痕，应该是骨折了。由此可见，凶手是先打断马腿，使马倒于河中，再击打马头。除了这两个地方，肉眼分辨不出有其他伤痕，可见凶手的手法是多么干净利落。"

"凶手不但凶狠，而且太高明了。"李八斗说，"我有一种不祥的预感，这里很可能又是一个干净的现场，我们很难有所发现。"

姜初雪说："是的，我看了下岸边，这里的土质松软，却没有马蹄印，这说明凶手不是从这里骑马下的河，而是从上游或者其他地方。而且马背上的毛不仅被打湿了，还有被洗涮过的痕迹，很可能是因为凶手骑马而来，担心马背上会留下什么痕迹，所以特地把马背清洗了一遍，这样我们就很难找到线索了。"

"死马当作活马医吧。"李八斗抬起眼来看了看小河，"你去下游，我去上游，找找马蹄印，看马是从哪里下的河，看能不能找到点线索。"

姜初雪点头答应。

李八斗拜托夏天帮忙看住现场，就沿着上游去找马蹄印了。

在上游的一处松软的河边上，他找到了马蹄印。可是，马蹄印的旁边是一座山。虽说往山上有路，不过都是石子路，根本看不出马蹄印。即便如此，他还是往上面去找了，然而并没有发现什么线索。

李八斗回到现场，姜初雪也回来了。两人对视一眼，都摇了摇头。

马静静地躺在河水里，一半身子在水下，一半在水上。尸体泡得久了鼓鼓涨涨的，腐烂的地方还散发出一种令人作呕的臭味。夏天和她的朋友捂着鼻子，站得远远的。

"这是你那天晚上看见的那匹马吗？"姜初雪问。

"没法分辨。"李八斗说，"'铁将军'和凶马的相似度高达百分之九十，加上那晚巷子里的光线本来就暗，在我看来，我遇到的凶马就是'铁将军'。如果非要说有什么不对的地方，那就是眼睛。我在巷子里遇见的凶马的眼睛更红，像是红眼病发作，眼神也更凶恶。不过，这匹马的死亡时间能告诉我们，它是不是'铁将军'，而'铁将军'又是不是凶马。"

"为什么？"姜初雪不解。

李八斗说："很简单啊，铁将军是下午六点半左右丢的，而我是在十一点多遇见凶马的。如果这匹马的死亡时间是在前天六点半后十一点前，那它就只是'铁将军'，而不是凶马。而如果它的死亡时间是在十二点之后，那它很可能就是凶马。因为我是十一点十几分遇见的凶马，从县城到这个地方，马跑得再快也要一个多小时。"

"嗯，你说得对，现在就看尸体解剖后的死亡时间了。"姜初雪说，"希望它只是'铁将军'，不是凶马吧。"

"不，我希望它既是'铁将军'，也是凶马。"李八斗说。

"为什么？"姜初雪不解。

李八斗说："很简单啊，如果证明了'铁将军'不是凶马，那么真正的凶马又在哪儿呢？那样的话，我们前面所有的侦查方向都可能是错的。相反，如果'铁将军'是凶马的话，即便凶马死了，至少我们可以肯定一点，我们对黎东南的怀疑没错，他就是一系列凶马案的幕后元凶，他的作案动机就是因为利益分配而产生的矛盾。大方向对了，细节的东西总是有办法的。"

"怎么，李警官你说幕后凶手是黎东南，那个在白山县开了五星级酒店、外号叫'夜王'的人？"夏天忍不住问。

李八斗看着她："我们只是在假设，案子没破之前，你不要乱发这些猜测性的报道，引起不必要的麻烦。案子破了，我自然会第一时间通知你。"

"嗯，好吧。"夏天也不作声了。

没过多久，梅花红和一名刑侦技术人员带着设备风风火火地赶到了。

"这马在水里，怎么做尸体解剖鉴定？"梅花红问。

李八斗说："我们得想法把马弄到岸上来才行。"

"怎么弄？"梅花红说，"这马本身就很重，被水泡了肯定更重，我们几个人怎么弄得动？"

李八斗看向夏天的朋友："你家住这里是吧，能帮忙去喊几个村里人来帮忙弄下吗？"

那女生点头立即去了，喊了五六个人来，大家费了好大的劲才把死马弄到岸上。

姜初雪戴上口罩、手套和梅花红一起进行尸检，主要是提取马的DNA，和"铁将军"的DNA数据做比对，看死马是不是"铁将军"；另外就是判断马的死亡时间，还有找出马的死亡原因。

夏天和几位村民都远远地看着，她有些害怕看，可又觉得好奇，一边用手挡住眼睛，一边从指缝处偷瞄。李八斗神色严峻地站在那里，内心忐忑不安。

梅花红最终给出了尸检结果，此马的死亡时间为昨天夜里一点左右！

"昨天夜里一点左右？"李八斗说，"我是前晚十一点十几分于朱家巷遇见凶马的，从朱家巷到这里，快点一个半小时，慢点两个小时，时间能对上，莫非这匹马就是凶马？"

梅花红说："是不是凶马，和案发现场的蹄印对一下不就知道了？"

"没法对。"李八斗说，"案发现场的凶马，包括我昨天在巷子里遇到的凶马都是戴着马蹄铁的，而这匹马没戴蹄铁，所以蹄印大小肯定存在差别。我们不知蹄铁的大小和厚度，就没法确定这种差别的大小。"

"倒也是。"梅花红看着姜初雪说，"初雪，你做一下DNA取样，我再找找死因细节。"

李八斗站在原地一语不发，似乎在沉思。

"八斗，你来看看，这里有个细节。"梅花红的话将李八斗拉回了现实。

"什么细节？"李八斗赶紧凑了过去。

梅花红将马鼻子掰开了些："看见了吗？鼻子内侧有破损出血的痕迹。这个位置不可能被打到或被其他东西伤到。应该是原来套了马缰，用力拉扯所致。"

"对啊，我怎么忘记了。"李八斗说，"在马场看见'铁将军'时，它是系着马缰的；而看见凶马时，它鼻子上是没有马缰的。难道中途被取掉了？取个马缰，不至于把鼻子内侧弄伤吧？"

"当然不可能。"梅花红说，"取马缰是使马缰变松，只有勒紧马缰，用力拉扯，才会使马的鼻孔内侧出现这种撕裂伤。"

"是不是可以换种说法，当违背马的意愿，马拼命挣扎时，会出现这种情况？"

"没错。另外，这匹马是被钝器重击头部致死的。"梅花红补充说，"而且，和16号别墅案以及吴国晋的死一样，都是在状如马蹄的弧形钝器的重击之下，颅骨碎裂。"

李八斗说："所以，包括前面两个案子，被害人看似被马蹄重击而死，其实不是马蹄，而是凶手用了一种形同马蹄的凶器？"

梅花红说："问题是16号别墅的监控显示，从案件发生到警察进场，都没有发现除了马之外的任何人或动物进屋。监控视频既没被删除，也没有被改变的迹象，这又如何解释呢？"

李八斗摊了摊手，无从解释。

姜初雪抬起头来："我倒想过一种可能，但后面又觉得不可能。"

李八斗问："什么可能？"

姜初雪说："人藏在马身上。"

"人藏在马身上？"李八斗问，"怎么藏，藏哪儿？"

姜初雪说："我原来想的是藏在马肚子下面，可后来发现，监控能照到马肚子，而且藏在马肚子下面很容易被看出来，根本没法藏得不露痕迹，所以又觉得不可能了。"

"当然不可能。"李八斗说，"我看了不下数十次的监控，那匹马不但体形正常，而且动作轻盈麻利，肚子下绝不可能藏人。"

姜初雪说："那就不知道为什么了。"

李八斗想起什么来，给黎东南打了个电话，说发现了一匹和"铁将军"相似的马，让他过来看一下。

"是吗？找到'铁将军'了，在哪儿？"黎东南的声音很激动。

李八斗当即跟他说了地址。

黎东南说："行，我马上过去。"

"对了，来之前在马圈找几根'铁将军'的毛发带过来。"

黎东南也没问具体用处，只说了声"知道了"。

李八斗刚挂断电话，姜初雪就说："黎东南很可能就是那个杀马毁迹的人，现在情况都还没弄清楚，叫他过来不大合适吧？"

"没什么不合适。"李八斗说，"他来了，我就顺便带他回刑警队调查。"

"他是政协委员，不是还得走程序吗？"姜初雪说。

李八斗说："那有什么关系，让领导给政协那边知会一声不就行了，这么大的案子，什么部门敢不配合？"

姜初雪没再说什么。

时间已到中午，村民陆续走了。夏天见李八斗他们还得在这里等，就主动提议去帮他们找点吃的来。

李八斗他们刚吃完东西，黎东南就来电话说已经到皂角村了，问李八斗具体位置在哪儿。李八斗让他找村民问一条河，然后往河的下游走。

十分钟后，黎东南带着几个人出现在了河边。

董十八被抓，又经历了昨晚的刺客事件，黎东南再也不敢像之前那样轻装简从地出门了，身边随时带着几个有本事的人。

他快步往李八斗这边跑来，目光一下子就瞥见了倒在地上的死马，一瞬间愣在当场，像被人使了定身法一样。

"谁干的，这他妈谁干的！"黎东南突然暴怒起来，眼里充满了杀气。

"认一下，这是'铁将军'吗？"李八斗问。

"当然是。"黎东南说，"我的马，我看一眼就认得出，这毛色、这个子，还有整个马的形态，就是我的'铁将军'。"

"你说的不算，我让你带的东西呢？"

黎东南让身边的人递给了李八斗一个透明的塑料包，里面是几根红色的毛发。李八斗接过塑料包，随手交给了姜初雪。

黎东南认定那匹马就是他的"铁将军"，问李八斗道："告诉我这是谁干的？！"

"在警方看来，你的嫌疑最大。"李八斗说。

"我的嫌疑最大？"黎东南气急败坏，"你什么意思，你是说我杀了自己的马吗？是你疯了还是我疯了，跟了我十多年的马，我视之如命，怎么会杀它？"

李八斗说："在我破掉的案子中，有杀自己父母的，有杀自己孩子的，杀自己的马有什么不可能？我们只讲事实逻辑和事实证据。"

"你不要跟我说那么多废话，你就告诉我这马是怎么死在这里的！"

"这也正是我想问你的。"

"你还是觉得是我杀的？"

"凶马案后，刑警队通知了野鸡山北的派出所，调查了附近所有的养马人家，唯有你的'铁将军'和凶马相似。另外，警方调查了你和司机的通话，在前天晚上九点多，你们有两次通话，第一次通话时间正是我们去吴国晋家里的时候，想必是董十八向你报告情况；第二次电话是你回给他的，大概是教他怎么办。你们还有第三次通话，是在十一点二十分，那时候吴国晋已经死了，应该是董十八慌忙离开朱家巷之后打给你的，大概也是向你汇报相关情况。

"不管你信不信，反正凶马案不是我干的。"

"如果不是你，你就老实交代自己前天晚上的所有行踪，并且找到人证，或者其他可自证清白的东西，譬如监控。"

"可以，你查，我让你查，我看你能查出什么！"黎东南一副满不在乎的样子。

李八斗让姜初雪尽快把马的 DNA 对比做出来，看死马是不是"铁将军"，梅花红做一下现场善后，他则先带黎东南回刑警队。

一路上，黎东南就像个疯子一样，一会儿大骂李八斗是个屁的天才刑警，根本就是个废物；一会儿又说一定要把那个杀马的人找出来，将他碎尸万段。

李八斗始终没有和他说一句话。此时他很疑惑，他之所以喊黎东南来现场，就是想看看他见到"铁将军"尸体时的反应，结果他表现出的是意外、愤怒和悲痛。

李八斗想过黎东南有可能在表演，但他认为但凡表演总会有某些细节上的瑕疵，然而他并没有发现一点瑕疵。如果黎东南不是天生的影帝，他就得相信黎东南事先对凶马的死并不知情。

回去的路上，李八斗给厉长河打了个电话，汇报了目前的情况，还说他现在要正式对黎东南进行拘审，让厉长河在政协那边走个程序。

"什么，凶马死了吗？"厉长河听完汇报，紧张起来。

李八斗说："现在还不能完全确定是凶马，甚至也不能确定是'铁将军'。黎东南认为是'铁将军'，但我们还要经过最终的 DNA 对比才能确定。"

"行，有什么情况随时汇报，千万不能出纰漏。"厉长河说罢挂了电话。

李八斗将黎东南带回了刑警队，叫了一名记录员，直接去了审讯室。

"坐吧。"李八斗打开了审讯室的监控以及录音设备，客气地指了指桌子对面。

黎东南一脸傲慢地坐了过去，大有一副看你能把老子怎么样的架势。

"你知道这个案子的重要性，不管你是有钱还是有人都没用，我们掘地三尺都得破案。所以我问你什么，你最好说实话。我会去一句句地验证，只要有对不上的，我就会给你戴上手铐，把你留下来，明白吗？"

"我说了不是我干的就不是我干的，想问什么尽管问，别废那么多话。"

"行，那我们就废话少说，直入主题吧。说说你前天晚上回城之后到第二天早上的行踪，什么时间在什么地方干了什么事。"

"没那么复杂，我八点多回城之后一直在家里。直到第二天早上接到你的电话，说'铁将军'丢了，我就赶到了马场。"

"其间和谁联系过吗？"

"就和小董通过几次话。"

"都说了些什么？"

"我想想啊，第一次，他说警察到国晋家了，我说：'怕什么，你又不是干什么坏事，你是在保护他的安全。'第二次电话，是我想了一会儿，觉得没必要自找麻烦，被警察误解，让他尽可能藏好点，不要被警察看到。然后就是第三个电话，十一点后他打给我的，说国晋去他情人那里了，应该会在那里睡，他要回去休息了。然后他说感觉这几天有点累，也有很久没回家了，能不能请两天假，我就答应了，就这样。"

李八斗说："可以，你把手机交出来，我再去找董十八聊聊。"

黎东南知道无法抗拒，就将手机交了出来。李八斗当即来到了董十八的拘留室，问他和黎东南的通话内容。董十八的回答和黎东南的没什么区别。

李八斗不相信三个电话的内容是两人所说的那样，不过两人的口供对得上。这说明了一点，他们在通第三个电话的时候，董十八知道出事了，就跟黎东南对了口供。因为他们也知道万一有什么事，警方一定会查他们的通话记录，问及他们的通话内容。

果真是老奸巨猾，李八斗不由得暗骂了一声。

李八斗打了个电话给冷笑，然后带着黎东南一起前往南山墅，看他前天晚上到底有没有离开过别墅。

然而，通过多处监控及黎东南老婆和保安的证词，证实了黎东南从前天晚上八点多回到家，直到第二天早上都没有离开过别墅。

"现在信了吗？"黎东南见李八斗没有收集到证据，语气带点嘲讽的意味。

"信什么？"李八斗说，"你人虽然没离开，难道不可以用电话指挥别人吗？"

"电话指挥？"黎东南问，"你不是查了通话记录吗？我就和小董通过三次电话，内容你应该也核实过了，我没乱说吧？"

"你们对过口供，还能怎么乱说。"李八斗冷笑。

"对过口供？"黎东南说，"你们警察反正什么事都要怀疑一下，我也无所谓了。你认为我犯罪了，就拿证据出来，拿不出证据，你想怎么怀疑，我也无所谓。"

"别得意，这事还没完呢。"李八斗命令道，"带我去你的卧室和书房！"

"去我的卧室和书房？"黎东南脸色一变，"干什么？"

李八斗讽刺一笑："你觉得我查过你一部手机的通话记录就完事了？不好意思，我还没那么单纯，我知道很多人因为某些不可告人的目的会用两张电话卡或者两部手机，我得看看你有没有另外的手机，有没有用它和其他人通过话，又和什么人通过话！"

"你想搜我的家？"黎东南问，"你有搜查证吗？"

李八斗说："《中华人民共和国刑事诉讼法》第一百三十八条规定，在执行逮捕、拘留的时候，遇有紧急情况，不用搜查证也可以进行搜查。你应该知道我现在办什么案子，重案、大案、连环案。放心，我比你懂法，你要觉得我哪里违规了，随时可以投诉我。我们也可以在这里等着搜查证下来。总之，无论如何你都逃不过这次搜查。"

黎东南没话说了，他知道躲不过，只好带着李八斗去了卧室。李八斗在卧室里转了转，甚至让黎东南开了保险箱，里面有钻石和珠宝，但没有手机和电话卡。

接着，李八斗又去了黎东南的书房。一路上他都在观察黎东南，发现他神色有些不安，便心中有数。果然在书房办公桌的抽屉里，找出了另一部手机。

手机是开着机的。李八斗当即让黎东南解了屏幕锁，但通话记录都被删掉了。不过这难不倒李八斗，他用那个电话拨了自己的号码，看见了来电显示，然后给通信公司的负责人打了个电话，让他查一下这个号码最近一个星期的通话记录。

通信公司的负责人很快将通话记录发到了李八斗的手机上，此号码最近一个星期只有一次通话，而这一次通话的时间竟然是前天晚上九点过五分！

李八斗还记得，黎东南前天晚上九点过两分的时候接到了董十八的电话，然后九点过八分又回了个电话给他。这个电话是黎东南接到董十八的电话之后打的，不用说，肯定跟吴国晋的事有关！

"这个号码是谁的？"李八斗盯着黎东南问。

"阎老三的，怎么了？"

"阎老三的？"李八斗愣了下，"你忽悠谁呢，阎老三的号码我都能给你背出来，你信吗？"

"我说是他的就是他的，信不信由你。"

"行，就当是他的，你那个时候打电话给他做什么？"

"做什么？"黎东南说，"我和阎老三通电话永远只有买肉的事情，不会有别的。"

"买肉的事，你为什么要换部手机打他另一个号码呢？"

"因为你查过我们原来联系的通话记录，我不想你来烦我，就换了个号码联系，这么做犯法吗？"

"别装了。"李八斗说，"董十八发现我们去了吴国晋家，然后给你打了电话。你怕警察找到吴国晋暴露了你的罪行，所以想灭吴国晋的口，于是就打电话给阎老三，让他帮你杀了吴国晋，没错吧？"

"你污蔑我杀人，难道还要让我附和你吗？"

"我不和你争论。"李八斗把手机递给黎东南，"打电话给对方，问他在哪儿。"

"可以。"黎东南当即用那部手机拨了号码出去。

很快，电话接通，那边"喂"了声。李八斗从那一声"喂"里听出来了，对方确实是阎老三。

"李八斗让我问一下你在哪儿。"

"他要找我给我打电话就是，为什么要通过黎总你来找呢？他脑子有病吗？"阎老三故意说。

"我也不知道，我只是配合警方办案。"黎东南说。

阎老三说："我在家呢，让他来吧。"

"行，你在家等我吧。"李八斗拿过手机说。

"欢迎光临。"阎老三阴阳怪气地答。

李八斗挂断电话，瞪着黎东南，发狠说："我很想给你一耳光，但念着你一把年纪，我忍了，但我警告你，别和我耍心眼！"

"你脑子有问题吧，我跟你要什么心眼了？"黎东南问。

李八斗说："你打电话给阎老三，一开始就说出了我的名字，不就是在暗示他，是警察让你打的电话，让他心里有数，不该说的别说，该准备的提前做准备吗？"

"不好意思，我没想那么多，确实是你让我打的，我就说了是你让打的。你也别在我面前耀武扬威，我黎东南好歹见过些世面，至少在白山县，还没人敢对我指手画脚。就算是白山县县长，对我也得客气几分。你个小警察，谁给你的底气，态度竟然如此猖狂。我好歹也是有身份的人，出来混也是要面子的，有本事你对我动手试试！"黎东南逼视着李八斗，一副针锋相对的架势。

"呵呵，你承认你是出来混的了。"李八斗对冷笑吩咐道，"你先把他带回警队看起来，我要去找阎老三。"

"不带人去吗？"冷笑问。

"不用了，我应付得来。"李八斗说着，离开了黎东南的别墅。

下午四点，阎老三跷着二郎腿坐在小院门前，嘴里慢条斯理地嚼着一块槟榔。

他看见了那辆卷起灰尘而来的警车，嘴角浮起一丝莫名的怪笑，眯着的眼睛里闪过一丝锋芒，或者说是杀气。

李八斗把车靠边停下，往阎老三这边走来。他莫名感到阎老三的小院与以往有些不一样。至于哪里不一样，他一时也说不上来。

"前天晚上九点多，黎东南打电话给你干什么？"李八斗开门见山地问。

阎老三抬起眼来，迎着李八斗的目光："黎总打电话给我，永远只有一件事，就是问猪肉的事。"

"黎东南派去监视吴国晋的司机发现警察去了吴国晋家，于是向黎东南汇报。黎东南接到这个消息后，立即打了电话给你，你却说他找你买肉，开什么玩笑？"

"你看我像是在跟你开玩笑吗？"

"我问黎东南的时候，他说打电话让你办事，你说是找你买肉，你说你不是在开玩笑，是在干什么？"

"让我给他找一头土猪，他要买。难道这不是帮他办事吗？"

阎老三反问。

"原话怎么说的？"

"原话？"阎老三问，"你跟人打电话能记得住原话吗？不好意思，我只记得大概意思，就是问我帮他找土猪的事怎么样了，我说还在找，反正离过年还早，再给我一些时间。"

"既然只是说买肉的事，干吗都要换个号码联系？"

"这是我个人的自由。"

"如果我非要你给个解释呢？"李八斗盯着他说道。

阎老三与他对视着，没有说话。对视数秒后，他怪笑了下："黎总说了，我们一联系，你就怀疑，不胜其烦，恰恰我也这么认为。还是那句话，你要觉得我犯法了，拿证据出来，枪指头上抓我走，一些无中生有、捕风捉影的东西就算了。我不是你诈得了、吓得了的人，我见过的世面也许你都没见过。你在我眼里，还嫩了那么一点点。"

李八斗没理会他的讥讽，继续问："前天晚上，黎东南打电话给你，让你帮他杀吴国晋，是吧？"

"黎总叫我杀人？"阎老三问，"你到底是想陷害黎总还是我？我早告诉你了，我只杀过猪，没杀过人。假如有天我真的会杀人，我想……我肯定先杀你！"

"我知道。"李八斗说，"你心里肯定在想，假如我真的查到你和黎东南背后那些不可告人的秘密了，你就会杀了我，让那些秘密继续沉默下去。其实，我也想看看到底是你能杀死我，还是我能把你送进监狱！"

阎老三"嘿嘿"一笑："走着瞧吧。"

李八斗知道多说无益，于是转身离开。就在准备上车之前，他突然想起了这次来和前几次来感觉不一样的地方在哪里。

他转身走到阎老三面前，问道："你的狗呢？"

"怎么，你还想找我的狗的碴儿吗？"阎老三问。

"我在问你的狗！"李八斗加重语气，逼视着阎老三。

"丢了。"

"一条训练有素的狗常年守着你的院子，怎么会丢？"

"可它就是丢了，你又能把它怎样呢？"

李八斗没多说，径直进了院子。他在阎老三的屋里和楼上都看了看，并没有见到狗，然后又在院子外面看了看，也没看见。

"什么时候丢的？"李八斗问。

"七八天了吧，不记得了。"阎老三问，"我自己的狗丢了，我都没在乎，关你什么事，你能别狗拿耗子多管闲事吗？"

李八斗只是看了他一眼，转身上了车子。

回去的路上，姜初雪打了电话来，问他在哪儿。

李八斗说："在回警队的路上，怎么了？"

"死马的 DNA 分析结果出来了，我把它和'铁将军'的 DNA 数据做了比对，结果两相吻合。也就是说，死马就是'铁将军'。"

"知道了，你来五谷村的村口吧，喊上包古和大勇。"

"有什么事吗？"

"今晚大家加个班，你们先过来再说吧。对了，把阎老三的相片打印几张带来。"

李八斗说完挂了电话，又重新打了个电话给冷笑，让他查一下前天晚上与案件相关的一些路面监控，看看有没有阎老三的踪迹。

李八斗把警车开到了五谷村的村口外，嚼着一块口香糖，他一直在思考整个案件的突破口到底在哪里。

姜初雪和包古一行人赶来了，问李八斗什么事。

李八斗大致地讲了一下情况，目前吴国晋之死的最大嫌疑人仍然是黎东南，他有充分的作案动机，而且，从已知的信息来看，很可能是他派阎老三去灭了吴国晋的口。但阎老三居住在乡下，而且是独居，他说自己整晚都在家睡觉，没有旁证。所以，他们只能另外找证据来证明阎老三那天晚上没在家。

一个方向是通过五谷村往外出的监控来调查，看阎老三有没有开车出去。另一个方向是找住在这一带的人打听，看有没有人前天晚上在什么地方见过阎老三。

因为之前跟踪阎老三的车被他发现过，所以他很可能换别的方式离开五谷村去作案。只要找到见过阎老三的目击者，他就无法狡辩了。

李八斗从姜初雪手里拿过阎老三的相片，每人发了一张，让他们拿着相片挨家挨户去询问，而且叮嘱他们一定要问清楚。

从五谷村到石笋镇，沿途的人家都问了，问了好几个小时。其中有好几户住在公路边上的人家，纳凉到十点多才睡，其间楼上以及阳台上的灯都开着。另外，因为是僻静乡野，过往的车和人都很少，而且路过的基本是熟人或熟人的车辆，所以自家门口的情况他们都看得清清楚楚。

李八斗把从不同的住户那里问到的话做了对比，发现路过的人和车辆都对得上。但前天晚上，没人见过阎老三，也没见过他的车。

阎老三虽然人闷话少，不擅交际，但他与众不同的个性，使得十里八村的人对他都很熟悉，或者说是印象深刻。因此，收集到的这些信息还是有参考价值的。

其中一个村民提供了一个极其重要的信息，那天晚上他从白石村回来，抄近路走阎老三家门前的山路。当时他看见阎老三家楼上还亮着灯，阎老三本人正坐在楼顶上乘凉。

李八斗问当时大概是几点。

村民想了想，说他到家看了时间，是十点半。从阎老三那里走到他家，要半个小时，所以大概是十点。

十点左右，阎老三还在自家楼顶上乘凉，那么朱家巷的凶马案肯定跟阎老三没关系了。因为从阎老三家赶到朱家巷，开车都得一个多小时。就算他不做任何准备跑到那里杀人，也来不及。

而有凶马辅助作案，肯定需要一定的时间做准备。而且案子还是凶手先潜入吴国晋情人家，威胁其情人打电话给吴国晋。

那个电话是十点十五分打的，也就是说凶手十点十五分就已经在吴国晋情人家了。那么凶手就肯定不是阎老三了，他完全没有作案时间。

冷笑也打来电话说，他把前天晚上一些重要路口的监控都看了，结果一无所获。

案子进入了一个死胡同，李八斗一脸颓丧，让其他人都各自回家休息。

姜初雪过来问："你呢？"

李八斗说："我也要回去休息了。"

姜初雪还想说点什么，最终还是没说，就离开了。

李八斗在黑暗里站了好一会儿。

从凶马案开始至今，牵涉三宗命案，自己辗转查找线索，搜集证据，以为最终找到了案件的真相，到头来却是竹篮打水一场空。

到底是哪里出了问题？

回去的路上，李八斗都在思考这个问题，他最终还是没有回家，而是回了刑警队。

他坐在办公室把凶马案从头到尾回想了一遍。突然，脑子里灵光一闪，他想起了一个人——唐白！

李八斗想起了一个细节，有一天晚上他在县城和唐白偶然相遇，相遇的地方就是大湾片区的朱家巷外边！

难道这只是巧合？那也太巧了点吧！

起码，李八斗觉得这种巧合是有问题的。而且他想起唐白和阎老三之间或许还有着一些说不清道不明的关系。

唐白有一身不显山露水的本事，在李八斗看来，不出意外应该是阎老三教的。

假如黎东南打电话给阎老三，让他杀吴国晋，但阎老三自己并没有动手，而是让唐白动手呢？这是很有可能的。

所以，得从两个方向查。一是查前天晚上阎老三两个号码的通话记录，看他有没有打电话给唐白或其他人。二是查唐白前天晚上在哪儿，有没有作案时间或不在场证明！

只是现在已经太晚了，都快十二点了，既没法查阎老三的通话记录，也没法找唐白进行调查。李八斗打算明天一大早就从这两个方向查起。

他在心里默默祈祷，希望能从这里找到突破口，可他打心底又不希望唐白跟这件事有关。在他心里，唐白是一个很好的孩子，他不希望他走上这条不归路。

第6章
寻找证据

第二天一大早，李八斗就打电话给通信公司的负责人，报了阎老三的两个号码和唐白的电话号码，让他帮忙查两人那天晚上的通话记录。

通信公司的负责人将三个号码的通话记录都发给了李八斗。

阎老三的一个号码那天晚上一整晚都没有通话记录，另一个号码九点多接到黎东南的电话后再无通话。这也就说明了他在接到黎东南的电话后，没有再打过电话指使别人去做事。

唐白的通话记录更干净，那天晚上一个通话都没有。

李八斗又做了另一种假设，阎老三并不是通过电话，而是亲自去找的唐白呢？但他很快否定了这种假设。

首先，阎老三和唐白住的地方不在一个方向，隔得也挺远，开车也得二十几分钟。阎老三是九点过五分接到了黎东南的电话，就算他马上从家里出发去找唐白，到唐白家也九点半左右了。唐白九点半接到阎老三的指令赶去县城，至少也得一个半小时，要十一点才能赶到朱家巷。所以，完全可以排除阎老三上门找唐白布局杀人的这种可能。

李八斗一下子又迷茫了，本以为今天的调查可以柳暗花明又一村，没承想还是走进了死胡同。

历长河打了电话给李八斗，说王三强听说他抓了黎东南，要听关于凶马案的最新案情汇报。

李八斗边给姜初雪几位专案组成员打了电话，边匆匆赶回刑警队。

其实最近的调查也没取得实质性的成果，李八斗觉得没什么好汇报的，但他还是在会议上说了自己目前的一些想法。

说完，会议室陷入了沉默。王三强问："其他人还有要补充的吗？"

冷笑说："我有一个疑问。"

所有人的目光都聚焦了过去，王三强问："什么疑问？"

冷笑说："如果凶手是人，又具备一定的反侦查经验，肯定深知监控在案件侦破中起到的作用，那他为什么在作案后不毁了监控，非要把监控完整地留给我们看呢？让我们什么都发现不了，不是更安全吗？"

"所以，你的意思是，凶手故意留着监控让警方看到那一切是别有用心？"王三强问。

"我觉得应该是的。"冷笑说，"据我了解，自从这个世界有了监控之后，犯罪率要比以前低了许多。监控被称为天网，只要被监控拍下来，就不需要别人指证，甚至无须过多套问口供，监控就是铁证，很多想犯罪的人对此都深感忌惮。有些懂监控的人实在要作案的话，要么想法破坏监控，要么就避开监控。没有一个人会迎着监控作案，除非是那种不懂监控或激情杀人的。但凶马案的案犯是冷静的、有预谋的，而且有反侦查经验。既然如此，他为什么不毁掉监控证据呢？"

"嗯，有道理。"王三强扫视了一圈，目光落在李八斗脸上，"你怎么看？"

李八斗说："凶手可能想用一匹马误导我们。"

"误导我们？"王三强问，"误导我们干什么？"

"或许他希望我们找到这匹马。"李八斗若有所思。

"希望我们找到这匹马？"王三强不解，"什么意思？"

"我突然想到了一个问题。"李八斗的心里突然抽了一下。

"什么问题？"王三强问。

李八斗说："我突然觉得凶马案不是黎东南所为了。"

"为什么？"王三强眼睛瞬间睁大。

所有人的目光也都迅速聚焦过来。

李八斗说："我们在监控里看见了马进入案发现场，一直循着马的方向寻找，从嫌疑马的特征着手，找到了'铁将军'。可是，刚才冷笑的话提醒了我，凶手本来可以删除或者毁掉监控，却没有这么做，会不会是故意让我们找到'铁将军'，然后引导我们怀疑黎东南呢？"

"很可能就是这样。"姜初雪如梦初醒。

李八斗说："而且，经过我对吴国晋之死的调查，基本可以肯定黎东南确实想杀吴国晋灭口，所以派了董十八伺机出手。但还没有等董十八出手，吴国晋就被另外的人，也就是凶马背后的人杀了。"

"凶马背后的人不是黎东南，又是谁？"王三强说，"你不是说整个凶马案，黎东南的嫌疑最大吗？"

李八斗说："之前的侦查方向可能错了，凶马案的凶手应该另有其人。"

"到底是谁呢？"王三强问。

李八斗摇头：“所有的线索好像一下子都断了。”

“那个在监控里跟踪夏东海的人呢，好像叫唐白，是吧？”冷笑突然提醒。

李八斗说：“我查了阎老三的通话记录，他那天晚上并没有打电话给唐白，唐白也没与他或其他人通过话。”

“他不是受阎老三的指使，会不会是自己主动作案的呢？”冷笑问。

“主动作案？”李八斗摇头，“我觉得不可能。”

“为什么？”冷笑问。

李八斗说：“我对他进行了很多的调查，虽然疑点并未完全消除，但没有发现他有涉案的可能。一、他家里没有与涉案相似的马，缺少作案条件；二、没有任何线索证明他认识夏东海，找不出他的作案动机。”

“我倒想起了一件事。”姜初雪说，“唐白和吴国晋的儿子发生了冲突，所以他和吴国晋是有某些关联的。”

李八斗说：“是有关联，但那件事已经得到了公正的处理。唐白不可能因为这点事杀吴国晋。吴国晋被杀和之前的夏东海被杀案与黎东南是有关联的，以唐白的身份背景绝无可能和夏东海及黎东南之流扯上利益关系。说到这里，我倒是怀疑一个人。”

“谁？”王三强问。

李八斗说：“前天晚上，有人暗中潜入黎东南的别墅想行刺他，我在想会不会是这个人？”

“有人潜入黎东南的别墅行刺他？”王三强眉毛一挑，“什么情况？”

李八斗当即将那晚的情况都说了，又补充说：“当时黎东南极力否认凶马案非他所为，我还不信，现在看来，还真有可能。那个刺客之所以没以马的方式行刺他，大概是杀死吴国晋后，凶马与我在巷子里相遇，不久之后就被杀死了。所以那个凶手再对黎东南动手，就没法借马掩人耳目了。"

"可是这里面有个关键的问题啊。"姜初雪说，"被杀的'铁将军'也就是我们认为的凶马，是黎东南的马。凶手若是黎东南的对头，他又如何一直不动声色地掌控黎东南的马，也就是'铁将军'呢？要知道'铁将军'每天有专人看管，而且除了黎东南外，无人可驾驭。凶手如何能借它作案？"

"是的，说到这里又说不通了。"李八斗说，"这里面的问题都似是而非、盘根错节。"

王三强说："行了。再给你们一个星期的时间，如果还是没有结果的话，就请示省厅派专家来好了。还有黎东南那里，要是没有证据，就把人放了。"

李八斗说："虽然没有证据，但他仍然是整个凶马案里的关键人物，而且，他有杀吴国晋的动机。"

"别扯那么多。"王三强说，"没有证据就放人，黎东南被抓，各方面的人都找到局长那里了，连省里都有人过问了。除非我们能拿出证据，依法办事，让人无话可说，否则就得放人。"

"行，我再找他问问，如果没有什么进展就放了。"李八斗答应。

"先就这样吧，记住了，一个星期，没有多少时间了。"王三强说完便出去了。

剩下的专案组成员之间一下子就炸开了锅。

"开玩笑吧，这么复杂的案子，一个星期怎么破？"

"就是，这都快一个月了也没收获，一个星期神仙也没法啊。"

"领导真是只知道嘴上说，不知道办事难，案子要那么好破，他们当领导的干吗不自己来破！"

"行了，别吵了。"李八斗说，"尽人事，听天命吧。我们确实耗了很多时间，却没什么进展，我们得承认自己的问题。"

"这不是我们不行，而是案子太古怪了。"魏大勇说，"马杀人，而且监控完好，这种事让谁来都摸不着头脑。"

"不要纠结这些没意义的东西了。"李八斗说，"对了，让你查的那个张宝龙呢，还没消息吗？"

"查到了。"魏大勇说，"得罪了夏东海之后，张宝龙举家搬去了沿海，重新开了个烧烤店，孩子在那边的一个聋哑儿童学校。案发时他也在沿海，有人为他做证，凶马案跟他应该没什么关系，我忘记跟你说了。"

"行，没事了。"李八斗又看着冷笑，"我不是让你调看阎老三一个月的行车记录吗，怎么还没看完？"

"还有几天的。"冷笑说，"本来早该看完了，最近吴国晋被杀，凶马暴死，又调查黎东南，耽误了不少时间。"

"行，你抓紧时间看完告诉我结果。"李八斗说。

然后，李八斗喊了姜初雪，两人一起再次提审了黎东南。

黎东南看着李八斗，眼神里充满了傲慢："怎么样，找到证据证明我是凶手或幕后主使了吗？"

"我想跟你聊聊有人潜入别墅行刺你的事。"李八斗不想和他废话，直入正题。

"怎么聊？"

"有很多迹象显示，这个人一直在针对你，可能是他制造了凶马案，甚至杀死了'铁将军'，所以我希望你能提供一些线索，以便我们把他找出来。"

"你相信不是我制造的凶马案，而是另有其人了？"黎东南的神情里有几分讽刺。

李八斗说："是不是还得看证据，现在说什么都为时过早，不要扯其他的了，想早点出去，就好好回答我的问题！"

"如果我告诉你，我对这个人根本就一无所知呢？"

"我觉得你最好还是仔细想想，然后把有用的信息告诉我。你也看到了，夏东海和吴国晋死后，他已经盯上你了。我知道你有本事，可明枪易躲、暗箭难防，就算你三百六十五天每天二十四小时都有很严密的安保，也总有个疏忽的时候。而且，你也想警方早点将他绳之以法吧，这样你才能睡个安稳觉。"

黎东南说："我跟你说了，我确实对这个人一无所知。你也不想想，我要是知道这个人的信息，就轮不到他对我出手了。"

李八斗说："可是，从这个人的布局和行动上看，他与你应该有深仇大恨。总有点事由逼他如此！"

"不可能有什么事由。"黎东南说，"我现在是个很随和的人，圈子也很简单，已经有很多年没与人红过脸结过怨了。"

"你做生意，而且做成一方巨头，能不与人红脸结怨？"李八斗问。

"这你就不懂了。"黎东南说，"很多事当你到了一定的高度之后，都用不着你亲力亲为了，会有人帮你跑腿，也就轮不到你去和人红脸结怨。你的事业做得越大，你的日子就会过得越太平。因为你的圈子都是日子过得不错的人，大家都有好日子过，不会动不动就要死要活的。"

"好吧，你要想起来什么，随时告诉我。"李八斗站起身，准备结束审讯。

"怎么，你不打算让我走吗？"

"该放你走的时候自然会放你走。"

"你还在幻想着找到证据证明我是凶手吗？"黎东南说，"我不管你怎么想，你有证据就起诉我，没证据就放了我。你这样关着我，对我的声誉和生意会造成不好的影响，我会告你的！"

"你比我清楚，你并不清白。所以别在我面前大放厥词！"李八斗目露锋芒地盯着他。

黎东南亦直视着李八斗，冷笑一声："看来，你还是太年轻，不知道这世道深浅。还是古人说得对，要吃了亏，才学得会。"

"别威胁我。"李八斗说，"你要是对我有什么不满，想报复我之类的，尽管放马过来。可能有很多人怕你那些见不得人的手段，但我无所畏惧。"

"可以，那就走着瞧好了。"黎东南说。

李八斗没说话，转身就走，但走了两步又想起什么，转过身来看着黎东南："对了，我还想问你一个问题，你能确定除了你之外，没有其他人能驾驭得了'铁将军'吗？"

"当然。"黎东南很肯定地回答，"我的'铁将军'根本就不给外人骑，连养马的人都不行，谁还能驾驭它？"

"很好，想起什么情况随时找我。"说罢，李八斗转身离开了审讯室。

"你不是说已经证实了凶马案不是他所为吗？为什么还关着他？"姜初雪跟出来问。

李八斗说："不管凶马案是不是他干的，肯定有很多案子都是他干的。包括吴国晋说过的王哑巴之所以成为哑巴的事，极有可能是他指使阎老三干的。"

"但夏东海和吴国晋都死了，我们没有证据指证他。"姜初雪说。

"多关他一下也没什么问题吧。"李八斗说，"正常刑事案件可以关二十四小时，特大刑事案件可以延时，这还没过时效呢。这种目无法纪的人，应该让他在这里多反省一段时间。"

"也是，那我们现在怎么办？"

"去找个人吧。"李八斗重重地叹了一口气。

"找谁啊？"

"唐白。"

"唐白？"姜初雪一愣，"你不是说已经排除他的嫌疑了吗？干吗还要去找他？"

李八斗说："我只是查了那天晚上他和阎老三之间并无联系，排除了黎东南找阎老三、阎老三再指使他作案的可能，并没有查证他的作案时间。不管凶手是不是他，既然他一开始就成了嫌疑人之一，这个程序还是得走的，何况现在我们已经没有了方向。"

"倒也是。"姜初雪说，"实话说，我觉得这个唐白也有点奇怪。要说他跟夏东海、黎东南这些人有什么恩怨并起杀心吧，确实找不出什么可能。可他看起来斯斯文文，行事却深不可测，而且他跟踪夏东海的事也没有恰当的解释，就会让人觉得他身上总有点什么不对。"

李八斗没再说什么，他在想，就算唐白有一些遮遮掩掩的本事，可那点本事跟凶马案的凶手比起来恐怕还差得远。

而且，他觉得前天晚上潜入黎东南别墅的行刺者更可能是凶马案的凶手。而那个人身形高大结实，身手矫健，跟看起来文弱的唐白完全不像。

李八斗打了个电话给冷笑，让他查一下吴国晋被杀当晚唐白的行踪，看他什么时候离开的三人行书店，离开书店后又去了哪里。

随后，李八斗带着姜初雪开车前往唐白家。

"唐白这个时候应该在书店上班吧？"姜初雪见李八斗把车开出了镇子，提醒道。

李八斗说："先从侧面了解下再说吧。"

姜初雪马上明白，李八斗是要去找唐白的妈妈。

半个小时后，李八斗到了唐白家门口的坝子，但屋门是关着的。他把车停好，下车上前看了下。门上了锁，袁秀英应该没在家。

李八斗到屋后面的坡上找个高处看了看四周，果然在一片地里看见了一个干活的人。虽然离得远，那人还弯腰弓背的，但李八斗猜测那应该就是袁秀英，遂往那边走去。

此时将近中午，太阳还挺大。李八斗没走几步，身上的汗就跟泉水一样直往外涌。

姜初雪跟在后面，说："那是唐白他妈吗？不是说她疯了吗，怎么还在地里干活？"

李八斗说："是疯了，但不会一直疯，都是时好时坏的。好的时候跟正常人没什么区别，如果突然受到一些刺激发起病来，就会疯言疯语，甚至做出过激的行为。"

姜初雪"哦"了声，没再多说什么。

李八斗赶到近前，那干活的人察觉到有人，转过头来看。

见干活的人正是袁秀英，李八斗便喊了声："秀英阿姨。"

"你是？"袁秀英瞪大眼睛，努力辨认着，"八斗？"

"嗯，是的。"李八斗说，"以前石笋村的李八斗。"

"哎呀，稀客啊，你怎么来了，我回去做饭。"袁秀英忙将手在围裙上擦了擦，就要到旁边去背装菜的背篓。

"别忙了，秀英阿姨，我们吃过饭了。"李八斗说。

"吃过饭了？"袁秀英抬头看了看太阳，"不会吧，太阳还在山那边呢，还没到中午吧？"

李八斗说："我们工作忙，吃饭不分时间，有时早，有时晚。"

"哦哦，那你来是有什么事吗？"袁秀英问。

"也没什么事。"李八斗说，"就路过这里顺道看看您，您近况怎么样，过得还可以吧？"

"唉，"袁秀英一声叹息，"什么叫过得可以，这日子过得一天不如一天哪。"

"怎么了，有什么困难吗？"李八斗装作不知道。他必须装着对这个家庭一无所知，然后旁敲侧击。

"也不是什么困难。"袁秀英说，"就是我身体不大好，有时候会疯疯癫癫的，做不了什么事，家基本都靠唐白撑着。"

"唐白？"李八斗似忽然想起什么来，"对了，我大前天晚上好像还在城里看见他了，他现在在哪儿做什么啊？"

"在镇上的一家书店做事呢。"袁秀英突然诧异道，"你刚才说什么，你大前晚在城里看见唐白了？"

"嗯嗯，是的。"李八斗说，"当时我在车上，来不及和他打招呼。"

"你肯定是认错人了吧。"袁秀英说，"唐白大前天晚上在家呢，怎么会在城里。"

"不会认错。"李八斗说，"我也是看着唐白从小长大的，怎么会认错呢？那可能是我记错时间了，也许是更早一些的时候。"

袁秀英说："都不可能的，唐白晚上都在家里，不会去城里的。

他一年都难得去趟城里，如果去的话，也会跟我说。"

李八斗仍试探："秀英阿姨，你不是说你有时候……神志不太清醒嘛。说不定他晚上出去了，你不知道呢？"

袁秀英说："以前我就不知道了，但最近我有好些时间没发病了，都是清醒的。"

"好些时间大概是多久？"

"个把星期吧。"袁秀英问，"怎么了，有什么事吗？"

"哦，没有。"李八斗说，"我是觉得奇怪，我明明看着那是唐白，可秀英阿姨你说他最近没去城里，我在想这世上会有人和唐白长得那么像吗？"

"那也不奇怪吧。"袁秀英说，"说不定是唐世德的野种呢！"

"有可能吧。"

李八斗见袁秀英的语气里有了些怨愤之意，也就不在这个问题上深入下去了。他知道唐白家里的这些事，以及这些事给袁秀英带来的伤害。而且，他已经得到了他想要的信息，这就够了。当下，他向袁秀英提出告辞。

"怎么，就要走了，吃了饭再走吧，我马上回去做。"袁秀英说。

"真的吃过了，秀英阿姨。"李八斗说，"又不是外人，我不会跟你客气的。我就是顺道看看您，我先走了，有时间带我妈来看您。"

袁秀英客气了两句，不再强留，李八斗和姜初雪转身离开。

"就这样走了吗？"姜初雪跟上了车，有些不得其解。

"我已经问到我想要的答案了，不走还干什么？"

"问到你想要的答案了？什么答案？"

"秀英阿姨说她这一个多星期都是清醒的，唐白晚上都在家里，没有去过城里。这就说明吴国晋之死不是唐白干的。"

"你说你大前晚在城里看见唐白了，是诈她的？"

"当然。"李八斗说，"我如果直接向她求证大前晚唐白在不在家，她也许会意识到出了什么事，会担心唐白，进而隐瞒实情。我以聊天的方式突然说起在城里看见过唐白，她会没有防备心理。如果唐白那晚真不在家，她大概率会顺着我的话说大前晚唐白确实是出去了。但她对我的说法表示意外，并且坚持说唐白在家，那唐白肯定就是在家了。"

"那有没有可能，唐白是在她睡着了之后出去的，她并不知情呢？"

"不可能。"

"为什么？"

"现在一般八点多天才黑，袁秀英再早也得九点多上床，再加上天气热，一般很难上床就睡着，她要睡着的话估计得十点左右。假设这个时候唐白出发去城里，从这里到镇上就得四十多分钟，再到白山县城，就算不需要等车、等红绿灯，马不停蹄地赶到那里，也得十一点后了。而凶手早在十点半之前就已经进入了案发现场，逼迫吴国晋的情人打电话。所以，你说的这种可能不成立。"

"嗯，是这个道理。"姜初雪说，"不过，我们发现的是唐白疑似跟踪夏东海，为什么要他在吴国晋案里的不在场证明呢？"

"这道理还不简单吗？"李八斗说，"夏东海案和吴国晋案都是凶马案，应该是同一个凶手。两个案子的任何迹象都可以形成相互联系的线索，若能在吴国晋案里排除唐白的疑点，也就能证明夏东海之死非他所为。"

"嗯，我明白了。"姜初雪说，"问题是，我现在仍感到疑惑，死去的'铁将军'真的是凶马吗？如果是，除了黎东南之外，还有谁能驾驭得了凶马？如果不是，那为什么'铁将军'会在那个特殊的时间被杀死？真正的凶马又在哪儿？"

"我要知道的话，这案子不就破了吗？"李八斗说，"我只能说，在没得到真相之前，一切皆有可能。"

手机突然响起，李八斗拿出来一看，是冷笑打来的，当即便接了。

冷笑说，他已经看完吴国晋被杀当天唐白的行踪了，唐白是六点过一分走出书店的，骑着电动车沿着中小路，于六点十分出了镇子。此后，再没有见到他和他的电动车进入镇子，一直到第二天早上七点四十，他才又骑着电动车电动车进入镇子，于七点五十一分到达书店。

事实再一次证明，袁秀英没有说谎，唐白当晚确实在乡下，没有在城里。

三人行书店。

店里没有安装空调，只是在天花板上装了一台吊扇，吊扇吱嘎吱嘎地转动着。

唐白站在书店门口发着呆，汗珠大颗地从额头上滚落下来，身上的衬衫有好些地方被汗水浸湿了，可他毫无感觉般地站在那里。

有好些日子没有见到她了吧，还能再见吗？哪怕只是见见，也是好的。可就算再见到她，又能怎样呢？

已经很多年了，他从未如此想念过一个人，满脑子都是她的影子。一想起她那张阳光般的笑脸、那双溪水般清澈的眼睛，他就觉得愉悦不已。他开始对生活有憧憬、有期盼。如果有一天，他和她并肩坐在大海边，诉说彼此的梦想，诉说彼此的爱恋……这样的人生才叫圆满，只可惜这种人生与他无缘。

唐白曾不止一次看着手机上存下的那个号码，他很想将手指点下去，可最终还是放弃了。他问自己，打电话给她说什么呢？自己喜欢她吗？

两个生活在不同阶层的人是不可能有爱情的，如果有，那也是人们编造出来的谎言。

当李小玥与他渐行渐远跟别人在一起的时候，他就已经知道了，水往低处流，人往高处走，爱情亦如此。

他甚至一度觉得爱情是一件令人憎恶的东西，本质只是为了得到对方的身体或其他东西。

但在遇见那个爱笑、正直、勇敢的女孩以后，他又相信了爱情。他对她的喜欢没有占有，没有多余的目的，他只是想单纯地和她在一起。他想做守护她的天使，在她有任何需要的时候，为她做任何事。他想竭尽其所能地保护她在这个世界不被伤害。

对于这些庸人自扰的想法，唐白自嘲一笑，准备转身回店里。就在转身那一刻，他停住了所有动作。因为他看见一辆本来正行驶着的车子，往书店这边靠过来停下了。

然后，他努力地看清了那个开车的人，没想到竟然是夏天。他的心怦地跳了下。

夏天下了车，往他这边走来，笑着跟他打招呼说："这么热的天，你站在门口不热吗？"

"不，不热。"

"不热？"夏天忍不住笑起来，"你看你脸上的汗，衬衫都浸湿了，还不热？"

"还好，习惯了。"唐白问，"怎么，来买书吗？"

"不买。"夏天说，"我现在又要做新闻，又要写小说，看书的时间很少了。"

"那你来干什么？"

"我从这里路过，看你站在门口，就过来打个招呼，怎么，不欢迎吗？"

"欢迎，肯定欢迎，喝水吗？我给你倒杯水吧。"

唐白说着进了屋，倒了杯水来。夏天也不客气，接过水杯，一扬脖子咕嘟咕嘟喝了下去，看起来是真渴了。

"准备去哪儿吗？"唐白没话找话。

"你猜？"夏天故作神秘。

唐白腼腆一笑："我又不是你肚子里的蛔虫，这我哪里猜得到。"

"我准备去菜市场找你的那个杀猪匠怪叔叔。"

"阎叔？"唐白颇为意外地一愣，"你找他干什么？"

"采访他啊。"夏天说，"你不是说他是个很奇怪又有故事的人嘛。我构思了一本新书，叫《大隐于市》，就是写那些隐藏在市井里看起来很普通，其实很了不起的人。他们中有的人拥有很辉煌的过去，最后选择了平淡；有的人始终深藏绝学而不露，但出手惊人，就像少林寺的扫地僧；而有的人虽然出身平凡，却心怀伟大梦想，终因执着和坚持而光芒万丈。怎么样，要跟我说说你的故事，让我把你也写进去吗？"

唐白说："我真的没什么故事，都是一些跟平常人一样的稀松平常的事，每天定点吃饭、睡觉、上班、下班。"

"算了，你不想说我就不勉强了，强人所难多不好，我还是去找你的杀猪匠怪叔叔吧。"夏天说完就离开了。

夏天开着车来到了菜市场，停好车只身去了卖肉的摊位，却没有见到阎老三，就找了个卖肉的打听。卖肉的说下午的时候阎老三都不会在，因为他的肉上午就早早地卖完了。

夏天就又问他阎老三的联系方式，或怎么样能找到他。卖肉的说他没有阎老三的联系方式，只知道阎老三住五谷村，让她去五谷村问问。

夏天谢过卖肉的，就开车来到了五谷村，找了个村民问阎老三的住址。一个漂亮女孩问路，村民并无防备之心，很热心地为她指路。

当下，夏天按着村民的指引直奔阎老三家而去。

阎老三还是像往常一样搬了把椅子坐在他的小院门前。一辆车从远方扬尘而来，在院前停下。阎老三看见车上下来的人时，感到非常意外。

"太好了，阎叔，您真在家。"夏天像只欢快的燕子往这边走过来。

"你怎么找到这里来的？"阎老三问。

"问的啊。"夏天说，"这地方真偏啊，要是没人指路，还真不好找。"

"有什么事吗？"

"也没什么事，就是想找阎叔您聊家常。"

"找我聊家常？我一个杀猪的有什么家常可聊的？"

"是这样的。"夏天说，"我计划写一本书，就是写一些看似平常的人背后的一些不平凡的事。我听唐白说您有一身好本事，应该有很了不起的曾经，所以就特地来找您，想听听您的故事。"

"我从头至尾都是个杀猪的，没什么特别的故事。"阎老三淡然地说。

"阎叔，您就别谦虚了。"夏天说，"您经常在唐白那里买书，买的都不是一般人会看的书，从这一点我就能猜出来，您的曾经一定非同一般，而且鲜为人知。"

"你了解得够多的啊。"

夏天颇为得意："那是当然，来找您聊天，肯定得做足功课。"

"我的事正如你所说多不为人知，说出来怕吓着你。"

"不怕，我胆子大着呢。"夏天兴奋起来，"阎叔，您赶紧说吧，我洗耳恭听。"

"现在我没法说，我得想想怎么说才行，不如你去帮我办件事吧。"

"什么事？"

"去营业厅帮我办一张新的手机卡，然后我们通过这张新卡联系。等我什么时候想好了，就跟你讲那些故事。"

"您不是有手机卡吗？为什么要办张新卡呢？"夏天不解。

阎老三说："你在菜市场和村里都问了吧，我的手机号码几乎不给别人。所以，随你吧。"

"好好好，我去帮您买。"夏天赶紧答应。

"而且，我比较爱惜羽毛，我们之间的事你最好不要跟别人说。"阎老三说，"外面那些人想象力太丰富，我不希望听到任何流言蜚语。"

"嗯嗯，这我知道。"

"行了，你先去吧。"

夏天道了谢，当即开车离开，去帮阎老三买手机卡。

看着扬尘而去的车子，阎老三的脸上露出了一丝怪笑。

第 7 章
身份揭晓

下午六点，唐白的下班时间到了，他骑着电动车回了家。

见袁秀英背着一背篓菜叶进了家门，唐白赶紧上前接下背篓，关心地说："妈，您背篓里少装点东西，别因为太重闪了腰。"

"没事，我都是试着来的。"袁秀英说。

"那也得小心点。"唐白说，"我又不在家，您万一闪着了腰，这荒山野地的，过路的人又少，没人能帮您。"

"行，我以后注意就是。"正往屋里走的她忽然想起什么来，回头看着唐白，"八斗今天中午来家里了。"

"八斗哥来家里了？"唐白问，"有什么事吗？"

袁秀英说："他说路过顺道来看看，还说大前天晚上在城里看见你了。"

"您怎么说的？"唐白颇有些紧张。

"你不是跟我说过吗，不管任何人来家里，无论是有意还是无意说起你，都说你白天在上班，晚上都在家。我就跟他说他肯定是认错人了，你晚上都在家呢。"

"嗯，回答得好。"唐白说，"我没去过城里，八斗哥也不可能看见我。他现在是警察，疑心很重，经常说假话诈别人。"

"可他为什么要说假话诈我呢？"

"我也不知道。"唐白说，"应该是发生了什么案子吧，他们警察到处找人打听消息，见人就问。不管你有没有问题，按照他们的说法，在没有抓到真正的罪犯之前，所有人都有嫌疑。"

"唐白，你不会真干了什么坏事吧？"袁秀英突然定睛看着他。

"妈，您说什么呢。"唐白说，"您看我像做得来坏事的人吗？从小到大，别人欺负我，我都只有受着的份儿。有什么事我躲都来不及呢。"

"可是，你大前晚去哪儿了？干什么去了？为什么那么晚才回来？"袁秀英问。

唐白说："我不是说了，我去山里找大黄，然后在山里迷路了吗？"

袁秀英质疑说："大黄好像丢了快一个月了吧，你都已经很久没找了，怎么会突然想起找它？"

"还不是忘不掉，心里不甘吗？"唐白说，"大黄跟我们十多年了，我总觉得它还在山里的某个地方等着我去找它。虽然我知道没什么希望，可就是想去以前大黄跑过的地方看看。"

"如果你真是去找大黄，妈也不会说什么。妈就担心你不是去找大黄，而是在外面做了什么坏事啊。"袁秀英满眼担心和关切地看着他，"唐白，咱们就算日子过苦点差点，也不能做坏事啊。如果你觉得是妈拖累了你，也没关系，你给妈买包老鼠药回来，妈可以去死。"

"妈，您在说什么呢。"唐白说，"我都跟您说过多少次了，我不可能干坏事，我也从没觉得您拖累了我。只要您能好好的，我苦点累点都开心。"

"是啊。"袁秀英也说，"现在是我们母子俩相依为命。以前我们有个很完整的家，可是唐世德抛弃了我们。之后你外公、外婆也走了，现在妈这心里只有你了，你要是有点什么好歹，妈真的活不下去了。"

"妈，你放心吧，我会好好的，不会有事的。"

"那你答应妈，以后晚上再也不出去了，好不好？"袁秀英说，"万一，我是说万一有个什么好歹，妈怎么办呢？"

"妈，您别担心那么多了。"唐白心疼地摸着她那干枯花白的发丝，"我已经长大了，可以好好照顾自己，也可以好好保护您了。就算天塌下来，我都能顶着。"

"那你答应妈，以后晚上别再出去了。"袁秀英又说了一遍。

"我尽量吧。"唐白说，"有时候总有点什么事，比如朋友需要帮忙什么的。但我能照顾好自己，妈您就别担心这个了。还有，一定要记着我跟您说的，除了我之外，不要相信任何人。现在的人更坏，也更会伪装了，八斗哥也一样，这么多年过去了，我们也不知道他还是不是当初的八斗哥。总之一句话，人心隔肚皮啊。"

"嗯，知道了。"

唐白说了声"我先去做饭"，就往屋里去了。

袁秀英站在那里，看着进屋去的唐白，眼里充满了担忧，最终还是无奈地摇了摇头，叹息了一声。

鉴于缺少证据，加上黎东南的身份特殊，黎东南及其司机都被无罪释放了。

"不好意思，没能如你的愿，我就先走了。"黎东南看着李八斗，满脸的嘲笑意味。

李八斗一笑："放心吧，我还会亲手抓你回来的。"

"你说的话我怎么一点都不信呢？"

"我说的话你信不信不打紧，重点是你自己做过什么事心里没点数吗？"

"那当然。正因为心里有数，所以我才自信啊。"

"别高兴太早。"李八斗不想跟他斗嘴，转身走了。

"这姓黎的真可恶。"姜初雪说。

李八斗说："他只能得意一时，作的恶多了，就算手段再高明，也不可能都擦干净。"

包古插嘴说："关键是我们现在怎么办，他被无罪释放了，凶马案该怎么查？"

李八斗说："从现有证据上看，黎东南还真有可能不是凶马案的主谋或元凶。我们可以再去朱家巷，找附近的居民打听一下，看有没有目击者能提供一些有价值的线索。另外，我们还要重点寻找那个潜入黎东南别墅想刺杀他的人。"

冷笑说："可是监控里的那个人太模糊，根本无从找起。"

李八斗说："总还是有些大概方向的，比如身高和体形。"

冷笑说："就不说其他地方了，单是白山县，和这种身高及体形对得上的随便也能找出几万人了，怎么查？"

"我倒是有个方向。"姜初雪说。

"什么？"李八斗问。

姜初雪说："寻找范围可以将城区排除，主要查白山郊区。"

"依据呢？"李八斗问。

姜初雪说："这个人如果真是凶马案元凶，利用凶马作案的话，那他应该不会将那么大一匹马藏在城里。这城里大街小巷人满为患，凶马案又闹得沸沸扬扬，凶马在城里很难被藏住，所以他极有可能住在城外。但是因为要调查目标的相关情况以便他作案，住得太远的话，又会很不方便，所以在城郊找个地方住是最合适的。"

"有点道理。"李八斗说，"问题是凶马第一次作案是在石笋镇，第二次作案是在白山县城。那它背后的人到底是住在白山县城的郊区，还是石笋镇的郊区呢？"

姜初雪说："这个就没法确定了，都查查吧。"

"也行。"李八斗吩咐说，"包古，你去安排一下吧，让区域派出所协助一下，仔细查一查县城郊区和石笋镇周边，一是查马，二是查监控里出现的那个人。但凡有特征相似者，做好背景调查。"

当李八斗带领的专案组着手从城郊寻找凶马线索时，黎东南从另一个方向寻找着那名神秘的刺杀者。

他和董十八回到公司后，先在办公室里静坐了一会儿。董十八也没打扰他，只是在一边帮他泡茶。

片刻之后，黎东南去了副总办公室，分别打了两个电话出去，让对方到他办公室来一下。

半个小时后，两个人陆续来到了黎东南的办公室。

先到的人五十岁左右，个子中等，体形微胖，看起来也挺面善，手里把玩着一个手串，手串的珠子漆黑光亮；后到的人四十来岁，身材魁梧结实，身高将近一米九，肌肉将衣服绷得紧紧的，生着一张恶人脸。

玩手串的姓曹名连城，是白山县最大的金店连城金店的老板，不但在白山有近十家金店，在县外也有连锁经营，是白山的"黄金大王"。另一个大个子姓赵名飞虎，是白山县道上的大哥，开赌场放高利贷，做各种灰色产业，手下小弟众多，但凡被人惹到，动辄就是一句"信不信老子让你见不到明天的太阳"。不管是新出道的，还是混得有些头脸的，无不以说一声"我跟虎哥混"为荣。这句话就像是一道护身符，在白山地界上既能保平安，还能被人高看两眼。而这两人都恭恭敬敬地喊黎东南"大哥"。

旁边的茶几上，董十八早已泡好了两杯茶。两人的屁股都还未落座，就问黎东南什么事。

黎东南慢慢地呷了一口茶，抬眼看着两人，问了句："你们觉得东海和国晋的死是我干的吗？"

"怎么可能，我们是拜过关二爷、歃血为盟的兄弟，大哥，您怎么可能杀他们。"赵飞虎不假思索地说。

"大哥，您怎么突然这么问？"曹连城问。

"这不，前些时间因为飞虎的业务受损，我让兄弟们再拿点利润出来，刚好遭到了东海和国晋的反对嘛，尤其是东海还和我红了脸。东海死后，国晋基本上认定了凶手是我，还匿名向警方举报我，说了我跟东海之间的矛盾。而他才举报完我，又莫名其妙地被杀了。警方也认为这些事是我干的，我和十八还被请进局子里了，这不刚从里面出来不久。"

"还有这样的事，国晋举报大哥？"赵飞虎怒道，"这是人干的事吗？"

"人之常情。"黎东南说，"不过我不在乎，我在乎的是你们怎么看最近发生的案件。"

"我绝不会相信是大哥你干的。"赵飞虎掷地有声地说。

"为什么不信？"黎东南问。

"为什么？"赵飞虎说，"我们都是拜过关二爷的，有福同享、有难同当。大哥，您不缺钱，不可能为了这点事对自己的兄弟痛下杀手，更不可能残忍到灭门。"

"你呢？"黎东南看向曹连城。

"我也觉得绝不可能是大哥您干的。"曹连城说。

"理由呢？"黎东南说，"不要敷衍我，我想听真心话。"

曹连城说："理由很简单，第一，我们是兄弟，白山县圈子里的人都知道我们是一体的，无论哪个出了事，都有损大哥您的面子。第二，这些年来，大哥给兄弟们提供各种保护和帮助，兄弟们给大哥分点利润，大家过得都挺好。可是，杀了东海和国晋，多年来构建的房地产和煤炭帝国就坍塌了，如果由政府或其他人接手，大哥就没那么顺利地从中分一杯羹了。"

"还是连城你看事情透彻，分析得一针见血。"黎东南竖起大拇指，"东海和国晋的生意能在白山做大，我不知道在他们身上冒了多少险，花了多少心血。实话说，之前我分的利润也够多了。我黎东南能做成这一番事业，也是有眼光的人，怎么可能跟个小混混儿一样，为了这一丁点儿矛盾就把自己亲手培植起来的一切毁于一旦呢？可惜国晋的眼界还是不如你，竟然在背后举报我。"

"可就像国晋怀疑的那样，在白山地界，除了大哥，还有谁能灭了东海的门，又杀了国晋呢？"曹连城问。

"我已经找到了这个人的影子，但还不知他的来历。"黎东南说。

"找到了这个人的影子，什么意思？"曹连城问。

当下，黎东南就将自己遇刺那天晚上的事告诉了在座的两人。

"无论从动机还是本事来看，我都认为东海和国晋之死是这个人干的。"黎东南说，"这也是我今天喊你们来的原因，我们商讨一下如何把这个人找出来。连城，你以足智多谋著称，有什么好点子吗？"

"我觉得吧，没有姓名，没有清晰的相貌特征，要找这个人无异于大海捞针啊。"曹连城说。

黎东南说："别说大海捞针，就是大海捞沙，也得把他找出来。我虽然不知道这个人为什么要杀东海和国晋，但有一点可以肯定，他是冲着我们这个团伙来的。我被他行刺进一步证实了这点，恐怕你们两个也在他的算计中。"

曹连城说："可是从警方的消息来看，杀东海和国晋的是一匹马，而夜袭大哥您的是一个人，这要怎么解释呢？"

黎东南说："这倒也是。不过警方之所以一直调查我，是因为那匹杀人的马跟我的'铁将军'长得极为相似。我觉得是那个人故意为之，就是为了把警方的注意力引到我身上。他甚至把我心爱的'铁将军'给杀了，显然是在针对我！"

"那到底是马在针对大哥您，还是人呢？"赵飞虎有点蒙，"我怎么越听越糊涂呢？"

"当然是人。"黎东南说，"马杀人，打死我都不信，对方应该是用了什么很高明的手段瞒天过海，而夜袭我的人恰恰就是个很高明的角色。正所谓兵不厌诈，这个人不会一直用马来做挡箭牌。况且我别墅的围墙太高，马也跳不进来。"

"嗯，大哥，您这么说的话，倒有些道理。"曹连城说。

"想出什么能找到他的办法了吗？"黎东南问。

曹连城点头："有个办法，或可一试。"

黎东南问："什么办法？"

曹连城说："我们对白山县的人物可谓了如指掌，从没有听说过一个如此了得的人。所以，我个人觉得这个人应该是外地来的。既然是外地来的，他要对我们动手，就必须了解我们的行踪，很有可能就住在城里，在城里他会住哪里呢？宾馆或酒店。所以，我们只要找遍白山的宾馆或酒店，或许就能把他找出来了。"

"二哥，你开玩笑吧，把全白山的宾馆和酒店都找遍？怎么找？像警察一样一家家去搜？"赵飞虎问。

"老四，你打架行，脑子还是差了点。"曹连城把目光看向黎东南，"大哥是谁，白山酒店行业的龙头啊，他一句话就可以把白山所有酒店、宾馆的老板叫到一起，让大家提供住宿记录、监控记录，然后让你的小弟对着监控找特征相像的人不就行了。"

"有道理哦。"赵飞虎顿时恍然大悟，"别说大哥，就是我带几个小弟过去，让那些酒店和宾馆的老板把住宿记录和监控记录提供给我，他们也不敢说不。"

"还是大哥出面吧。"曹连城说，"大哥只要打个电话出去，就能把他们都聚集起来，而且不会有动静。你带小弟去办，容易把事情搞复杂。"

"嗯，连城说得有道理，这是个可以一试的办法。"黎东南说。

"可我还有一点疑问。"赵飞虎说。

"什么疑问？"曹连城问。

赵飞虎说："这个人之前杀三哥和老幺的时候，都是用的马，他如果带着马，怎么住宾馆或酒店呢？"

"你傻啊。"曹连城说，"他的马肯定是藏在乡下或者山里什么地方，要用的时候才会去牵。之前的我不敢肯定，至少夜袭大哥那天晚上他是住城里的。我们着重查那天晚上的宾馆、酒店记录。"

"对，就查他夜袭我那晚的。"黎东南一锤定音，"就这么办吧，立马行动起来。"

说着话，黎东南从抽屉里拿出一个 U 盘递给赵飞虎："这是那晚我别墅的监控资料，里面有那个杀手的影子，虽然模糊但可以看出身高和体形。你让你手下的兄弟先把特征记好，到时候好从酒店监控里筛选，你们筛选过一轮后，我再让十八进行最后的确认。"

"老二，你去给各宾馆和酒店的老板发请柬吧，就说我明天中午请他们吃个饭。记得写好时间和地址。"

"我去？"曹连城一愣。

"是的，你去。"黎东南说，"现在我和十八有可能仍被警方盯着，做这些事不方便。我连给你们打电话都是用的副总办公室的电话。为了不让警方察觉到动静，这些事我都不能出面。所以你来安排人送请柬给他们，再由飞虎帮我主持会议，让他们给我个薄面配合一下。记住，话说好听点，但也要让他们明白不配合的后果。"

"我明白了。"曹连城说。

黎东南说："去吧，白天有什么事就打副总办公室的电话，她会过来叫我。晚上可以打我手机，但也不要说这些事，有重要的事就换一身保安服，直接坐出租车来我别墅。"

赵飞虎和曹连城领命而去。

黎东南又慢慢地呷了一口茶，然后慢吞吞地说了句："八仙过海，各显神通吧。"

次日中午，白山大酒店四楼。

一整层楼都被包场，来的人主要是白山县酒店、宾馆行业的老板。

在白山地界，稍微有点见识的人都知道黎东南其人深不可测。他邀请谁干什么，谁也不敢不给面子。何况请柬上并未说是生日、新婚之类的喜事，并不用随礼送钱，大家自然也就痛痛快快地来了，很多人还以能被其邀请而深感荣幸。

白山的圈子不大，这些开宾馆、酒店的总有几个是互相认识的，便坐了一桌，交头接耳地说着什么，但没有人知道黎东南为何突然邀请大家。

时近十二点，二十几张桌子已经坐满，桌子上的菜也都上齐了，却还未见黎东南的影子。

菜一上满，服务员就退了下去，整个饭厅里就剩下摆好的菜和坐满的人。黎东南没有到场，也没有谁敢动筷子。

很快赵飞虎来了，他带着好几个看起来颇有些狠气的彪形大汉进了饭厅。他进来之后，后面的大汉就把饭厅的门给关上了。

随后，赵飞虎走到前面的主席台上，拿起早就准备好的麦克风，轻咳了两声开始讲话："我先代表黎总欢迎大家吧，黎总因为有些事不大方便露面，所以托我来招待大家。在场的朋友有认识我的，也有不认识我的，我叫赵飞虎，除了好事，什么都干过。"

听到赵飞虎的名字，台下瞬间炸开了。

"安静一下，安静一下，等我把话说完，再发表意见怎么样？"赵飞虎加重语气说。

场下立马就鸦雀无声了。

"是这么回事，"赵飞虎说，"前两天有个人跑去黎总家里偷东西，然后跑了。黎总不想通过官方找这个人，决定自己摆平。所以，希望大家把各自酒店那天的住宿记录和监控记录给我们，看能不能找到那个人，就这么简单。大家算是帮黎总个忙，黎总会记得这个人情的。"

"住宿记录和监控记录，这个只有警方才有权查看，我们随便给出去是犯法的啊。"一个四十来岁的男人说。

"犯法？"赵飞虎立马走到他面前，逼视着他，"你他妈知道自己在说什么吗？你跟一个天天犯法还好端端站在这里的人说犯法？犯法对老子来说，就是一日三餐。老子一天不犯就手痒，犯了还没事，你知道为什么吗？法律是死的，人是活的，审判权在人手里，所以犯不犯法，还是人说了算，明白这个道理吗？"

"虎哥，你别搭理大福，他就是个憨包，不知道社会的深浅。没事，虎哥你说怎样，我绝对配合。"旁边一个年轻人一脸谄媚地说。

赵飞虎看着他，颇为满意地点点头："年轻人还不错，见过点世面，懂点规矩。以后在白山有事报我的名号，谁惹你，我送他去 ICU。"

说罢，赵飞虎又回到台上，对着台下说："你们既然是做生意的，自然知道一点，要想在社会上混出头，能力和运气只是一部分，更重要的是人脉。人脉越广，关系越硬，生意才能越做越大，名声才能越来越响。黎总让你们帮忙办的这点事，不会有任何麻烦，出了任何麻烦，黎总也都能摆平，不会让大家吃亏的。当然，如果有人非不给面子的话，那就别怪我心狠手辣了。"

台下有些认识赵飞虎的人马上起哄说支持黎总。

"行了，大家吃饭吧，吃完饭回去把那天的住宿记录和监控记录送到这里来，我今天下午就等在这里收。另外，虽然咱不怕犯法，但能低调尽量低调，多一事不如少一事。这里的事你们自己知道就行，不要去声张，不管是朋友还是家人。要是传出去，被我查到是谁传出去的，我可是会杀人的。还有谁有疑问，现在就站出来跟我说，别事后给我撂挑子，听见了吗？"

台下的人你看看我、我看看你，都没说话。

"没有异议了是吧？行，都吃饭吧，吃饱喝足了，我等大家送礼来。"

大约一个小时后，饭厅的人陆续离去。离去的人都留下了一个电话号码，赵飞虎吩咐他们把东西早点送来。

下午三点之后，陆续有人把住宿记录和监控记录送来。赵飞虎则安排手下把监控记录拿去看，对照夜袭黎东南别墅那个人的特征进行筛选。

晚上九点多，赵飞虎的手下就在将近两百份监控记录里找到了二十多个有嫌疑的青年。

其实查看起来很简单，曹连城后面给赵飞虎支了一招，让他的手下主要盯着前台监控就行了。因为如果是当天住宿，就得在前台那里办入住手续。如果是之前住宿，之后要续住的话，还得重新刷一次房卡。

筛选出来之后，赵飞虎让手下的人将那些住宿记录和监控记录交给了曹连城。曹连城换了一身保安服，乘坐出租车到了黎东南的别墅。

黎东南亲自上阵，他和董十八及曹连城一起对二十余份监控记录进行最终的筛选确定。

"找到了。"听到董十八的话，曹连城和黎东南急忙往这边凑了过来。

董十八指着一个背着双肩包走向酒店柜台的男子："这个人的身高和体形都和夜袭黎总别墅的男子相似。而且，他走路的步伐沉稳，不疾不徐，整个人看起来蓄势待发。背包里应该装着行动的工具或武器。他到前台只是刷了下房卡，说明他不是当天入住，而是之前就住在这里。"

"这是什么地方？"黎东南问。

董十八拿过监控记录的外包看了看："香水湾酒店。"

"香水湾酒店？"黎东南说，"我好像见过这个酒店名字。"

曹连城说："跟这里就隔两条街，酒店旁边五十米处有我的金店。"

"跟这里隔两条街？"黎东南皱了皱眉，"这么近？"

"我明白了。"董十八说，"如果我没猜错的话，在那个酒店的某个房间，用望远镜可以看见黎总的别墅。他是为了观察黎总的动静，所以特地选了那家酒店，果然是个行家。"

"这么说来，对方是个职业杀手了？"黎东南说。

"是不是，去看看就知道了。"董十八说。

黎东南看向曹连城："你把这个人的图像传给飞虎，让他联系香水湾酒店的老板，查一下此人叫什么名字，住哪个房间，现在还住在那里吗，还是换了地方。"

"嗯，我马上联系飞虎。"曹连城说罢，当即给赵飞虎打了电话，将黎东南的话转述给了他。

"看来，真相就快浮出水面了。"黎东南眯着一只眼说。

"可是——"曹连城说，"如果是这个人的话，那他到底是一个人，还是一个团队呢？如果是一个团队的话，事情可就棘手多了。"

"不可能是一个团队。"董十八说，"职业杀手的背后或许有团队，但行动时都是独来独往，尤其是在这种小县城做事，不可能很多人一起行动。倒是有另外一件事情值得考虑。"

"什么事？"黎东南问。

董十八说："职业杀手的本事都了得，要价很高。这还不是重要的，重要的是一般人并不知道怎么联系这种神秘人物，那得有很强的实力和人脉才能打通这种生死交易的关节。所以是谁有这个本事请动职业杀手来对付黎总呢？"

"在白山，还找不出这么个人物吧。"黎东南说。

曹连城说："看来，答案还是得从杀手自身入手。"

黎东南点头："等等吧，等飞虎那里查清楚了再说。"

晚上十点二十分，赵飞虎给曹连城打了电话，说了他了解到的情况。

那个人的名字叫夏长生，两天前入住的那家酒店，现在仍住在那里，房号是 608；开了一辆路虎车，车牌尾号是 9386，就停在酒店侧边的停车位上。

"夏长生？"听曹连城转述完，黎东南眉头一皱，"这名字听着好耳熟。"

"是的，我好像也听过这个名字。"曹连城说。

"想起来了！我想起来了！"黎东南恍然大悟，说道，"原来是他！"

"谁啊？"曹连城问。

"东海的弟弟！"黎东南说。

"东海的弟弟？"曹连城顿时也想起来了，"是的，我也想起来了，我就说在哪儿听过这个名字，是他弟弟。难道这些事都是东海他弟弟干的？"

"他有动机啊。"黎东南说。

"也不对啊。"曹连城说，"他有杀东海的动机，可跟国晋和大哥您没仇吧，为什么要对你们动手？"

"这你就不知道了。"黎东南说，"所谓爱屋及乌就是你喜欢一个人，也会跟着喜欢这个人喜欢的东西。那换个角度想呢，他如果仇恨东海，会不会连着仇恨我们几个呢？何况东海混得那么好，全靠我们的帮忙啊。"

"有点道理。"曹连城说。

黎东南说："我就奇怪东海跟谁结了仇，对方竟然要灭他的门。如果是他弟弟干的，那就完全说得通了。"

"嗯，是的。"曹连城附和说。

"不是，我没明白，海哥跟他弟有什么样的仇，他弟竟然要杀他，还要灭他的门？"董十八一头雾水。

"这件事说来话长了。"接着黎东南就跟董十八说了整件事的原委。

夏长生是夏东海的弟弟，性格很老实，学习成绩也好，和只知道打架闹事、不学无术的夏东海完全不一样。

也因此，两兄弟的感情一直不和。夏东海老是觉得他这个弟弟没什么用，他一直希望自己的弟弟能有种一点，可以和他一起冲锋陷阵，打下一片江山。可他弟弟是个软蛋，从不会帮他打架。他觉得他弟弟是个废物。

同样，他弟弟对他也全无好感，认为他嚣张跋扈，没有品德，老是在外面惹是生非，惹父母生气，简直就是个垃圾。

两兄弟虽然道不同不相为谋，可毕竟生活在一个屋檐下，有父母的制衡，彼此也还能处得下去。直到发生了一件事，兄弟俩完全决裂，终成仇人。

读书成绩很好的弟弟夏长生，在初中的时候谈了个女朋友，长得很漂亮。夏东海知道了，对弟弟的女朋友也喜欢得不行。为了得到她，还用了些手段，就是趁夏长生和女朋友约会的时候，找了几个混混儿调戏夏长生的女朋友。那些混混儿手里都拿着刀，并用刀顶着夏长生的喉咙，夏长生吓得不敢乱动。

这个时候，夏东海带着一伙混混儿出现了，装着很英雄地把那伙混混儿赶跑了，然后丢下一句"软蛋"给夏长生，护送夏长生的女朋友回了家。

自此之后，夏长生的女朋友觉得跟着夏长生没有安全感，就跟了夏东海。

夏长生也不傻，知道那件事有蹊跷，就跟夏东海吵了一架，说他不是人，故意布局整他，抢他女朋友。夏东海也横，说就是明抢又怎么了，要怪只能怪他没本事保护自己的女人。

夏长生告到父母那里，可手心手背都是肉，而且夏东海根本不服父母管，甚至说大不了断绝父子关系。父母拿他也没办法，只好劝夏长生忍着点，一个不属于自己的女人不要放在心上。

可夏长生过不了这道坎，尤其是夏东海故意带着那女的在他面前得意地炫耀。这种做法无异于在他伤口上撒盐。

终于，在某一天，夏长生留下了一封信，从此消失不见。那封信的大概意思是，总有一天他会回来杀了夏东海，让他死无葬身之地。

"还有这样的事？"董十八听了满脸惊奇，"海哥也真是六亲不认了，连他弟弟的女朋友都抢。"

黎东南说："他本来就瞧不起他弟弟，再加上年轻冲动，见到自己喜欢的女人，哪里还忍得住。"

"海哥后来跟这个女孩结婚了吗？"董十八问。

黎东南点头："是的。所以这个夏长生既恨他哥哥布局抢了他女朋友，自然也会恨他的女朋友这么轻易就背叛了他。不但让他伤心，还让他没法抬起头做人。尤其是两人还真的结婚生子了，并且过得很幸福。夏长生这是回来践行他信里所说的话了。"

"看来，这也是个狠人啊。"董十八说，"很多人说狠话就跟放屁一样转头就忘了，他消失了这么多年回来，还是在海哥势大力大之时，兑现了说过的狠话。不过我觉得就因为吴国晋和黎总还有海哥是一伙的，夏长生就动了杀机，这有点太牵强了。"

"没什么牵强的。"黎东南说，"很多疯子的想法是不能用正常人的思维衡量的，他连无辜的亲侄子都杀害，可见他的极端和丧心病狂。而且，事实上他就是针对我了，监控里的影子和他也对得上。"

"是的，应该就是他了。"曹连城也说，"只不过这么看来，并非有人请职业杀手，而是夏长生回来复仇。这样的话，事情就简单多了。"

"可是，我有一点没想明白。"董十八说。

黎东南问："什么？"

"我知道他可能受过职业杀手的技能训练，可他是如何用一匹马来杀人的呢？连警察和监控都抓不到把柄？"

"找到他，不就找到答案了吗？你去做怎么样？"

董十八点头："可以。"

黎东南叮嘱道："小心点，可能有警察盯着我们。"

"没事的。"董十八微微一笑，"我能应付得了。"

"你打算怎么做，去他的房间里找他吗？"曹连城突然问。

"当然不是。"董十八说，"酒店里外都有监控，我就算有本事杀了他，也逃不过警方的追凶。"

"那你准备怎么办？"曹连城问。

"这个我心中有数，城哥就看我的吧。"董十八自信地说道。

曹连城还想说什么，黎东南说话了："这种事让十八自己去处理吧，我们还是不要知道的好，知道了对我们也没什么好处。"

曹连城也就没再说什么。

"那行，我先去办事了。"董十八说着，向曹连城和黎东南告辞。

下了楼，董十八来到别墅后面的车库。车库一共有四个停车位，其中三个停车位上都停着车子。

董十八走到那个空着的停车位旁，先将铺在地上的一张油布之类的东西扯开，再按了旁边墙壁上一个类似电灯开关的按钮。地板立马往两边分开，地下竟露出了一辆出租车来。

董十八再按了另一个按钮，出租车就从地上升了起来。他坐进出租车驾驶室，将车开出了车位，然后从别墅侧后方的一道门离开了。

这辆出租车与一般的出租车不同，从车外看不见车内的任何东西，但从车内可以清楚地看见车外的一切。

董十八来到了香水湾酒店的外面，透过车窗向酒店的停车位瞄了一眼，立马就看见了那辆尾号9386的路虎车。旁边正好还有个空位，他就将车子开去那边停着了。

他故意将车子停在外面了些，车身能斜挡住另一边的保安的视线。然后，他从车子里拿出一个定位追踪器，偷偷装在了那辆路虎的车身下。

做好这一切之后，他回到车上，思考了一会儿，拿出一张纸来，在上面写下了一行字：想杀黎东南，来白山庙，我帮你，限一个小时内，过时不候。

写好之后，董十八将纸张折叠成了三角形。他在酒店附近转了好久，终于找到了一个人。董十八将叠好的三角形和两百块钱一起递了过去，让他帮忙送给香水湾酒店 608 的客人。

那人怕有什么圈套，有些犹豫。董十八解释说他和朋友之间的误会现在还没消除，见面会尴尬，不得已才这么做的。那人这才答应帮忙。

董十八把车开到了酒店的斜对面，这个位置从车窗望出去，刚好能看见酒店门口的动静。他也不知道这招管不管用，但他还是想赌一把。

约十分钟后，送信的人才出来。

找个房间而已，要不了十分钟，夏长生应该逮着送信的人问过些什么，董十八心想。

又过了十几分钟，董十八的眼睛亮了。

夏长生出现在了酒店门口，他先从兜里掏出一根烟点上，借吸那一口烟的机会，看了看左右，确定没什么异常后，才走向路虎车，接着发动车子往白山庙的方向驶去。

董十八也启动车子，保持着较远的距离跟在后面。

夏长生驾驶着车子，时不时从车子反光镜里观察后面的动静，但董十八的车子离他至少有一百米，开的又是一辆出租车，所以夏长生并未发现有什么异常。

董十八远远地跟在后面，偶尔看一眼追踪器的信号，以确定夏长生是不是开往白山庙，如果不是，他就得改变计划。

当夏长生的车子驶出城区时，董十八就知道没有悬念了，夏长生的目的地不出意外应该是白山庙。

董十八当即加快车速，超过了夏长生的车。他要赶在夏长生的前面，略做一些部署，抢得先机。

第 8 章
黑夜搏杀

　　白山庙位于白山河下游的一座山丘上。据说在清朝时此庙香火鼎盛，新中国成立后反封建迷信，庙被砸了个稀巴烂，连神像都这儿缺一块那儿却一块的。虽然后来有些信徒找了些水泥之类的东西修葺了一番，但看起来给人一种不伦不类的感觉。

　　山丘下有一条公路通上来，路不宽，但足够一辆车行驶。

　　董十八将车开到山丘下，并没有着急往山丘上开，而是把车开到了附近的一处林子里。他将车停好，戴上手套，提了一小袋东西下了车。

　　来到公路边，他将手伸进袋子里，摸出了一些碎玻璃和铁钉，放在两边车轮会经过的位置，随即藏回了路边的林子里。

　　远处转角的地方有灯光照来，很快就看见了车头，正是那辆路虎。

　　董十八看着那辆越来越近的车子，心跳竟莫名地加快了。虽然他对自己的本事很自信，可这个半路杀出来的夏长生确实是个猛人，借马杀人的手段更是稀奇古怪，他也不清楚对方的实力到底有多强悍。他将裤腿拉起，拔出了插在那里的一把匕首。

车爆胎后，夏长生肯定会下车检查。这时，董十八便会从黑暗中蹿出，以迅雷不及掩耳之势将其击杀。

剧情是这么安排的，可夏长生并没有按照董十八构思的剧情表演。车子没有继续往这边行驶，而是突然在某处停下了，车灯也熄灭了。

董十八盯着车灯熄灭的地方，眼睛慢慢地习惯了黑暗，但并未看见夏长生的人影。

董十八心想，夏长生果然是只狡猾的狐狸，他明白将车开上白山庙会很被动，所以就将车停在远处，然后不动声色地步行前往白山庙。这样一来，他便身在暗处，可以观察周遭动静，掌握一些主动权，至少不容易遭人暗算。

董十八转着眼珠，竖起一对耳朵，都没有察觉到夏长生的动静。他知道，夏长生肯定会通过隐蔽的路线到达白山庙。

有漆黑的夜和树林作掩护，董十八想半路截杀夏长生的计划便落空了。他只好加快步伐前往白山庙。他要尽量在夏长生之前抵达白山庙，要不然夏长生到了白山庙，却没见到人，很可能就会走了。

过了十来分钟，董十八赶到白山庙。白山庙就只是几间破落的房子，房前有一个百来平方米的土坝子。坝子边缘长着好几棵历经风吹雨打的大树，像是几个狰狞的巨人。

董十八观察了下环境，当即手脚并用往一棵树干稍矮但枝丫比较茂密的树上攀爬上去。这样更隐蔽，而且居高临下，便于攻击。

又过了两三分钟，坝子的另一边突然冒出一个人来。那人手一扬，一团黑影便呼啸着往董十八藏身的树上砸来。石头砸在树干上，"砰"的一声震响，使得树叶一阵急抖。

那人又接着往树上砸来两块石头，同时喊道："下来吧，我知道你藏在上面。"

既然已经被对方发现了，董十八当即从树上跳了下来。

"你怎么知道我藏在上面？"董十八说话的同时，握着匕首的手已经用上了力，准备随时出手。

夏长生颇带讽刺地说："夜里没风，我注意到一棵树在晃动，就知道上面藏人了。你脑子笨成这样，也好意思出来给人挖坑？"

"果然是有两把刷子的，但杀人只有脑子可不行，还得有真本事！"

话说着，两人只有几米之遥，已是很好的出手机会。董十八将那只持匕首的手扬起来，直往夏长生的颈动脉处刺去，动作快、狠、准。

可夏长生也不是省油的灯，他早有防备，眼见董十八凶猛扑来，竟不闪不躲，反而迎上前去，待距离更近时一抬手架住董十八握匕首的手臂，使那匕首悬空刺不下来，同时另一只手掌五指并拢形如利刃，直戳对方的喉管。

董十八见状，只好偏头闪躲，同时伸出脚钩向夏长生的下盘。

黑夜之中，两人见招拆招，你来我往，一时胜负难分。

缠斗间，夏长生也看准机会拔出了刀子。但两人都精通擒拿格斗术，可谓是攻防兼备，那明晃晃的刀子虽然寒光逼人，却很难刺到人。

打到后来，刀子脱手，两人便赤手空拳地对决。两人缠抱着，不知道在地上打了多少个滚。

也许是老天偏爱董十八一些，当他和夏长生缠抱着翻滚时，他的手突然碰到了先前掉落在地上的匕首。他的反应很快，当即松开抓住夏长生的手，就去拿那把匕首。

夏长生也意识到了，想用手把董十八的手按住。可董十八顺势将手一翻，匕首迎着夏长生的手就划了过去。夏长生防备不及挨了一下，他心知不妙，打算将董十八踹开，好拉开两人的距离。

董十八已经抢占先机，有匕首在手，怎么会让夏长生逃脱。他也不管夏长生下脚多重，只是死命将其抱紧，然后用匕首进攻。夏长生只好拼命抓住董十八的手，不让匕首落下来。

两人陷入短暂的僵持，但夏长生处于劣势，他有一只手受伤了，而且董十八压在了他的身体上方，匕首正在一寸寸地逼近他。

"不要挣扎了，明年的今日就是你的忌日。"董十八说。

"想杀我，你还不够格。"夏长生咬牙，突然一张口吐出一口口水。

事发突然，董十八也来不及闪躲，就被口水吐到了眼角的位置。他本能地闭了下眼睛，也就是这瞬息之间，夏长生拼尽全身的力量反击，将他摔到了一边，然后借势滚开，并从坝子边缘捡起一根木棒，做出防御之势。

见夏长生有所准备，董十八也就没有贸然进攻。对方的武器长些，又是高手，很难近得了身。近不了身，短兵器就发挥不了作用。两人又一次形成对峙，在防备之间寻找着进攻的机会。

董十八说："你真够狠的，竟然杀了自己亲哥全家。"

夏长生说："扯什么淡呢，明明是你们干的，想栽赃到我头上吗？"

"你这是做了不敢认吗？"董十八说，"一个敢把事情做得那么绝的人，不应该这么没种吧。"

"胡说八道！"夏长生说，"他是我哥，我怎么会杀他全家？"

"为什么不会？"董十八说，"你自己的亲哥不待见你，还抢你的女人。说了要跟你一辈子的女人觉得你没用，跟了你亲哥。这仇恨还不够吗？你当年消失的时候不是也说了，有天会回来杀他吗？"

"别玩栽赃嫁祸这一套了。"夏长生说，"我都已经知道了，是黎东南为了利益下的手，竟然想赖到我头上。"

"你都已经知道了是什么意思？你知道什么了？"

"吴国晋被杀之前，在一份U盘里说了夏家血案的真相，而且也留下了黎东南的犯罪证据。你们以为杀了我就能万事大吉？我死了，证据就会被送给警方。我明知道这是圈套，还敢过来，就是因为我知道我能拉到垫背的！"

"什么，吴国晋在U盘里留了证据？"董十八不由得吃了一惊。

"不然我为什么会去杀黎东南？！"

"你的意思是，你得到了吴国晋留下的一份证据，知道是黎总杀害了夏东海一家，所以才去找黎总报仇？"

"你还不傻，听明白了我的意思。"

"你这锅甩得很牵强啊。"董十八说，"你和夏东海虽是兄弟，却反目成仇。你本想杀他除之而后快，若是知道他被黎总杀了，不应该感激涕零吗？为何反要杀黎总为兄报仇？"

"你不懂。"夏长生说，"我跟夏东海有仇，我可以杀他，但别人不可以。你以为我卧薪尝胆这么多年是为了什么，就是想亲手杀他。而且，如果黎东南只是杀了夏东海，我或许不会与他计较，因为夏东海该死。可黎东南不该杀了夏东海的老婆孩子，你懂了吗？所以，夏家的仇还得我亲手来报！"

"等等，你是说真的，夏东海一家不是你杀的？"

"我都说了我有黎东南的罪证。今天晚上不是你死就是我亡，还跟我装什么蒜！是你们做的，就干脆地承认。"

"如果我告诉你夏东海一家的死根本就不是黎总干的，黎总也在找凶手呢？"

"你要这么说，我只能认为你们是怕了我，所以不敢承认。或者是给我一个合理的解释，不要让我觉得太可笑。"

"夏东海和吴国晋每年都会分钱给黎总，且不说他讲不讲义气，单从利益的层面看，他也绝不会为了一点小小的不愉快断送自己的财路。况且，夏东海和吴国晋死了，无论是政府还是谁接手他们的生意，黎总都别指望能像原来那样完美地掌控了。显然，黎总不会做出这么愚蠢的事。"

"真不是黎东南干的？"夏长生似乎被说动了。

"我说了，我们也一直在找凶手。你和警方一样都被吴国晋的一面之词误导了。"

"那个杀猪的是黎东南的人吧。"夏长生说，"我在一份监控记录里看见他出现在夏家的案发现场，而且行为很可疑，这你怎么解释？"

"这件事情我知道。"董十八说，"就是夏家血案之后，黎总让他去了解下情况，让他查找凶手，好替海哥报仇。结果，他也被警方盯上了。你想想，要是他干的，他都杀完人了，还回现场去干什么呢？"

"如果不是黎东南干的，那会是谁？"

"黎总认为最大的嫌疑人就是你，因为你的动机最充分。而且，你消失了这么多年突然又出现在白山，刚好这期间又发生了这么多事。我倒想听听你的解释。"

"我这次回来的确是打算杀了夏东海泄愤，但我不会杀女人和孩子，更何况，是我喜欢的女人，是我夏家的孩子，他们都是无辜的。当初美娟只是迫于夏东海的淫威，是为了保护我，才委身于夏东海的。夏东海跟她说，如果不跟他在一起，他就会杀了我。"

"这么说来，真不是你干的了。"

董十八把刀子收起来，从身上摸出手机，发现拿错了，又放回身上，从另外的兜里摸出了另一部手机。这部新手机和新号码是为了避开警察监听而准备的。

董十八拨了个号码出去，电话很快接通，董十八问："城哥，你还在那里吗？"

那边回了句："嗯，还在，情况顺利吗？"

董十八说："还行，你把电话给黎总下吧。"

"喂，什么情况？"黎东南问。

董十八说："他说，海哥的事不是他干的。"

"他说？"黎东南问，"他说的你就信吗？"

董十八说："我觉得他说得有道理。"

当下，董十八就把夏长生的话跟黎东南说了。夏长生确实是回来杀夏东海的，但被人捷足先登了。而夜袭黎东南的别墅，是因为吴国晋留下的一份证据以及之前阎老三的可疑行为，让他认定黎东南是案件的幕后主使。

听完后，黎东南问："你现在跟他在一起吗？"

"是的。"

"那你带他来我别墅，我和他聊聊。"

"行。"

挂断电话，董十八跟夏长生说了黎东南的意思。

"黎东南要跟我聊？"夏长生问，"聊什么？"

"我觉得黎总想更细致地确定一下事情是不是你干的吧。如果真不是你干的，你也在找背后的凶手，那我们的目的就一样了，我们可以交流已知的信息，携手合作把真凶找出来。"

"行，我跟你去会会黎东南，看他能玩出什么花样。你打个电话给他，让他提前准备一些医用酒精、纱布等医药用具，我去那里处理下伤口。"

董十八没有拒绝，按照夏长生说的做了。

夏长生将自己手上的伤先简单处理了下，就和董十八一起前往黎东南的别墅了。

夏长生处理好伤口，和黎东南相对而坐，董十八还亲自给他倒了茶。

黎东南一脸慈祥的笑容，就像一位友善的邻家大爷。他的这种平易近人让夏长生颇感意外。

"东海和我说过你们的事，他说后来他还挺内疚的，觉得那时年轻不懂事，把事做得绝了点。"黎东南以拉家常的方式开始了交谈。

"他那种人会内疚？"夏长生一脸鄙夷，"自私、自大，还没有人性，他的惨死是我早就预见的，可惜没死在我手上。"

"人都死了，事情就翻篇吧。那晚你潜入我的别墅打算杀我，真的不是因为我跟是他一伙的，而是替他报仇？"

"他跟谁一伙跟我有什么关系，他能混到独当一面，他的狐朋狗友没有一千也有八百，我还能都杀了吗？"夏长生说，"我得更正一点，我来杀你不是为了替他报仇，而是替美娟和夏家的孩子报仇。就算有再大的仇，也不应该用那么残忍的手段将一个女人和孩子杀死。这才是让我愤怒和复仇的根本所在！"

"嗯，确实，"黎东南说，"江湖上的规矩，有仇约架，祸不及家人。这么做确实没有人性。"

"夏东海跟谁结过仇吗？"夏长生问。

黎东南说："他结的仇可就太多了，我也差不多都知道。之前还把一个几岁的孩子给打聋了，把人家大人开的店也砸了，逼得人家都消失了。问题是，跟他结仇的那些人都不够格来做这些事，他们不仅自己没那个本事，也没财力找帮手。白山县最牛的人都在我身边，我实在是想不出哪个人有这样的本事。"

"先不说夏东海了，吴国晋的死应该与你有关吧？"

"实话跟你说吧，我知道他匿名举报我后，担心有更多的秘密被警方知道，确实有杀他灭口的想法。我当时就是让十八去做这件事，可是，他到那里的时候，吴国晋已经被杀了，而且警方说过的那匹凶马正从屋里出来。"

"又是马干的？"夏长生看着董十八，"当时具体是什么情况？"

董十八说："我当时正走到吴国晋情妇家门口，一听见开门声，就赶紧躲起来了。我看见了那匹从屋里出来的马，也不知道到底是什么情况，就想藏在暗处看个究竟。可是一直没看到屋里有人出来，也没听到其他动静，马下楼后，我也下楼了。没想到马下楼后，遇到了一个警察，那警察喊了声凶马，就把马吓跑了。趁警察追凶马的时候，我赶紧离开了。"

"真这么神奇，是一匹马杀的人？"夏长生仍一脸不信。

"确实神奇。"董十八说，"若不是亲眼所见，我也不信。

亲眼见了，我都还在想那可能是一匹假马。直到它被那个叫李八斗的警察追，展现出来的箭一般的速度和急促有力的蹄声，我才确信它的确是一匹货真价实的马。"

"那真是邪门了，一匹马为什么要杀夏东海一家和吴国晋呢？"夏长生问。

"确实邪门。"黎东南说，"接手这个案子的刑警对这个案子同样了无头绪。他们认为我既有动机又有实力，可我清楚如果他们一直这样认为，永远都会一无所获。"

"那你们这边也是什么线索都没有吗？"夏长生问。

"没有。"黎东南刚摇完头，立马又想起来，"哦，应该说有一点方向。"

"什么方向？"夏长生问。

黎东南说："那匹杀人的马跟我之前饲养的一匹马非常相像。国晋被杀的那天晚上，我的马神奇地被人偷走了。警察在一个村子里发现了马的尸体，还证实了马是在国晋死亡第二天夜里一点左右被杀害的。而且，死状和东海、国晋一样，都是头被砸得稀巴烂。"

"还有这样的事？"夏长生问。

黎东南说："所以我认为凶手在针对我，针对和我一起的兄弟。"

"对了，我想起了一件事。"夏长生问，"你和夏东海以及吴国晋是结拜兄弟吧。"

"你怎么知道？"黎东南眉头一皱。

夏长生说："吴国晋在他的 U 盘里说了。"

黎东南脸色一变："他真留了 U 盘，都说了些什么？"

夏长生说："长话短说，就是如果他死了，就是你干的。"

"你怎么知道这个 U 盘的？"黎东南问。

夏长生说："我一直在查夏东海的社会背景以便找出凶手，然后就查到了他和吴国晋的关系。有天晚上，我潜入吴国晋家，看见他老婆很小心地从保险柜里拿出那个 U 盘，插到电脑上想看，纠结到最后还是放了回去。我意识到那东西很重要，就偷走了。"

"看来真是人心难测啊。"黎东南叹息一声，"我帮他打造了一个庞大的煤炭帝国，坐享富贵，他却在背后跟我玩刀子。幸好老天帮我，被你捷足先登拿到了。要是落到警方手里，后果可就不堪设想了，能把东西给我吗？"

夏长生摇头道："恐怕不能。"

"为什么？"黎东南的脸色变了下。

夏长生说："眼下你说的、我说的都不可全信，局势还未完全明了之前，我总得为自己留点筹码吧。你也是道上的狠人，知道出来混的不会轻易拿身家性命相信别人，总得有个过程。"

"可是，你一个消失了很多年的人，如今悄悄进了我的别墅，就算你死在这里，警方也不会知道的。你觉得呢？"

"呵呵。"夏长生笑道，"我敢走进这里，自然早有准备。我若死在这里，就会有人替我把东西交给警察。你也是一方大佬，难道以为我这种在刀口上舔血的人会把那种东西随身带着或放在寻常之处吗？"

"你到底想怎样？"黎东南问。

"很简单。"夏长生说，"找出夏家血案的凶手，洗脱你的嫌疑之后，我就会离开这个城市，把那玩意儿还给你，毕竟我带着它也没什么用。在此之前，你最好得保佑我不要出事，因为我一出事，那东西就到警察手里了。"

"是个狠人啊，竟然想捏着我黎东南的喉咙！"

"人在江湖，总得会几招不是？"

"还有两个问题，我想你会坦白地告诉我吧。"

"什么问题？"

"阎老三的狗是你杀的吗？"

夏长生略微迟疑了一下，还是点头："是的，我发现了他的可疑，也看出了他的本事，以为夏家血案是他干的，所以想到他屋里找些线索。他的狗妨碍我办事，只能杀了。"

"那个哑巴呢？"黎东南问，"也是你干的吗？目的何在？是为了陷害阎老三吗？仅仅在他门口丢一具尸体，也蒙不了警察吧？"

"你会跟人说你杀了人和为什么杀人吗？"夏长生反问了一句。

"我懂了。"黎东南说，"我给你个号码，我们保持沟通。希望能早点把那个藏在背后的凶手找出来。"

夏长生记下了黎东南告诉他的联系号码，又看了眼董十八和曹连城，转身离去。

夏长生离开后，黎东南马上变得一脸阴鸷。

"就这么让他走了吗？"董十八心有不甘。

"不然呢？"

"那东西在他手里，他就是一颗定时炸弹，随时会要我们的命。"

"你有什么更好的办法吗？"

"他消失了这么多年回来，而且是为了杀人，不太可能跟其他人有联系。所以我觉得那个 U 盘要么在他车里，要么在他房里。不会像他说的那样，要是他死了，就会有人把 U 盘交给警察，他应该只是在吓唬我们。"

"不怕一万，就怕万一啊。"

董十八不说话了，凡事总有万一。

黎东南说："他只身回来，人生地不熟，能查出那么多事，还是有些斤两的。而且，一看他就受过专业训练，并不容易对付。目前看来，他也不是我们真正要对付的人，我们用不着和他赌这一次生死，以后有的是时间。当务之急还是得找出那个真正的凶手！"

董十八说："真正的凶手到底是何方神圣？是如何做到让一匹马杀人的？"

"眼下我们要想的不是一个人是如何做到让一匹马杀人，而是这个人为什么会杀东海和国晋，那匹马又为什么那么像'铁将军'，对方又为什么要偷走'铁将军'将其杀害，接下来的计划又是什么。"说完，黎东南看向曹连城，"老二，你怎么不说话？"

曹连城说："我在想对方为什么针对东海、国晋还有大哥你，这其中到底有什么关联。"

"应该没什么关联。"黎东南说，"虽然一直都是我在给东海和国晋平事，可我从来都没有出过面，外界也只是猜测我是他们的靠山，不可能因为他们得罪了人，连我也要一起做掉。我背后还有那么多靠山呢，他能杀得完吗？"

"倒也是。"曹连城说，"常言讲，冤有头债有主，没有直接的仇恨，很难起这样的杀心。如此处心积虑地谋划杀人，必是有不共戴天的血海深仇。"

"行了，你也先回去休息吧。"黎东南说，"好好想想，有什么办法把这个装神弄鬼的家伙给找出来。"

曹连城应声，告辞去了。

黎东南又叮嘱董十八小心看护别墅，一有风吹草动，要即刻应对。

又是一夜过去，和黎东南他们一样，警方也仍然没有任何线索。

他们出动了大批警力对郊区进行了地毯式的搜索和排查，都没有找到那个夜袭黎东南别墅的嫌疑人。当然，他们更不知道黎东南已经捷足先登找到他了，而且他并非凶马案的凶手。

李八斗在办公室一遍又一遍地翻看那些案情记录，想在里面找到哪怕蛛丝马迹的灵感，可摆在那些记录中的是没完没了的疑点。

苦思冥想之时，冷笑进来喊了声"斗哥"。

"有情况吗？"李八斗看冷笑手里拿着一张打印纸。

冷笑将那张打印纸递过去："你之前让我调查阎老三一个月的行踪，我已经调查完了，他的车子每天到过什么地方，都在这上面了。"

"很好，辛苦了，累的话，就休息一下吧。"

李八斗接过那张纸，打开来看，没想到还真从中发现了问题。八月二十二号晚上八点半，阎老三的面包车从银环路进入了小街路北端，直到九点四十多才从另一端出来。显然，阎老三在小街路停过车。

这原本也没什么好奇怪的，任何人都可能在任何一条路上停车。尤其是石笋镇那种地方，交通管理比较混乱，只要是没有监控和交警的地方，很多电动车和机动车都靠边乱停。

让李八斗意识到有问题的是，小街这个地方他有些记忆。很快他就想了起来，就是之前姜初雪出事的地方，而且，时间也对得上。李八斗在脑海里将姜初雪无意间拍下的人影与阎老三戴草帽的形象比对了下，发觉两者真的很像。

李八斗心里顿时波涛汹涌，终于找到那个变态了吗？是或不是，只要去找阎老三，问他那天去那里找了谁，做了什么，就真相大白了。他不相信这次阎老三还能事先找人串供。

尽管心情激动，李八斗还是把阎老三的行踪记录都看完了，上面还记载着他去了黎东南的公司，而时间竟然是王哑巴被杀的那天。

那天李八斗去阎老三家，阎老三不在。他打了电话给阎老三，阎老三说他在外面闲逛，实际上那时候他在黎东南那里！

阎老三和黎东南之间有问题是铁板钉钉了，只是这个突破口又在哪儿呢？先不管了，还是找他把小街消失之谜弄清楚再说吧。

李八斗准备出门，姜初雪刚好进门，见他匆匆的样子，就问："又有情况吗？"

"去找阎老三了解点事。"李八斗说。

"找阎老三？"姜初雪说，"我跟你一起去吧？"

李八斗迟疑了下，还是点头说："走吧。"

姜初雪是那次事件中的一个主要角色，带她一起去或许会有所帮助。

两人当即驾车直奔阎老三家而去。

"找他什么事？"姜初雪问。

李八斗当即把情况跟她说了，最后总结道："阎老三很有可能就是那天晚上尾随你的草帽男，换句话说，阎老三也极有可能是当年那个杀害诗佳的变态！

"这么说的话，还真有可能。"姜初雪说，"你不说我还没想起来，第一次见这个阎老三的时候，我就发现他看我的眼神有些怪异。"

"怎么怪异了？"李八斗问。

姜初雪说："我也说不上来，就是让人觉得不舒服。他那样子本来就凶恶丑陋了，盯着人看时，好像要把人看穿似的，又像在细细品味某种东西一样。要不是在办案，我肯定得对他发脾气。"

李八斗说："记得有天晚上他到镇上来，我一路跟踪他去了庙街路，还在他车上发现了绳子、胶带以及刀子，而且他的刀子还有处理过的痕迹。诸多迹象显示他很可疑，我的直觉告诉我，他很可能就是我找了很多年的那个变态！"

"是的。"姜初雪说，"你这么说的话，他的嫌疑确实很大，把他和那天晚上的草帽男对号入座，还真有那种感觉。如果真是他的话，那是不是意味着这十多年来他一直都在作案，就算每年作案一次，那也是十几次案件了，为何在白山的案卷记录里并没有系列变态杀人案的立案记录？而且，一个真正的变态不会一年只作案一起吧？从心理学的角度，他们一旦有了这种变态心理，就会对犯罪上瘾，进而频繁作案的。"

李八斗说："很显然，他的作案方式已经升级了。"

"升级了？"姜初雪不解，"什么意思？"

李八斗说："十多年前，他虽变态杀人，却并没有用任何手段处理尸体，所以能为警方所知。可现在，他的车上带了绳子、胶带和刀子等工具，显然是先把人绑走，再杀死，最后再将尸体秘密处理掉。警方顶多只能得到一些失踪人口信息，而不会知道是变态杀人。"

"嗯，你这么说的话，就能解释得通了。"姜初雪说，"看来，这个杀猪的比我们想象中更丑陋、更可怕啊。"

"我会让他为自己的罪行付出代价的！"李八斗咬着牙说道。

上午十点，阳光洒落在永远沉默而朴实的庄稼地里。山脚的小院却笼罩着大片阴影，因为它后面有山，侧边还有大片的竹林。

阎老三坐在小院门口，目光像被定住似的看着远方。也许是想起了什么事情，他的嘴角露出一丝怪笑，使得他那张刀疤脸显得越发怪异。

一辆警车卷起灰尘往这边颠簸而来。阎老三看向警车，他的脸皮不经意地颤动了下，眼里闪过一道锋芒，然后从兜里摸出了一块槟榔，放进嘴里嚼了起来。他察觉出来了，警车的速度似乎比之前几次要快、要急。

李八斗直接把车开到了阎老三面前，阎老三仍旧稳如泰山般坐在那里，丝毫没有受惊的样子。

李八斗下了车走到阎老三面前，眼中的烈火似乎要将阎老三烧成灰。阎老三只是懒懒地抬起眼皮来和他对视。

姜初雪跟过去，阎老三看向她，嘴角露出一丝怪笑。姜初雪感到有种说不出的恶心。

李八斗看着阎老三这表情，更是怒不可遏，但他是来追查线索的，只好努力克制着心中那股强烈的憎恶和怒火。

"我想问你件事，希望你能给我个合理的解释。"李八斗说。

"想问什么就问吧，不要那么多废话。"

李八斗真是恨不得一拳砸他脸上，然后对他拳打脚踢一顿暴揍，打得他满地找牙，可他非常清楚这样解决不了问题。

"八月二十二号晚上，八点半左右，你开车从银环路进入小街路北端，九点四十多才从南端出来。小街路全长只有两公里，你不可能行驶一个多小时。那么你告诉我，这一个多小时，你去了什么地方，干了什么？"

"有这回事吗？"阎老三眯着眼皱着眉，做出一副思考的样子，"我怎么不记得了？"

"给我仔细想，好好回答！"李八斗加重语气，同时从腰侧取下了手铐。

阎老三注意到了李八斗的动作，面皮颤抖了下，随即冷冷一笑："恐怕想不起来了，人上了年纪，记性不好。尤其是前一阵还有人把尸体丢我门口，那之后我经常做噩梦，记性也越来越差了。你说这些芝麻绿豆的事，谁会记得？还是之前那句话，无论你对我有什么成见，想抓我，就拿证据来；没有证据，别没事找碴儿。"

"你不敢说是吧？"李八斗说，"一个人犯下的罪行是抹不去的，我可以帮你回忆下那天的事。那天你开着面包车，无意间看见了我旁边这位美女，于是你停好车，戴上草帽，悄悄地尾随在她身后，意图不轨。你好不容易找到机会迷倒了她，但在千钧一发之际，我及时出现了，你就赶紧逃跑了……你没有想到的是，她晕倒之前拍下了关键性的照片。"

听到"照片"两个字，阎老三的脸色稍微变了下，不过很快又恢复过来。这一瞬间的转变并没有逃过李八斗的双眼。李八斗更加坚定自己内心的想法了，只可惜姜初雪拍下的照片不足以指证阎老三。

154

如果他掌握了能指控我的关键证据，早就应该登门拜访了，不会拖这么久。这家伙应该又在诈我。

这么想着，阎老三理直气壮地说："你这个故事编得不错，条理也清晰。既然你知道得这么清楚，为什么当时不抓我呢？过了这么久才来找我，又是几个意思？"

此话一出，李八斗沉默了好一阵。阎老三见状，完全放松下来，露出一副你奈我何的得意表情。

李八斗知道将那张照片拿出来也起不到任何作用，相反还可能遭到阎老三的嘲笑，于是转而说道："你别太得意，我在你这一个月的行车记录里，发现了你的行踪。你想自证清白的话，只要能拿出那个时间段你在干什么的证据，证明那个人不是你就行了。"

阎老三冷笑道："我说了，我想不起来了，你也不能证明那个人就是我，不是吗？"

"如果我没有出现，她应该会被你猥亵杀害吧，就像你之前做的那样。"

"你别想套我的话，我是不会着你的道的。"阎老三故意刺激李八斗道，"我倒是想问问，你为什么会有这种想法呢？难道你妈或者你妹妹，抑或是你女朋友，被人尾随之后猥亵杀死了，你心里才产生执念了吗？"

"你想死了！"

那股压在李八斗心中的怒火瞬间爆发，他挥拳向阎老三的面部击去。

阎老三看着那拳头凶猛而来，仍坐得稳稳当当的，一副泰山崩于眼前而面不改色的样子，直到那拳头真的击打在他脸上，打得他连人带椅子一起栽倒下去。

李八斗又抬脚往他身上踩，边踩边骂："老子今天打死你这个畜生！"

阎老三尽可能地用双手护着头部，任由李八斗一番狂风暴雨的拳打脚踢，依然没有反抗。

姜初雪站在旁边，她数次想拉住李八斗，可最终还是没有拉。她能理解李八斗心中的愤怒，也觉得阎老三确实可恨。

李八斗在猛打了一番后还是住手了。他意识到有些不对劲，阎老三是个狠人，也数次与他针锋相对，为什么不还手？

李八斗又踹了阎老三一脚，问："你不是很厉害吗？爬起来啊，跟我打啊，尿得跟孙子一样干什么？"

阎老三慢条斯理地抹了抹嘴角，看见了沾在手上的血。他把血吐了一口出来，抬起眼睛看着李八斗，脸上露出一种怪笑："杀人有很多种方式，其中有一种叫不知道自己是怎么死的。你还嫩，你不会明白的。"

"少跟我扯那些有用没用的，你八月二十二号晚上进小街路后去了哪里，干了什么？"

"就在那路边街角吹了下风，什么都没干。怎么，你要把我抓回去严刑逼供、屈打成招吗？"阎老三问。

"你以为我不敢？"李八斗咬着牙。

"就算你敢，又能怎样？我熟悉你们的那套把戏，我不会配合你的，你什么线索都得不到。再说了，就算你栽赃的所有罪名，我都给你认了又怎样？你不知道检察院和法院都是需要完整的证据链才能给人定罪吗？你没法给我定罪，抓了我还得把我放回来。"

李八斗真是肺都要气炸了，用手戳着他的鼻尖："你放心，我会找到证据，亲手逮捕你的！"

"不会的，相信我，绝对不会的。"

"走着瞧吧。"李八斗转身上车。

姜初雪还是不甘："怎么，不抓他回去审吗？"

"没用的。"李八斗说，"他说得对，我们拿不出证据，抓了他还得放他出来，到时候他会更得意。他和一般的罪犯不一样，他不但懂刑警办案这一套，而且有强大的心理素质，一般的审讯突破不了他。"

姜初雪问："那我们怎么办，就这么放任他逍遥法外吗？"

"我已经打算盯死他了，他跑不掉的。"李八斗说。

"盯着没用啊，他的警惕性太高，太狡猾了，根本就盯不住。"姜初雪说，"我倒是忽然想起个办法来，或许可以试试。"

"什么办法？"李八斗问。

姜初雪说："既然他想犯案，我们不妨给他制造点机会。"

"制造点机会？"李八斗心中一动，"你的意思是，给他下饵？"

"没错。"姜初雪说，"我们好好研究一下他的作案对象，然后在警察内部物色合适的人选作为诱饵，只要他上钩了，再狡辩也没用了。"

"嗯，"李八斗若有所思地点头，"是可以好好想想。"

第 9 章
罪恶往事

　　李八斗和姜初雪离开之后，阎老三慢慢地从地上爬起来。他轻轻地掸了掸身上的灰尘，看着那卷尘而去的车影，怪笑了声。他转身将小院铁门锁上，然后上了面包车。

　　半个小时后，面包车开到了黎东南的南华酒店集团。阎老三跟保安说了声"来给黎总送肉"，保安就让他的面包车进去了。

　　黎东南正在办公室发呆，董十八推门进来，说："黎总，杀猪的来了。"

　　"阎老三？"黎东南一愣，"这时候他来干什么？"

　　"我看他好像受伤了。"董十八说。

　　"让他进来吧。"黎东南说。

　　董十八把阎老三带进来，然后关上门出去了。

　　见阎老三的脸上有几处瘀青，嘴角也有破损，衣着看起来也有些凌乱。黎东南不由得诧异道："你这是怎么了？跟人打架了，还吃了亏？"

　　"吃点亏，值得。"阎老三说。

　　"到底发生什么事了，别给我卖关子。"黎东南有些急。

最近正值多事之秋，一个无形的杀手就在暗处，随时都会出手。纵使黎东南经过世事，心理素质够强，也还是乱了方寸，心中惴惴不安。

"我来送老板你一份大礼。"阎老三说着，从身上拿出一部新手机。

"大礼？"黎东南看着那部手机，"你送我手机干什么？你不会是被人打坏脑子了吧？"

"这可不是花钱能买得到的手机。"阎老三说。

"花钱买不到？"黎东南说，"你越说越扯了，少扯手机了，直接说事吧，到底发生什么事了？"

阎老三说："发生的事都在这手机里呢。老板，你看看不就知道了？"

黎东南这才半信半疑地接过手机，手机屏幕上显示的是视频播放界面。黎东南点击播放键，看着看着不由得皱起眉头来。

"这是怎么回事，李八斗为什么对你动手？"黎东南问。

阎老三说："没什么，大概我说话不中听，惹他生气了吧。"

"他生气了就可以打人？你干吗不还手？"黎东南气急败坏地说，"他这种人就是欠收拾，你越怕他，他越来劲。你是不是很久没杀人，变怂了？"

阎老三说："老板，我记得你以前跟我说过，真正的高手要做到杀人不见血。最近发生的事太多，老板，你有点心浮气躁了吧。"

"那你也不能任他打啊！"黎东南问。

阎老三说："我就问老板你一件事，你把这段视频复制一份拿去给李八斗的领导或者媒体，李八斗这个警察还干得了吗？"

黎东南一愣，茅塞顿开："老三，高啊，你还真没撒谎，是给我送了一份大礼啊。我在这白山县也算一号人物了，那李八斗算个什么东西，硬是横竖找我碴儿。要不是凶马案省里都盯着，我早想法把他给做了。你确实给我送了一把杀人不见血的刀啊，李八斗完了！"

阎老三说："他必须得完，不然我怎么会愿意像个畜生一样被他打呢？"

"很好，你这打没白挨。"黎东南说，"我没想到你竟然会玩这么阴的招数。"

阎老三说："我没想过和他玩阴的，这件事纯属偶然。我的狗被人杀了之后，我就去弄了一套监控系统，并把监控画面远程连接到手机上，我时刻都能从手机上看到小院的动静。然而，那个杀我狗的浑蛋没有出现，倒是李八斗来了。我知道他来者不善，当时还在想他是不是拿住了我的什么把柄，后面才发现他并没有实质性的证据，又是想套我话。我就想到了我新装的监控，故意激怒了他，他果然还是嫩了点，立马就上当了……"

"很好，我已经想整这王八蛋很久了，剩下的就交给我吧。"黎东南志在必得。

"行，我等老板你的消息。"阎老三说，"只要他脱下警察那身皮，我立刻就弄死他，我已经受够他了。"

"嗯，等我消息吧。"

第二天李八斗去上班的时候，他的手机突然响了起来。他拿出手机一看，是厉长河打来的，当即就接了电话。

"喊上大家八点半准时到会议室来！"电话接通，厉长河说完这句话，就直接挂断了。

李八斗不由得一愣。厉长河的语气似乎比以往要严厉，直觉告诉他，应该是出什么事了。

不过是案子的事呗，李八斗也没有多想，就跟相关人员说了，八点半准时到会议室开会。

然而，让李八斗没有想到的是，这场会议是他人生中的一场风暴。

李八斗等人赶到会议室的时候，除了厉长河，刑警大队队长王三强也在。两个人都黑着一张脸。

"是要听案情汇报吗？"李八斗问。

"还听屁的案情汇报，自己卷铺盖走人吧！"厉长河突然咆哮起来。

李八斗和专案组成员一个个丈二和尚摸不着头脑。

"发生什么事了吗？干吗发这么大的火啊？"李八斗问。

"你自己看吧。"厉长河说着，打开了投影仪。

看完屏幕上播放的一段视频，李八斗一下子愣住了。

他这才明白过来，阎老三一直与他针锋相对，也曾差点和他动手，这次之所以不反抗，原来是在下套。

"这视频是阎老三提供的吗？"李八斗问。

"你别管谁给的，先解释一下怎么回事吧？"厉长河说。

李八斗当即就说了，因为他一直在暗中调查当年的诗佳遇害案，最近发现了一个疑犯，就是阎老三。然后他和姜初雪一起去调查，阎老三当时态度很恶劣，激怒了他，他才动手的。

"谁让你去调查诗佳遇害案的？"王三强也怒形于色，"案子过去那么久了，案卷都积灰了，谁让你启动案件调查的？我就说凶马案为什么一直没进展，原来你把心思都放在别的案件上去了，真是扯淡！"

李八斗争辩："我一直在暗中调查诗佳案，但都是利用个人时间，从没有因此放松凶马案的调查。"

"都是利用个人时间？"王三强冷笑，"那你告诉我，这段视频是什么时间的？如果我没有看错，太阳还照着庄稼地呢，应该是上午吧；如果看仔细点，监控上面就有时间，是昨天上午十点多。请问，那是你的个人时间吗？"

"王队，你这话言重了吧？"李八斗说，"因为阎老三一直是凶马案里的重要疑犯，我才对他多加留意的。有天晚上我跟踪他，发现了他的车上有绳子、麻袋和胶带之类的东西，他的刀子甚至用强酸腐蚀过，再加上他尾随初雪等种种疑点，我认为他极可能就是当年杀害诗佳的那个变态。换种说法，这些年他可能一直在杀人，只是手法隐蔽了许多。对于一个如此严重危害社会治安的毒瘤，我既然知道了这种罪恶的存在，着手调查一下，也情有可原吧。"

王三强说："我知道你回白山县刑警队的目的就是调查当年的案件，你也不止一次地提起案件重启。如今是非常时期，对专案组来说，凶马案才是重中之重。"

李八斗说："我说了，主要还是因为阎老三就是凶马案中的疑犯，他的疑点一直没有完全解除。我们从正面找不到他的犯罪证据，既然从侧面调查有突破的可能，我自然没理由视而不见。"

"行，我不跟你说这件事了，说说你打人的事吧。"王三强问，"你身为一名刑警，在案件调查过程当中，为什么如此粗暴地对人大打出手？"

李八斗说："我知道不该这样，但当时他的态度十分恶劣，我想他一开始就在谋划，他是故意激怒我，让我动手打他的。"

"我可以做证。"姜初雪说，"当时那个阎老三根本就不配合问话，而且言语中还有人身攻击。"

"言语中有人身攻击就可以动手吗？"王三强说，"何况视频里看得一清二楚，阎老三的情绪一直很平静，没有任何过激行为，是他李八斗突然动手的。大家都看得见他动手的过程吧，猛打猛踢，而对方只是受着，连半点反抗都没有。"

李八斗说："行，我知道是我不对。王队，你说怎么处理吧，我认。"

"先停职吧。"王三强说。

"什么，停职？"李八斗愕然，"不至于吧？"

"是啊，就这点事，为什么要停职？"姜初雪说，"那杀猪的确实可恶，我都忍不住想揍他的！"

其余专案组成员也你一言我一语地说起话来，觉得处理得过了，认为李八斗不会随便打人的，肯定是对方的言语过分了。责任应该是双方的，可以给予批评警告或者罚写检讨，但不至于停李八斗的职。

"还严重？"王三强说，"这已经是最轻的了，这是周局看在你破案无数，极力为你争取到的结果。要按照黎东南的意思，是直接开除。停职还有机会翻身，要是开除，你懂的。"

"黎东南的意思？"李八斗问，"关黎东南什么事？"

王三强说："这段视频就是黎东南拿给局长的。"

"这不很显然吗？"姜初雪说，"那个阎老三就是黎东南的人，这就是一场合谋，黎东南不想李八斗对他进行更深入的调查，所以先下手为强，用这种卑劣的手段来陷害李八斗。"

王三强说："什么原因不重要，什么动机也不重要，重要的是事实和结果——一个重案组的刑警找一个杀猪的调查案子，三言两语不和就大打出手。黎东南给了局长两个选择：一个是警方内部处理，开除李八斗；另一个是他把视频给省新闻媒体，让他们曝光这件事。那样的话，不用我说，你们也可以想象到后果，到时候毁掉的就不只是李八斗了，整个白山警方都会很被动，明白了吗？或者你们谁能给我个更好的解决办法？"

"真是卑鄙，可恨！"姜初雪也只能骂，却没有更好的办法。

在场的都很清楚，如果真如黎东南所说，把这视频交给省新闻媒体，结果是毫无疑问的，李八斗必会被开除，甚至更严重。那样的话，白山警方也会声誉受损。

王三强说："黎东南说得很大度了，他在白山生活，顾全白山警方的面子，所以才会选择先找局长内部解决。局长也已经努力为你争取宽大处理了。"

"好吧，我认栽。"李八斗说，"我一直盯着阎老三和黎东南，他们恨我也理所当然，我被他们阴了，只能怪自己大意了。"

"你还知道是自己大意了？"王三强说，"身为一名刑警，做事怎么可以如此莽撞？你还说你一直盯着他，那怎么不知道他那里装了监控？"

李八斗说："他那里以前是没装监控的，肯定是新装的。而且，诗佳的案子在我心里压了很多年。我对那个凶手的恨也让我情绪化了，加上他当时故意挑衅我，我后来意识到有些不对劲，可没想到是这一招。"

"行了，等下把所有凶马案的线索移交给我，自己好好反思去吧。"厉长河说。

包古愤愤不平起来："有斗哥在，凶马案的案情进展都不乐观，现在斗哥走了，这案子咱们怎么破啊，咱们这是要被罪犯打败了吗？"

王三强说："周局已经跟省厅联系了，马上派专家过来协助破案。"

"专家？"包古说，"一些纸上谈兵的家伙，给点钱，买几篇论文，评高点职称，然后就是专家了，真指望他们能干出什么事吗？"

"说什么呢！"王三强怒起来，"你是警察，说话注意点分寸，别跟一般人一样张口就来，祸从口出的道理，不懂吗？而且，就算有你说的那种专家，就能否定所有的专家吗？你就没见过做出了很多贡献的专家吗？"

"行了，不要纠结这些了，我去收拾东西了。"李八斗说完，转身走出了会议室。

李八斗将所有案件资料都交给了厉长河，收拾好东西打算离开。专案组的同事都愤慨不已，他们求厉长河帮李八斗说说情。

"你们还不明白吗？"厉长河说，"是八斗在调查过程中惹怒了黎东南，是黎东南玩了花招，不是警方想这样。事情变成这样，也是无奈之举，这还是局长极力斡旋的结果，不然情况会更糟。"

"黎东南这个王八蛋，简直坏成渣了。"包古骂。

"骂有什么用？"厉长河说，"有本事找出他的罪证，将他绳之以法，什么都解决了。"

"斗哥，你放心，我们一定会找出黎东南的罪证，帮你报仇雪恨。"包古掷地有声地说。

"谢谢了。"李八斗故作轻松地一笑，"我都栽他手里了，你哪里是他的对手，再说，我也不会这么认输的，报仇的事还是我自己来吧。"

"你都停职了，还怎么报仇？"包古说。

"李八斗，你可别乱来啊。"厉长河警告道，"你是懂法律的人，不要做蠢事毁了自己。"

"吃一堑长一智。厉队，你就放心吧。我先走了啊，各位后会有期。"李八斗说完，转身离开了。

李八斗正走着，姜初雪跟了上来，拦住了他。

他从她眼里看到了一丝失落，笑了笑："也不是个什么事，没什么大不了的。"

"我还想和你一起好好把凶马案破了呢，本来满怀激情和希望的，没想……"姜初雪说不下去了，没人懂得她心里的那种难过。

这些时间以来，李八斗已远不只是和她并肩战斗的同事，还是那种可以装在心里、分开就会想念、想念起来会感到幸福的人。

"那就等我回来吧。"李八斗说，"我相信我还会回来的。"

"你是不是有什么计划了？"姜初雪问。

"计划？"李八斗说，"慢慢想吧，也不急。凶马案以来，我还没有歇过，感觉很累了，正好休息一下。"

"你装！"姜初雪说，"我还不知道你，给过你的案子如果没破，你永远都睡不着。"

"看不出来，你很了解我啊。"

"那当然，我可是有火眼金睛的。"

"火眼金睛？"李八斗说，"那你是怎么把我看成一个偷窥狂，见我就恶言厉色的？"

"还提？"姜初雪瞪着一双大眼睛，"那又不是什么光彩的事！"

"我却时常怀念呢。"李八斗故意逗她，"长这么大，那可是我第一次看见女孩子洗澡。"

"你！"姜初雪气得直骂，"无耻！"

不过，她并没有真生气。要是别人，她说不定直接动上手了。可这话从李八斗口中说出来，她竟觉得心里有些波动。

"我也从没说过自己是好人吧，好了，有机会再见吧，我得好好去补个觉了。"李八斗说完就离开了。

"有什么想法跟我说啊，我会随时帮你的。"姜初雪对着李八斗的背影喊道。

一瞬间，姜初雪感到心里空落落的。其实，她知道两个人还会再见，不过不能像之前那样天天见面了。

又一天上午十点，阎老三搭着椅子在自己的小院门口安静地坐着，像是在等待某样东西，又像是在回忆过去。

自从他的狗被杀之后，他的生活似乎一下子被打乱了。他不需要每天喂它吃新鲜的骨头，也不再每天都杀猪。他已经有好几天没去菜市场卖肉了。

手机突然响了起来，他迅速拿出手机，确定是黎东南打来的，当即接了电话。

"还有肉吗，给我送点过来吧。"

"有的。黎总，你要多少？"

"两三斤就行了，要半肥半瘦的五花肉。"

"行，一会儿就给你送去。"

挂断电话,阎老三嘴角露出了一丝阴笑,他把椅子提进了院里,然后开着面包车出门了。

四十分钟后,他带着从菜市场买的几斤肉赶到了黎东南那里。

"你还真带肉来了?"黎东南说,"我不过是怕电话被监听,找个理由喊你来。"

"做戏嘛,当然得做认真点。"

"倒也没什么。"黎东南说,"反正那个李八斗早就知道了我们不一般的关系。只要他找不到证据,又能拿我们怎样呢?"

"放心吧,他永远都不可能拿到我的证据。"阎老三说,"他始终嫩了点。"

"是的,我也认为他没什么机会了。"

"已经有结果了吗?"

"结果不是很理想,只是停职,不是开除。警方还是想护着他,毕竟他还是有些破案才能的。我也不能太过坚持,不给警方面子。"

"那也无所谓。"阎老三说,"官方手段不过是给他点教训。彻底了结他,还得让我来才行。"

"我就是想告诉你不要急于动手。"黎东南说,"如果我们刚用视频让他停职,接着他就被干掉了,我们的嫌疑会很大。等这事过去一阵了,再好好合计吧。"

"没什么关系,我不会给警方留下证据。"

"这事不能着急,再说,让他多活几天,也不影响我们,多花点时间谋划,不是更好吗?"

"行,那就多过段时间再说吧。"阎老三最后还是同意了。

"对了,杀你的狗和杀了哑巴丢你门口的人找到了。"

"是吗?"阎老三脸皮一颤,眼神锋芒毕露,"是谁?"

"叫夏长生，是夏东海的弟弟。"

"夏东海的弟弟？"阎老三不解，"他干吗要针对我？"

黎东南将夏长生说过的话告诉了阎老三，阎老三听完，骂道："这狗东西，老子要剁了他！"

"你先别乱来。"黎东南说，"现在我们的目的是一致的，就是把那个真正操控凶马的凶手找出来。"

"我说过，谁杀了我的狗，我就会让他死得很惨。"

"我不会阻止你杀他，但不是现在。"黎东南说，"何况他现在还捏着我的软肋。"

阎老三没深究黎东南说的软肋是什么，而是问道："他到底是干什么的，好像有些本事？"

"应该是受过专业训练的雇佣兵、杀手之类的吧，确实有本事，跟十八有一拼。"

阎老三咬牙道："管他什么本事，我都能把他当只小鸡捏死！"

"不急。"黎东南说，"只要他不是操控凶马的凶手，对我们就不会有威胁。我虽然不知道他在外干什么，但他应该不喜欢和警察打交道。"

"为什么？"

"很简单啊，他一直在暗中调查夏东海的案子，并没有去找警方问情况要线索，他甚至也害怕警方。所以，我们有的是时间跟他玩。"

"行，等老板你发话吧。"阎老三说，"不管是李八斗还是这个夏长生，只要老板一句话，我就像捏死只蚂蚁一样捏死他们！"

"你也别只惦记着这两个人，而忘了那个真正的对手，那个人才是我们现在最大的威胁。"

"我会多留意那些形迹可疑而且有身手的人。"

"可以，有情况就直接来找我谈。"黎东南说，"反正我们的关系也无法隐瞒了，但我们永远都只是买卖肉的关系，警方没有证据，也奈何不了。"

阎老三应声去了。对于不能手刃李八斗，他心里非常不爽。心里这股杀气不发泄出来，他是舒服不了的。可李八斗不能杀，该杀谁呢？

突然，阎老三的眼睛一亮。他想起了一个人——夏天。他当即拿出手机，换上了另一张随身携带的卡。卡是之前见面时，阎老三托夏天办的。

"喂，阎叔。"夏天突然接到阎老三的电话，感觉很兴奋。

"你现在有时间吧？"阎老三开门见山。

"有，有。"夏天连声说。

阎老三问："下午一点半在石笋山旁边的蛤蟆丘顶见，怎么样？"

"下午一点半，在蛤蟆丘顶？"夏天问，"为什么去那儿？"

"环境还好吧，安静，没人打扰，我经常一个人在那里思考人生。"

"可是，下午一点半，太阳很大，很热吧？"

"没事，你要觉得天热，就在家睡觉吧。"

"不不不，我不怕热。"夏天忙说，"那就这样，下午一点半，我在那里等阎叔你，不见不散。"

"行，到时见吧。"说完，阎老三挂了电话。

他看了下时间，已经上午十一点了，就开车回家了。回到家，他先改变了监控摄像头的位置，使其无法监控到小院和门前的道路，然后从屋里拿出了麻袋以及锄头之类的东西放到面包车上，还从屋里拿了一块车牌换上，随后驱车前往与夏天的约定地点——蛤蟆丘。

蛤蟆丘其实是山，就在石笋山旁边，但因为山不高，被当地人称为"丘"。因石笋山被开发，山周围都被打造成了旅游景点，蛤蟆丘也顺带着被开发了下。只不过石笋山游人如织，蛤蟆丘却相对冷清，因为它没有石笋山的奇观。而且，蛤蟆丘被开发得少，缺乏一些配套的旅游设施，不是很方便。

从阎老三的家到蛤蟆丘原本是要经过石笋镇的。阎老三为了躲避监控探头，选了一条绕一些的村路。而且，他对蛤蟆丘附近格外熟悉，就直接把车开到了蛤蟆丘的背面。

蛤蟆丘的两面迥然不同，正面修有爬山的路，铺了些石板，还安装了路灯，坡度相对平缓；而背面有许多悬崖峭壁，荆棘丛林，是没有路上去的。

阎老三将车停在离蛤蟆丘几百米外的一处路边，拿出一些商品促销海报之类的东西贴在车身上，接着又从车上拿下了麻袋、绳子和锄头。他将工具放进了麻袋，将麻袋固定在身上，开始攀登蛤蟆丘。

阎老三爬到一片荒地上停了下来，他抹了抹脸上的汗水，抬起头来。透过一片林荫，山顶依稀可见。他把麻袋放下，从里面取出锄头，然后在一棵树下挖了起来。

挖了十来分钟，渐渐成形的坑里竟露出了一截骨头。随着泥土被刨开，更多的骨头露了出来，有手骨、股骨，还有头骨……从骨头数量判断，绝对是很多人的尸骨！

阎老三看着那些还散发着某种异味的骨头，露出了一个怪异的笑容，然后收拾好东西继续往蛤蟆丘顶爬。

蛤蟆丘顶有个亭子，不过没有人。阎老三爬到上面，抹了把汗水，从身上拿出手机看了看，时间是一点。

他和夏天约的时间是一点半，料想夏天应该快到了，他就把麻袋垫在亭子边的石椅上坐下了，接着从兜里拿出一块槟榔嚼了起来。

十来分钟后，夏天满头大汗、气喘吁吁地爬了上来，见阎老三坐在那里，颇感意外地说："怎么，阎叔，你这么早就到了啊？"

"我反正没事，就来早点呗。"

"我还以为你事多，来得会比较晚呢，不然我也早点来了。"夏天说着在阎老三对面的石椅上坐下了，坐下之后，她抹了把汗水说，"好热。"

阎老三说："很快就不热了。"

"对，最近好像要下雨。"

"你想听什么样的故事？"阎老三问。

"都可以啊。"夏天说，"只要是阎叔你的故事，我都洗耳恭听。"

"那我就跟你讲一下我的过去吧。这些过去我从没对人说过。"

"好啊好啊，谢谢阎叔。"夏天雀跃不已。

阎老三开始讲述他的故事。那时候，他还在金三角当雇佣兵，过着一种刀口舔血的生活。与他出生入死的三个兄弟，无一不是把脑袋别在裤腰带上讨生活的亡命徒。他们四个经常一起执行任务，经历过一些生死一线的时刻，缔结了深厚的兄弟情。

阎老三的年龄虽然在四人中排行老三，但他的能力和经验处在四人之首。四人表面上按年龄排行，但其他三人在心里都奉阎老三为"大哥"。他们四人凭借优秀的单兵作战能力和团结协作能力，在一次又一次的任务中幸存了下来。

可是，上天不会一直眷顾任何人，何况那人还是穷凶极恶之徒。

在一次任务中，四人组中的大哥在突围时替阎老三挡了两枪，不治身亡了。逃出生天的阎老三和另外两个伙伴都感到痛心不已。四人缔结的情意有多深，幸存下来的三个人的心就有多痛。除了心痛，阎老三内心还怀有深深的自责，明明能力最强的是自己，却需要别人来保护，他宁愿当时牺牲的是自己。

然而，这只是噩梦的开始。像是遭了老天爷的报应一样，大哥死后没多久，二弟也随他去了，之后最小的四弟也撒手人寰了。能力越大，责任越大，阎老三没有承担好保护兄弟的责任，眼睁睁看着兄弟一个一个死去，他内心的痛苦和自责成倍增加。

四弟死在自己怀里那一刻，阎老三悲痛到了极点，差一点饮弹自杀。就在扣动扳机前的那一刻，阎老三想起了四弟留给世间的最后的笑容。那笑容里有留恋，也有解脱。阎老三确信那是幸福的笑容。

四弟带着这样的笑容对阎老三说："三哥，能遇见你、大哥、二哥，能和你们出生入死、患难与共，是我这一生最开心的事。能死在你怀里，也算是老天对我的仁慈了。三哥，我们来生……还做兄弟，还有……你千万不要想不开，你不仅……不能死，更要连同我们那份一起活……活下去。我跟大哥、二哥都会保佑……保佑你的。"

阎老三听从四弟的话，选择活下去。因为只有活下去，才有机会为死去的兄弟报仇雪恨。为了不再失去，在以后的日子里，阎老三一直独来独往，训练自己变得冷血无情、麻木不仁。

但是，后来他发现单凭自己的力量，要想完成复仇大计不现实。于是，他加入了金三角一个更有势力的军阀麾下。他依旧刻意与其他人保持距离，避免与人产生羁绊，活得像一个没有感情的杀戮机器。

军阀老大就需要这样冷酷无情、能力超群的杀人"利器"，所以阎老三很快就得到了重用。他利用军阀老大扩张势力范围的野心，逐个痛击了害死自己兄弟的那些势力。不知道是不是有兄弟在天保佑自己的缘故，阎老三每次出任务都无往不利、所向披靡。受过的最严重的一次伤不过是一道疤，不幸的是，那道疤的位置在脸上。

那次，阎老三中了埋伏，埋伏是自己痛击的几方势力联合设计的。其实当时阎老三完全可以全身而退。但他为了救一个女的，一个美丽但跟自己毫无瓜葛的女的，不惜以身犯险，再入龙潭虎穴。他也不知道为什么，本能地就这样做了。脸上的疤就是在这期间留下的。

脸上的疤让阎老三更丑了，也更凶了。但那个女的并不嫌弃他，不仅不嫌弃他，也许是吊桥效应的缘故，还对他动心了。阎老三把女人带了回去，安排她住在自己那里，给她吃的喝的。

女人在阎老三那里体会到了前所未有的安全感，安心地生活了一段时间后，便把自己的身心都交付给了阎老三。她希望他们能够一直这样幸福地生活下去。但现实却事与愿违，因为她发现阎老三的确能带给自己安全感，但他的职业却总叫自己心惊胆战。

女人找机会跟阎老三谈了谈，阎老三表示他也厌倦了这种打

174

打杀杀的生活，想要平平淡淡的生活。女人听了很高兴，阎老三表面上很高兴，心里却心事重重。他知道进军阀容易，想再出来就难了。

阎老三跟军阀老大提了自己的想法，军阀老大听了先是对其利诱，许诺给阎老三更多的财富，更大的房子住，但阎老三依旧坚持自己的想法。利诱不行，军阀老大就开始耍手段，甚至拿阎老三心爱的女人来威胁他，反正横竖是不愿放阎老三走。

阎老三跟心爱的女人搬进了大房子。但阎老三知道这是军阀老大为了监视和控制他所使用的手段。军阀老大频繁地派遣阎老三去执行任务，就像在疯狂压榨他的价值似的。阎老三没有发现自己每次离家执行任务时，女人看他的眼神里充满了无限的担忧，而且一次比一次更甚。

有一次，阎老三完成任务回来，听到了一些不好的传言——自己心爱的女人跟军阀老大有染。阎老三自然是不信的。这段时间，聚少离多，两人见了面分外亲近。阎老三对他们之间的感情更有自信。

亲热完，阎老三不无开心地说："我们有希望离开这里去过平静的生活了。不知道为什么，老大这回松口了，说只要我接下来再完成三个任务，就放我们走。"

女人脸色明显变了一下，阎老三忙问："亲爱的，怎么了？"

"没什么，刚才运动太激烈了，有点吃不消。"女人说。

阎老三也没多想，接话说："这不好久没见了吗？"

"有多久？不是才三天吗？"女人嗔道。

阎老三说："我对你是一日不见如隔三秋啊。"

女人嘴上说着"油嘴滑舌"，脸上却绽放出幸福的笑容。

之后两次阎老三完成任务回来，自己心爱的女人跟军阀老大有染的消息比之前更甚了，而且传得有鼻子有眼的。阎老三虽然信任自己的女人，但还是想当面跟她确认一下。

经过一番思想挣扎，阎老三找了个恰当的时机问出了口。他原本以为她会毫不犹豫地否认，但没想到期望落空了。他甚至捕捉到了她脸色那一瞬间微妙的变化，然后觉得这种脸色变化似曾相识。他一点没有质疑她的意思，但她却像做贼心虚似的。

女人反应激烈地说："你变心了，你不爱我了。"

阎老三心里虽然存疑，但对女人还是连哄带抱："我爱你啊，我最爱你了。"

"爱一个人，就要无条件地信任她。你相信我吗？不相信！你走！你走！"女人推开阎老三，一直把他推到了卧室门外。

第二天，阎老三也没告别，就紧急出发执行任务去了。这次的任务很快就完成了，比预计中提前了两天。他想着接下来自己就自由了，便兴冲冲地往回赶。

但家里发生的一幕，让阎老三愤怒到了极点。他看到军阀老大跟自己心爱的女人正在自家床上缠绵。等他再回过神来时，床上的两个人已经变成两具尸体了。他知道自己闯了大祸，在这方势力待不下去了，便简单收拾行李夺路而逃了。

果然不出阎老三所料，他被自己待过的军阀势力重金悬赏了，再加上之前得罪过的各方势力，他现在的处境可想而知，这几方势力肯定都想把他千刀万剐。

金三角这地方肯定是没法待了，阎老三果断选择了离开。幸亏决定下得早，路上才没遇到特别大的阻碍，后来他又几经辗转回到了家乡。

可是，那段感情却成了他心里的一道疤，就像他脸上的那道疤一样再也无法消去了，并且还在他的内心埋下了罪恶的种子。

"你真杀过人吗？"夏天惊得张大了嘴巴，神情有些紧张不安，坐着的身子不禁往外移了移。

"别怕。故事还没讲完呢，杀死心爱女人的同时，我感觉也杀死了自己。但我不后悔，谁让她背叛了我。背叛我的下场只有死路一条。"阎老三的脸色越来越可怕，他咬牙切齿地说，"不只她该死，所有背叛男人的女人都该死，所有漂亮的女人都该死。我想阻止更多的男人被伤害，于是就寻找那些看起来天真烂漫的漂亮女孩，在她们还来不及祸害男人之前杀了她们。因为越是天真的女人，越能让男人掏心掏肺地相信她；越是漂亮迷人的女人，越能让男人奋不顾身。"

"你的意思是说，你从金三角回来这边之后也杀过人，而且杀的都是天真漂亮的女孩？"夏天已吓得站起身来，一副要逃跑的架势。

阎老三一把抓住了夏天的胳膊，夏天也挣扎一边说："你有没有想过这种可能，你心爱的女人没有背……"

这句话似乎激怒了阎老三，他厉声说："你懂什么？不要胡说！她没背叛我，我怎么会杀她呢？该死！她该死！你也该死！"

阎老三用那只戴着手套的手捂住夏天的嘴巴，同时用另一只手从后面抵住她的头，接着两只手夹紧，用力一扭。只听得一声脆响，在夏天眼里，远方金灿灿的阳光就迅速沦为了黑暗。

做完这些，阎老三抬眼扫视了一下四周，只有静默的石头与树，阒无一人。他看了眼夏天的尸体，将其塞进了麻袋，然后用一根细绳子捆住了麻袋口。他就近折了些树枝丫，合成扫帚状，一边清理着脚印，一边顺沿爬上来的路向下滚着麻袋。

到下面那片荒地后，他从小腿上抽出刀子，将夏天的尸体肢解成许多块，放进了那个早刨开的坑里，然后把麻袋放在上面，点了一把火，看着它烧成了灰烬。最后他挖土将其掩上，又折了些树枝铺在上面作为掩饰。

收拾好这一切，阎老三带着工具下山了。山下还像之前一样宁静。

来到车子边，阎老三又想起什么，便从手机里取出那张夏天帮他买的手机卡，用火烧掉了。他重新换上自己的手机卡，开车回到了自己的小院，继续处理剩下的痕迹。

他用水将锄头冲洗了许多遍，将刀子用硫酸腐蚀清洗，以确保不留痕迹。连穿过的鞋、戴过的手套等，他都一并烧掉了，最后用水冲掉了那些灰。

做完这一切，阎老三又搬出了那把旧得不像样的木椅子，安静地坐在小院门口。他回味着杀人埋尸的过程，觉得特别享受、惬意。那种感觉比杀猪更刺激，因为猪是不会害人的，但那种漂亮的女人会。

第 10 章
黄雀在后

李八斗这几天过得很低迷。这个世界上有许多徇私枉法的人落马，但他从来都是秉公办案，一心一意地维护法律的尊严。他没想到这样的自己竟然会被停职。对他来说，这是一种羞辱。更重要的是，他输给了一个罪犯，这个罪犯极有可能是诗佳案的真凶。在他输得如此狼狈的时候，那个浑蛋肯定得意地拍手称快呢。

李八斗回到家里，陪着老爸喝了几天的二锅头买醉。老爸老妈都看出了他的一些不对劲，问他怎么了。他并没有说自己被停职的事，只是说这一阵办案太累，身体吃不消，特地请了几天假休息。

在此期间，李八斗想起了一个人——赵飞虎。反正现在也没别的事做，他只需要盯着赵飞虎，找出他的罪证，再让警方介入，就有机会拿下黎东南和阎老三了。

李八斗收集了赵飞虎的一些资料，赵飞虎明面上开了一家保安公司，为各大物业提供保安，其中大部分人明的是保安，实际上是打手。比起服务物业，他们更多是在 KTV、酒吧及夜总会等娱乐场所看场子。

李八斗开始了跟踪调查赵飞虎的日子。然而，情况并不大理想。赵飞虎每天的生活都只是喝喝茶、打打牌或者唱唱歌，然后背着他老婆和别的妖艳女人在外睡觉。贩毒之类的违法的事，他都不会亲自参与，大概会有人定期报账和给他分钱。帮人平事之类的事，也都不见他的影子。

不过李八斗还是坚持着，他知道赵飞虎这种人不可能一直在局外，只要盯得紧，应该就能抓到他的把柄。赵飞虎每天去了什么地方，见了什么人，做了什么事，他挑重要的记录下来，然后进行分析。

跟踪赵飞虎的第四天，李八斗无意间看见了一个人，令他大感意外。

当时是下午一点，李八斗把车停在赵飞虎别墅外的一处绿化带后面。这处别墅是赵飞虎与情人幽会的地方。过去的三天里，他分别带了两个不同的女人来过这里。

按照赵飞虎的生活习惯，通常都是玩到夜里一两点才回别墅睡觉，一直睡到第二天中午才会起床。所以，李八斗就在别墅外面等着赵飞虎起床，然后进行新一天的跟踪。

没承想，他在车里吃着泡面的时候，突然看见一辆电动车朝这边驶来。随着距离拉近，他看清楚了，骑电动车的人是唐白。唐白在别墅附近待了一两分钟，然后原地掉转车头离开了。

唐白怎么会在这里？这里可是靠近石笋镇边缘的地方了。这个时间点，唐白应该在书店上班的，他来这里干什么？

李八斗不由得想起了唐白跟踪夏东海的事。

唐白是冲着赵飞虎来的吗？可是，他知道这是赵飞虎的别墅吗？他又是如何知道的？唉，自己都已经被停职了，还瞎操心这些干什么呢？李八斗不由得自嘲道。

听姜初雪说，一位省城的刑侦专家已经过来接管了凶马连环杀人案, 重新对案件进行了彻头彻尾的调查, 但结果仍然是一个谜。

这时, 李八斗的手机突然响了起来。他拿出手机一看, 是姜初雪打来的, 当即便接了。

"我想到了一个可以用来试探阎老三的最佳人选!"姜初雪的语气中透着几丝兴奋。

"谁啊?"李八斗心中一动。

"夏天。"姜初雪说, "就是那个和唐白挺熟的女记者。我觉得她的形象挺符合的。"

"好像也是。"经姜初雪这么一说, 李八斗也有同样的感觉。

"所以, 我觉得用夏天试探阎老三, 一定能引他上钩。"姜初雪说, "不过现在的问题是如何说服她帮助我们, 毕竟一般女孩对这种变态肯定都唯恐避之不及。"

"我觉得她会同意。"李八斗颇有把握地说。

"为什么?"姜初雪不解。

"我和她有过接触, 知道她的性格。她是一个有理想、有勇气的女孩子。她之所以选择做一名法制新闻记者, 就是想挖掘这个社会的隐秘。即便在挖掘真相的过程中会遇到危险, 她也并不会畏惧。"

"这么说的话, 就没问题了, 你可以和她谈谈, 然后我们想一个方案, 看具体如何实施。"

"行, 我联系一下她。"

挂断电话, 李八斗又仔细想了想, 本来这种针对疑犯进行布局的行为, 在法律上称为"引诱犯罪", 是不允许的。但现在他被停职, 正好可以用自己的方式来验证罪犯。虽然这对夏天来说有些冒险, 但他会考虑好细节, 尽全力保障她的安全。

李八斗找出夏天的号码，拨了出去。传来的却是客服的声音，提示他所拨打的电话暂时无法接通。

这种情况通常属于非正常关机或是手机没有信号。一来白山县山多，二来身处地下车库、电梯等地方都可能导致手机信号不好，李八斗并未多想，只好继续监视赵飞虎的住处。

大约两点半的样子，赵飞虎揽着一个性感妖艳的女子，边打电话边上了车。

见车驶出大门，李八斗悄然跟在后面。

赵飞虎像前几天一样又去了地下赌场。赌场外有好几道眼线，没有里面的人带路根本进不去，李八斗只能在外面蹲守。这种蹲守的意义虽然不大，但李八斗还是在外面蹲守着，内心期待着能有所发现。

过了一个多小时，李八斗又想起夏天来，便给她打电话，依旧无法接通。李八斗仍没有多想，过了两个小时，又打了个电话，结果还是无法接通。这下他就有疑问了。

他想起唐白和夏天熟，当即就给唐白打了个电话，问道："你最近和夏天联系过吗？"

唐白说："没有，怎么了？"

李八斗说："找她有点事，但打她的电话一直没打通。"

"我就跟她见过两三次面，平常并没有电话联系过。"

"行，我再找别人问问吧。"

刚挂掉电话，姜初雪就又打了电话来，说省城那边的公安打来了电话，说夏天的同事联系不到她，早超过二十四小时了，夏天的家人也已经报警了。

"难道她真的出事了？"李八斗说。

"怎么，你知道什么吗？"

"我打了一下午她的电话，都无法接通。我觉得不大正常，正想问问她的电视台同事呢。"

"她同事说她回白山好几天了，因为她是请假回来的，他们也没多问。直到昨天上午有事找她，打电话打不通，才问了她的家人，而她的家人以为她到省城上班了，说她有好几天都没在家里了。"

"也就是说，她已经有好几天没跟朋友和家人联系了？"

"对。"

"看来，她确实是出事了。"

"我们已经开始着手调查她的通话记录和行踪了。"

"行，有什么情况跟我说声吧。"

"你觉得她会出什么事呢？"姜初雪并没有挂电话的意思。

李八斗思索着："我觉得很可能是阎老三提前对她下手了。"

"阎老三提前对她下手？"姜初雪问，"有什么依据吗？"

"我突然想起来一点，你不是说过阎老三在唐白的书店里见过夏天吗？也许那时候他就注意上她了。"

"咦，你这一说我也想起来了，还真有可能。"姜初雪说，"我得跟领导汇报一下这个情况。"

"可以，有什么进展再联系，拜拜。"

李八斗说着，挂了电话。他又思索了一番，看了一眼赵飞虎所在的地下赌场，兀自驾车离开了。

夏天的事也许是拿下阎老三的突破口，李八斗决定去找唐白聊聊。因为他看得出来唐白对夏天有好感，而唐白和阎老三之间的关系又有些特别。因此，说不定能从唐白那里问出点什么。

唐白正坐在凳子上发呆，接到李八斗的电话后，他也给夏天打了电话。

　　他觉得这是和她说话的好机会，哪怕只跟她说几句话，听听她的声音，对他来说，都是一种慰藉。可是，他也没打通。

　　她不会真出事了吧？唐白有种莫名的担心。毕竟那么漂亮的女孩子很容易成为歹徒的目标。

　　门口的光影一闪，唐白看见李八斗走进屋来，当即微笑着起身喊了声："八斗哥。"

　　李八斗扫了眼书店："你这工作一如既往地清闲啊。"

　　唐白没接这茬儿，而是问道："联系上夏天了吗？"

　　"不出意外，她应该是出事了。"李八斗说，"她的家人说她已经几天没有在家了，同事也没见过她，所以已经报警了。"

　　"已经失踪几天了？"唐白的心陡地下沉。

　　"所以，我来找你了解点情况。"

　　"找我了解情况？"唐白有些愕然，"我不是说了嘛，我跟她不熟。八斗哥，你不会又觉得我把她怎么样了吧。难道我在八斗哥心里是那样的人？"

　　"我没有怀疑你。"李八斗说，"我只是觉得她的失踪，跟她来你这里可能有关联。"

　　"这不还是怀疑我吗？"

　　"怎么会呢？"李八斗说，"她来你这里，又不是只跟你接触。"

　　"不只跟我接触？"唐白说，"那也没跟别的人接触啊？"

　　"有一次，阎老三不是也在吗？"

　　"阎叔？"唐白说，"是的，夏天有次来的时候他也在，但也谈不上接触吧。阎叔以为她是我的女朋友，问了句话就走了。"

"当一个罪犯选择作案目标的时候，不一定需要跟受害人有过多的交集。"

"阎叔他人不错的，虽然看起来不近人情，但不会是那种不法之徒。他确实有些本事，但从没有主动欺负过别人。他应该不会伤害夏天的。"

"你以为你了解他？"李八斗说，"越是凶残高明的罪犯隐藏得越深。你对他的了解不过是九牛一毛而已。"

接着，李八斗给唐白透露了自己之前调查到的关于阎老三的一些事以及自己的推断。

唐白听完后强作镇定地说："他多是来我这里买书，对我也比较友好，没想到他竟如此人面兽心。"

李八斗发现唐白的身躯有着不易觉察的颤抖，那应该是他极力抑制内心愤怒的表现。

"你仔细想想，那天阎老三在这里看着夏天的时候，有什么异常吗？比如，他的语言、眼神跟以往有没有什么不同？"

唐白摇头："没有，很正常。"

"你最后一次见夏天是什么时候？"

"最后一次？"唐白想了想，"一个多星期前吧。"

"也是她路过这里到你书店里来的吗？"

"嗯，是的。"

"你们大概聊了些什么？"

"聊了些什么？"唐白说，"也没聊什么，我话本来就比较少。"

"好吧，如果想起什么就打电话给我。"李八斗说，"我不管你和阎老三有什么关系，但他这种手染人命的畜生，无论如何我都要将他绳之以法！"

唐白点头："放心吧，八斗哥，如果我知道他做了什么犯法的事，绝对会第一时间跟你说的。"

　　李八斗出了书店，他觉得接下来应该有好戏看了。有一点几乎可以肯定，那就是唐白喜欢夏天，而像唐白这种性格内向的男孩子，暗恋一个女孩时，情感会尤为浓烈。

　　他之所以把自己对阎老三的看法告诉唐白，一是想看一下唐白的反应，他如果是个老手，即便内心愤怒，也会尽力掩饰。他如果是个普通人，就会把内心的愤怒完全释放出来。

　　李八斗看到的是，唐白在佯装平静。如果唐白真是个隐藏得很深的犯罪老手，那么在知道自己深深喜欢的女孩可能被阎老三杀害之后，他肯定会采取某些行动。

　　李八斗这一招一箭双雕之计果然有用。他离开后，唐白已经有了自己的打算，他要去找阎老三。他没有把夏天最后一次来这里的细节告诉李八斗，比如她因为写书需要素材说要去找阎老三。如果李八斗所言不假，夏天很可能已被阎老三杀害了。

　　六点下班，唐白锁好书店的门，骑着他的电动车离开。他不知道的是，在他的电动车后面，有人在跟踪他。

　　现在正是学生放学、员工下班的时间，路上车来人往。李八斗又擅长跟踪，唐白心里也藏着重要的事，没想到李八斗会跟踪他，所以就没有察觉。

　　出了镇子后，路上的车少些了，李八斗就把距离拉远了，他也不怕跟丢，因为乡下的公路基本上是一条道直着出去的，即便有些小岔道也一眼可见。

　　唐白果然没直接回自己家，他的电动车驶向了另一条岔道，那条岔道能通到阎老三家。

李八斗把车子停在距离阎老三家有一段距离的地方，步行着从侧边的小道往阎老三家绕去。

今天阎老三并没有坐在小院门口。院门是开着的，院子里安安静静的。

唐白直接把电动车骑进了院子。他没有喊，人在电动车上也没下来。他扫视了一圈整个院子，看见了地上那块历经岁月仍旧触目惊心的暗红色。

"唐白？"阎老三突然出现了。

唐白微笑着喊了声"阎叔"。

"有什么事吗？"阎老三问。

"有点私事。"唐白从电动车上下来。

"什么事？"

"我想问下阎叔，夏天最近找过你吗？"唐白死死地盯着阎老三。

"夏天？"阎老三皱着眉头，"夏天是谁？"

"就是上次阎叔在我店里看见的那个女孩。"

"哦，她？"阎老三说，"好像到我家来找过我一次，怎么了？"

"我突然联系不到她了，电话一直无法接通。"唐白明知故问，"她找阎叔有什么事呢？"

"说是要写本什么书，想让我讲讲我的故事。我一个杀猪的有什么故事可讲呢，就推托了。"

"什么时候的事？"

"一个多星期前吧，我记不清了。怎么，你喜欢她吗？"

"是的，很喜欢。"唐白回答得很肯定。

"不要被女人漂亮的外表迷惑了，越漂亮的女人越会骗人，还是找个长得一般的吧。"

"阎叔，你觉得她是出什么事了吗？"

"这个我怎么知道，你如果实在想知道，可以去她家问问。"

"我不知道她家在哪儿，我是觉得阎叔你是个深藏不露的人，想找你帮忙拿个主意。阎叔觉得她会不会是被人给杀了呢？"

"被人杀了？"阎老三问，"你为什么会这么认为？"

"你想啊，如果是出别的什么事，不至于电话一直打不通。既然电话一直打不通，说明她可能已经遇难了。如果因为车祸或者其他方式遇难，应该会及时有相关的消息传出来，报纸、电视新闻也会报道。可这些消息都没有，那她很可能就是被人杀害了，连尸体都找不着的那种，是吧？"

阎老三的脸皮颤动了下，皮笑肉不笑地说："那万一是她的电话丢了或者被人偷了呢？"

唐白说："电话号码都是存在手机卡上的，如果她的电话丢了或被人偷了，她为了不与人失联，肯定会立马买新手机，然后去补回号码的。"

"嗯，有道理。"阎老三说，"看不出来，你的逻辑推理能力不错啊。"

"那么是阎叔你杀了她吗？"唐白突然问。

阎老三的脸皮颤了下，眼神也陡地变得锋利："我杀了她？我为什么杀她？"

唐白仍不慌不忙地说："因为在这巴掌大的石笋镇上，我想不出第二个杀了人还可以把尸体处理得干干净净的人。"

"你怎么就认为她被杀了，尸体还被处理得干干净净了？"

"很简单啊，如果只是简单的谋杀，尸体被随便丢弃，肯定一早就会被人发现。而至今没有夏天的任何消息，那就说明抛尸地点很隐秘，而且相关痕迹被处理了。这应该不属于激情杀人，而是一个有经验的老手有预谋地作案，是吧，阎叔？"

"有道理。"阎老三问，"那你告诉我，我与她无冤无仇，为什么要杀她呢？"

"这个？"唐白说，"在无数的杀人案件中，有为仇怨所杀的，不过有些跟仇怨无关，可能是为了财、为了色，也可能是因为自己的一些变态心理。阎叔是哪一种，应该只有你自己知道吧？"

"你这是认定人已经死了，而且是我杀的？"阎老三的脸更黑了。

"那你说是，还是不是？"唐白问。

"如果我说是，你想怎样呢？"阎老三逼视着他问。

"如果是的话？"唐白迎着阎老三锋利的目光，突然笑了笑，"我说我会报警，你会杀我灭口吗？"

"杀你灭口？"阎老三也笑起来，"干吗杀你灭口，我又没干过，灭什么口。唐白，你不要那么天真了，我知道你从小被人欺负，人生坎坷，活着不容易，你不是英雄，就不要逞英雄。你这是傻啊，幸好我不是你想象的那种穷凶极恶的杀人犯，如果是的话，你这样来找我，九条命都不够你死的。是的，人年轻的时候，看重一份爱情，觉得自己就是英雄，可以为了自己喜欢的女人去死，实际上你并不知道那个女人心里是怎么想的，她值不值得你为她去死。你好像还有个母亲吧，她对你多好啊，多为她想想吧。"

"嗯，阎叔说得是。"唐白说，"其实我也没想别的，就是想知道到底发生了什么事。就算真是阎叔杀了她，我也未必会报警的。正如阎叔说的，我不会给自己找不必要的麻烦的。"

"这是对的。"阎老三说，"虽然我也看得出你是有些本事的，可天外有天、人外有人，你不要那么莽撞。人的生命只有一次，你要珍惜它。"

"嗯，阎叔说得是，那我先走了。"

唐白说着转过身，他的脸上透露着一股浓烈的杀气，因为他从一些细节基本确定了是阎老三杀了夏天。但他今天来不是为了动手，只是为了证实，便骑着电动车离开了。

见唐白骑车离开，李八斗也打算撤退了。就在他绕着从小院侧边的竹林离开时，发现了一个垒起来的土堆。作为小时候在农村生活过的人，李八斗首先想到的是那是个坟堆。

坟堆就是农村死人之后，有些人家比较贫穷，买不起水泥，请不起工匠，就自己挖个坑把死人葬下，再垒起一堆土来。有些人家会尽可能地用石头把土围住，有些则只用土垒个堆就完事了。

这个土堆上泥土的成色还比较新，这说明土堆可能是最近堆起来的。而且，土堆不是很大，里面埋的应该不是死人。

李八斗突然想起来，阎老三的狗不见了。

难道里面埋的是阎老三的狗吗？这种可能性很大。那么更大的疑问来了，阎老三那条训练有素的狗怎么会死呢？

李八斗没法现场挖开来看，他现在做这种事不方便，得警方来做才行。

李八斗离开阎老三家附近，拿出手机正准备给姜初雪打电话，手机就响了起来，来电显示上正是她的名字。

"在干什么？"姜初雪问。

"还能干什么，当然是无所事事了。"

"一起吃晚饭吧，有事跟你说。"

李八斗猜到应该是跟夏天有关的事，就满口答应道："行，你说地方吧。"

半个小时后，李八斗赶到了姜初雪发给他的地址——一处农家菜馆。

李八斗一落座，便问："夏天的事，调查得怎样了？"

"有点奇怪。"姜初雪说。

"怎么奇怪了？"

"她最后一个通话竟然是打给她自己的。"

"什么意思？"

"意思就是她联系的另一个号码也是用她的身份证登记的，而且那个号码的使用时间不到十天。更奇怪的是，那个登记不足十天的新号码只有两次通话，而且这两次都是与她自己的老号码通的电话。"

"我觉得与夏天通话的这个人是阎老三。"

"问题是，他俩又不熟识，夏天为什么用自己的身份证买张新卡给阎老三用呢？"

"我也是今天才知道夏天和阎老三有更深入的交集。"

"有什么更深入的交集？"

"好像是夏天要写一本什么书，她觉得阎老三是个有故事的人，就去找了阎老三。"

"还有这样的事？"姜初雪问，"你怎么知道的？"

李八斗就跟姜初雪说了他跟踪唐白到阎老三院子外，偷听到了两人的对话。

李八斗说："虽然阎老三说他拒绝了夏天，之后两人就没有交集了，但我认为阎老三没有说实话。加上你们查出了这个号码的问题，我觉得他可能给夏天开了条件，比如，想听他讲故事，就给他办张新卡。当然他会用各种说辞说服夏天，而他所做的这一切都是早有预谋的。"

"明天我就把这些跟专案组说说。"

"不要说是我跟你说的。"李八斗说，"你就着重调查这一段时间里阎老三和夏天各自的行踪，也许就能找出真相了。"

"嗯。"姜初雪说，"警方明天会查一下夏天的车子在哪儿，以及她的行车路线。听她家里人说，她的车子也不在。"

"对了，有一件事你可以去做一下。"李八斗说。

"什么事？"姜初雪问。

"阎老三院子侧边的竹林里有个土堆，我觉得那里面埋着阎老三的狗。他的狗死得有些蹊跷，你们可以去查查。"

"可是，我们找什么理由去查呢？人家的狗死了又不犯法？"

"你傻啊。"李八斗说，"你就说怀疑那个土堆里埋的是人，然后把土堆挖开，看看里面的狗是怎么死的。如果是病死就罢了，如果是毒死或被人杀死的，那就说明背后有问题。而且，我还想起了一个更大的疑点。"

"什么疑点？"

"阎老三安装监控的事。这么多年他都没装监控，为什么突然装监控？不可能是知道我会去那里揍他才装监控的吧？所以，肯定是发生了什么事，让他有了某种危机感，他才装了监控。"

"嗯，你分析得有理，我到时候好好查一下这个细节。"

"调查的时候，注意安全。"

"嗯，我会注意的。"

第二天，专案组在石笋山旁边的停车点找到了夏天的车子，并从监控录像里看见夏天下了车，但她下车之后，并没有去石笋山游玩，而是往石笋山侧边的路去了。

侧边有两条路，一条通往蛤蟆丘，一条通往广袤的田地，沿途有村落和许多乡村小道。这两条通道没有监控，而且夏天失踪后，下过一场雨，虽然不是很大，但整整下了两天。

专案组在这两条通道上没有发现任何可疑的痕迹。据夏天失踪前几天的行车轨迹，除了自己家，她就到过唐白的三人行书店，随后又去了石笋镇菜市场，接着出了镇子，开向一条乡下公路。

结合李八斗告诉自己的线索，姜初雪判断夏天应该是去找阎老三的。她想起了阎老三家装了监控的事，想着或许能从中查到什么线索，于是叫上包古一起去了阎老三家。

见到阎老三，姜初雪要求调看他家的监控，阎老三并没有问为什么，就给她看了。然而几处监控画面里不是山，就是庄稼地，根本看不见院子和门前的路。

不过，之前这里的监控一直是对着院子和门口的，而夏天失踪那天，监控的角度变了。姜初雪针对这一点提出了质疑。

阎老三说："我装监控是为了防贼，一直看门口的路也没啥发现，后来我就想贼怎么会走大路来呢，于是就改了方向。这不犯法吧？"

"那我问你，你认识夏天吗？"姜初雪问。

"认识。"阎老三说，"她想写一本书，想听我的故事，但我觉得没什么可讲的，就拒绝了她。"

"说一下改变监控方向那天你的行踪。"

"那天我不是在家里待着，就是在周围的地里转转。"

"你为什么不去卖猪肉了？"

"打我的那个警察被停职后，黎总说那个警察可能会报复我，让我小心点，我就暂时不去卖了，有问题吗？"

"有没有问题，再说吧。"

包古由阎老三带着去屋里搜查了，姜初雪则从阎老三的院子里拿了把锄头，往竹林而去。一进竹林，她就看见了那个新垒起来的土堆。她二话不说上前就开挖。

随着泥土被刨开，一股恶臭的气息扑鼻而来。姜初雪憋着气继续挖，越到后面越小心。她很快就看到了那只身体稀烂的狗，然后小心翼翼地将狗身上多余的泥土刨开。虽然有些不利的因素影响勘查，但身为法医的她还是辨认出了狗脖颈处的致命刀伤。

"你个臭婆娘，想死了！"

突听得一声吼，姜初雪抬起眼，只见阎老三气势汹汹地奔来。进竹林的时候，他顺手从地上扯起一根缠藤的木棍，目露凶光。

"阎老三，你想干什么？！"包古听见阎老三的叫骂声吼道。

但阎老三并没有理会他，拿着木棍朝姜初雪砸去。姜初雪练过格斗术，但还是节节败退，甚至受了伤。她想拿枪震慑一下阎老三，但刚掏出枪，还没打开保险，手腕就挨了一棍，吃痛间，手枪便掉落在地。

阎老三显然被愤怒冲昏了头脑，不给姜初雪丝毫喘息的机会，那神挡杀神、佛挡杀佛的架势似乎是要置她于死地。上来帮忙的包古也被势不可当的阎老三甩到了一边。

"不要动，再动我就毙了你！"

包古无可奈何，只好拿出枪指着阎老三威胁道。阎老三这才迫不得已停了手。

"把手背在身后！"

包古命令道。阎老三虽不大愿意，但还是照办了。

"初雪，你去车上拿手铐。"

姜初雪应了声，捡起之前掉在地上的枪，狠狠地瞪了阎老三一眼，接着去车上取来手铐，给阎老三戴上了。

阎老三看着姜初雪，嘴角浮起一丝怪笑，那笑里明显带着杀气和挑衅。

姜初雪不由得怒火中烧，骂了声"我让你笑"，抬手一记耳光甩在了阎老三脸上，那张脸上立马现出五根红色的指印来。阎老三往地上吐了口口水，口水里还带着血丝。

"你会死得很惨的。"阎老三看着姜初雪说。

"我会死得很惨？"说着，姜初雪拿枪指着阎老三的脑袋，打开了保险。

包古赶忙拉住她："行了，别意气用事，好好查案子吧。"

"你在屋里有什么发现吗？"姜初雪问。

"暂时没有。死狗有什么问题吗？"包古问。

姜初雪说："死得很蹊跷，被一刀刺喉而死。行了，你先带他上车吧。"

包古应声押着阎老三去了。姜初雪做完善后工作也回到车上。两人开车回了刑警队。

将阎老三带回刑警队，姜初雪都顾不得去处理受的伤，只跟新来的那位省厅专家孙四通做了个汇报，就直接带阎老三去了审讯室。

"袭警的事咱们后面聊，先说说你那条死狗的事吧。"姜初雪问，"被谁杀死的？"

阎老三说："我要知道是谁杀的，他还能活着吗？"

"你那是一条久经训练的狗，一般人根本近不了它的身，可我看它的死因，是被人一刀刺颈，说明对方应该也是个受过专业训练的高手，你为什么不报警？"

"我自己的事自己会解决。"

"那你解决了吗？"

"会解决的。"

"也就是说，你知道是谁干的了？"

阎老三不说话了。

"我在问你，你是不是知道是谁干的？"

"不知道。"

"行，既然你什么都不知道，就好好在里面待着吧，我们看谁耗得过谁！"

姜初雪结束审讯，把自己目前知道的与阎老三相关的事情一一向孙四通做了汇报。

听完姜初雪的汇报，孙四通说："他能避开所有监控，但没法完全避开人。拿着他本人和他车子的照片，去石笋山那一带找找目击证人。"

姜初雪应道："嗯，我马上去查。"

孙四通关心道："包古不是说你受伤了吗？你休息下吧，我另外安排人去。"

"不碍事。"姜初雪说，"一点轻伤，不影响行动。"

孙四通突然想起了什么，说道："哦，对了，什么时候你帮我约下那个李八斗，我想和他聊聊。"

"约李八斗？"姜初雪颇感意外，"孙老师为什么想着约他？"

"我看了之前他对凶马案的侦查判断，觉得他的思路细腻且活泛，所以想跟他聊聊，看能不能碰撞出点灵感来。"

"可以，我马上帮你约他。"

姜初雪随即给李八斗打了电话，李八斗自然不会拒绝，于是就约好晚上六点一起吃个饭。

下午的时候，姜初雪和专案组成员去蛤蟆丘附近找了一圈的目击证人，最后一无所获。

晚上六点的饭局是姜初雪找的地方。她带着孙四通先到，几分钟后，李八斗也赶来了。

姜初雪为两人作了介绍。两人客套几句之后，孙四通就开门见山，问李八斗对凶马案有没有什么新的想法。

"新的想法？"李八斗说，"倒还真有。"

"什么想法，跟我说说。"孙四通的精神劲一下子提了起来。

"凶马案若不是黎东南所为，那可能就像他说的那样，凶手应该是他的仇家，所发生的一切都是对方对他的构陷。"

"他的仇家，对他的构陷？"孙四通微笑着说，"有点意思，那么你的理由是？"

李八斗说："我主要考虑了两个方面来支持这个观点。一是'铁将军'并非凶马，而是跟凶马长得极像，是真正的凶手故意借马把警方的视线引向了黎东南；二是目前凶马案的受害人里，夏东海、吴国晋跟黎东南本来就是一条船上的人，加上黎东南也遇袭，所以我们有理由怀疑凶手可能另有其人，是黎东南的仇家对他及其同伙的一次精心策划的复仇。"

"关键是现在还无法证明死掉的'铁将军'到底是不是凶马。"孙四通说。

李八斗说："我曾一度认定'铁将军'就是凶马，但现在很怀疑。"

"为什么？"孙四通问。

李八斗说："因为就我所见的凶马，其本领要比'铁将军'更强悍。还有，黎东南的爱马'铁将军'已经死了，头被砸得稀巴烂，死状和两起凶马案的受害人一样。因此，我有理由怀疑'铁将军'的死很可能也是真凶的报复行为。"

"嗯，你说的这种可能性很大，问题是，真正的凶手是谁？"孙四通说，"根据案卷记录来看，除了黎东南以外，就只有一个嫌疑对象了，就是那个叫唐白的书店职员，他好像还是你的熟人。"

李八斗说："他虽然有点可疑，但找不到他的作案动机和作案条件。"

"是的，我也走访调查过了，他完全不具备作案动机和作案条件，甚至连假设都没法成立。"孙四通说，"在我几十年的办案经验里，如果作案动机和作案条件只缺一样，那还有可能是我们忽略了某些细节。如果这两样唐白都不具备，那基本上可以排除他的嫌疑。他跟踪夏东海的那个疑点，无法合理解释，但每个人的一生都总会有一些无法解释的行为。"

"所以，孙老师也找不到侦查方向吗？"李八斗问。

"唉。"孙四通叹息一声，"我二十二岁从警，今年五十三了，见识过无数的大案、要案、奇案，还编写过一本关于刑侦细节观察的书，那本书被人奉为刑侦教科书，但从未见过这么离奇的案子。在监控如天眼的今天，我竟然能亲眼看见一匹马镇定从容地进屋杀人，却没有看见任何嫌疑人。我没来这里之前，还在想这里的办案警察多么不堪，肯定是忽略了某些细节。可我看过监控，看过案件记录后，就只剩下百思不得其解了。"

"你们两个都是刑侦界的传奇人物，能不能有点信心、有点斗志，难不成遇到这点困难，你们就要认输了吗？"姜初雪在一边表示不满。

"你有什么高见吗？"孙四通问。

姜初雪说："我认为还是得从黎东南身上入手，因为被害人都和他有关系。不是他干的，就是他的仇人干的，所以可以从他的仇人里找线索。"

"重点是黎东南好像也很迷茫。"孙四通说，"一开始我认为他是不想说，可经过一番分析思考，他也许是真不知道。"

"他不可能不知道。"姜初雪说，"如果是一些口角之争，他想不起来也就罢了，但这是要命的仇恨，他不可能心里没数。"

孙四通说："我也对黎东南做了些了解，以他在白山的身份地位，如果知道凶手是谁，或者知道凶手可能是谁，他不会这么被动，肯定早就采取行动了，而不会等着别人来动他。由别墅遇袭事件可见，他始终处于被动状态，只能等对方抛头露面，无法采取主动报复。显然，他并不知道真正的对手是谁。"

"我也认可孙老师的观点。"李八斗说，"黎东南手下可是有阎老三和董十八这种高手，他如果有头绪，肯定早就派人出手了。"

"那个夜袭黎东南别墅的人呢？"姜初雪说。

"这个人？"孙四通说，"目前看来，这个人既有谋杀黎东南的动机，也有一身非凡的本事，还真有可能是凶马系列谋杀案的凶手。但我又总觉得比起之前犯案的人，他还是略微弱了一点点。"

"是的，我也这么觉得，他的本事比起凶马案的凶手，还差了点高深莫测的意味。"李八斗说，"不过我们仍然要重点调查这个人。"

孙四通说："可我看警方目前的记录里没有关于这个人的任何资料，只有模糊的背影，连画像师都找不到画像的点。"

"对了，我昨天晚上倒是想到一个疑点，你们可以去了解下。"李八斗说。

"什么疑点？"孙四通问。

李八斗说："当初我在调查夏东海的家庭情况时，了解到夏东海原来的家庭有四口人。他父母都说夏东海还有个弟弟，但性格比较叛逆，不服家里管教，老早就跑去外面打工了，偶尔回来一次。当时我并没有在意，现在觉得有些问题。"

"什么问题？"

李八斗说："第一个问题，以夏家的家境，夏昌文的小儿子无论怎样都不会跑外面去打工吧？至少不会长期在外打工。第二个问题，夏东海死了，居然都没见他露面，照理说夏家的一切都是他的了，他应该回来接管这一切，并到刑警队了解案情才对，可他一直没有出现。"

"这个，也不足为奇吧。"姜初雪说，"有些人性格就是倔，就是不在乎家里有钱没钱，只喜欢拥抱自由呢？"

李八斗说："如果当初他是年轻气盛出走，我觉得可以理解。而在打工多年历经生活的酸楚后，他大概就不会那么倔了，因为有太多的人在现实面前不得不低下头来。如果连巨额财富的继承他都没兴趣，那就更能说明他和夏东海之间应该发生过什么不愉快的事，以至于到了无法释怀、无法原谅的地步。如果真是这样，那他会不会跟凶马案有关呢？"

"嗯，很有可能。"孙四通说，"我们可以去仔细了解一下夏家当初到底发生了什么事。当然，从夏父、夏母口中可能很难问出真相，就先从夏家当时的邻居入手吧。"

姜初雪开玩笑："你们这是擦出了灵感吗？"

孙四通笑道："集思广益总是没错的嘛。"

第二天一上班，姜初雪就立即着手调查夏家之事。

夏父夏母没跟夏东海一家住一起，一直住在以前的老房子里。姜初雪找了好几户人家打听，才从一个一直住在这里的老妇人口中得知，夏东海有个弟弟叫夏长生，兄弟俩之间果然是有仇恨的，至于具体什么仇恨，众说纷纭。

最后，姜初雪又去敲了夏家的门，给她开门的是夏东海的父亲夏昌文。夏昌文把她让进屋，请她在沙发上坐下了，夏母还为她泡了茶。

姜初雪啜了一口热茶，问夏父道："夏东海出事，你有没有联系过夏长生回来。"

夏昌文略有迟疑，接着摇头道："没有，自从离家出走后，他就没跟家里说过他的联系方式，其间偶尔回来，也是去亲戚家，不回自己家。所以，我也不知道怎么联系他，更不知道他在哪里。"

"那行。"姜初雪说，"能把你的手机给我看看吗？"

"干什么？"夏昌文立马显得十分警惕。

姜初雪说："我想看看你到底有没有跟他联系过。"

"我有没有跟他联系过，关你们什么事。你们不去破案，瞎操这些心干什么！"夏昌文明显有抵触的情绪。

姜初雪说："据调查，夏长生离家出走和夏东海有很大的关系，两人之间似乎有些恩怨。所以，夏长生现在是凶马案的嫌疑人之一，还希望你能配合，把你，对了，还有阿姨的手机都给我看看。"

"你们简直是疯了！"夏昌文火冒三丈，"他们感情再不和也是亲兄弟，亲弟弟会杀了自己哥哥吗？你们警察的饭都是一桶桶吃的，把自己吃成饭桶了吗？"

姜初雪说："我们并没有说夏长生就是凶手，只是说他有嫌疑。至于到底是不是他，得经过调查求证。如果是，我们不会放过他；如果不是，我们也不会冤枉他。所以还请配合我们一下！"

夏昌文还是不想把手机交出来。

姜初雪说："你这么不愿意把手机交出来，就更说明问题了。如果你不交出手机，不仅袒护不了他，还是干扰警方执法，我们就得把你带回刑警队去了。"

夏昌文知道抗拒不过了，只好和妻子交出了手机。

姜初雪翻看了一遍两人手机里的通话记录，然后从身上摸出了一沓早在通信公司打印的流水单，指着上面的一个号码，问夏昌文道："这个号码是谁的？你手机上最近的通话记录几乎都在，为什么唯独这个号码的通话记录被删除了？"

"我怎么知道。"夏昌文说，"有时候打来的是骚扰电话，我就随手删除了，有什么问题吗？"

姜初雪说："问题是，这个号码第一次打给你是八月十五号，也就是夏东海被杀的第二天，那次通话时间足足有十分钟。三天之后，你又主动打给他，通了差不多三分钟的话。后面还有三次通话，有两次是你打给他的，有一次是他打给你的，通话时长都在三分钟以上。你说这是骚扰电话，谁信啊？"

夏昌文不说话了。

"这个号码就是夏长生的，是吗？"姜初雪问。

"我说了，我们没有长生的联系方式。"夏昌文说。

"那这个人是谁？"

夏昌文缄口不言。

"你应该知道，我们既然已经发现了他，就有一万种方式找到他。如果非要让我们用复杂的方式来办，对大家都不好。"

"但他真不是杀害东海的凶手，你们找他没用。"夏昌文说。

姜初雪说："是不是，得证据说话。如果凶手真的不是他，我们也不可能栽赃。你不用怕，赶快说吧，他在哪儿，我们怎样才能找到他。"

夏昌文摇头道："我们跟他只有电话联系，他没跟我们说他住在哪里。"

"他既然回来了，为什么不住家里，不让人知道？"

"这是他的想法，我怎么知道？"

"行，你现在打电话给他，约他见个面，说商量一下夏家以后的事。"

"他不会跟我们见面的。"

"尽量找理由和他见面吧，实在不行了再说。"

当下，夏昌文准备打电话，姜初雪让他等一等。她先给刑警队那边发了夏长生的手机号，以便他们定位夏长生的位置。安排好这些，她才让夏昌文拨通了电话，并让他开了扩音器。

"长生，你现在有空吗？"夏昌文问。

"什么事？"电话那端传来一个男人的声音。

"还是夏家生意的事，我想跟你商量商量。"

"我不是跟你说了吗，我对这些没兴趣，你给别人或者捐了，都是你的事。"

夏昌文劝道："过去的事，你又何必耿耿于怀呢？你哥都已经没了，你在外漂泊这么多年，应该也吃了不少苦，知道了生活不易，现在只要你愿意，夏家的一切都是你的，你何必赌这个气呢？"

"我犯不着跟你赌气。"夏长生说，"每个人这一生都必须为自己的行为付出代价，都是你当初对夏东海的纵容造就了他的灾难以及你的不幸，这些你都得认。不要再对我抱有任何幻想了，我做完自己的事就会走的。还有，不要再打电话跟我说这些事了，否则我就换个号码，到时候你想联系我都难，就这样吧。"

"等等。"眼见对方要挂电话，姜初雪赶紧喊了声，"我有话跟你说。"

"你谁啊？"夏长生问。

姜初雪说："我是你爸妈请来的，专门负责调解家庭矛盾的，想和你聊聊。"

夏长生说："我说了没兴趣聊，别烦我了！"

说罢，电话就被挂断了。

其实，姜初雪最后多说那两句话，不过是为追踪号码所在的位置争取时间。见夏长生已经挂掉电话，她当即打电话回刑警队，问情况怎么样。

那边负责电话追踪的冷笑说："追踪到了，在万金路的香水湾酒店。"

姜初雪说："行，你赶紧跟孙老师汇报，让他安排人过去找夏长生吧。我在这里看着，不能让他父母给他通风报信。"

香水湾酒店。

挂掉电话的夏长生恼怒地骂了声"活该"，随即从身上掏出一支烟点燃。才抽了两口烟，夏长生的脸色蓦地一变，他也没多想，赶紧走到窗边，轻轻地将窗帘拉开了一些。

看着下面街道上的人和物，想着自己的位置可能已经暴露了，夏长生赶紧收拾好东西，背着包出门下楼了。为了安全起见，他没坐电梯，而是选择走楼梯。

然而，当他来到酒店大堂时，几名警察正在前台询问着什么。见此情景，夏长生马上折身上楼。

就在他转身的那一刻，一声大吼传来："喂，那个上楼的，站住！"

夏长生头也没回，拔腿就往上跑。

喊人的是魏大勇。当时冷笑正在找前台服务员调查夏长生住哪个房间，魏大勇则眼观六路耳听八方地留意着周围的情况。然后，他就看见了背着包准备上楼的那名男子。

一般人上楼都是乘坐电梯，魏大勇对打算走楼梯的男子起了疑心，打算叫住他盘问一番。男子不知道是做贼心虚，还是怎的，拔腿就跑。魏大勇只好叫上其他刑警一起追了过去。

夏长生提着一口气往楼上跑，后面追来的脚步声震得楼梯"咚咚"直响。他知道自己不能一直这样跑下去，因为一旦跑到楼顶，那就是绝路了。

而且，他也不知道通往楼顶的门有没有上锁。很多酒店为了安全起见，都会把通往楼顶的门锁住，所以他必须得另想办法。

脑子灵光一闪，他想起了酒店楼层的布局。在安全通道右侧二十米拐弯处有两个公共卫生间，卫生间有窗子，窗外有空调和下水管道。

跑到第五层的时候，他迅速折身往楼道右侧跑去，直接进入了女卫生间，反手将门关上，然后从窗子翻了出去。

魏大勇本来与夏长生隔了一层楼的距离，因为追得太紧，就没有注意到夏长生转向的脚步声。他一口气追到六楼才惊觉脚步声消失了。

他仔细想了想，目标似乎没有往楼上去，追在四楼的时候还有脚步声。于是他又折身往五楼下来，让紧随而来的其余刑警跟他一起在五楼搜查，并通知楼下的人员注意。

此时，夏长生已经如猴子般灵敏地下了楼，而且他下到了酒店侧面的一条小巷里，这里没有蹲守的警察。

当魏大勇找了一圈，最后进到女卫生间，看到眼前的情景时，他就明白了一切，接着当即打给下面的警员，给他们指明了追捕的方向，让他们赶紧去追。结果自然是徒劳的。

冷笑已经从前台得知了夏长生的入住信息。夏长生来香水湾酒店已经有一段时间了，这段时间，他每两天就会换一个房间住，每个房间都不在一个楼层。他昨晚住宿的房间是506号房。另外，安保人员说，夏长生有一辆路虎车停在外面。

魏大勇去了夏长生住的房间，没看见有什么东西留下。他吩咐酒店工作人员，暂时将房间封存，等警方派技术人员进行一些痕迹提取。之后，警员通过技术手段打开了那辆路虎车的车门，在车里找到了两把刀子。

魏大勇给姜初雪打了电话，说夏长生跑掉了，夏家父母不用看着了。

"你们赶紧去追啊。"姜初雪说。

"追是追不上了，只能来一场全城搜捕了。另外，我们查到了他住过的房间和他留下来的一辆车子，你可以过来做一些信息提取和痕迹鉴定。"

"行，我马上过去。"

冷笑已经查看了监控，他认为这个人的特征与那个夜袭黎东南别墅的神秘人有诸多相似之处。

半个小时后，姜初雪带着工具赶来了。她对夏长生居住的房间，还有那辆路虎车进行了信息提取和痕迹鉴定。当发现被掐灭的烟头时，她第一时间想到了在夏东海别墅顶楼发现的那截烟头。她做好了指纹和DNA信息的提取，然后和之前保存的信息比对了一下，结果完全吻合。另外，房间的鞋印和在吴国晋家里发现的贼人的鞋印虽然不一样，但鞋码是一样的，而且都属于登山鞋！

诸多证据表明出现在夏东海别墅楼顶、偷走吴国晋U盘，以及夜袭黎东南别墅的神秘人是同一个人，这个人就是夏东海的亲弟弟——夏长生！

姜初雪当即将这个结论汇报给了孙四通。孙四通立即下令全城通缉夏长生，同时印发了悬赏通告，称其为凶马案的最大嫌疑人。

专案组随即调查了夏长生的其他信息，那辆路虎车是从一家租车行租来的，并且是用别人的身份证租的，手机号用的也是别人的身份信息，他的身份证也没有任何交通工具的购票记录。

夏长生除了跟夏昌文有过联系，还跟租车公司联系过。除此之外，再无其他联系人。可惜的是，警方在租车公司没查到什么有效的线索。

夏长生逃跑一事一下子在白山传得沸沸扬扬。

警方居然找到了凶马系列杀人案的嫌疑人，而且嫌疑人还在逃。很多人白天出门时都提心吊胆的，晚上更是不敢出门。

黎东南知道这件事后，担心 U 盘会落到警方手上，就和董十八商量了一个计谋。两人决定以"他们已经找到真正的凶手了"为饵，给夏长生布一个死局，杀他夺 U 盘。不过，计划实施的前提是能联系到夏长生。

黎东南用副总办公室的电话打给了赵飞虎，把他叫到了办公室，让他安排手下全城寻找夏长生。无论是大街小巷还是犄角旮旯，哪怕是老鼠洞都得多看几眼，一定要先于警方找到夏长生。但凡提供夏长生准确行踪的人，重重有赏。不过不要轻举妄动，因为夏长生不是那些小喽啰对付得了的，到时候直接联系董十八，由他去解决。赵飞虎虽然觉得黎东南有些过于谨慎，但大哥有令，他只得照办。

仍秘密跟踪着赵飞虎的李八斗，发现他行色匆匆地进了黎东南的公司，半个小时后又匆匆离去，就知道肯定有什么事。

从黎东南公司出来后，赵飞虎没有去赌场，而是独自一人回了那处平常和情人才去的别墅。

李八斗越发觉得有问题，在赵飞虎停车进屋后，他小心谨慎地避开监控，爬墙潜入了别墅，来到了赵飞虎所在房间的窗外侧耳倾听。他想知道到底发生了什么事，他觉得这件事应该跟凶马案，或者跟那个夏长生有关。

赵飞虎在房间里一连打了近十个电话，接电话的人应该都是白山地下行业里独当一面的哥字辈人物，有开赌场的，有放高利的，有贩毒的，有偷抢扒窃的……

赵飞虎将黎东南的话原封不动地转述给了这些人。打完电话后，他坐在沙发上，跷起二郎腿，潇洒地点燃了一根雪茄。

他没想到的是隔墙有耳，他说的那些话都被藏在窗外的李八斗听见了。

李八斗内心很激动，他打算跟姜初雪说一下，便偷偷离开了别墅。

他刚从别墅侧边的院墙爬出来，就看见别墅前面有个东张西望的女人。

那个女人先是在别墅前面看了看，又往别墅侧边走来。李八斗赶紧躲了起来，看见那人的正脸时，他不禁大感意外。那个女人不是别人，正是袁秀英！

袁秀英看着别墅，嘴里嘿嘿地傻笑着，偶尔还对别墅指指点点，也不知道她在说些什么。过了几分钟，她一屁股坐在了地上，还拔了些草在手里，甚至放进嘴里咀嚼起来。

李八斗看她状态不好，以为她又犯病了，本想上前照看一下，可又怕被赵飞虎看见，就只能暗自观察。

等她又神神道道地回到大路上，往另外的方向走了，李八斗才开车过去，在她身边停下，喊她上车。

可她没认出李八斗，拒绝上车，还破口大骂他是坏人，是人贩子，想把她卖了，一边骂一边跟跟跄跄地跑了。

李八斗怕刺激到她，就不敢接近她，只好远远地跟着。后来觉得这样一直跟着也不是办法，就给唐白打了个电话，让他来接一下。

过了很久，唐白骑着电动车赶过来了，问李八斗在哪儿看见他妈的。李八斗没说是在赵飞虎的别墅附近，只是说自己路过，看见她在公路上，怕她出事。

唐白说从昨天开始，他妈又发病了，他也不清楚她怎么跑这么远，向李八斗道谢后，就带着妈妈离开了。

李八斗也没多想，回到车里给姜初雪打电话说了赵飞虎的举动和他自己的一些想法。他建议专案组立即对赵飞虎的手机进行二十四小时监听。

"嗯，我立马就向孙老师汇报，只是我有个疑问。"姜初雪说。

"什么疑问？"

"黎东南为什么这么不顾一切地找夏长生？"

"难道黎东南知道吴国晋留下的 U 盘在夏长生的手里？他之所以要抢在警方之前找到夏长生，就是为了先一步拿到那个 U 盘？"

"很有可能。"姜初雪说，"因为那个 U 盘关系到黎东南的身家性命。"

"可还有个更大的问题。"李八斗说，"吴国晋留下 U 盘的事极为隐秘，除了他老婆之外，只有专案组的人知道。黎东南

210

怎么知道吴国晋留下了一个 U 盘，而且知道 U 盘就在夏长生手里呢？"

这个问题倒是把姜初雪问住了。

"先不说这个了，对阎老三的调查情况如何了？"李八斗问道，"还有，竹林里的那个土堆下面埋的是阎老三的狗吗？"

姜初雪把自己知道的情况以及遭遇的一切都跟李八斗说了，最后满意地说："这一次，恐怕他一时半会儿是出不来了。"

"我倒觉得没必要关着他，随便关几天就可以把他放了。"

"你没搞错吧，难得有机会让这个变态落在我手里，看我不想着法子整他！"

"他就拖个木棒打你，可以说是袭警，但并没有对你造成多大的伤害，不是吗？关不了多久的。"

"袭警这个罪名肯定成立，能多关他一天是一天。我说，你脑子里想什么呢？"

"我想的是欲擒故纵。"

"欲擒故纵？什么意思？"

"根据目前的情况来看，黎东南可能要狗急跳墙了，到时候或许会用到阎老三这把刀，所以不如放了他，这样我们才有机会看到他的真面目。"

"有道理，我好好考虑一下。"

第 12 章
生死一念

　　和李八斗通完电话，姜初雪首先找孙四通说了需要监听赵飞虎的事，但她没有说是李八斗提供的信息。

　　听姜初雪说完，孙四通立即着手安排各项事宜。

　　之后，姜初雪去拘留室见了阎老三。阎老三冷眼看着姜初雪，目光凌厉，充满了杀机。

　　"我不是来审讯你的，只是想和你谈一谈。"姜初雪说。

　　"谈什么？"阎老三问。

　　"如果你主动承认自己利用监控故意激怒李八斗，那么我就可以把你袭击我的事大事化小、小事化了。"

　　"用我的出去，换李八斗回来？"

　　"可以这么理解吧。"

　　沉默良久，阎老三说："这笔生意，我跟你做了。"

　　第二天早上，李八斗接到了厉长河的电话，让他复职回刑警队报到。

　　李八斗还没睡醒，听得一脸蒙："复职，您在逗我玩吧？无缘无故怎么就复职了？"

厉长河说："你的事已经调查清楚了，阎老三交代了那次是他对你的构陷。经领导开会讨论决定，对你的处罚由停职改为警告处分，下不为例！"

回到熟悉的办公室，几个老成员都在。一见到李八斗，包古、冷笑和魏大勇都鼓掌欢迎他归队。李八斗看向姜初雪，她也看着他，脸上还挂着微笑。

"听说是阎老三自己交代了对我的构陷，你们知道是怎么回事吗？"李八斗问。

"这个得问初雪吧。"冷笑说，"是她去审阎老三时，阎老三交代的。"

李八斗瞬间明白了，对姜初雪投去感激的一瞥。

这时，孙四通和厉长河一起走了进来。

孙四通脸上挂着和蔼的笑容，冲李八斗伸出手说："欢迎李老弟归队。"

厉长河说："现在孙老师是专案组组长，我是副组长，后面你也听孙老师的安排吧。"

李八斗应了声"是"。

孙四通说："大家都不必客气，不要在乎那些按部就班的规矩，大家有什么想法，可以随时与我探讨，哪怕三更半夜也无所谓，一切以破案为重。"

"孙老师，凶马案现在是什么情况？"李八斗问。

孙四通说："现在的工作重心是抓捕夏长生归案。"

"我倒觉得可以去找黎东南聊聊，看他知不知道夏长生为什么要杀他。"

孙四通点头："嗯，有这个必要。"

李八斗当即要去，姜初雪说："我跟你一起去吧，有个照应。"

直到两人上了车，发动引擎，李八斗才终于对姜初雪说了一声"谢谢"。

黎东南正站在别墅的楼顶上看着远方。看到从那辆警车上下来的人，他不由得皱了皱眉。他以为看错了，又仔细看了看，来者的确是李八斗。

他不是被停职了吗？

刚才是姜初雪打电话给黎东南的，问他在哪儿，想找他了解点案情，黎东南才说自己在家的，但他没想到李八斗竟然也来了，否则他肯定会说有事在外面出差的。

这段时间以来，黎东南对李八斗的厌恶可谓与日俱增。他不知道李八斗已经复职了，还给姜初雪打了电话，告诉她不要带闲杂人等进来。

姜初雪解释说："他已经复职了，不是什么闲杂人等。"

"复职了？凭什么？"

"凭什么，你得去问我们领导了。怎么，是你下来，还是我们上去？"

"你们上来吧。"黎东南说完就挂断了电话。

李八斗和姜初雪来到了别墅楼顶。黎东南看向李八斗的目光很不友善。

李八斗说："你对我不要有什么成见，我所做的一切都是公事公办。谁让你跟案子扯上了关系呢，就算我不来找你麻烦，别的警察一样来。"

"废话少说，有什么事直说吧。"黎东南说，"我的每一分钟都是钱。"

李八斗单刀直入地问："你跟夏长生是什么关系？"

"夏长生？"黎东南问，"就那个被警方满大街通缉、说是跟凶马案有关的人？"

"是。"

"我跟他能有什么关系？"

"你的意思是你不认识他？"

"没错。"

"夏长生是夏东海的亲弟弟。"李八斗说，"你跟夏东海是结拜兄弟，你怎么可能不认识夏长生。"

"我知道东海有个弟弟，但我认识东海的时候，他弟弟已经不在家里了。你不提这事，这么多年过去，我都忘记他还有个弟弟了。"

"你不知道他弟弟就是夏长生没关系，不过我可以告诉你一件事，那天晚上潜入你的别墅准备杀你的人就是他，对此，你怎么想？还有，既然你跟他没有恩怨，甚至都不认识他，那他为什么要花那么多心思、冒那么大的风险来杀你呢？"

"笑话！"黎东南说，"他为什么要花那么多心思、冒那么大风险来杀我，你不是应该去问他吗？为什么来问我？"

"刚才我说那个潜入别墅想杀你的人是他时，你似乎没有丁点儿意外，可见你其实知道是他，你是怎么知道的？你到底在隐瞒什么？"

"我黎东南也经历过风雨、见过世面，生死都看得淡然，不会像有些小角色听到点动静就大惊小怪的，有问题吗？"

"看来，你什么都不想说。"

"看来，你也并没有多聪明，你要是聪明的话，就知道自己会白跑一趟。"

"我猜夏长生的通缉令发出来后，你就没睡好过，你就继续自我催眠吧。"

说完，李八斗就带着姜初雪离开了。

出了别墅，姜初雪忍不住骂道："真是只老狐狸，半个字都不吐露。"

李八斗说："他越是不说，就越说明他害怕被人知道真相。没关系的，只要抓到夏长生，一切都了然了。我们还可以去找另一个人。"

"谁啊？"

"阎老三。"

李八斗和姜初雪来到拘留阎老三的地方时，阎老三正在闭目养神。听到动静，他慢慢睁开眼来。

"我得跟你说声谢谢啊，你费了那么大劲让我停职，现在我又回来了。"李八斗说。

"什么时候放我走？"阎老三问。

"放你走？有那么容易吗？"

"你们想反悔？"阎老三的眉毛一挑，眼里迸发出杀气。

"反悔倒不至于，不过还需要你配合我们做点事。你要配合呢，很快就能出去；要不配合呢，一时半会儿可就出不去了。"

"你们耍我？"阎老三那张脸都气得扭曲了，"你们是想死了吧？"

"威胁警察的事可别在这里干，我就问你一句，这交易还要不要谈下去，你要不谈，我就走了。"

"说！"阎老三心中愤恨不已，却又无可奈何。

"你那条狗是被谁杀死的？"

"我为什么要告诉你？"

"那个人既然杀了你的狗，自然也是你的仇人，你不至于包庇他吧？"

"那个人和杀了哑巴丢在我门口的是同一个人，叫夏长生，是凶马案受害人夏东海的亲弟弟。"

"夏长生？"李八斗皱眉，"他为什么要杀了哑巴丢你门前，还杀你的狗？你们有什么仇？"

"他从夏东海家对面别墅的监控里看到案发第二天我出现在了16号别墅附近，觉得我很可疑，认为是我杀了他哥哥，所以就想了些办法试探我、对付我。"

李八斗这下更疑惑了："难道夏东海不是他杀的吗？"

"夏东海是不是他杀的，那你得去问他了。"

"你是怎么知道这些的？"

阎老三说："我拒绝回答，我已经破例跟你说很多了，要不你干脆请我来帮你破案得了。"

"我看你还是适合待在里面。"李八斗说完转身就走，姜初雪紧随其后。

"耍我的人会死得很惨的！"阎老三在后面喊。

李八斗和姜初雪都没有理会他，头也不回地离开了。

"你信他说的吗？"姜初雪问。

"当然信。"李八斗回答得很肯定。

"为什么？"

"因为他被关进这里之前，夏长生这个人还不被外界所知。也就是说，他先于我们知道夏长生这个人。而且，无论是杀王哑巴还是杀狗，凭夏长生的本事，都可以做到不留痕迹。"

"倒也是。"姜初雪说，"可是，夏长生为什么要花那么大的精力杀一个扫地的哑巴丢到阎老三门口陷害他呢？而且，现场也没有任何证据可以定阎老三的罪，这不是徒劳吗？"

"我想起了一件事。"

"什么事？"

李八斗说："王哑巴在夏东海别墅门上写脏话咒骂夏家死绝的事。这或许就是夏长生杀王哑巴的理由。可事情如果真如阎老三所说的那样，那么夏东海就不是夏长生杀的了。不是他的话，又会是谁呢？"

"问题是阎老三怎么会知道得这么详细？"

"阎老三先于我们知道，代表黎东南也早知道了。既然如此，为什么直到警方全面通缉夏长生，黎东南才暗中命令赵飞虎动用整个道上的人来寻找他呢？"

"听你这么一说，还真是这样。这到底是为什么呢？

"其中必有隐情。"

"希望我们能尽快抓到夏长生。"

白山县城的工艺品市场，一派喧闹拥挤的景象。

这里是全城的小商品批发中心，白山县数十个乡镇的生意人都齐聚在这里，以较低的价格批发货物，再回去高价售卖。

人群中，一个背着包、戴着墨镜和棒球帽的男子，逛着一排排的商摊，似乎在找什么东西。这个男子不是别人，正是在逃的夏长生。

　　夏长生的注意力落在了斜对面一个年轻人身上。他发现那个人好像在跟踪监视他，当即不买东西了，直接往市场外面走。

　　夏长生从取下来的墨镜里看到了侧后方的情况，对方果然跟了上来，还从身上摸出手机，边打电话边留意着他。

　　出了工艺品市场，周围有很多旅馆。这是为那些从乡下赶来进货、赶不及回去的生意人准备的。这些旅馆价格不贵，数量众多。

　　夏长生走进一条巷子，他怕后面的人跟不上，还故意站在巷子里点燃一支烟，抽了两口。看到后面的人跟来了，他才继续往前走，越往里走，房子越旧。

　　这片区域白天的时候很安静，只看得见老榆树的树荫和偶尔的路人。

　　夏长生走上了其中一幢老房子的楼梯，藏在三楼转角的地方。等对方跟上来的时候，他突然出手锁住了来人的喉咙。

　　对方完全没反应过来，更无力反抗。此人是一个染了一头黄毛的小伙，贼眉鼠眼、流里流气的，一看就不是什么好人。

　　夏长生像拖死人似的把黄毛拖上四楼，然后开门进了房间。

　　"说吧，跟着我干什么。"夏长生把黄毛往地上一摔。

　　黄毛大口地喘了好一会儿气，总算缓了些过来。他没有立刻回话，扫视了一下房间，发现放电视机的桌子上有一把水果刀。

　　黄毛二话不说扑过去，把水果刀抓在手里，骂了一声"老子弄死你"，挺刀刺向夏长生。

　　夏长生站在原地一动不动，待刀子近身，他若无其事地一伸手，就抓住了黄毛握刀的手腕。然后一只手略微用力一扭，另一只手麻利地一伸，就接住了刀子，顺手将刀尖比在了黄毛的喉咙上。

"和我玩，你还嫩得很。说吧，为什么跟着我！"夏长生逼视着黄毛吼道。

"谁说我跟着你了，我是来找住宿的地方的，你凭什么偷袭我！"

"别装了，你以为我不知道你在跟踪我？还是实话实说吧，免得受苦！"

"好吧，我是做'钳工'的，以为你有钱，就一直跟着你，想捞一点钱。不过我没得手，你把我交给警察也没用。"

夏长生知道"钳工"就是扒手的意思。

"我知道你的身份可能是'钳工'，但你跟着我应该不只是为了偷窃。说吧，你那个电话是打给谁的，你们说了什么？你要是再撒谎，有你好受的！"

"我是打了电话，但只是打给朋友，说了些'今天生意不好，没什么收入'之类的话，没说别的。"

"看来，你是不见棺材不落泪了。"说着，夏长生拿刀切掉了黄毛的一根手指。

黄毛痛得嗷嗷叫。

刀子又落在另一根手指上，冷冷的声音响起："你敢再叫，这根手指也没了！"

黄毛赶紧住口了，他看着从伤口处涌出来的血和地上的断指，身子止不住地颤抖，内心已然崩溃。

"说，电话是打给谁的！"

"打，打给我们老大的。"

"打给他说了什么？"

"就是说我看到了你，老大问什么特征，有没有认错，然后问了在哪儿，我说在工艺品市场，但你在往外走。老大让我跟着你，随时报告你的位置。"

"很好，那你就打个电话给他，说我应该住在长安巷财源旅馆的 402 房间。"

"大哥，你莫耍我了，你都把我抓住了，我肯定不会再出卖你了。"

"谁耍你，我是说真的，赶紧按我说的打！"

"大哥，你说真的？"

"当然是真的。赶紧打，注意语气，不要慌张，别让他们察觉出问题来。"

黄毛只好按照命令打了电话，并开了扩音器。

"喂，他去哪儿了？"那边传来一个中年男人的声音。

黄毛按照夏长生之前教他的说了。

"很好，你在那里看着，我马上给虎哥打电话。如果他走了，你及时打电话跟我说。"中年男人的语气有些兴奋，又特地补充了句，"千万要看好，别让煮熟的鸭子飞了！"

"嗯，我会看好的，老大。"

那边挂断了电话，夏长生满意地笑了笑："很好，很好。"

黄毛好像明白了什么，问道："大哥，你是想让我把人骗过来，然后跟他们算账？"

"你觉得呢？"

"那，电话我帮你打了，能不能放我走？手这么出血，我会死的，我得去医院才行。"

"你不能走，你还得陪我在这里演戏呢，没有你，这出戏可能会出现意外。"

"我，我能演什么戏啊大哥，我不会演啊，我没学过表演。"

"没事，等下我会教你的。"

赵飞虎正在台面上豪赌，手机突然响了起来。他一看是老城区的张贼头打来的，就接了电话。

接完电话，他把面前的筹码一推，说了声："我有点事，先不玩了，筹码先给我算一下，回来再结账。"

说完，人便往外走，两个看起来凶狠壮实的年轻人紧随其后。

到了赌场外面，赵飞虎立马打了个电话给董十八，跟他说了夏长生的下落。

董十八此时正在黎东南的公司，接到赵飞虎的电话后，立马去了黎东南的办公室，等待黎东南的指示。

黎东南做了个抹脖子的动作，说："做了他。另外，千万要把那个 U 盘拿到手，不能让其他人得到，否则我们就会陷入被动。要是落在警方手里，我们就更完蛋了！"

董十八应声："是，那我去了。"

"等等。"黎东南似乎想起了什么，让董十八在办公室等他一下。

几分钟后，黎东南将一个皮包递给董十八。董十八把手往皮包上一搭就知道里面是一把枪，而且是一把装着消音器的枪。

"用不着这个吧？"董十八说。

黎东南说："夏长生本事不赖，而且狡猾得很，还是小心点好。"

"也是。"

"尽量不要闹出动静，做了以后，收拾好现场，就不要回来了，先找个地方避一避风头，等没事了，我再喊你回来。"

"知道。"董十八说完，转身出门而去。

黎东南走到窗子那里，看着董十八开车离去，心里有种说不出的不安。

当张贼头打电话给赵飞虎，赵飞虎打电话给董十八的时候，他们之间的通话内容全都被专案组监听到了。

冷笑当即将监听内容报告给了孙四通，而孙四通立马召集相关人员，让他们火速行动，前往夏长生所在地。

与此同时，孙四通还将相关情况告知了局长周国栋，请他调特警成员前来支援，并且通知了当地派出所配合他们对长安巷一带进行封锁。

无论如何都不能让夏长生逃脱，同时也要阻止夏长生被人灭口。孙四通还特别强调了那个 U 盘的事，绝不能让 U 盘落在黎东南的人手里。

当警方紧锣密鼓地部署抓捕行动时，董十八已经带着枪赶在路上了。夏长生同样没闲着，他在做着一场生死准备。

黄毛的手机又响了起来，夏长生示意他接电话。

电话还是黄毛的老大打来的，接通之后，对方问了一句："他还在房间里吧？"

黄毛应了声："嗯，是的。"

那边说："行了，虎哥的人已经在路上了，就快到了，你藏一边就行，等下发生什么，装没看见就行了。等事完了，我再找时间带你去见虎哥，以后白山县就有你的地盘了。"

"嗯，谢谢老大。"

挂掉电话，夏长生就嘲笑道："大白天的，做什么春秋大梦呢，到时候都跟赵飞虎一起去阎王殿分地盘吧！"

夏长生瞄了一眼屋里，将黄毛拖到一把椅子上，然后拿过自己的包，从包里拿出美工刀、胶布和绳子。他用美工刀将绳子割成好几截，将黄毛的手叠在胸前绑了起来。

黄毛惊慌地问："大哥，你这是干什么？不要杀我啊！"

夏长生往他嘴里塞了一团布，又用胶带封了起来。黄毛就只能从鼻子里发出"嗯嗯"声了。

"你再嗯嗯，我连你两个鼻孔都堵上！"

黄毛马上不作声了。夏长生把黄毛的脚分别绑在椅子的两条腿上后，又用绳子在腰间和胸前勒了两道。他摘下棒球帽戴在了黄毛头上，为了掩饰被捆绑的痕迹，他还从洗浴间里拿出了一条浴巾披在了黄毛身上，最后移动椅子，使其背对着门。做完这一切，夏长生走到门口，不仔细看的话，还真以为黄毛是端坐在椅子上呢。为了更加逼真，他又稍微移动了下位置，并且打开了电视。夏长生看着眼前的杰作，满意地松了口气。他从左右小腿上各拔出一把明晃晃的匕首，站到了门侧的墙边。

黎东南应该只知道他一个人在 402 房间，所以无论是阎老三还是董十八，抑或是其他什么人，只要打开 402 的门，看见椅子上的人，就会误以为是他，就会立马出击。这个时候，藏在墙边的他就会突然出手。

夏长生耳朵贴着墙，即便是细微的脚步声，他也能敏锐地捕捉到。他就这样警觉地等待着，时间悄然流逝，一分钟、两分钟、三分钟……

董十八来了，到二楼的时候，他的脚步就已经很轻了，完全轻于正常人的行走动静。他知道，这种时候夏长生会很警惕。

走到402门外的时候，董十八将耳朵贴着门，里面传出电视的杂音。

这种时候还看电视，真是心宽，也该你死了，董十八这样想道。

夏长生故意把声音开得略小，因为开得太大的话，虽然能更好地掩饰黄毛可能发出的嗯嗯声，但不符合现实逻辑，更容易引起别人的怀疑。

董十八把枪从包里拿了出来。在车上的时候，他已经检查了子弹和保险。一切准备妥当，只要扣动扳机，致命的子弹就会飞射而出。

螳螂捕蝉，黄雀在后。当董十八出现在夏长生门口时，李八斗和姜初雪等专案组成员也已经赶到附近了。就在他们踏进巷子的时候，董十八的杀机终于爆发了。

他猛地一脚踹开了门，一眼就看见了戴着棒球帽、披着浴巾、坐在椅子上的人。他没多想，迅速扣动扳机。只听"乒"的一声震响，子弹激射而出，正中对方头部。

这时，突然一道黑影从旁边闪过，董十八惊慌地侧头一看，竟看到了夏长生的脸。与此同时，他感到腹部有一种冰凉的感觉。

第一下准确地捅进董十八的腹部后，夏长生另一只手的第二下才正式往董十八的脖子上插去。

董十八已经完全反应过来了，他猛地推开夏长生，并顺势往后疾退。因为退得急，刚好被门槛绊倒。看似不幸的一绊却救了他，那把往他颈部插来的匕首因此落了空。

董十八将紧握在手中的那把枪抬起，准备射杀夏长生。可夏长生始终占据着主动，他一脚踢向董十八握枪的手。董十八的手一偏，子弹射向了五楼的楼板。

夏长生准备再度出手，就在千钧一发之际，那边的楼梯口蓦地传来一声大吼："住手！"

夏长生抬眼一看，见李八斗持枪冲了上来，当即迅速退进屋里。他一把将卫生间的门拉过来反锁上，然后背上包从窗子那里翻了出去，并顺手关上了窗子。

这是他早就瞄好的退路。他借着遮雨板，几个纵跳就从四楼下到了地面，然后转身往侧边巷道的转弯处逃遁。

李八斗冲上来，看了眼受伤的董十八和落在地板上的枪，然后一脚将枪踢向后边跟上来的专案组成员，说道："赶紧送医院抢救！"随即往房间里追去。

房间里有一具脑袋满是鲜血的尸体，却不见夏长生。窗子都关得好好的，可以确定他没有跳窗逃走。卫生间门关着，李八斗尝试打开，却打不开。他没多想，一脚将门踹开，同时将枪口指过去。然而，卫生间里并没有人，窗子也是关好的。

当李八斗意识到这是障眼法时，楼下已经没有了夏长生的人影。李八斗只好先打电话给孙四通，说夏长生已经逃出房间，让特警或区域民警封锁长安巷这一片，同时让交警封锁盘查整个区域的交通要道。打完电话，李八斗赶紧下楼去追。

此时，天已经黑了下来，四处的房子里有灯光亮起。但这种巷子不比大街有一排排的路灯，只有一些从房子里照出来的微光，连地面都很难看清楚。

李八斗打开手机的电筒，在遮雨板的下方寻找夏长生的脚印。因为夏长生是从二楼直接跳下来的，穿的又是登山鞋，所以鞋印比较明显。李八斗顺着夏长生的逃跑方向追去。

然而，这种老城区的巷子实在复杂，几十米远就是一条岔路。李八斗追了一段，不见夏长生的影子。他也问了零星的路人，但没人见过形迹可疑的奔跑者。

李八斗只能先返回案发现场。此时，专案组成员已经把董十八送医院抢救去了。

姜初雪看到李八斗忙问："夏长生呢，没追到吗？"

李八斗摇头道："天黑了，随便找个角落藏一藏都没办法找，只能指望外围封锁和之后的逐一排查了。"

姜初雪指着倒在地上的尸体，说："这人不知道是谁？"

"他身上没有身份证件吗？"

"没有，不过解开他手机的屏幕锁，找他的联系人问一下，应该就知道了。我感觉，他也不大可能是董十八的同伙。"

"没错。"李八斗说，"董十八接到赵飞虎的消息来杀夏长生、拿U盘。我们来时，他和夏长生还在搏杀。很显然，如果这个被枪杀的死者是和董十八一起的，夏长生并没有时间和精力将他绑起来杀死，所以董十八来之前，他应该就被绑在这里了。而且，我来的时候看见夏长生两手握着匕首，而枪掉在地上，董十八流了大量的血，还能挣扎反抗，显然是被匕首所伤，而非枪伤。所以，枪应该不是夏长生的，而是董十八的。"

"也就是说，是董十八枪杀了这个被绑在椅子上的人？"姜初雪说，"这说不通吧？人绑在夏长生的房间里，却被董十八开枪打死？"

李八斗说："等验过枪上的指纹和死者的伤不就知道了吗？"

很快，刑侦技术人员赶来做现场勘查。李八斗则和姜初雪及特警、民警一起去搜捕夏长生。

夏长生此时就在长安巷的一处楼顶。这是他早就看好的一处楼顶，距离他原本住宿的旅馆转两条巷子。

楼房有四层，第四层没人居住，通往顶楼晒台的铁门是锁住的。夏长生便从侧后方攀爬到了楼顶。

夏长生逃离案发现场时，特警并未到长安巷进行部署，区域民警也没到位，外围的封锁还没有形成。现在特警和区域民警都已经进场了，警笛声到处都是，甚至能看到猩红的警灯在闪烁。

这个时候出去，无异于往枪口上撞。于是他打算先蛰伏于楼顶上，再伺机离开。

对面楼下很快有特警人员赶到，夏长生看见特警人员搜完对面一整栋楼，开始搜索他所在的楼。

渐渐有脚步声从四楼传来，紧接着是说话声。

"这门是锁着的。"有人说。

"看一下有没有问题。没事把晒台的门锁着干吗？"另一个声音说。

"锁都生锈了，不是临时锁的。"

"锁没开过，人就不可能在这上面了。"

"没错，我刚才上来时看了下地面，都是灰尘，不见有脚印。如果有人来，肯定有脚印的，走吧。"

听到下楼的脚步声，夏长生的心里如释重负。

"赵飞虎、黎东南，你们给老子等着，我一定会让你们死得很难看的！"

夏长生咬了咬牙，眼里迸射出两道凌厉的杀气。

专案组、特警以及辖区民警忙活了大半个晚上，封锁了整个长安巷，实施了搜捕。另外，圈外的交警也进行了封道盘查，但是都没有见到夏长生的影子。专案组本来将希望寄托在董十八身上，然而他因失血过多身亡，医生也无力回天。

凶案现场的勘查结果证实了李八斗的推断，装有消音器的枪是董十八的，倒毙在夏长生房间里的死者死于那把枪下。固定死者的绳子及椅子上只有夏长生的指纹，由此可见死者是被夏长生绑起来的。遗落在现场的枪上没有夏长生的指纹，所以死者应该是被董十八射杀的。

专案组解锁死者的手机后，通过他最后一个通话的联系人张贼头了解到了死者的身份。但张贼头并没有说几次通话的具体内容是什么，只说是日常通话。直到专案组抓捕了张贼头，他才交代了实话，说死者一直在跟踪夏长生，为赵飞虎传递消息。

李八斗这才想明白了与死者相关的疑点，但这已经不重要了，关键是下一步要做什么。

他思忖了一阵，说道：“看来，是时候抓捕赵飞虎了。抓到赵飞虎，揪出黎东南，就会知道这一切的真相！"

孙四通看了看时间，已经是凌晨五点。

他有些犹豫，但最终还是下了命令："行，那就辛苦大家了，先把赵飞虎抓捕归案再休息吧。冷笑，查一下赵飞虎家的住址，即刻出发！"

李八斗提议说："只怕我们得兵分两路，因为赵飞虎还有一处专门与情人幽会的去处。我知道在哪里。"

事情紧急，孙四通也没在意李八斗为什么知道，便直接做出了安排："行，那就兵分两路，你带一路人去那里，我带一路人去他家。"

警车穿行在黎明即将到来前的公路上。远方的天际隐隐有些泛白。

李八斗专注地开着车。事实上，此刻他的心里是不平静的。

凭着张贼头和赵飞虎的通话，还有赵飞虎和董十八的通话，抓捕赵飞虎是没问题的。可是，这些人跟黎东南直接联系的证据，警方是没有的。

赵飞虎会供出黎东南吗？对此，李八斗并不乐观。

很快，李八斗带领的抓捕队伍抵达了目的地。别墅里亮着灯，赵飞虎不出意外应该在这里。

李八斗一阵兴奋，突然觉得有些不对劲。他之前跟踪过赵飞虎，知道他的习惯——睡觉以后，整栋建筑物的灯都会灭掉，只留屋外的几盏路灯。今天为什么屋里有灯光透出来呢？

当李八斗带人小心翼翼地持枪走进屋里时，他们被眼前的一幕震惊到了。大厅里躺着一男一女两具尸体，尸体的周围布满了鲜血，散发出浓重的血腥味。

女的很年轻，二十岁左右，看起来像个大学生，而男的正是赵飞虎。两人的死状和前两次凶马案的死者一模一样。

李八斗对姜初雪说："赶紧给孙老师打电话，让他们那边不要白费力气了。"

姜初雪立刻给孙四通打了电话，孙四通说他马上往这边赶，法医也会随后赶到。

"看好现场，我们可以先去看看监控。"说完，李八斗找到了放置监控主机的房间。

监控仍然如常运作，没有被损坏。李八斗将监控记录往后倒，果不其然，在夜里一点过两分的时候，镜头里出现了一匹毛色血红、骨架高大的马。作完案的它如同凯旋的王者般离开了。继续往后倒，一直倒到十二点过十分，前来作案的凶马出现在监控画面里。

可惜的是，由于赵飞虎的别墅只在前方安装了一台旋转式监控，所以无法知道凶马在屋里是怎么杀的人。

很快，孙四通和法医都赶到了现场，法医对案发现场进行了细致的勘查。结果显示，凶杀现场除了马蹄印以及两名死者的脚印外，还有一个陌生人的脚印！

马蹄印和之前两次案发现场的痕迹完全一致，证明此次出现的马还是那匹马。而脚印的主人是一个成年男性，穿的是登山鞋，身高在一米七五到一米八。

在场的人都很兴奋，因为自凶马连环杀人案以来，这是警方第一次在现场捕捉到人的影子。

李八斗自言自语道："这不是夏长生的特征吗？"

孙四通立马让技术人员把现场的脚印与下午在旅馆提取到的夏长生的脚印做了比对，结果完全吻合。

痕检结果显示，夏长生是从别墅侧后方经窗子潜入二楼的，接着又下到了一楼，其他地方没有发现他的脚印。

赵飞虎所在的别墅位于石笋镇边缘，道路上没有监控，周围基本上都是田地，至少隔几百米才能见到一幢房子。这给案件的调查造成了很大压力。

专案组成员尽可能地找周边的居民打听，也查看了沿路房子的监控。但料想无论是凶马还是夏长生，都是避开了人或房子行走的，所以没得到任何线索。

孙四通跟周国栋通了个电话，汇报了下案情，提出了两点建议：一是加大对夏长生的抓捕力度，千万不能让他逃掉；二是通知各地派出所，寻找关于凶马的目击者。

挂断电话，孙四通遣散忙活了大半天的一干人等，让大家回去休息休息。

回去的路上，李八斗在想，凶马和夏长生到底有没有联系？如果有，又是何种联系？

除此之外，他还想起了之前在赵飞虎别墅前偶遇唐白和袁秀英的事。

难道只是巧合吗？还是两人与案件有什么关联？

太阳从山那边爬了上来，唐白吃完一碗面条，去看了看家里的那匹小马。

袁秀英坐在破落的屋子前，看着远方的太阳，扯着嗓子唱歌。那歌声悠长而悲凉，就像农村家里死了人唱的孝歌一样。

唐白从猪圈出来，冲着她喊了声："妈，我上班去了，你别乱跑啊。"

袁秀英没理会唐白，兀自唱着歌。

唐白似乎习惯了，也没多管，骑着他的电动车颠簸在坎坷的乡村路上。

没过多久，袁秀英不再唱歌了，也收起了呆滞的眼神，转着眼珠看了看四周。她从椅子上站起身，进屋拿出一只手电筒，往猪圈走去。

猪见人来，在里面哼哼地叫着。袁秀英没理会它们，径自走到了那匹矮马前。矮马抬起明澈的眼睛看着袁秀英。袁秀英没做任何举动，继续往里走。

再往里是一间空着的猪圈，猪圈的地板上糊满了干硬的猪屎，散发着一种经久不散的臭味。除此之外，猪圈里还堆放了一些干柴和稻草。

袁秀英走到猪圈的一角，把那些稻草刨开，一块木板露了出来。她再将那块木板揭开，下面竟是一个黑洞，洞里隐约可见一架十余级的木梯。

袁秀英打开手电筒，踩着木梯来到了下面。她用手电筒照了一下墙壁，找到了灯的开关。一按下开关，整个地下世界瞬间呈现在她眼前。

这里的面积有一两百平方米，堆满了各种各样的书，还有一些训练用的器械，譬如臂力器、速度球，还放着一些刀子、锤子、螺丝刀之类的工具。

除了这些东西，靠墙的地方居然摆着一台电脑。电脑屏幕上有好几处监控画面，能从中看到外面的道路、山林、庄稼地，也能看到这些背景下的一些细节，比如振翅飞翔的鸟儿。

除了监控，还有更神奇的 —— 有好几条透不进光的地道，不知通向何方。

袁秀英并没有理会那些地道，她的目光落在了一处墙壁上，上面贴着一张宣纸。纸上写有歪歪斜斜的字，像是一首不伦不类的诗，内容如下：

我从没想过自己有天会杀人，

杀那么多人，

还都是神一样的人。

在那些荒芜又荒唐的岁月里，

我被人羞辱、践踏、肆无忌惮地伤害，

我可以卑微、忍受、沉默，

像一枚蚕茧，

保护着自己的小小世界。

当有人连我所珍惜的小小世界都要毁掉时，

我不会再忍，

我决定把那些善于毁灭别人的人都毁掉，

以最离奇残忍的方式。

白山县，南山墅。

黎东南在屋里来回踱步，内心惶恐不安。

夏东海、吴国晋、董十八、赵飞虎相继死亡，下一个会不会是我？不怕，我手里还有一张真正的王牌——阎老三——一个打不败的魔王，真正的刽子手。

"大哥。"背后突然传来一声喊。

黎东南回头一看，是曹连城。他跟曹连城说过，有事尽量不要打电话，直接到家里找他。

"嗯。"黎东南应了声，有些心不在焉，"有事吗？"

"我终于知道东海、国晋和飞虎的死是谁干的了。"曹连城的神情颇有些激动。

黎东南的脸皮颤了一下，精神为之一振："是谁？在白山，还有谁能有这么变态的本事？"

"我暂时还不知道是谁，但我应该知道他们住哪里。"

黎东南有些迷糊："此话怎讲？"

曹连城说："因为我找到了对方复仇的动机。"

"什么动机？"

"对方应该是在为一条狗复仇。"

黎东南突然就感到不悦，颇有些嘲讽："老二，你不会是被吓傻了吧，怎么满嘴的胡言乱语？"

"大哥，我没有胡言乱语，我说的是真的。东海、国晋和飞虎的死，都是对方为一条狗的复仇，错不了！"

"行，我暂且信你，可你倒是给我说出个理由来。"黎东南问，"他们的死怎么就跟一条狗扯上关系了？"

"大哥，你还记得一个多月前我们去乡下狩猎的事吗？"

"记得啊，那次收获还不错，打了一只麂子、五只野鸡、十只斑鸠，还抓了两条菜花蛇，可谓满载而归，怎么了？"

"那大哥也还记得我们打死的那条老黄狗吧？"

"老黄狗？"黎东南略一想就想了起来，连连点头，"当然记得，我们往林子里去的时候，它突然从林子里出来，挡在前面冲我们叫，不让我们进去，然后你们就把它打死了，怎么了？"

"是的，我们一起把它打死了。东海先开的枪，打中了它，

235

它倒下去，但没死，还在叫唤。后来我们有的用木棒，有的用石头，把它打死了。东海和飞虎最狠，还把它的头砸了个稀巴烂。"

"有什么问题吗？"黎东南还是不解其意。

曹连城提醒："大哥，你再想想东海、国晋和飞虎他们的死状。"

黎东南脸色一下子就变了："头被砸烂了！"

"没错。"曹连城说，"他们的身上并没有致命伤，都是头被砸了个稀巴烂。如果说只是其中一个人如此，也许还只是偶然。问题是，他们都是这么死的，而他们又都参与了那一次狩猎，要说这里面没有关联，我是不信的！"

"你这么说，还真有可能。"

黎东南说着，想起了一个多月前的那件事。

磨剑少爷 著

凶吊

明案之暗

北京联合出版公司
Beijing United Publishing Co.,Ltd.

图书在版编目（ＣＩＰ）数据

明案之暗 / 磨剑少爷著． -- 北京 ： 北京联合出版
公司， 2022.1
（凶马）
ISBN 978-7-5596-5618-6

Ⅰ．①明… Ⅱ．①磨… Ⅲ．①推理小说－中国－当代
Ⅳ．① I247.5

中国版本图书馆 CIP 数据核字（2021）第 205303 号

明案之暗

作　　者：磨剑少爷
出 品 人：赵红仕
责任编辑：牛炜征
封面设计：王　鑫

北京联合出版公司出版
（北京市西城区德外大街83号楼9层 100088）
北京新华先锋出版科技有限公司发行
北京雁林吉兆印刷有限公司印刷　新华书店经销
字数182千字　620毫米×889毫米　1/16　15印张
2022年1月第1版　2022年1月第1次印刷
ISBN 978-7-5596-5618-6

定价：99.00元（全三册）

目 录

第1章
一桩旧案

功成名就对每个人来说，都是要付出一定代价的，黎东南也不例外。

当年开 KTV 的时候，为了生意，也为了行业规矩，凡是来捧场的朋友，他都要过去敬酒表示感谢，敬捧场的朋友，还得敬捧场的朋友的朋友，一喝就是一圈，一喝就是一晚，一喝就是一年又一年。

后来他开酒店，做其他生意，也好不了多少。要扩大人脉，要跟别人搞好关系，都得喝酒。人在这社会摸爬滚打，很多情面都抹不开，经常得委屈着自己。所以，后来他的身体很不好，百病缠身，深受折磨。

有天他看着自己打下的一片江山，看着自己拥有的万贯家财，想着有再多的钱没命花，又有什么意义呢？从那一刻开始，他把惜命放在了第一位。

他开始注意运动，注意饮食，千方百计地养生。他吃的肉都不在市场上买了，专门找那些农民养的牲畜；蔬菜也一样，必须是农民种的。贵点没关系，东西好就行，毕竟他不缺钱。另外，他还养成了一个很特别的爱好——狩猎。

狩猎于他来说，有两大好处：一是于丛林里猎杀野物，运动得酣畅淋漓，很有乐趣；二是那些猎杀而来的野物，味道鲜美，营养丰富。所以，他每个月都会去乡下的山林里狩猎一两次。

每次去都是五个人，分别是夏东海、吴国晋、曹连城、赵飞虎和他。因为他们五个人是喝过血酒、拜过关二爷的兄弟，发过誓要有福同享有难同当。而且，他们在白山县都算富甲一方的大佬。这是他们自己的圈子，不让外人参与，几人一起狩猎也是加深兄弟感情的一种方式。

就在一个多月前的某天，夏东海很兴奋地说他发现了一个狩猎的好地方，在五谷村，山高林密，野物肯定很多。

"五谷村算什么山高林密，那里的山比土丘好不了多少，树都砍得差不多了，也就那样吧。"黎东南不以为然。

"真的大哥，我不骗你，我开车从那里路过看见有松鼠在乱窜，有野鸡在扑腾。在外面都望不进林子里面，里面的东西肯定很多。"夏东海说。

曹连城说："你们说的肯定不是同一个地方吧，五谷村有很多个组的，每个组也都不一样。"

"哦，也是。"黎东南问，"你说的是哪个组？"

夏东海摇头："我也不知道那是哪个组，我只是开车经过的时候发现的，我带你们去就是了。"

对于这种事情，众人都还是相信夏东海不会说谎的，于是就由他带着大家去了，后来才知道那里是五谷村八组。

去了之后，黎东南兴奋不已，确实如夏东海所说，那里山高林密，野物很多。然而，当他兴致勃勃、摩拳擦掌准备大干一场的时候，一条狗蹿了出来……

别说是一条狗，就算是一个人敢扫他的兴，都不会有好果子吃。

但那条狗并不是他打死的。他去踹那条狗的时候，它已经不动了。

想来也是，他是老大，老大被一条狗惹到了，其他人怎么可能不抓住机会在他面前努力表现一下呢？

他已经记不起那条狗惨死的场景了，只记得当时夏东海他们几个在围殴那条狗，或用木棒，或用石头，或用枪杆……

他纯粹是为了一种参与感，才过去踢了几脚，还拿猎枪戳了两下。他一参与，几位兄弟又积极起来，赵飞虎说了句"敢挡我大哥的路，老子打爆你的狗头"，便抄起一块石头砸向狗头。

吴国晋、夏东海、曹连城三人紧随其后，纷纷用枪托、木棒等工具击打狗头。等几人发泄完停手，狗头已经被砸得血肉模糊、惨不忍睹。

"不，还是说不通。"黎东南摇着头。

曹连城问："怎么说不通了？"

"其一，不会有人因为一条狗杀这么多人；其二，那条狗应该就是附近农民家里的，一个农民有什么本事杀这么多人，而且还都是些不好惹的人；其三，就算有人会为了一条狗而杀人，并且那户人家也有这个本事，可我们当时是在林子里打死的那条狗，按说除了我们五个，应该没有别的人知道。"

"可他们的死状和那条狗何其相似，这绝不是巧合。包括大哥你的'铁将军'也是，你想想，你再想想……"

黎东南不发一语，想起"铁将军"的死，他的心像被什么东西狠狠戳了一下。

谁会无缘无故地对一匹马痛下杀手呢？而且是头被砸烂的死法。这不就是以其人之道还治其人之身的意思吗？

"看来，我得找人去查查那条狗的来历了！"黎东南眯着眼。

"是的，这件事不寻常，宁可信其有，不可信其无。大千世界，藏龙卧虎，有些看起来并不起眼的人，有时候往往大有来头。"

"如果真与这事有关的话，你也要小心点。要我派几个人保护你吗？"

"没事，我还有点能耐，能保得了自己。大哥，你自己小心就是。"

"你有什么能耐保护自己啊？"黎东南说，"你盘核桃那点本事吗？东海那么能打，都被吃干抹净了。对方杀人防不胜防，你可别拿自己的命开玩笑。"

曹连城笑道："我这点本事确实不值一提，但我会提高警惕，注意防护的。八字先生给我算过命，说我能活一百多岁呢。"

"行，既然你心里有数，我就不为你操这个心了。你自己小心，有什么情况随时和我联系。"

曹连城点点头，告辞而去。

黎东南站在原地，想了一会儿，接着去到卧室，拿起对讲机，说了声："小陈，你到我这里来一下。"

两分钟后，一名身着保安服的男子飞快地跑上楼来，毕恭毕敬地问黎东南什么事。

黎东南说："你去五谷村八组，给我查一下，谁家养过一条大黄狗。那条黄狗很老了，起码得有十来岁了。然后查查那家有些什么人，都是做什么的。"

保安领命，快步而去。

黎东南自言自语道："难道真是因为那条狗的事？"

曹连城离开黎东南的别墅后，来到了石笋镇郊外一座山下的院子外。院门上有三个颇具古风的大字——"尚武院"。

院门是开着的，曹连城直接把车开了进去，里面很宽敞，别有洞天，有好些练功的场地以及练功的道具。

粗大的树上绑着草绳，有人在拼命地抬腿或用拳头击打那草绳，还有人摞起一摞砖头一掌劈下，砖头便应声断裂。

曹连城把车停好，拿出手机，打了一个电话。

很快，一个四十岁左右、浓眉大眼的汉子健步如飞地往这边奔来，极为恭敬地喊了声："城哥。"

曹连城点了点头："把茶泡好，咱们进屋说吧。"

"好的。"男子应声，马上打了个电话，吩咐手下泡茶，然后带着曹连城往院子里面走。

院子里还有院子，两人来到一处幽静的小院，面积不过百余平方米。小院里摆着茶具、古筝，还坐着身穿汉服弹奏古筝的妹子。古筝之音如泉水的汩汩声，悠扬婉转。一旁还有用茶壶表演茶艺的姑娘。

"城哥有什么事？"两人坐定，中年男子又讨好地问。

曹连城对着倒茶和弹古筝的姑娘说了声："你们都先下去吧。"

两个姑娘弓腰行礼退下，小院里只剩下了曹连城和中年男子。

"可能，你得帮我做点事了。"曹连城开门见山地说。

"什么事？城哥尽管说，上刀山下火海，我武龙绝无半个不字。"

"没那么严重。只是最近要辛苦下兄弟们，帮忙熬下夜。当然，也可能会动手，但我相信你们的本事。"

"发生什么事了吗，城哥？"

"听说过凶马杀人的事吗？"

"这我当然知道了，闹得沸沸扬扬的，在白山应该是无人不知了吧，怎么了城哥？"

"我研究了一下凶马杀人的规律，觉得下一个目标很可能会是我。所以，需要你带着兄弟们保护我一下。"

"小事一桩。"武龙信心十足，"不管那凶马是个什么玩意儿，它要是敢针对城哥，我就让它变成死马。"

"不要太轻敌了。这马邪门得很，杀了这么多人，还都是狠角色。更神奇的是，连刑警队都拿它没办法，说明它的能耐不一般。"

"这个我知道，但只要它不是妖怪，没有三头六臂，我就不怕它。而且，我觉得根本不可能是马杀人，只不过是有人在利用马故弄玄虚而已。是人的话，就更不用怕了，我这里都是高手，随便挑一个出来都能撂倒一群，城哥放宽心就行。"

"你这里现在有多少能用的人？"

"六个吧。"

"行，那就分两车，一辆车上三个人。每天无论我是去哪儿玩，还是回家睡觉，都跟着我。但不是明跟，而是暗跟。"

"我知道了。"武龙心领神会，"城哥是要故意装出没有防备的样子，等凶手上钩了，我们再趁机拿下他，这叫引蛇出洞！"

"差不多就是这个意思吧。"曹连城说，"把你的人叫上场，让我看看他们的本事。"

武龙应了声是，当即带着曹连城到了外面的院子，然后冲着一个练功的男子喊了声，让男子把其他人都喊到练功场。

几分钟后，过来了六个男子，年龄在二十到四十之间，个个看起来龙精虎猛、威风凛凛。几个男子都逐一展示起自己的本领来。

第一个男子三十岁左右，摆起七块砖，一掌劈下去，七块砖全都断为两截；第二个男子在凳子上放了一个一百多斤的沙袋，他飞起来一脚将那个沙袋踹出了数十米；第三个男子则在三根木桩上各放了一块砖头，他深吸一口气，人腾空而起，在空中施展拳脚，将木桩上的砖头踢飞出去，人落地时再一拳击出，将砖头弄成了两截；第四个人在二十米外放了三个苹果，先后掷出三把刀子，无一例外全部命中。

后面两人也各自展露了绝学。当然，最厉害的还是武龙，一身硬功夫了得，脱下衣服后，身上的肌肉硬如鹅卵石一般。其余人手持木棒攻击他，他用手脚皆可挡住，甚至故意吃了一木棒，不过这对他来说无关痛痒，而那根木棒应声断裂。

"果然都是有本事的人，不错，不错。"曹连城赞叹。

武龙说："所以，只要那家伙是人，就算他有天大的本事，也不可能是我们的对手。他敢来，就别想活着离开！"

"不不不。你们可以把他拿下，但不要对他痛下杀手。"

武龙有些茫然："为什么？"

"我并不想杀他，我只想抓住他，和他聊聊天。"

"城哥，你没搞错吧？"武龙越发不解，"对方想杀你，你却只想和他聊聊天？"

"没什么奇怪的，很多仇恨都是可以化干戈为玉帛的。你按照我说的做就行，若能抓住他，不要伤他性命，我自有打算。"交代完，曹连城便离开了尚武院。

十多年前，黄金跌价的时候，曹连城在别人不解的目光里，接手了好几家金店。不出半年，黄金价格反弹，他赚了个盆满钵满，并且开始布局黄金连锁店。

这个时候，曹连城以为赚钱只要有头脑、有运气就行，但黎东南给他上了一课。

黎东南来找他，要在他的金店里入股，但他觉得自己不差钱，没必要让人白白地进来分钱，便拒绝了。

然而，此后不幸的事接连发生，先是金店失窃，接着是地痞流氓碰瓷，甚至连金店的技术师傅都因为受到恐吓威胁辞职不干了。

这时候曹连城才知道，但凡一个人钱赚得多了，总有人眼红，总有人使坏。黎东南也暗示了他，有赚钱的事不能吃独食，要学会分点给别人买太平，这才是社会。

曹连城虽说不甘，但还是接受了黎东南的意见。黎东南在他的金店占股，相应地会保他太平，帮他平事。

曹连城并不傻，他知道那些坏都是黎东南找人使的，目的就是逼他就范，这其实就是抢的另一种手段。黎东南为了将他绑牢，还和他结拜了兄弟，说要在白山这地方罩他永生永世。

这不就是要捏着老子到死吗？

从那个时候起，曹连城就开始谋划自己的未来。他一边逆来顺受，甚至感恩戴德，一边暗中网罗人才，培植自己的势力。

武龙是少林俗家弟子，有一身了不起的横练功夫，在街头卖艺的时候被他发现。他给了武龙房子，并且利用关系拿下了尚武院这块地，许诺给武龙荣华富贵，让武龙帮他网罗高手，并加以训练，好为他所用。

可他的发展速度一直跟不上黎东南的脚步。他曾一度对自己的复仇翻盘感到绝望。夏东海等人接二连三被杀，让他察觉到了危险，同时也看到了翻盘的希望。

他之所以把自己的推论告诉黎东南，并不是想让黎东南解决掉凶手，而是打着鹬蚌相争、渔翁得利的算盘。这一系列血案的发生，足以证明凶手的本事。黎东南如果派人前往五谷村摸查情况，对方肯定会有所察觉，既然有所察觉，也就会采取行动。

按照凶手的杀人计划，下一个就轮到他曹连城了，黎东南是处于压轴位置的。如果黎东南先一步主动去摸查凶手，就有可能打草惊蛇，使得凶手改变计划，先杀掉黎东南这个迎面而来的威胁。

即便凶手不改变计划，仍然先对付他曹连城。他也没打算和凶手拼个鱼死网破，比起这个复仇的凶手，他更希望黎东南死。所以，他叮嘱武龙，到时候只需要制伏凶手，别要他的命。

抓住凶手，对他会有更大的意义，譬如，和凶手好好谈一谈，让凶手顺理成章地杀了黎东南，而且他也乐于帮忙。毕竟敌人的敌人就是朋友。

就在黎东南和曹连城各有动作时，专案组的侦破也见到了一线曙光。

姜初雪和李八斗去赵飞虎家了解情况时，在他家的桌子上发现了一道不同于猪肉的剩菜。

那骨头有些特别，姜初雪就随便问了下是什么肉，赵飞虎的老婆说是麂子肉。

姜初雪突然想起夏东海的消化物里，以及吴国晋情人家的冰箱里，都有麂子肉。

难道这其中有什么关联？

于是姜初雪问赵飞虎的老婆："哪来的麂子肉？"

赵飞虎的老婆说："飞虎和朋友去山上打猎打回来的。"

姜初雪问："都打了些什么回来？"

赵飞虎的老婆似乎觉得姜初雪问得有些仔细，就留了个心眼："没什么了，就麂子肉。"

姜初雪不信，遂查看了她家的冰柜，结果在冷冻室里发现了满满的野物，包括蛇肉、野鸡，甚至有穿山甲和果子狸的冻品。

"这些东西，都是什么时候的？"姜初雪逼视着赵飞虎的老婆，问道。

"都，都很久了。"赵飞虎的老婆有些心虚。

"很久是多久？"

"有的半年，有的两三个月……"

"都是打回来的吗？"

"嗯。"

姜初雪又问："这冰柜里的野物这么多，都快装满了，他经常出去打吗？"

"也不是。一个月会去一两次。"

"他一般都和谁一起去？"

"和他的几个结拜兄弟。"

"都谁啊，说下名字、来历！"

当下，赵飞虎的老婆就供出了黎东南、夏东海、吴国晋和曹连城。

姜初雪和李八斗对视了一眼，又说："你说的这些人在白山可都是赫赫有名的生意人，你确定赵飞虎跟他们是结拜兄弟？"

赵飞虎的老婆说："这个我是不会说谎的，每年我们几家人都会在一起团年，没有其他外人。然后平常打猎，也都是他们几个一起，没有外人。飞虎跟我说过，他们是喝过血酒、拜过把子的兄弟，都是自己人。"

"好吧，他们最近一次打猎是什么时候？"

"这个，"赵飞虎老婆想了想，"我也记不大清楚了，好像有很久了，一个多月，或是两个月。"

"你不是说他们每个月都会打一两次猎的吗？怎么这么久没去打了？"

赵飞虎的老婆说："还不是最近白山出现了那个马杀人的事嘛，东海家里出事后，他们就没去打了。飞虎说，黎总要集中精力找出凶手给东海报仇。"

"很好，如果想起什么线索，给我打电话。"说完，姜初雪留了个号码给赵飞虎的老婆，就和李八斗离开了。

"看来，我们有意外收获啊。"出来后，姜初雪说。

李八斗说："是的，现在越来越多的证据证明凶马案不是黎东南所为，他确实也一直在找凶手。而且，还证实了一点我们所猜测的，凶马案的被害者确实都是穿一条裤子的，他们之所以遇害应该是因为同一件事与人结下了仇，这才引来了杀身之祸！"

"还有一点对我们也相当有用。"

"什么？"

"如果他们是因为同一件事而与人结仇，那么夏东海死了，吴国晋死了，赵飞虎也死了，接下来岂不是就轮到两个活口身上了？"

"没错。所以，我们只要看住曹连城和黎东南，就有可能看见凶手！而且刚才我们已经得到信息，他们除了每年会在过年的时候一起团年，就只有打猎的时候是一起的，而且没有外人。所以他们很有可能是一起打猎的时候与人结了仇。"

"打猎的时候能与人结什么仇呢？"姜初雪问，"争抢猎物发生冲突？然后因为这点事导致有人花这么大的精力和代价来杀他们五个人？"

"我又想起了一些可能性的证据。"

"什么证据？"

"之前我不是在夏东海家发现他的枪上有血迹，拿回去让你们化验了，结果是狗血吗？恰好我之前去唐白家调查的时候知道了一个消息，他家那条养了十多年的狗不见了。再然后，前几天我跟踪赵飞虎的时候，发现唐白又鬼鬼祟祟出现在赵飞虎的别墅外面，后来他那神志不清的老妈也出现在那里，所以……"

"还有这样的事？你跟孙老师说了吗？"

"还没有。因为警方现在的重心在夏长生身上，唐白虽然可疑，可我始终想不出他有什么作案动机和作案条件。不过，现在我似乎找到他潜在的作案动机了。"

"你是说，有可能是夏东海他们打猎的时候打死了唐白家的狗，然后唐白就打算把这几个人杀了为狗报仇？这个杀人动机也太牵强了点吧？一个乡下孩子为一条狗要杀五个人，而且还是五个在白山无人敢惹的魔王？"

"有些东西你永远不懂。唐白的成长经历，给他的内心造成了很大一片阴影。他是个没有朋友、活得很孤独的人，在我们眼里很平常的一条狗，在他眼里未必只是一条狗，而是陪着他成长、听他诉说心事的伙伴、亲人。而且，这让我想到了'铁将军'的死，一般的复仇者会杀死仇人，甚至杀死仇人的家人，为什么要杀死仇人的一匹马呢？如果是黎东南一伙人打死了唐白家的狗，那就能说得通了，因为这便是所谓的以其人之道还治其人之身。"

"听你这么说，还真有那么点意思了。"

"而且，如果真是黎东南一伙人打死了唐白家的狗，那么我敢断定那条狗的死状就是被砸烂了头！"

"因为所有的死者都被砸烂了头，包括黎东南的那匹马。"姜初雪也一下子激动起来，"所以这不是凶手的特殊嗜好或杀人习惯，而是——"

李八斗点了点头："是的，以其人之道还治其人之身！"

"那我们又得去找唐白了吗？"姜初雪问。

"不，先去找他的狗。"

"找他的狗？你不是说它很可能已经被夏东海他们杀了吗？去哪里找啊？"

"若真是他们杀了唐白家的狗，他们应该不会把狗的尸体带走，否则唐白也不会知道他的狗被杀了。所以，那条狗应该被唐白埋在他家附近了，就像阎老三做的那样。"

"嗯，有道理。"姜初雪双眼放光地看着李八斗。

第 2 章
找到死狗

  五谷村八组，破旧的土墙屋门口，袁秀英正提着一桶猪食往猪圈走去。突然，她从庄稼地的缝隙里看见有辆车驶来。

  她把猪食提去猪圈倒在食槽里，然后把屋门关起来，再藏身到老屋后方的一堆玉米秆和柴火后面。她发现那辆越来越近的车子是一辆警车。

  李八斗把车停在河坎那边，下车和姜初雪走路赶往这边。一路上，他和姜初雪的目光都在搜索那个可能存在的新坟堆，而那些一眼可见的庄稼地里并没有新坟堆的痕迹。

  院门没上锁，两人一直走到唐白的屋门前。李八斗看了看紧闭的屋门，又四处张望了一圈，不见任何人影。他猜想袁秀英可能在地里干活，也就略微放心了些，这样就可以避免打草惊蛇了。

  李八斗在唐白的屋前看了一圈，没有什么发现，又来到了猪圈前面。猪正在里面狼吞虎咽地抢食，见猪食还冒着腾腾的热气，李八斗不由得皱了皱眉。

  这是刚刚投喂的猪食啊，为何唐白家没人呢？

  李八斗也没多想，只是走到那匹矮马面前。矮马与他对视着，目光清澈又明亮，有一种灵动之美，显得非常单纯无邪。

"怎么看，这都不可能是凶马啊。"李八斗自言自语。

"很显然，它跟凶马相差了十万八千里，好吧。"姜初雪说，"毛色不一样，体格不一样，而且连神态也不一样。那匹凶马可是如妖马般眼露红光，这马多可爱啊，怎么可能是凶马呢？"

"可是，唐白家只有这一匹马。"

"也许养在别处了呢？"

"别处？还能养哪里？牲畜都是圈养的，养牲畜的圈那么大，放哪里也藏不住啊。"

"山里呢？"

"山里？"李八斗一笑，"一看你就没在农村生活过，农村连鸡圈都得修在家里，至少也得是屋檐下，因为怕人偷。何况是马这么值钱的东西，谁敢养到山里去，那样随时都会被人牵走的。"

"这么说来，我们对唐白的怀疑没有意义啊。"

"当然有意义。破不了的案只不过是有我们看不见的细节，看不见不代表不存在。我们可以通过凶马找凶手，也可以通过凶手找凶马，直路不达就绕一绕，目的终归是一样的。别纠结马的事了，还是先找狗吧。"

李八斗走进里面那间空着的猪圈，见玉米秆有被翻动过的痕迹，便走过去翻了一下，最后发现不过就是堆放的一些玉米秆和柴火，并没有藏什么东西。

他转身出了猪圈，开始往唐白家的老屋后找去。当他看向老屋后的转角时，发现有一双眼睛一闪即逝，他当即大步往那边走去。

藏在那边的袁秀英见李八斗发现了她，也不好这个时候走开，灵机一动就靠在玉米秆后面做痴呆状，口中念念有词。

李八斗走过去，看见了斜靠在那里的袁秀英。袁秀英目光呆滞，对李八斗的出现视若无睹。李八斗也就站在那里，观察着袁秀英的神态。

袁秀英似乎突然惊觉到李八斗的存在，用手指着李八斗咋呼起来："你个强盗，又想来偷我家的猪，我抓住你了。"

袁秀英起身往李八斗扑来，李八斗一把抓住她的手。她又用另一只手乱抓，结果又被李八斗抓住。然后她就用嘴咬，但由于双手被控制住了，她也很难咬到人，最后只能乱骂一通。

"秀英阿姨，你到底是真疯还是假疯呢？"

袁秀英似有瞬间的停顿，然后继续一边用力挣扎，一边张口乱骂。

"行了，您休息一会儿吧。"

李八斗一掌切在袁秀英的颈部，袁秀英的身子一软，立马晕厥过去。

"你这是干什么？"姜初雪看见这一幕，吓了一跳。

"没事，我只是用合适的力度击打了她的迷走神经位置，让她暂时睡一会儿，时间一到，她自己就醒了。"

"你还会这一招啊。"

李八斗一笑："我会的多了去了。"

姜初雪嘴里"喊"了声。随后两个人开始在唐白家的房前屋后寻找可能埋狗的地方，但找了几圈一无所获。

"这就怪了。"李八斗眉头深锁。

姜初雪说："难道我们推断错了，他家的狗不是被杀，而是走丢了？"

"不可能。那可是一条养了十多年的老黄狗，它的活动范围也就在唐白家附近，怎么可能走丢！"

"嗯，倒也是。可是，他们会把狗埋在哪儿呢？"

"我想起来了。"李八斗突然灵光一闪，"我之前来的时候，秀英阿姨可能是真神志不清地问起大黄，当时唐白撒谎说走丢了。如果大黄真是被夏东海等人打死，而唐白又怕他妈知道，那他肯定不敢把狗埋在自己家附近，也不会埋在庄稼地这些容易发现的地方，那么应该是埋在山上了。"

"可是，这周围有好几座山，我们怎么知道埋在哪座山上啊？"姜初雪说，"总不能把每座山都找一遍吧，那得找到猴年马月去啊。"

李八斗没说话，他走到院门外的坝子前看了看，指着前方公路右侧的一座山："我们去那座山找找吧。"

"为什么是那座山？"姜初雪不解。

"其一，如果是打猎呢，会找林子密一点的山，因为里面的野物会比较多。树很少的山，野物不仅藏不住，还难以生存；其二，既然是城里人来打猎，自然是开车来，既然开车来，肯定会选交通方便的位置；其三，那座山离唐白家相对来说也近一些，看家狗通常都不会跑得太远。"

"好像很有道理的样子，那我们就去看看吧。"

两人来到了李八斗所指的那座山，果不其然，在山路上走了不到几十米，就在一棵老柏树下发现了一个石堆。

"难道这个就是？"姜初雪问。

李八斗说："应该八九不离十了。你看，有些石头的潮湿面在上，长了苔藓的面在下，由此可见石头搬动的痕迹还不算太久。"

"看看是不是吧。"姜初雪说着，就要去把那些石头搬开。

"等等。"李八斗当即阻止了她。

"怎么了？"

"如果狗真埋在里面，那么埋这条狗的人可能就是复仇者，我们得看看这些石头上有没有留下谁的指纹或者其他痕迹，别轻易破坏了。还有，如果狗只是在石头堆下，腐烂的味道会透过石头缝散发出来，可我们并没闻到臭味。这说明狗应该被埋在了土里，所以我们需要锄头或铁锹。"

"倒也是，那我们得回城一趟了。"

李八斗点头："只有如此了。"

而此时，袁秀英就在那间地下室里，看着那台电脑上的监控画面，脸上无悲无喜，不知道在想些什么。

李八斗和姜初雪回到县城，带来了所需的设备和工具，先由姜初雪在那些石头上寻找指纹。她检查遍了每一块石头，并没有发现任何指纹。

"不至于一点没有啊。"姜初雪说，"就算是下过雨，也只对正面和上面的石头有影响，背面和下面的石头总会留下些指纹的，就算不是完整的指纹，残缺的总该有的。"

"我想，做这个石堆的人应该戴了手套。"

"戴了手套？这么牛，搬个石头垒坟都用上了反侦查常识？"

"有可能是担心磨破手所以戴了手套，也有可能是这个人做事本就滴水不漏。如果是这样的话，这个人就真的太可怕了。"

"你说的这个人是唐白吧？"

"不一定。"

"不一定？那还有谁？"

"他妈。"

"他妈？他妈怎么又可疑了？"

"几次跟她接触下来，她虽然看起来疯疯癫癫的，但我总觉得她是装的。"

"可是，你也说过她神志不清地念叨过大黄，可见她并不知道大黄被杀以及埋葬大黄的事啊。"

"有些事真真假假，谁知道呢？演戏的最高境界就是贼喊捉贼，有些看起来很傻的人，如果不是真傻，就是绝顶聪明，明白吧？先不说这个了，我们还是看看下面吧，万一埋的不是狗呢。"说着，李八斗开始用锄头将那筑紧的泥土挖开。

事实上，下面埋的就是一条狗。当李八斗看见那条狗的时候，就有种说不出的兴奋。虽然狗的尸体已经高度腐烂，身上还沾着泥土，很多状况还无法明确，但有两点可以确定。

其一，这是一条黄狗，和唐白家失踪的大黄是吻合的；其二，黄狗的脑袋被砸得稀巴烂。这跟凶马案那些受害者的死状以及"铁将军"的死状相同。这也就意味着，李八斗的推断很可能是真的。

姜初雪对已经腐烂的黄狗只是随便检查了下，便忍不住说道："这些人也太狠毒了吧，他们还是人吗？！"

"怎么了？"

"除了头被砸烂之外，狗身上的伤太多了，有枪伤，有被石头砸破的伤口，还有被木棒之类的工具击打造成的多处骨折，加起来足有几十处之多。"

"真是一群畜生！"李八斗也忍不住骂道。

"如果真是因此而引发了凶马连环杀人案，我倒觉得这些人真是该死了。"

"话不能这么说，无论有什么样的理由，都应该寻求法律的途径解决事情，而不应该走向杀人之途。"

"但是，死的只是一条狗，又如何寻求法律途径呢？你也说了，在别人或者法律看来，这只是一条狗，但对狗的主人来说，它是家人。"

"看来，我们更接近凶马案的真相了。"

"可是，为了一条狗，杀死那么多人，还是很不可思议。"

"动机明显，手法雷同，没什么大的悬念了，你看能不能找出杀狗者留下的什么线索吧。"

姜初雪点头，又在狗身上找了一圈，从狗的身上取出了猎枪子弹，还提取了狗的 DNA 样本。

做完这些，两人把狗重新埋好，像原来那样砌了一个石堆。

"下一步呢？"忙活完，姜初雪抹了一把脸上的香汗，问。

"也许，我们得去会会唐白了！"

五点半，学生放学了，有很多学生来逛书店，所以唐白此刻有些忙。

李八斗和姜初雪进去的时候，唐白也只能匆忙地打个招呼，让他们先坐，他则一会儿帮学生拿书，一会儿收钱，跑来跑去。

忙到六点左右，唐白擦了把额角的汗水，一如既往地腼腆微笑道："八斗哥，有事吗？"

"是的，找你了解点很重要的事。"李八斗也不打算绕弯子了。

"什么事，八斗哥你说吧。"

"你家有一条养了十多年的老黄狗，而且丢了，对吧？"

"是，怎么了？"

"找到了吗？"

"没有。"唐白摇头。

"你为什么要说谎呢？"李八斗目光锋芒地逼视着唐白，语气也加重了几分。

"我说谎？"唐白一脸愕然，"我说什么谎了？"

"其实你知道你家的大黄狗已经死了，而且是被人以残忍的方式打死的，你还亲手埋葬了它，然而你却说它丢了，你为什么要隐瞒真相？"

"我知道大黄死了？还是我亲手埋葬的它？八斗哥，你这话从何说起？"

"行，我就直说了。我在你们家附近的一座山上找到了你家的狗。那条狗被埋在一棵柏树下，还用石头垒了坟堆，是你埋的吧！"

"我埋的？"唐白问，"为什么是我埋的？"

"因为当我说起那条对你而言很重要的狗就埋在柏树下，还用石头垒了坟堆的时候，你并没有表现出更多的激动或惊讶，这说明其实你早就知情了。如果是一个并不知情的人，突然听到这样的消息，反应应该会比较激烈。你过于冷静、理智了，只想着防备我，却忽略了事件本身对你的意义。"

"我觉得你说的仅仅只是你认为的，仅仅是站在你的角度看到的事情。"

"那行，你给我说说站在你的角度又是怎么一回事。"

"从我的角度来看，我家大黄到现在为止已经走丢一个多月、快两个月了吧，我对找到它早就不抱任何希望了。在我的潜意识里，它已经出事了。开始的时候，我是很难过的，但逐渐接受了它离开的事实，就没再找它了。当初我外公外婆离开的时候，我哭得撕心裂肺的，我妈甚至哭到晕厥，随着时间的流逝，即便我们还能想起来，又还有多少悲伤呢？死的是人尚且如此，更何况一条狗呢？人生不就是如此吗，不管什么样的苦难和悲伤，历经时间之后，我们终究都会变得淡然，这有什么奇怪的吗？"

"能言善辩啊。行，那我问你，你家附近靠公路边的那座林子很密的山，你知道吧？"

"知道啊，怎么了？"唐白问。

李八斗说："你家大黄不见之后，你四处寻找，应该去那座山找过吧？"

"去过，有什么问题吗？"

"问题是，黄狗就埋在进山不远的一处路边，在一棵比较古老的柏树下。我想，埋在那棵柏树下，也是有些寓意的，而且，还用石头垒了个坟。你既然去那里找过，不会没有发现吧？"

"我见过那个坟堆，以为埋的是人呢。我怎么会知道还会有人给狗垒个坟堆。"

"以为埋的是人？你说话越来越不着调了。根据坟堆的大小来判断，一目了然，那并不是一座埋人的坟堆。更何况，它并不是一座年代久远的坟堆，还能看见石头的潮湿面，周围既没有鞭炮的碎屑，也没有燃烧过的纸钱的痕迹。要是谁家死了人埋在那里，会没有这些吗？"

"是，八斗哥你说得在理，可你毕竟是刑警，你的思路总是滴水不漏的，能看到很多细节，可我不能啊，我见着坟堆就想到里面可能埋了人，我哪会想那么细呢？"

"唐白，别否认，也别辩解了。我知道这一切都是你干的，而一切都源于你家的那条狗，那条跟你一起生活了十多年、被你当成家人的狗。某天几个城里人闯入这座山里打猎，结果遇到了你家狗的阻挠，于是他们就打死了你家的狗。你知道这些后，就开始谋划着为狗复仇，打算将这几个猎人逐一谋杀，这才是故事的真相，对吧？"

"我不知道八斗哥你是什么时候起觉得我是一个杀人犯的，而且还是背负多条人命的杀人犯。我想说的是，这些年越来越多的人离开了农村，去城里了，有的几年不回来，有的一辈子不回来。我没有什么追求和梦想，我只想好好地活着，与世无争，自给自足。我受过太多人的欺负，有人辱我，有人骂我，也有人打我，我都一口气咽下去，悲哀地笑一笑，告诉自己这就是命运，一个弱者的命运。我自己被人踩成了泥泞，也不曾与人斗嘴，不曾与人打架，更不曾杀人。然后，我家的狗被人打死了，我倒去杀人了，还杀了很多人，这不是笑话吗？"

"不，不是笑话。你说的弱小和忍受，是从前的你，现在的你可不一样。还记得你的电动车被人撞了，人家赔钱你不接受，非要人家道歉的事吗？你不但有本事了，经历了很多事之后，你也练就了非同常人的心理素质，这也注定了你能干出平常人干不出的事。"

"我只能说，八斗哥你高看我了。"

"那行，我问你一件事。我之前在赵飞虎的别墅外面见过你，你去那里干什么？"

"赵飞虎的别墅？"唐白一脸茫然，"赵飞虎是谁，他的别墅又在哪儿？"

"你果然喜欢装糊涂，幸好我留了证据。"李八斗说着拿出手机，从里面翻出一张相片，"虽然这只是你的一个侧影，但你不会否认吧！"

"嗯，这是我。"唐白当即承认，"怎么了？"

"说说你那天去那里干什么了？"

"那是南溪村，我去那里给一个女顾客送书。"

"给女顾客送书？你可别忽悠我，你在别墅外面停了两分钟，张望了一阵，转身就走了，可没见你给谁送书！"

"没错，顾客说她家别墅的院子里种了好几棵大的黄桷树，我到你拍的那地方才发现那别墅院子里没有种黄桷树，而前面又没见什么房子，就转身去别处找了。"

"你都不知道她家的路，怎么去给她送书了？"

"她说了地址，我只知道大概范围，我本来是想找人问下路的，但是大中午的，没遇到人，所以就走错路了。走错路是一件再正常不过的事了，有什么问题吗？"

"你有那个女顾客的联系方式吧？"

"有。"

李八斗当即找他要了号码，又问："她以前找你买过书吗？"

"买过。"

"那你以前给她送过书吗？"

"当然没有。要是以前送过，我也就不会走错路了。"

"那为什么这次要你送？"

"因为她来的时候那本书还没有，我就说等书来了给她送去。"

"你的性格很内向，你会主动给一个顾客送书过去？"李八斗质疑。

"书店生意本来就不好，又是老顾客，我吃着老板的饭，为他着想没什么不该吧？"

"你的沉着和有条不紊确实令我佩服，看来，你在做事之前把一切可能发生的意外都想到了，就像你在柏树下垒那个坟堆时都会戴着手套一样，你的确不是当初我认识的那个唐白了。"

唐白淡然一笑："无论八斗哥你怎么看我，在我心里，你永远都还是那个八斗哥。你是这个世界为数不多还有正义感的人，也是这个世界屈指可数还关心我的人。所以，我希望你能把更多的精力放在那些真正犯罪的人身上，别老盯着我，那会浪费你的时间，让真正的罪犯逍遥法外。"

"你放心，我从警这么多年，还没有抓错过人。"李八斗说着，拨打了唐白给的那个号码。

而求证的结果，正如唐白所说，那天中午，唐白给她送书，唐白还跟她说走错了路，打了好几个电话给她，后来还是她出门在外面接到的他。

李八斗还问了她为什么让唐白送书，确实是她去买的时候那本书还没有，唐白说等书来了给她送过去。

"在说给你送书之前，你们熟吗？"李八斗问。

女顾客说："还行吧，我去那里买过好几次书。"

"之前他知道你住哪里吗？"

"嗯，聊过。"

"知道了，谢谢。"

李八斗挂断电话，一语不发地看着唐白。

唐白也看着他，主动说了句："怎么样，我没说谎吧？如果八斗哥你还是不信我，那就拿出证据来吧。也许这才是证明你我谁对谁错的唯一方式。"

李八斗没再说什么，和姜初雪离开了。

"难道不是唐白？"姜初雪问。

李八斗回复道："你还真信他？那条狗的死跟凶马案的关联，唐白是脱不了干系的。夏东海死，他跟在后面；我也曾在吴国晋死的巷子附近遇见过他，还是大晚上的；如今他又出现在赵飞虎死亡之地的别墅外面，世上会有这么巧的事？何况，我刚才跟那个女顾客求证了，唐白事先是知道她住址的。那么，唐白为什么要主动给她送书，因为唐白可能从某些渠道查出了赵飞虎在这边有房子，他就想借送书之名来这边实地查看一下。万一留下什么线索，他也能亮出挡箭牌来，为自己开脱，就像那处坟堆的石头上没有任何指纹一样，他的反侦查经验已到了滴水不漏、无懈可击的地步。也正因为如此，每一处凶马案的现场，他都处理得那么干净，除了他想误导我们故意留下的痕迹，一点多余的痕迹都找不到。只要你将黄狗的血样和夏东海猎枪上的血样进行对比，两者如果相吻合，就能证实我们的推断了！"

"那你有没有想过另外一种可能：即便证实了夏东海猎枪上的血是那条黄狗的，也是因为那条黄狗的死而引出了整个凶马连环案，可这个凶手并不是唐白，而是他妈呢？毕竟，你也说了，他妈也有很多疑点，疯疯癫癫之中真真假假，而且，她也出现在赵飞虎的别墅外面了。"

"倒也不是没这种可能。可我知道唐白在看反侦破类的书，知道他有深藏不露的身手，知道他心理素质过硬，而且，他应该知道埋在柏树下的那条狗，但他极力否认，所以，我还是认为他的嫌疑最大。"

"你有没有想过，也许他确实知道，可他装作不知，其实是为了替他妈隐瞒？就好比他妈知道狗被杀了，却故意疯疯癫癫地装作不知道，还每天念叨。唐白也许知道他妈知道了，可既然他妈装作不知道，他也就配合着她，把这出戏演下去。通常情况下，也不会有人想到一个疯疯癫癫的人会制造出如此离奇而高明的连环杀人案，所以我们从来都没有怀疑过她，也没有查过她。恰恰这种疯疯癫癫的人，有着常人不及的天才想象力。这个案子本身就充满了不可思议，不是一个正常的案子，因此，我倒觉得她的嫌疑很大。因为我们根本就不知道她的深浅！"

"你说得也有道理，还是回去跟孙老师汇报一下，让大家都看看下一步怎么做吧。"

于是，两人回到刑警队，先由姜初雪把黄狗血样与当初夏东海猎枪上提取的血迹做了对比鉴定，证实了夏东海猎枪上的血就是唐白家黄狗身上的！李八斗和姜初雪再找孙四通报告了案件调查情况。得到这个重要消息后，孙四通极为兴奋。

一件案子，找到了可能存在的作案动机，就能更加准确地锁定嫌疑人。这对本来已经山重水复疑无路的凶马案来说，无疑是一个重大的突破。孙四通当即召集专案组成员，由李八斗讲了整个案子的新发现，听取大家的意见。

"斗哥，你没搞错吧，震惊全国的凶马连环杀人案，是因为一条狗引起的？"包古一脸夸张得不可思议的表情。

李八斗说："我已经讲了其中的重大关联，五个一起打猎的人、家里存在的野味、被打死的狗和猎枪上的狗血、死者和狗的死状雷同等等，办案总能遇到有些因素的巧合，但你见到过所有的点都对得上的巧合吗？"

冷笑说："我早就说过那个唐白跟踪夏东海是可疑的，果不其然。"

包古问："你真的相信一个不满二十的乡下年轻人能制造如此离奇且震惊全国的连环凶杀案？"

"你是瞧不起乡下，还是瞧不起年轻人？"李八斗说，"这个你所谓的乡下年轻人，只怕能耐不比你差。"

"好吧，看来你们认定案子是这个唐白干的了？"包古说。

"那倒未必。"李八斗说，"黄狗是唐白家的，但唐白家现在有两个人，除了他之外，还有他妈——一个四十来岁、患有疯癫病的中年妇女。据接触发现，她也有许多疑点。"

"斗哥，你这是越说越离谱了啊。"包古说，"一个中年妇女，还患有疯癫病，也能制造出这种震惊全国、连警方都被带着兜圈的连环杀人案？"

李八斗反问："难道你接触或听说过的案子，就没有看起来毫不起眼、根本不像罪犯的人却犯下十恶不赦之罪的？"

"这个……"包古说，"肯定有的，但用在这里还是不大可能。"

"为什么不大可能？"李八斗问。

包古说："因为凶马系列杀人案可不是靠心理变态或者性格凶残就能做到的，而是需要相当专业的侦破经验，甚至高智商的犯罪手法。"

"你怎么就确定他们没有相当专业的侦破经验或高智商的犯罪手法呢？"李八斗说，"至少，我就知道唐白在悄悄地看刑侦方面的教材。"

"那他们家有和凶马相似的马吗？"包古说，"这可是最关键性的证据。"

李八斗说："每一个案子，我们在开始阶段只能窥见一些端倪，无法了然所有秘密。很多真相，水到渠成，自然就会揭晓了。要不然，就不需要侦破，而是直接去抓人了，还费这么多事干什么。"

"八斗说得对，我们现在不是在确定凶手，只是确定嫌疑人。"孙四通说，"嫌疑人，只要有一定的嫌疑就行，不一定什么都要对得上号。现在看来，侦查重心得放在唐白母子身上了。"

"夏长生呢？"包古说，"凶案现场可是实实在在有他的脚印。"

"当然还得全力追捕。"孙四通说，"不管凶马案是不是他所为，就凭杀害哑巴、盗取 U 盘、涉及黄毛和董十八死亡案，我们都得抓他归案！"

"唐白母子这里，怎么部署？"李八斗问。

"依你之见呢？"孙四通问。

李八斗说："现在假设凶马案就是唐白母子中的一人所为，或者两人都有份，可现场太干净，我们并没有任何实质性的证据，所以当务之急是要拿到他们行凶的证据，而他们接下来肯定也会有所行动，就是继续谋杀曹连城和黎东南。因此，我们可以派便衣出马，晚上在唐白家前面秘密蹲点。"

"只需要晚上蹲点吗？"孙四通问。

李八斗说："对，白天蹲点没意义，唐白会去书店上班，跟踪他也容易被发现。另外，凶马案都是晚上发案，且都是十二点左右，那么他应该是晚上九到十点的样子开始行动。所以，只需要晚上在他家附近秘密蹲点，就能发现他的行踪和凶马的秘密了！"

"嗯，我看这样可以。"孙四通看了一眼专案组成员，"谁去负责蹲点？"

"我去吧。"李八斗说，"我对那地方比较熟。"

"可以。"孙四通说，"再来一个吧，两个人会看得更严，互相也有个照应。"

"我吧。"姜初雪立马说。

"好，就你俩吧。还有一件事，"孙四通说，"王队长说上面在追问省电视台法制记者在白山县失踪的事。你们审问那个阎老三，有什么结果了吗？"

姜初雪说："阎老三这个人狡猾得很，他在作案之前应该认真做了防范，没有给我们留下任何有价值的线索。我们走访了那一片的居民，都没在夏天失踪那天发现附近有可疑人物或车辆。"

"你们白山巴掌大个地方，这么多能人吗？"孙四通说，"用马杀人，哑巴大半夜扫街道，扫着扫着莫名其妙跑去乡下被人杀了，一个女孩子失踪被害之前自己给自己的号码打电话。真是不来这里，就不知道自己的水平有多菜。"

李八斗说："夏天的案子，可以把资料给我一份，我好好研究一下，看能不能找出什么线索。"

"你还是先去休息吧。"孙四通说，"把晚上蹲点的事做好就行了。凶马案既然抓住了苗头，就得一鼓作气乘胜追击，争取早日破案。"

李八斗说："我对石笋山比较熟悉，也许会有不一样的发现呢，我就了解下，不会耽误晚上的事情。"

"那行，初雪，你把案件调查资料给他一份吧。"孙四通说。

"哦，对了，"李八斗突然想起，"那个阎老三，既然没有他的作案证据，好像也关了些时间了，可以放了吧？"

"放了？"孙四通说，"包古不是说他袭警，而且行为很恶劣吗？"

"没什么。"姜初雪说，"只是一些过激反应，因为他承认了用监控构陷八斗的事，我也说了不追究他，没有做笔录立案。"

"这样啊。"孙四通说，"那就只能放了，你们自己去办吧。"

姜初雪先给李八斗拿了案卷资料，然后准备好了手续，去了关押阎老三的地方。

阎老三目光阴冷地看向两人，眼神中透露着一股杀气，最后从牙缝里挤出了一句："别怪老子没提醒你们，耍老子是会有代价的！"

"那我们就看看，谁先等来代价。"李八斗说着，上前替阎老三打开了手铐，把他带到了外面。

阎老三站在那里，看着姜初雪，将她从上看到下，看得她无比恶心。姜初雪对李八斗说了句"我先去车里了"，转身就走了。

阎老三又看向李八斗。李八斗也直视着他。两人对视良久，阎老三露出一个怪笑，故意撞了李八斗一下，然后头也不回地离开了。

第 3 章
秘密信封

　　南华酒店集团董事长办公室，黎东南坐在那里，有些失神。迄今为止，发生的一切真的是因为一条狗命吗？

　　去调查的人回来说，那条狗的主人是一对母子，母亲是个众所周知的疯子，整日疯疯癫癫、语无伦次的；儿子不过是一家书店的普通职员，还很年轻，看起来斯斯文文的，根本不像能杀人的人，别说杀人，就是杀鸡恐怕都不敢。

　　而且，那户人家只养了一匹小马，与凶马的外形相去甚远，怎么可能是他们干的呢？可"铁将军"和夏东海等人的死状和那条狗的死状太像了。到底是不是他们干的？

　　思索无果，黎东南脑子里突然冒出一个恶毒的念头：宁可错杀一千，不可放过一个！

　　就在这时，阎老三来了。

　　"老三，你出来了？"看见推门进来的阎老三，黎东南有些意外，也很高兴，赶紧起身相迎。这要在平日，他肯定坐在自己位置上岿然不动，保持自己的大佬风范，甚至有可能责怪对方没经通报就擅自推门而入。

"怎么没见十八？"阎老三问。

"十八？"黎东南的眼神随即黯然下来，"他，没了。"

"没了？"阎老三的脸皮颤了颤，"什么情况？"

当下，黎东南就把他死于夏长生之手的情况说了。

"那要干掉夏长生吗？"听完，阎老三问。

"当然。"黎东南说，"必须得干死他，他手里有吴国晋留下的U盘，我们必须得拿回来，一旦落到警方手里，我们就都完了。不过，在此之前，我另有事情要交给你做。你现在方便吗？"

"有什么事，老板你说就是。"阎老三说，"现在我也不在乎方便不方便了，反正我已经制订了两步计划，没那些顾虑了。"

"两步计划？"黎东南问，"什么两步计划？"

阎老三说："第一步，杀我想杀的人；第二步，陪那些警察玩下去，我要放开我的手段，让他们知道我杀人，但就是奈何不了我！"

黎东南的反应有些强烈："不要这么冲动！"

"这算什么冲动。老板你又不是不知道我的手段，白山这些警察，在我眼里就是襁褓中的婴儿，我想怎么玩他们就怎么玩。而且，那个女的，还有那个李八斗，他们已视我为眼中钉、肉中刺，我不弄死他们，他们就会不断地找我麻烦。敢找我麻烦的人，只有一种命运，那就是死！"

"倒也是。我也烦死这两个人了，尤其是那个李八斗，我好歹也是这白山跺一脚起地震的人物，他居然都不给我半点面子，也只有死才配得上他的无知和狂妄了。我赞成你弄死他，不过，有件事你得先帮我去办了。"

"什么事？"

"去五谷村八组杀一对母子，儿子叫唐白，在石笋镇的三人行书店上班；母亲是个疯疯癫癫的女人，赋闲在家。"

"唐白？"阎老三皱了皱眉，"为什么杀他们母子？"

黎东南便说了那条狗命与凶马连环杀人案可能存在的联系。

"凶马案是唐白干的？不大可能吧，他没那么大能耐。"阎老三问，"在他家找到那匹马了吗？"

"没找到。不过也许被他藏在什么地方了，也许早被他杀了，毁掉了证据，谁知道呢？"

"唐白母子我都熟，他们没有制造凶马案的能耐。"

"你对他们有多熟？"

阎老三说："都是一个村的，我知道他家的一些事。他们母子俩老早就被人抛弃，相依为命，唐白从小被人嘲笑、欺负，都忍气吞声。后来他倒是想成长起来，自己在家练了些本事，打打树桩、做做俯卧撑什么的，因为在书店卖书，也会看些刑侦之类的书。论身手的话，确实比一般人厉害，但对我来说，他就是个菜鸟，绝没有能耐干出凶马案这种匪夷所思的案子来。"

"不管那么多了。"黎东南说，"所有人的死状都像极了那条狗，应该跟那条狗有关，也不知道是这个唐白干的，还是他妈干的，或者是另有其人。这种事，宁可错杀一千，不可放过一个。即便不是，也不过两条贱命而已，这世界哪天不死几百几千人的？要万一是呢？先下手为强，后出手遭殃，这道理你明白吧？"

阎老三迟疑了下，还想说什么，最终还是点头说了声："行，我去办吧。"

"记得小心点。"黎东南说，"别小瞧了对手，万一这些案子都是他们干的，那他们可不是好惹的，别大意失了荆州，我可不想你步了十八的后尘。"

"放心吧老板，在这个地方，还没有人比我杀的人更多。不管什么样的人，在我眼里跟猪都没有区别，只要我伸伸手，他们的命运就在我手里了。"

"嗯，等今年平安度过了，我再修一幢大别墅，你就搬来和我一起住吧，我再给你找个漂亮女人，以后就好好过日子了。打拼了这么多年，我们也该好好享受生活了。你为我做了那么多事，任劳任怨，却从不求回报，我感觉很内疚。"

"老板不要这么客气。想当初我当街把人打个半死，要不是老板你出面帮我摆平，我要么亡命天涯，要么这辈子都在牢里了，所以，我为老板做这些事是应该的。而且，我从不觉得做这些事是在付出什么，我很享受杀人的感觉，比杀猪刺激多了。"

"行，你去把这事办了，咱们再说吧。"黎东南说，"白山目前的形势很严峻，对我们很不利，我们还得把这场杀戮游戏好好计划一番才行。"

"嗯，那我先走了。"阎老三说着，离开了黎东南的办公室。

阎老三反手将办公室的门关上，他站在走廊上，莫名地又想起了董十八，以前每次来都能看见他像忠犬一样守在这里。

人的生死，果真是件无常的事情。不管怎样，黎总吩咐的事，他都得去干。因为黎总的事就是他的事，甚至比他的事更重要。

当年从金三角逃回家乡后很长一段时间，阎老三的精神状态都不是太好，每天浑浑噩噩的，像一具行尸走肉。走在街上有些失神，以至于六神无主地走到了路中间，连跑车鸣喇叭都没听见，或许是听见了但懒得搭理。

跑车上的两个富二代下车就要揍他，他心情本来就不好，岂忍得了有人嚣张跋扈地骂他、对他动手？盛怒之下，他将两人都打了个半死，一个成了植物人，另一个半身不遂。

当时，他并不知道两人伤得这么严重，只是看着两人被送去医院，也没想着逃走，任由警察抓了去。后来他才知道了那两个人的伤势，同时也知道了他们的身份，一个是煤矿老板的儿子，一个是镇长的儿子。

镇长的儿子和周围的目击者都说是他先动的手，并且出手狠辣。连审讯他的警察都对他直言不讳，说他不是被判死刑就是无期。他甚至都在想着等审判下来就越狱，再去将那两家人杀光。

没想到事情出现了转机，那个半身不遂的镇长的儿子居然主动向警察承认是他们先动的手，并且拿了刀子，当时是想捅死阎老三，才惹得他还手。煤矿老板也承认自己花钱买通了目击证人。一个莫名其妙帮阎老三的律师还当庭向庭审官出示了煤矿老板的儿子和镇长的儿子过往的劣迹。结果，他被判了个正当防卫，当庭释放。

出来后他才知道，那个律师是黎东南给他请的。而镇长的儿子和煤矿老板之所以转变态度，也都是因为黎东南出手了。黎东南不但找人拿到了镇长贪赃的证据，还找了道上的人威胁煤矿老板。后来，黎东南还拿钱在乡下给他建了很宽的房子。

在他身陷困境，甚至绝望的时候，黎东南帮了他。滴水之恩，当涌泉相报。他在那个时候就决定要为黎东南卖一辈子的命。

下午五点左右，李八斗和姜初雪吃了晚饭，然后由李八斗找了一辆摩托车前往唐白家附近蹲点。

之所以选择这个时间点，是因为他得赶在唐白回家之前找位置藏好。如果等唐白回家后再骑车子过去就会有动静。

另外，之所以选择骑摩托车，是因为摩托车方便藏匿，而且骑摩托车，就算是崎岖一点的山路也不会成为阻碍。

李八斗这种先在农村、后来在小镇上生活的孩子，骑摩托车的技术是有一套的。他载着姜初雪一路风驰电掣而行，乡下的公路虽然颠簸，但他完全不当回事，因为他从小到大都在走这种路，已经习以为常了。

可姜初雪不一样，她可是个从小就在城里长大的女孩，基本上没怎么走过这种路。路上稍微有个小石子或小坑什么的，跑得飞快的摩托车就会蹦得老高。

这时，姜初雪便本能地张开双手，从后面抱住李八斗的腰。这对李八斗来说是一种从来没有过的美妙体验。他不禁感到心旌摇荡。

姜初雪感到有些难为情，就把手松开了。可再遇到颠簸的时候，她还是会本能地抱住他。

"这路怎么这么差啊。"姜初雪想掩饰自己的难为情，便开口说道。

李八斗说："我觉得还行啊，只是你不习惯坐摩托车吧。别不好意思，怕摔下去就好好抱紧我，我不会说你占我便宜的。"

"你想得美吧，谁稀罕抱你了。"姜初雪一副不屑的神情。

离唐白家还有一段距离，李八斗就停下了。他找了个地方把摩托车藏好，和姜初雪往唐白家那边步行而去。

现在不确定凶犯到底是唐白，还是袁秀英，所以，他得都防着，以免打草惊蛇。

袁秀英从屋里搬出一把椅子，放在院门前的坝子上。她在椅子上坐下，摆出架势，扯开嗓子唱起了孝歌。

"她唱的什么啊？感觉好诡异。"姜初雪不由得把身子往李八斗靠近了些。

"孝歌。"李八斗说。

"孝歌是什么？"

"农村的习俗，人死后，生者会找个时间为死人坐夜，也就是家人亲人陪死人一晚，送他最后一程。这个时候就会请一些民间的乐队敲锣打鼓唱歌，他们唱的歌在我们农村称为孝歌，表示亲人和家人的难舍和难过。"

"这样啊。感觉好瘆人，听得我都起鸡皮疙瘩了。"

"还行吧。习惯就好了。"

袁秀英唱了一会儿歌，起身开始手舞足蹈，动作看起来没有章法，却又像模像样的。她比几下招式，又唱几声，这下唱的不像是孝歌，包括唱腔、架势、步伐等，看起来倒像是川剧，到后面就更是乱七八糟了。

袁秀英突然来了一个劈叉，冷不丁又来了一个空翻，接着又跳到椅子上，一只脚站着，一只脚抬起来，脚尖甚至高过了头顶。

看得藏在暗处的姜初雪目瞪口呆："什么情况？她还能劈叉、空翻，还能在椅子上金鸡独立？这还是个农村妇女吗？"

"是农村妇女。但是，在成为农村妇女之前，她不是农村妇女。"

"那是什么？"

"一个城里的大小姐，多才多艺，长得也漂亮，用现在的话说就是女神级别的。"

"那她怎么变成这样了？"

当下，李八斗就给姜初雪讲了袁秀英的悲剧——一个喜欢音乐、舞蹈，似乎还学过川剧、杂技的大小姐何以沦落至此。

"男人，真是没个好东西。"姜初雪听得义愤填膺。

"为什么发这么大的火？难道哪个男人伤害你了？你不是说你还没谈过恋爱吗？"

"我是没谈过恋爱，但并不意味着没有男人伤害我。"

李八斗转念一想："你不会是指你爸爸吧，也抛弃……"

"别说了！"姜初雪当即止住了李八斗的话。

姜初雪的眼圈都红了，眼中晶莹欲滴，还把头偏向了一边，显然是不想被李八斗看见。

李八斗的手下意识地扶在姜初雪的肩上，安慰道："无论是怎样的伤心事都过去了，只要现在过得好就行了。"

姜初雪抹了下眼睛："你不懂的，我从来就没有过得好过。"

"慢慢来吧，总会好的。"李八斗觉得心疼，却又不知道怎么安慰。

唐白骑着电动车，在石笋镇往五谷村来的路上疾行。他一直盯着电动车的反光镜，他发现那辆用"百年好合"贴了车牌的悍马车一直在跟着他，从他离开三人行书店的时候就跟着了，但他一直佯装不知，只是时不时注意着那辆车的动静。

直到能看见唐白家的房子时，悍马车才鸣起了喇叭，示意唐白让路。悍马车超越唐白后，停在了路中央，挡住了唐白的去路。

车上随即下来了一个留着络腮胡、戴着眼镜的男子。男子直直地走向骑着电动车而来的唐白，并向他招了招手。

唐白把电动车停下来，微微地笑着，问："怎么了？"

络腮胡从裤兜里摸出了一个信封递给他："有人让我送样东西给你，你仔细看看。"

"谁给的，什么东西？"

"对方只让我给你，你想知道是什么，自己看。不过对方说了，不要给别人看，看了之后也不要跟别人说，就当我送你东西这事没发生过，记住了吗？"

"嗯。"唐白很听话地点了点头。

络腮胡将信封递给唐白后，就转身上车走了。唐白目送那辆车远去，然后骑电动车回了家。

车子驶远之后，男子将车子停下来，取下眼镜，并扯掉了那一嘴一脸的络腮胡。

"那是什么人，给了唐白什么东西？"藏在暗处的姜初雪禁不住问。

"好像是个信封。"李八斗说。

"我知道是信封，问题是信封里装的什么？而且还是一个开悍马车的人给他送来的。那辆悍马车似乎也有问题，应该不是婚车。车牌上的'百年好合'应该是故意贴上去的，为了隐藏来历。"

"没错，那辆悍马的车身很脏了，至少有好几天没有清洗过，而'百年好合'却贴得稳稳当当的，可见是新贴上去的，并非最近做过婚车，而是车主故意为之。"

"我们接下来怎么办，要去看下那个信封吗？"

"你傻啊。这样做我们岂不是就暴露了，以后还怎么守株待兔？"

"这我知道。可是，万一那个信封跟凶马案有关呢？里面也许藏着凶马案的线索。"

"倒也是。"李八斗也有些犹豫了。

"你不要再犹豫了。等他看完，把信封和里面的东西烧掉就晚了。"

"可是，万一里面的东西跟凶马案无关，或者即便有关，但也不能成为破案的关键呢，那我们不就打草惊蛇了？"

姜初雪不说话了。在不知真相之前，一切皆有可能。而这种可能一旦出现，将会是毁灭性的。

两人说话间，唐白已经搀扶着他妈走进屋子，李八斗心一横做出决定："算了，到时候再见机行事吧。"

"真要放弃这个机会？"姜初雪问。

"我权衡了下，还是按兵不动比较好。"

"为什么？"

"你想啊，如果那里面装着关于凶马案的某些真相，譬如说幕后人的指使之类，唐白就会接着行动起来，我们终究能抓到他的把柄。相反，如果那里面是跟凶马案无关的东西，或者跟凶马案有关但起不到决定性作用，我们就太被动了。用整个部署好的行动计划去换，太冒险了，有些不值。"

"嗯，你说得有道理，那我们先静观其变吧。"

唐白家今晚的晚饭是面条。他先给袁秀英搬了个高凳子，又搬了个小凳子，然后把一碗面条放在高凳子上，再让袁秀英坐在小凳子上吃。

这一幕让破落的房子和清贫的生活充满了温情。李八斗想起了小时候老妈他被端着的碗烫着，总会找个东西让他放碗。

唐白端了一碗面条，随便坐在了院门前的一块石头上。他吃两口面，看下袁秀英那边，显然不放心她。

吃完东西后，唐白和袁秀英回了屋。再后来，天完全黑了，只有从门里倾泻而出的灯光，将门前的坝子照亮。

"对了，你说阎老三出来，会有动作吗？"姜初雪问。

李八斗说："从他出来时的眼神看，他除了会继续他的变态罪行外，恐怕也会找机会对我们下手，你得小心点。"

"对我们下手？我才不怕他。"

"不是怕不怕的问题，而是阎老三这个人不但心理变态，更重要的是他受过特殊训练，不好对付。我们不能大意，我可不想你出什么事。我明天下午要去查一下夏天的事，你去不去？"

"查夏天的事？怎么查？"

"我一直在想，如果夏天的事是阎老三干的，他不会无缘无故把夏天约到石笋山那里去。夏天既然到了那个地方，也不可能走得更远，那附近肯定有夏天被杀害的现场，我想去找找。"

"我们找过了。几十个警员在那附近找，都没有发现。"

"肯定是你们漏掉了什么地方，我再去找找看。"

"那明天下午我跟你一起去找。"

黑暗中破落的屋子里，唐白忙完琐事，回到自己的房间，拿出了那位不速之客给他的信封。打开一看，里面是几页纸。

第一页是一张建筑物的结构图，结构图上配着六个字：南山墅设计图。设计图上将南山墅的前门、后门、侧门、车库的位置都标记好了，连楼层和进出口位置都有说明。

第二页纸则是对整个别墅防守情况的细致介绍，分为四个部分。第一个部分是正门的保安，粗看起来只有两人；第二个部分是院子里巡逻的保安，也只有两人；第三个部分则是后门位置，看似漆黑，其实藏着两头纯种藏獒；第四个部分则是黎东南的别墅里面还藏着四到六个保安，并写明了这些保安藏在一楼客厅左侧的两间屋子里。除了这些，还有整栋别墅监控探头的分布位置，监控安装在哪儿，能监控到哪儿，写得很细致。

第三页则是黎东南公司的设计图，以及黎东南办公室的位置，还有公司保安和监控探头的分布情况。

第四页则写了黎东南的某个秘密。他和公司副总——一个姓薛的女人——有勾搭，会不定期和她私会。私会地点有两处，一处是姓薛的所住的半山别墅 66 号，另一处是在石笋镇往北五公里的莲花村莲花湖边的莲花休闲山庄。

那里也是黎东南的产业，黎东南在那里有一幢花园式别墅，每个星期都会去那里，但都仅限于白天。在那里吃点农家菜，钓几尾鱼散心，一般不在那里过夜，吃完晚饭就回城。另外，那里也养了头藏獒，还有个保洁阿姨，帮忙打扫屋子、喂狗、修剪花草。保洁阿姨在那里工作好几年了，一只眼睛失明了，应该有些本事，但具体来历不明。

唐白的眼睛直勾勾地看着最后一页纸，他皱着眉头，眼睛眯成了一条缝，不知道在想什么。突然，他的耳朵动了下，他听到了车辆行驶的声音。

声音很快就停下来。唐白当即将那几页纸塞回信封，然后将信封放到了枕头底下。他不知道的是，他离开后，袁秀英偷偷到他的房间，找到信封看过内容后，将其放到了自己房间的枕头下，而且在此期间，袁秀英采取了相关措施，没在信封上留下指纹。

一辆面包车停在了离唐白家不远处的河沟边。姜初雪和李八斗就藏在河沟对面的一堆玉米秆后。两人看见面包车上下来的人，都不禁大感意外。

"阎老三来这里干什么？"姜初雪疑惑不已。

李八斗是认识阎老三的面包车的，就像对阎老三那张脸一样熟悉。可今天阎老三开来的这辆面包车，跟之前开的那辆不一样。车身上贴了很多商场打折优惠的广告，除了挡风玻璃和车顶外，车身都贴满了。另外，车牌号上沾了很多泥巴，完全看不清车牌号是多少。

"看来，今天晚上能有所收获。你看他这车身、车牌，显然是为了让人无法辨认，从而不留线索。另外，他把车停在一边，打算走路过去，显然也是为了不在现场留下不利的证据。如果我猜得不错，阎老三穿的应该是一双新鞋，因为这样的话，我们就无法在他家和他生活的任何地方找到跟现场相同的鞋印，做完事后，他只需要把鞋子烧掉就行了。"

"有道理。"

两人说话间，阎老三站在原地环顾了一下四周，没有发现什么异常，接着他往唐白的家走去，其间从裤兜里掏出一副手套戴上了。

"看见了吗？"李八斗说，"戴手套了，做指纹处理了。你在这里等我一下。"

说着就要起身，姜初雪一把拉住他："你去哪儿？"

"过那边去盯着啊。"

"去那边盯着？被阎老三发现了怎么办？"

"不至于。我的反跟踪水平不会比阎老三差，何况天这么黑，障碍物这么多，对隐藏很有利。"

"那我跟你一起过去。"

"不行。两个人更容易暴露，我在那边盯着，实在是有什么情况了，你再接应。"

"如果阎老三和唐白真打起来，你准备怎么办？"

"还怎么办？当然是阻止。我们是警察，总不能袖手旁观吧？"

说完，李八斗借着夜色和一些障碍物的掩护，往距离唐白家更近处而去。

第 4 章
深夜谋杀

阎老三并不知道这漆黑而寂静的地方，还藏着另外的眼睛。他已经足够警觉，但没想到藏在这里的，也是专于此道的高手。而且，这完全就是一场螳螂捕蝉、黄雀在后的游戏。

阎老三走到唐白家门前站定，略有迟疑后，抬手敲了敲门。

唐白拿出一把折叠式的刀子，藏在了身上，然后出来开门。他没察觉到另一处卧室的门后，一道目光透过门缝注视着这边。

唐白将院门打开，看见了站在门口的阎老三。他略有一点意外，但很快就恢复了镇定。他将阎老三从上看到下，最后目光落在了阎老三的手上。见对方双手都戴着手套，唐白大概明白了对方来这里的意图。

"阎叔，有什么事吗？"唐白淡然地问。

"我有点事想找你聊聊。方便吗？"

"嗯，行。我们到外面找个地方聊吧，我妈睡着了，别把她吵醒了。"

"可以。"阎老三从门口让开。

唐白往他妈的卧室门那边看了眼，转身将门关上，对阎老三说：

"跟我来吧。"

夜其实并不黑，刚从明亮的地方走进夜里，会觉得黑，但只要在夜里多待上一会儿，就会发现夜其实并不黑，只是有些模糊。在这样的夜里，还是能模糊地看见一些东西的。

李八斗看见阎老三跟在唐白身后，正准备跟过去，就在这时，他发现那扇关紧的院门又露出一丝缝隙，里面透出光来。缝隙越来越大，光也越漏越多。然后他看见了藏在门后的人，那个人正是袁秀英，而且她的手里还握着一把菜刀！

唐白和阎老三离开后，袁秀英也动作麻利地闪身出来。她将门关好，脚步轻快地朝两人前进的方向跟去。李八斗当下更加谨慎地边隐藏自己边跟在袁秀英后面。

唐白带着阎老三到了一块玉米地边。地里的玉米都已经收了，还有没收割的玉米秆耷拉着脑袋立在地里，偶尔有一阵夜风吹过，叶子就哗啦啦地响。

"阎叔，有什么事就说吧。"唐白开门见山。

"你妈以前是做什么的？"阎老三问。

"怎么了？"

"你别管怎么了，好好回答我的问题就是。"

"你总得告诉我一个理由吧。关于我妈的事，我不可能随便对人说的。"

阎老三便将黎东南跟他说的关于凶马案凶手的推测转述给了唐白，说完又问道："这一切到底是你干的，还是你妈干的？"

"你是觉得我的能力不够做下那么大的案子，想问问我妈的过去，看她有没有这个本事，如果能证实她有这个本事，你就会杀了她，对吧？"

"看来，你是明白人。"

"既然是这样，你就杀了我吧。我妈只是一个神志不清的农村妇女，她一生受过太多伤害，在她眼里，这世界上除了我，哪怕一只蚂蚁都可能会伤害她。但她不可能伤害任何人，更不可能杀人。"

"你的意思是，你承认了那些人都是你杀的？"

"我没做我承认什么？你觉得我是个会杀人的人吗？"

"这我可说不准。而且你应该弄明白一点，我现在不是在求你回答问题，而是在帮你。"

"帮我？帮我什么？"

"有人认为就是这条狗的主人制造了这数起凶案，而这条狗有两个主人，在分不清是哪个主人做的情况下，把两个人都杀了最省事。看在你平常帮我买书，对我挺亲切，尊称我一声叔的情分上，如果能证实是你妈做的，只要她死就行了，我可以留你活口。你明白了吧？"

"我妈精神有问题，出个门都可能迷路回不来，她是不可能杀人的。"

"她有没有可能杀人不是你说了算，得我说了算。所以，你最好还是实话实说，你要不说的话，我也有一万种方式去了解她，只不过我还是想卖你个情面，看你自己选择吧。"

"行吧，既然你给了我情面，我怎么也得给你找个台阶下。"接着唐白便将母亲悲惨的过去说给了阎老三。

"你说的这些我都知道。我想问的是，你妈在跟你爸之前学过些什么、做过些什么？"

"十几岁的女孩还能学什么？当然是读书了。"

"不。除了读书，她还学了别的。"

"别的什么？"

"其实我是想你告诉我的，你却要选择隐瞒，何必呢？"

"我是真不知道她十几岁除了读书，还学了什么。"

"那行，让我来告诉你吧。你妈在十几岁的时候，还学了很多东西，譬如川剧、杂技、魔术！"

唐白的脸色微微变了下，但在夜色的掩饰下没有显露痕迹，他问："你怎么知道的？"

"只要找出曾经和你一个村子的人问问就知道了，会很难吗？"

"是的，我忘记你好像做过雇佣兵，擅长这种调查。可是，她学了这些东西又如何？跟杀人有什么关系吗？"

"当然有关。试问一匹马真的会杀人吗？当然不会。所以，所谓凶马杀人应该只是障眼法。至于是什么样的障眼法，我不得而知。但我知道的是，川剧中有一门绝学叫变脸。懂的人都知道，那根本不是变了一张脸。这世上没人能变得出来东西，只不过是用极快的手法迷惑人的眼睛而已。所以，练过川剧的人，必然手法奇快、动作奇快。

"同样，练过杂技的人，身体的柔韧性会让人觉得不可思议，他们甚至可以超越常人的极限。换种说法，他们能做到常人做不了的动作。魔术的话，就更加不可思议了，你手里有一百块钱，魔术师可以变出来一万。你眼睛看着的一辆车，魔术师可以把它变没，也可以把它变成两辆。一匹马杀人的奇案，谁能做到？擅长用刀的人无法做到，枪法如神的人也无法做到，我有很多非同常人的手段，也做不到。但擅长变脸、会杂技、懂魔术的人或许可以做到，听明白我的意思了吗？"

"明白。但我不信我妈会杀人。"

"这可由不得你信不信，看来我得去找她聊聊了。"阎老三说完转身欲走。

唐白蓦地从身上抽出刀子来，扬手就往阎老三的背后捅出！

那一刹那，藏在暗处的李八斗心都提到了嗓子眼上。

唐白这一击是够快够狠的，而且是直接往后背捅，简单迅速，防不胜防。如果唐白杀死了阎老三，这个案件的走向会怎样？

李八斗的脑子里还没得出结论，场面已经急转直下。

阎老三转身的时候，其实并非真的转身，他只是在试探。察觉到背后的动静，他脚下移步，将身侧开。

唐白手中的刀子刺空，阎老三随即一手抓向唐白握匕首的手，一手锁向唐白的咽喉，脚下还顺势一铲！三招齐下，动作行云流水。

唐白没想到自己的致命一击被躲过去了，措手不及中，他已被阎老三锁定上身，接着脚下一滑，整个人轰然栽倒下去。

阎老三不给唐白喘息的机会，当即抬腿一招"柳腿劈挂"往唐白头部劈下。唐白还是有些斤两的，摔倒后他就知道阎老三会乘机攻击，于是倒下时立马以手掌按地借力，身子迅速往一边滚开，这才躲过了阎老三那重重的一脚。

阎老三一脚落空，连环脚再出，往唐白腰部狠狠踢去。唐白人在地上，滚得再快，始终不如站着的阎老三快。这一脚滚不及，就被踢了个正着。只听得"扑通"一声，唐白的身子就贴着地面摔到了路边的沟里。

"啊啊啊，你个天杀的，又来偷我家的鸡蛋，我跟你拼了！"当阎老三准备继续往沟里追杀唐白时，袁秀英突然高举着菜刀从黑暗里冲了出来。

阎老三放弃了追杀唐白，稳稳地站在那里，等着袁秀英冲过来。

袁秀英的菜刀举得老高，却并未冲到他跟前。离阎老三还有几步距离的时候，她不知是踩到了石头还是什么东西，脚下一滑，整个人扑倒下去，刀也摔了出去，砸在了旁边的石头上，发出"哐啷"一声响。

阎老三往袁秀英那边走过去。

唐白已从地上爬起来，看见阎老三走向他妈，吼了声："不要碰我妈！"

他边吼边拔腿往阎老三冲来，手中的刀子也再度往阎老三刺来。

阎老三的身手简直可怕。唐白的刀子刺得虽快，他却轻松避开了，并且迅速出脚，猛踢唐白脚下。唐白"轰"的一声就跪在了他面前，手中的刀子随之掉落在地。

"我跟你说了，你虽然会点花拳绣腿，但在我面前嫩了不是一点点。"阎老三说着，就准备对唐白使出他的撒手铜。

这时，袁秀英又从旁边捡起了一根树杈，叫喊着往阎老三戳来。

阎老三一伸手将树杈抓住，顺势一拉，袁秀英就跌跌撞撞地倒向他。他一伸手就卡在了袁秀英的喉咙上，另一只手搭上她的脑袋，准备捏断她的喉咙。

唐白这时候反应过来，双手抱住阎老三的双脚使劲一拉。只听得轰的一声响，阎老三重重地趴倒下去。

唐白趁机跃上阎老三的背，双手从后方猛击阎老三的后脑。可阎老三腰部使力，背往上一拱，直接就把唐白拱摔了下去。

袁秀英也叫骂着用脚来踢阎老三。阎老三抓住她的脚，拖着用力一摔，袁秀英惊叫一声，人被摔出老远。唐白听到这叫声，喊了声"妈"，就要往那边奔去。

"这是你们逼我的，怪不得我了。"阎老三说完，双手将唐白的腰锁住，直接将他举了起来，打算往地上摔去。

"住手！"关键时刻，李八斗还是站了出来。

这一声喊还是奏效的。阎老三那个高举的姿势被定格，缓缓转过身来。他看见了举着枪往这边走来的李八斗。

"把他放下来！"李八斗命令道。

"我要是不放呢？"阎老三问。

"不放？我只要动动手指，明年的今天就是你的忌日！"

阎老三知道李八斗这话绝不是恐吓他。当有人危及别人的生命安全时，警察是有权开枪的。于是他慢慢地将唐白放下。

李八斗从腰间取下手铐："自己戴上！"

说完，随即将手铐丢向阎老三。阎老三并没有接，任由手铐掉到地上。

"唐白，给他戴上。"李八斗吩咐道。

"姓李的，你不要搞错了，刚才是他在背后偷袭我，我只不过是正当防卫。"阎老三冷声说。

李八斗说："我很清楚，回局里有的是时间给你辩解。"

"啊啊啊，我要杀了你这个偷鸡贼。"袁秀英又喊叫着往阎老三这边冲来。

"秀英阿姨，不要演戏了，你躲在暗处偷看了那么久，我知道你是正常的。"李八斗说。

果不其然，袁秀英停住了脚步，一下子安静下来。这让她措手不及。她一直以为螳螂捕蝉、黄雀在后，没想黄雀后面还有猎人。

唐白替阎老三把手铐戴上。李八斗拿出手机打给姜初雪，喊她过来一下。

很快，姜初雪赶了过来。李八斗让袁秀英把院门关上，由她、唐白还有阎老三一起，开着阎老三的那辆面包车赶回刑警队。

关好阎老三和唐白后，李八斗决定先审问袁秀英。

李八斗说："秀英阿姨，演技不错啊。我都差点被你骗了。"

"阿姨骗你什么了，八斗？"袁秀英一脸淡然，根本不像在受审，而像在与人聊天。

"您本来正常，为什么装作疯疯癫癫、胡言乱语呀？"

"我装了吗？你要不要看看医生给我开的证明，要不要看看我家里放着的药？"

"我知道您有精神病，也知道您在吃药。不过，我还知道您的精神病是间歇性的，有处于正常状态的时候。您在精神正常的时候，却故意装出发病的样子，我想问您的目的何在？"

"没什么目的，就是给自己壮胆。"

"给自己壮胆？装病可以给自己壮胆吗？"

"你没听说过正常人都怕疯子吗？"袁秀英说，"疯子混乱起来，狂砸乱打，没有章法。而且，疯子杀了人，是不负法律责任的，一般人都会让着疯子。所以，有些正常的时候，如果我感到害怕了，就会装疯。"

"这点暂且不论，我倒是发觉了一点，"李八斗目光犀利地看着她，"您分析起事情来，逻辑非常清晰，恐怕很多正常人都不及你。据我所知，一个精神病患者哪怕是正常状态，其逻辑思维和行为反应都是要次于正常人的。因为一个人的大脑如果受过太多的精神刺激、反复发病，是会在一定程度上影响人的思维和记忆的。可在您身上，我非但没有发现不及正常人的地方，反而觉得您比正常人的思辨能力更强，这里面又藏着什么不为人知的秘密呢？"

"看来，你已完全不是当年那个喊着阿姨找我要糖的小屁孩了。"袁秀英不知是感慨，还是故意避开话题。

"很正常啊。您也不再是当初我认识的那个亲切善良的邻家阿姨了。这么多年过去，这个世界认识您的人都以为您在经历了一连串打击后，崩溃了、疯癫了。其实不然，您非但没有崩溃，还化悲痛为力量，用不为人知的方式强大自己，做出了许多正常人都无法做到的匪夷所思的事。"

"八斗，你这可就高看阿姨了。我就是一个别人眼里的疯婆子，没有你说的那么有能耐，也没做过你说的什么匪夷所思的事。"

"那天下午我在南溪村赵飞虎的别墅外遇见您，您去那里干什么？"

"我去南溪村了吗？"袁秀英一脸茫然。

"您不要跟我装糊涂，您住的五谷村离南溪村有十几里路，您要是神志不清，怎么可能跑到那里去呢？而且，那里还是凶马案的案发现场之一，我不相信这种巧合。所以，您应该是有目地去了那里，只是您用了装疯卖傻的套路来掩饰自己。毕竟，这么多年来，您真真假假演惯了，有经验了，如果不进行医学检查的话，一般人还真难分辨出来。"

"算了八斗，你有什么话就直说吧，别和阿姨兜圈子了。阿姨这脑子是真不好，事情复杂了，会想得头痛。"

"行，那我就直说了。我想知道您是用什么样的方式做到让一匹马杀人的？当然，并不会是真的马杀人，而是用了魔术的方式，以马为掩护，您再穿着马蹄形的鞋子进入现场杀人。我希望您能仔细说说整个过程的细节。"

"不好意思，阿姨没有做过，没法告诉你。你要是觉得阿姨做了什么，就直接拿证据吧。"

"何必呢，秀英阿姨。凶马案发生以来，我想过无数种可能，却忽略了魔术这种神奇的东西。一个人可以用魔术藏在一个不大的箱子里，自然也可以藏在一匹马身上。您应该就是用魔术的方式，辅以杂技技能，将自己藏在马身上，跟着马进入了现场，所以监控视频里只有马，没有人。"

"怎么，你是要栽赃给阿姨一个杀人的罪名吗？"

"您很清楚这不是栽赃。作案动机和作案能力，您都具备了。警方既然已经找到了这两样关键的东西，要想拿到您的证据，很简单。

我只是希望在警方拿到证据之前，您能自己交代，这样我可以为您争取减刑。"

"杀了人不是要偿命吗？还能减刑？"

李八斗一下被问住了。凶马案涉及数条人命，什么功劳只怕都免不了死刑。

但他还是说道："法律规定，罪犯有自首和坦白等有利于破案行为的，法院会在判决时听从警方意见酌情考虑从轻发落，有可能从死刑改为无期，无期中表现良好的，可以再改为有期。"

"关键是我没有做过，也没法坦白什么啊。你如果真认为阿姨杀了人，或是犯了什么罪，还是拿出证据来吧。"

"秀英阿姨，何必倔强呢？魔术是很神奇的，如障眼法一般可以瞒天过海。可是，我知道魔术也有一样最大的破绽——道具。只要我在您家里找出道具，您再如何狡辩都没用了。"

"那你就去找吧。"

"好吧，既然您不配合，那我也只能按照程序来办了。"李八斗无奈地起身。

这时，他内心依旧有些疑惑：凶马案真的是袁秀英做的吗？为何自己揭开魔术的谜底，说要去她家找道具时，她却丝毫不慌乱？是她早将道具隐藏在不为人知的地方，还是她确实没干过？

李八斗觉得自己已然看见的希望之光，又蒙上了一层灰暗的迷雾。

"我们现在怎么办？去她家找魔术道具吗？"姜初雪问。

李八斗说："等大家都上班了再去吧，现在人手不够，晚上也不大好找东西，反正人都关在这里了，也不怕证据出现什么变数。"

"你这阿姨看起来很老练，一点也不像普通的农村妇女，也不像有精神病的样子。"

"一个能以一匹马做下连警方都摸不着头脑的连环杀人案的人，能是一般人吗？她肯定有着非同常人的心理素质。"

"可我还是有点想不明白。"

"什么？"

"凶马连环杀人案的作案手法相当专业，罪犯显然具有很强的刑侦经验。你这秀英阿姨以前学过川剧、杂技和魔术，可以借一匹马伪装自己，可她是如何具备这些专业的刑侦知识的？"

"这个只要有刑侦教材很容易自学。毕竟她这些年并没有正当工作，借疯疯癫癫来掩饰自己，有很多时间做她想做的事。"

"倒也是这个理。接下来审唐白吗？"

李八斗思考了一下，还是点了点头："找他聊聊吧。"

唐白看着李八斗和姜初雪进来，似乎已经习惯了或是准备好了。经历过黑夜里那一番生死搏斗，他竟然毫无情绪波动，神色平静得过分。

"说说晚上的事吧。"李八斗说。

唐白说："晚上的事你不都藏在暗处看见了吗，还要我说什么？"

"我可没看见。我只是来你家找你，刚好遇到你们发生冲突，具体是怎么回事，我并不知道。"

唐白很想戳穿李八斗，李八斗没有开车来，却能突然出现，显然早就藏在了暗处。

可戳穿他又有什么意义呢？

唐白当即就装作信了李八斗，把事情的大概经过讲了一遍。

"看来，不只我认为凶马案和那条狗的死有关。那么问题来了，凶马案到底是你干的，还是你妈干的，还是你们合谋干的？"

"我已经说过很多次了，我没做过，我妈也不会做，你若不信，我能怎样？"

"何必否认呢？你既然看过刑侦教材，就懂得刑侦逻辑。你家黄狗的死状和凶马案死者的死状吻合，而且，受害人恰恰都跟打死你家狗这件事有关，这你要怎么解释？"

"就算你说的是对的，那我就得问了，是那些人打死大黄的时候我在场亲眼看见了他们的暴行吗？应该不可能，我要看见的话，还会让他们把大黄打死吗？如果没看见，我又如何知道是谁打死的大黄？如果不知道谁打死的，我又如何替大黄报仇？另外，我得补充一点，白天我都在书店上班，所以我不可能在林子里看见有人打死大黄！"

"嗯，你这么说的话，就是你妈干的了。"

"又怎么是我妈干的了？道理还是刚才说的那样，你要不信，用你的脑子好好想想，就算我妈知道是谁打死大黄的，她又有什么本事杀那么多人？常在山里打猎的人，怎么也身强力壮、身手敏捷吧，我妈的本事你没看见吗？被阎老三一脚踢出老远，根本没有还手之力，要不是早年练过杂技、常年劳动，身子骨还不错，早躺医院去了。连这些基本逻辑都没弄明白，八斗哥你这刑警当得也是不称职啊。"

"我也不知道你是小看了你妈，还是故意替她隐瞒。你妈远比你想象的厉害，尤其是她的演技，装疯卖傻惯了，几乎能够以假乱真了。这十来年里，你妈看起来是个疯疯癫癫的女人，其实她已经在过度的伤害里浴火重生，她不想再弱小下去、被人欺负，她想要强大起来，保护好你以及她自己。你不也是这么想、这么做的吗？"

"那又怎样呢？我和我妈两个人都差点死在阎老三手里，你觉得我们有什么本事去杀很多人，而且还能做到不留痕迹？这是生活，不是武侠小说。一个小青年和一个农村妇女，不可能为了复仇练成绝世武功，十步杀一人，千里不留痕。"

"不管怎么说，阎老三说得对。凶马案，擅长用刀的人无法做到，枪法如神的人也无法做到，甚至有很多厉害手段的阎老三也做不到。但擅长变脸、会杂技、懂魔术的人可以做到！"

"我不和你争论这些具有可能性的东西了。我没有你懂刑侦，也没有你懂法律，但我知道最基本的，一个案子虽然在未被经证实之前，人人都有嫌疑，但最终还是讲证据。你说我杀人也好，说我妈杀人也罢，你得拿出证据来。你不能说一个人跟另一个人有仇，恰好这个人有杀死另一个人的本事，那就是他杀了人吧？"

"凶马入室杀人，只不过是借魔术的把戏瞒天过海，把属于人的证据隐藏了起来。可魔术有一个最大的破绽，就是道具。我们只要去你家搜出道具，真相就出来了。所以，其实我是想给你和你妈一个坦白从宽的机会。"

"实话说，一直以来，八斗哥，你在我心里都是一个很好的榜样，正直、热心，也不像有的人那样势利。在我家彻底破败，我读不起书的时候，只有你主动要帮我。我一直深深地记得这份感情，一直把你当自己的亲哥哥。可现在，你让我有些失望。"

"是吗？我想听听，我哪里让你失望了。"

"你上次来找我之后，让我知道了我家大黄是被谁打死的。我特地在电脑上查了一下那些人的资料，个个都是独当一面、富甲一方的人物，在白山这地方都是横着走路的，一个开煤矿的、一个做房地产的，还有一个好像是道上的大哥，开赌场放高利，还找人收保护费。在电脑上随便搜索哪一个人，都有人说起他们劣迹斑斑、欺行霸市的发家史。你们是警察啊，保一方平安，为何却让这些人坐大而横着走路，令普通百姓畏之如虎呢？"

"警察也是人。如你所说，当警察对一个人执法时，需要证据，但很多犯罪的人都把证据隐藏了。而且，这个社会的正义不能都指望普通警察，而在于有话语权的领导，他们会下多大的决心，又愿意投入多大的成本来打击犯罪。还有更重要的一点，是这个社会广大的普通人敢不敢与罪犯做斗争。譬如我刚从警校出来的时候遇到一宗伤害案，老爸被一伙人闯进家里打断了手，读高中的儿子回家后报了案，警察打算立案，那个老爸却说是他自己摔的。自己摔的跟木棒打的断痕都不一样，警方经过伤势分析认为他是被打的，附近邻居也证实了那一伙人去过他家里。警方把那伙人都抓了，可受害人始终不承认是对方干的，甚至在警方说了那不是摔伤，就是打伤的情况后，他竟然说是因为欠对方钱，便自己主动打断自己的手，给对方交代。这种事警方也不可能追究了，因为受害人拒绝做证，那伙人依然逍遥法外。"

"可你想过那个受害人为什么拒绝做证吗？因为他怕，他为什么怕？因为他知道在这个社会有一种叫保护伞的东西，有些人犯了法，不会被惩罚。而这种人，谁惹了他们，都会招致最凶残的报复。你是警察，不懂弱小者的悲哀，当他们觉得法律保护不了他们的时候，当他们在光天化日下活得战战兢兢的时候，当他们心里丧失了是非公道的时候，这个社会其实跟文明已经没什么关系了，和动物世界一样，谁弱谁就被吃。"

"这是社会问题，不是我们今天要讨论的。还是说说你在凶马案中充当的角色吧。夏东海死前，你鬼鬼祟祟地跟在后面；吴国晋死前某一天，我们也曾在他死亡现场附近相遇过；然后赵飞虎被杀之前，你也恰好出现在他的别墅外面。我相信这个世界上有一次巧合，但不相信这个世界上会有一连串巧合。在凶马案中，是不是你负责踩点，你妈负责行动？"

"每一次有人死了，你都来找过我，我也给你解释过了，你问我多少次，都是一样的答案。那些人被杀之前，肯定有许多人在某些巧合下都到过或经过他们住的地方，我不明白你为什么总盯着我呢？"

"我说了，一次巧合，还可以理解，但一连串巧合，那肯定是有问题的！"

"有什么问题？有人买彩票，中一个号码是可以理解的巧合，难道中六个号码或七个号码，甚至连特码都全中，就有问题了？你要知道，我不是只到过这三个地方，我到过这个城市的三十甚至三百个地方，只不过恰好这三个地方出事了而已。你要把我到过的每个地方都调查一下，兴许在那些我到过的地方里，还有人被偷了、被抢了，甚至有人被杀，只不过案件特征不一样，没有并入凶马案，你不知道而已。难道因此就认为所有案子都是我干的？"

"看来，你是铁了心要守口如瓶，不想挽救什么了？"

"我根本就没做过，所以无须守什么。不过，从内心里讲，我倒是觉得那几个被杀的人活该。在城里过着大富大贵的日子乏味了，就跑山里来找刺激。那些山里的动物不是一条命吗？哪里招惹他们了？还将我的狗打死。他们有钱人养狗，就把狗当宠物，狗咬了人，还觉得是人的不对。因为有钱、有势，他们狗的命就贵如金。可别人家的狗，就只是畜生，是可以残忍打杀的。如果可以，我倒真希望是我亲手杀的他们。我猜想，这世间肯定有神灵，让一个有侠义之心的人看见了他们是如何穷凶极恶地打死我家大黄的，然后把他们记在了除暴安良的名单上。我不知道这个人是谁，但我很敬佩和感激他。如果知道他是谁，我也绝对不可能把他供出来。"

"看来，你和你妈一样，都有一身演技。也罢，我们还是到时用证据说话吧。"说完，李八斗和姜初雪便离开了。

"你怎么不问他那个神秘信封的事？"姜初雪提醒李八斗说，"也许那个信封里就有他的犯罪线索。"

李八斗说：“一旦问了，就暴露出我们在暗中监视他的情况了。因为神秘人给他信封是阎老三来之前的事。”

“反正人都已经抓回来了，还在乎他怎么以为吗？而且，我们晚上突然出现，他也会怀疑吧？”

“他会怀疑，但不能确定，如果提信封的话就不一样了。而且，以他现在的状态，你以为我问他，他就会说吗？既然问他也不会说，又何必问，还不如自己去他家里找。”

“倒也是。这一对母子真是颠覆了我的认知，看起来都是其貌不扬、地地道道的农村人，没想到都是能和刑警掰得上手腕的高手。”

“我也没想到，一个是看着我长大的邻家阿姨，一个是我看着长大的邻家小孩，他们其实是两个命运不堪的可怜人，我一直都挺同情他们，哪知道……”

“可我又在想，会不会真的不是他们呢？”

“你为什么会这么觉得？”

姜初雪说：“你想啊，如果真是唐白踩点，他妈做的凶马案。唐白他妈既然这么厉害，为什么不杀了唐世德——那个她付出了全部却仍然抛弃她，让她落得这步田地的罪魁祸首呢？毕竟一个犯下如此大案的凶手，不可能会讲什么心软和仁慈了。”

“你这么说好像也有道理。可是，根据线索推测，目前最有嫌疑的就是唐白和他妈了。如若不然，还能是谁呢？”

“或许就像唐白说的，一个爱打抱不平又很有本事的人，恰好看见夏东海等人残忍地打死了一条狗，起了愤慨之心，因而策划了这一系列谋杀案？”

“这种可能性很小，但也不是不可能。毕竟这世界什么样的人都有，犯罪动机也千奇百怪。是或不是，明天去唐白家看看就知道了。

时间不早了，先回去休息吧。"

"怎么，那个变态呢，不审了吗？"

"天都快亮了，我们得休息一下才行，明天上班的时候还得到场汇报情况。而且，我听到了阎老三和唐白的对话，可以排除阎老三和黎东南是凶马案的凶手。阎老三的问题，可以先放一放再审，不急。"

"行，那就先休息吧。"

第5章
发现谜底

李八斗醒来，看了看时间，已经九点了。他赶紧起身，匆匆地漱口洗脸，然后往刑警队赶去。

他进办公室的时候，姜初雪已经在了，这让他很意外："你已经来了，怎么不给我打电话？"

姜初雪说："我想你昨天熬得那么晚才下班，就让你多睡会儿呗。"

这时，厉长河来了。李八斗忙迎上去："队长，你来得正好，我正有事找你呢。"

厉长河问："什么事？"

李八斗当即说了案情的最新进展。

"魔术？"厉长河也顿时恍然大悟，"对啊，魔术是一种障眼法，但不是迷信，用的是常人不懂的科学原理。我们之前怎么就没有想到这上面来呢？"

李八斗说："因为我们反反复复地看过，那真真切切是一匹马，看不出任何被改变的痕迹。"

"不通不通不通。"包古在一边喊。

所有人的目光都聚集在他身上。

李八斗问："怎么不通了？"

包古说："你也说了，魔术只是一种障眼法，所以他只能在特定的时间和场景里发挥作用，不可能随时随地，更不可能持续很长时间。而凶马从野鸡山下来，经过沿途监控，进入案发现场，它走的每一步路，表现出的每一个动作，可都是肉眼可见、真真切切的。还有，你还记得那条被凶马蹬飞的狗吗？狗是实实在在地被踢伤了！"

李八斗说："魔术是一种神秘的科学，不懂其中的门道，就会觉得高深莫测、匪夷所思。你说的只是我们并不知道对方用了怎样的魔术手法而已，但并不能否定对方使用了魔术，只能说对方用得相当高明，明白吗？"

"我认为八斗说得对。"厉长河说，"这么久以来，我们一直想不明白，现在看来，这个最关键的点用魔术来解释是合理的。抓紧时间审讯那对母子，找出其中的端倪！"

"我和初雪昨晚已审过一轮，他们什么都不说，我们得找到证据才能撬开他们的嘴。"

"怎么找证据？"

"如果他们真用了魔术的方式伪装，那他们家里或者家附近应该会藏着魔术道具，我们只要找到道具就行了。"

"行，那就赶紧去找道具吧。"

于是，厉长河给孙四通打电话汇报情况，李八斗则带着专案组成员一起前往唐白家里找魔术用的道具！

专案组成员戴着手套，从唐白家的堂屋找到厨房，再找到卧室。农村人家里的东西，李八斗是很熟悉的，件件都认识。除了一些常用的农具、破旧的家具和厨具之外，并没有看见任何一样魔术用的道具。

专案组成员一人找一间屋子，然后聚在一起汇总，结果都说没什么发现。李八斗又去猪圈找了一圈，但也没有发现一件跟魔术相关的东西。

包古说："斗哥，这一次你失算了吧，我就说用魔术解释不通，你还不信，事实证明了吧！"

"我还是坚信。"

"你坚信没用啊。关键还得看事实，没有道具，你怎么说都没用。"

"不管了，初雪，你再给孙老师打个电话，让他再带些人来。我们把这附近的庄稼地还有山林都找找，他们很有可能把道具藏在外面了。"

包古说："斗哥，你是越来越不靠谱了，那么重要的东西谁会藏在外面，万一被闲人看见了怎么办？"

"就你问题多，赶紧挑个方向去找吧。"

李八斗说着，又转身回去找。他突然想起被子下面也是可以藏东西的，唐白母子会不会在被子下藏东西呢？

结果，依旧没找到魔术用的道具，不过在一个房间的枕头下找到了那个神秘的信封，虽然已经被撕开了，但里面的东西还在。

李八斗从信封里拿出东西一看，不由得喜出望外。里面的几页打印纸上详细地记录了黎东南的各种资料，显然是为刺杀黎东南准备的！

李八斗当即把资料又装回了信封里，出来拿给了姜初雪，让她等下带回去做个指纹鉴定。

姜初雪接过信封就问："你看了吗？里面装的什么？"

李八斗将内容简单跟姜初雪说了一下。

姜初雪兴奋地说："这么说来，这东西可以作为证据了，那个唐白再也没法狡辩了。"

"是的。"李八斗说，"这一次任他巧舌如簧，也别想脱得了干系。"

"原来一直有高人在背后帮助他，难怪他每次都能找到最好的时间和地点实施谋杀。可是，他们背后的人又会是谁呢？和他们是什么关系，又为什么会跟他们一起做这么一件生死攸关的事？"

"这就不知道了。唐白性格内向，朋友很少。我曾查看过他的电话簿和通话记录，没发现可疑之处。袁秀英就更不用说了，她的联系人只有唐白。"

"监控录像和通话记录，是警方查找犯罪线索的最好方式。而他们深知这一点，所以刻意避开了这种能留下痕迹的方式。反正我觉得，就凭唐白母子，要想制造凶马连环杀人案，还是过于不可思议。"

"没事，等孙老师带人来先找找道具，回去再审审，结果就出来了。咱们有这信封里的资料，已经可以打场有把握的仗了。"

不一会儿，寂静的山村公路上就出现了一字长龙般的警车。从车上下来了许多警察，开始对唐白家附近及一些山林进行地毯式搜查，可搜到中午也没什么发现。

孙四通让警员从镇上送来了盒饭，下午继续搜查，一直忙活到下午四点，跟唐白家有关联的屋子、田地和山林都搜了，仍一无所获。

"不至于啊，各方面条件都具备了，只差证据和细节了，怎么会找不出道具呢？"听完最后一组搜查队伍的汇报，孙四通也感到茫然。

李八斗说："没事，我们手里还有样重要的东西，可以去找唐白聊聊。"

孙四通问："什么东西？"

李八斗跟他说了信封的事。

孙四通眼睛一亮，说："那赶紧啊，去提审唐白。"

"行，那我和初雪就先回去审了。"李八斗说。

李八斗和姜初雪火速回到刑警队。姜初雪拿着信封去做指纹提取，李八斗则直接来到关押唐白的地方。

唐白抬起眼看着进来的李八斗，眼神还是一如既往地平静。

"你猜，是我赢了，还是你赢了？"李八斗看着他问。

这也算是心理战术，因为答案很显然是李八斗赢了。要是他输了，他就不会问得这么自信了。

可唐白的表情依旧很淡然，没有丝毫慌乱，只是微微一笑："我从来就没把八斗哥你当过对手或敌人，又谈何输赢呢？"

"其实，我一直都把你当亲弟弟，我也知道小玥的事对不起你，我甚至骂过小玥，觉得做人应该对得起良心。可她那时也小，不懂事，玩心重，眼里看见的、心里想着的，都是虚荣。可她是她、我是我，我对你从来没有半点嫌弃，我一直都想好好帮你，包括我知道你失学，都是第一时间联系你，可你不领我的情。你知道，无论是别人欺负你，还是有什么事，你只要给我打个电话，我都会帮你。难道你宁愿去犯法，走上不归路，也不愿接受我的帮助吗？"

"这事分两头说吧。首先，我没有像八斗哥你说的，走上犯法的不归路什么的。其次，我知道八斗哥你是什么样的人，我失学时你打来的那个电话，就像一盏灯照亮温暖了我的世界，我没齿难忘。只是我知道，我们这漫长的一生，无论崎岖坎坷，再怎么接受别人的帮助，始终得靠自己去走完，所以我们要学会独立，学会自己解决事情。若不然，我们依靠的人倒下了，岂不是就走投无路了？"

"既然你还是坚决不认，那我就给你看样东西吧。"李八斗说着，拿出了那个信封，"我相信你只看到这个信封就够了，因为里面的东西拿去做指纹鉴定了，看那里面的东西都有谁看过。所以，你现在是不是要跟我好好解释一下这个信封里装的东西？"

唐白还是一脸淡然，并摇了摇头："这个，我也很迷糊，不知道是干什么用的。"

"都这个时候了，你就不要和我装了。里面的东西，我看过了。很显然，这就是为你杀死黎东南做的准备！"

"八斗哥，恐怕得让你失望了。因为我得告诉你，这信封和里面的东西，根本就不是我准备的，是昨天傍晚一个莫名其妙的人给我的。那个人是谁，为什么给我这个东西，我也不知道。我拿回去看了之后，也是一头雾水。"

"莫名其妙的人给你的？那行，你先跟我说说这个莫名其妙的人是怎么给你的？"

"我下班回家的时候，快到家了，一辆车突然停在我面前。车上下来了一个人，给了我一个信封，说有人给我的。我当时问了是什么，他也没说，只说我看了就知道了。我回家后撕开看了，但还是搞不明白谁给我这个干什么。我都怀疑对方是不是送错人了。"

"那个人长什么样，跟你说了什么？"

"四十岁左右，男的，戴眼镜，络腮胡，他说对方让我让我保密，别给任何人看，还说他送东西给我这件事就当没发生过。我可以对天发誓，我不认识那个人，也从未见过他。"

这时，姜初雪过来了，把李八斗喊到了外面，说了指纹鉴定结果。上面只有两个人的指纹，一个是唐白的，另一个应该就是那个给唐白信封的络腮胡的。

"看来，现在案件的关键是要找到那个络腮胡了。"李八斗说。

"唐白怎么说？"姜初雪问。

"他说他不认识那个络腮胡，也不知道对方给这封信目的何在。"

"你信他？"

"我倒真觉得他没说谎。"

"为什么？"

"其一，他主动说的络腮胡给他信封的情况，包括时间、地点以及络腮胡的特征，都跟我看到的一样。他没有丝毫替对方掩饰的痕迹，若那个人是他的同谋，他不会把对方说得那么清楚；其二，如果对方和他是同谋，给了他黎东南的资料，他会知道这是某种意义上的罪证，看过之后就会第一时间毁掉，但他没有这么做，说明他没有意识到这东西的重要性。"

"背后的人会是谁呢？他为什么要神神秘秘地把黎东南的详细资料给唐白？"

"所以我们得去找这个人了，找到这个人，或许就能接近真相了。"

说干就干，李八斗和姜初雪当即赶到石笋镇，查看昨天傍晚出石笋镇往五谷村的监控。

那个人在六点三十几的时候拦在唐白的电动车前面，那么他回镇子的时间应该是六点五十接近七点了。

李八斗就从六点五十开始看。果然，在六点五十五分的时候，他看到了那辆在车牌上贴了"百年好合"的悍马车。他从监控沿路一直追着那辆悍马车，发现悍马车去了靠北边的一处郊外，然后消失在了监控中。

"又出镇子了，这下又难找了。"

"难找也得找，我们还得往那条路摸排下去。"

姜初雪看了看时间："六点多了，我们先找个地方吃饭，明天再找吧。"

随后，两人去了镇上的一家餐馆吃晚饭。

吃饭的时候，姜初雪又突然想起了什么，便说："那个阎老三好像还没审吧？"

李八斗说："早点晚点审他都没关系，反正这次他跑不掉了。"

"给他定什么罪名？"

李八斗想了想："应该是杀人未遂吧，另外，他说他是受人所托前来，不用说，这个人肯定是黎东南。对了，晚上还不能休息，得连夜把阎老三审了，然后将黎东南抓捕归案！"

"行，我陪你吧。只要有可能，就绝对不能让这个变态逍遥法外。"

两人迅速吃完饭，打算回城去审阎老三。

路上李八斗突然想起一件事，说："我还得去五谷村一趟。"

姜初雪问："什么事？"

"我才想起，唐白母子都被抓了，他家养的牲畜怎么办？我得去找户人家帮他们喂养一下。"

"看不出你还挺细心。"

"我好歹也是一名优秀的刑警，查的、想的全是头发丝一样的细节。"

"你把牛吹这么大，是想让我给你点个赞吗？"

"点赞？"李八斗一笑，"那都是俗人的虚荣，我这种脚踏实地的人，做事只求心安，从来不管别人怎么看。"

"好吧，你赢了。"

两人说笑着，开车来到了五谷村八组，找了离唐白家较近的一户人家，给了几百块钱，让他们这几天帮忙喂一下唐白家的牲畜。

办妥之后，姜初雪问："你觉得唐白母子还能出去吗？"

"难说。现在没有找到他们伪装凶马的魔术道具，缺乏证据，只能先查那个开悍马的络腮胡了。"

"我还有个问题。"

"什么问题？"

"唐白家好像就只有一匹马，就是那匹早产的矮马。"

"怎么了？"

"可以用魔术对那匹马进行伪装，使之变身为凶马吗？"

"我认为如果本身是一匹成年的高头大马，在其身上藏下一个人，再进行伪装的话，因为道具，会显得更加臃肿、不正常。恰恰本身是一匹看起来矮小的马，背上匍匐一个人，再用魔术化的道具来伪装成另一匹马的样子，这样那匹小马就会变成一匹看起来正常的大马了。当我们费尽心思找一匹成年正常马的时候，根本没想到这些。"

"你分析得确实很有道理，问题在于，魔术只是改变表象，改变不了实质。他们可以把一匹小马伪装成一匹大马，但正如包古所说，这匹马如何做到步履矫健地从野鸡山下来，自信地穿过城镇的？还有在遇到你的时候，如何做到奔跑如飞，把你都甩得没影。"

"你说得没错，问题也在这里。还记得吴国晋被杀那次，我和凶马在巷子里狭路相逢时，它的反应吗？如果凶马是被唐白母子中的一个用魔术伪装并操控的话，他们都认识我，并且跟我有不一般的感情，这样凶马转身而去就有合理的解释了！"

"你这么解释的话，确实合理。这个暂且放下，我们还是先去找那个络腮胡吧。"

两人回到刑警队，李八斗发现自己的电脑键盘下压着一张纸条。他拿起来一看，上面写了一句话：帮我照看一下家里的牲畜，别让它们饿着了，那是我妈一年的心血。下面落款是唐白。

李八斗特地去找了唐白，并告诉他，他家的牲畜已经找人帮忙照看了。唐白满是感激地说了声"谢谢"。李八斗还想说点什么，终究还是忍住了没说，接着和姜初雪去了关押阎老三的地方。

阎老三很悠闲地坐在墙角打着盹，听见开门声，他懒懒地抬起眼皮，看见进来的人是李八斗和姜初雪，眼中才有了光彩。

"走吧，我们换个地方聊聊。"

阎老三只是怪笑了下，没说话，跟着李八斗到了审讯室。

两方坐定，李八斗开门见山道："说吧，是谁让你去杀唐白母子的？"

"什么，杀唐白母子？"阎老三故作茫然，"谁要杀唐白母子了？"

"不要否认了。你真以为我是刚好赶到阻止了你们之间的冲突吗？我早到了，你跟唐白的所有对话我都听到了，并且录了音，要我放一遍给你听吗？"

"可以，放给我听听，然后告诉我，我什么时候要杀唐白母子了。"

"你还以为我在诈你吗？"李八斗说着从身上拿出录音笔，播放了当时阎老三和唐白的对话。

"怎么，还要否认吗？"

阎老三气定神闲地一笑："这能说明什么吗？"

"还不简单清楚吗？说明你是去杀人！"

"你在跟我开玩笑吧？如果我说我要杀人，你就能给我定个谋杀的罪名，那世界上那么多人动辄就说'信不信我弄死你'，你还都能安个罪名？"

"你不要给我钻这些牛角尖，你这完全不一样。"

"怎么就不一样了？"

"你是带着目的去的！"

"是啊，我带着目的去的，那你说我的目的是什么？我跟你们一样，是打算去把凶马案的凶手找出来，我为什么要这么做，因为这是一个连环杀人案，凶手不落网，可能还会有人死于非命。我这是在帮你们警方，我是在伸张正义，你倒想给我安一个杀人的罪名，你这脑子整天想什么呢？"

"别狡辩了。你是去找凶马案的凶手不假，但你也说得很清楚，你是受人之托要把凶马案的凶手找出来，然后杀了。不管你要杀的是什么人，你去杀人，就触犯了法律！"

"别这么天真了。你没有证据证明我杀了人，你是判不了我的。我说杀人，不过是一种恐吓、一种试探，想试试唐白的反应。你还是做警察的呢，你们的审讯课程里不是也有诈术吗？你们可以常用，我用就犯法了？"

"你用的可不是诈术。你动手了！"

"我动手了？"阎老三冷笑一声，"你不是说你一直在暗处看着吗？你搞清楚谁先动的手没有？我转身的时候，唐白在背后偷袭我，可不是拳头击打，而是动的刀子。一个人对我动刀子了，才是真的要杀人。而面对一个对我动刀子的人，后面还加了一个拿菜刀的人围攻我，所以我的动手叫什么？叫自卫，法律名词叫正当防卫，懂吗？"

"你大概对正当防卫有什么误解吧。正当防卫，是指人身安全受到威胁时采取的制止不法侵害的行为。后面在唐白母子对你无法造成威胁的时候，你还欲置两人于死地！"

"什么叫无法对我造成威胁？他们一直在用各种办法攻击我，你没看见吗？何况，他们并无死亡或重伤，你能拿我怎样呢？立案、起诉、关我几个月？顶多如此了。要是我的辩护律师能厉害点，我还可以当庭被释放。或者，就算不请辩护律师，我自辩，也一样没事，谁让我懂法律，懂你们办案的这一整套逻辑呢？年轻人，别太自负了，我过的桥比你走过的路都多，想对付我，你还嫩了点。还有，我可以教你，法律的灵魂是什么，是证据。有证据，你才能以法律为武器。那么法律的弱点又是什么呢？也是证据。当你在一件事情上无法向检方和法院出示证据的时候，你明知有人犯罪，却也拿他无法，懂吗？"

"你是在告诉我，你本就是去杀人的，但我没有证据，就只能干瞪眼？还有，夏天也是你杀的，只是我们没有证据，也拿你没办法，是吧？"

"你可别想套我话。我什么都没说，你爱怎么想是你的事。"

李八斗知道再审下去也没有意义，当即把阎老三送回了拘留室。

姜初雪一肚子的气："这浑蛋太可恶了！"

李八斗说："他这种人太自负，虽然不怕死，但怕输，所以我们必须赢他。"

"可他太狡猾了。他熟知我们的办案逻辑，还能把案子处理得不留痕迹，我们很难抓住他的把柄。抓不到他的把柄，他就会逍遥法外继续害人。"

"世上没有任何人可以把任何事都做到滴水不漏，总有破绽的。"

"就算有破绽，也不一定就能被发现。毕竟有些破绽太微乎其微。警察也是人，是人就有疏忽。何况，找破绽是一个被动的过程，这个过程本身是盲目的。"

"怎么，你不自信了？"李八斗笑道。

"能怎么自信？我以为这次可以把这浑蛋法办了，可看了刚才对他的审讯，他还是占上风的。我们根本拿他没办法，还得放他。"

"别急，我抽时间再去找找他的犯罪线索。"

"怎么找？"

"我带你去看样东西吧。"

姜初雪也不知李八斗葫芦里卖的什么药，就跟着他走了。

李八斗把姜初雪带到刑警队的停车位上，指着阎老三的那辆面包车，问："发现什么问题了吗？"

"什么问题？"姜初雪还是不明所以。

"车身上贴满的商场打折广告，已经看不清车子本身的面貌了。"

"然后呢？"

"阎老三平常开的面包车不是这样的，为什么去唐白家，打算杀他们母子的时候会这样？这就是他隐藏行迹的方式。因为我们已经认识并熟知了他的面包车，他再出去作案，就得对面包车进行伪装。也正因为如此，你们在夏天的失踪地附近没有找到阎老三的线索。没人看到阎老三本来的那辆面包车，或许有人看到了一辆这样贴满了商场打折广告的面包车呢？"

"对啊，我怎么没想到呢？"姜初雪瞬间激动起来，"我就说怎么可能一点线索都没有，原来是我们弄错了方向！"

李八斗点头："明天我们再开着这辆面包车去，看那附近有没有人对这样一辆车子有记忆就行了。"

"嗯，可以。"姜初雪又突然想起了一件事，问道，"我们不是还得找那个开悍马车的络腮胡吗？"

"可以让包古他们去找，车子消失的地方没监控，找起来难度比较大，花的时间也多。我们先去问这边的线索吧，耽搁越久别人就越记不清了。"

姜初雪也觉得是这个道理。

第二天，李八斗把情况跟孙四通汇报后，孙四通也同意让包古和魏大勇等人负责在镇北郊寻找那辆悍马车和那个络腮胡，而李八斗和姜初雪则前往夏天的失踪地附近查找线索。

李八斗来到夏天停车的位置，沿着监控视频外的那条路走出去，两边分别是蛤蟆丘和石笋山，前面则是大片的田地庄稼。

站在一处交叉路口，李八斗左右看了看，最后目光落在蛤蟆丘上，若有所思。

"往左转个弯就有几户人家，要过去问问吗？"姜初雪说。

李八斗点点头，当即和姜初雪往那边走去。

问了两户人家后，第三户人家的一个中年妇女看着李八斗手机里那张面包车的照片，想了想说她在好几天前见过，不过具体哪一天不记得了，车子跟照片里的一样，也是贴满了这种促销打折的商品广告。她对此印象深刻，因为她当时路过，想着是不是卖什么东西的，还特意探头往车里看了看，但是没看到人。

李八斗听完心里一动，问她在那天的什么时间又是什么地方看见的。

中年妇女想也没想就说，地点是一处路边。

李八斗让中年妇女带他去了她所说的那处路边，并问她为什么记得这么清楚。

中年妇女说，因为外边那块地就是她的。

随后，李八斗又问了她是什么时间在那里看见的那辆车子。

中年妇女略想了一下说，中午一点左右。

中午一点左右，较之夏天车子停在石笋山下的时间略靠前，显然夏天就是到这里的某个地方和阎老三见面的！然而，阎老三和夏天到底约在哪里见面呢？

李八斗站在那里，看着周围的环境，苦苦思索。最后，又将目光落在了远处的蛤蟆丘上。

"走，我们去那上面看看。"

"你有什么发现吗？"姜初雪问。

"没有，先看看再说吧。"

李八斗带着姜初雪爬到了蛤蟆丘上。

姜初雪还是有些费解："为什么到这上面来，阎老三不至于在这么显眼的地方杀害夏天吧？而且，这上面我们来找过，什么也没有发现。"

"我觉得案发现场很有可能就在这座山上。"

"为什么？"姜初雪不解。

"很显然，阎老三约夏天见面，不会在一个很显眼的地方，因为太显眼，不方便他动手。同样，他也不可能约夏天在一个很偏僻的地方见面，因为太偏僻的话，夏天不会去，就算会去，也可能找不到地方。另外，这个地方离阎老三停车的位置不会太近，那样的话目标太大，容易被人发现；同样也不会离停车处太远，太远了走路耽误时间，撤离也费事。综合判断之后，我认为阎老三约夏天见面的最佳地点就是这里。"

"这里是蛤蟆丘顶，一个观光旅游的地方，还不够显眼吗？"

"你要注意阎老三和夏天约的见面时间是正午。一个星期前连续多天太阳很大，尤其是正午这个时间点，蛤蟆丘顶应该是没有人的。你想想，谁会在正午大太阳的时候爬山呢？"

"好像是这个理。"

"而且，这个地方一说起来都知道，也容易找，那么阎老三和夏天约在这里和她讲故事，夏天不会起疑心，也不会有防备，并且能顺利找到这里。"

姜初雪突然想起什么，走到悬崖边上，看着下面被树林遮蔽的地方，发出了一声疑问："难道阎老三在这上面杀了夏天，然后抛尸下去？"

"不出意外，差不多是这样了，下去看看就知道了。"

"这里？"姜初雪向下看了眼，问道，"这怎么下得去？"

"自然有地方能下去。"

李八斗说着，绕着山顶转了一圈，找到了一处虽是峭壁，但尚且可以攀爬的地方，尽管看起来有些危险，但还是有可能下得去的。

"你确定要下去？"姜初雪担心地问。

"你要怕就留在上面吧，我一个人下去看看就行。"

姜初雪的面子一下子受到伤害，不服气地说了声："笑话，这世上有我怕的事吗？"

李八斗笑笑没说什么，动身攀着石壁往下而去。站在一个凸出部分的时候，他发现更下面一点的地方有一点残缺的脚印。

他仔细分辨了下，那个残缺的脚印是脚尖部分，显然符合攀爬的逻辑。一般人攀爬的时候，只用得上脚掌前半部分，而用不上脚掌后半部分。

这个时候，他基本确定了自己之前的判断。专案组虽然来找过，但在山顶上并没有发现任何痕迹，就没人在意了；另外，这个地方属于旅游地带，又是大白天的，就更没有怀疑到这里。加上几面悬崖，根本难以下去，自然而然就被忽略了。

姜初雪也小心翼翼地往下而去，但生长在城市的她，应付这种悬崖峭壁，显然没有李八斗那么娴熟、大胆，看起来还是很畏惧。

李八斗便时不时对她施以援助之手。后来因为一处落脚点的面积比较小，李八斗没有站稳，结果两个人一起摔落下去。

幸好此处离地面已经不高了，还有树枝密叶作为缓冲，两人的身体都无大碍，只是身体接触了大半部分。

姜初雪几乎压在了李八斗身上，这种接触未免过于亲密了点。反应过来时，姜初雪不禁羞得一脸绯红，如两朵红霞飞在脸庞。她二话不说，赶紧从李八斗身上滚开了。

"完了，我腰断了。"李八斗躺在那里一动不动。

"真的吗？不会吧？"还一脸害臊的姜初雪顿时紧张起来。

"怎么不会，从上面摔下来，又被你砸到身上，你少说也有九十快一百斤吧，怎么会一点事没有？"

"那，那怎么办？"姜初雪有些慌了，"打120急救吗？"

"120急救？这么偏僻的地方，孤男寡女的，到时候我怎么跟人解释啊，说破案吗？谁会信孤男寡女在这样的地方破案？说不清楚，我的清白就毁了，我以后就没法做人了！"

"去你的吧。"姜初雪突然变得镇定，"别在那里演戏了，赶紧起来咱们去找线索。"

"演戏？我演什么戏了？"

"你腰真摔断了，还能这么神色自如地跟我说话？你连痛苦的表情都演不出，可见你要是做演员的话，市场上不知道会出现多少烂片，说不定会毁了整个影视行业。"

"这你就不懂了。"李八斗从容地从地上爬起来，拍了拍身上的泥土枯叶，"我们的影视行业，或者说我们大多数观众，尤其是以你们为主的女性观众，她们更在乎的是演员的颜值，而不是演技。演技不过是颜值的附属品，真正能让她们尖叫的，就是像我这样的、长得帅的男人。"

"行了，一把年纪了，女孩子的手都还没牵过吧，还好意思说自己帅，还好意思吹牛？还是赶紧去查案吧，破了案，你就算吹牛，我也会包容你。"

两人斗着嘴，就开始在下面找线索。其实这时候，线索已经很好找了，他们看见有些荒草被踩倒了，还有树枝被折断的痕迹，说明这下面有人来过。而且，从还没有恢复好的痕迹判断，时间应该没过去太久。

李八斗认为这附近很可能就是阎老三杀人埋尸的地方。果然，顺着那些被踩踏的荒草和折断的树枝往前走了大约三十米，他看到巨大的树荫下有一块几十平方米的荒草坪，上面堆了好些被砍掉的枝丫，有些枝丫已经干枯得叶子都掉了，有些枝丫上还连着叶子，叶子黄绿相间，说明树枝被砍下来还没过太久。

为什么砍那么多树枝堆在那里？

李八斗第一个反应就是遮掩！他知道猎人给野兽挖坑，就得在坑上面弄一些枯草树枝类的东西作为掩饰。

是或不是，一看便知。

李八斗当即上前拿开那些枝丫，接着被挖过后又被压紧的泥土赫然映入他的眼帘。

第 6 章
荒山坟坑

"在这里了！"李八斗激动地说。

姜初雪也跑过去，看了看说："我们没带工具啊。"

"没带工具下去拿就是，有什么关系。"

"那你去拿。"

"行，那你在这里看着，我去拿吧。你小心点，万一有什么突发情况，第一时间给我打电话。"说完，李八斗便循着路下山。

他发现蛤蟆山的这一面虽然林密草荒，没什么人来，但确实有一条隐秘的路通往山下，只是不仔细辨认看不出来。

这条颇为隐秘的荒道绝对不是走过一次就存在的，一次是无法在荒草里走出道来的；也绝对不是经常有人走的，经常有人走的话，草就会完全被踩下去，路就会特别明显。因此，这是偶尔有人从这里走过形成的一条荒道。

为什么有人偶尔要往这上面来呢？来干什么呢？

除了这条颇为隐秘的荒道外，蛤蟆丘的其余地方都是荆棘丛生，根本没法通行，没人能在这上面打猎或采草药。

这上面难道是阎老三杀人后的固定抛尸场所？

带着这样的疑问，李八斗到山下的一户农民家里借了锄头和铁锹，然后原路折回。

重又回到荒草坪，李八斗用工具小心翼翼地将那层压紧的泥土挖开。果然，很快就嗅到了一股令人作呕的腐烂臭味，随着最后一层泥土被刨开，那些被分割的腐烂肢体就暴露出来了。

姜初雪顿时眉头深皱，用手捂着胸口，那股强烈的呕吐感让她感到极度不适。不过，身为一名有职业素养的法医，她努力克制着，并且冷静地观察着现场。

李八斗看见了那张已然腐烂的脸，还能模糊看出正是夏天的脸。他和夏天有过数面之缘，而且夏天性格开朗，给他留下了很深的印象。他受到了一种猛烈的冲击，浑身剧烈地颤抖着，心里有一种想杀人的冲动。

突然一只手伸过来握住了他的手。他回过头来，看着姜初雪那双乌黑发亮的眼睛，从中看出了关切。

"我会一直陪着你的！"姜初雪温柔坚定地说。

李八斗想说点什么，但不知道该怎么说，最终还是回避感情这回事，松开了姜初雪的手："我们想办法找证据吧。"

姜初雪把目光移到埋葬尸体的坑里，突然发现两块肢体的下方露出了一点没有任何腐肉的骨头来。她不由得皱了皱眉，当即找了根树枝，把其中的一截腐肢扒拉开，果然，下面露出了一大截黑黢黢的股骨。

"这里埋的不止一个死者！"姜初雪马上得出结论。

因为那截股骨已经没有腐肉了，说明人已经死了很长时间，肯定不是夏天的身体腐烂所致。

李八斗也看见了那截股骨，说："那就对了。"

"那就对了？"姜初雪一愣，"什么意思？"

李八斗说了他的推测——这里可能是阎老三的固定抛尸场所。根据这个推测，他认为这个坑里应该还有多具遭阎老三残害的女性尸体！

"这么说来，阎老三所有的罪恶都埋在这里了。"姜初雪说，"我们终于找到了他的致命秘密了。"

"先看看再说吧。"李八斗说。

在保护现场的前提下，姜初雪使用工具把夏天的腐烂残肢往旁边移开，下面果然露出了越来越多的、已经完全没有腐肉的骨头！

从那些色调不一的骨头判断，坑里确实埋了多具尸体，并且这些尸体清一色都是女性！

"我们得打电话给孙老师，让他增派刑侦技术人员过来了。"姜初雪说着，就准备打电话。

"等等。"李八斗喊了声。

"怎么了？"

"我突然想到了一个很关键的问题。"

"什么问题？"

"以阎老三的作案手段，是不会留下任何作案线索的。即便是夏天的失踪案，我们费尽周折发现了其中的一些蛛丝马迹，也没有任何实质性的证据。这些被他残害已久的女性就更不用说了。如果我们仍然无法找到关键性的、能将阎老三定罪的证据怎么办？"

姜初雪沉默了。这是一个很残酷的问题，你可能知道是谁犯了罪，但如果拿不出证据，是没有任何用处的。

"你有什么办法吗？"姜初雪问。

李八斗说："我觉得事情分两步走比较好。"

"哪两步？"

"第一步，就是动用刑侦技术人员，全力寻找阎老三作案时可能残存的线索和证据，能找到最好，这样就可以直接定他的罪。如果找不到的话，就只能用第二种办法了。"

"什么办法？"

李八斗的目光落在坟坑里："这里既然是阎老三的固定杀人抛尸之地，也就意味着他后续可能还会这么做。所以，我们可以在这里的隐蔽之处安装监控探头，以获取证据。"

"你的意思是，我们还得放了他？"

"如果没有证据的话，我们还能拿他怎么样呢？"

"也就是说，我们还得再让他残害一名女性。当他将这名女性的尸体带到这里时，我们才能拿到证据，将他绳之以法？"

"当然不是。我们不会再以一条人命为代价了，我指的是，阎老三未必只有杀了人才会到这里来。也许在某个时候，他会觉得这些都是他的战利品，说不定会到这里来欣赏自己的杰作，或是怎样。而且，如果因为没有证据而不得已要释放他的话，我们肯定会全面监控他的行踪，得在他的车上安装追踪器了，以便随时掌握他的行踪，争取在他行动之前拿下他。如果实在错过了这个机会，那至少也有最后一步保障，能在最后的现场拿到他的证据。"

"似乎也没有更好的办法了。"

"那就这样吧。我们还是按照程序先勘查现场，看能不能找到什么线索。"

姜初雪马上给孙四通打电话说明了情况。

随后，孙四通亲自带着专案组成员和刑侦技术人员赶来，梅花红也赶来了，开始对蛤蟆丘坟坑及其周围进行了搜查。

然而，除了在某些地方找到了残缺得无法辨认的脚印之外，没有其他任何线索。坟坑里除了夏天，还有十五具尸骨，从尸骨表面的腐烂程度判断，被害于不同时间，有的甚至长达十年之久。

另外，还可以从尸骨表面的腐烂程度判断出被害人死亡时间的间距，基本上是半年或者一年。也就是说，凶手的作案习惯是一年杀害一人或两人。

"白山居然有如此大案，却从未被人发现，你们白山警方是有多失职啊！"孙四通摇头叹息道。

"倒也不能说是白山警方失职。"李八斗说。

"这种骇人听闻的案子，不是警方失职，是什么？"孙四通颇有些不快。

"重点是嫌疑人阎老三不是一般的罪犯，他应该是雇佣兵出身的专业人才，擅长侦查、反侦查这些手段。他的有些经验甚至比很多刑警都丰富，做案子很少留痕迹。他将受害人埋在这种人迹罕至的地方，没人发现得了尸体，受害者家人顶多也就报个人口失踪案。而且，任何一个有百万人口的县城，一年内总有数起人口失踪案，他一年只犯一次或两次，再用上隐蔽的手段，警方根本注意不到。"

"你这么说也有道理。我们现在虽然面对着这些受害人，但仍然没有可以缉拿凶手的线索，接下来的破案程度可想而知，大家有什么好的想法吗？"

"肯定是先查受害人身份，找到被害时间，再深挖背后的线索吧。"包古不假思索地说。

"没必要。"李八斗当即说。

"为什么没必要？"包古问。

李八斗说："以眼下阎老三的作案手段来看，通常具备三大特征，其一，不留指纹和脚印证据；其二，处理监控；其三，选择最隐蔽的作案地点。"

"处理指纹、脚印证据？"包古说，"这上面不就有他的鞋印吗？只不过是草地，不如平地的鞋印完整而已。"

"留下鞋印不重要。"李八斗说，"重要的是他把作案时穿的鞋处理掉了，你查无对证。再说这些都是陈年旧案了，你还想找到什么线索？"

"那你说怎么办？"包古问，"难道不查了，让那家伙逍遥法外？"

"八斗，你有什么好的建议吗？"孙四通问。

李八斗当即说了自己的想法，先将这事瞒起来，将坟坑和周围复原，在周围的隐蔽处装上无线监控探头，以便获取证据。另外，在阎老三的面包车上装上追踪器，监控他的行踪，等他现形，再一举将他拿下。

"可这里面有个问题。"孙四通说，"无论是追踪阎老三，还是监控案发现场，以阎老三的犯案本事，我们只要有半点疏忽，或是动作慢半拍，就可能会再多一个受害者！"

"这个我知道，我也和初雪讨论过了。"李八斗说，"如果我们眼下拿不到阎老三的杀人证据，就不得不释放他。"

孙四通说："那这事也得请示周局定夺才行。"

李八斗点头，他知道这么重大的事，必须得请示局里的领导。

当下，由孙四通给周国栋打了电话，说了大致情况。周国栋考虑了一下，同意了他们的提案。

之后，孙四通下令让专案组成员和法医组配合，将坟坑现场复原，然后由紧赶而来的、最擅长网络监控的冷笑找好监控角度，安装无线监控探头。

回去后，李八斗在阎老三面包车的下方装上了微型追踪器。做完这些，李八斗再一次释放了阎老三。

阎老三没有半点意外，又一次露出了胜利的笑容，并且很狂地说了句："我早说过，跟我玩，你还嫩了点。你老是这样玩的话，会把你玩死的！"

"呵呵。"李八斗笑了一声，"听说过滑铁卢战役吗？拿破仑那样的王者，赢了那么多次，只输了一次就没了，你比他嫩得多吧？所以，不要高兴得太早！"

"那就走着瞧了。"阎老三怪笑了下，转身走了。

阎老三走后，李八斗和姜初雪打算去找那辆悍马车的车主络腮胡。

李八斗打了电话给魏大勇，问了他们搜索过的区域，然后选择了与之不同的道路。他个人认为，络腮胡和悍马车不会偏离镇上太远，因为他们得随时在城镇上玩乐，也会经常与人约见，住得太偏远了不方便。

而且，能为唐白传递那么细致的、与黎东南相关的信息，不但需要相当的时间精力，也需要相当的经济基础，后者从那辆价值不菲的悍马也能体现出来。所以，络腮胡不但有可能住在离城镇很近的地方，房子应该也很好。

李八斗这么判断着，沿着公路寻找。后面走到一个交叉路口，他将车停下，想了想，把方向盘打向左边那条偏窄一点的路。

姜初雪说："应该走右边吧，右边大道。"

"右边大道，又得找很远，这种小道，说不定会有意外收获。"

"我认为开悍马的人都会住大路边的房子。"

"那可不一定，大路边车来车往，灰尘多，噪声大，很多有钱人都不喜欢。反正小路找不到，找回来也容易些。"

姜初雪没再说什么，她觉得在生活经验方面，李八斗要比她老到。

李八斗开着车往里面找，转过一个弯，就看见前方有一处颇为别致的院子。院子周围绿树成荫，风景秀丽，颇有些豪门气派。

李八斗觉得可能有谱了，再将车开得近些，就看见了那处院子的门梁上有三个颇有气势的字：尚武院。

他把车先停了，然后和姜初雪步行往那边走去，这样做也是为了防止打草惊蛇。走在路上，他还叮嘱姜初雪，不仅要跟在他身后，还要随时保持警惕。因为这些人如果真的跟凶马案有关，一旦察觉到什么异常，很可能会杀人灭口。

两人走到尚武院门口，两扇大铁门关着的，但透过铁门的门缝可以看见里面。里面很宽敞，有高大的树和一些练功的摆设，譬如木桩、沙袋之类，有个人在那里用一根手指做俯卧撑。再往前是一些看起来风格复古的房子，院子左边停着两辆车，李八斗仔细辨认了一下，其中一辆正是悍马！

"车在那边，我们过去看看。"李八斗小声说。

两人绕着围墙到了院子左边，李八斗让姜初雪等着，自己翻上了围墙。一辆悍马车就停在围墙下，只不过这辆悍马车跟李八斗那天傍晚看见的悍马车全不一样了。

那天傍晚的悍马车全身都是泥灰，看起来很旧，而且还用"百年好合"遮掩了车牌，而如今停着的悍马车看起来亮堂堂的，焕然一新。

李八斗让姜初雪在外面等着，然后轻轻跃下围墙，进到了院子里。他要仔细看一下这辆悍马车，虽然洗车可以让整辆车都焕然一新，不过有些东西是没法改变的。

譬如，贴在车子挡风玻璃上角的年检标签，以及标签的张贴位置及年检数据。洗车不可能改变这种细节性的东西。

李八斗拿出手机，找出之前保存的、在派出所查到的监控视频。他截取了其中一个画面，然后将图片放大，能清楚地看见上面的数据，和眼前停着的悍马车挡风玻璃上的年检标志一模一样！

没错，就是这辆悍马车。李八斗顿时兴奋起来。

"你他妈的，谁啊，在这里干什么？"突然传来一声吼。

李八斗闻声转过头，看见一个皮肤黝黑、身材壮硕的男人，瞪着一双铜铃眼，像怒目张飞一样。

李八斗本想搭话，可对方看见他就骂骂咧咧的："竟然偷车偷到老子的地盘上来了，是找死了！"

不由分说，男子劈面一拳就往李八斗招呼过来。李八斗自然不会让他打到，当即腰一摆，头一偏，就避开了对方的拳头。

对方似乎有些意外，以为李八斗只是普通人，一拳就能将他撂倒，没想到李八斗还是个会家子，便说了声："哟，练过？那老子就陪你玩玩吧！"

话音刚落，一脚向李八斗扫去。李八斗退后躲避。对方紧逼不舍，连环腿上下翻飞，裤腿呼呼作响，可见力道分外强劲。

李八斗连退数步之后，已经退到了围墙下。对方似乎早等着这个机会，待李八斗无处可退时，立马拼尽全力，往李八斗胸膛蹬出，打算用这一脚将李八斗拿下。

眼看那一脚已经风驰电掣般攻近胸口，情急之下，李八斗只好迅速往旁边闪躲。那一脚擦过他的肋骨，重重地蹬在了围墙上，发出轰然一声响。

李八斗借此机会，猛攻其下盘，对方来不及反应，重重地栽倒在地。

"这边出事了，快喊龙哥。"

不远处，一个看起来也挺结实的小青年手里提着一根棍子，边往这边疾奔边大声喊着。

听见他的喊声，随即又有两个人从侧边的屋里出来，也各自拖着木棒往这边奔来，还大声喊着"拦着他，别让他跑了""弄死他"之类的狠话。

那个被李八斗击倒的男子忍着痛爬起来，看见李八斗的架势，感觉他绝非无名之辈，也不急着进攻了，而是保持着戒备，等帮手到来。

拖着木棒、凶神恶煞的小青年很快冲到，隔着还有几米的时候，他就扬起那根粗大的木棒，准备攻击李八斗。

就在那一瞬间，李八斗从后腰间的衬衣下拔出枪来，直接指向那个小年轻，吼了声："你动手试试！"

小青年如被雷劈了一般，不仅第一时间急刹住脚步，还吓得"噔噔"倒退了几步。他踩到了后面的石头，差点摔倒在地，那根扬起的木棒也仿佛定住了一般。后面冲到的两人也都各自停下了脚步。

俗话说得好，武功再高也怕菜刀，何况是枪。

"小子，你要知道这是什么地方，敢在这里动枪，你会死得很惨的。"先前那个腿法不错的男子说。

"是吗？"李八斗一脸认真，"那你告诉我这是什么地方，很了不起吗？"

"赶紧把你的枪收起来吧，不然你会死在这里的。"男子答非所问。

"呵呵。"李八斗说，"老子手里有枪，你还敢吓我，信不信我一枪崩了你。"

说着，他故意把枪口对准男子，那男子吓得猛一哆嗦。

"什么情况？！"突然从远处传来一个声音。

李八斗抬头一看，看见了一个四十岁左右、浓眉大眼的汉子，带着一男一女往这边信步而来。那一男一女有个很明显的特征，就是瘦。女的还好，瘦显身材，而且长得有几分姿色，小家碧玉的感觉；男的因为比较高，再一瘦，看起来简直像猴子似的。

之前的几人见到那浓眉大眼男子都恭敬地喊了声"龙哥"，也在那瞬间重新有了底气，再看李八斗的时候，一副要吃了他的架势。

"怎么回事？"

武龙一双眼睛威严地看向李八斗，又看了看他手里的枪，并没有当回事。

先动手的那个男的指着李八斗说："他来偷龙哥你的车，被我发现了，然后就动上手了，没想到他居然有枪。"

"到尚武院来偷车？"武龙看着李八斗问，"活得不耐烦了？"

李八斗把手里的枪摆了摆："我说大哥，你是不是不认识这是什么东西，不知道它能打死人啊？说话还这么不知天高地厚。"

武龙一脸轻蔑："不是老子瞧不起你，你拿着这玩意儿吓吓人还行，真让你开枪打死人，恐怕你会吓到尿裤子。你这种小偷小摸的，知道什么叫人命吗？真正擅长杀人的人，不会这么张狂，而是一声不吭就把人杀了。"

"听起来，你好像杀过人，而且还很有经验。"

"比你厉害那么一点点。别跟老子废话了，把你的枪收起来，然后跪着认个错，老子给你条活路。否则，明年的今天，你妈得给你哭坟了！"

"你要这么说的话，我得给你看点东西了。"李八斗说着，从身上掏出一个小本子来，直接丢给了武龙。

武龙伸手接住，看见小本子上面的图标时，脸色顿时变了，再打开一细看，惊道："你是刑警！"

"怎么，还要我给你跪下认错吗？"

"那又怎么了？刑警就可以随便到这里来偷我东西？"

"偷你东西？你这智商不行啊，刑警会来你这里偷东西？你大概不知道，如果刑警要去偷一个人的东西，意味着什么，意味着你在命案里了。"

"你是来查我的？"武龙脸色再变，只是那双眼睛里再次有了凶光。

"没错，我是来查你的。"李八斗边走近他边说，"而且，你敢反抗，我可以合法地——"

"你就是来偷车的，还想找理由抓我？兄弟们，做了他。"

李八斗话还没说完，武龙突然一声吼，并在一瞬间将手一扬，只见几粒早握在手心中的铁珠脱手而出，如离弦之箭般直奔李八斗的面门而来。

李八斗早察觉到武龙不对劲，见铁珠击来，当即闪身偏头闪躲。躲是躲开了，武龙却趁着这个机会贴近身来。一见武龙动手，其余的人也跟着往李八斗这边围来。

李八斗闪躲了几下，还是反应不及，被其中一人用木棒击中了手臂，手中的枪随之掉落在地。

现场一共有七人，个个都是高手，其中三人还手持木棒，都一副要置李八斗于死地的架势。李八斗被困在中间，左闪右躲，频频中招，情势十分危急。

武龙还在那里故意喊叫："敢来尚武院偷东西，废了他！"

这样到时候他们就可以说只是想抓一个小偷，而误伤了人命，也许再花点钱、找点关系就能搞定了。

"住手，不然开枪了！"突然传来一声娇喝。

围攻的众人抬眼一看，围墙上竟然多出一位冷艳美女，姿势端正地举着一把手枪，正对着场中人。

"谁再动一下试试！"姜初雪命令道，"都把手举起来，退到一边！"

其他人都看着武龙，武龙也很迟疑。他显然不想退开，但开弓没有回头箭，他知道李八斗是刑警，还出手了，这事就算摊上了。而且李八斗说是来调查自己的，自己毕竟也做了些见不得人的事，这要是被抓走，就吉凶难料了。

"啪！"姜初雪没有多说，当即朝天开了一枪。

武龙的心里还是抖了下。

"再不退开，我的子弹可就往脑袋上飞了！"姜初雪说。

李八斗此时也捡起了自己的枪来，一脚把其中一个用木棒打过他的家伙踹翻在地，将枪顶在他的头上，喝令："都抱头蹲好！"

两把枪指着了，武龙等人已经不抱任何幻想了，只得照做。

李八斗当即给魏大勇打了电话，让他带六副手铐过来，因为他自己车上还有一副。

打完电话，李八斗拿着枪走到武龙面前，一脚把他踹翻在地："练过了不起啊？连警察都敢动！爬起来再试试啊！"

武龙只能掸掸身上的灰尘，脸色虽然十分不满，但不敢轻举妄动。

姜初雪也从围墙上跳了下来。两把枪，两个黑洞洞的枪口，谁也不敢不要命。

武龙一直在找机会，可李八斗占据的位置，他们中的任何一个人都偷袭不到。而李八斗能把他们所有人的一举一动都看在眼里。

四十分钟后，魏大勇带人赶来，给武龙等人都戴上了手铐。

李八斗让武龙留下，其余人先上车，然后让武龙带着他到整个尚武院搜了一圈，发现里面真是别有洞天，有幽静高雅的茶室，还有好几个看起来挺漂亮的女服务员。李八斗将那些女服务员的身份都做了登记，并且留下了联系方式，才带着武龙等人回了刑警队。

一回到刑警队，李八斗就直接把武龙带去了审讯室。武龙似乎也豁出去了，比起之前的慌张，淡定了许多，能平静地和李八斗对视了。

"认识唐白吗？"李八斗开门见山。

"不认识。"武龙回答得很干脆。

"你再好好看看。"李八斗从手机里翻出一张唐白的相片，又问。与此同时，他发现武龙的眉头微微皱了下。

"认识吗？我得提醒你，我耐心有限，别一问三不知，否则有你受的！"

"不认识，怎么了？"武龙抬起眼来，"你还打算刑讯逼供吗？"

"我不刑讯逼供。但我可以告诉你，这里是刑警队，任何一个走进这里的人，都有义务配合警方审讯。如果拒不配合，我们可以一直等他配合。大概意思就是，你态度没老实之前，就别想睡觉。如果你觉得你很能熬，那我就陪你熬一下，看你能熬得了几天。怎么样，要说吗？还是想感受一下眼皮打架但不能睡的那种感觉？"

"你在问，我在答，你还要我怎样？难道我不认识的人，你非要我说认识？给你做伪证？"

"看来，你是不见棺材不掉泪啊。"李八斗说着，拿出了手机，找出了之前的那张截图，放大了给武龙看，"这是你的车吧？"

"是的。"武龙面对事实无法否认。

"那就行了。前天傍晚六点多的时候，你开着这辆车去五谷村八组给了唐白一个东西，是什么东西？"

武龙沉默着，一言不发。

"你躲不过这一关的。进了这里的人，命运都在我手上，你不配合，吃苦的只能是你。你要是聪明一点，就学着配合，别给自己找罪受！"

"就一个信封。"

"信封里面装的什么？"

"不知道，我没看。"

"也就是说，信封是有人让你转交给唐白的？这个人是谁？"

武龙又不说话了。

"你的事关乎多起大案、多条人命，你认为你可以瞒得过去吗？这种事就算硬撬，也要从你嘴巴里撬出来，要撬不出来，你一辈子都别想出去了。你除了配合，没有第二种选择。说吧，谁让你给的信！"

"是城哥让我给的。"武龙听说过刑警队的手段，何况李八斗已经拿住了他的把柄，他不可能不交代。

"城哥是谁？"

"就是白山的黄金大王，曹连城。"

李八斗皱了皱眉："他让你给信的时候说了什么吗？"

"就让我伪装一下，别让对方认出车子和相貌，东西给到手就行，也不用做什么。"

"一共给过几次？"

"就一次。"

"你跟曹连城是什么关系？为什么他让你做这种事？"

"没什么关系，城哥为人仗义，我有困难的时候他帮过我，他有什么需要的时候，我就帮他跑跑腿。"

"跑跑腿？"李八斗冷笑，"你当老子三岁小孩呢？你忘记你在尚武院说的话了？你手上挂了几条人命啊？"

"什么挂几条人命？我那就吹吹牛，我连鸡都不敢杀，怎么敢杀人。那就是仗着人多吓唬吓唬你。"

"行，我不跟你聊，我先去找那个黄金大王！"

李八斗问了曹连城的电话和住址，向孙四通汇报了下情况后，当即带着几名专案组成员直奔曹连城的别墅。

对于李八斗的到来，曹连城一脸茫然，其实心里有些慌，不过他尽可能地掩饰着那种慌张。

"这阵仗，有什么事吗？"曹连城问。

"认识唐白吗？"李八斗问。

"唐白？"曹连城愣了下，瞬间似乎明白了什么，立即点头，"认识，但仅限于认识。"

"仅限于认识？那你让武龙偷偷摸摸给他信封干什么？"

"这个……也没什么，就是，就是……"

"就是什么？"李八斗声色俱厉，"别给我编故事，老老实实回答，否则马上就得带走你了！"

"真没什么。"曹连城赔着笑，"其实，我是想试探一下他。"

"试探什么？"

"最近不是发生了凶马连环杀人案嘛，我怀疑有可能是唐白干的，所以就把大哥的资料给他，看他会不会有动作。"

"你为什么怀疑凶马案是唐白干的？"

"因为东海、国晋、飞虎三个人都被杀，而且死状都是头被砸烂，包括大哥的'铁将军'也是那种死状，让我想起了之前我们在五谷村八组打猎的时候，打死的一条老黄狗，狗的头部当时被东海砸得稀烂。所以我怀疑是那条老黄狗的主人帮它报仇，才试探了一下唐白。"

"你所指的大哥，是黎东南吗？"

"是。"

"你为什么喊他大哥？"

"团结才是力量嘛。也不记得什么时候，我们就拜了把子。"

"哪几个拜的？"

"已经有三个死于凶马案了，剩下的就我和大哥了。"

"打猎那天也是你们五个，是吧？"

"是。"

"你试探唐白的事，黎东南知道吗？"

"这……"曹连城摇头，"不知道。"

"你为什么不告诉他？"

"大哥的生意做得那么大，操心的事够多了，这点小事就没必要惊动他了。"

"那我想请问一下，你为什么不用你自己的资料来试探，而要用黎东南的资料呢？"

"这个……"曹连城一时语塞，不过反应还是很快，"可能，我还是有点私心，害怕吧。"

"既然你害怕，那你试探的意义在哪里？譬如说，如果唐白真的是凶马案的凶手，他收到资料后有所动作，请问你的应对方法是怎么样的？怎样保证黎东南的安全，又如何抓住凶手？"

"这个……"曹连城又被问得语塞了，额头上的汗直往外冒。

"别再伪装了，一个谎言盖一个谎言，显然你的思维还没有那么敏捷，至少在一个重案刑警面前还嫩了点。所以，你把黎东南的资料给唐白的真实意图，是想借唐白的手杀了黎东南，我没说错吧？"

"怎么可能。他是我大哥，我跟他是割过手指、喝过血酒、拜了把子的兄弟，别人欺我，他会帮我；别人害他，如同害我。你能找出半点我想害他的理由吗？"

"别装了，什么兄弟、什么喝血酒拜把子，你以为我不知道你们几个跟黎东南明的是抱团的兄弟，实际上是黎东南用帮你们平事的借口，从你们的生意里抽取利润。这跟那些街头混混儿找摊贩收保护费没什么两样，只不过手段隐晦了些。夏东海不满黎东南，吴国晋恨黎东南，你大概也好不到哪儿去，你觉得呢？"

"兄弟你是警察，凡事得有证据，可不能无中生有、信口雌黄啊。"曹连城还是一副老好人的样子，笑盈盈地说。

"你让武龙给唐白的那个信封就是证据。"

"是吗？那请问警官你能用那个信封定我个什么样的罪呢？又

能怎样让检察院起诉和法院判决呢？"

"我可以把你带回去，慢慢审。"李八斗说着，当即将曹连城铐了起来。

曹连城口里还在嚷嚷着："我没犯法，你们可不要随便抓人，否则别怪我让你们好抓不好放。"

李八斗没搭理他，只是让魏大勇他们将曹连城先带回去关起来，他则和姜初雪又到黎东南的公司找他。

"怎么，还阴魂不散了？"黎东南满眼敌意。

"你现在是猎物，我是警察，我是来救你的。"李八斗说，"所以你应该对我客气点。"

"我是猎物，你救我？"黎东南冷笑，"你少给自己脸上贴金了，我黎东南算不得什么人物，活命的本事还是有的。"

"你看，成功的人永远都这么自负，然而很多人自信过头，都不知道自己怎么死的。譬如夏东海、吴国晋、赵飞虎，他们应该和你一样，都曾以为自己在白山这地方可以横着走路，结果死得稀里糊涂的。"

"你到底想干什么？"黎东南黑着脸，"有事说事，没事自便。"

"给你看样东西吧。"李八斗说着，把那个信封递给了黎东南。

黎东南狐疑地接过，不经意地看了两眼，脸色变得越来越难看了。

他抬起眼来看着李八斗："这是谁弄的？"

"你大概知道这东西是可以要你命的吧？你不是很自负，觉得一切都在你的掌控之中吗？你告诉我，你认为这东西是谁弄的？"

"我要知道，我会问你吗？"

"看来，你也没你想象的那么厉害。你跟曹连城关系怎么样？"

"连城？关系很好，怎么了？你不会说这东西是他弄的吧？"

"没想到吧？跟你割过手指、拜过把子、喊你大哥的人，你以为尽在你的掌控之中，他却在你背后捅刀子，要你死。"

"不可能。"黎东南还是不相信，"我了解连城的性格，这么多年都是老好人一个，虽然他有实力，但从不与人发生矛盾，有时候别人无知对他盛气凌人，他都一笑置之，不与人计较。跟我也从没有发生过任何矛盾，对我做的任何事都毫无异议地支持，他怎么可能捅我刀子？"

李八斗笑道："譬如你以赵飞虎的业务不顺为由，要另外的兄弟再多拿一成出来，结果夏东海生气、吴国晋不满，就曹连城支持你是吧？你真以为他支持你呢？谁愿意将自己的钱白白地拱手送人呢？这就是他的高明之处，他不会把他的不满表现出来，既然夏东海生气了、吴国晋不满了，就用不着他凑热闹了。他要做猎人，坐山观虎斗，等虎斗完了，他再出来架柴火，吃烤肉。看来，你的老谋深算跟他比起来，还差点啊。"

黎东南的脸顿时青一阵白一阵，果真如此的话，那他一直以来自以为的高明，还真是蠢到家了，不过他还是不甘："你这东西在哪儿发现的，在他家？"

"要是在他家我就不会觉得有什么问题了。可惜的是，他让他的人鬼鬼祟祟地给了唐白。而他认为，凶马案和大黄狗的死相关，唐白就是凶马案的凶手，所以他把这玩意儿给唐白，傻子也知道他想干什么了，是不是？"

"他居然干这种事！"黎东南咬牙切齿地说，双眼似乎要冒出火来一般，"你刚才说，他让他的人把东西给唐白？他的什么人？"

"一个很厉害的人，少林俗家弟子，有一身了不起的横练功夫，还开了家尚武院，网罗了几个一身本事的人聚集在那里，说是因为志同道合聚在一起练练武。如果我没猜错，他们都是曹连城养的死士。毕竟一般人拿不下也买不起那么大一块地，加上建起来的房子，怎么也值很多钱吧。那几个人的身份背景都很普通，所以只能是曹连城在背后操作的这一切了。他既然愿意花那么大的价钱来做这么件事，当然不会只是跟那几个人投缘，交交朋友了，你觉得呢？"

"他这是在暗中准备，打算对付我？"黎东南一瞬间就明白了。

"所以，你应该好好感谢我，如果不是我，你或许已经死了，或者已经在死的路上了。你犯罪的时候，觉得警察是你的敌人。可当别人要对你犯罪的时候，你就会知道，警察是你的保护神，你说呢？"

"说这么多，你想要我做什么吗？"黎东南的态度终于好了些。

"很简单，配合警方，帮我们破凶马案。"

"你要我怎么配合你们？"

"先告诉我几件关于曹连城的犯罪证据，表示下诚意吧。"

"这个我恐怕帮不了你。我说了，从认识他以来，他在我眼里都是个老好人，只为求财，一般不与人发生矛盾，有矛盾他也能退一步，这么多年我都没能把他看穿，他就算犯过什么罪，也不会让我知道的。"

"那你自己的呢？你自己做过的事，你总知道的吧？"

"我是生意人，是企业家。我劝你还是不要在我身上费心思了，你只是在浪费时间。"

"你要知道，你在监狱里面，也许比在外面更安全。毕竟那个凶马案的凶手非同小可，目前看来，他想杀的人还没有谁逃得过的。"

"要这么说的话，你可得注意了。怎么说，警察都是罪犯的天敌。我已经年过半百了，就算死，也享受过荣华富贵了。你年纪轻轻的，婚都还没结，孩子都还没有，死了就太可惜了。"

"看来，你真是不见棺材不掉泪的那种人，你好自为之吧。"

李八斗说完，就和姜初雪离开了。

第7章
全面搜查

黎东南走出走廊，看着李八斗和姜初雪下了楼，眼冒凶光、咬牙切齿地说出了三个字："曹连城！"

他愤恨不已地从身上摸出电话，在通讯录上找到一个"卖肉的"备注名，准备打出去时，又忍住了。现在不是以前，他已经不可以和阎老三随便通话了，他的一举一动都在警方的注视下，或者说丁点儿的疏忽都可能成为警方的突破口，他得谨慎再谨慎。

黎东南觉得需要好好计划一番。李八斗带来的这个消息，深深地打击了他的自负，让他心里有种莫名的窝火感。他一直以为白山这块地盘上的人和事都在他的掌控之中，没承想，把一个不动声色谋算着他的人看走眼了。他突然有一种如坐针毡的感觉。

既然曹连城已经背叛了自己，以后肯定会找各种各样的机会下手。自己若只是防备的话，肯定防不胜防，所以还得主动出击，得让曹连城先死。问题是，自己手上有这本事的人只有阎老三了，可阎老三又被警方盯得紧。看来，得好好想想才行。

黎东南转身回到办公室，刚在自己的位置上坐下，后面的窗子突然响了声。他听闻声响，回头一看，只见屋里多了一个人。他不由得倒退两步，再定睛看时，来者不是别人，正是他曾派董十八去追杀的夏长生！夏长生的手里握着一把乌黑的匕首。

"长生，你怎么来了？"黎东南马上赔着笑脸，像遇见老熟人似的。

夏长生却用手里的匕首指着他："黎东南，别跟我演戏了，你让赵飞虎满城找我，让董十八来杀我的事，我都知道得一清二楚。我今天就是来杀你的，我看你怎么从我手里逃走。那两个警察就别指望了，我是看见他们的车子走了才露面的。你和警察的对话我都听到了，我是真替你可悲，你都已经富得流油了，还在处处玩心计压榨自己的兄弟，现在连跟你割过手指、拜过把子的兄弟都想弄死你，你说你活着有什么意思呢？"

"长生，你既然听到了，也就知道了你哥的事不是我干的。就是因为我们打猎误打死了一条大黄狗引来的报复，所以我们现在是一条船上的人，我们应该联手找出那个杀死你哥的人。"

"杀我哥的人，我自然会去找，也肯定会让他死得很惨。但是，我现在只算我跟你的账！"

"长生，你误会了。"黎东南赔着笑，"我让人找你，主要是想把那个 U 盘拿回来，没别的意思，毕竟那关系到我的祸福，我自然得谨慎点。"

"呵呵。"夏长生冷笑，"传闻你是白山的地下皇帝，你让人三更死，没人能活到五更。你都牛得不行了，其实也还是个贪生怕死之辈嘛。"

"那是那是。蝼蚁尚且贪生，有谁不怕死呢，是不是？不过，我只怕死不了啊，至少今天是没事的。"

夏长生眉头一皱，发现黎东南脸上的笑容变了，之前脸上那种讨好的笑变成了得意的笑，已全无怯意。因为走廊上传来了奔跑的脚步声。

夏长生注意到了黎东南放在裤兜里的手。原来，黎东南和他聊天时，已经不动声色地叫了支援。

黎东南得意地将手机拿出来，还向夏长生晃了晃："我设置了个快捷键，只要我按一下，我的保镖马上就会赶来。"

话音刚落，已经有好几个身着黑色 T 恤的男子，手持匕首冲进了办公室。

"弄死他！"黎东南一瞬间凶相毕露。

几个男子当即手握匕首向夏长生冲去。

夏长生一瞬间也杀气爆发，并不逃跑，迎着那几个男子冲了过去。

当先一人扬起短匕就往夏长生脖颈插去。夏长生一声冷笑，伸出左手抓住那人的小臂，同时右手的刀子直直地往他的腹部刺去。

另一个男子的匕首也往夏长生身上刺来，夏长生左手顺势一拉，就把先前那个男子拉到身前当作挡箭牌。第二名男子来不及收手，匕首便刺在了同伙身上。夏长生狠狠踹出一脚，两名男子撞在一起摔倒在地。

其他人见同伴受伤，就小心谨慎了许多，一左一右夹击夏长生。夏长生顾此失彼，只能不断后退。

此时门外又冲进来好几个人，有的拿着电棍，有的拿着球棒，看得出来这些人并不是普通人，都是练过的，有一定的身手。夏长生知道再纠缠下去，会对自己不利，于是就往窗子那里退，找了个机会抓起一个凳子，把攻击他的人逼退，然后迅速翻出窗，逃到了外面。

屋里的人打算翻出窗子去追，黎东南看了眼受伤倒地的一名保镖，当即就喊："别追了，先把人送医院吧。"

虽然他也很想夏长生死，可他更害怕动静闹大、惊动警方。如果夏长生落到警方手里，让警方得到了那个 U 盘，自己可就死定了。

听得黎东南的命令，众保镖就放弃了追击，一边把受伤的保镖往医院送，一边清理黎东南的办公室。

黎东南点燃了一根雪茄，走到窗子前看着远方，一下子觉得自己苍老了许多。

这时，背后突然传来一个熟悉的声音："这是怎么回事？"

黎东南转过头来，见是阎老三，不由得有些喜出望外。

"先别打扫了，你们都去楼下等着吧。"黎东南吩咐众保镖。

保镖们迅速退出房间，并关上了办公室的门。

"这怎么回事？"阎老三又问了一遍。

"夏长生刚才来了，想来杀我。"黎东南说。

"夏长生？"阎老三脸上的肌肉一颤，目光看向窗子那里，"从这里跑的吗？"

黎东南点了点头。

"我去找他！"阎老三当即就往窗子那边去。

黎东南说："算了，追不上了，好几分钟了，都不知道他往哪个方向去了。"

阎老三停下脚步，一双眼睛里杀气逼人："算他命大！"

"你不是去杀唐白母子被抓了吗，怎么出来了？"

"抓我？"阎老三怪笑，"有那么容易吗？"

黎东南心里顿时一宽："我就知道你不会有事的。"

"那是当然，那帮警察在我眼里，嫩得不是一点点。"

"对了，你得马上帮我办一件事。"

"什么事？"

黎东南当即说了曹连城背叛他的事。

"这个，我倒觉得用不着我动手。"

"用不着你动手？"黎东南不解，"什么意思？"

"凶马案不是跟那条大黄狗的死有关吗？目前已经死了夏东海、

101

吴国晋和赵飞虎，剩下的就是曹连城和老板你了。"

"你的意思是让凶马案的凶手动手？"

"是的。"

"问题是……"黎东南说，"凶马案的凶手也有可能先对我动手，曹连城知道借刀杀人失败，他养的死士也会对我出手。虽然我身边也有人，可万一防不胜防呢？"

"那你就出去玩一玩吧，去省城或者国外都可以。你走了，曹连城不就只能暂时作罢了吗？那个凶马案的凶手也只能先对曹连城动手了。"

"对啊，这是个好办法，我怎么没想到呢。"黎东南如梦初醒，转念一想，又狠狠地咬着牙说，"不过，我还是希望曹连城死在我的安排下，他敢算计我，我就得把他的死安排得明明白白的！"

"这样的话，我到时候看怎么弄吧。刚好我也不确定凶马案的凶手到底是唐白还是他妈。到时候我盯着曹连城，看是谁对他出手，我们就知道到底是谁制造的凶马案了。"

"管他是谁，两个一起做掉不是更干净利落、以绝后患吗？"

"现在不行了。警方已经怀疑上唐白母子，而且暗中盯着他们了，没法一锅端了，只能确定是谁之后，再找机会下手。不过，我们也可能不会有机会。"

"我们不会有机会，什么意思？"黎东南不解。

"意思就是，警方很可能在我们干掉那个凶手之前抓了他，然后就没有然后了。"

"这样更好，就省得我们费力了。"黎东南叹息一声，"唉，真没想到，就打死一条狗而已，居然惹出这么大的事来。"

阎老三抬起眼，目光里有一种直刺人心的锋芒："对有的人来说，狗比人重要。"

黎东南想起阎老三的那条狗，一瞬间似乎明白了什么，连连点头："是的，是的，狗比人更忠诚，有时候人跟狗的感情，比人跟人都亲近。对了，你要跟我一起走吗？"

"我？"

"反正警方已经知道我们的关系了，拿不到我们的证据，他们怀疑也没用，不用有什么顾忌的。"

他希望阎老三能跟着他，这样他才有安全感。最近发生的这些事，让他隐隐地感觉到命运的风雨飘摇，心里非常不踏实。

阎老三却摇了摇头："我得留下来。"

"你留下来干什么？"

"那两个警察，我得弄死他们。"

"眼下这情形，我觉得还是……多一事不如少一事吧。"黎东南颇有些担忧。

可阎老三的态度很坚决："我想弄死的人就不能活着，无论付出什么样的代价。何况弄死他们两个，根本就不需要付出什么代价，只需花几分钟时间而已。而时间，我有的是。"

"那行，你自己小心点。"黎东南知道阎老三决心要做的事，他改变不了。何况，他也确实讨厌李八斗，早想弄死他了。

李八斗和姜初雪回到刑警队后，向孙四通汇报了情况。孙四通也没说什么，直接给刑警大队长王三强打了电话。

交流一番之后，孙四通就让所有专案组成员到会议室，并说周国栋局长和王三强队长都要出席，进一步听取案情汇报。

孙四通让李八斗负责案情汇报。

专案组成员赶到会议室，大约二十分钟后，周国栋和王三强姗姗来迟，跟随而来的还有局里几位颇有资历的老刑警。

"什么情况，孙老师你说说吧。"坐在席首的周国栋看了眼孙四通，口气还是挺尊重的，毕竟孙四通是省城派过来的专家。

孙四通则看着李八斗，让他说。

于是，李八斗就说了下目前案件的侦破进展。

首先是关于凶马案的，已经基本确定是因为一条老黄狗的死而引出的凶马系列杀人案，嫌疑人锁定为唐白母子。

"因为一条老黄狗的死，而引出了凶马系列杀人案？而且，凶手还是一个农村妇女或一个刚成年的孩子？"周国栋眉头深皱，"他们怎么做到用一匹马杀人的？"

李八斗说："其实凶马案不是马杀人，而是人借马的掩饰进入现场杀人，然后再凭借马的掩饰离开现场。"

周国栋问："怎么借，怎么掩饰？"

李八斗说："据了解，唐白他妈会魔术，她家也有一匹因早产而一直长不高的矮马，人可以匍匐在马背上，再在外面做一下伪装，这样的话，我们眼睛看见的、监控看见的那匹凶马实际上是伪装后的那匹矮马。而且，这也更能理解，为什么凶马能够淡定从容且熟练地穿过城市，去到目的地。"

"为什么？"周国栋问。

所有人的目光都聚焦在李八斗身上，显然，大家都对这件不可思议的事好奇不已。

李八斗说："因为人藏在马背道具的里面，可以通过道具的一个小孔，或者摄像头之类的东西监控到外面的道路，然后利用自己与马的默契引导马行走。骑过马的人都知道，只要用腿夹一下，马就知道加速，只要缰绳往上一提，马就知道停，只要把缰绳往左一带，马就知道转弯，所以，操控马行走，不是很难的一件事。"

"这么离奇？"周国栋说，"一个农村妇女竟然因为一条狗的死，利用魔术知识制造了一系列马杀人的连环凶案？"

李八斗说："根据目前的线索指向，应该是这样没错。"

"说说你的线索指向。"周国栋说。

李八斗说："首先，凶马案的死者都对那条大黄狗出手了；其次，凶马案死者的死状都是脑袋被砸得稀烂，与老黄狗的死状相同。尤其是黎东南的那匹马，也是如此死状。对方为什么要用这种残忍的方式杀死一匹马？因为这匹马是黎东南的心爱之物，而那条老黄狗也是凶手的心爱之物，所以凶手才以其人之道还治其人之身。然后，我们假设了很多马杀人的可能，都说不通，但利用魔术道具对马进行伪装，借马进入现场，这种手法是能自圆其说的。而老黄狗的家人中恰恰就有一个会魔术的人才。而且，唐白他妈不只会魔术，还会川剧、杂技，她那柔韧而灵活的身子更适合藏身于道具中。"

"嗯。"周国栋点了点头，"逻辑思路清晰，事实证据充分，这么说来，可以抓人破案了吗？"

"这个……"李八斗说，"人我们已经抓了，但案子恐怕还难破。"

"为什么？"周国栋说，"不是作案动机和作案条件都具备了吗？为什么还不能破案？"

李八斗说："凶手具备专业的刑侦知识，没有在案发现场留下破绽，留在现场的唯一痕迹是马蹄印。马蹄印还不是马本身的蹄印，而是戴了蹄铁的蹄印，找不到蹄铁，我们就没证据。"

"一个农妇能具备如此专业的刑侦知识和作案手段？"周国栋表示质疑。

李八斗说："我曾看见唐白在书店里阅读专业的刑侦教材，而且看得很仔细。所以，现在摆在我们面前的另一个难题是，唐白和他妈到底谁是凶手。两个人都各有疑点。"

"两个人都各有什么疑点，说说。"周国栋说。

李八斗说："唐白的疑点在于，他看起来腼腆、斯文、内向，其实身手了得，但不外露，也精通刑侦知识。而且我们发现他尾随过夏东海，也在吴国晋死亡的巷子附近出现过，甚至形迹可疑地到过赵飞虎别墅外面。

"而他妈的疑点在于，有时候她明明正常，却故意装疯卖傻，而且演技一流，连我都差点被骗过。有两三次，我偶然发现她是故意伪装的。她也曾在赵飞虎的别墅外出现过，另外，她还会魔术、川剧变脸和杂技，具备驾驭凶马进入现场作案的能力。"

"可我有两个问题。"孙四通突然说。

李八斗说："什么问题，孙老师请说。"

孙四通说："我看过凶马案的完整资料，第一个令我印象深刻的是，死者夏东海一家三口毙命，夏东海本身身体强壮，擅长格斗，但却被轻而易举地杀死了。如果凶手是唐白他妈，一个女人，她是如何做到将一个体格高大擅长格斗的男人轻而易举地杀死的？何况，并非用刀子所杀，而是用钝器重击头部。"

"这个……"李八斗说，"恐怕只有行凶者知道了，我们想象不出来，就算是同样具备很强格斗能力的人，也无法做到将夏东海那样的人轻而易举地杀死。而且从夏东海仰躺的姿势判断，他和对方有过正面搏斗，并不是背后遭袭，这就更使人费解了。"

"好吧，还有第二个疑问。"孙四通说，"案卷记录说，你当时跟踪吴国晋去朱家巷，结果恰好遇见凶马，凶马见你，转身奔逃。你急追上去，很快就被甩了个没影。凶马穿过城镇，尚且镇定从容，为什么一见你就要逃？"

李八斗说："我当时也疑惑，一匹杀人如麻的马为什么见了我会逃？马跟我有什么渊源吗？弄懂了魔术伪装的事实之后，我明白了原因，是因为藏在马背上的人认识我、熟悉我。恰好，我跟唐白母子都很熟，我们之前住一个村子，而且是邻居，关系特别亲近。"

"这么说，凶马案的凶手应该就是唐白母子了。"孙四通说。

李八斗说："是的，现在的问题是，要辨别一下凶手是他们中的某一个，还是两个人都有份。"

"都有份？"王三强说，"不至于吧，一匹矮马背上藏一个人，还说得过去，藏两个人，不大可能。"

"没错，藏两个人，马看起来会高大很多。"孙四通说，"而且，就算经过魔术道具的巧妙伪装，看不出痕迹，那矮马也没办法驮着两个人奔跑如飞。"

李八斗说："我指的并不是两个人藏在马身上进入现场，而是两个人通过打配合完成作案。譬如一个人踩点，一个人动手。这样的话，我们找到踩点的人，进行调查，却发现他们没有作案时间。而那个有作案时间的，我们却又无法在现场找到与他相关的东西。"

"不管是他们中的某一个作的案，还是两人配合作的案，你们不是抓了人吗？就赶紧审吧。"周国栋说，"抓紧时间，尽早破案，现在上面打电话来过问，我都不知道怎么搪塞了。"

"没法审。"李八斗说，"他们知道，没有证据，我们的怀疑就没用，加上他们懂刑侦这一套，我们的审讯就更加被动。"

"你这是什么意思？"王三强在旁边生起气来，"你好歹也是破案无数的重案刑警，面对两个我们掌握了大量线索的嫌疑人，还没办法了吗？"

"这不能怪八斗。"孙四通帮腔，"我也审过唐白母子，不可否认，一个不过刚成年的孩子，一个地地道道的农村妇女，但他们所表现出来的心理素质以及强大的逻辑思维能力，是我办案三十年来第一次遇到，我觉得很不可思议。如果凶马案真是这对母子所为的话，到底是什么原因，让一对如此平凡的母子具有如此强大的心理素质及作案能力的？又是什么原因，竟让他们为了一条狗做出如此匪夷所思的连环凶案？"

李八斗说："大概是他们母子经历了常人不曾经历的命运吧。"

"是吗？"孙四通颇为好奇，"他们母子身上发生过什么不平凡的事吗？"

于是，李八斗便大致讲了发生在唐白母子身上的那些不公和不幸。

"我明白了。"孙四通说。

"孙老师明白什么了？"周国栋问。

孙四通说："这对母子的经历竟然如此惨痛，这表明他们在这个世界上，基本上是相依为命了。甚至，都说不上相依为命。因为母亲的精神确实不稳定，更多的是儿子在照顾她。这个时候，那条陪着他们走过风风雨雨的大黄狗，还有那匹早产差点夭折的矮马，在他们眼里，已不是狗或马了，而是他们的家庭成员，是他们生命中的一部分。他们之间的感情也许比人与人之间的感情更珍贵。所以，他们能为了一条老黄狗的死，做出如此不计后果的举动；所以，那匹看起来平平无奇的矮马，跟它的主人有着很深的默契。有时候，人和动物建立起来的感情和信任，神奇得超乎想象。"

"嗯，孙老师的解释合乎情理。"周国栋说，"所以，现在我们基本能确定凶手就在这对母子身上了，关键是，我们要如何拿到证据，侦破案件？"

"八斗，你的看法呢？"孙四通看向李八斗。

"我听孙老师的安排。"李八斗说。

"别别别。"孙四通说，"实话说，来这里之前，我还在想，什么案子这么久都破不了案，肯定是当地警方没用。看过诸多线索之后，我才发现这个案子确实令人惊叹，而你的破案视角和逻辑推理都可圈可点，至少在我看来，是找不到更好的方法的。我还是想听听你的看法。破案这种事，我们只讲天赋和水平，不讲资历。"

李八斗说："既然孙老师如此抬爱，那我就说说我的想法。"

"说吧。"孙四通说，"今天我们开这个会，不就是要找到最后的侦破方案吗？大家的意见都得听，只要对破案有帮助，大家都可以畅所欲言。"

李八斗说："我认为，既然我们没有唐白母子的犯罪证据，人我们还是得放的。只不过放人之后，我们需要采取一些措施。"

"什么措施？"孙四通问。

李八斗说："一、严密监控唐白母子，尤其是晚上，必须在他们的房子周围蹲点；二、既然涉及大黄狗事件的一共五人，如今被杀三人，还有两人活着，那凶手必定还会对另外两人下手，我们也得把另外两人监控起来。哪边看见凶手有动静，就通知哪边的监控者，布下天罗地网，抓他们现场，这样一来，任他们如何狡辩，也无法在事实面前抵赖了。诸位领导和老师还有什么高见吗？"

一圈人都没说话。

王三强见都不说话了，就说："这个方案听起来是没问题，问题是，经历过这一番动静，那对母子也知道我们盯上他们了，他们要是来个按兵不动呢？我们得花多少人手、时间和精力监视唐白母子和剩下的两个猎杀目标呢？"

"是的，等待总是被动的。"周国栋也接了句。

"这种可能性应该很小。"李八斗说。

"为什么？"周国栋问。

李八斗说："现在不只是唐白母子要杀曹连城、黎东南为大黄狗报仇的事，而是曹连城和黎东南都已经知道了这一切是唐白母子干的，他们也不会坐以待毙。唐白母子也知道曹连城和黎东南会有所行动，所以他们不会按兵不动，更可能会先下手为强。因为等别人去找他们，他们就会很被动。"

"嗯，这样看的话，守株待兔倒也可行。"周国栋说。

"只不过，这里面有一层变数。"李八斗说。

周国栋问："什么变数？"

李八斗说了曹连城背叛黎东南的事，他担心唐白母子还没动手，曹连城和黎东南就自相残杀了，这样就会打乱警方的计划。

"还有这样的事？"周国栋大感意外，"听说曹连城和黎东南的关系很铁啊，黎东南曾好几次公开维护曹连城。而曹连城更是大好人一个，这么多年，我很少见他跟谁发生过矛盾，即便有黎东南这么大的靠山挺他，他也是劝和的态度。"

李八斗说："越是这种人越可怕。黎东南也没想到，曹连城居然在他背后捅刀子。"

"其实这件事完全不用担心。"姜初雪说话了。

"你有什么办法吗？"李八斗问。

大家都把目光看向姜初雪。

姜初雪说："很明确地告诉黎东南和曹连城，我们在密切地监视着他们的一举一动，他们自然就不敢轻举妄动了。"

"嗯，这样的话会有震慑作用。"李八斗说，"那就可以执行我们的计划了。"

"还有，我觉得对嫌疑人和目标人物的监视主要集中在晚上就行了，白天不必管。"王三强说，"毕竟凶马都是晚上出没。我们现在的警力有限，白天晚上都耗着的话，会影响其他案件的侦破。"

"是的。"周国栋也说，"凶马案以来，白山的治安状况极为恶劣，不要耗费完全不必要的警力，要做到有针对性地部署。重案重点抓，但其他案也不能不抓。"

"那就只做晚上的部署吧。"孙四通也说，"毕竟凶马确实不大可能在白天行动，凶马案已经闹得沸沸扬扬、尽人皆知，它要是白天出现，很快就会有人报警的。"

领导和专家都这么说了，大家自然没什么意见。

李八斗本来觉得还有些什么不妥的地方，可他一时又想不出哪里有问题，就这样散了会。

孙四通开始做细节的部署，还是由李八斗和姜初雪一组，值夜班盯好唐白母子。魏大勇和包古一组，盯着黎东南。另外又抽调了两名刑警过来，密切监控曹连城。冷笑和另一名擅长网络监控的警员则负责对蛤蟆山坟坑及阎老三本人二十四小时轮班监控追踪。

部署完之后，孙四通让李八斗去释放唐白母子。

李八斗见到袁秀英，歉意道："不好意思啊，秀英阿姨，职责所在……"

袁秀英说："理解，人命案嘛，又不是你做得了主的，一旦牵扯上，就算你不抓我们，别人也会。"

"嗯，您能理解就好。"李八斗说，"我开车送你们回去吧。"

"这……不好吧。"袁秀英说。

李八斗说："您不用跟我客气，我正好出去办点事，再说了，咱这关系，我送送你们，也是应该的。"

"行，那就麻烦你了。"袁秀英也不再推托。

李八斗看了一眼唐白，唐白还是他记忆里那个斯文腼腆的男孩。

车子在路上疾驰，三人都没有说话。但他们都能明显感觉到，这种安静的背后暗藏着激流和旋涡。

"八斗，你成家了吗？"最终，袁秀英率先打破沉默。

"没，还早。"李八斗说，"对象都还没有呢。"

"不会吧。"袁秀英说，"我记得你好像也不小了吧，有二十好几了吧，工作又好，人也长得俊，家庭条件也好，怎么会没对象呢？"

李八斗说："可能工作太忙，没时间吧。"

"那怎么行呢。"袁秀英说，"结婚是人生大事，工作也是为了让生活更好嘛，不能因为工作连个人的事都不顾啊，你爸妈就不催你吗？"

"催，怎么不催呢。"李八斗说，"见我就催，不见我就打电话催，催得我头疼，可缘分这事急不来的。"

"唉，你是这么想，当父母的跟你们想的可不一样。"袁秀英看了一眼唐白，"我们唐白也不小了，我也总是想他什么时候可以成个家，这样我就算死，也没有遗憾了。"

唐白的脸皮抽了下。他突然想起了夏天，进而想起了阎老三那张丑陋的脸。

李八斗和袁秀英扯着一些不咸不淡的家常，唐白则始终沉默，不发一语。

大约四十分钟后，李八斗将唐白母子送到了家门口。

袁秀英要留李八斗在家里坐会儿喝点水、吃点东西，李八斗谢绝了她的好意，驱车离开了。

"也不知道猪怎么样了？"

袁秀英看着那辆颠簸着、绝尘而去的车子，自言自语了一句，然后往猪圈走去。唐白也跟在了后面。

猪圈里光线昏暗。袁秀英拉亮了灯，看见猪都躺着，不知道是在睡觉，还是怎么了。

她探下身子去看食槽，并用手指捏了捏里面的一片煮熟的菜叶，再拿到鼻尖嗅了下，满意地说："嗯，味道是新鲜的，看来今天喂过了。"

唐白没有说话，直接走到那匹矮马那里。他看见地上啃得乱糟糟的青草，爱抚地摸了摸马头。

矮马用那双水汪汪的眼睛看着他，摆了几下尾巴，踢了几下脚，就像见到了老朋友一样开心。

唐白解开缰绳，说了声："妈，我先带小黑出去转转吧，这几天它都没有出去过，肯定闷坏了。"

袁秀英应道："嗯，你要小心啊，现在不比以前了，到处都是坏人。你越单纯，别人就越盯着你，打你的主意。"

唐白愣了下，看着妈妈，然后点了点头："我知道的。"

"早点回来，饭一会儿就好了。"袁秀英又叮嘱道。

唐白应了声，牵着马出去了。他牵着马走在乡村的小道上，矮马不时低头啃食路边的青草。斜阳早已在山外，只能看见山侧有一小片落日余晖的金黄。

走到山外的一片空草地上时，唐白放开了缰绳，让矮马在那片草地上自由地吃草。他看了看眼前的山，然后沿着一条山道走了上去。

天已暮色，加上树林的遮挡，山道显得特别阴暗，不过还能看得见路。

唐白一直走到那株老柏树的石堆旁，他一眼就看得出那石堆被人动过。他常来这地方，记得石堆整体呈现的状态。但他的脸色很平静，因为他知道这里早已不是秘密。他看着那石堆发了一会儿呆，又转着脖子看了看山林，最后沿着小道下了山。

走到山口时，天边已经不见斜阳，只剩下燃烧的彩霞了。

唐白就站在原地，看了看彩霞，又看了看四周的山以及庄稼地，突然喃喃自语起来：这里已经是世界上最后的净土了，你们何苦要毁了它呢？

他去草地上牵了矮马，又回头看向那片葬狗的山林。他摸了摸矮马的头，对它说道："小黑啊，我们要记得大黄，它是我们的兄弟，是守护这里的战士。可惜，它守护着的这片林子里的飞禽走兽，都不会为它的离去而悲伤，甚至都不会在乎它的死亡。

　　"但你知道，我热爱这里，热爱这里的一切。小时候，我生活的地方和这里一样，有青山，有小河，有田地庄稼，还有油菜花地里的蜜蜂、麦田里的兔子、夏天的知了、荷叶上的青蛙、星星点点的萤火虫，以及在打谷场上偷食的麻雀……我不知道为什么，我特别喜欢它们，喜欢那样的生活，平淡却纯粹充实。村子里的人日出而作日落而息，和睦相处。可是，后来村子开发了，变成了镇子，繁华了，也不复从前了。在那灯火通明的喧嚣里，拥有越多的人越不满足，他们虚荣、势利、冷漠、攀比，甚至背弃、算计。好好的人间烟火变成了名利场，好好的人变成了禽兽。嗯，应该说是连禽兽都不如。他们怎么能自私自利到为了一己私欲而抛妻弃子呢？人一旦失去了人性，就真的禽兽不如了。

　　"就像那几个城里人，他们都已经富甲一方、人前显耀了，过的是醉生梦死的生活，可他们还是不满足，觉得那样的日子过久了、乏味了，要到这与世无争之地来寻找刺激。只要他们开心，什么都可以残杀，什么都可以毁掉。

　　"人类是从山林里走出来的，所以山林才是人类最早的文明，鸟语花香才是这世界最美好纯粹的东西，谁要是毁了它们，谁就是罪人，罪不可赦。除了这里，我已经一无所有了。可我妈还想我走出去，到城里生活，她不知道我只是城市的过客，这里才是我的家。我喜欢这里，因为我最艰难的时候，生活在这里；我最开心的时光，也在这里。这里的一草一木，都已经长在了我心里。如果有天死去，我也要死在这里、埋在这里……"

　　矮马像是听懂了他的话，用嘴轻轻地舔舐着他。

　　"唐白，吃饭了。"袁秀英在家门口扯着嗓子喊。

　　唐白应了声，牵着矮马回了家。

第 8 章
高手搏杀

往唐白家来的那道山口很特别，在两山的夹口间，有一条刚好够两车交错通行的碎石公路。公路两边的山不高，但怪石嶙峋、荆棘丛生，有许多树的枝丫都伸到公路中间了。

此时，路左侧那座山的一块大石头上坐着一个人，一个脸上有道刀疤，刀疤如同蜈蚣一般的人——阎老三。

他坐在那块大石头上，手里拿着一个弹弓，身旁放着一堆大枣般的石块，弹弓里已经包好了石块。

四周偶尔传来鸟儿归宿的鸣叫。他一会儿看向唐白家的房子，一会又将目光落在山口另一边。很显然，他在等着什么。但他一点也不着急，还慢悠悠地从身上摸出一块槟榔，慢条斯理地嚼了起来。

突然，他的耳朵动了下，停下了所有动作，将注意力集中在耳朵上。他听到了如同猛兽咆哮的摩托车声，声音越来越清晰。他看到山口左边的路上，一个戴着摩托车头盔的人，正骑着一辆铃木摩托疾驰而来。车轮后飞溅起颗颗碎石，一眨眼，摩托车就爬到了坡上。只要再一眨眼，就会翻过山口，到达另一面。

阎老三的脸上露出了怪异的狞笑，同时将手中的弹弓抬起。"呼"

的一声，一块石头疾如流星般破空飞出，直奔那个骑车人的头盔而去。

骑车人只顾着骑车，哪想到会从山上斜飞出一块石头，摩托车跑得又急，他根本没办法防备和反应。

"啪"的一声脆响，石块准确地击中了头盔的正面。那人的身子顿时往后一仰，视线偏离道路，摩托车直接冲向了旁边的山林。

他的反应倒也快，发现摩托车要撞到前面的石头上了，当即将身子一偏，人和摩托车就往侧边偏倒下去，倒在了一边的草丛里。

人并无大碍，从地上爬起来后，两只眼睛滴溜溜地转着，寻找着那个袭击他的人。然后，他就看见对面的林子里缓缓走出一个手拿弹弓的人。

那双拿着弹弓的手戴着一副白色的手套，与那一双露在外面的、黑黝黝的手臂形成了极为鲜明的对比。当看向弹弓后面的那张脸时，他的心里不由得一颤，一种不祥的预感如同夜色一般笼罩了他的内心。

"你怎么会在这里？"他故作镇定地问。

阎老三怪笑了声："当然是等你！"

"等我？"他皱了皱眉，"你怎么知道我会来这里？"

"既然你已经知道了凶马案的真相，又想为你哥哥，哦不，不应该是为你哥哥，而是为了那个曾经喜欢你，后来为了保护你而跟了你哥哥的女人报仇，所以你肯定会来这里的。"

"你果然有两把刷子。"夏长生说。

"那还用说？以我这脾气，没几把刷子，能活到现在吗？"

"是黎东南让你来杀我的？"

"不。老板虽然也很想你死，但没吩咐我，是我自己想你死，才来找你的。"

"你自己想我死？"夏长生颇有些意外，"我们有什么仇吗？"

"你杀了我的狗，你忘了吗？"阎老三的眼里已经杀机毕现，"你忘了，我不会忘，因为我闭上眼睛都在想，要给你一个什么样的死法，我才满意。"

"一条狗而已，我不想杀它，但它挡了我的道。挡我道的，不管是人是狗，都得死。所以，这怪不得我，只能怪它遇到了我。"

"所以，你现在遇到了我，也得死！"阎老三的话音加重，杀气外露，拉着弹弓的手一松，一块石头当即就向夏长生飞去。

这次夏长生有所防备，眼见石块飞来，当即侧身闪开，并且抬脚从小腿处拔出一把匕首，迅速做出了防范与攻击的准备。

"你练过是吧，有几把刷子是吧，那你就看我是怎么赤手空拳把你打死的吧。"

阎老三说着，缓缓地逼近夏长生，脸上的杀气越来越浓。

夏长生好歹也是刀口舔血的角色，深知此刻没有退路，他和阎老三只能活一个，所以当即也不想废话了，一挺匕首就往阎老三的胸口插去。

阎老三竟然不闪不躲，看着那把自上而下插落的匕首，伸手直接抓向了夏长生的手腕。这是很冒险的，因为夏长生主攻，而且从上往下，力道更猛，自下方对抗的力量必须强很多才能相抗。

若不是有足够的自信，没人敢轻易用这一招。不过夏长生觉得，阎老三既然敢这么做，必有所恃，他绝不能让阎老三抓住他的手腕。一旦被抓住，他就处于被动了。

夏长生将手一沉，匕首换了个方向，回旋着往阎老三的手划来。无论阎老三的力量多强，他还是血肉之躯，总敌不过刀口的锋利。

可阎老三变招也很快，眼见那刀子划来，他的手一绕，避过了刀口，翻到了夏长生的手臂上，擒住了他的手臂，同时抬脚往夏长生的小腿上踹去。

夏长生小腿受到猛击，脚下站立不稳，单膝跪了下去。不过他毕竟也是身经百战之人，在跪下的同时，松开了那只被阎老三控制着的手，匕首随之掉了下来。夏长生正好用另一只手接住了那把匕首，并且借着跪下的姿势顺势将匕首刺向阎老三的裆部！

阎老三只好松开夏长生的手，脚下一蹬，身子如离弦之箭往后弹开，人摔倒在后面的草丛里。

夏长生一招得势，信心大增，杀气如虹，当即再度挺着匕首往阎老三扑去。

阎老三看着那把再度往胸口插来的匕首，冷笑着。当匕首近身时，他突然将身子一矮，一招重低鞭击向夏长生的下盘！

夏长生眼看刀子都要刺到对方了，哪知道对方的人突然从眼前消失了，再反应过来时，已被阎老三击中，脚下站立不稳，仰面摔倒在地。

阎老三见夏长生倒地，乘胜还击，一招高压腿往夏长生腹部重击下去。夏长生慌忙之下，赶紧以手掌在地上一撑，人往一边滚开。阎老三那一脚重击在地上，发出一声震响，乱草折了一片。

两人你来我往，夏长生虽然手里有刀子，奈何阎老三的反应和速度太快，每每要刺到阎老三时，阎老三总能躲过，甚至能化被动为主动，反攻得夏长生措手不及。

夏长生始终处于下风，节节败退。这个时候他就知道了，他和阎老三之间的差距不是一点点，阎老三的身手太老辣凶狠，用行云流水、出神入化来形容一点也不为过。

夏长生出道这些年来，神挡杀神佛挡杀佛，唯有董十八可与其一战。他手有利刃，阎老三赤手空拳，即便如此，他还是处处挨打，可见阎老三的厉害。

阎老三大概已经试出了夏长生的深浅，知道了他的斤两，开始痛下杀手了。

当夏长生横着一刀直往阎老三的颈部割出时，阎老三居然不闪不躲，反而挺步上前，左手挡向其手腕，右手按向其右肩，使其左手被控制后，右手不能从左手接刀攻击，再贴身近前，用头部侧后方撞向夏长生的脸。

夏长生避开了阎老三的撞头杀，但阎老三用的是连环杀招，一招接一招，前面不奏效，后面还有撒手锏。他顺势一顶膝，顶到了夏长生的裆部。夏长生痛得"哇喔"一声，一口气从口里喷出来，手中的匕首掉落在地。他赶紧用手捂向裆部，人也蜷曲下去。

阎老三见夏长生已经中招，并没有乘胜追击、一击必杀，虽然他有这个机会，但他并不在乎。因为在他眼里，夏长生就是只蝼蚁，他想杀夏长生，无论夏长生受没受伤，都是手到擒来的事。阎老三就站在那里，看着夏长生。

夏长生的整张脸因为痛苦而涨得通红，他略微地缓了缓，那口气才终于顺了过来。他意识到阎老三还在一旁虎视眈眈，当即突然发难，一招"虎扑"，打算去抱阎老三的双腿，把他拖倒在地。

阎老三看似悠闲地站那里，其实早有防备，他只轻盈地将身子一侧，就避开了夏长生的攻击。夏长生扑空，人扑在了地上，他还想再攻击，阎老三一脚踩在了他的背上。

那一脚重如山岳，夏长生似乎听到了自己骨骼断裂的声音。他趴了下去，他潜意识里还想爬，结果背后传来阵阵钻心的痛，越使劲越痛，根本爬不动，应该是腰椎骨断了。那一瞬间，他就知道自己今日已是在劫难逃。

"起来，再打啊。"阎老三就站在夏长生的面前。

夏长生的眼睛只能看到阎老三脚尖的位置。他倔强地将头仰起来，对上阎老三那居高临下的蔑视眼神，心里还是不服："要杀就杀，废什么话！"

"我会让你死得这么痛快吗？"阎老三桀然怪笑，"我不会轻易杀你的，得你求我，我才会杀你。"

"呵呵，你别得意。也许我前脚走，你后脚就得跟着来。"

"是吗？你应该是在指那个 U 盘吧，难道里面有提到我犯罪的证据？"

"想不到吧，有时候你真以为做得高明，哪知道暗处还有眼睛。那句话怎么说的，要想人莫知，除非己莫为。"

"我倒是很好奇，吴国晋能知道我什么事？"

"当年，有个人得罪了夏东海，是你去把那个人的舌头割了让他成了哑巴吧？后来，吴国晋要收购当时的一个大煤矿，其中一个股东反对，那个股东当天晚上就死在了自己家里，也是你干的吧？"

"吴国晋也许知道我给老板平事，可他仅凭猜测，又能奈我何？"

"仅凭猜测？你太自以为是了。按照吴国晋的说法，他一直很好奇黎东南手里那把神秘的刀是谁。找黎东南解决那个股东之前，他先花钱找了个小偷，潜入那人家里，放了两个微型摄像头，一个在卧室，一个在客厅。我看到了你当晚十一点从浴室的窗户进入客厅，还有在卧室杀人的画面，你觉得这还能假吗？"

"这么看来，吴国晋死得不冤，我也更得拿到这个 U 盘了。"

"别想了。我死，你也得死！"

"你这么倔吗？那咱们换个方式聊聊吧！"

说罢，阎老三抓起夏长生的一只手，顶住他的大拇指，往后用力一压。只听得一声脆响，夏长生发出一声惨叫。那根大拇指耷拉着，软得像根绳子。

"来，继续拒绝我！"

"你以为老子怕了吗？老子好歹也是刀口上舔血的角色，头都别在裤腰带上，老子会怕你？别做梦了，我说了是死，不说也是死。我当然不会说的，因为我必须拉你一起死！"

"那我们就慢慢玩，玩到你怕。"

阎老三说着，又折断了夏长生的一根手指，但还是没有效果。他继续折磨夏长生。

夏长生仍然咬着牙抵死不说，他疼得满头大汗，嘴角都被咬出了血，像个废物一样躺在那里，只剩一口气喘着了。

后来他就用这一口气扯开喉咙喊起来："阎老三，你杀了我吧，老子是不会告诉你的。"

似乎只有这么喊，才可以释放他心里的痛苦。

可阎老三怕引起某些不必要的麻烦，便说道："不说是吧，那就去死吧！"

阎老三往夏长生头上暴击下去，一拳、两拳、三拳……直到打得夏长生那张脸血肉模糊，躺在地上一动不动。

阎老三从夏长生身上摸出手机，用夏长生的指纹解开了屏幕锁，想在夏长生的手机上找到他的出行记录，但没有找到有价值的信息。

就在这时，他听到了摩托车的声音，摩托车应该是从镇子方向往这边而来的。他已来不及处理夏长生的尸体和现场，只得赶紧穿过林子躲到了暗处。

摩托车在接近山口时就减速了，摩托车上的人瞥见了那辆倒在路边的摩托车，就把车靠过去看。

这时候阎老三看清楚了，摩托车上两个人正是他恨不得杀之而后快的李八斗和姜初雪！

李八斗把摩托车停下，只匆匆看了眼倒下的摩托车，视线就看向了林子里。此时，大路上已变得昏暗，林子里更是黑得模糊，什么都看不见。李八斗打开了手机的电筒功能往里面找。

阎老三心里顿时涌起一股杀机，他想借这个机会把李八斗和姜初雪都干掉。他有这个信心，虽然他知道李八斗和姜初雪的身手都不赖，他以一敌二很吃紧，但此时近天黑，又靠近山林，如果利用丛林战术，逐个击破的话，他是有很大把握将两人都干掉，然后连同夏长生的尸体一起处理掉，一了百了。

就在他打算这么一试的时候，跟在李八斗身后的姜初雪似乎嗅到了危险的气息，当即从身上拔出手枪，并且打开了保险，全神贯注地护在李八斗身后。

阎老三想了想，还是作罢了。当下，他就从林子的另一边出来，接着从下方的一处林子里骑出来一辆山地车，迅速从另一端的小路离开了。

进入林子里的李八斗很快就发现了躺在地上一脸血肉模糊的夏长生，但一下没认出来。他将手机的电筒光凑近夏长生的脸，发现还在流血，再看其身体也还是软软的，当即做出判断："才刚咽气，凶手应该还在附近！"

姜初雪一边拿出手机照明，一边做出随时射击的准备，说："四周黑漆漆的，怎么找人？"

"你往路上找，我往山里追，看会不会有什么发现！"

"行。"姜初雪当即往大路上找去。

李八斗还特地叮嘱了声："注意安全，还有，赶紧打电话叫人过来勘查现场、搜查周边！"

随后，李八斗竖起耳朵，警觉地往林子里找去。可惜，他除了偶尔听到虫子扑腾和归巢鸟儿发出的声音，没有察觉到任何异常。

山太高，他也没办法一直往上爬，只好原路返回和姜初雪会合。姜初雪在大路上也没有任何发现。

李八斗又看了圈现场，在草丛里发现了被打坏的头盔，然后又仔细看了看死者，发现死者的手骨粗大，拳骨有厚茧，一看就是个会功夫的人。然后他又在侧边几米的地方发现了掉在草丛里的匕首。

李八斗看了看那把匕首，似乎想起了什么，又回到死者身边，拉起了他的右腿裤脚。果然，他的小腿处绑着一条伸缩带，上面有插匕首的孔。

"难道是他？"李八斗赶紧摸死者的裤兜，但裤兜里什么都没有。

"这是谁啊？"姜初雪问。

李八斗说："夏长生。"

"夏长生？"姜初雪颇感意外，"夏东海的弟弟，那个通缉犯？"

李八斗点了点头。

"他脸都看不清楚了，你怎么认为是他？而且，他的身手那么厉害，能杀了董十八那样的高手，还从警方的围捕里逃脱，怎么可能被人轻易杀死？"

"我跟夏长生其实相遇过几次，而且在视频里研究过他，对他印象深刻，这人的身材跟他很相似。而且，这种小腿上绑刀子的方式，都是受过某些专业训练的高手习惯性的藏刀方式，而夏长生恰恰就是一个从外面回来的职业杀手。"

"问题是，他那么厉害的本事，谁能让他横尸荒野？"

"有一个人可以。"李八斗刚说出这句话，脑子里一个激灵，他迅速拿出手机，拨打了一个电话。

很快，电话接通，那边传来一个声音："八斗，什么事？"

李八斗说："孙老师，赶紧派人去阎老三家，控制住他！"

"有什么情况吗？"孙四通还有点迷糊。

"这边发生了命案，我怀疑是阎老三干的。您赶紧派人去他家，如果他在家，就把他人控制住，找证据。如果他人不在家，就在他家周围埋伏着，等他回来，立马控制他。行动千万要迅速，最好是派特警队支援！"

"行，我立马安排。"

待李八斗挂断电话，姜初雪不解地问："你为什么认为阎老三是凶手？"

李八斗说："如果这个人确实是夏长生的话，整个白山就只有一个人能如此轻而易举地杀他了，这个人就是阎老三。"

"轻而易举地杀了他？"姜初雪问，"什么意思？"

"你看啊，现场落下一把匕首，死者的小腿上有绑带，说明匕首是死者的。死者并非被利器所杀，只是面目血肉模糊。血肉模糊处不见尘土，可见不是石头砸的，也不像其他钝器所伤，应该是拳头打的。以夏长生的身手，还拿着刀子，却被对方赤手空拳打死，可见这个人的身手显然高出夏长生太多。我所知道的，白山地盘上只有一个人有这个本事，那就是阎老三。"

"动机呢？阎老三跟夏长生有什么仇什么怨，他为什么要杀夏长生？"

"我以前还佩服你缜密的逻辑思维呢，你竟然连这点都没想明白。"

"哦，我明白了。"姜初雪如梦初醒，"阎老三的狗被无名高手杀死。他一直在找的杀狗的人就是夏长生。"

"这只是原因之一。"

"还有什么原因？"

"拿到装有黎东南犯罪证据的 U 盘。"

"这么说来，U 盘已经落到阎老三手里了。"

"那倒未必。"

"怎么又未必了？"

"那么重要的东西，夏长生不大可能会随身带着。他知道黎东南在不惜一切地找他，万一有什么事，他至少能用 U 盘作为谈判筹码。如果带在身上，只要他被找到，就没得谈了。"

"对方如果没拿到 U 盘，又怎么会杀了他呢？"

"因为对于阎老三来说，杀他比拿到 U 盘更重要。"

"为什么杀他会比拿到 U 盘重要？"

"因为 U 盘是黎东南想要的，而杀夏长生是阎老三为自己的狗报仇。你记得当初你在竹林里刨他的狗坟，他是什么反应吗？"

姜初雪点头："我懂了。"

阎老三离开现场，路过一条小溪时，把夏长生手机的卡取了出来，然后将手机砸碎，丢到了水里。走了一段路后，他就用打火机把那张手机卡烧掉了，又趁着夜色赶往他的住处。

远远地看见坐落在山脚的房子，阎老三并没有先回去，而是沿着山路来到了一处山谷的荆棘丛后面。这里的野草近人高了，后面还有一方大石。

阎老三来到大石后，掀开了一些树枝，树枝下是一块木板。他把木板揭开来，下面是一个大坑，坑里放了许多东西，有吃的、穿的、用的，还有刀具，甚至有双管猎枪。

他从坑里放着的一个麻袋里拿出一套衣服和一双鞋，当场换下。再从坑里拿出一个瓶子，在换下来的鞋和衣服以及带血的手套上倒了些液体，看着它们烧成了灰烬。他再将那辆山地车也放到了坑里，掩藏好一切，才步行往山下而来。

小院很安静，安静得让阎老三觉得很伤感。他想起以前每次回来，黑虎都会猛扑着铁门，冲他大声叫唤。和对陌生人的叫唤不一样，那是在欢迎他回家，它一直在等着他回家。

现在不一样了，家里没谁等他了。所幸的是，他已将杀害黑虎的凶手杀死了，可告慰黑虎的在天之灵。只是没拿到黎东南要的U盘，不知道夏长生把它藏在了哪里。无论U盘被夏长生藏在哪里，都可能被人发现，然后交到警方手里。

阎老三从身上掏出钥匙，打开了小院的铁门。铁门在寂静的夜里发出清晰的"咣啷"声。不知为何，他总觉得今晚有些什么不正常。

他保持着警惕往堂屋那边走去，突然一道强光照来，还伴随着一声大吼："不许动！"

他循声而望，呆立在原地，接着看见了全副武装的特警，以及黑洞洞的微型冲锋的枪口。

特警持枪逼近，命令阎老三把手举起来，蹲下。阎老三是不情愿的，但还是照做了。特警上前将阎老三按倒在地，随即铐了起来。

孙四通随后给李八斗打了电话，说阎老三刚好回家，已经被他们控制住了。

"意思就是他之前没在家？"李八斗问。

孙四通说："是。"

李八斗说："从案发现场回到他那里，需要一个小时左右。孙老师，你那里可以先审了。我们这里等技术人员赶到，再提取指纹、脚印，包括泥土对比，让他无话可说！"

"行，你们那里抓紧点。"孙四通说。

"对了。"李八斗突然想起，"死者身上的手机不见了，搜一下阎老三的身。"

挂断电话，孙四通立马吩咐人将阎老三身上的物品都搜了出来，并命令他把鞋子脱下放在一边。

然而，阎老三身上除了他自己的手机外，没有第二部手机。其他的物品有一个微型手电、一包打开了的槟榔，还有一个弹弓。

孙四通搬了把椅子出来，开始了对阎老三的审讯。

"说吧，去哪儿了？"孙四通问。

阎老三一脸轻慢地说："我说你们这是没事找我碴儿吗？我去哪儿了还得向你们汇报？抓我、审我，总得有个由头吧。"

孙四通说："发生了杀人案，你的嫌疑很大，这个理由可以抓你、审你吗？"

"发生了杀人案？我的嫌疑很大？"阎老三问，"哪一点证明我嫌疑很大了？"

"少废话，是我审你还是你审我？"孙四通一脸威严地说，"说，去哪儿了？"

"去前面山上打野物了，怎么了？犯法吗？"

"打野物？大晚上的打野物？"

"你既然不懂就别嘲笑了。有些野物晚上出没，容易找到。有些野物晚上睡觉，便于偷袭。所以，晚上比白天好打。"

"就用弹弓？"

"用气枪违法，我不用弹弓用什么？"

"我劝你还是不要狡辩了，只要化验你鞋上的泥土，再对比现场的脚印，就知道你到过哪里了。"

"那就赶紧对比，大晚上的，不要耽误我睡觉。"

孙四通又和李八斗通了个电话，说了这边的情况，让他那边赶紧处理好现场，让技术人员过来。

李八斗这边，技术人员已经展开了对死者和现场的勘查。首先通过资料对比，证明了死者确实就是夏长生；其次证明了夏长生确实是被拳头打碎头骨而死。另外，夏长生背上有一个明显的脚印。他的腰椎骨折断，显然是被这一脚踩断的。

"孙老师那里怎么说？"姜初雪问。

"孙老师说，阎老三一点都不慌。"李八斗说。

"他的心理素质本来就异于常人，这也不足为奇。"

"不，如果这事真是他干的，孙老师他们又在家里等到了他，他心理素质再好，都会慌的，除非……"

"除非什么？"

"他已经处理好了痕迹，他精于此道。"

"难道他还能换双鞋子回家？"

"为什么不能呢？"

"真要是这样的话，这个人就太可怕了，简直到了滴水不漏、无懈可击的地步。"

"要不然，他也不会犯案这么多年，仍逍遥法外。"

"我们也不能长他人志气、灭自己威风，还是按常规程序来吧。"

于是，李八斗和姜初雪带着技术人员赶往阎老三的院子，把案发现场提取到的鞋印与从阎老三脚上脱下来的鞋做了对比，不吻合。然后又对比了鞋底的泥质，仍然不吻合。

李八斗问阎老三去了哪座山打猎，阎老三说了，技术人员去那座山上发现了阎老三的鞋印，鞋底的泥质也一样。

孙四通看着李八斗，李八斗招手把孙四通喊到了外边，说阎老三可能在路上把鞋子换了，把手机处理了。所以，需要确定一条从阎老三院子到案发现场最近的路，然后沿路寻找，看能不能找到线索。

孙四通同意了李八斗的看法，决定暂时把阎老三带回去，然后全力搜寻证据。

十几名特警，再加上几名刑警，又是大晚上的，跟大海捞针没什么区别。找到天亮，一无所获，就先回去睡了，然后由专案组这边负责慢慢找证据。

人员都相继散去，姜初雪和李八斗对视着。

"走吧，我送你回去。"李八斗叹息了一声。

"我们要是能早到一分钟，也许就能在现场逮着他了。"

"是的。他不但狡猾，而且命好。"

"没事，还有下一个坑等着他呢。"

"下一个坑？"李八斗说，"这才是我担忧的。"

"你担忧什么？"

"你看他现在出来，已经不开他的面包车了，也许他没发现追踪器，可他已经不信任那辆车了。那么，那个蛤蟆山的坟坑，他还会去吗？"

"肯定会去吧。车子是已知的东西，他有防范很正常，坟坑不一样，他还不知道我们已经知道了那里，就不会防范。"

"希望如此吧。"

第 9 章
将计就计

　　已是早上七点多，天依旧阴着，不见日出。庄稼和山林都罩着一层薄薄的雾气，天色看起来更阴了，就像快下雨似的。

　　唐白又骑上了他的电动车，对着正在喂鸡的袁秀英说了声："妈，我上班去了。"

　　"嗯，你自己小心点啊，世道险恶，人心难防的。"袁秀英说。

　　唐白没有回应，径直骑着电动车走了。他在想，世道险恶，人心难防，那又能怎样呢？

　　袁秀英站在原地，看着那辆电动车远去，折身去了猪圈。进了猪圈里边那间废弃的房子里，她挪开了上面的干柴和稻草，又从那个洞口来到了下面。

　　她打开灯，站到监控那里。几个监控画面里只有灰蒙蒙的山林和庄稼，不见人影，偶尔能看见一只鸟从一处枝头飞到另一处枝头。

　　看了一会儿，她的目光又扫了一圈四周，最后停留在那首不伦不类的诗上，眼眶慢慢变得湿润，良久才叹出一口气来，喃喃着："唐白，妈对不住你……命运把妈毁了，也把你毁了……妈愿意用命来保护你，可是……"

她开始用手打自己的头，抓自己的头发。她想要放声痛哭，却又把那种声音吞咽了回去。

这时，一只老鼠偷偷摸摸地从角落里蹿出来，碰倒了一个玻璃瓶。

袁秀英听得声响，回过头来，看见是一只老鼠，双眼突然放出骇人的光芒。老鼠与她对视着，一动不动。

突然，袁秀英怪叫一声，向老鼠扑了过去。老鼠吓得乱窜，慌不择路钻进了一只斜倒着的木桶里，撞到了木桶的底板。

袁秀英一招"饿虎扑食"往那边扑过去，两只手刚好在桶口按住了老鼠。老鼠反过嘴来想咬她的手，可鼠牙才碰到她的皮肤，袁秀英就捏爆了老鼠的肚子，掐断了老鼠的脖子。老鼠甚至来不及多叫两声，就断气而亡了。

"敢欺负我儿子，我杀了你！"

袁秀英眼里凶光大露，使劲掐着已经死掉的老鼠。慢慢地，她冷静了下来，像做了一场梦似的。她看着被自己撕扯得血肉模糊的老鼠，赶紧从旁边找了一块破布把手擦干净，然后用破布包住了死老鼠，原路回到地上的世界，骂骂咧咧地将死老鼠丢在了猪圈后面的茅坑里。

再然后，她回到屋子里，搬出一把椅子，放到坝子上，又扯着嗓子唱起了那令人毛骨悚然的孝歌……

也许是因为天气不怎么好，也许是因为没有顾客，唐白坐在那里没精打采的，一双眼睛直勾勾地看着门口出神。

突然，门口光亮一闪，他抬起眼来。门口进来了一个人，男的，五十岁左右，五短身材，堆着一脸老好人的笑容，手里把玩着一条乌黑发亮的串。

那一瞬间，唐白的脸皮抽动了下。那人笑盈盈地走到他面前。

"您好，您来买书吗？"唐白面带微笑地问。

"不买书。"那人说。

"不买书？"唐白愣了愣，"那您有什么事吗？"

"我想跟你聊聊天。"

"聊天？"唐白还是礼貌地笑道，"我在上班呢，被老板知道了不好。"

"反正也没人买书，闲着也是闲着嘛。如果老板骂你，或对你怎么样，我就把他的店买了送给你，让你当老板。"

"您别开玩笑了。"

"这事，我一点也没跟你开玩笑。接下来我们要聊的天，也不是开玩笑。"

"那行，您有什么指教吗？"

"你别跟我演戏了，我知道你是谁，你也知道我是谁。"

唐白的眉头皱了皱："您这话是什么意思？"

"意思就是，我知道你想杀我，其实很多事情是多项选择题，我觉得我能给你更好的选择。"

"我杀你？您这话越说越没谱了，我们之间无冤无仇，我为什么要杀你？何况，我不过是一个书店的店员，连鸡都没杀过，更别说杀人了，我想都没想过。"

"我都说得这么明白了，你还跟我揣着明白装糊涂，这样就没法聊天了。我知道你在为了你那条死去的大黄狗复仇，不过当时其他兄弟都在帮黎东南打狗泄愤，我怕黎东南对我有看法，也只好装模作样地踢了狗几脚。这并非我本意，而且对狗也没造成什么伤害，所以我跟那条大黄狗的死没什么关系。如果说有，就只是我参与了。我既然做了，就愿意负责，所以想和你谈个更好的解决办法。"

"原来是你们打死了我家大黄。"唐白的表情很平静，"它只是一条狗，你们何苦打死它，而且，还把它的头打了个稀巴烂。"

"我今天是诚心来找你解决这件事情的。小兄弟，你开个条件吧，我知道那条狗陪伴了你很多年。虽然我只是顺带着牵连其中，可我不会逃避责任，你开个条件出来，一切都好说。"

"事情都过去这么久了，你为什么现在才来找我说这件事呢？"唐白看着他问。

"这……"那人一时语塞，"我当时也没当回事，是后来慢慢想起来，才觉得这件事亏心，所以我愿意做些补偿。"

"算了吧。狗都已经死了，补偿又有什么意义呢？能让它活过来吗？"

"活不过来，但至少能给你些安慰。"

"安慰？"唐白摇头，"已经很久了，有人骂我、打我、辱我、笑我，谁管我的感受？现在不过死了一条狗，居然有人想给我补偿，给我安慰，这世界突然这么善良了吗？"

"我知道小兄弟你现在的情况，这也是我来找你聊天的主要原因之一。其实，我不是个小气的人，我来找你，也并不是简单地给你点补偿。实话说吧，只要你点个头，荣华富贵都有。以后的日子，你再也不用上班过活，你和你妈也不用住在那山野之地。我让你住别墅，过锦衣玉食的生活。"

"这世上还有这么好的事？"

"当然，也不会是白给，我总会有点要求的。"

"是吗？什么要求？"

"帮我杀一个人。"

"你要杀谁啊？"

"黎东南！"那人还补充了一句，"就是那个害死你家狗的罪魁祸首。"

"你为什么想杀他？"

"因为他该死啊，这些年来他明面做着正当生意，背地里操控着地下世界，为了利益不择手段。竟然连一条狗都能痛下杀手，我以后跟在他身边，那就是伴君如伴虎，寝食难安啊。所以，只要你帮我杀了他，提什么要求都可以。"

"不，我想你找错人了。我跟你说过，我连鸡都没杀过，怎么会杀人呢？"

"都这个时候了，你还跟我装就没意思了啊。何况黎东南本来就是害死你家狗的罪魁祸首，你有理由杀他。"

"有理由杀他，不代表我会杀他。如果那样做能让大黄活过来，也许我会那么做，但我知道它不会活过来了。"

"看来，你是不想和我把这个结解开？"

"我都说了，那件事对我来说已经过去了，我们之间能有什么结呢？"

"我知道你在替那只狗复仇，东海、国晋和赵飞虎都是你杀的。我来找你，就是想化解这段梁子。如果你执意不肯的话，那我也得跟你说声，我不是吃素的。我一般情况不生气，但真要生起气来，没几个人接得住招。你妈好像疯了是吧，挺可怜的，我觉得你需要多为她想想。"

"该说的我都说了，我没有杀过人，你不信我也没办法。"

"好吧，你既然还是这态度，那咱们就八仙过海各显神通吧。"那人说完，黑着脸转身就走。

"等等。"唐白突然喊了声。

那人站住脚步，回过头来："怎么，想明白了吗？"

"我确实没有杀人，也没想为狗报仇什么的，不过我知道，有人在为我的狗复仇。你如果真想活命的话，这三天就不要在自己家里，我只能说这么多了。"

"有人在为你的狗复仇?"那人半信半疑,"谁?"

"我说了,我只能说这么多了,你信我就信,不信就随你。"

"我可以信你,但我想知道,我躲过了三天,以后呢?"

"以后?没人知道以后,但我觉得如果那个人真目睹了你们残杀了我家的狗,而路见不平为我家的狗复仇,他接下来应该就要杀你和那个黎东南了。你要不在家,他应该就会去杀那个黎东南,所以,你能躲三天,至少可以让黎东南死在你前面。"

那人想了想,想说什么,最后还是打住了,说了句:"你说得也有道理,那我就按照你说的,这三天不待在家,让他先去杀黎东南吧。以后,到底会怎么样,谁知道呢?"

唐白笑了笑,没说什么。那人告辞而去。

警方没能找到证据证明夏长生的死是阎老三所为,最终只能释放了他。

下午五点多,姜初雪给李八斗打了电话,两人一起吃了晚饭,然后前往五谷村唐白家附近,依旧埋伏在原来的位置。

袁秀英居然在她家屋门前打拳,东一拳西一脚,还翻筋斗。一只鸡往她那边走去,她立马就冲了过去,口里还念念有词,吓得那只鸡连飞带扑地跑。

"她不是正常了吗?怎么又跟疯了一样?"姜初雪说。

李八斗说:"假假真真,真真假假,谁知道呢?"

"你觉得,凶手到底是唐白,还是他妈?"

"我觉得可能是唐白。"

"你之前不是还说很可能是他们两个联手吗,怎么又认为是唐白了?"

"我想起了两件事。"

"哪两件事？"

"第一件，我到唐白家来问他为什么会跟在夏东海车后时，他妈无意中说起丢了的大黄，那时候她大概是真处于疯癫状态，因为心里挂念着狗，就说出来了。唐白怕我听出什么端倪，就找了个理由搪塞了过去，说可能是狗走丢了。所以，我认为唐白知道狗被打死的事，他妈却不知道。"

"嗯，有道理。"姜初雪问，"第二件事呢？"

李八斗说："有天晚上我在城里遇到唐白，十二点多了，不好坐车回来，我就送他回来。然后我去了诗佳的坟前，结果在那里睡着了。第二天早上迷迷糊糊醒来，竟然听到山林里有奔跑的马蹄声。我当时觉得可能是自己听错了，结果我从那条路离开的时候，看见了唐白牵着那匹矮马。当时我并没想太多，现在想来，我应该没有幻听，那天早上唐白可能是在驯马。"

"还有这样的事吗？"

"是的，我仔细回忆了一下这件事，最终还是觉得唐白最可疑。"

"问题是，会杂技和魔术的人是他妈。你有见他小时候跟他妈练习过杂技或魔术之类的吗？"

李八斗摇头："没有，他爸妈都只让他好好读书。"

"他小时候都没有跟他妈学过杂技和魔术，难道他妈疯了之后还能再教他？"

"他妈疯了不大可能教他，但他可以自学。"李八斗说着，突然想起什么，"对了，我们明天得再搜查一下他家。"

"不是已经搜过了吗？还搜什么？"

"他妈有一些练习杂技和魔术的书，这些书如果在唐白的房间里，或者有经常翻阅的痕迹，那么……"

"就证明了唐白自学杂技和魔术，是吧？"

李八斗点头："是的，只要找到唐白也会杂技和魔术的证据，那我们就可以更加肯定这个凶手是唐白。"

"你说杂技自学吧，可能性还大些。魔术的话，自学且能达到将一匹马变成惟妙惟肖的另一匹马，连监控都看不出问题来，难度就太大了。"

"难度大不代表不可能。尤其是一个在伤害中成长的孩子，一旦他下定了决心，能发生很多奇迹。就像他本来瘦弱斯文，可是，十年如一日地暗中磨砺，他所表现出来的能力，已经很令人吃惊了。谁知道他还有多少能力藏着没有露出来呢？"

"倒也是。"说完，姜初雪突然住口了。

唐白骑着他的电动车回家了。回家后，他把那匹矮马牵出来遛了一圈，又回去了。

天黑下来，李八斗和姜初雪在黑暗里安静地等着。

那几间破落的屋子也特别安静，两个在黑暗里待久了的人，其实视力已经适应了黑暗，借着微弱的光能看见模糊的事物。至少，如果那扇门打开，有人出来的话，他们是看得见的，但是门关得紧紧的。

"你觉得，今晚会有动静吗？"姜初雪问。

"这个，怎么说呢？"李八斗说，"应该不会有什么动静吧。"

"我也这么觉得。毕竟才审问过没多久，他们应该不可能这么快作案，怎么也得喘口气，做些准备吧。"

"话虽如此，不过还是得以防万一，我们得好好盯着。"

"盯肯定得盯的。不管他们有没有动静，都是职责所在嘛。"

"要不，我给你铺点玉米秆，你先躺着睡会儿，等我扛不住了，你再起来接着盯。这样的话，比两个人一起熬通宵要好。"

"一个人盯？"姜初雪马上反对，"这怎么行，本来就够无聊的，两个人还可以说说话。要是一个人盯的话，我怕盯着盯着就睡着了。"

其实，她是觉得和李八斗一起盯，才有那种真正在一起的感觉。虽然会累点，但她愿意。

十一点过后，夜幕下的几间屋子仍然安安静静的，唐白家的家门仍然紧闭。

此时，一匹骨架高大、毛色血红的马出现在了尚武院的侧后方。那里的围墙有一个垮塌了的缺口，马踩着那个缺口进入了院子。

院子本来很安静，但那匹马进入之后，突然就传来了狗吠。那是一条被铁链套住了的狼狗。

马走到狗的对面，看着它。狗越发使劲地叫着，想挣脱铁链去咬马。可是铁链太短，它再怎么努力都只能蹦在马前面一米的距离。马没再搭理它，转身往屋子的方向而去。

里面的一间屋子里，曹连城正搂着一个美人睡得香甜。这里就是他的安乐窝，他选了两个年轻漂亮的女孩养在这里，让武龙帮他看着，有兴趣的时候就到这里来找点乐子。

不过，这两年他身体不好，兴趣不大，来这里的时间其实并不多。

曹连城对白天唐白说的话并不是很信，但他相信一点，他这三天不在家，那个凶手应该就会去杀黎东南。只要黎东南能死在他前面，那他也算了了一桩心事。

等黎东南一死，他就想法把武龙他们捞出来，然后不管三七二十一，找个月黑风高的晚上，把唐白母子一起弄死，之后就万事大吉了。

所以，他住到了尚武院来，正好也可以和这里的美人软玉温香一番。年纪大了，精力不行了，经过一番勉勉强强的战斗，很快就困得睡着了。

不过，那狗的叫声实在是太吵了，他还是迷迷糊糊地醒了过来，而且，马上就意识到有什么不对劲。

狗发出这种恶叫，一定是发现了情况。

他的心里顿时"咯噔"一下，转念一想，又觉得不大可能，这地方除了他和武龙几人之外，很少有人知道，连他老婆都不知道，凶马怎么可能会知道？也许是来贼了呢，毕竟武龙他们被带走了，小贼以为这里空了呢。

稳妥起见，曹连城还是迅速起身，把睡在身边的美人也喊醒了，然后拿着一把将近一米的东洋刀，打算出去看看。

"你拿上这个东西，跟我一起出去看看。"曹连城指着一根木棒，说。

"啊，我吗？"那美人一愣。

"废话，不是你还有谁啊，这里就我们两个。"

"哦，好吧。"美人有些不大情愿，但又无法违背。

曹连城让手里只拿了一根木棒的美人走前面，两人一起往外面走。

刚出了内院，曹连城就站住了。一匹高头大马似乎知道他会出来一样，就站在那里等着他。

走在前面的美人被吓到了，顿时连连倒退，躲到了曹连城身后。

"怕什么，一匹马而已。"

曹连城拉着那美人，把她往前面拽，让她当挡箭牌，而他自己转身就跑。

凶马立马扬蹄而起，追了上去。

曹连城刚跑到一处门前，准备伸手推开门躲进去。凶马已经追到，狠狠地撞在了曹连城的背上。

"哎哟"一声叫唤，曹连城整个人就趔趄着往一侧摔倒下去。但他的反应也还算快，一翻身就爬了起来，边向后退边挥舞着手中的东洋刀。

凶马似乎根本不在意他手中的刀，仍然一步步缓缓地逼近他。曹连城退进了屋里，还没来得及锁门，凶马便紧随而至。

"老子杀了你这个装神弄鬼的玩意儿！"无可奈何，曹连城吼了一声给自己壮胆，红着眼就向凶马冲去。

就在这一瞬间，凶马的马头突然裂开，从里面飞出了一块红布。红布一下子飞到了曹连城的脸上，挡住了他的视线。

曹连城经常玩串，也练过功夫，虽被红布蒙面，但他一边挥舞着手中的东洋刀防止对手靠近，一边伸手将红布从脸上扯开。当他扯开红布露出眼睛时，看见了一匹尤为奇怪的马。

说奇怪，是因为那匹马的头上和身上，都装置了一层外壳。那个外壳裂开之后，其实能看见马背，马很矮，毛色并非红色，而是黑的。

那一瞬间，曹连城如梦初醒。原来，所谓的凶马杀人，并不是马杀人，而是人在马身上用了伪装的设备，人藏在里面，瞒过监控，再现身杀人！

可是，伪装的设备打开了，人呢？

曹连城睁着眼睛四处寻找。突然，从背后传来一声轻咳。曹连城惊闻转身，便看见了一个全身不见头脸的人站在他面前。

那人穿着一件头和脚连体的衣服，除面孔处剪开了两个孔，露出一双眼珠子之外，再也看不到那人身上的任何部位，甚至连一根头发都看不见。

那人脚下穿着一双布鞋，但布鞋下面装了一对马蹄的底子，手里还提着两个形似马蹄的铁锤，看起来不伦不类的，又极为怪异可怕，尤其大晚上的，特别瘆人。

曹连城吓得向后退，可才退得一步，那马蹄形的铁锤就已经砸到了他的头上。动作之快之猛，他根本没反应过来，只觉得脑子里"嗡"的一声，身子开始摇晃，站立不稳，潜意识里还冒出一个反抗的念头来，那把刀却无法扬起来，反而因无力握住掉到了地上。

紧接着，又是一锤重击在他的肩膀上，曹连城轰然栽倒在地。

那双唯一露出来的眼睛里，凶光大露，杀气逼人。那人弯下腰，看着意识已经模糊但还剩最后一口气的曹连城，像是在欣赏一件杰作一样，然后慢慢将其中一只手上的铁锤扬起。

曹连城看着那只扬起来的铁锤，就像看见了死神的镰刀一样，他想说点什么，却说不出来，但害怕和求生的意识还是在神情里表现得尤为明显。

只是，那个扬起铁锤的人根本无动于衷，一锤就砸到了曹连城的脸上。砸了一下，又一下，并且力量越来越大……直到曹连城的脑袋被砸得血肉模糊。

"啊，杀人啦，杀人啦。"突然传来惊恐的尖叫声。

那个本来被曹连城推出去当挡箭牌的女孩进屋去拿自己落下的金银首饰，看见了这血腥的一幕，吓得双脚发软，大声喊叫。可她忘记了这处院子里只有她和曹连城。曹连城死了，没有别人救她了，她的喊叫毫无意义。如果她不那么贪心，早些逃跑的话，或许可以逃过一劫，但现在只有死路一条了。

她反应过来，转身就跑，跑到院子里没几步，追在后面的人将手中的一把铁锤扬手甩出。那把铁锤就跟长了眼睛一样，直直地砸到了她后颈窝的位置。

女人瘦弱的身子怎么受得了这重重的一击，当即往前一栽，跪倒下去。那人缓慢悠闲地向她走去。

院子里的狗在狂吠，一声急过一声，一声凶过一声，可那人充耳不闻，一直走到那个倒下的女孩身边。

"求你，别杀我，我是个好人。"女孩哭着哀求。

那人摇了摇头，也不说话，只是看着她。

女孩觉得有希望，或者说还想争取，她爬过去抱着那人的脚："真的，我是个好人，你别杀我，你让我做什么都可以，什么都可以……"

那人又摇了摇头，随即扬起了手中的铁锤，一锤直接砸下，女孩当场栽倒下去。砸了一锤又一锤，直到砸得血肉模糊，那人才转身离去，回到了那匹马的身边，轻身跃上马背，将裂开的伪装重新闭合起来。

凶马转身往外出来。那条被铁链套着的狼狗叫得越发凶猛。凶马故意走到狼狗面前。狼狗拼命叫着，要挣脱铁链去咬它。凶马的一只眼睛里突然射出一道强烈的红光，狼狗吓得连连倒退几步。最后，凶马转身信步而去。

天慢慢地亮开来。李八斗打了个呵欠，两只眼睛仍然一动不动地盯着那几间破落的房子，尤其是盯着那扇门。一整晚那扇门都没有打开过。他们又白白等了一晚上。

在天光亮开后，那扇紧闭的门终于打开了。最先从门口露脸的是袁秀英，她端着一盆洗菜的水泼在了门前的坝子边上，然后开始进进出出地忙各种家务事，譬如把鸡放出来喂食，譬如到旁边的菜园地拔了一些葱，然后坐到门前慢慢挑选。

唐白也起来了，伸着懒腰，打着呵欠，还跟袁秀英说了几句话，接着从屋里端出盆子，在门口洗了把脸。随后去了猪圈那边，牵出那匹矮马，沿着庄稼地边的小路，让矮马啃草。

简单遛了一圈马，唐白就把马牵回了圈里，吃完早饭，就骑着他的电动车去上班了。

看到这里，李八斗知道，这一夜的盯梢已经结束，他喊醒了睡得正香的姜初雪。

姜初雪睁开惺忪的睡眼，迷迷糊糊地问："啊，天亮了，没什么事吧？"

李八斗回了句"没事"，两人便静悄悄地离开，到那边路口的林子里骑了摩托。

来这边盯梢，为了便于隐蔽，也为了便于在各种路上行驶，李八斗才骑摩托的。他先骑摩托将姜初雪送回去，才回了自己的住处。

一夜无眠，李八斗很累，倒头就睡着了。

迷迷糊糊中，手机持续不断地响着。他很不情愿地拿过手机看了看，是孙四通打来的。既是跟工作相关，他必须得接电话才行。

"你们昨晚对唐白家的监控情况怎么样？"孙四通问。

李八斗说："没发现可疑情况，一切如常。"

"真的没有情况，一切如常？你们是一直盯着的，还是走神了，或者离开过？"

"孙老师，这话什么意思？"李八斗似乎听出了某些不对劲来，"难道又发生什么状况了？"

"今早警方接到报案，一男一女被杀死于尚武院。警方赶到现场发现，男性死者是曹连城，而现场有马蹄印。"

"什么，曹连城被杀了，还是凶马干的？"李八斗的睡意一下子被惊醒大半，一翻身就从床上坐了起来，"怎么可能，我一直盯着唐白家的门，他们母子俩进去睡觉了，那扇门整晚没有打开过，我的视线也一直没有离开过。而且，他们家的矮马关在猪圈那边，和他们住的房子隔着大约有五十米的距离。无论他们母子谁出来冒充凶马，都不可能逃得过我的眼睛，这事我敢拍着胸脯保证。"

"可曹连城被杀是事实，死状和夏东海、吴国晋以及赵飞虎一

143

模一样，加上现场留下的马蹄印，可以肯定是凶马作案。难道说凶马案不是唐白母子所为，而是另有其人？"

"我先去现场看看吧。"

"你熬了通宵，不要休息吗？"孙四通还是挺关心他的。

"这样一搞，我也睡不着了，我得看下现场，看到底是哪里出了问题。"

"也行，你来吧，我正在赶过去的路上。"

挂断电话，李八斗匆匆地用冷水洗了把脸，风风火火地赶往尚武院。

他一路上都在想，这件事不可能发生。可看了现场的情况后，他不得不面对现实。

孙四通又问了李八斗一遍："你确定你在唐白家盯紧了吗？"

李八斗非常肯定地说："这个绝对不会有半点问题，我自始至终都盯着他们的屋子和那扇门，一直到天亮。对了，现场勘查受害人的死亡时间是几点？"

"十二点左右。"

"那就不会错了。如果说受害人的死亡时间是十二点左右，唐白家的门有动静，就应该是十一点或者更早一点，那个时候是我和初雪两个人目不转睛地盯着的，不可能我们两个人都会疏忽。她是盯到凌晨三点多才打了会儿盹，后面由我一个人盯。而且，不只是唐白母子从屋里出来会有动静，他们要去牵那匹马出来也会有动静，做完案回去，也会有动静。这都不可能在我们的眼皮底下悄无声息地进行！"

"然而，这里又怎么解释呢？"

李八斗也毫无头绪，皱眉默默思索着。

"有一点我没有想明白。"包古说，"不是说凶马案是因为一条狗引出来的复仇嘛，如果真是这样，凶手就没必要滥杀无辜啊。夏东海的老婆儿子、吴国晋的情人，还有今天的这个女的，她们是无辜的吧？"

"这你就不懂了。"李八斗说，"凶手的目的并不只是复仇泄恨，还有一个最主要的目的，是让对方感受到恐惧和痛苦。所以，凶手杀了夏东海的老婆、儿子，杀了黎东南的爱马'铁将军'。"

"可是，吴国晋的情人呢？"说完，包古又指着地上的女性死者，"还有她，穿睡衣的这位，很显然，她昨晚和曹连城睡在这里，应该也是情人关系。吴国晋和曹连城不会为这种只是找来玩玩的情人感到痛苦吧？"

"是的，杀她们不是为了给吴国晋和曹连城制造痛苦，而是凶手觉得她们该死。"李八斗说。

"凶手觉得她们该死？"包古不解，"为什么？"

李八斗说："因为唐白母子沦落到今天这个悲惨的地步，一是他那不负责任的老爸，二就是让他爸做出抛妻弃子之事的小三。所以，无论是唐白还是他妈，都特别恨那种跟有家室的男人不清不楚的女人。"

"那么说来，凶马案是唐白母子做的了？"包古问。

"你以为呢？"李八斗说，"作案动机和作案能力都具备了，还能是谁？"

包古说："问题是，你整晚都盯着唐白母子，他们都没动静。"

"对了，不是另外安排了人盯着曹连城家吗？他没在家，没人汇报吗？"李八斗问。

孙四通说："他们跟我汇报了，晚上十点多吧，我也没当回事，觉得曹连城可能在外面喝酒或者什么的没回来，让他们继续盯着就行。毕竟凶马要杀人，肯定是去他的住处杀，不可能在大街上或别人家。而且，最主要的不是你和初雪在唐白家盯着嘛，你们那里发现动静汇报过来，这边准备收网也来得及，哪知道……"

李八斗说："难道唐白家的房子和猪圈后面有后门？看来我们得好好搜查一下了。"

"要不我另外安排人去吧。"孙四通说，"你昨晚熬了一个通宵，眼睛都是红的，得休息一下才行。"

"没事，上午去调查，下午再睡，几个小时就能恢复元气。"

"行，那就辛苦你了。我再看看能不能从现场找出什么线索来。"

李八斗点头，开车往唐白家而去。

　　袁秀英将屋角堆起的柴火，一捆捆地往猪圈最里面那间废弃的屋子里搬去。

　　她将柴火堆在屋子的角落里。角落里本来只有一小部分柴火和玉米秆，如果有人想看什么，随时可以伸手翻开来。可把外面的柴火都搬来堆在那里之后，整间屋子显得分外局促。

　　干完这一切，袁秀英走出猪圈，抹了抹额角的汗水，看着远处绵延的山，轻轻地叹息了一声。她转身回到屋里，背上一个背篓，拿上一把镰刀，到屋后的坡地里割菜去了。

　　李八斗远远地看见唐白家的院门是关着的，但还是开车到近前来，把车停在了院门前的坝子上。院门没锁，李八斗进了院子，决定先去查看唐白家的猪圈。

　　唐白家一共有四格猪圈，其中三格养着猪，一格养着马。所谓四格，其实就是建了一间大的，然后用木栅栏隔成四部分。猪圈比起人居来，墙要矮许多。

　　李八斗仔细瞧了瞧，猪圈只有一道门供人进出，四周的墙没有任何凿开的痕迹。他又走到最里面那间废弃的屋子里，里面堆了一堆柴火和杂物。四周的墙也没有任何凿开的痕迹，不过老鼠洞是有的，另外历经长年累月，土墙裂开了缝隙，但那缝隙也就几厘米宽，马和人都不可能通过。

李八斗出了猪圈，又围着唐白家住的房子看了一圈。然而，除了他眼睁睁盯了一晚的那扇门外，几间屋子的墙上并没有门或洞之类的东西。

李八斗翻过屋后坡，看见了在地里割菜的袁秀英。

"在忙啊，秀英阿姨。"李八斗走过去，微笑着招呼道。

"嗯，没办法嘛。"袁秀英说，"唐白上班，家里就我一个人，身子好点的时候，能做一点是一点。"

"我帮你吧。"李八斗说着，也去帮她弄菜。

"别别别，别劳烦你了，八斗，这种粗活你干不来的。"

"我也是农村出来的，割草、喂猪，都轻车熟路。"

"这是哪年的事了。都过去十几年了吧。记得那时候你才十岁多点就去城里了。"

"嗯，是的。但做过的活，我还没忘记。"

"那还是手生啊。"

"没事，我帮您把活先干完，然后还得跟您聊点事。"

"那行。"袁秀英没再说什么。

李八斗很快就帮袁秀英把一背篓菜弄好，然后帮她背回了家。

回到家，袁秀英倒是主动问了："有什么事你就说吧，秀英阿姨是看着你长大的，也没把你当外人。"

"嗯，我可以在您家屋子里都看看吗？"李八斗问。

"当然可以。"

袁秀英大概知道，这是客气的说法，事实上，她无权拒绝。

李八斗马上就进了屋子里，让袁秀英帮忙把每一间屋子的灯都打开，然后他再一间间地看。

房子一共有六间，一间是厨房，一间是堂屋，一间是储物的，另外三间是卧室。一间卧室是袁秀英的，一间卧室是唐白的，还有一间卧室是唐白已故的外公外婆的。

李八斗看了每一间屋子的墙壁，从上面的房梁到下面的地基，都没有发现任何可以出去的痕迹。他甚至连储物间的地窖都下去看了，地窖也完好，没有任何通道可以出去。

"你想找什么，跟秀英阿姨说，如果我知道就告诉你。"

袁秀英和颜悦色地说，但李八斗从中听出了一丝讽刺的意味。

"没什么。"李八斗突然直视着她，"哦，对了，有点事我得问下秀英阿姨。"

"什么事？"

"我记得秀英阿姨家有很多练习魔术和杂技的书吧，能借两本给我看看吗？"李八想验证一下自己的一些猜想，于是这么问道。

袁秀英叹息一声："不好意思，这秀英阿姨怕帮不了你了，那些书早就没了，一本都没了。"

"都没了？"李八斗皱眉，"怎么会没了呢？记得您当时很喜欢那些书，唐白想玩你都不给的。"

"不是搬家嘛。很多东西搬掉了，也可能后来我总是神志不清，一不注意就被唐白他外公外婆当废纸卖了。很久以前的那些东西都是痛苦的回忆，我已经很少去触碰了。"

"唉，也是，人生啊，生容易，活容易，生活不容易啊。"李八斗也叹息了声，然后向袁秀英告辞。

既没有发现房子和猪圈另有出口，也没有发现魔术和杂技读物，难道凶马案真的陷入了一个僵局？

李八斗开着车子走了一段，突然想起什么来，给孙四通打了个电话，汇报了一下目前的情况。

汇报完，李八斗又说："我们只能通过监控查一下曹连城昨天去过哪些地方、见过哪些人，然后推断谁有可能知道曹连城晚上会在尚武院的信息。"

孙四通说："哦，这个我也想到了，我已经让冷笑通过曹连城的车子查他的出行轨迹了，一会儿就会有答案。"

"可以，有情况了你再通知我，我先回去休息一会儿。"

案子没头绪，李八斗睡觉也没睡安稳，醒来后还是觉得脑子里一片混沌。

这时候，手机响了起来。他拿出手机一看，是孙四通打来的，当即就接了。

孙四通说有所发现，让他回刑警队商议，其他人都在等着他呢。

李八斗来到办公室，孙四通对他说："冷笑他们对曹连城昨天一天的行踪进行了调查，发现他昨天一天的行迹很简单。上午九点多出的门，开车去了一个地方——三人行书店，大约在里面待了十几分钟就离开了，然后回家吃了午饭，吃完饭就直接去了尚武院，没有再去过别的地方。"

"三人行书店？"李八斗说，"那不是唐白上班的地方吗？"

孙四通说："所以，我觉得这件事似乎越来越复杂了，为什么又是唐白？"

"曹连城跟唐白很熟吗？他为什么会去找唐白？他总不至于跑那么远去那里买书吧？"姜初雪发出一连串的疑问。

"他是空着手出来的。"孙四通说，"显然，他去那里是有别的事，而且是专程去那里的。"

"我知道为什么了。"李八斗突然说。

所有的目光一下子都聚焦在李八斗身上。

李八斗说："曹连城去那里不是买书，而且他跟唐白也不熟。我想，他去那里是和唐白做交易的。"

"做交易？什么交易？"孙四通问。

李八斗说："曹连城猜出凶马案是因为那条大黄狗的死引起的，他对唐白母子的深不可测有所顾忌。所以，他亲自去书店找唐白，大概是想和他谈一谈大黄狗的死，利诱唐白尽早出手，杀了黎东南。"

"问题是，曹连城也是大黄狗之死的凶手之一，他怎么和唐白谈？"姜初雪问道。

"这还不简单吗？"李八斗说，"去找唐白杀黎东南只是其中一个目的，还有一个比杀黎东南更重要的目的是让唐白放过他。他肯定不希望自己成为唐白的猎杀目标。他应该给唐白提出了很有诱惑力的条件，毕竟作为黄金大王，他最不缺的就是钱。"

"如果真像斗哥你说的，曹连城为什么还是被杀了？"包古问道。

李八斗说："世人多爱钱是没错，但不是所有人都爱钱，譬如，唐白。"

"唐白不爱钱？"包古笑起来，"斗哥，你是在给我讲笑话吧？唐白不爱钱，为了那点微薄的工资，辛辛苦苦上班干吗？"

"他总要生活嘛。"

"生活，在农村种地不就行了？"

"那他就是有别的目的了。"

"别的目的？"包古一脸不以为然，"在书店上班，还能有什么目的？"

"可以博览群书，可以学到很多常人无法学到的东西。要不然，当年那个我眼里斯文弱小的孩子，为什么现在可以如此深不可测？"

"行吧，就算你说得对。那你又凭什么说他不爱钱呢？你总不能凭空猜测，得有依据吧。"

"行，我就给你讲讲依据。"李八斗说，"其一，如果唐白看重钱，以他现在的本事，他是不是可以赚到更多的钱？

"其二，唐白的父亲唐世德现在做生意，身家也有几千万吧，早说了要带唐白出道，给他本钱，让他做生意，还多次劝他别在书店上班，但都被他拒绝了。他若是爱钱，会放弃那么好的机会和条件，坚持在书店上班吗？

"其三，唐白和吴国晋的儿子发生过一次撞车事件，吴国晋想赔偿唐白两万块，但唐白拒绝了他，只想要赔礼道歉，他爱钱会这样吗？

"还有其四，正因为他当年生病差点死掉，找人借钱而不得，是他妈卖房子救的他，所以在他看来，金钱其实是罪恶的。无论是他抛弃妻子的父亲，还是那些冷眼的亲朋，全都是为了钱而丧失人性或变得冷漠。所以，他坚持做自己，不做金钱的奴隶。所以，他把母亲、他养的狗和马，都看成他生命里尤其重要的东西，而不是钱。我这么说，你觉得有依据吗？"

"好吧，你这个解释我服。"包古说，"问题是，就算唐白拒绝了曹连城，跟曹连城去尚武院以及他被杀又有什么关系呢？"

"会不会实际上唐白答应了曹连城的交易，和他约好在尚武院见面？"姜初雪如梦初醒一般。

"不会。"李八斗很肯定地说。

"为什么不会？"姜初雪问。

李八斗说："很简单，曹连城为人腹黑，精于算计，他若是和唐白谈好了交易，应该不会和唐白约在尚武院见面，因为那个地方是他的秘密之地。其次，就算他和唐白约在那里，他也不可能对唐白完全放心，肯定会有所准备的。可从死亡现场看来，整个院子里就他和那个女的，而且，他和那个女的还有一夜温存。因此，曹连城出现在尚武院，只是去那里享受生活而已。"

"所以，我也觉得曹连城和唐白其实谈崩了。"孙四通说，"因为唐白不想放过曹连城，于是，曹连城为了躲避唐白的报复，才跟家里谎称出差，去了尚武院。没想到的是，唐白其实早就掌握了尚武院的信息，也知道曹连城如果不在家的话，就会去那个地方，因而故意吓唬了一下曹连城，使曹连城不敢待在家里，结果正中唐白的计谋。"

"是的，我和孙老师的看法一样。"李八斗说，"很有可能是唐白在两人的谈判中误导了曹连城，不然曹连城不会无缘无故临时告诉家人出差，去了尚武院。"

"这样一分析，还是唐白的嫌疑最大。接下来，我们怎么安排，还需要盯着唐白家吗？"姜初雪说。

"盯啊，必须盯。"孙四通说，"我坚信唐白母子跟凶马案有关，只不过我们没有找到那个真正的突破口，所以还得盯下去，并且得深入调查才行。"

"行，那我们就继续盯着好了。"李八斗说完，看了姜初雪一眼。

"不过，得换种方式盯。"孙四通说。

"换种方式盯？"李八斗问，"怎么盯？"

孙四通说："分两组人盯，一组盯十二点以前，一组盯十二点以后。这样轮班盯效果更好，不容易出纰漏。"

"嗯，可以。"李八斗说，"只不过现在看来，凶马的猎杀目标只剩下黎东南一个了，所以对黎东南的监控也得加强。"

"你的意思是要加派人手，还是二十四小时监控？"孙四通问。

李八斗说："我觉得最好的是，我们找黎东南谈谈，让他配合我们，在他身边安插一个人，能二十四小时掌握他的动向，并且保护好他。这比完全暗中监控他要有用。"

"嗯，有道理。"孙四通说，"那这件事就你去办吧。"

李八斗点头："行。"

于是，孙四通又吩咐冷笑调查一下唐白昨天的行程，还有他的通话记录。李八斗和姜初雪则再一次去找黎东南。

黎东南此刻正乘车出别墅，准备赶往省城。

阎老三建议他三十六计走为上计，他犹豫了两天，觉得这样做就像一个帝王的流亡。不过思来想去，他还是觉得留得青山在，不怕没柴烧。

走吧，让警方来收拾这个烂摊子吧。等凶手落网了，我再回来。

可车子才出门，一辆警车就停在了他的车子前。李八斗和姜初雪从车上下来。

黎东南把车窗摇下来，充满敌意地看着走过来的李八斗："赶紧把你的车挪开，别耽误我的事！"

"还有什么事比你的命更重要吗？"李八斗问。

黎东南问："什么意思？"

"昨天晚上，曹连城被杀了。"

"什么，曹连城被杀了？"黎东南盯着李八斗，"你在跟我开玩笑吧？"

"我为什么跟你开玩笑？"

"你们警方已经知道凶马案跟那母子俩有关，而且已经盯上他们了。那母子俩也知道你们盯上他们了，他们会在这个时候动手？而且，还在警方盯着的情况下得手了？你说你不是在开玩笑是在干什么？我黎东南没那么好忽悠，也没那么好吓唬，这些小伎俩就不要用我身上了。"

“那我给你看样东西吧。”李八斗说着，拿出手机，从里面翻出在曹连城被杀现场拍下的照片，递到黎东南面前，“虽然脸都被砸烂了，不过单凭这身材，你也应该认得出来吧？”

看着相片，黎东南的身子瑟缩了一下，又抬起眼来：“你们警方盯得这么紧，他们还敢动手？还成功了？”

“所以，我才说我是来救你的。因为我怕你低估了凶手的能力。”

“是吗？我倒想听听你打算怎么救我？”

“倒车，进屋里说吧，三言两语说不清的。”

黎东南迟疑了一下，还是让司机倒车了。李八斗跟着进了黎东南的别墅。

黎东南始终对李八斗心存芥蒂，语气很生硬地说：“有什么话就直说，别弯弯绕绕的，浪费我的时间。”

李八斗说：“如果凶马案确实是因为大黄狗死亡事件引起的，那么你就是对方要报复的最后一个目标了，你有什么想法吗？”

“我能有什么想法？打击犯罪，抓捕杀人凶手，不是你们警察的职责吗？我一个普通市民，你问我有什么想法，你没搞错吧？”

“请你把态度放好点，我这不是在找你借钱，是在让你配合办案，懂吗？”

“直入正题吧，别扯这些有的没的了。”

“正题很简单，凶手在警方已经全面介入调查和监控的情况下，仍旧想方设法杀死了曹连城，可见凶手是个不达目的誓不罢休之人，也就是说，他铁了心还会找你。所以，警方现在需要你全面配合，一起拿下凶手！”

“要我怎么全面配合？”

“首先，我们会在你的车上装定位追踪器，获取你全天出行的情况；另外，我们会安排一个人给你当助理或司机，二十四小时全天候地跟着你。"

"这可能吗?"黎东南反应强烈,"我犯什么法了吗,要享受犯人一般的待遇?"

李八斗强调说:"我说了,这样做是为了保护你,抓到凶手!"

"不行。我绝不能让人像看守犯人一样二十四小时地跟着我,那样我会吃不下饭、睡不着觉的。"

"那也比送命强吧?"

"什么比送命强?我宁可死,也不能不自由。你这是变着法子让我坐牢吧?前几次你想把我整进去,结果没有证据,现在又来这一出,我黎东南长着一张好忽悠的脸吗?"

"你清醒点吧,曹连城昨天晚上刚刚被杀死,而且死亡地点是尚武院。你和曹连城交往这么多年,都不知道尚武院是曹连城的,凶手却知道,可见凶手的可怕。所以,从眼下的情况看来,警方单方面的保护已经不足以防范凶手,必须得有你的配合,才好对凶手撒网!"

"你说什么我都不会信的。毕竟你们已经想办法监控凶手和保护曹连城了,结果曹连城还是被杀死了,谁信你们能保护得了我呢?"

"我说了,那是因为警方在单方面进行保护,没和曹连城打配合,才导致了意外。由此可见,凶手有很多匪夷所思的本事,就跟他利用一匹马瞒天过海地杀人一样,他擅长此道。你必须和我们完全地配合,才能在跟凶手的博弈中胜出。"

"我说了不行就是不行。我不是犯人,你们无权安排人二十四小时跟在我身边,严重影响到我和家人的生活!"

其实,黎东南之所以这么反对,主要还是他有许多见不得人的事。

"我说了,这是警方的缉凶计划,希望你能配合!"李八斗加重了语气。

"配合也得有个度吧？难不成警方要求什么我都得配合？我还没有点个人权利了？我没那么多时间和你废话了，我还得赶时间去省城呢！"

"你去省城干什么？"

"出差，开会，怎么了？我又不是犯过事的保释人员，我去哪里干什么需要向警方报备吗？"

"你是害怕了，想出去避风头吧？"李八斗讽刺道。

"是又怎样呢？惹不起，我还躲不起吗？你们警方什么时候抓到凶手，我就什么时候回来。我去省城、去国外，我就不信那马还能漂洋过海来杀我。行了，我没时间跟你扯了，你们陪着凶手慢慢玩吧。"说罢，他转身就往外走。

"你再想想清楚！"李八斗一把拉住他。

目前看来，留下黎东南，用他做钓饵，是抓住凶手的最好办法了。

黎东南却看着李八斗："我已经想得很清楚了，我黎东南做的决定，没人能改变，你今天就算找县长来，我要走还是得走。我还有很多好日子过，不陪你们作死了！"

黎东南说完，扬长而去。

"这种人真欠揍，我都忍不住想抽他了！"姜初雪骂道。

李八斗说："谁不想呢？可还得忍啊，谁让我们是警察呢，执法不能犯法吧。"

"那现在怎么办？他走了，凶手已经没目标可以猎杀了，就不会现形了，我们就很被动了。"

"被动，也得查啊。在过往的线索里找蛛丝马迹，看有没有新的发现吧。"

"对了，你看过唐白家的房顶了吗？"姜初雪突然问道。

"看房顶干什么？"

"既然我们一直盯着，他们没有开门，四面的墙也没有出口，那会不会他们在屋里搭了楼梯上房顶，从房顶的洞出来？毕竟他们的土墙屋的房顶是瓦片，可以随便揭开。"

"你这么一说还真有可能。放瓦的木板也可以做成可移动的，瓦片可以随时拿开，可以随时放上。人从房顶的洞出去，再从屋后面下来，然后匍匐着进入猪圈，牵马出来，贴着墙走，刚好借由我们视线的死角，神不知鬼不觉地离开又回来。"

"是的。虽然难度很大，但是解释得通。"

"看来，我们再盯的话得前后都盯着才行！"

"唉。"姜初雪叹口气，"真没想到，我出来办的第一个案子，竟然难上了天，这个案子要是破不了的话，我都不想再做警察了。"

"放心吧，一定会破的。"

"关键是黎东南已经当了逃兵，凶手很难现形了。"

"我得给孙老师打个电话，说下情况。"李八斗说着，拨打了孙四通的电话，说了黎东南拒不配合，已经出发去省城的消息。

孙四通说："我这里也有个不大好的消息。"

"怎么了？"李八斗问。

"冷笑查了唐白昨天的出行和通话记录，没查到任何通话记录，出行路线也很简单，就只有他上班的地方和家里，两点一线。当然，这么说也不严谨，他出镇子外去过哪些地方没法知道，但在可监控的范围内，是没见他去别的地方、见过别的人的。这样一来，事情又变得复杂了。"

"不复杂。这样反而更能证明唐白和他妈才是真凶。"

"他们不是整晚都在家里，没有作案时间吗，怎么又证明他们是真凶了？"孙四通不解。

李八斗当即说了他和姜初雪讨论的，唐白母子很可能从房顶瓦片开洞进出的判断。

"嗯，你这么说还真有可能。"孙四通的语气颇为激动，"那就赶紧去查下房顶，看能否有所发现。"

"这个我觉得没必要查。"

"为什么？"

"就算我们能查出来有松动的木板，又能证明什么呢？只能是我们可以确定他们用了这种方式离开，但不能形成证据。找不到他们留在案发现场的痕迹，我们始终无法指控他们。"

"倒也是。"孙四通问，"你现在有什么策略吗？"

李八斗叹息："黎东南走了，我们就很被动了。但唐白家我们还得盯，而且屋的前后都得盯，希望他们不知道黎东南走了的消息，会露出马脚来吧。"

"那也只能如此了。"孙四通说。

挂断电话，李八斗看着姜初雪，问："你现在去哪儿？我送你。"

姜初雪说："回去睡觉吧，睡得正迷糊呢，结果被孙老师的电话吵醒了。"

李八斗把姜初雪送回了家，两人约好下午四点再一起去唐白家附近监视唐白母子。

第 11 章
螳螂捕蝉

　　下午五点多钟，唐白家对面的山林里，一棵高大的黄桷树上，藏着一个身着雨衣的人。那人的脸上有一道如蜈蚣般爬行的丑陋刀疤。没错，此人正是阎老三，他通过望远镜紧盯着对面那几间破落的房子。

　　袁秀英在屋前来来回回走了好几趟，一会儿提着猪食赶往猪圈，一会儿又把鸡赶进圈里。后来，她提着一些东西走到庄稼地里。她去到之前待过的两座坟前，从袋子里拿了一些纸和香烛之类的东西点燃了。

　　她跪在坟前，磕头作揖，嘴里也不知道在说什么。很快，不知道是被烟熏了，还是想起了伤心事，眼泪溢出了眼眶。她不断用手抹着眼睛，后来竟抱住了坟石，身子不住地抽动着。

　　李八斗和姜初雪借着庄稼地的遮掩往唐白家附近而来。

　　天还没有完全黑，唐白家的门也是开着的，两人不好分开盯着，就先藏在了原来的地方。他们也看见了在坟前烧纸的袁秀英，毕竟那燃烧起来的火光和青烟都特别显眼。

　　但他们不知道的是，在他们后方那片林子的树上藏着时刻都想

160

杀了他们的阎老三。

六点半左右，唐白骑着他的电动车回来了，他发现了坟前的母亲，就把电动车停了，过去扶她。结果，袁秀英抱着唐白哭了起来。唐白似乎也无从安慰。母子俩在落下来的夜幕里待了好一阵。

后来唐白也跟着他妈一起在坟前烧纸，再后来，唐白用他的电动车载着袁秀英回家了。

唐白家的院门完全关了起来，四下里也安静了下来。

又等了好长时间，李八斗猜测唐白母子一时半会儿不会出来了，就跟姜初雪说，让她在原地盯着前面，他要偷偷潜到屋后去盯着。到时候收到接班人员的信息了，两人再会合。

林子里黄桷树上的那一双眼睛一直通过望远镜盯着姜初雪的位置。

阎老三之所以很早就潜伏到林子里，目的很简单，就是想杀了李八斗和姜初雪。但两个人在一起，他还是没有足够的把握，若是单个对决的话，他可稳操胜券。

从那一夜他来杀唐白母子，李八斗突然出现，到之前他杀夏长生时，李八斗和姜初雪又赶到，阎老三就得出了一个确定的结论——李八斗和姜初雪每晚都在这里暗中监视唐白。

两人本来是守在一起的，现在只剩姜初雪一个人盯在那里，阎老三心里的杀气腾的一下蹿了起来。

不过他并没有急于行动，他这种擅长猎杀的高手，知道比技能更重要的是时机。抓准机会，才能一击必杀。

姜初雪这个时候还是生力军，精神很好，注意力和反应都很灵敏，这个时候动手的话，很难做到一击必杀。

何况姜初雪身上还带着枪，自己再厉害，对那玩意儿也不得不顾忌。而且，如果不能一击必杀，动静一起，惊动了李八斗，自己就更被动了。

等吧，等姜初雪疲惫了，放松警惕了，那时候更容易接近她，也更容易下手。反正这夜很长，自己一点也不急。

姜初雪浑然不觉杀机，只是直勾勾地盯着唐白家的门。经历了曹连城被杀之事，她不敢有丝毫疏忽，眼睛一秒都不曾离开那扇门，虽然她知道离开一秒也不会错过什么，但她就是不信邪，就想看个究竟。

藏在屋后坎上的李八斗也目不转睛地盯着唐白家的房顶。而且，他离唐白家的屋子比较近，也就二三十米。房顶上一旦有任何动静，他都能察觉到。

如果这样盯着，外面还有凶马作案，那他就彻底放下对唐白母子的怀疑了！

但他不知道的是，螳螂捕蝉，黄雀在后。他和姜初雪都已经笼罩在看不见的杀机中。

而在看起来沉默安静的房子下面，那间幽暗的地下室里，燃着一根不太明亮的蜡烛。烛火随着从地道某处吹进来的风微微摇曳着。蜡烛旁坐着一个人，一个穿了件从头到脚都包裹起来、看不见身体和脸、只露了两只眼睛的人。

地下室其实是有电的，那个人的面前摆了一台电脑。电脑是打开着的，上面有好几处画面，粗看画面黑乎乎的，细看却能看见一些东西。

那人把其中一个画面的镜头拉近了些看，就看见了藏在林子里那棵黄桷树上的阎老三。那人目不转睛地盯着屏幕，某个瞬间，他的眼里有杀机闪现。

后来，那人又把另外一个监控镜头拉近了些看，就看见了藏在那片地里的姜初雪。他一会儿看着镜头里的姜初雪，一会儿又看着阎老三，心里似乎在打着什么算盘。

突然，姜初雪的神经一抖，眼睛瞬间睁大了。她看见那扇一直死寂的门突然开了！那一刻，她的心狂跳起来。

门打开后，从屋里走出来的人是唐白。只不过他并没有去猪圈，而是打着一个手电筒，往姜初雪的藏身之处走来。

姜初雪莫名有些紧张，不知道唐白要干什么，但她又很期待发生点什么。

这个时候唐白出来准备去哪里、去干什么呢？是不是跟凶马有关？

姜初雪不敢看手机，不过估摸着现在怎么也十点多了。她屏息以待，生怕呼吸重了，惊动到唐白而错失良机。

结果，唐白竟然走到两座坟那里，跪在了坟前，分别给两座坟磕头作揖。后来，他竟然关了手电，靠在坟前睡了！

唐白当然没睡。他装睡只是希望能以这种毫无防范的方式，引得阎老三对他动手。然后，他就可以于黑夜里反杀猝不及防的阎老三。恰好，警察就在一边看着整个过程，是阎老三先偷袭睡梦中的他，他才在惊慌中出手的。这样一来，就算他杀了阎老三，也情有可原。

可惜的是，醉翁之意不在酒，阎老三夜伏此地，根本不是为了杀他，而是为了杀姜初雪和李八斗。

唐白在那里装睡等着，他甚至已经想象过一百种反杀阎老三的方式，却一直没有等到任何动静。

时间在一分一秒地过去，每个等待的人都有着各自的焦急。

阎老三本想等姜初雪疲惫了、防范意识薄弱了，就对她下手，哪知道平白无故地跑出个唐白，姜初雪的精神一下子抖擞起来，这下他又无机可乘了。

姜初雪本指望唐白开门后，会到一个出其不意的地方，然后伪装成凶马，那么这些日子以来的辛苦和迷茫，都将有一个结果，哪知道他只是跑到坟前睡觉。

唐白心中自然也着急，他都为阎老三提供这么好的击杀机会了，阎老三却迟迟不动手。错过这次机会，要想再杀阎老三，就得花很多心思、费很多功夫了。

一个多小时过去了，唐白似乎明白了，阎老三来这里的目的根本不是为了杀他，而是为了杀姜初雪。于是，他佯装醒来，起身回了家。

阎老三终于决定动手了。他戴上头罩，把整张脸罩住，再把雨衣的帽子戴在上面，如猴子般从树上轻轻爬下，然后慢慢地向姜初雪藏身的位置靠过去。

这个晚上不能白等，他必须杀了姜初雪，然后再杀掉李八斗！

"喵！"突然，响起一声猫叫。

在阎老三经过的地里，竟然睡了一只野猫。阎老三的动静虽然很轻，可还是将猫惊醒了。猫一下子蹿走了，从一些铺在地上的、已干枯的玉米秆上跑过时，产生了更明显的动静。

姜初雪闻声回头，看见了站在那里的一道黑影，当即就喝了声："谁！"

黑影没说话，向她走来。姜初雪拔枪了，黑影见此情景，当即闪进了庄稼地里。

姜初雪拿出手机，给李八斗发了条信息：这边有情况！

然后，她双手握枪，保持着射击姿势，往黑影闪躲的庄稼地里搜索过去。

阎老三没有走，他透过那片还没有砍掉的玉米秆，看着姜初雪一步步地往这边过来。他在等她靠近，然后再出其不意地击杀她。

已经占了地利，只要把握好时机，再加上自己的本事，就算姜初雪手里有枪，也不是自己的对手。

姜初雪离他越来越近，越来越近……

就在他计算距离和出手时机的时候，又一道黑影往这边飞奔而来，是李八斗。

他给姜初雪发了条信息：在什么位置。

姜初雪停下脚步，回了李八斗一条信息：在山脚下的地边。

李八斗当即往这边找来，手里也握着枪。

看来，眼下又没法下手了，阎老三心想。因为他没办法赤手空拳以一敌二，况且对方还有枪。阎老三又悄无声息地退回到林子里。

李八斗找到了姜初雪，低声问："什么情况？"

姜初雪说："刚才我听见这边有声响，回头看见一个人影闪进了庄稼地里，跟着追过来就没再看到了。"

"这里有个人影？"李八斗看了看四周，"你不会眼睛看花了吧？"

"没有看花。我回头看的时候，他是站在那里的，然后还往我这边走，但我拔出枪后，他就闪进了庄稼地里，我跟着追过来就没看见了。"

"会是谁呢？"

"没看清楚，黑乎乎的。"

"那咱们搜搜看。小心点，有任何发现立马发出声音，我们好互相照应。"

姜初雪应了声"好"。

两人持枪往山林这边搜来，搜索的方向正是阎老三藏身的地方。两人的手里都有微型手电，到处晃着。

如果阎老三继续按兵不动，两人迟早会发现他。阎老三急中生智，当即弯腰捡起一块石头来，往左侧的林子里丢了过去。石头落地，发出了声响。

李八斗警觉地说了声"这边"，当即往那边飞奔过去。姜初雪也紧随其后。

阎老三知道，两个人如此照应，且如此警觉，而且手中都有枪，他是很难得手了。搞不好偷鸡不成倒蚀把米，还是三十六计走为上计，再找机会吧，这么想着，阎老三悄悄地撤离而去。

那间地下室里，那双眼睛将这一切看得清清楚楚。他不得不佩服阎老三的心理素质，在两个刑警的两把枪下，竟然一点也不慌乱，还能沉着冷静地应对。

李八斗和姜初雪在地里和林子里转了好大一圈，时间已到十二点，包古和魏大勇都来接班了。四个人一起又找了一圈，结果还是什么都没有发现。

李八斗跟包古和魏大勇简单交代了一下，让他们一前一后盯着唐白家的房子，然后就和姜初雪先走了。

姜初雪在路上说了唐白开门出来，只是到他外公外婆坟前待了一阵又回屋的事。

"还有这样的事？"李八斗颇感意外。

"是的，我当时还很激动，以为他会找一个秘密的地方，扮成凶马作案呢，结果白高兴一场。"

"这么看来，今天晚上有些邪门啊。"

"怎么了？"

"我们也盯着这里好些日子了，从来都没见唐白中途跑出来过，他明天还得上班，六点多就得起来，这么晚跑去坟前干什么？"

"也许是突然想起他的外公外婆了吧。"

李八斗摇头："就算突然想起，也不应该出门到坟前来吧。傍晚的时候，他和他妈已经在坟前待过一阵了。"

"那他为什么要出来呢？"

"不知道。而且，还有你说的那个黑影，之前我还怀疑你看错了，但后面那一声响是真真切切的。我们过去之后，又什么动静都没了。"

我现在才明白过来，是对方用了声东击西之法，当时我们可能离对方很近了，他怕我们发现，才故意用这个办法引开我们。可惜我当时没反应过来，只想过去抓住他，没想到上了他的当。大晚上的，山这么高，林这么密，地界这么宽，对方这么狡猾，再找肯定也无济于事。"

"那个人又是谁呢？难道在唐白母子之外，还有第三个和他们配合的人？"

"嗯，很有可能。所以我们怎么盯唐白母子都没用，他们可能只是做了一些前期踩点之类的事情，根本没有动手作案。而我们盯着他们的时候，就给第三个人留出了作案空间，也使我们一直被困在局里，找不到出口。"

"要真是这样的话，他们还真高明。"

"那还用说吗？能制造出凶马连环案，并且在警方盯着的时候照旧作案，这岂是高明两个字可以形容，简直就是匪夷所思。"

"无论如何，我们打赢这一仗，否则我真没信心，也没颜面做警察了。"

"那是当然，省厅都关注着的案子，不破能行吗？"

两人一路说着，不知不觉到了姜初雪的住处。

总是在道别的时候，姜初雪才觉得她和李八斗相处的时间太短暂。她那张冷艳的脸上有着丝丝惆怅，眼里有着温情和眷念。她向李八斗道了一声"晚安"，转过身的时候，心里竟然莫名有些失落。

姜初雪回到家，打算到卧室拿换洗的衣服，洗个澡然后就睡觉。然而，当她走到卧室门前时，那扇关着的卧室门突然被拉开，门后蓦地出现了一个人，她吓得不禁倒退三步。

待她定睛看清时，那人不是别人，而是阎老三。他穿着一身雨衣，手里拿着她的文胸，放在鼻子上嗅着。姜初雪感到一阵恶心。

"我以为要等到天亮你才会回来，还打算在你床上睡一觉呢，没想到你这么快就回来了，看来是死神在催你。"阎老三一边嗅着文胸一边说。

"你想死了！"

姜初雪在一惊之后马上反应过来，当即伸手就要拔枪。但她刚摸向腰间，阎老三就出手了。

阎老三不可能给她开枪的机会，立刻将手中的文胸砸向姜初雪的眼睛，同一时间，人也疾冲向前，一脚往姜初雪腹部猛蹬而出。

姜初雪先偏头闪躲砸过来的文胸，同时将拔枪的手往外一别，欲将阎老三蹬来那一脚挡开。

可阎老三是何等身手，此刻更是起了杀心，出手就是连环招式。姜初雪也确实将他那一脚挡住了，他却借势近身，一伸手锁向姜初雪的咽喉。

姜初雪仓皇后退，哪知道后面就是沙发，一下子被绊到，摔倒在沙发上。阎老三见状，当即抬腿，一招柳腿劈挂，重劈而下。

姜初雪一按沙发，借力往旁边滚开，并顺手从腰间拔出了手枪。然而，当她把枪口抬起，打算扣动扳机时才发现，下班回来时她关了枪保险，没法直接开枪。

阎老三借着这个机会，一脚踹向旁边的桌子。桌子哗的一声往姜初雪猛撞过来。

姜初雪性格也倔，见桌子撞来，也不躲，直接抬腿一脚往回蹬。毕竟她的格斗技术在学校里也是首屈一指的，连很多男警员都深感忌惮。只不过她碰到的是阎老三，高手中的高手。

当阎老三猛地一脚将桌子踹出时，他人也一跃而起，跳到了桌子上，一招重低鞭向姜初雪头部扫出。这一脚既快又狠，若是头部被踢中的话，不死也得成个脑震荡。

姜初雪迅速竖肘挡住头部，拦截阎老三那一脚。胳膊肘倒是截住了阎老三的重低鞭，奈何阎老三的脚力太强，姜初雪闷哼了一声，整个人就往一边摔去。

姜初雪意识到了，自己不是阎老三的对手。只是简短的过招，阎老三的速度、力量以及战术，都是顶级的，非她所能敌。

倒地的第一时间，她就想去打开那把枪的保险。然而，阎老三根本不会给她开枪的机会，如此近距离的搏杀都在他的掌控之中了，他岂能中那等暗算？

当姜初雪把手伸向枪保险的时候，阎老三直接将那张重达数十斤的桌子举起来，用力地往姜初雪身上砸下去。

姜初雪顾不得打开枪保险了，慌忙往一边滚开。可这早在阎老三的预料中，当姜初雪往一边滚开的时候，他一招柳腿劈挂，又以迅雷不及掩耳之势重击而下。

这一次，姜初雪没躲过去，被阎老三一脚劈中腹部。

一瞬间，姜初雪觉得整个人都眩晕了，握枪的手都无力地松开了。还没等她调整过来，阎老三又往她腰部踢了一脚，她整个人顿时擦着地面摔了出去。

阎老三再跟着冲过去，往姜初雪身上猛踢。姜初雪本能地想用手挡，但根本挡不住。

阎老三使出全力踢出一脚，踢得姜初雪整个人撞到了墙上，而且是头部着墙，之后姜初雪就一动不动了。

阎老三走过去看着她，像是在欣赏一件艺术品，脸上露出了一抹怪笑。

"我很想在这里把你肢解的，然后给那个李八斗留一块肉。不过出于安全考虑，我还是去野外处理吧。"

说着，阎老三走进卧室里，找了一个行李箱，把姜初雪装了进去，还带了一张床单。他戴上头套，提着行李箱，从消防楼梯下去了。

阎老三拉着行李箱原路返回来到后墙某处，他用床单在行李箱的提手上打了个结实的结，接着爬上了墙，然后将行李箱拉了上去。

墙外停着一辆银灰色的商务车，那是之前在五谷村的时候，阎老三撤离时在一户农民家的路边看见的。

他想到要去姜初雪家里守株待兔，就用了些手段偷走了那辆商务车。他一早就调查了姜初雪的资料，他很庆幸姜初雪家卫生间的窗户没锁，要不然这次行动不会这么顺利。

阎老三把行李箱丢在了商务车的后座上，然后开车前往蛤蟆丘。

不知道为什么，送姜初雪回家后，李八斗总有一种心神不宁的感觉。他还在想着晚上发生的事。

唐白怎么会无缘无故跑到坟前去睡？姜初雪看见的那道黑影到底是谁？是还没有被发现的凶马案的第三者吗？可是，又有谁能跟唐白母子一起来做这种自我毁灭的事呢？

另外，那道黑影又是谁？面对刑警也不心慌，还处变不惊地利用声东击西之计将他们引开了。这个人的心理素质和本事，倒是具备一定的作案条件。

突然，李八斗的脑子里灵光闪现。他想起了一个人——阎老三！

阎老三曾出没于那里，想杀唐白母子，后来被我搅黄了。所以，那次之后，阎老三就知道，我和初雪在监视唐白家。恰恰，阎老三多次扬言要杀了我和姜初雪。所以，那个藏在山林里的黑影极有可能就是阎老三。

初雪说，当时她听到声响回过头来，看见了一个黑影站在那里。而且被她发现之后，那个黑影并没有躲避，仍然走向她，直到看见她拔枪，才闪进了庄稼地里。

为什么黑影被初雪看见了，还要走向她？因为想杀她！

阎老三之所以藏在林子里，就是想借我和初雪监视唐白家的时候，杀了我们，只不过阎老三后来看见我们俩又在一起了，还都有枪，所以赶紧走了。

阎老三会放弃杀我们吗？

李八斗的心里"咯噔"一下，立马在前面掉转了车头。

阎老三既然已经开始行动，很可能不达目的誓不罢休，李八斗了解他的性格。

李八斗边把车往回开，边拨打了姜初雪的电话。电话虽然打通了，但没人接听。

李八斗想到了两种可能：一种是姜初雪在洗澡，没听见；一种是她已经出事了，没法接听。

李八斗加快车速，一口气开到了姜初雪所住的小区，然后直奔她的房子。

姜初雪家的房门是关着的。李八斗上前敲门，没反应，又打她电话，还是没反应。他之前送姜初雪回家的时候，见过她从门口的垫子下拿出钥匙开了门。那次姜初雪把钥匙忘在了家里。

姜初雪告诉李八斗，这是备用钥匙，是为了防止忘带钥匙进不去家门而做的一手准备。李八斗也顾不了那么多了，从垫子下拿出备用钥匙，打开了姜初雪家的门。

房间的情形已经充分说明姜初雪出事了。乱糟糟的沙发、丢在地上的文胸、倒在地上的桌子和凳子，还有姜初雪的配枪也在地上！

李八斗当即拿出手机，拨打了冷笑的电话，问他对阎老三的监控情形如何。

冷笑说："没动静啊，他面包车的定位还在他的小院里。"

"不行，他可能知道我们对他的面包车做了手脚，故意不开面

171

包车，从而起到麻痹我们的效果，实际上他已经换了其他交通工具。你马上密切注意石笋山和蛤蟆丘那附近所有的监控，我怀疑阎老三对初雪下手了，初雪很可能已经被他带去蛤蟆丘了。"

"我这里一直监视着蛤蟆丘坟坑呢，没有动静。发生什么事了？"

"没法跟你细说，你就按照我说的，密切注意石笋山和蛤蟆丘附近的监控就行。初雪刚出事没多久，所以阎老三没那么快到，但应该也快了。"

"行，我盯着那里，有情况随时通知你。要叫支援吗？"

"我马上给石笋镇派出所打电话。"

挂断电话，李八斗就给石笋镇派出所所长刘长雄打电话，让他火速派民警前往蛤蟆丘附近埋伏。如果发现一个脸有刀疤的男子带着什么东西，立马出手截住。

李八斗一再叮嘱，别大张旗鼓地开警车去，让警员悄悄过去潜伏在周围，等着罪犯出现。

打完电话，李八斗又向孙四通汇报了情况。孙四通说他马上请求特警队支援，一定不能让姜初雪出事。

做完这些，李八斗驱车往蛤蟆丘疾驰。

几分钟后，冷笑打来电话，说在石笋山下，当初夏天车子停留的那处监控里，出现了一辆银灰色商务车，车上下来了一个穿着雨衣、蒙着头套、看不清脸的人，拉着一个行李箱。

"应该就是了。"

李八斗挂掉电话，再一次给石笋镇派出所所长刘长雄打电话，说罪犯已经上了蛤蟆丘，并且就在蛤蟆丘顶的悬崖下，让他的人直接往那里赶！

李八斗再三叮嘱，罪犯受过专业训练，具备很强的反侦查及格斗能力，让他和警员们都小心行事。

第 12 章
原形毕露

阎老三肩扛着行李箱，一步步往蛤蟆丘顶而去。

四周一片黑暗，但阎老三心里有一种令他兴奋的力量驱使着他。从见到姜初雪的第一眼开始，他就有想杀她的冲动了。

她的美貌得害多少男人痛不欲生啊。那种爱而不得的感觉，对一个男人来说太残忍了，他绝不能留这种红颜祸水在人间。

后来，姜初雪更是一次又一次地挑衅他，挑战他的底线，他对她早就恨之入骨了。今天，他将实现自己的愿望，他会用最残忍的手段毁了她，让她支离破碎。

阎老三很快就来到了蛤蟆丘顶，就是当初他杀夏天的那个位置。他将行李箱从崖上抛了下去，接着又从侧边的位置攀爬而下。

姜初雪并没有死，只是晕了过去。行李箱被阎老三一抛，再经过层层枝叶的缓冲，落到地上时，姜初雪反而被震醒过来。从某种意义上讲，行李箱和繁茂的枝叶救了她一命。

姜初雪睁开眼，四周黑漆漆的一片。她感觉自己处在一个逼仄的空间，脑子很痛，身上也很痛，动一下就痛得不行，尤其是手部位置，感觉一使力就跟断了一样。

她努力想着这是哪里，发生了什么事。然后她终于想起来了，阎老三藏在她的卧室里，然后攻击了她。

那么……

她心里一惊，那么这里应该就是坟坑附近了！

她又简单判断了下，自己应该被阎老三用东西装了起来，很可能就是自己那个大号行李箱。

此时，冷笑也已经从坟坑的监控里看见了从上面掉下来的东西，他马上给李八斗打了电话。

李八斗此时刚驶出县城往石笋镇的隧道。接到冷笑的电话后，他赶紧给刘长雄打了电话，让他的人快点，随即又给孙四通打了电话，问他调派特警支援的事怎么样了。阎老三擅长丛林战术，如果准备不充分，恐怕抓不住他。

姜初雪躺在行李箱里，想着自己真命大，竟然没死。她脑子里刚冒出"阎老三去哪儿了"这个念头，就听见了脚踩在枯枝败叶上的声音。她知道是阎老三来了，自己的死期也不远了。

姜初雪装作晕死过去，一动不动地躺在行李箱里。她能察觉到阎老三在一步步地接近，然后她听见了阎老三的说话声。"你只怕没有想到，从你来白山的那天起，你的归宿就已经注定了。不过你不会寂寞，因为这里有很多人陪你。"

阎老三打开行李箱的那一瞬间，姜初雪找准角度，拼尽全力抬脚往阎老三裆部踢出。阎老三往这边走时，她就已经打定主意了。

此时她的战斗力大打折扣，除了突袭没别的办法。而且，阎老三的抗击打能力超强，突袭一般的地方根本无济于事，只有偷袭裆部，才能对他造成威胁。

果然，阎老三防不胜防，闷哼一声后，双手捂向裆部，手电随之掉落在地。

男人的那里被这样踢一脚，伤害不言而喻。

见阎老三中招，姜初雪从行李箱中站起身，又一脚往阎老三头部踹出。阎老三一伸手，挡住了姜初雪的脚。

两股力量相交，姜初雪那只骨折了的手臂被震得疼痛难当。她知道阎老三一旦缓过劲来她就惨了，当下一脚踢开了掉在地上的那只手电，然后打算去捡。

这种漆黑的地方，如果没有手电的光亮，阎老三想追杀她就会难很多。

阎老三大概也想到了这点，想过去抢手电。

姜初雪那只没受伤的手还没抓到手电，阎老三的一脚就踹到了，直接把她踹得沿着草坪滚了下去，接着弯腰捡起了手电。

姜初雪知道她必须赶紧逃跑，否则肯定会惨遭毒手，成为坟坑中的一堆白骨。

姜初雪也顾不得疼了，比起活命，疼算不得什么。她跌跌撞撞地往下面跑，哪怕被荆棘钩住了衣服、剐破了皮肤，她都顾不得了。

阎老三在后面紧追不舍，他还捡起石头，往跑在前面的姜初雪身上砸去。姜初雪主要精力都放在了逃命上，一下子就被砸得跌了一跤，痛叫出声。

"我宣布了死刑的人，是活不了的，你跑不掉的！要怪就怪你长得太漂亮了，别人会喜欢漂亮的女人，越漂亮越喜欢。我不一样，我讨厌漂亮的女人，越漂亮我越讨厌……"

姜初雪没搭理他，拖着那只骨折的手臂继续逃命。此时她心里只有一个念头，无论怎样都不能落入这个变态的魔爪中。她要活着出去，她要见到李八斗。

"看来你是想挣扎着死去，我可以用刀子多捅你几下，让你感受一下那种挣扎的痛苦……"阎老三说着，又是一石头往姜初雪砸去，恰好砸中了她的背。

姜初雪又栽倒在地，可她还是挣扎着爬起来，哪怕摔死，也好过被这个变态折磨死。

"就在这里了，赶紧下去看看！"突然，蛤蟆丘顶上传来了声音。

石笋镇派出所所长刘长雄带着民警赶到了。

这一瞬间，已经看见死神之手的姜初雪又重新看见了希望，她扯开嗓子喊道："在这边。"

姜初雪一边给援兵发出信号，一边拼命地往那些杂乱的荆棘丛里钻。她知道这样的荆棘丛，她钻起来难，阎老三也难，能有效地阻碍阎老三对她的追杀。

刘长雄和民警已经到了崖下，往有声音的地方过来。

阎老三是铁了心要把姜初雪杀死的。可刘长雄他们已经赶到了，并且还往这边开了一枪。只不过刘长雄也搞不清楚谁是谁，不敢照着人打，只是往旁边放了一枪，想震慑一下罪犯。

阎老三知道，此刻再想杀姜初雪已经难了，搞不好得搭上一条命。他关了手电，从另一边撤离了。

刘长雄带着警员过去，看见受了伤的姜初雪，问了句："你是姜初雪警官吗？"

"是，我是，别管我，赶紧去追那个变态，往那边跑了。"姜初雪急着喊。

刘长雄当即命令几个警员往阎老三逃跑的方向追去，又打着手电照了一下姜初雪身上。

看见那惨状，他忍不住皱了皱眉："姜警官，你伤得这么重，我先背你出去，送你去医院吧。"

"等等，我休息一下。"姜初雪又突然想起了什么，便问，"你的电话呢，能帮我打个电话吗？"

"嗯，可以。打给谁，你说。"

"李八斗，你喊他赶紧到蛤蟆丘来。"

此刻死里逃生，她比从前任何时候都更想见李八斗；就差那么一点，她就再也见不到他了。

"李警官？他正在赶来的路上，应该快到了，就是他让我们来这里救你的。"

"嗯，好，那我等他。"姜初雪倒在了那里。

"姜警官，你没事吧？"刘长雄吓了一跳，"要不，我马上让人把你抬出去，先去就医？"

"我没事，我只是累了，想休息一下，死不了的。"姜初雪有气无力地说。

刘长雄又给李八斗打了个电话。李八斗气喘吁吁地说他已经到了，马上就到蛤蟆丘顶，问情况怎么样。刘长雄就把大概情况跟他说了下。

李八斗急说："救人要紧，其余的可以往后再说。"

"她不让我送医，说想躺着休息会儿。"

"她还能说话吗？你把电话给她。"

刘长雄把手机放到姜初雪耳边，说李八斗要跟她说话。

"没事的，只是外伤，要不了命的，别让阎老三跑了，一定要抓住他！"姜初雪说。

李八斗说："我已经跟孙老师汇报了，他调特警过来了，而且现场布置的监控里有阎老三犯罪的证据，他逃不掉的，你身体要紧。"

大约过了十分钟，李八斗就从蛤蟆丘顶下来了，并且找到了姜初雪所在的位置。

当他从手机的电筒光下看见姜初雪的模样时，心里有种说不出的心疼。他让刘长雄照着路，自己则弯下腰去，抱起姜初雪，高一脚低一脚地往山下而去。

"你会保护好我吧，我想睡会儿，好累。"姜初雪声音微弱地说。

"坚持一下，马上就可以送你去医院了。"

李八斗也不知道姜初雪的伤情到底怎么样，担心她一睡不醒，就努力和她说着话。

"说实话，假如我死了，你会难过吗？"姜初雪问。

"废话。咱们好歹是同事，是并肩作战的战友，你有事了我当然会难过。"

"仅仅是这样，没点别的吗？"姜初雪问。

"别的？"李八斗迟疑了下，看着她的样子，"其实，有些话不言自明，你我都懂。"

"不。"姜初雪说，"只是心里懂，却不说出来，总让人觉得不完美。就像榴梿一样，闻着很香，可不把壳剥掉，不吃到口里，就不会觉得过瘾，是不是？"

"是。"李八斗说，"那你就好好活着，等你身体恢复了，我再告诉你。"

两人下了山，孙四通带着支援的特警赶到了，开始对四周进行搜索。李八斗开车将姜初雪送到了医院。

医生先简单给姜初雪做了些出血的外伤处理。不过手臂骨折的地方还需要打上石膏，其余的地方则需要用药消炎；另外，还得做个 CT 看胸口及内脏有没有受伤，之后还需要卧床休养一段时间。

将姜初雪交给医生处理后，李八斗又联系了孙四通，问他相关情况。

孙四通说没见到阎老三的身影，特警组还在搜捕，但大晚上的，又是山林，加上阎老三又擅长丛林战，感觉希望很渺茫。

孙四通又问了一下姜初雪的情况。李八斗说没有性命之忧，但得在医院待一段时间。

孙四通说："嗯，我这边会给她批假，你通知一下她的家人，让人来照顾她。"

"我不知道她家人是什么情况，等会儿问下。那现在可以公开坟坑的事，正大光明地通缉阎老三了吧？"

"是的，我已经跟相关领导汇报了这件事，领导会再派些人支援这里，协助我们挖掘坟坑现场。"

"哦，对了，我有个建议。"

"什么建议？"

"我觉得阎老三还会回去，我们可以派人潜伏在他家里以及小院周围，守株待兔！"

"嗯，这是有必要的。我看调些特警和武警过去吧，他们的作战能力会强些。"

挂断电话，李八斗回到病房里，又等了一段时间，医生终于为姜初雪处理好了伤势。医生对李八斗说了些注意事项，然后就出去了。

李八斗上前关心地问姜初雪："感觉怎么样？"

姜初雪并不关心自己的伤势，而是迫不及待地问："怎么样，抓到那个变态了吗？"

"没有，你又不是不知道阎老三的身手，哪有那么容易抓到他。不过他已经露出原形了，就不怕他跑了，天眼时代，他能往哪里跑？"

"山里啊。他不是擅长丛林战吗？而且，白山这地方，到处都是山，连绵不绝的山，随便往哪里一躲都很难找。"

"躲？老鼠再能钻洞，能永远都在洞里吗？我们只要发动广大人民群众，让他们一有发现，立马向我们报告。这样一来，阎老三就成了过街老鼠，跑不了的。而且，他也不是那种会躲的人。"

"不是那种会躲的人？"姜初雪不解，"什么意思？"

"意思就是他杀你未遂，还夹着尾巴逃了，这对他来说，恐怕是人生的一大耻辱，他很可能还会卷土重来的，恐怕他非要杀了你和我，才会甘心。"

姜初雪恨得咬牙切齿，突然想起了什么，说道："对了，我的枪是不是被他拿走了？"

"在我这里呢。"李八斗从身上拿出枪来，"他可能觉得你的枪会成为证据，所以没有带回去。"

"拿给我，我好用来防身。"

"好。对了，能联系你的家人来照顾你吗？毕竟你得在这里住一阵，没人照顾可不行。"

"没事，我自己照顾自己吧。"姜初雪的眼神一下子黯淡下去。

"怎么，一个可以照顾你的人都没有吗？"

李八斗早猜到姜初雪可能跟家里人有些不和，不过住院这种事，最好有家人来照顾着。他倒是愿意照顾她，不过他得上班。

"你不想照顾就走吧。"姜初雪生气了，"我可以请护工来。"

"不是，你别误会。"李八斗说，"不是我不想照顾，是我还得……"

"不用说了，我知道了。"姜初雪说，"没什么的，我又不稀罕，只要有钱，喊一群人来照顾又怎么了？"

"我跟你说了，不是我不想照顾嘛。"李八斗说，"你也知道，这一阵我们的情况怎么样，我倒是想什么都不管不顾地陪着你，可是，形势逼人，不是吗？"

"行了，我知道了，你去忙吧，我自己好好休息一会儿。"姜初雪的气似乎消了些，不过还是很不高兴。

夜渐渐深了，蛤蟆丘的搜捕队也撤了。他们搜了几个小时，什么都没有发现，再搜下去也是徒劳，只能把希望寄托在阎老三的院子上，希望阎老三回去的时候能逮住他。

阎老三是何等人，他怎么可能回去自投罗网。他知道自己的事已经彻底败露，那可不是一起或两起命案，而是数十起。

而且，他还对刑警下手了，这是特大案件了。警方至少会做两件事：一是在他家附近撒网，二是全国通缉他。

他的余生就只剩逃亡，只剩和警方斗个你死我活了。他在一户农民的屋后坐了会儿，嚼了个槟榔，又想起姜初雪来。

他本以为一切都在他的掌控内，终究还是忽略了一个人在强大的求生意志下激发出来的能力，何况姜初雪本身就受过专业训练。

但他阎老三想杀的人，能跑得掉吗？他得去杀了她才行。有句话怎么说的？最危险的地方就是最安全的地方。姜初雪虽然逃掉了，可她身上的伤是确定的，所以她被救出去后一定会被送到医院。

而白山这地方，一个小县城而已，医院就那么几家，最好的就是白山人民医院。不出意外，姜初雪应该在白山人民医院。而她受的又是外伤，那应该住在外科病房！

警方以为他此刻是惊弓之鸟，只顾着躲藏，不可能杀一个回马枪，去医院里刺杀姜初雪。可他阎老三就有这个胆量，就有这个本事！

农户家的坝子上停了一辆沾满泥巴的摩托车，钥匙还在上面，一旁的晾衣杆上还晾着洗好的衣服，这些正是阎老三需要的。

他处理掉脱下的雨衣和头罩，穿上晾衣杆上农民的衣服，把自己弄得很土，头发也弄得乱糟糟的，还找了顶破草帽戴上，这才骑着那辆灰头土脸的摩托车往县城出发了。只不过他没走隧道，走的国道。

晚上发生了那样的事，警方的惯例是会设置关卡进行盘查的，尤其是收费站，肯定有武警调查过往的车辆和司机的身份。

走隧道只要三十分钟左右，就可以从石笋镇到白山县城；走国道的话，得两个多小时，快也得两个小时。不过阎老三不急，因为越夜深人静，姜初雪及照看她的人防范意识就会越弱，他才越有机可乘。

只要天亮前赶到医院就行，那个时候夜深人静，整个白山城都入眠了，警方的关卡也撤了，他行动起来更加畅通无阻。

摩托如一匹孤狼，在漆黑的公路上狂奔。一路上没有车辆，也没有行人。正如阎老三的心态，他要干的事，无人可阻挡。

此时已是凌晨四点，整个白山人民医院都很安静，前台的值班护士趴在前台打盹。两个保安躲在一边的角落里抽烟。

这时，一个戴着草帽、衣着粗糙的男子进来了，脸上沾满了灰尘，像个在工地干活才下班的劳工。

这个人正是阎老三。他脸上那条刀疤被泥灰遮掩着，基本上看不出来了。

他四下张望了下，然后走到值班护士那里，把打盹的护士喊醒，说让她帮忙查一下一个叫姜初雪的病人住哪个房间。

护士小姐睡得正香，被吵醒了，有些不高兴，斜眼看着他，没好气地问：“你是她什么人啊？”

“哦，我是她爸。”阎老三说。

“她爸？”护士小姐有些怀疑，“这都什么时间了，这时候来看她？”

“我是从外地赶回来的，这不才到嘛。”这点问题难不倒阎老三。

“那你自己给她打电话，问她在哪个房间不就行了？”护士小姐看着这个灰头土脸的乡巴佬，一脸嫌弃。

“打了，关机了。可能她受伤了，想晚上好好休息吧。”

“你既然知道她受伤了要好好休息还来打扰她？”护士小姐一

脸不耐烦地说，"明天来看不行吗？"

"我问你问题你回答就行了，废话这么多干什么！"阎老三的心里已经起了杀机。

可护士小姐本来就很不爽，阎老三还这副态度，她心里那股火气一下子就冒起来了："你谁啊，什么态度，我不回答你怎么了，你以为……"

话还没说完，阎老三就已经捏住了护士小姐的喉管，咬着牙冷冷地说："你想死了吧，说不说！"

"说，我说，我帮你查。"护士小姐被吓到了。因为阎老三的眼神很凶恶，脸也格外狰狞。

"赶紧查，慢一分钟要了你的命！"阎老三狠狠地说。

护士小姐马上查了住院记录，说姜初雪住在 318 号房。

"行，你可以去死了。"

阎老三说罢，直接往护士小姐的喉管捏了一把。她的眼睛睁得很大，充满了惊恐。只听得一声脆响，她连叫声都没发出来就死了。

"喂，干什么！"

抽完烟往这边巡逻过来的两个保安瞥见了这一幕，拿着橡胶棒往这边跑来。

"杀人啊，还干什么，没看清楚吗？"阎老三松开了手，护士小姐的身子顿时像根绳子般软了下去。

"杀人了，抓住他！"

第一个保安冲过来，挥着橡胶棒就往阎老三的头上砸下。阎老三不闪不躲，直接一伸手就抓住了橡胶棒，再用力一拉，保安的身子就靠了过来。他再顺势一提膝，直接顶在了保安的裆部。

"哇喔。"一口气从喉咙里喷出来，保安扔掉了橡胶棒，双手捂住裆部。

阎老三顺势接住那根橡胶棒，刚好另外一个保安也冲到近前，将橡胶棒往他挥出，阎老三仍旧不闪不躲，将手中的橡胶棒往那保安的喉窝处一戳，再错身上前，双手抱着他的脑袋锁死，用力一旋，只听得"咔嚓"一声脆响，那脑袋就耷拉着了。

然后，阎老三又用同样的方式杀掉了之前那个保安。顷刻间，连杀三人，阎老三面不改色，只是很冷漠地看了一眼倒在地上的尸体，抬脚往三楼上去。

318号房，医院的单人病房，无论是隔音效果还是安全性，都明显优于一般的病房，里面黑漆漆一片。

阎老三在门口站了几秒，耳朵略往门贴近了些，能听见轻微的鼾声。

确定里面的人已经睡了，他当即从身上摸出两根铁针，一起插进了锁孔里，然后很熟练地找到了锁芯的位置，手在两根铁针上用力一拨，门锁就被打开了。

看来，是你该死了，居然没反锁，阎老三心想。

当然，就算反锁了，也难不倒他，不过那样的话，要想打开，就会费力很多，而且极容易弄出动静，就有可能把里面的人惊醒，进而发生不可预料的意外。

阎老三轻轻地推开门，蹑手蹑脚地走进病房。他没想到的是，李八斗算到了以他的性格今晚很可能会杀一个回马枪，所以李八斗守在病房，一直不敢睡，耐心地等待着。

听到门锁的动静时，李八斗端着枪，小心翼翼地来到了门的右侧，贴墙而站。此刻，他正用枪指着进来的阎老三。

阎老三不愧是高手，反应非常快，李八斗的话还没说出来，就被他一脚踢到了小腿。李八斗下盘失重，重重地摔倒在地。阎老三一击得手，当即再次抬腿往李八斗头部踩下。李八斗急忙翻身滚开。

阎老三不想给李八斗任何喘气的机会，两只脚就像踢球射门一样，接连不断地往倒在地上的李八斗身上猛踢。

李八斗连着翻滚，但很快就滚到了墙角下，被墙挡住，滚不动了。眼见阎老三那一脚狠狠地往头部踢来，情急之下，他只好用双手往前去拦截，避免头部受到重击。

这一脚所带来的强大冲击力将李八斗的手冲撞回去。李八斗整个身子都撞到了后面的墙上。

但李八斗的抗击打能力比姜初雪强得多，在借力化力的经验上也比较强。挨了阎老三这一脚后，他立马一挥手臂，贴着地面钩到了阎老三的脚，然后用力一拖。

阎老三想把脚提起来躲开，但还是慢了，当即觉得整个身体失重，仰面摔倒下去。

李八斗趁机爬起来，又将枪口指向阎老三。

阎老三时刻都留意着李八斗手中的这把枪，他一个侧翻，一脚踢向李八斗握枪的手背。

李八斗的手背负痛，强大的震力使得枪脱手飞出。他想去捡枪，阎老三马上就缠了过来，他只好回身和阎老三缠斗。两人手脚绞住，在地上翻滚。

实际上，姜初雪早已被动静惊醒了，她第一时间用那只没受伤的手拿到了手机，找出孙四通的电话拨了出去，说阎老三在医院这里，正和李八斗交手。

看到李八斗挨揍，姜初雪心里很是心疼。她其实想过去帮李八斗的忙，但考虑到身上的伤，怕越帮越忙，拖累李八斗，所以只能不住地喊着"来人啊，救命"之类的话。

阎老三被李八斗缠着，也拿姜初雪没有办法。

此时，走廊上传来了喊声和奔跑声，医院其他的保安发现出事了，又听到了这边的动静，便往这边跑了过来。

阎老三心理素质再好，也不得不心慌了。如果只是普通保安、普通警察，他是完全不用放在眼里的。

可像李八斗这种实战能力很强的刑警，以及可能支援到来的特警，荷枪实弹的，他知道那是一种什么样的战斗力。

于是，阎老三使了个招数，脱开了与李八斗的纠缠，再用全力两拳把李八斗逼开，然后翻身往窗子处滚去，拉开窗子往外翻了出去。

李八斗见阎老三已经翻出窗外，也赶紧起身往窗子那里追。然而，等他追到窗子那里探头往窗外看时，阎老三的身影已经不见了。

毕竟这里只是三楼，凭阎老三的身手，只需要几秒钟的时间就可以下去，况且下面是幽暗的绿化林，视线受到了阻碍。

但李八斗还是不甘，也跟着从窗子翻了下去。下面什么动静都没有，无法判断阎老三从哪个方向跑了，这个时候也没有行人。没有目击者，也就没法问。

他当然可以去保安室看监控，但等他把监控看完，阎老三肯定早跑得没影了。而且，姜初雪还在病房里，他怕万一阎老三脑回路清奇，又绕回去杀姜初雪，只好先折身回了病房。

李八斗回到病房，才从保安口里知道，阎老三在进医院时还杀害了一名护士和两名保安。

孙四通很快带着人赶到，问什么情况。李八斗把大致情况说了一遍。孙四通和专案组成员处理完现场，留了两名警察穿上便衣，守在姜初雪的病房附近，等天亮上班再换人来接班。

第 13 章
屠夫之死

上午九点，周国栋亲自出席了关于蛤蟆丘的坟坑案情会议。

刑警大队长王三强及刑侦中队长厉长河均在场。

差不多熬了个通宵的孙四通和李八斗也都与会，他们两个是必需的主角，不能缺席。

首先由孙四通说了案件的大致情况。无论是姜初雪家、医院，还是蛤蟆丘坟坑的监控，都有阎老三的犯罪证据，姜初雪本人也提供了笔录。警方已经完全可以确定，阎老三就是蛤蟆丘坟坑系列女性死亡案件的凶手。

孙四通说完，李八斗举手想要补充发言。

周国栋看着他，温和地说："你说。"

李八斗说："我想就孙老师的话补充一点，除了蛤蟆丘现在已发现的十余具女性尸骨案，还有一个案件跟此案有关，可以并案过来。"

周国栋问："什么案件？"

李八斗说："十多年前，一个小女孩吴诗佳的被杀案。"

"那个案子？"周国栋皱了皱眉，"我知道，凶手很残忍，现场也很干净。警方当年曾动用大量警力，成立专案组，经过地毯式的嫌疑人排查，都没有找到线索，后来就搁置了。那起案子跟蛤蟆丘坟坑案有什么关联吗？"

李八斗说："我分析过诗佳被害案，她的下体虽被利器所伤，但并未被侵犯过。这说明凶手的目的并非猥亵，只是出于一种变态心理。诗佳是个性格很好的女孩，平常也不见她跟人红脸吵架什么的，她不可能跟一个那么变态的罪犯有什么仇怨。那么，凶手的作案动机可以暂时排除仇杀，那他为什么要对诗佳下手呢？诗佳长得特别清纯漂亮，凶手很可能有某些变态心理，就是对长得清纯漂亮的女孩有某些怨恨或仇视，譬如一个漂亮的小三勾引了他父亲，致使其家庭不幸；也或许是他谈了一个很漂亮的女朋友，女朋友抛弃伤害了他之类的。

"可是，我查找了警方的案卷记录，并无一起跟诗佳案痕迹相似的案件。这不符合一个心理变态者的作案特征。一个如此变态的人，既然已经因为这种变态心理走上了自我毁灭的道路，就不会只犯一起案子，他会为了满足自己的变态心理再次甚至多次犯案。问题出在哪里呢？凶手肯定换了更隐蔽的作案手法。回白山以来，我晚上经常穿梭在县城和石笋镇的大街小巷，想找到凶手再犯案的痕迹。直到某个晚上，有个草帽男鬼鬼祟祟地跟踪初雪，欲图不轨，还好我及时赶到，初雪才幸免于难。我更加确信当年那个凶手确实是在寻找漂亮女孩下手，而且，经过一番推理分析，这个凶手十有八九就是阎老三，这也符合阎老三的人设。他以前应该做过雇佣兵，有很多专业的经验和本领，犯案都不留痕迹。纵观凶手的狩猎对象，无论是夏天、初雪，还是诗佳，她们都有一个共同特征，就是那种不施粉黛、纯天然的漂亮。"

周国栋说："听你的分析，大概率不会错了，可仅凭这一点就并案，证据还不够吧。"

李八斗说："我就是先提一提，等抓到阎老三，拿到他的口供，就顺理成章并案过来了。毕竟，诗佳案是我愿意穷其一生侦破的案子。我也认定这是一个系列案件，我必须给它画上一个句号。"

周国栋点头："你这种破案精神是值得点赞的，那就等抓到阎老三，审讯之后再定吧。"

"是的，还是先讨论阎老三的抓捕问题吧。"王三强也说。

孙四通说："目前对阎老三的抓捕主要分为两个方面，一个就是我们有人埋伏在他的小院周围；另一个就是全城搜查。接下来估计得上报，并发出全国性的通缉令。"

"嗯，那就赶紧行动起来吧。"王三强说，"凶马案未破，又出了一件如此惊天的大案，白山今年真是多事之秋啊。辛苦孙老师了，大家都努点力吧。"

"对了，有个事我还得提一下。"李八斗说。

"还有什么事？"王三强问。

李八斗说："昨晚我跟孙老师也说过，鉴于阎老三睚眦必报的性格，不排除他还会再回来对姜初雪下手。所以，我希望能够多安排些便衣在医院那里，一为暗中保护，二是阎老三真的露面，也好张网已待。"

李八斗担心姜初雪的安危，所以这事他一直放在心上。见孙四通忘了，他赶紧提出来。

"是的，这很有必要。"孙四通也说。

"可以，等下我和特警大队那边沟通一下，安排下去。"王三强说。

随后，大家又讨论了下凶马案，李八斗说了他和姜初雪监视唐白家出现的疑点，得出的结论是，按照原计划继续监视下去。

这也是眼下没有办法的办法了。

在发现新的线索和疑点之前，无论如何，始终只能把目标锁定在唐白母子身上。然后大家都打开思路，细想其中那些看起来不可思议的细节，到底有什么端倪。

在公安部的通缉令还未下达之前，白山各乡镇甚至村子等都已经张贴出了阎老三的通缉告示。

唐白在电脑上看到了消息报道，蛤蟆丘坟坑连环杀人案，夏天正是受害者之一！那一刻，他的心里像被什么东西狠狠刺了一下。

据报道说，蛤蟆丘坟坑系列案是阎老三针对漂亮女性实施的残忍犯罪。凶手通常都是将女性杀害肢解后埋于蛤蟆丘。

唐白无法想象，夏天那么阳光、甜美、漂亮的女孩，如何承受得了阎老三那个恶魔的折磨和伤害。那一刻，她的绝望恐怕是自己所有经历加起来都不及的吧。

唐白的脸皮颤动了下，愤怒和痛苦在他心中交织着，最后变成汪洋大海般的悲伤淹没了他。

一个十岁左右的孩子进来买书，对着唐白喊了声"哥哥"。唐白整理好情绪，微微地笑了下，去书架上拿书了。

然后一整个下午，唐白都跟什么事都没发生一样，只是一门心思地看书。下班时间到了，唐白关好书店的门。这一次，他没有像以前一样骑着他的电动车回家，而是走了另外一个方向，最后来到了石笋山下。

今天这里特别冷清，看不见一个人。因为蛤蟆丘坟坑杀人案传开后，就没人敢来这附近玩了，毕竟凶犯还在逃亡。

唐白把电动车在路边停好，举步往蛤蟆丘上而去，很快就到了蛤蟆丘顶。他站在那里，隐约可以看见那个坟坑。

他来到坟坑附近，坟坑里的尸骨已经被全部清理走了，只剩下一个硕大的坑和一地的狼藉。

唐白站在原地想象着夏天被杀的场景。他的脸如一潭死水般没有任何表情。他一言不发地看着那个坟坑，突然许多往事涌上心头。

原来成长就是一个不断得到又不断失去的过程。他以为夏天是上天赐给他的惊喜，不过最终他还是失去了她。

蛤蟆丘坟坑案让整个白山县城都变得格外紧张起来，比凶马案更甚。因为凶马案凶手的目的是复仇，不会无缘无故地杀人。而蛤蟆丘坟坑案的凶手不一样，只要是漂亮女孩，都可能成为他的猎杀目标。加上白山警方进行了全城盘查搜捕，更让人有危机感。

李八斗仍暗中盯着唐白家，不过没有发现任何动静。

六个便衣警察分散在姜初雪所住的医院内外，等着阎老三出现，但阎老三始终没有露面。

警方部署在阎老三的小院及附近山林里的埋伏也还在，也不见阎老三的影子。

通缉告示都已经从城里贴到乡下了，包括各村委会以及一些居民家的墙上，可也没有谁提供目击信息。

谁也不知道阎老三藏在什么地方，但又总觉得他会突然冒出来。就这样过了一天、两天……

一个多星期过去了，埋伏在阎老三的小院及附近山林里的警察只好撤了，姜初雪也勉强出院了，可阎老三还是没露面，就跟凭空消失了一样。

蛤蟆丘坟坑案的热度渐渐下去了，笼罩在人们心中的恐惧，也随着悄然流逝的时间渐渐消散了。

蛤蟆丘坟坑案的凶手阎老三不见踪影，凶马案的凶手至今仍未确定，专案组陷入了前所未有的困局。

李八斗连续盯着唐白家一个多星期了，都没发现任何动静。他认为，如果凶手是唐白母子，从他们之前做过的案子来看，两人肯定擅长网络黑客技术，能通过网络获取目标信息，从而制订谋杀计划。

黎东南是凶马案凶手的最后一个目标，黎东南不在，唐白母子自然就不会有动静。李八斗将相关情况告诉了王三强。

"我跟黎东南联系一下吧。"说完，王三强就到一边给黎东南打电话去了。

他很快就回来了，摇摇头说："他在省城一个自以为安全的地方，知道白山发生的这些事，还说是我们警方无能，所以在凶马案凶手落网之前，他不会回来。"

李八斗说："如果黎东南不回来，凶马案的凶手就不会出手，我们也就很难抓到凶手的把柄。"

"那就继续找黎东南聊。"王三强说，"咱们派人去省城，当面找他聊，承诺给他最好的保护，打消他所有的顾虑，一定得把他找回来。"

李八斗说："王队，你另外安排人吧，我是不行的。办案过程中，我跟黎东南发生过许多不愉快的事，他看见我就火大，我俩肯定聊不好。"

王三强说："没事，我等下问问其他人，谁和黎东南打交道多，派他们过去。"

"那唐白家，还要继续盯吗？"李八斗问。

"盯啊，当然盯。"王三强说，"你们专案组负责的就是这个案子，你们不盯着他，还能干什么，现在又没法在其他地方打开缺口。"

李八斗点头："也是，那就继续盯吧。"

下午五点多，白山下起了丝丝小雨。雨点很小，淅淅沥沥地落下来。

李八斗和魏大勇带了伞，前往唐白家附近监视。自从姜初雪受伤后，李八斗的搭档就换成了魏大勇。两人仍像之前一样，屋前屋后两边都盯着。

八点多的时候，雨下得稍微大了点，藏在庄稼地里的李八斗淋得跟落汤鸡一样，但只能扛着，毕竟不能撑伞，一撑伞就暴露了。

唐白家的屋子一如既往地安静。

九点半左右，雨停了。或许因为下了一场雨的缘故，以前那些喜欢哼哼唧唧的虫子都变得安静了。

此时，距离唐白家十几里路的五谷村二组，阎老三户口所在地的那处小院安安静静的。小院对面的山脚下出现了一道黑影，黑影正是阎老三。

阎老三朝小院这边望了很久，最终还是没过来，而是直接往山上去了。

他一直爬到了接近半山腰的位置，然后绕到了一片荆棘丛后。这里长了许多近人高的野草，还能看到一方大石。

这个地方是阎老三给自己留的一条退路，是为了做某些补给，或掩盖证据。当然，他这次来不是为了像上次一样，把山地车藏好，再换身衣服。

他的罪行已经暴露，他已经被通缉了，所以他做事已经无所谓留不留痕迹了。现在，他要和警方明着干。

阎老三弯下腰，拿起了坑里的那支双管猎枪，又从麻袋里拿出子弹，揣在了兜里。

"我会在你们意想不到的时候出现的。"阎老三自言自语道。

他看着手中的双管猎枪，眼神恶毒如蛇。然后他用木板将坑盖好，再用枯枝败叶之类的东西遮掩在上面。做完这些，他转过身来，准备再次潜入城中，刺杀姜初雪。

转过身的一瞬间，他一下愣住了。因为他看见了两团猩红的亮光。定睛细看，那光竟是从一双眼睛里发出来的，眼睛的主人是一匹骨架高大、毛色血红的马。

凶马！

阎老三的脑子里马上做出了反应，心里也微微颤了一下。

整个白山县城传得沸沸扬扬的、白山警方动用大量警力仍无法侦破的、被人妖魔化了的一匹马，此刻就真真切切地站在他眼前。即便是杀人无数、凶残狠毒的他，也莫名地觉得心里发怵。

这个时候，这匹马为什么出现在这里？

这里可是他的秘密基地，连警方都不知道。而且，自蛤蟆丘坟坑案曝光后，这是他第一次出现在这里，为什么对方能找到这里、找到他？

阎老三定了定神，脸上露出怪异的笑："你既然来了，自然是想杀我吧，也别装神弄鬼、躲躲藏藏的了，出来露个面吧。"

马只是站在那里看着他，并不说话。

阎老三将手中的双管猎枪抬起来，咬着牙说："别在我面前装神弄鬼了，我只要开枪，你就死定了，赶紧出来跪着求我，或许我还可以饶你一命。"

马仍不说话，但开始逼近阎老三。

"给我站住，否则老子开枪了！"阎老三的声音里带着杀气。

马充耳不闻，仍向他走近。

"找死了！"阎老三脸色一变，当即扣动了扳机。

然而猎枪并未响。阎老三愣了，又扣了一次，还是没响。

难道里面没子弹？怎么可能？他记得自己装了子弹的，难道被人动了手脚？

此时，凶马嘴里竟呼呼地吐出好几颗猎枪子弹来。吐出来的一颗颗猎枪子弹，就像是对阎老三的无情嘲讽，嘲讽他的自以为是，嘲讽他的自不量力。

"果然有些斤两。"阎老三说，"不过那又怎样，老子的枪里就算没有子弹，也照样杀你！"

说罢，阎老三挥起猎枪枪杆，冲向凶马。

凶马也突然发生了变化。头颅突然破开来，破开的地方飞出了一大包不知何物的东西，呼啸着直击阎老三的面门。

阎老三的反应也快，顺手用猎枪枪管挡向迎面而来的东西。

就在阎老三的枪管和那包东西接触的瞬间，"呼啦"一声响，爆出了一大片白色粉末，笼罩住了阎老三的周身。

"啊！"阎老三突然叫唤起来。

那白色粉末不是别的，正是石灰。阎老三的眼睛不幸中招，已经睁不开了。不过他马上就镇定了下来，判断出凶马的位置，闭着眼睛挥着猎枪攻向凶马。

但是凶马好像已经不在原来的位置了。即便用耳朵听，也听不出来。可他仍不甘心坐以待毙，迅速从身上摸出了备用子弹，准备装进枪管。

这时，一块红布落在了他头上，接着就是一柄形如马蹄的铁锤朝他的头上狠狠砸下。

只听一声闷响，阎老三的身子晃了晃，居然没有倒下。而且他似乎判断出了攻击者的位置，反手就是一枪管横扫过去。然而枪管被对方抓住了。

在他用力想把枪管抢回来的时候，又一锤砸到了他的头上。这一次，他双膝一软，跪了下去。

"还是你牛——"

这是阎老三留给这个世界的最后一句话。

新的一天是个阴天。唐白正吃着一碗热气腾腾的面条，里面还有个煎鸡蛋。袁秀英走过来，站在他面前看着他。

"妈，怎么了，有事吗？"唐白看出了袁秀英的欲言又止。

"哦，我想跟你换间房睡。"袁秀英说。

"换间房睡？"唐白愣了好几秒才问，"为什么要换房睡啊？"

"不知道为什么，这几天睡那个房间总做噩梦，半夜总是被吓醒，我现在进那个房间都害怕了，所以就想跟你换换。"

唐白没有说话，显然他有自己的难处。

袁秀英又说："妈妈要不是因为有病，就不顾及那些了。我怕受的刺激太多，加重病情……"

"行，我跟你换吧。"唐白还是做出了决定。

"这世上也就你对我这么好了。"袁秀英看着唐白，忍不住伸出那只粗糙得都是老茧的手，去抚摸他的脸颊。

唐白说："这还用说吗，无论这世界怎么变，妈，你在我心里都是第一位的。"

袁秀英微笑着点点头："行，那我们都把东西搬一下。"

唐白也没说什么，就把自己的被子和衣物等物品都搬去了袁秀英的房间，袁秀英则把她卧室的东西都搬到了唐白的房间。

弄好一切，唐白看了看手机上的时间，说："快八点了，我得去上班了。妈，我先走了。"

袁秀英走到坝子上，目送唐白的电动车消失在村口，才折身进了小院，并把院门关了起来。

她进到厨房，打了一盆水，拿了一条毛巾丢在水里，然后端着那盆水进了卧室。

她放下那盆水，再俯下身子，从床下拉出一包用尼龙袋装着的棉被，接着用盆里打湿的毛巾在尼龙袋上擦了起来。

她不但擦了尼龙袋，还擦了床边那些木头之类的东西，之后又从床底下扯出了一块破旧的木板，床底下赫然露出了一个瓦缸大小的洞口来。

袁秀英端着那盆水，慢慢地从那个洞口下去了……

下午三点左右，李八斗接到孙四通的电话，说是有人在五谷村二组的山上发现了一具尸体，脸上有一条蜈蚣似的刀疤。

孙四通觉得死者疑似阎老三，而且阎老三也住五谷村二组。他已经带着专案组人员往那边去了，他让李八斗也去现场看看。

"不会吧，阎老三死了？"李八斗完全不信，"他那么高的本事，谁能杀得了他？而且，谁又为什么要杀他？他那样的杀人魔王，别人见了躲都来不及呢。"

"我也不清楚，到现场看了才知道。"孙四通说。

"行，我马上过去。"李八斗应声，立马穿衣出门。

李八斗赶到现场，孙四通告诉他死者确实是阎老三，而且死亡现场有马蹄印。

"这个凶马案的凶手到底是何方神圣啊，连阎老三这么变态的高手都死得跟蝼蚁一样，这还是人吗？"包古一脸夸张的表情。

魏大勇说："关键是我想不明白，凶马案的凶手为什么要杀阎老三呢？阎老三又没打死那条大黄狗，不属于目标人物。"

"你这什么脑子，"包古说，"你忘记阎老三奉黎东南之命去杀唐白母子的事了吗？"

"是哦。"魏大勇说，"这么说来，唐白母子真是凶马案的真凶？"

"不然，你以为呢？"包古说。

"不对啊。"魏大勇说，"昨晚我和斗哥可是死盯着唐白家的啊，我们看上半场，你们看下半场，屋前屋后都盯死了啊，他们根本没有作案时间。"

"也是哦。"包古也反应过来，"我们不是盯着他们的吗？没动静，不可能是他们啊！"

"唐白就是凶手！"一直没说话的李八斗说道。

"理由呢？"包古问。

除了阎老三去杀唐白母子那件事，李八斗又说了唐白喜欢夏天的事，所以他认为唐白有充分的作案动机。

包古说："问题是，他没有作案时间啊，我们都盯着呢。"

李八斗说："我们可能没有盯住。"

"我们没有盯住？"包古问，"什么意思？"

魏大勇也说："就是，我们两班人马，每一班都盯着前后不眨眼，如果连这都盯不住，我们这警察不是白干了？"

"你知道魔术是怎么回事吗？"李八斗问。

"魔术？"包古说，"欺骗人的眼睛啊，怎么了？你的意思是唐白母子用魔术把自己变出去了？"

"不，他们不可能用魔术把自己变出去，但是他们可以欺骗我们的眼睛。"李八斗说。

包古不服气："你倒说说，他们怎么就欺骗我们的眼睛了？"

李八斗问："听说过地道战吗？"

"地道战？"包古忍不住笑起来，"你的意思是他们挖了地道出去？你没开玩笑吧？两个平平常常的老百姓，居然在自己屋里挖条地道出去。就算能挖地道，他们又能挖多远的地道？更何况，他们是人住在一边，马住在另一边，他们怎么就能通过地道把马带出去呢？"

198

"你怀疑的都对。"李八斗说，"我之前也像你这么怀疑过，认为这不可能，他们也没那个实力去挖地道。我算了下，单是他们住的房子到猪圈都有几十米。而且猪圈的下方还是茅坑，根本没有地道可下。但现在，黄狗之死、夏天之死，两件事的作案动机都跟唐白有关，不可能这么巧的。因此，我更愿意相信那里有一条不可思议的地道。"

"八斗说得对。"孙四通说，"两件案子的作案动机都巧合地集中在一个人身上，而且我们大家都认同这种怀疑，也没有更可疑的人，那我们就得相信自己的怀疑，肯定是我们疏忽了什么，才导致证据缺失。"

"那我们就再去看看吧。"李八斗说。

孙四通点头："是的，我们都去看看吧，这一次，哪怕一个老鼠洞都不能放过，任何不起眼的细节，都必须看个真切。眼睛是最能发现破绽的神器，也是最容易被欺骗的器官。"

"等等。"李八斗看着阎老三放东西的那个坑，突然喊了声。

孙四通问："怎么了？"

李八斗看着坑边上一堆黑乎乎的东西，对刑侦技术人员吩咐了声："等下把这个好好化验一下。"

"这不像是昨天烧的，应该是很久之前的燃灰。"孙四通说。

李八斗说："正因为是很久之前的才对我们有用。"

孙四通不解："什么意思？"

李八斗说："孙老师还记得上一次夏长生被杀的事吗？我们明明怀疑阎老三，却找不到他杀人的证据。看到这里我明白了，这个坑里放着阎老三穿的衣服、山地车、鞋子之类的东西，当时他应该是在作案现场的附近藏了山地车，作案之后骑着山地车离开，到了这个地方，把作案时穿的衣服和鞋子之类的东西都换掉、烧掉了。

所以，当时你们在院子里抓住他的时候，他的鞋子跟案发现场的鞋印不合，鞋底的泥质也不合。现在真相大白了，他就是在这个地方处理的证据。"

"嗯，这么一说，确实是了。"孙四通说，"不过他的鞋子和衣服都烧掉了，也没法跟现场的脚印做比对，我们不是依然无法结案吗？而且夏长生丢失的那部手机也不在这里。"

李八斗说："手机估计被他在另外的地方处理掉了。"

"管他呢。"包古说，"反正他人都已经嗝屁了，也不能让他活过来再审他一次，还是管凶马案吧。"

"跟审不审他没关系，得找出凶手才能结案。"李八斗说。

"那你有什么办法吗？"包古说，"他不是已经把证据毁掉了吗？"

"我想起来了。"李八斗说，"我们居然都犯了一个天大的错误！"

"什么错误？"孙四通问。

李八斗说："我们当时只记得对比阎老三脚上穿的鞋子，但他回来时换了鞋子，所以我们找不到证据。不过仔细想想，他出去的时候可能是穿着那双鞋到达的现场，我们为什么不能在他的屋子里找鞋印呢？只要能在他的屋子里找到和现场一模一样的鞋印，那不就行了吗？"

"对哦。"孙四通也恍然大悟，"看来我们都犯了一个错误，只顺着线索去找，没有逆向思考。长江后浪推前浪，八斗，还是你行啊！"

"孙老师，你别夸他，他很容易飘的。"包古说。

孙四通笑道："飘，那也是有实力才飘得起来嘛。好了，先这样吧。梅花红，你们在这里取完证后，再去阎老三的屋子里找一下夏长生被杀现场的相同鞋印。我们先去唐白家找找那条有可能存在的神秘地道吧。"

吩咐完，孙四通和李八斗等专案组成员一行就直奔唐白家而去。

袁秀英正坐在院门前，端着一碗米，挑米里的沙子。她远远地看见两辆警车闪着猩红的警灯往这边驶来。

很快，两辆警车驶到院门前的坝子上，孙四通和李八斗等专案组成员下了车。

"秀英阿姨。"李八斗喊了声，竟不知道接下来该怎么说。

这种场面似乎对彼此来说都挺尴尬的，对彼此之间本来挺珍贵的情谊也是一种无情的伤害。不过，他说或不说，袁秀英都懂。

袁秀英淡然地笑了下："这么大阵仗，是又发生了什么事，怀疑是我们母子干的吗？"

"嗯，阎老三被杀了。毕竟他跟你们有过节儿，所以您和唐白都有嫌疑，得找您聊聊。"

"没事，想问什么就问吧。警察执法，打击犯罪，也是为了一方平安嘛。"

"我们得再搜搜您的屋子。"李八斗开门见山。

袁秀英似乎有些迟疑，也有些不高兴："你们不是搜过了吗？这也才没过多久啊，怎么又要搜？"

李八斗说："这一次，我们会搜得更仔细，可能会把您的屋子弄得乱七八糟的，不过搜完后我们会帮您复位、弄整齐的。案子需要，希望您能理解配合。"

袁秀英苦笑了下："你也知道，农村人很忌讳没事就被人闹个鸡飞狗跳的，很容易触霉头。但你都这么说了，我也不能不让你搜，你想搜就搜吧。"

"对不起了，秀英阿姨。"李八斗说着，跟孙四通点了点头。

孙四通就对着后面的专案组成员吩咐道："都把眼睛睁大了，看仔细点，就算是老鼠洞也得掏一掏。如果摆了什么东西，就移开一下，要让每一寸地面都露出来，并注意地面有没有什么伪装的痕迹。如果再找不出问题来，我也没脸在白山待下去了，你们这警察干着也没什么意义了。"

吩咐完毕，全员行动。一共来了五个专案组成员，魏大勇和包古一组，冷笑和孙四通一组，李八斗一人一组，让袁秀英跟着，也算是对她的一种间接监视，避免她做什么小动作。

每一组各负责一个房间，搜完后再搜剩下的，先从住房搜起，搜完住房再搜猪圈。

李八斗搜的就是袁秀英现在睡的房间。他进那个房间的时候就问了，谁睡这个房间，袁秀英说是她。

李八斗打开了里面的灯。房间不大，却摆了很多东西，譬如衣柜、堆满杂物的桌子、很多个泡菜坛。

床是那种比较古老的木床，面积很宽，另外还七七八八地放了些凳子之类的东西。

李八斗挨个搜了，把墙角仔细看了，把每一个泡菜坛都移开了，仔细寻找着蛛丝马迹，但看起来都没什么问题。

最后，只剩下了床底下了。李八斗俯下身去，看见下面放了好几袋装得鼓鼓胀胀的棉被，就把那些棉被都扯了出来。当他扯到最后一袋棉被时，发现了一些不对。

前面几袋棉被的袋子上都积满了灰尘，一扯出来，灰尘抖落，尘味扑鼻，一看就是放了很久的东西。而他扯出的最后一个装棉被的袋子竟然很干净，完全没有那种积尘的气味。

而且，李八斗还看见那袋棉被下面有一块木板。他用手机的亮光照了照那块木板，很快就发现了问题——那块木板也很干净。

按照道理说，一块放在床下经年累月的木板，它未被东西覆盖的地方也会积下很多灰尘才对，怎么可能都干干净净的呢？

李八斗回头看了眼袁秀英，她的表情很淡定。

李八斗伸手把木板扯出来，扯木板的时候，还保持着对袁秀英的戒备。如果袁秀英真是凶马案的凶手，那她就不是他认识的袁秀英了，很可能会对他痛下杀手。

所以，安全起见，不得不防。不过，袁秀英并没有什么反常。

李八斗把那块木板拉出来，果然看见了一个洞口！看到这个洞口，他就知道稳了，所有的真相都在这里了。他回过头看着袁秀英，袁秀英的表情竟然还是那样无悲无喜、古井无波。

"这是什么？秀英阿姨。"李八斗问。

"一个地道吧。"

"地道？为什么要挖地道，挖地道干什么用啊？"

"挖地道？"袁秀英笑了笑，"我哪有闲心挖地道，这是以前留下的，我也是无意中发现的，不知道干什么用的。"

"不知道干什么用的？"李八斗说，"放在这上面的最后一个袋子和那块木板都没有积灰，说明您常从这里进出啊。您居然不知道这是干什么用的，这谎言也太明显了点吧？不过，您心理素质挺好的，脸色始终平静，一点都不慌。这一点倒让我更意外。"

袁秀英说："为人不做亏心事，半夜不怕鬼敲门，我慌什么呢？"

"行，那我们就看看接下来会有什么样的惊喜和意外吧。"李八斗说着，拿出手机，打了电话给孙四通，让他们都不要找了，他已经找到了地道口。

很快，几个专案组人员都赶了过来，然后带着袁秀英进了地道口。

下面果然别有洞天，李八斗兴奋不已。他看见了放在那里的一台台式电脑，还有一些训练用的器械，以及椅子、凳子之类的东西，甚至有躺着睡的竹席和棉被。活脱脱一个地下世界。

更让李八斗兴奋的是，这个地下世界有好几条地道通出去！

"匪夷所思啊，居然真有地道！"包古大惊小怪起来，"这是在玩地道战吗？"

"行了，赶紧找证据！"孙四通说。

除了让魏大勇看住袁秀英外，其余几位都在这别有洞天的地方开始寻找证据。李八斗发现那台电脑其实是监控主机，只是被关掉了。

他打开了电脑，屏幕上出现了好几处监控画面，监控画面只有一处是对着门口的，另外几处都是对面的山林里的景象。

李八斗一下子就想明白了，为什么黎东南一行五人在林子里打死了大黄狗，然后他们就逐个遭到了报复。唐白母子显然是不在林子里的，如果在林子里，就会出来阻止。而黎东南他们也没有发现其他人，那唐白母子是怎么知道黎东南一行五人打死大黄狗的呢？

原来是监控！

李八斗又看了一眼袁秀英，她的神色还是那么淡然。

也许从她做出决定的那一刻起，她就已经想到了会有这一天，并且已经做好了最坏的打算。

李八斗继续在这别有洞天的地下世界里寻找，又在另一端的梯子处发现了另一个入口。他想打开，却行不通。

从梯子处的情况来看，这里并没有积尘，说明此处经常有人上下经过。李八斗觉得如果他没猜错的话，这个出口应该连着猪圈，是供马上下的地方。

因为这个洞口看起来比袁秀英卧室的洞口大，木梯格子也很宽，应该是为了方便马进出，毕竟通常给人攀登的木梯都很窄。

李八斗心想，唐白家的猪圈下面是粪坑啊，怎么下来的呢？

他想起来了，唐白家的猪圈旁边还有一间废弃的屋子。他曾到过那间屋子，里面堆着一些柴火和玉米秆，想来也是做掩饰用的，其实下面就是地道入口！

难怪专案组几个人盯着前面后面都发现不了任何动静，原来她从卧室的床底下来，到猪圈旁边的废弃屋入口把马牵下来，再从另外的地道出去！

李八斗从地下世界出去，来到猪圈旁边的那间废弃屋里，把那些柴火和玉米秆都搬了出来，果然发现了一块木板下藏着地道入口。

他再回到地下世界的时候，包古也气喘吁吁地报告说，那条地道至少有一公里远，通到屋后面的一座山下。另外几条地道长短不一，有的几百米，有的上千米，通到各个地方。

可还有个关键的问题，专案组成员把整个地下世界都搜了，却不见他们真正想要找的魔术道具——那个看起来形同"铁将军"的伪装外壳！还有他们想找的装在马蹄上跟现场蹄印大小一致的马蹄铁，以及形如马蹄的钝器。这些都是至关重要的证据。

孙四通和李八斗对视了一眼，最终只得说："再找一遍吧，找仔细点。"

虽然知道已经没希望，但谁都不肯死心，因为这个地下世界和地道出入口的存在，已经百分之九十九证明了他们之前的推断。只要再找到最后的证物，就能揭开凶马案的真相了。

又仔细地找了一遍，几个人再碰头时，依然是互相摇头。

"有什么想法吗？"孙四通看着李八斗问。

李八斗看了一眼袁秀英，说："我觉得我们还得像上次一样，多派人手过来，把地道口出去的山里也搜搜。上次我们只搜了前山和附近的庄稼地，这次得搜到地道延伸的区域才行。"

"是的，这是必需的。"孙四通说。

"除此之外，我们恐怕还得做一件事。"

"什么？"

李八斗又看了袁秀英一眼："我们得仔细甄别一下这间地下室里的指纹和脚印，是一个人的，还是两个人的。"

"嗯，明白。这确实很有必要。"

孙四通当即打电话让技侦人员过来做现场痕迹鉴定，剩下的就只能等答案了。

"秀英阿姨，我们再聊聊吧。"李八斗说。

袁秀英说："阿姨身体不好，疯疯癫癫的，但现在是清醒的。你也别说得这么委婉了，既然怀疑我，想问什么就直接问吧，别兜圈子浪费我时间了。我还有好多活没干呢，真没那么多时间陪你们耗。"

"好吧，那我就有话直说了。这下面是怎么回事？"

"我不是说过了吗？地道是本来就有的，只是建房子的时候不知道，后来才发现的，就被我当屋子一样用起来了。毕竟建房子还得找政府批手续，这现成的不用白不用，你觉得我有能力在地下挖这么大个地方，通这么多条地道吗？"

"那为什么卧室下来的入口是窄梯，而猪圈下来的入口是宽梯？"

"家里刚好有一个窄梯有一个宽梯，就随便放了呗。"

"你把下面当房子住，从卧室开了个入口下来，可以理解。那为什么还要从猪圈开个入口呢？"

"因为我本来在下面养猪，养过一阵后，发现猪粪不方便清理，就作罢了，有什么问题吗？"

"用来养猪，什么时候的事？"

"好几年了。"

"可我看了那个宽梯，还很光滑，灰尘也不多，说明经常有人上下，并不像废弃已久的样子。"

"那是因为我爱干净，会经常打扫这下面。而且你都看见了，那上面堆着很多东西。"

"不。"李八斗马上戳穿，"我之前往那个废屋里瞄过，当时只有很少的一点柴火和玉米秆，这次却有很多，说明是最近才搬进去的。"

"你要这么说我就没办法了。你也知道我们农村人冬天靠柴火取暖，之前里面柴火少，我搬进去了一些，这有什么问题吗？再过几天，我又会去弄许多回来，里面就会变得更多。"

"嗯，那我再问您一个问题。"李八斗指着那台电脑问，"您在这里装监控干什么呢？"

"很早了。唐白的外公外婆死后，我就越来越没安全感了，就装了个监控，看看屋前有没有小偷和坏人什么的，或者看一下家里的鸡啊狗啊什么的有没有走丢。可能在你看来没必要，但我是个有病的人嘛。"

李八斗质疑："您说您是怕鸡啊狗啊什么的走丢？那为什么四个监控探头，其中有三个都在林子里？"

"地里敞亮，一个探头就能看很宽了。林子里不一样，树木密集，一个探头只能看到很小的地方，所以就多装了几个。"

"有什么特别的用处吗？"

"怕别人偷砍我家的树啊，你看周围山上的树都被人偷砍光了，我总得防一防嘛。"

李八斗又问："您说您把这下面当成另外一个住的地方，是吗？"

"是的。"

"既然如此，我想问一下，为什么您要把地道入口设在床下，为什么在上面盖块木板，还在木板上放那么多东西来掩饰？如果是正常的住处，应该把入口设置在一个方便进入的地方吧，为什么还得从床底下进呢？"

"哦，这个啊。最初呢，是唐白还小，我怕地道口太显眼被他看到，发生什么意外，就把入口设置在床底下了。"

"看来，您早想好说辞了。"

"难道你希望阿姨有问题，然后抓了阿姨吗？八斗，你这样不对啊，怎么说，我们也曾是邻居，你小的时候，阿姨对你也不错吧？这些年阿姨和唐白吃了很多苦，看过这世间的人情冷暖，阿姨习惯了，也麻木了。让阿姨没想到的是，当年那个阿姨喜欢的孩子，如今竟也这么无情，还处心积虑地给阿姨使绊子，希望阿姨出事，这世道是怎么了？"

"我知道秀英阿姨您和唐白的不容易，在我心里，我一直把您和唐白当亲人，当我知道唐白失学的时候，我跟他说，学费我来想办法，只是他拒绝了我。多年后我们再见，我仍然告诉他，有什么事随时找八斗哥，八斗哥能办到的，绝对不会说半个不字。可是，凶马案震惊全国，牵连多条人命，搅得人心惶惶，扰乱了社会治安。这是我的职责所在，跟故意为难您没有半点关系。如果有回去的路，我会好好拦着您，跟您说凡事都有很多选择，怎样都可以，但千万不要选择绝路……"

"但凡还有选择，谁又愿意选择绝路呢？"袁秀英问。

李八斗说："所以，秀英阿姨您是还经历了其他无法选择的事情，才做了这一切吗？"

"呵呵，八斗，你为什么处处给我下套呢？我只是就事论事，我什么都没做过。如果你非认为我做了，想抓我，就拿证据来。"

"证据总会有的，就像发现这个地下世界一样，只是时间问题。我只是希望秀英阿姨您能走坦白从宽这条路。"

"不好意思，秀英阿姨只走自己的路。如果你没什么要问的，我得先去干活了。圈里的猪应该在哼哼了，我得去伺候它们了。"

"行，该忙的事不能耽误。大勇，你陪着去一下吧。"

"看来，你这是已经把我当犯人了。"

"有些事其实已经只剩一层窗户纸了，只需要轻轻一戳就会真相大白。秀英阿姨，您自己心里是清楚的。"

"行啊，我等着你的真相。"袁秀英笑笑，转身离开了。

李八斗站在那里，看着袁秀英离去的背影，心中五味杂陈。

第 14 章
瞒天过海

加上后来支援的警员，总共二三十人的搜查队伍，沿着每一处地道出口的方圆几百米搜索，一直忙活到暮色时分，都没有找到与凶马案相关的魔术道具、马蹄铁及蹄形钝器。

另外，技术人员对整个地下世界进行了痕迹取证，只找到了袁秀英的指纹和脚印，并没有找到唐白的。

唐白在暮色里骑着电动车回来了，见门前停满了警车，还有一些来来往往的警察。他一脸茫然地看着袁秀英："妈，这是怎么回事？"

"哦，上次来找我们的那个脸上有疤的人被杀了，他们怀疑跟我们有关，所以就过来查一下，没什么事。"袁秀英平静地说。

"那个人那么厉害，上次差点把我们娘儿俩杀了，还是八斗哥出手救的我们，我们能有本事杀得了他吗？"

"管他呢，他们要查就查呗，为人不做亏心事，怕什么半夜鬼敲门。"

唐白"嗯"了声，也不说话了。

又过了一阵，孙四通宣布收队。

唐白见一众警察都离去了，又颇为不放心地问了袁秀英一遍：

"妈，没什么事吧？"

"能有什么事啊，有事的话，我们还能站在这里说话吗？"

"妈，我想了想，我们还是把房间换回来吧。"唐白犹豫了一会儿说。

"为什么要换回来？"

"我，我……我觉得换了房间我会不习惯。"

"因为你不习惯，所以就不管妈妈了，是吗？妈妈会发病，你也无所谓了吗？"袁秀英看着他，有些生气，很少见的那种生气。

"妈，不是这样。"唐白忙解释，"我只是……"

"别说了唐白，妈妈希望你永远都是那个听话的好孩子，希望你能过得好。妈妈也知道，过去发生了许多不幸的事情，无论怎样，我们都挺过来了。所以，就让那些不幸过去吧，就当它们没发生过，我们重新开始，可以吗？"

"嗯。"唐白很听话地应了声。

那一刻，袁秀英再也忍不住心中汹涌的情感了，她把唐白揽过去，抱在怀里，用手轻抚着他的后脑勺，眼泪大颗地落下……

她想起了十月怀胎的时候，每天轻抚着隆起的肚子，期待着小家伙的降生；想起把他送进学校，松开他的手，转过身后，心里突然的缺失与空落；想起那个男人抛弃她时，唐白很坚定地站在她身边，说愿意跟妈妈一起过苦日子；想起唐白发高烧昏迷，医生下过的病危通知，那一瞬间她感到天旋地转……她愿意为他承受命运中所有的不幸和痛苦，就算为他去死，也在所不惜，只要他能过得好。

"妈，你这是怎么了？"唐白的脸颊感受到了妈妈那滚烫的泪水，心里有些慌。

袁秀英抹了一把泪，笑了笑："没什么，妈妈只是年龄越大，越对你放心不下，想着以后妈妈不在了，还有谁陪着你啊。"

"妈，你说什么傻话呢，什么你不在了，你会长命百岁的。我还要给您找个好儿媳，让您抱孙子呢。"

"这可是你说的哦。如果你不给妈找个好儿媳，不给妈生个好孙子，妈可就死不瞑目了。"

"妈，你干吗又提死字。我们都会好好的，没事的。"

"那你得再答应妈妈一件事。"

"什么事？你说。"

"你要答应妈妈，无论怎么样，你都不能死在妈妈前面，让妈妈变成无依无靠、孤孤单单的一个人。"

"妈，你这是怎么了，怎么老是提死字呢？"唐白似乎预感到了什么。

"妈不是跟你说了吗？妈最近老是做噩梦，心里慌啊。别管这些了，你就说你答不答应妈妈吧？"

"嗯，我答应。"唐白点了点头，心里突然感到莫名的刺痛。

"行，我去做饭了。"袁秀英擦了下眼角的泪痕，"在你做任何决定之前，都要记得今天答应妈妈的话，不然妈妈就不认你了，记住了吗？"

"嗯，记住了。"唐白应声。

唐白还是觉得应该发生了什么事。可是，又能发生什么事呢？也许妈妈真被噩梦吓到了吧。

专案组成员回到刑警队，叫了快餐吃完之后，召开了会议，刑警大队长王三强也到场了。

技术人员首先说了对阎老三屋子里痕迹的提取情况，确实找到了和夏长生死亡现场一模一样的鞋印，图文一样，鞋码一样。由此可以证明，阎老三就是杀死夏长生的凶手，可以给夏长生之死结案。

然后回到凶马案上，大家都一致认为，凶马案的真正凶手就是袁秀英了。

整个案件的过程就是黎东南、曹连城、吴国晋、赵飞虎和夏东海五人约着一起去五谷村八组的山林里打猎，大黄狗蹿出来阻止黎东南，被夏东海开枪打伤，另外几人随即一起出手，将受伤的黄狗活活打死。袁秀英应该是在发现狗丢之后查看监控，才发现了大黄狗被打死的全过程，于是实施了针对五人的报复计划。

案件中的两大疑点，为什么是凶马进入现场，为什么明明监看着唐白家，凶马却仍在外面杀人，也都能得到合理的解释。

因为袁秀英学过杂技、川剧以及魔术，她将这些经验杂糅起来，将家里的矮马伪装成凶马，她则藏身其中，进入案发现场，使监控无法发现；另外，通过地道离开屋子前去作案，巧妙地掩饰了作案时间，作为不在场证据。

所以，种种迹象显示，凶马案的凶手就是袁秀英。

"那个很可疑的唐白呢？"王三强问。

"应该跟唐白没关系。"孙四通说，"我们对地下室做了痕迹取证，里面只有袁秀英一个人的指纹脚印。而且，那个地道入口也是在袁秀英房间里的床底下，也不大可能两个人一起藏在凶马身上从地道里出去。"

"可好几次案发前唐白都出现在案发现场附近，怎么解释呢？"王三强问。

"这就有三种可能了。"孙四通说，"第一种可能，袁秀英让唐白帮她踩点；第二种可能，袁秀英故意让唐白成为烟幕弹，用来麻痹警方；第三种可能，确实只是巧合。"

王三强说："所以，唐白还是有可能跟案件有关，只不过没行凶，是吧？"

孙四通点头："差不多是这个意思。"

"行了，又回到关键的问题上了，证据呢？"王三强看了一圈，目光落在李八斗身上，"证据在哪里？不能在这个最关键的节点上一无所获、功亏一篑吧！"

李八斗说："那里遍地是山，很难找出她把道具藏在了什么地方，随便一座山都能搜上好久。也可能是她骑马出去的时候并没有魔术化，而是在路上的某个点进行了伪装，那就更难找了。"

"我是在问你办法，不是让你说不行。"王三强有些生气。

"办法有啊，那得看队长你的能力了。"李八斗针锋相对。

"看我什么能力？"王三强问。

李八斗说："你不是说安排人去省城劝黎东南回来吗？黎东南如果能回来，我们就可以抓到现场的证据了。"

"妈的，说到这里，老子就是一肚子气。"王三强说，"本来黎东南已经答应回来了，就在他准备动身的时候，接到白山这边手下人的消息，说是阎老三被杀了，他打死都不回来了，他已经吓破胆了。"

"那就再想另外的办法让他回来。"李八斗说。

"想什么办法？"王三强问，"你有办法吗？"

李八斗说："之前黎东南利用我打阎老三的监控视频逼我离开刑警队时，我想到过一个法子，就是找黎东南的其他犯罪证据对付他。他盘踞白山这么多年，能混到今天的地位，犯罪的事肯定没少做，只要有他的犯罪证据，他不回来，就用手铐把他铐回来！"

"对啊。"王三强也说，"我也耳闻过黎东南的一些事，也想过调查他，只是苦于一直没关于他的案子报过来。而且很多事都是他手下的人干的，跟他没直接的关联，但我们要深挖的话，肯定也能找出东西。等找到他的把柄了，还由得他回不回来吗？李八斗，看来你还是有几把刷子的。行，就这么办，明天就由你亲自抓这个事，无论如何，把黎东南给我弄回来！"

"袁秀英那边，还得继续盯着吧？"孙四通问。

"继续盯着？"王三强说，"没什么意义吧，不是说她装了监控，能看见外面吗，还能盯什么？何况，地道也找到了，难道去地道口盯着？地道都已经被发现了，她不会傻到还从地道口出来吧？再说，现在她唯一的目标是黎东南，黎东南不在白山，她应该不会有动作吧。"

李八斗不以为然，他建议说："我觉得可以选两个地方继续监视，一个是唐白家出村口的那处至高点上，藏在那个地方可以看得见一整片地方的动静，也不会被发现。一个是从她家到镇子上去的必经之路上，在那里守株待兔，令她防不胜防！"

"嗯，这个方案可行。"王三强说。

"对了，我突然有个疑问。"冷笑说。

"什么疑问？"王三强问。

所有人的目光都聚焦过去。

冷笑说："我们所知道的是，因为夏天的死，唐白两次跟阎老三交锋，一次是去阎老三家兴师问罪，一次是八斗哥说的阎老三去唐白家杀他们母子俩时，唐白再次追问夏天的事，后来我们还发现唐白下班之后去了蛤蟆丘那边。种种迹象显示，应该是唐白对阎老三有作案动机才更合情合理啊，为什么是袁秀英呢？"

"这个倒没什么。"李八斗说，"唐白喜欢夏天，可能也有杀阎老三的心。但阎老三曾想杀唐白母子，这对袁秀英来说是不能忍的。她能为了一条狗的死杀那么多人，又如何忍得下别人杀她儿子？或者，她也可能知道唐白会杀阎老三，她也不希望唐白做出这种事来，反正她已经背负几条人命了，也不在乎多一条。"

"这袁秀英还真是厉害。"包古说，"我们到处抓阎老三没找到，她怎么就把阎老三找到，还杀了他的？"

李八斗说："她也很少出来，那她又怎么会知道关于夏东海、吴国晋和赵飞虎这些人的信息的呢？她肯定有她的方式，我猜测她应该还有一台和魔术道具一起藏起来的电脑，而且擅长黑客技术，从大数据中查找到他们的信息，从而精准出击。"

"这么玄乎？"包古一脸夸张，"斗哥，你别吓唬我，一个农村妇女居然跟国家特工一样，她何德何能啊！"

"这你就不知道了。"李八斗说，"下午我和她对话的时候就感觉到了她的气场，而且，这些年她的经历应该让她的内心蜕了一层又一层的皮，一个真正有决心的人是无所不能的。如果说不能，那就是你还没被逼到那个份儿上。"

"好吧，反正你比我厉害，你说什么都是对的。"包古说。

王三强问："谁还有什么更好的建议吗？没有的话，就这么定了，一是李八斗负责找黎东南的罪证，二是依然分两组换位置盯着袁秀英！"

没人有其他意见，于是就散会了。

新的一天，李八斗也有了新的惊喜。当他绞尽脑汁想着从哪儿下手寻找黎东南的罪证时，罪证自己找上门了。

一个去山上砍柴的村民捡到了一个背包，发现背包里有匕首、望远镜之类的东西，怕惹上麻烦，就交给了派出所。派出所的民警在背包里发现了一个U盘，没想到竟然是吴国晋讲的黎东南的罪行，就立马报到局里来了。

吴国晋在U盘里讲到了黎东南帮他和夏东海平事的很多细节，并附有一些和黎东南通话的录音证据。虽然这不是黎东南的全部罪行，但已经足够对黎东南实行抓捕了。

王三强当即对那边还在和黎东南斡旋的刑警下令，让他们直接将黎东南铐回来。

李八斗就在旁边，立马就跟王三强说："不，王队，不能把黎东南铐回来。"

王三强不解："为什么？"

"从过去发生的事来看，我那个秀英阿姨本事很大，如果我们把黎东南抓回来，想必她也会知道。如果被警方铐回来的人，还能没事地待在自己家里和公司里，她不会怀疑有诈吗？那样她就不会动手了。如果是把人关起来，她就更不可能到警方控制的范围内杀人了，那我们的计划就泡汤了。"

"嗯，是这个道理。依你的意思呢？"

"我们可以用犯罪证据直接和黎东南谈，让他配合我们将功赎罪，然后让我们的人穿着便衣，跟黎东南一起出差回来，让他像往常一样工作和出行，然后我们再安排顶级高手在黎东南身边二十四小时监视及保护他，等鱼上钩，确保万无一失。"

"行，就这么办。"王三强当即把黎东南的犯罪证据传给那边的刑警，让那边的刑警和黎东南进行了交谈。

在犯罪证据面前，是直接回白山受审，还是抓住这样一个将功赎罪的机会，黎东南理所当然地选择了后者。因为他知道，警方一旦把他的所有罪证深挖出来，他必死无疑。唯有配合警方抓住凶马案的凶手，将功赎罪，他才有一线生机。

而且，他也很想知道凶马案的凶手到底是谁，也想弄死这个凶手，毕竟正是这个神秘莫测的凶手毁掉了他的一切。

黎东南重新回到白山这座破旧的小城时，突然想到了一句很经典的台词：我胡汉三又回来了。

只不过他和胡汉三的回来，不是一种回来。他的回来是眼看着这座城市将属于另一个崛起者，而不再属于他。

李八斗坐在窗前冥想。如果黎东南回来了，袁秀英仍然不行动呢？刚好，孙四通也来找他，说了跟他一样的顾虑。

很显然，对警方来说，越快破案越好，但对袁秀英来说，是等得越久越安全。至少她近期行动的可能性极小，警方不可能把大量警力浪费在这种极小的可能性上。

于是，孙四通跟王三强通了电话，王三强再一次召开专案组会议，问大家的意见。

他们目前能做的不外乎这些，要么继续寻找袁秀英藏起来的证据，要么让袁秀英自己上钩，抓她的现形。而这两个方案都得耗费相当长的时间，而且赢的概率都很小。

"拿点办法出来啊。"王三强说，"能卡在这关键的时刻吗？"

众人你看看我、我看看你，没有人吭声。

"我倒是有一个不是办法的办法。"李八斗突然说。

"赶紧说，什么办法？"

"敲山震虎。"

"敲山震虎？怎么个意思？"

"我们引黎东南回来，等对方上钩，这是被动的方法。我们不妨主动点，让黎东南去一趟唐白家，见见我那个秀英阿姨，告诉她，知道是她杀了夏东海、吴国晋、曹连城、赵飞虎和阎老三，所以，他会让她和唐白为这些人陪葬。如此一来，我那秀英阿姨应该会坐不住的。她或许无所谓自己面临什么样的威胁，但一定会倾尽全力保护唐白。而保护唐白的最好方法就是杀了黎东南，以绝后患。这样的话，她就算知道警方在盯着她、保护着黎东南，她也有可能铤而走险。"

"嗯，这办法不错。"王三强立马认同，"可以这么做，我们得变被动为主动。那你去跟黎东南沟通一下细节吧。"

李八斗"嗯"了声，但心里有种说不出的滋味。

偏偏散会之后，包古还凑到他身边："哟，斗哥，你这招够阴的啊。抓住人性的弱点，堪称致命一击，这下你那秀英阿姨只怕是逃不过了。"

李八斗看了他一眼，没说什么，转身走了。

人生有很多事，总是让人感到为难。无论是唐白，还是秀英阿姨，都是他很亲的人。他曾这么想过，他们有什么事，他都会倾力相帮的。而现在他要亲手为他们挖坑，把他们埋下去。

但是他没的选，凶马案不能不破。既然杀人，无论什么理由，都得接受法律的制裁。这是法律的威严，也是执法者的责任。

袁秀英端着一些果子和肉食去了庄稼地里的两座坟前，在那里呢喃了一会儿，便跪在坟前磕头作揖。

不知不觉间，有些伤心的往事涌上心头，她不由得流下两行眼泪。

她想起那年遇见的那个男人，她为了他义无反顾离家出走，后来，那个男人却弃她于水火；她想起父母给她的无尽的爱，她却从没放在心里，而当她被全世界遗弃时，还是父母收留了她，可她还没来得及尽孝，父母就已经远去。

如果说这一生她对不住谁，就只有九泉之下的父母了。她对唐白当然也有愧疚，她觉得自己身为母亲，没有给他创造一个良好的成长环境。不过，她在自己力所能及的范围内，把自己所有的爱都给了他。虽然给得不够，但她确实已经拼尽全力了。

又黯然神伤了一阵，袁秀英起身回了家。

两辆车从远处驶来，在袁秀英身边停了下来。

黎东南下车，走到袁秀英面前，两眼盯着她，也不说话。他实在没想到，做下了那么多骇人听闻的杀人凶案的凶手，竟然是这样一个看起来邋邋遢遢、其貌不扬的女人。

女人衣衫褴褛、头发蓬乱、眼神涣散，一看就知道此人不是疯子就是傻子啊。

黎东南身后站着几个虎背熊腰、杀气腾腾的男人。

"你叫袁秀英是吧？"黎东南问。

"嗯，有什么事吗？"袁秀英显得很拘谨。

"那个什么凶马就是你搞的鬼吧？"

"什么凶马，我不知道你在说什么。"

"不知道我在说什么，那我就让你知道知道。"黎东南突然抬手一耳光，打在了袁秀英脸上，打得袁秀英一个趔趄。

"黎总，别发火，现在不是杀人的时候。"身边一个看起来浓眉大眼、器宇轩昂的男子赶紧拉住了黎东南。

这个男子叫罗战，是特警队的一名高手，被安排在黎东南身边充当他的司机，二十四小时监视保护他。黎东南此行的目的仅仅是威胁袁秀英，说些狠话，不应该动手。

被罗战拉开，黎东南还在咬牙切齿地指着袁秀英："你别跟我装疯卖傻，我知道凶马就是你搞的鬼，跟我玩，看我怎么玩死你。你大概还不知道我是什么样的人，这些年在我面前打过一个喷嚏的人，坟头上的草都已经很高了。你看我怎么玩死你！还杀我的马，让我不好受是吧？那你就等着感受一下给你儿子收尸的滋味吧！"

本来表面上看起来茫然惶恐的袁秀英，听到后面这句话，突然抬眼看向黎东南。那一刻，她的眼里似乎有一种烈火般的光芒。

"在想怎么弄死我是吧？"黎东南冷笑道，"我今天来，就想当面跟你说，既然我们都已经知道彼此了，那就八仙过海各显神通，看谁死在谁手里吧！"

"嘿嘿嘿。"袁秀英笑了起来，"嘿嘿嘿嘿嘿——"

她也不说话，就那么傻笑着。

黎东南作为一代枭雄，听着这笑声，竟觉得毛骨悚然。

唐白骑着电动车回来了。他看见了围着袁秀英的黎东南等人，赶紧把电动车停在一边，往这边跑过来，护在袁秀英身边："妈，你怎么了？他们打你了？"

唐白发现袁秀英脸上那个红了半边脸的掌印，怒道："谁打的？！"

一瞬间，他的眼里有了喷火般的杀气。

"我打的，怎么了，想弄死我吗？"黎东南一脸轻蔑。

唐白没说话，与黎东南对视着，眼里锋芒毕露，似乎酝酿着某种可怕的情绪。

"唐白，没事的，我们回家。"袁秀英怕唐白冲动，赶紧将唐白拉开了。

唐白还有很多不甘，一直看着黎东南。

黎东南却笑着嘲讽道："别不服，你这副样子会让你死得更快的。我给你掐指算了下，三天之内，你必有血光之灾，被送进火葬场！"

"唐白，我们走，走……"袁秀英催促道。

"趁着还有点时间，给自己选块好坟地吧。"黎东南远远地冲着唐白母子俩的背影喊道。

等两辆车嚣张地扬尘而去之后，唐白突然站住脚步："妈，我们还是把房间换回来吧，我昨晚睡你房间整晚都没睡着，今天上班都没精神。"

"你是要把妈妈气死啊。如果你再提换房间的事，就只会有一种结果。"

"什么结果？"

袁秀英看着他："你明天回来的时候，就见不到我了。"

"唉。"唐白叹息了一声，不知怎么说。

"你把妈妈之前说的话都当耳旁风了吗？妈妈没有病死，你是想把妈妈气死是吧？"

"行，我不提了。"唐白低着头往前走，满腹心事。

"再看两三天吧，如果到时候你还睡不习惯，妈就跟你换回来，怎么样？"袁秀英说。

"嗯，好的。"唐白微笑了下。

黑夜慢慢降临，在村口半山的一块凸石上，李八斗目光犀利地盯着前面的道路。虽然群山和庄稼都一片沉寂，但他还是盯得特别认真。

十点左右，李八斗的眼睛突然亮了起来。因为他隐约看见了一匹缓缓行走的马。那马走着走着，突然扬蹄而起，冲锋陷阵般往前狂奔，转眼跑过了村口，消失不见了。

李八斗赶紧给孙四通打电话，声音里难掩激动："孙老师，赶紧通知黎东南那边的同志，凶马出现了！"

此时，黎东南别墅不远处，有几辆看起来很普通的货车和出租车，里面坐着便衣警察。只不过他们似乎觉得今晚也不会有什么异常，就躺在车里打起了盹。

突然对讲机里传来凶马出动的信息。所有人一下子打起了精神，立马各就各位，只等凶马出现，再对它进行抓捕。

此时，跟黎东南睡在一个房间的罗战也接到了电话，立马全神贯注地备战。

然而，大约五十分钟后，弯月湖半山别墅区的保安报警说，一匹骨架高大、毛色血红、双眼通红的马跑进了别墅区。

正往黎东南别墅赶的李八斗接到孙四通的电话，说凶马没去黎东南的别墅，而是去了夏东海死的那个别墅区。

"它去那里干什么？"李八斗还有些愣。

孙四通说："不会是她的情报出错了，以为黎东南在那里吧，毕竟黎东南有个情人住那里。"

"应该不可能。凶马杀人，从未失手，不可能犯这种错误。"

"不管怎样，它去那里总是有原因的，我们已经动身过去抓它了，你也往那里去吧。"

"哦，我想起来了。"李八斗脑子里突然一个激灵，"他去那里恐怕是要杀唐世德！"

"唐世德？"孙四通略迟疑了一下，想了起来，"她前夫？"

"是的，唐世德和他现在的小老婆就住那个别墅区，所以今天晚上凶马的目标不是黎东南，而是唐世德！得先想办法让人通知唐世德藏起来，再让就近的保安赶过去，争取先一步阻止凶马才行。"

"可我没有唐世德的联系方式啊。"孙四通说，"我让那边的派出所派人过去吧。"

"哦，我有唐世德的电话，我跟他联系。"李八斗突然想起了调查唐白，他曾留过唐世德的电话，当即就拨打了过去。

电话响了很久，却一直没人接。

此时，唐世德在洗澡。他那小老婆听见他的电话响了，就去帮他看了下手机。看见屏幕上显示着"八斗"两个字，就去跟唐世德说，有个叫八斗的人打电话找他。

唐世德听是李八斗打电话来，心想肯定不是什么好事，估计又是调查唐白什么的，想起上次李八斗对他的态度不是很好，也就没好气地说："别搭理他。"

李八斗一连打了三次，都无人接听，也就懒得再打了。

唐世德洗完澡出来，看见他那娇美可人的小老婆，就直接搂进卧室去了。卧室里很快就传来了嬉闹的声音。

一匹骨架高大、毛色血红的马已然出现在别墅门口。马扬起前蹄用力地敲打着屋门。

"什么情况啊。"正准备寻欢的唐世德突听到外面的动静，围着浴巾走出卧室去开门。一打开门，一匹骨架高大、毛色血红的马映入眼帘。

"这是凶马，那匹杀了很多人的凶马！"唐世德反应过来，吓得连连倒退。

马也不言语，往唐世德疾冲过去。马身裂开来，从上面跃下一个全身上下都被罩住、只露了双眼睛的人，手里提着柄马蹄形的锤子。

"别杀我，别杀我，有话好说，我有钱，你开个口就是……"唐世德退着退着，被后面的沙发绊倒了。

那人并不与他说话，径直提着锤子上前，一锤又一锤砸向他的头。

"哎呀，妈呀，杀人啦。"唐世德的小老婆从卧室出来，看到这一幕，惊叫出声。

很快，她也没有任何悬念地命丧锤下了。

派出所的人磨磨蹭蹭地赶到唐世德家时，只看见了倒在血泊里的、两具头被砸烂了的尸体，不见凶马的踪影。

孙四通带着刑警队的人刚赶到石笋镇上，就接到了派出所那边的电话，说唐世德两口子已被杀死，但不见凶马的影子。

李八斗也已赶到弯月湖别墅区外，然后接到了孙四通的电话，说凶马已经作案完毕，可能在返回的路上，让他赶紧去唐白家堵现场。

袁秀英回去有很长一段路要走，还要卸下装备，牵马回圈，有很大的可能找到她的犯罪证据！

李八斗知道这是唯一的办法，他想也没想，当即就往回赶。

孙四通留下了两个人处理现场，然后也迅速带人往唐白家赶。

那里有很多条地道，也有很多山，他担心李八斗一个人应付不过来。

李八斗一路疾驰，除了摩托疾驰的声音，没有他想听到的马蹄声。

他在想，按道理说，他从五谷村一路追来，凶马若杀人返程，应该与他在途中相遇才对啊。难道他进镇子之后，凶马才出镇子，所以彼此错开了？有这么巧吗？

就算真是这样，那他骑着摩托追上来，也应该追到了啊！为什么总觉得哪里不对呢？袁秀英杀唐世德是理所当然的啊。唐世德害了袁秀英一辈子，让她落得如此之惨，她杀他也在情理之中。那是哪里不对呢？

李八斗绞尽脑汁地想着，终于想起了是哪里不对！

袁秀英杀唐世德没什么问题，问题是她为什么选择在这个时候杀。她明明可以在更早的时候杀掉唐世德的，可以在杀死夏东海之前，甚至可以更早，但为什么偏偏选在现在呢？

声东击西，调虎离山！袁秀英真正想杀的人是黎东南！

但她知道，警方晓得黎东南是她的猎杀目标，已经将黎东南保护起来了。这种时候，她想杀黎东南简直难如登天。所以她故意露出破绽，去杀唐世德，将警方的人马引过去。当警方全力以赴来弯月湖别墅区围捕她时，她却已经离开，直接去杀黎东南了！

李八斗反应过来，立马给孙四通打电话，让他不要往唐白家赶，赶紧带人回去救黎东南，或者通知离黎东南别墅近的派出所调人过去予以保护，并让罗战提高警惕，全力防备。

"她会再去杀黎东南？"孙四通也有点蒙。

李八斗说："来不及解释了，应该是这样，您赶紧部署，我们耽误这么大一阵，她只怕就要到了。"

"我知道你说的这种可能性是有的，可万一她没去黎东南那里，而是回去了，咱们可就错过了抓她现行的机会。相反，我们只要堵着她家里，无论她去杀谁，总得回去，我们就可以守株待兔。"

"那就棋行两步。将我们的人分成两组，一组去她家附近等着，守株待兔，一组赶紧对黎东南那里进行救援部署。"

"行，我马上安排大勇他们去她家里等，我们一起去黎东南别墅吧，能在现场抓到她更好！"

李八斗答应，立马加大油门，往黎东南别墅那边疾驰。

就像李八斗预料的那样，凶马杀唐世德，只不过是声东击西，它真正的目标其实是黎东南。

黎东南别墅外的便衣警察尽数撤走，去唐世德家抓凶马了。凶马杀完唐世德，出现在了黎东南的别墅外。

岗亭里坐着两个保安，正在抽烟聊天。他们认为老板有警察贴身保护，警惕性就完全放松了。他们认为自己只需要聊好自己的天，充当一个群众演员就好。

凶马从侧边的人行道进了别墅，都已经往屋里去了，其中一个保安才发现，他愣了一下，赶紧喊道："凶马，凶马来了！"

他也不敢贸然去挡凶马的路，只顾在那里扯着嗓子喊，都忘记打电话通知黎东南了。岗亭离别墅还有段距离，他再喊下去也是枉然。

岗亭里那个跟他一起抽烟的同伴听见他的喊话，也注意到了凶马，便丢掉烟头，拿起对讲机通知其他同伴。

此时，黎东南正和罗战从别墅的楼上下来。

罗战接到了孙四通的电话后，思虑再三，因为不清楚凶马的底细，为了以防万一，他决定让黎东南藏到车里，然后由他在黎东南的房间里等凶马。哪知道才打开门，就与凶马狭路相逢了。

黎东南陡见门外的凶马，吓得一个哆嗦，赶紧转身往后跑。罗战也顾不得关门，迅速往后跑了几步，拔出枪试图震慑住凶马。黎

226

东南见罗战有枪在手，稍稍放心了些，躲在了罗战的身后。

然而，凶马发狂一般扬蹄而起，猛冲过来。

罗战虽有一身本事，但他自知无法扛住一匹马的冲撞，赶紧往一边闪开。他倒是身手敏捷地闪开了，却忽略了躲在他身后的黎东南。

黎东南被凶马直接撞飞了出去。凶马紧随而至，用马蹄踩向黎东南。黎东南以往的气势荡然无存，此刻只顾惊慌地大喊救命。

"乓"的一声枪响，凶马的身子晃了一晃，那扬起来往黎东南头上踩下去的脚滑了滑，踉跄着差点摔倒。

"乓！乓！"接着又是两声枪响，凶马的脚步踉跄着，身子却倔强得没倒下去。

然而，就在罗战以为已无大碍时，凶马的背突然裂开来，一包白色的粉尘在他面前爆开来，散发出一股刺鼻的气味。

罗战意识到那是石灰，知道那东西入眼了会很伤人，赶紧闭眼往一边躲开。可防不胜防，石灰还是入了他的眼。

此时，支援的保安赶过来了。又是几包石灰在空中爆开，保安们防备不及，有的被呛得剧烈咳嗽，有的在大叫着"啊，我的眼睛"！

那个全身上下被遮得只剩一双眼睛的人也轻微地咳了声，大概也是被浓重的石灰味呛到了，但并没有什么大碍。

那人提着一柄马蹄形的铁锤，向挣扎着爬起来准备逃跑的黎东南走去。

不知道是被马撞伤的缘故，还是心里着实惊慌，黎东南想往楼梯上跑，结果一脚踩空，摔在了楼梯上。他还想爬起来跑，可那柄铁锤就像死神的镰刀一样往他的头上砸下，砸了一锤又一锤。

砸了很多锤之后，那人转过身来，看着那匹倒在地上的马。马睁着一双明澈的眼睛，似乎在诉说着什么。鲜血从伤口处汩汩流出，身子因疼痛而瑟瑟发抖……

那人揭开面罩，露出了一张斑驳的脸，正是嫌疑最大的袁秀英。她来到马身边跪下，用手轻轻地抚摩着它的脸、它的头……

马眨了两下眼，眼里溢出几滴晶莹剔透的泪水。

袁秀英的眼眶也溢出了泪，泪水顺着沧桑的脸庞无声地滑落，滴在了那匹马的脸上。马安详地闭上了眼睛。

"不许动，举起手来。"罗战缓过神来，举着枪命令道。

袁秀英抬起眼来，没有畏惧，只有决绝。突然，她提起旁边那柄马蹄形的铁锤，向罗战冲去。

"乒！乒！"连续两声枪响，她的身子摇晃了一阵，最终还是重重地倒了下去。她伸出如老树皮般的手，试图轻抚不远处的马的尸体。

"唐白，妈妈走了，你要照顾好自己啊……"说完，她咳嗽了两声，吐出两口血来。

那些杀气腾腾冲过来的保安也不动了。他们都看出来袁秀英已经不行了。

"急救中心吗？赶紧准备好救人，我这里有一名枪伤人员立马送到……"

罗战反应过来这是重犯，立马打了急救电话，接着他弯腰抱起了袁秀英。他将她抱起来的时候，她的手无声地垂落了下去。

袁秀英永远地闭上了眼睛。

李八斗急匆匆地赶了过来，看见这一幕，他的心像被狠狠捶打了一样。

"秀英阿姨——"

李八斗只这么喊了一声，喉间就已哽咽。他从罗战手里抱过袁秀英，抱得紧紧的。小时候那些温暖和感人的记忆，终究像一场美丽的大雪，纷纷扬扬地落到地上消融不见了。

第 15 章
终极悬念

"赶紧勘查现场。"孙四通招呼着跟来的刑警。

现场的证据链很完整，警方想要的东西全都有。

之后，李八斗又带着刑警去了唐白家。唐白见来的是李八斗和几位刑警，有些不明所以，便问了句："八斗哥，又有什么事吗？"

"你妈……"李八斗觉得心里很堵，不知该怎么说出口。

"我妈怎么了？"唐白皱了皱眉。

"你妈，已经走了。"李八斗心情沉痛地说。

"我妈走了？"

唐白看着李八斗一副异样的神情，似乎明白了什么，却又不敢相信。他转身奔向妈妈的卧室，发现床上并没有人。她的枕头上放着一封信，信封上写着：给妈妈的乖孩子。

唐白颤抖着手打开了那封信，上面写着：

　　唐白，当你打开这封信的时候，妈妈也许已经离开这个世界了。但你不要悲伤，因为人终有一死。妈妈身体不好，疯癫时常发作，拖累了你。虽然你从无怨言，但妈妈还是觉得很内疚。别人家的孩子可以被父母当成掌心宝一样呵护着成长，长大以后，父母也已经为他们准备好了一切。可你还很小的时候，爸爸就抛弃了你，妈妈又有了精神病，需要你照顾。生活的重担过早地压在了你稚嫩的肩上，妈妈心疼你，却无能为力。

你快二十了吧，好些像你这样的孩子已经谈过一两次恋爱了，可你连女孩子的手都还没牵过，都是妈妈对不起你。你是个好孩子，正直、勤奋、努力，本应该有很多女孩子喜欢你，可你有个患病的妈妈、有个一贫如洗的家。

你知道的，妈妈其实也是受害者，因为使我们两个的生活坠入不幸的罪魁祸首，是你那个狼心狗肺的爸爸。当年，妈妈可是城里富有人家的姑娘，他只是一个农村人，我觉得他人不错，就决定跟他在一起，即便家里反对，我也义无反顾地与他私奔，结果落得众叛亲离。我做这一切只想换他对我一个好字，可这个好字只能落在患难时。

村子要开发了，这不是好事吗？可以住进小镇的新房子，也能获得不少钱款。哪想到钱会坏了你爸的良心。他竟然挥霍着那些钱，跟别的女人在一起。他拿走了所有的钱，还跟我离婚，连你都弃置不顾。

你那时候还小，不知道什么叫绝望，不知道什么叫痛，不知道什么叫恨。

若不是放心不下你，妈妈应该是没有勇气活下去，走不过那段黑暗日子的。这个世态炎凉、人情冷暖的社会，谁能想得到一贫如洗的孤儿寡母是怎样活着的呢？当那些学校里的孩子笑话你没有爸爸，随便打你耳光的时候，那是妈妈心里最痛的时候。那个时候，妈妈就在想，妈妈要变得强大起来，要保护好你，还要杀了你那狼心狗肺的爸爸。痛苦和绝望，不能只折磨我们。

我知道你外公外婆老家的房子下有一些当年不知道因为什么留下来的地道，于是悄悄将地道和卧室接通了，没事就藏在下面学习。学习当年放下的杂技、魔术、格斗，以及一些侦破知识和现代网络的黑客技术。

有时候我的疯癫只是我装出来的，因为当别人以为你是疯子时，是没有防范的。另外，当他们以为你是疯子时，也会露出他们本来的嘴脸，不会在你面前演戏。

好了，话题扯远了，说正事吧。

我已经谋划了好些年，到底该如何杀死你那狼心狗肺的爸爸。可我有时候又总是心软，一直把这件事就这样拖着。直到有一天，你说我们家的大黄丢了、找不到了。地下室有妈妈装的监控的主机，能看见我们房子周围包括对面山林里的一些情况。

妈妈为什么要装这些监控呢？就是想保护你和这方土地。

是的，妈妈除了想保护你，还想保护好这里的一草一木。

村子还没开发之前，那里的青山、小河、田地、庄稼，还有油菜花地里的蜜蜂、麦田里的兔子、夏天的知了、池塘里的青蛙、夏夜的萤火虫、打谷场上偷食的麻雀，以及村子里日出而作日落而息的人们，一切都是那么美好。

村子被开发了，变繁华了，人心却变坏了，幸福也支离破碎了。

以前的那些终归是找不回来了，所以我想保护好这里，保护好这纯粹的一切，林子里的树和栖息在这里的鸟。我让大黄去林子里看着，有人来偷树或者打猎的话，就追着叫着吓跑他们。

大黄丢了以后，我就到地下室看了监控画面，发现了五个从城里来打猎的人。大黄发现了他们，就站出来阻止他们，但他们没有被吓跑，而是把大黄打死了，不但把它打死了，还把它的脑袋砸了个稀巴烂。那情形太残忍了，简直是惨不忍睹。

在我们母子相依为命的日子里，大黄一直陪伴着我们，就像我们的家人一样。而且，还是妈妈让它去守护林子的，是妈妈害死了它啊，所以妈妈不能让它白死。也许在很多人的世界里，没有公道，但在变强的妈妈的世界里得有。

妈妈利用这些年学习的黑客技术，查出了这五个人的信息，然后开始谋划着向他们复仇。第一个杀的就是那个房产大佬夏东海，接着是那个煤矿大亨吴国晋，再就是放高利贷的赵飞虎、黄金大王曹连城，还有那个跑来想杀了我们母子俩的刀疤脸。其实妈妈没有你想的那么弱，只不过妈妈从监控里知道了附近有警察在监视，那个刀疤脸杀不了我们，妈妈故意示弱，做给警察看的。

没想到他被警察抓去也没事，所以妈妈只好自己找机会把他给杀了。

但是，警察在二十四小时的监控里，没有看见妈妈出门，居然仍有凶马犯案，就怀疑到妈妈的地下世界了，也终于找了出来。幸好妈妈聪明，已经先一步将道具和凶器藏在了第三条地道中间的一个地窖里。

他们只知道从地道出去，不知道地道中间还有地窖，外面铺的石板只是一种掩饰。所以，他们找遍了地下世界和地道外面也没有找到。但妈妈知道，就跟神秘的地下世界一样，他们早晚会找到的。尤其是你八斗哥，他早不是当年那憨小子了，不愧是重案刑警，他很聪明，妈妈的事早晚会瞒不住的。

所以，妈妈决定尽快行动，把最后一个打死大黄的人解决掉。

那家伙居然敢打我耳光，还威胁说要杀掉你，妈妈怎么会让这种人活着呢？可是，妈妈知道那个人已经在警方的保护下了，妈妈要再动手，会很危险，基本上就回不来了。

不过，妈妈已经杀了那么多人，也不在乎这些了。所以，就让一切都在今晚画上句号吧，包括你那抛弃了我们的爸爸，也不能让他活着。他带给我们的痛苦，也该连本带利还给他了。

妈妈就只能跟你说到这里了，因为夜深了，妈妈该去了。希望你在看完这些之后，记住对妈妈的承诺，做听话的好孩子。过去的种种不好的让人不开心的事，都忘了吧。妈妈希望你有个全新的开始，有个崭新的人生。妈妈知道你是个努力的孩子，你已经具备了展翅翱翔的能力，你可以让自己幸福。

而且，妈妈所做的这一切也都是希望你能幸福，你千万不要让妈妈失望。妈妈想看你找到喜欢的女孩，然后带着你们的孩子到妈妈的坟前，你会教那个孩子喊奶奶，那样妈妈就会在九泉之下开心了。

行了，妈妈不跟你喋喋不休了，妈妈走了，记得听妈妈的话，做妈妈永远的乖孩子。那些过不去的坎儿都过去了，微笑着去迎接明天吧。

妈妈，绝笔。

"妈！"

唐白只这么喊得一声，便无力地跪了下去。他终于明白了为什么妈妈要和自己换房间睡。为什么他再怎么要求，她都坚决不换回来。原来……

那一刻，在大风大浪前也淡定从容、仿佛看破世间生死苦难的他，终究没忍住心中那汹涌的情感，眼泪无声地流满脸颊。

他一句话也没说，只是默默地任由眼泪流着。他的心中有一场风暴在席卷，似乎要将他整个人都撕碎，可他兀自强忍着。

命运从来没有善待过他，总是给他最致命的打击，可他不想对命运屈服。

是的，宁死，宁痛，但不屈。

他的脑子里不断回响着一个声音——那些杀不死我的，只会让我更强大。

李八斗从他的手里拿过那张信纸，看了上面写的内容。真相穿过重重迷雾，一切都了然了。他带着人去了地下世界的第三条地道，果然在其中的一处铺路石板下找到了一个隐藏的地窖，在地窖里发现了一些杂技、侦破、魔术和黑客类的书，还有一些备用的魔术道具。

果然从来没有破不了的案子，只是你没有发现其中最深层的细节而已。

李八斗带着那些东西出来，看着唐白，问他要不要去看他妈妈最后一眼。

唐白看着他，面无表情地说了句："不必了，到时候把我妈和小黑的遗体给我送回来吧。还有以后我们互不认识，不要再来打扰我。"

这是当初那个总喜欢屁颠屁颠跟在他后面叫八斗哥的孩子吗？他们终究还是走到了这一步。

"我知道你可能恨我，但这是我的职责所在，没法选择。如果你有什么事需要我帮忙的，我还是你的八斗哥，我一定会不遗余力……"

话没说完，唐白已转身进屋，把门关上了。

李八斗叹息了一声，带着专案组人员离开了。

南山墅命案现场的证据，加上袁秀英留给唐白的那封信，还有之前刑侦人员对地下世界的痕迹取证，都足够证明袁秀英就是凶马系列案件的凶手。

沸沸扬扬了三个月的凶马系列案终于告破。

白山刑警队终于敢堂堂正正地公开案件真相了。全国各地的记者蜂拥而来，想探知这闻所未闻的凶马奇案。

几天之后，世界著名刑案栏目《诡案榜》将凶马系列案件评为近百年来世界奇案榜首案件，盖过了被称为百年奇案第一案的加州植物人密室自杀案。

栏目方发函给白山警方，隆重邀请李八斗前往电视台，讲述破案经过。

李八斗是拒绝的，但领导让他必须去，说这是为国争光的机会，要他向世界证明中国警察的破案能力。一个国家有强大的警察，才能维护一方安宁。

去是必须得去，不过李八斗提了个要求，就是带姜初雪一起去。

姜初雪在凶马案里劳苦功高，理应给她这个露脸的机会。

当然，最重要的是，李八斗想跟她一起去。

第二天，李八斗和姜初雪一起乘坐飞机去了位于威尼斯的《诡案榜》栏目组，出席了由电视台直播的凶马案件采访实录。节目除了他们，还邀请了国际刑警总部的专家。

在节目中，国际刑警专家听完整个案件，对李八斗所代表的警方给予了高度的评价，认为一个小县城的警察竟能侦破如此高难度的谜案，着实难得，也对一个装疯卖傻的中年妇女有着如此匪夷所思的作案手段大感称奇。

录完节目，李八斗带着姜初雪在水城威尼斯游玩。在一处绿波流淌的河边，一位穿着普通、头发花白的老者在两人面前停了下来，他手里拿着一本破书，不住地打量着李八斗。

"What can I do for you？"李八斗用英文问。

"我是中国人。"老者说。

"哦，有什么事吗，老人家？"李八斗又问了一遍。

老者说："你就是那个在电视台讲述凶马案的警官吧？"

"嗯，是的，老人家有什么指教？"李八斗问。

老者说："指教谈不上，我只是觉得那个母亲特别伟大。"

"那个母亲特别伟大？"李八斗一愣，"她为了仇恨而杀人，怎么能叫伟大呢？"

"你还是太年轻啊。"老者叹息一声，"你也不想想，为什么之前几件案子，你连蛛丝马迹都找不出，最后一案却什么证据都有了？"

"老人家，你这话是什么意思？难道……"李八斗若有所思。

老者也不言语，只是笑了笑，自顾自远去了。

李八斗愣在那里，脑子里不断回想着案件的调查细节。

突然，一个细节如同一道雷电猛劈过脑子……